ANTONIA MICHAELIS
Das Institut
der letzten Wünsche

ANTONIA MICHAELIS

Das Institut der letzten Wünsche

Roman

Besuchen Sie uns im Internet:
www.knaur.de

© 2015 Knaur Verlag
Ein Imprint der Verlagsgruppe
Droemer Knaur GmbH & Co. KG, München
Alle Rechte vorbehalten. Das Werk darf – auch teilweise –
nur mit Genehmigung des Verlags wiedergegeben werden.
Redaktion: Martina Vogl
Covergestaltung: Sabine Kwauka,
Grafik – Buchcover – Design, Gröbenzell
Coverabbildung: © plainpicture / Danel
Satz: Daniela Schulz, Puchheim
Druck und Bindung: CPI books GmbH, Leck
ISBN 978-3-426-65365-4

4   5   3

*Für
Angela Wilk,
deren letzten Wunsch ich nicht kannte,
obwohl sie sieben Jahre neben uns wohnte,
und ihre wunderbare Tochter Delia.*

VORWEG

Es war nicht ganz einfach, das Pferd in die S-Bahn zu bekommen.
Zum Glück war es ein sehr kleines Pferd, ein Pony eigentlich. Aber es hatte einen umso größeren Respekt vor den von ferne operierten S-Bahn-Türen.
»Komm«, sagte Mathilda. »Hab keine Angst. Der Fahrer hält die Türen offen, solange irgendwer dazwischen steht. Komm!«
Sie bemühte sich, ihrer Stimme einen möglichst ruhigen Klang zu geben, freundlich, geduldig; wie man eben so mit Pferden spricht, die in S-Bahnen steigen. Sie war ruhig. Wenn das Pferd noch lange zögerte, würde der Fahrer genauer hinsehen und bemerken, dass es ein *Pferd* war, was den Verkehr aufhielt. Das Schild an der Tür verbot zwar ausschließlich Pommes, Eis und Rollschuhe in der S-Bahn.
Von Pferden stand nirgends etwas. Dennoch ...
Man konnte hoffen, dass der Fahrer das, was er im Spiegel sah, bisher für jemanden in einer sehr seltsamen Verkleidung gehalten hatte, Manga macht's möglich. Mathilda war nicht sicher, dass es überhaupt einen Fahrer gab. Vielleicht waren die Berliner S-Bahnen längst ferngesteuert, und jemand saß irgendwo in einer Zentrale in Indien oder Shanghai, um sie zu lenken.
Mathilda spürte, wie die anderen Leute sie anstarrten. Sie fragte sich, was sie sahen: eine ganz normale junge Frau, fünfundzwanzig Jahre alt, braunes, glattes Haar, zu einem Pferdeschwanz zusammengenommen, Pullover, Jeans. Unauffällig. Und dann stellten die Leute fest, dass die ganz normale junge Frau ein Pony am Halfter hielt. Verdammt,

wäre das Pony ein Kinderwagen gewesen, hätte ihr längst jemand seine Hilfe angeboten. Aber sosehr Mathilda es sich auch wünschte, das Pony verwandelte sich hartnäckig *nicht* in einen Kinderwagen.

Schließlich brachte Eddie es dazu, sich vorwärts zu bewegen.

Eddie war ein Hund und in der S-Bahn zwar nicht verboten, solange er keine Rollschuhe trug, jedoch meistens ohne Fahrkarte unterwegs. Er schnappte nach den Hinterbeinen der kleinen Stute, die ein ungnädiges Schnauben ausstieß und endlich unendlich langsam in den Wagon stieg, so als stiege sie in sehr kaltes Wasser. Die Türen schlossen sich, und die Stute warf Mathilda einen indignierten Blick zu.

»Gutes Pferd«, flüsterte Mathilda, »braves Pferd.«

Sie hatte vergessen, sich nach dem Namen der Stute zu erkundigen. Eddie legte sich unter eine Sitzbank, gewohnt, sich beim Bahnfahren unsichtbar zu machen – der fehlenden Fahrkarte wegen. Die Stute unsichtbar zu machen, war leider ein aussichtsloses Unternehmen. Mathilda lächelte den Herrn im Anzug an, der neben ihr stand und sie misstrauisch beäugte.

»Ich habe eine Genehmigung«, erklärte sie mit fester Stimme. »Eine Sondergenehmigung. Für diesen Tag.«

»Ach«, sagte der Herr.

Neben ihm an einer Haltestange lehnte ein Junge mit leuchtend blauem Haar und einem löchrigen schwarzen Kapuzenpullover, vielleicht sechzehn oder siebzehn. Auch er starrte Mathilda an, wobei er eigentlich eher *durch sie hindurch* starrte. Seine Augen waren merkwürdig glasig, und Mathilda konnte seine blassen, mageren Arme durch die riesigen Pulloverlöcher sehen. Etwas wie Mitleid durchflutete sie, und als sie dem Pferd ein Stück Würfelzucker gab, musste sie sich zusammenreißen, um dem Jungen nicht auch eines hinzuhalten. Er hätte höchstwahrscheinlich versucht, den Zucker zu rauchen, dachte Mathilda, oder ihn auf einem Löffel über einer Kerzenflamme zu schmelzen.

Das Pferd kaute geräuschvoll. Sicher war es nicht erlaubt, Pferden Würfelzucker zu geben. Mathilda kannte sich nicht aus mit Pferden. Sie kannte sich mit den wenigsten Dingen aus, die sie in den letzten zwölf Monaten getan hatte. Weder mit der Organisation von Kreuzfahrten noch mit Tiefseetauchgängen, Bergbesteigungen, Schrebergarten-Bepflanzungen, Trabbis, Sauerbraten, Familienfeiern oder Segelflügen. Obwohl sie im Besteigen von Heißluftballons und dem Schmücken von Weihnachtsbäumen im Hochsommer langsam eine gewisse Routine entwickelte.

Es gehörte zu ihrem Job, Dinge zu tun, mit denen sie sich nicht auskannte.

Es gehörte zu ihrem Job, Dinge zu tun, die unmöglich schienen.

Es gehörte zu ihrem Job, zu ertragen, dass die Leute ihr merkwürdige Blicke zuwarfen.

Bisher hatte es nicht zu ihrem Job gehört, Pferde in der S-Bahn zu transportieren.

Natürlich wäre es einfacher gewesen, einen Pferdetransporter zu mieten, doch das war überraschend teuer, und es gehörte, leider, auch zu Mathildas Job, Dinge möglich zu machen, für die ihre Klienten kein Geld hatten.

Das Pferd zu mieten kostete in diesem Fall nichts. Mathilda hatte lange gesucht, ehe sie ein geeignetes Pferd mit einer geeigneten Besitzerin gefunden hatte; einer extravaganten älteren Dame, die mit dem Pferd und einigen Schafen in einer alten Villa in Pankow lebte. Und sie lebte tatsächlich mit dem Pferd und den Schafen *in* der Villa, denn die Villa hatte einen sehr großen Eingangsbereich. Aber das war eine andere Geschichte.

»Eines Tages«, hatte die ältere Dame gesagt, sich an eine stuckverzierte Säule gelehnt und ein Zigarettenetui aus der

Tasche ihres Designermantels gezogen, »eines Tages bin vielleicht ich diejenige, die in dieses *Institut* kommt, in dem Sie arbeiten. Wie hieß es noch? Und die einen ähnlich unmöglichen Wunsch hat. Das Leben ist endlich. Nehmen Sie die Stute ruhig. Sie haben Ahnung von Pferden? Natürlich. Alle jungen Mädchen haben Ahnung von Pferden.«

»Ja. Natürlich«, hatte Mathilda geantwortet. Es gehörte zu ihrem Job, ab und an nicht die Wahrheit zu sagen.

Die kleine Stute sah sie an, schicksalsergeben, und hätten Pferde seufzen können, so hätte sie jetzt geseufzt. Ihre Augen waren braun und altersweise. Mathilda fragte sich, was wohl der letzte Wunsch der Stute sein würde. Zum Glück gehörte es nicht zu ihrem Job, die letzten Wünsche von Pferden zu erfüllen. Sie hoffte inständig, dass Ingeborg niemals darauf kam, das Institut um diese Sparte zu erweitern.

Denn das war es, was das Institut tat, in dem Mathilda und Ingeborg arbeiteten:

Es erfüllte letzte Wünsche. Die letzten Wünsche von Menschen, die wussten, dass ihnen nicht mehr viel Zeit blieb. Sein Name lautete, wenig einfallsreich, *Institut der letzten Wünsche,* und es lag in einer kleinen Seitenstraße in Friedrichshain. Man konnte es nur über eine Art Gartenweg erreichen, der über eine irgendwie struppige Wiese und durch eine Hecke zum Hintereingang eines Wohnblocks führte. Dennoch fanden in letzter Zeit zu viele Leute den Weg.

»Heute ist es der Wunsch einer sehr alten Dame, den wir erfüllen«, flüsterte Mathilda ins weiche Ohr der kleinen Stute. »Viel älter als deine Besitzerin. Sie heißt …« Sie sah auf einen Zettel. »Frau Schmitz. Frau Schmitz hat sich gewünscht, *noch einmal auf einem Pferd durch den Frühling zu reiten.* So wie sie es als junges Mädchen immer wollte. Ihre Eltern haben auf einem Gut gearbeitet, als Tagelöhner, vor dem Krieg … Und die Töchter des Gutsherrn sind sonntags mit weißen Handschuhen und Spitzenschirmen die Allee entlanggeritten, zur Kirche. Frau Schmitz hat immer nur dagestanden und sie vorbeireiten sehen. Heute wird sie selbst reiten. Sie ist ... Moment ... sie ist neunundneunzig Jahre alt. Sie wird ihren hundertsten Geburtstag nicht mehr feiern, ihre Niere oder ihr Herz werden sie vorher im Stich lassen. Aber es war *nicht* ihr letzter Wunsch, ihren hundertsten Geburtstag zu feiern. Es war ihr letzter Wunsch, durch den Frühling zu reiten, mit einem weißen Spitzensonnenschirm.« Die Stute sah sie mit ihren braunen Augen an und schien zu nicken. »Es war nicht einfach«, wisperte Mathilda, »den weißen Spitzenschirm zu besorgen, weißt du? Schwarze Spitzenschirme gibt es massenhaft. Bei den Versandhäusern für Gothik-Fans, als Sado-MasoSpielzeug, als Modeaccessoire. Ich habe schließlich einen schwarzen gekauft. Mit einem Muster aus pinken Totenköpfen. Das Ding hat zwei Tage lang in hochgiftigem Bleichmittel gelegen. Weißer als der wird kein Schirm je sein.«

Mathilda schloss einen Moment lang die Augen.

Noch einmal auf einem Pferd durch den Frühling reiten. Es war ein unsagbar kitschiger Gedanke. Sie sah es vor sich, die duftenden bunten Blumen in den Beeten, die winzigen hellgrünen Blättchen an den Bäumen, noch neu und unerfahren wie Kinder, die Vögel, die geschäftig durch die Luft schossen und Äste zu Nestbaustellen trugen.

Manchmal brauchte der Mensch Kitsch.

Als sie die Augen wieder öffnete, schlang der Junge mit dem löchrigen Pullover sich den Riemen einer verblichenen Gitarrentasche um die Schulter und schlüpfte durch die Tür, die sich ferngesteuert öffnete. Und alle Blumenblütenvogelbilder verloschen in Mathildas Kopf – seltsam zerquetscht unter den Springerstiefeln des Jungen und seinem Blick. Es hatte eine Art von Trotz darin gestanden, der beinahe weh tat. Er hasst die Welt, dachte Mathilda, er hasst alles, die S-Bahn, die Sonne vor den Fenstern, die Leute – den ganzen beginnenden Frühling.

Sein Haar leuchtete noch einmal auf, ehe er im Gewühle auf dem S-Bahn-Gleis verschwand, strahlend blau wie ein Signal. Als bedeutete sein Auftauchen etwas. Aber Mathilda wusste nicht, was.

Zehn Kilometer entfernt saß zur gleichen Zeit ein großer hagerer Mann in einem grauen Regenmantel auf einer Kreuzberger Parkbank. Ab und zu zog er seinen Schal zurecht und rieb die knochigen Hände aneinander. Er fror, obwohl die Sonne schien, eine warme, freundliche Frühlingssonne.

Vor dem Mann schob sich träge das Wasser des Landwehrkanals vorbei. Jogger joggten auf dem Kiesweg am Ufer vorüber, Fahrradfahrer fuhren Fahrrad, Spaziergänger spazierten; die Stadt war in Bewegung. Er, auf seiner Bank, war der einzig stille Punkt.

Er durchbrach seine Reglosigkeit, riss das oberste Blatt von dem Schreibblock auf seinen Knien und strich sich durch das schüttere Haar.

»Lächerlich!«, murmelte er. »So schwer kann es doch nicht sein, eine Anzeige zu schreiben! Ich finde sie. Allein. Es heißt gar nichts, dass ich im Netz nichts gefunden habe, es gibt Zeitungen. Jeder Mensch geht irgendwann irgendwo an einer Zeitung vorbei. Ich brauche dieses Institut nicht. Die ganze Reklame dafür ist lächerlich.« Und er beugte sich über den Block und begann zu kritzeln.

Eine Stunde später saß er noch immer auf der Bank. Der Boden zu seinen Füßen war jetzt voller Blätter, als wäre es um ihn herum schon Herbst geworden, obwohl zwei Meter weiter der Frühling begann. Natürlich waren die Herbstblätter in Wirklichkeit aus Papier, eng beschrieben und zerknüllt.

Ein Farbfleck tauchte im Augenwinkel des Mannes auf. Blau. Leuchtend blau. Er hob den Kopf. Im Gras der Uferböschung saß ein Junge, der vorher nicht da gesessen hatte, ein Junge mit blau gefärbtem Haar. Er klammerte sich an eine Gitarre wie an eine Heizung, und sein Haar strahlte so signalblau, als ... als wäre es ein Signal. Aber der Mann wusste nicht, für was.

Der Wind trug die Töne, die der Junge spielte, fort übers Wasser; der Mann hörte sie nicht, die Töne schienen das Privateigentum des Jungen zu sein. Alles an ihm sah trotzig aus, selbst sein magerer Rücken. Ihr könnt mich mal, sagte dieser krumme Rücken, denkt bloß nicht, dass ich für euch spiele!

Der Mann schüttelte den Kopf. Der Junge ging ihn nichts an. Er riss das letzte beschriebene Blatt vom Block und zerknüllte auch das. Dann schüttelte ihn ein Hustenanfall, und er fluchte lautlos.

Schließlich stand er auf.

»Na gut«, knurrte er. »Dann gehe ich eben hin.«

Ingeborg wartete auf dem Parkplatz vor dem Botanischen Garten in Dahlem. Sie stand an ihr Auto gelehnt und wippte ungeduldig mit dem Fuß. Jede einzelne der drahtigen schwarzen Locken auf ihrem Kopf strahlte Ungeduld aus; der nächste Klient des Instituts wartete, der nächste Anruf, das nächste Projekt.

Als sie Mathilda und das Pony sah, atmete sie sichtlich auf und öffnete die Beifahrertür für die alte Frau Schmitz, die lieber im Auto gewartet hatte. Ingeborg versuchte zu lächeln, während sie der alten Frau Schmitz aus dem Wagen half. Aber Ingeborg war nicht gut darin, zu lächeln. Ihr Mund war zu schmal, ihre Züge zu hart, ihr Gesicht zu männlich.

Ingeborg war Oberärztin auf der Onkologie gewesen, ehe sie das Institut gegründet hatte. Sie hatte zwanzig Jahre lang Menschen sterben sehen, junge Menschen, alte Menschen, nette Menschen und unausstehliche Menschen. Niemand hatte sich je um die letzten Wünsche dieser Menschen gekümmert. Um ihre letzten Blutwerte, ihre letzten Atemzüge, ihre letzte Chemotherapie, ja. Aber nicht um ihre letzten Wünsche. Es war diese Tatsache, die Ingeborg dazu gebracht hatte, das Institut zu gründen – und die ihr Gesicht hart gemacht hatte.

»Da sind Sie ja«, sagte die alte Frau Schmitz und bückte sich, gestützt auf Ingeborg, um Eddie zu streicheln.

»Siezen Sie meinen Hund?«, fragte Mathilda.

»Ich meinte Sie, junge Frau.« Frau Schmitz lächelte. *Sie* konnte es. Sämtliche Fältchen in ihrem Gesicht vertieften sich dabei, als wäre jedes von ihnen die Erinnerung an ein vergangenes Lächeln; neunundneunzig Jahre Lächeln.

Ingeborg holte eine Klappleiter aus dem Kofferraum. Irritierenderweise war sie lindgrün und rosa.

Mathilda half Frau Schmitz auf die Leiter, und dann saß, nein, dann *thronte* Frau Schmitz auf dem Pferd. Sie trug weiße Handschuhe und ein reinweißes Kleid, das vielleicht einmal ihr Hochzeitskleid gewesen war. Den weißen Spitzenschirm, den Mathilda ihr reichte, hielt sie wie ein Zepter.

»Sie sehen ... wunderbar aus«, sagte Mathilda.

Ingeborg klappte die Leiter zusammen. »Na dann, ich muss. Ich schicke euch in drei Stunden jemanden, der Frau Schmitz abholt.« Damit sprang sie zurück ins Auto und ließ den Motor aufheulen.

Mathilda, Frau Schmitz, Eddie und das Pony sahen ihr nach.

»So viel zu tun«, seufzte Frau Schmitz. »Das Leben ist furchtbar schnell heute! Armes Mädchen.« Sie klopfte dem Pferd den Hals. »Aber ich habe nur eine Sache zu tun, was? Jetzt mache ich meinen ersten und letzten Ausritt. Sie sagten, ich sehe wunderbar aus?«

»Natürlich«, sagte Mathilda und nahm das Pferd wieder am Halfter.

Die Wunderbarkeit von Frau Schmitz' Aussehen war relativ. Es gehörte zu Mathildas Job, relative Dinge zu wunderbaren Dingen zu machen. Frau Schmitz war so blass, dass man ihre Haut kaum von den weißen Spitzen des Kleides unterscheiden konnte, an den Händen glänzte und spannte diese Haut, aufgedunsen von Wassereinlagerungen, voller Hämatome und Altersflecken. Das Kleid, das irgendwann einmal gepasst hatte, war nun trotz des Wassers so groß, dass sie darin zu ertrinken schien. Nur die blauen Augen in dem runzeligen Gesicht blitzten.

Frau Schmitz lachte, ein irgendwie blubberndes Lachen. Das Wasser war längst in ihrer Lunge angekommen, ein kleines Meer, zurückgestaut von einem nicht mehr richtig arbeitenden Herzen. Sturm in den Alveolen, Seenot in den Bronchien.

»Wunderbar!«, wiederholte Frau Schmitz. »Und das kommt, meine Liebe, weil ich glücklich bin. Dabei geht es mir kein bisschen besser. Die Niere ist genauso hinüber wie das Herz. Morgen stoppe ich die Dialyse. Dann sollen sie kommen, die Gifte, und mich überschwemmen!« Sie breitete die Arme aus wie ein Feldherr, der eine feindliche Armee in sein Lager einlädt, und Mathilda befürchtete für einen Moment, Frau Schmitz würde vom Pferd fallen. »Aber heute, mein Kind, heute reite ich durch den Frühling!«

Und dann führte Mathilda die kleine Stute mit ihrer weißbeschirmten Fracht durch das Eingangstor des Botanischen Gartens, gefolgt von Eddie. Der Mann, der die Eintrittskarten verkaufte, nickte Mathilda zu, sie hatte vorher mit ihm gesprochen. Ein paar Besucher drehten sich um, stießen sich gegenseitig an, zeigten.

Frau Schmitz hob eine Hand und winkte huldvoll.

So gingen sie den Kiesweg entlang, zwischen strahlend

gelben Osterglocken und blauen Scylla, weißen Märzenbechern, dunkelroten Stiefmütterchen und violetten Perlhyazinthen. Und Mathilda merkte, dass sich ein Strahlen über ihr eigenes Gesicht gebreitet hatte, ein feierliches Strahlen. Selbst Eddie, den sie jetzt angeleint hatte, ging nicht – er *schritt*. Eddie, diese zerzauste Promenadenmischung, die am ehesten einem Wischmopp glich. Er war, sagte sein ernster Hundeblick zu Mathilda, in diesem Moment ein Wischmopp mit einer höheren Mission: Er eskortierte die weiß beschirmte Königin.

Das gläserne Gewächshaus streckt seine Kuppel majestätisch in den blauen Himmel; an diesem Tag war sie die Kuppel eines Schlosses, durch dessen Garten die Königin ritt. Beim Blau des Himmels dachte Mathilda an den mageren Jungen mit den blauen Haaren. Sie fragte sich, wohin er gegangen war.

Als sie zum Institut zurückkehrte, war Mathilda pferdlos und erschöpft.

Das Institut lag still in seiner irgendwie zurückgesetzten Welt, nur ein paar hundert Meter von der breiten Verkehrsachse der Frankfurter Allee entfernt und doch seltsam ruhig hinter seiner immergrünen Dingsdahecke. Mathilda konnte sich den Namen der Pflanze nicht merken.

Eigentlich war »Institut« eine ziemlich pompöse Bezeichnung für den Hintereingang eines mehrstöckigen Wohnhauses. Man bog von der Allee in eine nichtssagende Straße und musste einen winzigen Weg durch die Wiese nehmen, zu einem winzigen hässlichen Metalltor, das die Dingsdahecke unterbrach. Wenn man durch dieses Tor gegangen war, stand man auf einem ebenfalls winzigen asphaltierten Vorplatz vor der richtigen Tür. Zwei bodenlange Glasfenster links und rechts davon sahen einen erwartungsvoll an. Hinter einem solchen Fenster saß Ingeborg, eingekeilt zwischen einem Flachbildschirm, einem Telefon und mehreren Aktenstapeln.

»Alles gutgegangen?«, fragte sie, den Blick in einer Akte, als Mathilda die Tür öffnete.

Mathilda nickte. »Alle möglichen Leute haben uns fotografiert. Ich glaube, sie dachten, Frau Schmitz ist entweder eine Adelige oder ein Happening. Vielleicht dachten sie auch nur, wir sind alle durchgeknallt.« Sie fand eine Packung Paracetamol auf ihrem eigenen Schreibtisch, befreite zwei Tabletten aus ihrem Blisterstreifen und spülte sie mit einem Schluck Wasser hinunter. »Es war wirklich gut. Du hättest mitkommen sollen.«

Ingeborg sah auf, und ihr Blick ruhte einen Moment auf der Tablettenpackung.

»Sag nichts«, sagte Mathilda. »Ich bin nur k. o. Ich habe keinen Hirntumor, ich habe keinen Sauerstoffmangelschmerz, ich habe ...«

»Du nimmst zu viele von den Dingern«, sagte Ingeborg.

Mathilda zuckte die Schultern. »Jeder nimmt irgendwas.«

Sie streichelte Eddie, der sich unter dem Schreibtisch niedergelassen hatte wie immer, atmete tief durch und pflückte die oberste Akte von einem hohen Stapel.

Es gab eine Menge zu tun.

Als der Mann im grauen Regenmantel ankam, war er außer Atem. Er hatte sich gesagt, dass er niemanden fragen musste, dass er den Weg allein finden würde. Er hatte sich dreimal verirrt. Jetzt sah er auf die zerknitterte, billig gedruckte Broschüre, die er bei sich trug. Ja, dies war die richtige Straße, die richtige Hausnummer. Aber hier war nichts. Nur ein Wohnblock. Eine Wäscheleine mit einbetonierten Pfosten.

Es war sehr still. Nur die hohen Bäume zwischen den

Blocks bewegten leise ihre knospenden Äste. Der Verkehr rauschte weit entfernt; eine andere Welt.

Dann bemerkte der Mann den kleinen Weg, der um den Block herum und über die struppige Wiese führte. Er folgte ihm durch ein hässliches kleines Metalltor und eine immergrüne Dingsdahecke (er konnte sich den Namen der Pflanze nie merken). Und dort, neben einem Hintereingang, hing ein kleines weißes Schild.

INSTITUT DER LETZTEN WÜNSCHE stand darauf.

Und sehr klein: *Ingeborg Wehser / Mathilda Nielsen.*

Der Mann hatte eine gepflegte Häuserfassade erwartet, Marmor, Stuck, einen Vorgarten. Immerhin standen zu beiden Seiten der Tür Töpfe mit Frühlingsblumen: links Narzissen, rechts rote Tulpen, Farbtupfer im grüngrauen Matschmärz der Wohnblocks.

Der Mann holte tief Luft, steckte die Broschüre in die Manteltasche und strich sie glatt. Die Tasche ließ sich nicht glatt streichen, das Stück Papier beulte sie auf unkleidsame Art aus. Er seufzte. Dann fuhr er sich durch das zerzauste Haar und drückte den Klingelknopf neben dem Schild.

1.

Mathildas Kopf war noch voll vom Frühling im Botanischen Garten, als die Tür sich öffnete. Das Gelb und Orange der gefüllten Narzissen, die roten Feuertöne der oben ausgefransten Zuchttulpen, das Grün der sich eben entfaltenden Buchenblätter ... und zwischen den Farben das triumphierende Strahlen der alte Dame. Sie gab ihr drei Tage. Höchstens. In drei Tagen würde sie tot sein.
Mathilda lächelte.
Sie lächelte den Mann an, der jetzt das Institut betrat und sich unsicher umsah.
»Kann ich Ihnen helfen?«
Der Mann sah gebraucht aus, man konnte es nicht anders beschreiben. Sein schütteres Haar wirkte, als wäre er in einen Sturm geraten, obwohl es draußen nicht stürmte. Der graue Mantel war ihm zu weit und seine Haut vom ungesunden Grauweiß derer, die sich sorgen. Mathilda hatte dieses Grauweiß bei einer Menge Leute gesehen, Angehörigen von Sterbenden. Es waren meistens die Angehörigen, die kamen.
Es wird besser, wollte Mathilda zu dem Mann sagen. *Wenn der letzte Wunsch erfüllt, wenn der Tod wirklich da ist, wenn man sich vom Friedhof abwendet, um nach Hause zu gehen, wird immer alles besser. Sie müssen nur lächeln.*
»Ich möchte ...«, sagte der Mann und machte einen Schritt in den Raum hinein.
»Setzen Sie sich doch.« Mathilda deutete auf den Stuhl neben ihrem Bürotisch. Der Mann nickte, kam noch einen Schritt näher, setzte sich jedoch nicht.
»Ich möchte ... eine Anmeldung ... vornehmen im ... in

dieser ... Einrichtung. Das Anliegen der Person, die ich vertrete ... ich meine, für die ich hier bin ...«

Er griff nach der Lehne des Stuhls, und die Fingerknöchel seiner hageren Hände traten weiß hervor; wie bei jemandem, der sich sehr anstrengt. Er schien sich, dachte Mathilda, sehr anzustrengen, eine möglichst komplizierte Formulierung für das »Anliegen« zu finden. Anliegen. Mathilda war immer der Meinung gewesen, dieses Wort wäre vor langem gestorben, und zwar völlig ohne einen letzten Wunsch zu äußern.

»Sie können sich wirklich setzen«, wiederholte sie.

»Ich bin nicht sicher ...« Er setzte sich jetzt doch. Im Sitzen wirkte er merkwürdigerweise jünger, weniger gebraucht als einfach fehl am Platz wie ein zu groß geratener Grundschüler. Vielleicht lag es daran, dass er kaum merklich mit dem Stuhl kippelte.

Mathilda betrachtete die leicht hakenförmige Nase des Mannes, während er nach weiteren komplizierten Worten suchte, und dachte, dass die ganze Erscheinung etwas Rührendes hatte. Wenn dieser Mann nicht so zerzaust gewesen wäre, so aschfahl und so unsicher, hätte er womöglich gut ausgesehen. Sie verbot sich den Gedanken. Der Mann war ein Klient des Instituts oder im Begriff, einer zu werden, und es gab Regeln.

»Wir haben Anmeldeformulare«, sagte Mathilda, holte einen bedruckten Doppelbogen aus einer Schublade, schob Akten, Wasserglas und Notizblock beiseite und legte den Bogen auf den Tisch. »Es ist für niemanden Routine, hierherzukommen. So lange gibt es uns ja auch noch nicht.« Bei näherer Betrachtung hatte dieser letzte Satz etwas Makaberes, als würde es den Leuten in Berlin sicher bald zur Routine werden, ihre sterbenden Angehörigen im Institut anzumelden. Andererseits konnte man nichts über das Institut sagen, was *nicht* makaber klang.

Der Mann mit der Hakennase drehte das Anmeldeformular um; sie hatte es verkehrt herum vor ihn gelegt, und Mathilda murmelte etwas von »Verzeihung« und »Andersrum«, aber er hatte sich bereits in den klein gedruckten Text unter den auszufüllenden Feldern vertieft. Das Kleingedruckte schien ihn zu beruhigen, er hatte jetzt etwas zu tun, weil er es lesen musste, und seine Hände entspannten sich.

»Sie können das Formular gerne mitnehmen und zusammen mit Ihrem Angehörigen über alles beraten«, sagte Mathilda.

Er sah auf. »Nein, nein«, sagte er, plötzlich eilig. »Wir können es gleich hier ausfüllen. Tun Sie das, Frau Wehser ...«

»Nielsen.«

»Frau Nielsen. Oder soll ich ...?«

Sie drehte das Formular wieder zu sich. »Es ist besser, wenn *ich* schreibe. Dann ist die Wahrscheinlichkeit höher, dass ich lesen kann, was da steht. Einmal gab es eine empfindliche Verwechslung der Worte Zugspitze und Flugsitze, wenn Sie verstehen.«

Sie hörte Ingeborg am Nebentisch hinter einem Taschentuch husten. Natürlich waren die Zugspitzenflugsitze frei erfunden. Wenn die Stimmung im Institut zu traurig wurde, begann Mathilda manchmal alberne Dinge zu denken oder zu sagen. Es geschah einfach, sie konnte sich nicht dagegen wehren.

»Zugspitze«, wiederholte der Mann verunsichert. »Was wünschen sich die Leute denn so?«

»Alles Mögliche. Nicht alle Wünsche sind erfüllbar, das muss ich Ihnen gleich sagen. Wir tun natürlich unser Bestes.«

Er seufzte, als hätte er genau diesen Satz befürchtet.

»Ist es ein so komplizierter Wunsch, den Ihr Angehöriger hat?«, erkundigte sich Mathilda. »Und hat er einen

Namen? Es wäre dann leichter, über ihn ... oder sie ... zu sprechen.«

Sie hob einen Kugelschreiber und ließ ihn über dem leeren ersten Feld verharren.

Doch der Mann antwortete nicht auf die Frage, er sagte: »Gibt es Regeln für Wünsche?«

»Es gibt nur zwei Regeln im Institut«, antwortete Mathilda. »Erstens: Das Institut betreut nur Klienten mit einer Diagnose, die vermutlich innerhalb der nächsten sechs Monate zum Tod führt. Wir brauchen diese Diagnose im Übrigen auch wegen der ärztlichen Betreuung während der Zeit, die es eventuell dauert, den Wunsch zu erfüllen.«

Der Mann nickte, auf einmal eifrig, beinahe zu eifrig.

»Ja«, sagte er, »ja. Die Diagnose lautet: hilusnahes Adenocarcinom in der Lunge. Der Tumor ist wohl noch nicht metastasiert, aber er wächst in die Umgebung ... und er ist zu zentral, um ihn operieren zu können. Zu nahe an den großen Gefäßen. Aorta, Luftröhre, irgendwelche Nerven. Die Chance, die Operation zu überleben, beträgt ungefähr fünfzehn Prozent und ...«

»Und Ihr Angehöriger hat sich gegen die OP entschieden.« Mathilda fand immerhin *ein* Feld, dass sie ausfüllen konnte. »Er hat eine palliative Chemotherapie begonnen? Ich meine, eine Chemo zur Verkleinerung der ... Tumormasse, um etwas mehr Zeit zu haben?«

Der Mann schüttelte den Kopf, nickte dann.

»Ach so. Natürlich. Die hat er schon hinter sich.«

Er trommelte nervös mit den Fingern auf die Tischplatte, und Mathilda musste den Impuls unterdrücken, ihre Hand auf seine zu legen, um ihn zu stoppen. Sie füllte das Feld *Diagnose* aus.

»Wir brauchen eine Kopie der Befunde wenn möglich.«

»Ja. Der Wunsch ... der letzte Wunsch ... Es ist nichts, was man kaufen kann.«

»Natürlich. Sonst wären Sie nicht hier.«

»Der Wunsch lautet, jemanden zu finden. Der Mensch, für den ich hier bin, sucht jemanden.« Die hageren Hände trommelten jetzt beide auf der Tischplatte. »Seine Tochter. Er sucht seine Tochter. Sie müsste jetzt fünfzehn Jahre alt sein. Er hat den Kontakt zu ihrer Mutter verloren, und es geht um das Erbe. Mein Mandant ... ich meine, mein Bekannter ... hat keine anderen nahen Verwandten. Er ist ... ganz allein. Er hat offenbar versucht, diese Tochter selbst zu finden, aber es ist ihm nicht gelungen. Seine Internetrecherchen haben nichts ergeben. Sagt er. Außer seltsame Antworten ... Das Netz hat er sozusagen durch.«

Konnte man das Internet *durchhaben?*

»Wann und wo hat er die Tochter denn zuletzt gesehen?«, fragte Mathilda.

Der Wunsch schien vernünftig; vernünftiger als viele Wünsche, die sie zu hören bekam, und es erleichterte sie, dass sie endlich über Probleme sprachen, die angegangen und gelöst werden konnten.

»Mein Mandant«, antwortete er, »hat seine Tochter noch *nie* gesehen, und das ist genau die Schwierigkeit. Er hat den Kontakt zu ihrer Mutter, um präzise zu sein, vor etwas über fünfzehn Jahren verloren. Hier, in Berlin. Niemand weiß, ob sie noch hier sind, die Tochter und ihre Mutter.«

»Name und Beruf der Mutter wären ...?«

»Doreen. Doreen Taubenfänger. Sie hat damals gekellnert. Aber ich glaube, sie hatte keine wirkliche Ausbildung. Sie könnte alles sein inzwischen. Oder nichts.«

»Und ... gibt es ein Foto?«

Er nickte, griff in die Tasche seines Mantels und holte ein unscharfes Foto hervor. Darauf war ein junges Mädchen zu sehen, das vor einer Mauer an einem Fahrrad lehnte und rauchte. Sie trug einen roten Minirock mit großen weißen

Punkten, hatte ihr Haar hochgesteckt und sah den Betrachter – oder den Fotografen – unter langen, dunklen Wimpern hervor an, mit einem glitzernden Schlafzimmerblick, der auch durch die Unschärfe nichts an Eindeutigkeit verlor. Etwas wie ein ironisches Grinsen spielte um ihre Mundwinkel. Mathilda bezweifelte, dass das Foto viel nützen würde.

»Wir brauchen dann noch das Budget. Wie viel Ihr … Mandant? Wie viel er ausgeben kann.«

»Das Budget ist kein Problem«, erwiderte der Mann eilig. »Er war Rechtsanwalt in London … bis zu seinem Ausscheiden aus dem Beruf vor zwei Monaten. Damals scheint er zum Studium nach London gegangen zu sein. Es ist genug Geld da. Wichtig ist, dass die Tochter gefunden wird.«

»Weiß er, wie sie heißt?«

»Nein.«

»Hm«, sagte Mathilda und ließ den Kugelschreiber über dem Formular in der Luft schweben. Die Sache begann, wirklich interessant zu werden, interessanter als Weihnachten im Sommer und Ballonfahrten. Ein Detektivspiel.

»Und Ihr Mandant … wäre es möglich, dass ich selbst mit ihm spreche? Ich brauche in jedem Fall seinen Namen.«

»Birger. Raavenstein.«

Mathildas Kugelschreiber kehrte zurück zum Anfang des Formulars, das sie quasi von hinten her ausgefüllt hatte. Vielleicht bekam sie jetzt endlich eine Reihenfolge in die Dinge.

»Geboren am?«

»27.01.1975.«

Mathilda sah auf. »Vierzig«, sagte sie. Irgendwie hatte sie sich die ganze Zeit über einen alten Mann vorgestellt, der mit einer zu jungen Frau ein Kind gezeugt hatte. »Ihr Mandant ist erst vierzig?«

»Tumoren scheren sich nicht um das Alter der Leute, bei denen sie auftreten«, sagte der Mann sanft. Er räusperte sich, dann wuchs sich das Räuspern zu einem Husten aus, plötzlich krümmte er sich und hielt sich mit beiden Händen an der Kante von Mathildas Schreibtisch fest. Der Hustenanfall schien ihn umzuwerfen wie eine Welle, er duckte sich darunter, und Mathilda merkte, wie sie sich unwillkürlich mitduckte. Als der Husten abebbte und der Mann sie wieder ansah, wirkte er erschöpft. Er murmelte etwas wie eine Entschuldigung, suchte nach einem Papiertaschentuch, fand eines, das ähnlich derangiert war wie er selbst, und wischte sich damit über den Mund.

Auf dem Weiß des Taschentuchs war ein dünner, blassroter Streifen zu sehen.

»Geht es Ihnen gut?«, fragte Mathilda besorgt.

»Ja«, sagte der Mann, »es geht schon. Das ... passiert.« Und er lächelte wieder. Er sah jetzt sehr müde aus. »Es ist nichts weiter. Nur ein kleiner Lungentumor. Leider in zentraler Lage.«

Er nickte zu dem halb ausgefüllten Papierbogen auf dem Schreibtisch hin.

»Mein Mandant ... ich ... Verzeihen Sie, das ist alles etwas neu für mich. Es ist natürlich nicht wahr, dass ich jemanden vertrete. Ich *bin* Birger Raavenstein.«

»Sie sterben«, sagte Mathilda, und schon während sie es sagte, wurde ihr bewusst, wie dumm die Feststellung klang.

Er fuhr sich mit einer Hand durchs Haar, zerzauste es dadurch noch mehr und nickte. Seine Augen waren grün; ein irgendwie unordentliches Grün mit braunen Sprenkeln, aber es sah aus, als verlören sie ihre Farbe; als verblasse das Grün, verwässere, und irgendwann wäre es ganz verloschen. Vierzig. Gott. Er sah so viel älter aus. »Ja. Ich sterbe. Aber das gehört zu den Regeln, nicht wahr?« Und Mathilda hörte in seinem leisen Lachen die gleiche verzweifelte Albernheit, die sie von sich selbst kannte. »Den Regeln dieses Instituts. Alle Klienten sterben in den nächsten sechs Monaten.«

Eine halbe Stunde später hatte Mathilda eine sehr verworrene Geschichte aufgeschrieben.

Eine Geschichte vom Verschwinden einer Frau. Doreen Taubenfänger.

Als sich die Tür schließlich hinter Raavensteins zerzauster Erscheinung schloss, ließ sie den Kugelschreiber sinken und warf einen Blick zu Ingeborg hinüber, die natürlich alles mitgehört hatte. Und sie wollte etwas sagen – über die Geschichte, über Doreen, über die Privatdetektive, die sie eigentlich nicht waren.

Aber da öffnete sich die Tür schon wieder. Hindurch kam ein altes Ehepaar, das nicht besonders sterbend aussah. Er deutete eine leise Verbeugung an, ließ ihr den Vortritt und schloss die Tür hinter sich. Es wäre doch, dachte Mathilda, eine unglaublich romantische Vorstellung, zusammen einen letzten Wunsch erfüllt zu bekommen und dann die Welt zu verlassen, Hand in Hand …

»Zu welcher der jungen Damen möchten Sie?«, fragte der Mann die Frau. »Haben Sie einen Termin?«

Also kein altes Ehepaar. *Goodbye, romance.* Die beiden hatten sich offenbar vor der Tür getroffen. »Ich habe keinen Termin«, sagte die Frau, halb zu dem Mann, halb in den Raum hinein. »Braucht man einen Termin?«

Ihre Stimme war sehr leise und ihr Haar, das in einer gepflegten kurzen Dauerwelle um ihren Kopf drapiert war, schlohweiß. Sie war sehr klein, trug eine randlose Brille und ein hellgrünes Wollcape, das weich und wertvoll aussah. Der Mann hingegen steckte in einer Strickjacke mit abgewetzten Ärmeln und einer alten braunen Kordhose. Doch die Altherrenkappe auf seinem Kopf saß in einem beinahe kessen Winkel schräg, und sein breitbeiniger Gang war der eines Menschen, der genau weiß, was er will.

»Na, dann nehme ich den rechten Tisch«, sagte er aufgeräumt. »Ich habe auch keinen Termin.«

Er zog den Stuhl vor Ingeborgs Tisch zurück, um sich zu setzen. »Mein Name ist Jakob Mirusch«, sagte er, nahm die Kappe ab und streckte Ingeborg seine Hand entgegen. »Ich bin vierundneunzig Jahre alt und war noch nie in meinem Leben einen Tag krank. Und nun habe ich ein infrarenales Aortenaneurysma. Es kann jederzeit platzen, und dann bin ich mausetot.«

Nachdem er Ingeborgs schmale, drahtige Hand geschüttelt hatte, lehnte er sich in seinem Stuhl zurück, verschränkte die Arme und sah sie an, als hätte er ihr soeben genau das geliefert, wonach sie monatelang gesucht hatte.

»Es hat gedauert«, fügte Jakob Mirusch mit einem triumphierenden Nicken hinzu, »bis ich das aussprechen konnte. Infrarenales Aortenaneurysma. Hier bin ich, und ich habe einen letzten Wunsch. Was muss ich tun?«

»Zunächst«, antwortete Ingeborg, »ein langweiliges, trockenes Formular ausfüllen. Oder mir diktieren, was ich schreiben soll.«

»Falls Sie sich fragen, ob ich schreiben kann, junge Frau«, sagte Jakob Mirusch fröhlich, »dann brauchen Sie sich nicht zu sorgen. Ich bin Uhrmacher. Ein einfacher Handwerker, denken Sie. Aber ich sage Ihnen: Wir sind viel mehr. Wir sind Künstler. Wir bringen die Zeit in diese kleinen Gehäuse.« Er klopfte auf eine altmodische, aufziehbare Armbanduhr an seinem Handgelenk. »Und wir jagen sie vierundzwanzig Stunden am Tag im Kreis. Ohne uns läuft die Welt nicht. Haben Sie einen Stift?«

Mathilda wandte sich der Frau mit der weißen Dauerwelle zu. Sie stand noch immer mitten im Raum, ähnlich unsicher wie Herr Raavenstein. Es schien ein ungeschriebenes Gesetz zu sein, dass die energischen Leute immer Ingeborg und die schüchternen immer Mathilda wählten.

Die Dame im Cape kam jetzt durch den Raum getrippelt, sie bewegte sich wie eine Elfe – eine atemnötige Elfe mit einem Gehstock. Schließlich saß sie Mathilda gegenüber und lächelte ein Begrüßungslächeln. Aber Jakob Mirusch, der Uhrmacher, nahm mit seiner Entschlossenheit noch immer den ganzen Raum ein.

»Richtig«, sagte er gerade. »In einer Studenten-WG. Wie damals.«

»Sie haben studiert?«, erkundigte sich Ingeborg vorsichtig. »Wo denn?«

»Ach was, ich doch nicht«, antwortete Jakob Mirusch. »Uhrmacher braucht man nicht zu studieren. Kann man auch nicht studieren. Entweder begreift man die Zeit – oder nicht. Nein, in den Studenten-WGs war ich später. Da war ich schon alt, uralt für die Studenten, fünfzig durch. Ich hatte ein paar jüngere Freunde, die haben mich eingeladen. Jaja, Berlin und die Anfänge der Siebziger. Kerzen auf Apfelsinenkisten, Wasserhahn auf dem Flur, und stundenlang gespielt haben wir, die jungen Leute waren ganz wild aufs Spielen, wie die Kinder, Brettspiele, Kartenspiele, alles, und der Rotwein, billig, Katerwein, aber später habe ich nie wieder so einen befriedigenden Kater gehabt. Damals hab ich mir tatsächlich überlegt, ob ich doch noch anfangen soll, irgendwas zu studieren, nur um der Feiern willen. Hatte natürlich kein Geld, und die Zeit ging vorbei, ich trieb sie ja dazu an, von Berufs wegen, und von denen damals kenne ich heute keinen mehr. Aber Studenten-WGs, die gibt es doch immer noch überall wie Unkraut, oder? Ich dachte, Sie haben sicher Kontakte.«

»Die Callas«, wisperte die Dame im hellgrünen Cape, und Mathilda zuckte zusammen und riss sich aus Jakob Miruschs Monolog los. Die Dame hatte sich vorgebeugt und sah sie eindringlich an, als hätte sie etwas Verbotenes gesagt. »Kennen Sie die?«

»Wie bitte?«, fragte Mathilda irritiert.

»Die Callas«, wisperte die alte Dame noch einmal. »Sie noch einmal singen hören.«

»*Maria* Callas? Das ist Ihr letzter Wunsch? Oder der Wunsch von jemand anderem?«

»Meiner«, erklärte die alte Dame und lächelte bescheiden, als handelte es sich nicht um einen Wunsch, sondern um eine Errungenschaft, mit der sie aber nicht gedachte anzugeben. »Sie singt so schön. Ich habe auch gesungen, früher. Aber nie professionell. Nur manchmal, zu Hochzeiten und Geburtstagen.«

»Ich bräuchte Ihren Namen«, sagte Mathilda und suchte ein leeres Formular. »Und die Diagnose.«

»Ewa Kovalska, Ewa mit w, Kovalska mit v. Meine Lunge … die Lungenbläschen sind hinüber, an einigen Stellen, sie nennen es Emphysem, meine Lunge ist nicht jünger als ich, siebenundachtzig, sie wird mich demnächst im Stich lassen. Immer wenn ich irgendetwas bekomme, einen Schnupfen, irgendwas, dann kriege ich keine … keine Luft mehr. Ich sollte Sauerstoff nehmen … benutzen, meine ich, und das Herz macht es auch nicht mehr, weil es ja an der Lunge sozusagen dranhängt. Ich möchte sie so gerne noch einmal hören. Auf der Bühne. Ein einziges Mal.«

»Ja«, sagte Mathilda, den Kugelschreiber in der Hand. »Ich … notiere erst mal den Rest. Wir brauchen auch die Befunde. Es gibt zwei Regeln im Institut; die eine lautet, dass wir nur Menschen betreuen, die höchstwahrscheinlich innerhalb der nächsten sechs Monate sterben.«

»Und die zweite?«

»Um die zweite brauchen Sie sich nicht zu kümmern, die ist nur für Mitarbeiter. Frau Kovalska, geboren sind Sie am …?«

Während sie schrieb, fragte Mathilda sich, ob sie es ihr sagen sollte. So wie Ingeborg das getan hätte. *Liebe Frau Kovalska, Maria Callas ist tot. Seit langem.* Ein paar Mal holte Mathilda Luft, um genau das auszusprechen. Doch sie brachte es nicht übers Herz. Vielleicht konnte sie Ingeborg bitten, es zu tun. Die alte Dame konnte sich einen anderen Wunsch überlegen. Aber konnte man seinen letzten, seinen größten Wunsch ändern?

Als Ewa Kovalska ging, Sekunden nach dem Uhrmacher, drehte sie sich in der Tür noch einmal um.

»Maria Callas«, wisperte sie und hob die Hände zum Gesicht. Sie steckten in dünnen Handschuhen, blassgrün wie ihr Cape. Sie legte die Handschuhhände an die geröteten Wangen und strahlte. »Ich bin schon ganz aufgeregt«, flüsterte sie. »Wie wunderbar das wird!«

Dann schloss sich auch hinter Ewa Kovalska und ihrem letzten Wunsch die Tür.

»Was wollte er?«, fragte Mathilda in die Stille. »Dein Herr Mirusch? Eine Sexorgie in einer Studenten-WG?«

Ingeborg lachte. »Nein. Einen Spieleabend. *Ein*mal ein einfacher Auftrag.«

»Einfacher, als die Callas zum Leben zu erwecken.« Mathilda begann, auf ihrem Tisch Papiere hin und her zu schieben, um die Kopfschmerztabletten zu finden. Sie hörte auch Ingeborg Dinge ordnen, Akten, Papiere, Zettel. Die Wanduhr mit dem Kaninchen, das ständig auf dem Minutenzeiger im Kreis hoppelte, zeigte zehn Minuten nach sechs. Zeit, das Institut für den Tag zu schließen.

»Willst du den Fall abgeben?«, fragte Ingeborg unvermittelt.

»Frau Kovalska?« Mathilda schüttelte den Kopf. »Nein. Ich werde schon eine Lösung finden. So tot kann die Callas gar nicht sein, dass sie nicht irgendwo noch auftritt. Vielleicht nicht persönlich.« Sie durchwühlte die oberste Schublade, dann die darunter, noch immer auf der Suche nach den Tabletten.

»Ich meine nicht Frau Kovalska«, sagte Ingeborg. Die Art, auf die sie es sagte, war Mathilda suspekt. Diesen geduldigen Ton gab es in Ingeborgs Stimme sonst nur gegenüber unheilbar Kranken.

»Ich meine Herrn Raavenstein«, sagte Ingeborg. »Willst du Raavenstein abgeben?«

Mathilda schüttelte den Kopf etwas zu schnell. »Ich muss nur eine Liste machen, eine Liste der Dinge, die unternommen werden sollten, in der richtigen Reihenfolge ... Ich habe noch nie eine Person gesucht, die ich nicht kannte, aber ich habe schon ein paar Ideen. Plakate, Radio, die *richtigen* Internetforen ...« Sie fand die Tabletten endlich unter dem Notizblock.

Als sie eine aus dem Blisterstreifen drücken wollte, legte Ingeborg ihre Hand auf Mathildas.

Sie hatte nicht einmal gemerkt, dass Ingeborg zu ihrem Tisch herübergekommen war.

»Mathilda.«

»Ja.« Mathilda sah auf. »Ingeborg. Schön, dich zu sehen, was machst du denn hier?«

»Hör auf mit dem Unsinn«, sagte Ingeborg. »Sag mir, was du denkst. Über diesen Mann. Raavenstein.«

Mathilda dachte daran, wie dringend sie mit Ingeborg über die abstruse Geschichte hatte reden wollen, die Birger ihr erzählt hatte. Plötzlich wollte sie nicht mehr darüber reden. Sie war unendlich müde. »Raavenstein ... sprengt auf jeden Fall alle Rekorde.« Sie zuckte die Achseln. »Vierzig. Ich dachte bisher, junge Leute, die sterben, kriegen den Rest ihres Lebens allein auf die Reihe. Sie haben doch Freunde, Eltern, was weiß ich. Beziehungen.«

»Wir hatten«, sagte Ingeborg, »schon Leute, die jünger waren. Aber die habe bisher alle ich übernommen. Vor zwei Monaten war da ein fünfjähriger Junge. Seine Eltern waren hier. Eltern kriegen, glaube ich, nicht alles hin. Müssen sie nicht. Dieser Raavenstein ist einfach auf deinen Tisch zugegangen. Ich hatte gehofft, er käme für jemand anderen.«

»Warum hast du mir nichts von dem kleinen Jungen

erzählt? Und von den anderen jüngeren Klienten, die wir hatten?«

Ingeborg zuckte die Schultern. »Man muss sich nicht mit allem auseinandersetzen. Es gibt Dinge, die vielleicht bei mir besser aufgehoben sind. Ich bin ein alter Knochen, genau das haben sie in der Klinik gesagt. Mathilda, ich habe so viele Leute sterben sehen! Sterben, sich quälen, elend vor die Hunde gehen. Es gibt ja Gründe dafür, dass ich das Institut eröffnet habe. Aber du ... Wenn du mit einem Fall nicht umgehen kannst, musst du ihn nicht bearbeiten.«

»Und woraus schließt du, dass ich mit dem Fall von Herrn Ra...« Sie suchte mit voller Absicht eine Weile nach dem richtigen Namen. »Herrn Raabenstein nicht *umgehen* kann? Sind meine Haare plötzlich schlohweiß geworden?« Mathilda versuchte, möglichst viel Sarkasmus in ihre Stimme sowie zwei Tabletten unauffällig neben die Packung zu legen. »Oder habe ich angefangen, unkontrolliert zu zittern?«

»Nein«, sagte Ingeborg und nahm ihr das Wasserglas weg. »Aber du hast die beiden letzten Anmeldungen mit einem Kugelschreiber ausgefüllt, der seit Tagen nicht mehr funktioniert.«

Mathilda fischte die Formulare aus dem Chaos von Akten und Zetteln und fluchte.

Dann schnappte sie sich einen anderen Stift und begann, auf Ewa Kovalskas Formular die Fakten, an die sie sich erinnerte, nachzutragen, ehe sie sie vergaß. Mathilda spürte, dass Ingeborg sie beobachtete. Doch schließlich strich sie ihr schwarzes Drahthaar hinter die Ohren, ging zurück zu ihrem eigenen Tisch und begann, ihre Sachen einzupacken.

»Geh ruhig schon, ich schließe ab«, sagte Mathilda, ohne aufzusehen. »Ich muss das hier erst hinbekommen. Verdammt. Die Telefonnummern sind natürlich weg. Schönen Feierabend.«

Die Tür schloss sich mit einem Klicken hinter Ingeborg, und endlich sah Mathilda auf. Dann zerknüllte sie das Formular, auf das sie mit einem toten Kugelschreiber den Namen Birger Raavenstein und das Geburtsdatum 27.01.1975 geschrieben hatte, und warf es in eine Ecke, so heftig, dass Eddie, der unter dem Tisch geschlafen hatte, mit einem erschrockenen Kläffen hochfuhr.

Mathilda brauchte dieses Formular nicht zum zweiten Mal auszufüllen. Sie hatte die Telefonnummer vergessen, gut. Aber an alles andere, was der zerzauste, gebrauchte, hagere Mann mit dem verlöschenden grünen Blick gesagt hatte, würde sie sich vermutlich ihr Leben lang erinnern. Wortwörtlich. Ob sie es wollte oder nicht.

Sie begann die Liste auf dem Heimweg in der U 5 zu schreiben. Eingeklemmt zwischen einer Frau mit ausladenden Taschen und einer ausladenden Frau ohne Taschen, die sich über sie hinweg auf Türkisch, Kurdisch oder vielleicht auch Außerirdisch unterhielten. Oben auf Mathildas Schreibblock prangte das Emblem des Instituts für letzte Wünsche: ein kleiner Heißluftballon mit den aufgedruckten Buchstaben großgeschriebenes DLW. Beinahe wäre es ein Weihnachtsbaum geworden, da dies die beiden häufigsten letzten Wünsche waren, aber Ingeborg war dagegen gewesen; sie mochte Weihnachten nicht. Nach einem Jahr Arbeit im Institut mochte Mathilda Weihnachten auch nicht mehr, schlimmer, sie konnte Weihnachten nicht mehr von normalen Tagen unterscheiden, es war zu einer allgegenwärtigen Bedrohung geworden. Pro Monat richteten sie im Schnitt fünf Weihnachtsfeiern aus.

Liste – Raavenstein, schrieb Mathilda neben den Heißluftballon.

A – Plakate – Text? Wo aufhängen? Kosten berechnen.
B – Radio

C – Netzrecherche und Anzeige auf verschiedenen Plattformen

Sie kaute an dem Bleistift, den sie eingesteckt hatte, um nicht wieder einen leeren Kugelschreiber zu benutzen, ohne es zu merken.

D – Polizei und Einwohnermeldeamt.

Was natürlich unter A hätte stehen müssen. Aber Mathilda mochte keine Ämter. Und Ämter mochten das Institut nicht, schon deswegen, weil es »Institut« hieß und die Ämter offenbar befürchteten, es könnte für eine staatliche Einrichtung gehalten werden.

Mathilda streichelte Eddie, der unter der Bank lag, wieder einmal unsichtbar geworden. Dann schloss sie die Augen, ließ das Gespräch der beiden Frauen über sich hinwegplätschern und versuchte, die Idee der Plakate weiterzuentwickeln.

Sie war im Übrigen dankbar für die nicht verständliche Sprache. Sie benutzte den Heimweg in der U-Bahn oft zum Arbeiten, und die Leute neigten dazu, einem in die Gedanken zu quatschen. Gequatsche, das sie nicht verstand, perlte an Mathilda ab, und sie hätte dafür plädiert, dass in Berliner U-Bahnen alle Menschen türkisch, kurdisch oder außerirdisch sprachen.

Natürlich würde auf dem Plakat die junge Frau mit dem Fahrrad zu sehen sein. Doch jedes Mal, wenn Mathilda sich ein Plakat an einer Litfaßsäule vorstellte, sah sie Birger Raavensteins Gesicht dort, übergroß, ein wenig unscharf, die Haare zerzaust, als wäre er gerade in einen Sturm geraten, obwohl es draußen nicht stürmte. Seine schmale, etwas schiefe Nase teilte das Bild in zwei Teile, und Mathilda dachte zum ersten Mal, dass er, nasenmäßig, Ingeborg ein wenig ähnlich sah. Bei näheren Berechnungen stellte sie jedoch fest, dass Ingeborg mit ihren fünfundvierzig Jahren nicht Birger Raavensteins vermisste Tochter sein konnte und ihre Phantasie mal wieder mit ihr durchging. Die verblassenden grünen Augen, die von der Litfaßsäule herabsahen, blickten suchend an ihr vorbei in die Ferne. Denn natürlich suchte er nicht sie, er suchte jemand anderen.

In England druckten sie Bilder vermisster Kinder auf Milchtüten. In Mathildas Vorstellung rutschte Birgers Gesicht auf eine Milchtüte und sah sie aus Supermarktregalen an. Sie nahm eine der Milchtüten aus dem Regal, und diesmal sah Birger Raavenstein nicht mehr aus, als suchte er. Er sah aus, als wäre er selbst verlorengegangen. Mathilda stellte die Milchtüte in ihren Einkaufswagen, und plötzlich konnte sie auch die anderen schwarz-weißen Birgers nicht im Regal zurücklassen. Sie begann, Milchtüte für Milchtüte in den Einkaufswagen zu stellen, als könnte sie Birger dadurch retten ...

»Mathilda?«, fragte jemand.

Sie öffnete die Augen. Verdammt, sie war eingeschlafen. Sie hatte geträumt. Die beiden freundlicherweise außerirdisch sprechenden Frauen waren ausgestiegen. Dafür stand vor ihr, halb heruntergebeugt, ein junger Mann mit kurzem, weißblondem Haar. Um seinen Hals lag ein leichter grauer Schal; er hatte ihn auf die Art umgelegt, auf die gepflegte junge Männer Schals in Reklamefilmen um den Hals legen. Mit dieser unerträglichen Schlaufe, durch die man die Enden zieht.

»Mathilda?«, wiederholte er. »Wirklich! Das gibt's ja nicht.«

Und da erkannte Mathilda den gepflegten jungen Mann mit dem Schal.

»Daniel«, sagte sie. Daniel Heller. Gleicher Jahrgang wie sie, gleicher Einschreibungstag an der Uni, beinahe gleiche Matrikelnummer. Vor hundert Ewigkeiten. Das war damals gewesen, als sie noch geglaubt hatte, sie wolle Ärztin werden.

Daniel nickte. »Hab ich mich so verändert? Wie lange ist es her? Drei, vier Jahre?«

»Fünf«, sagte Mathilda, nur um ihn zu toppen, nicht, weil sie wirklich die Jahre gezählt hatte.

»Wahnsinn.« Sein Lächeln war ehrlich. In seinen Augen glänzte etwas, etwas Frohes – sie waren vom gleichen klaren Grau wie sein Schal. Und Mathilda dachte: »Er hat den Schal danach ausgewählt« und »Das ist verrückt«. Dann dachte sie an das verblassende Grün anderer Augen und schob den Gedanken weg.

Sie fragte sich, ob sie sich freute, Daniel zu treffen. Sie hatte ihn sehr gründlich zu vergessen versucht, und es war ihr gelungen. Sie hatten zusammengewohnt. Waren zusammen zu den Vorlesungen gegangen. Hatten zusammen Prüfungen bestanden – oder, in Mathildas Fall, nicht bestanden und nachgeholt und schließlich doch bestanden. Daniel hatte immer alle Prüfungen auf Anhieb geschafft. Er hatte Mathilda geholfen. Mit ihr gelernt. Ihr gesagt, dass sie weitermachen musste, immer aufstehen und weitermachen. Sie sah seine Arme an und versuchte, sich daran zu erinnern, wie es war, von ihnen gehalten zu werden.

Er trug einen schönen Pullover, dunkelblau und weich wie Frau Kovalskas Cape. Sie erinnerte sich an eine kratzige Strickjacke, die sie ihm zu irgendeinem Weihnachten geschenkt hatte, selbst gestrickt, und sie hatte nie besonders gut stricken können. Sie hatte ihn eine Weile beinahe ausschließlich dafür geliebt, dass er die Strickjacke trug. Er hatte ihr damals den Weihnachtsbaum geschenkt, den sie unbedingt hatte haben wollen, einen richtigen, echten Weihnachtsbaum, der kaum in die kleine Wohnung passte. Keiner von ihnen hatte Geld gehabt. Sie waren eine Weile sehr glücklich gewesen.

Eine Weile.

Dann war etwas kaputtgegangen zwischen ihnen, etwas wie eine Tasse, wie ein Glasbild, wie ein Traum. Daniel war fortgegangen, um anderswo weiterzustudieren. Sie war geblieben, um damit aufzuhören.

Die U-Bahn hielt mit einem Ruck, Daniel fiel beinahe und gab seine gebückte Stellung auf, um sich an einer der Stangen unter der Decke festzuhalten.

»Seit wann bist du wieder hier?«, fragte sie zu ihm herauf. Eddie streckte den Kopf misstrauisch zwischen ihren Beinen hervor, um nachzusehen, mit wem sie sprach.

»Januar. Ich bin in der Charité, Kardio zurzeit. Die Leute mit den gebrochenen Herzen. Und du ... hast einen Hund, wie ich sehe.«

»Ja«, sagte Mathilda. »Du machst Kardio, und ich habe einen Hund. Seit zwei Jahren. Aus dem Tierheim. Gebraucht.«

»Und was ... Verzeihung, aber ... was hast du da an?«

Mathilda sah an sich hinunter. Auf ihrem sonst unauffälligen blauen Kapuzenpulli befand sich ein aufgenähter Kreis aus buntem Stoff, ein Stück eines alten Kinder-T-Shirts; pausbackige 60er-Jahre-Kinder galoppierten darauf in Braun-Gelb-Orange auf kleinen Pferdchen zwischen Apfelbäumen hindurch. Keines der Kinder musste sein Pferdchen in eine S-Bahn schieben.

Beinahe alle von Mathildas Kleidern besaßen Aufnäher dieser Art.

»Es sind Teile meiner Kindheit«, hatte sie Ingeborg einmal erklärt. »Ich habe damit angefangen, sie auszuschneiden und aufzunähen, als ich damals plötzlich allein in der Dachwohnung war. Lauter alte T-Shirts und Bettbezüge. Ich habe sie zu Hause gefunden, auf dem Dachboden meiner Eltern. Als Kind habe ich immer dort gespielt, damals, als die Welt noch wunderbar war. Es ist leichter, über diese vielen Weihnachten und Tode zu lachen, wenn man weiß, dass man auf dem Po oder dem Bauch ein aufgenähtes 60er-Jahre-Kind hat, das ein orangefarbenes Pferd füttert.«

Ingeborg hatte genickt, aber Daniel wartete nicht auf die Erklärung für die Pferdchen und Kinder.

»Was machst du jetzt?«, fragte er. »Auch Innere? Du wolltest Allgemeinärztin werden, oder? Aufs Land ziehen ...«

»Ja, und hier bin ich, immer noch in der Großstadt.« Mathilda streichelte Eddie, der etwas lauter hechelte als nötig. Als liefe sie Gefahr, ihn sonst zu vergessen. »Ich hab das Studium geschmissen. Nach dem PJ. Das dritte Staatsexamen hab ich nicht mehr gemacht.«

»Dir fehlt nur das letzte Staatsexamen?« In Daniels grauen Augen lag ein Entsetzen, das sie amüsierte. »Das hättest du doch noch machen können.«

»Ja«, sagte sie. »Hätte ich. Nur wozu? Die ganze Sache mit der Medizin war von Anfang an sinnlos. Für mich. Jetzt habe ich den richtigen Job.«

Er nickte, schüttelte den Kopf, nickte wieder. »Aha. Hör mal, ich könnte dich zum Essen einladen, und du könntest mir von dem Job erzählen. Ich habe frei. Das ist eine seltene Gelegenheit.«

»Nicht heute.«

»Dann irgendwann. Es ist ...« Er lachte. Es klang ein wenig verlegen. »Es ist schön, dich zu sehen. Und sehr seltsam.« Noch ein Kopfschütteln. »Wie ein Schritt in die Vergangenheit. Du hast dich kein bisschen verändert.«

Mathilda fragte sich, ob das ein Kompliment war oder eher das Gegenteil. »Der Job ist schnell erklärt. Du musst mich nicht zum Essen einladen. Ich arbeite im Institut der letzten Wünsche.«

»Im *was*?« Er klang plötzlich vorsichtig.

»Oh, wir züchten Gemüse nach Mondphasen«, erwiderte Mathilda beiläufig. »An bestimmten Tagen erfüllt es beim Verzehr geheime Wünsche. Man muss es natürlich mit

Schüsslersalzen düngen. Und auf die Wasseradern unter den Beeten achten, damit der Magnetismus nicht das labile Gleichgewicht der inneren Chakren in den Pflanzen durcheinanderbringt.« Sie sah Daniels Gesichtszüge entgleisen und lachte. Dann hob sie die rechte Hand und winkte leicht vor seinem Gesicht hin und her. »Hallo? Ironie?«

Er schüttelte zum dritten Mal innerhalb von drei Minuten den Kopf.

»Dir traue ich alles zu. Was tust du wirklich?«

»Oh, ich arbeite *tatsächlich* im Institut der letzten Wünsche. Der Name ist wenig kreativ. Wir erfüllen letzte Wünsche. Von Leuten, die sterben. Du kennst diese Sorte Leute ja aus der Klinik. Sie liegen da herum und kriegen noch eine Therapie und noch eine, damit sie ein bisschen länger leben. Daran, was sie eigentlich noch tun oder haben möchten, denkt niemand.«

Daniel nickte langsam. »Die bösen Ärzte«, sagte er. »Und die besseren Menschen. Da wären mir die Mondphasen und das Gemüse ja fast lieber gewesen.« Er sah auf den Bildschirm unter der Decke, auf dem Reklame für ein Popkonzert lief. »Glaubst du daran?«

»An Gemüse? Doch, ich glaube durchaus an Gemüse. Falls du das Institut meinst, an das glaube ich auch. Es existiert. Ich meine, es gibt nur zwei ständige Mitarbeiter, Ingeborg und mich, aber wir haben eine Unzahl von nicht-ständigen Mitarbeitern für den Bedarfsfall. Fünf persönlich bekannte Taxifahrer, vier befreundete Krankenpfleger, zwei Beerdigungsunternehmer, einen Finanzberater ... und eine ganze Menge Gelegenheitsjobber auf Hartz IV.« Sie lachte. »Alle Welt hat Ingeborg gesagt, das Institut würde ein Flop werden. Jetzt können wir uns vor Klienten nicht retten. Du kannst ja vorbeikommen und es dir ansehen. Es befindet sich in Friedrichshain in einem Hinterhaus.«

»Vielleicht tue ich das«, murmelte er. »Die Tage mal. Oh,

verdammt, hier muss ich raus.« Und, schon halb im Gehen: »Hast du eine Nummer, unter der man dich erreichen kann? Falls wir doch noch irgendwann etwas essen gehen?«

»Ja«, sagte Mathilda. »Du kennst sie. War früher auch deine Nummer. Ich wohne noch immer in der alten Dachwohnung in der Uferstraße. Es stimmt, ich habe mich nicht verändert.«

Sie sah ihm nach, wie er sich durchs Gedränge schob und aus der U-Bahn sprang, um im Gewimmel zu verschwinden. Jemand anderer drängte sich an ihm vorbei, drängte sich herein: ein Junge mit sehr blauen Haaren. Es war *der* Junge.

Mathilda zuckte zusammen und schüttelte ungläubig den Kopf. Das war ein merkwürdiger Zufall. Der Junge hatte Mathilda ebenfalls gesehen, und er schien sich zu ihrem Erstaunen an sie zu erinnern.

»Jetzt ohne Pferd?«, fragte er. Seine Stimme war rau und sehr jung.

»Ja.« Sie lächelte. »Es gibt Momente mit und Momente ohne Pferd im Leben. Aber du bist nicht ohne Gitarre.«

»Es gibt keine Tage«, sagte er mit einem Ernst, der sie verblüffte, »ohne Gitarre.«

Dann lehnte er sich in eine Ecke und kehrte den Blick nach innen, und es war klar, dass er nicht weiter mit ihr sprechen würde. Er hatte die Hände in die Taschen gesteckt und die Beine in den engen, zerschlissenen Jeans übereinandergeschlagen, betont lässig. Mathilda und Eddie stiegen am Alex aus, um die nächste U 8 zu erwischen. Sie winkte dem Jungen mit den blauen Haaren zum Abschied. Er winkte nicht zurück.

In der U-Bahn-Station Pankstraße hingen alte Schwarz-Weiß-Bilder vermisster Kinder, vor Jahren an die steinerne Wand gekleistert. Mathilda dachte wieder an ihren Traum von Birger Raavenstein auf Milchtüten. Neben den Kindern gab es Reklame für Veranstaltungen – ein Varieté im alten Stil, zwei Musicals, einen Film, einen Diavortrag über ein warmes Land, in dem die Sonne unterging. Mathilda sah die vermissten Kinder an. Es war unwahrscheinlich, dass eines von ihnen noch lebte; vielleicht waren sie jetzt alle in dem Land mit dem Sonnenuntergang, einem geheimen Land, das nur in ihren Köpfen existierte. Das kleine Mädchen mit den großen dunklen Mandelaugen und dem türkischen Namen zum Beispiel oder der Junge neben ihr, dessen zerzaustes langes Haar so hell war wie das von Daniel und der die Augen hinter seiner Brille zusammenkniff, als wollte er nicht fotografiert werden.

Sie fragte sich, ob sie das Bild von Birgers Tochter daneben hängen sollte.

Name: unbekannt.

Alter: fünfzehn.

Vermisst: seit fünfzehn Jahren.

Aber es war schwer, ein Bild von einer Person aufzuhängen, von der man nicht einmal wusste, wie sie *ungefähr* aussah.

Mathilda verließ die U-Bahn-Station, schloss ihr Rad auf (grün mit einem kleinen Maulwurf aus Gummi auf dem Lenker, der quietsch-hupen konnte) und fuhr nach Hause.

Die alte Dachwohnung in der Uferstraße.

Sie dachte die Worte voller Zärtlichkeit, als sie den Schlüssel im Schloss drehte. Der Schlüssel machte ein knirschendes Geräusch; sie hatte seit Jahren Angst, dass das Schloss sich eines Tages irreversibel verklemmen würde, aber irgendwie gehörte das dazu. Unten floss zögernder Verkehr, und jenseits der Straße floss die Panke, an der die Bäume ihre dürren grauen Äste reckten und angestrengt erste Blätter produzierten. Der Lärm der Stadt war in dieser Ecke erträglich, und hier oben im vierten Stock war es beinahe still.

Eddie stieß die Tür mit der Nase auf und drängte sich an Mathilda vorbei. Sie hörte das Klicken seiner zu langen Krallen auf den holzwurmzernagten Dielen, während sie ihren Mantel an einen von zwei Nägeln hängte, die neben der Tür aus einem Balken ragten, einen Mantel, auf dessen Tasche ein aufgenähter roter Apfel leuchtete.

Die alte Dachwohnung in der Uferstraße.

Was dachte Daniel darüber, dass sie immer noch hier wohnte? Dachte er, sie trauerte der Zeit nach, in der sie zusammen hier gewohnt hatten? Das war ein Trugschluss. Sie mochte die Wohnung auf die gleiche Art, auf die sie Eddie mochte. Beide, Wohnung und Hund, waren weder schön noch besonders, ein wenig abgewetzt, ein wenig secondhand – aber irgendwie sympathisch.

Secondhand und abgewetzt? Genau wie … *Nein. Denk jetzt nicht daran.*

Sie stieß sich den Kopf noch immer ab und zu an einer der Schrägen, und sie sagte sich noch immer, nach so vielen Jahren, dass sie bei Gelegenheit die Waschmaschine in dem winzigen Bad von der Wand rücken und dahinter putzen sollte. Sie betrachtete noch immer jeden Morgen beim Zähneputzen das Plakat mit der Sammlung von Strandgut, das sie vor Jahren von einem Ausflug nach Rügen mitgebracht hatte, und sie kaufte noch immer jeden Monat zwei Töpfe Supermarkt-Basilikum, die sie liebevoll auf dem Fensterbrett zu Tode pflegte. Nein, nichts hatte sich verändert. Nur Eddie war dazugekommen. Daniel hatte nie einen Hund haben wollen.

Kardiologie.

Vielleicht hatte Ewa Kovalska mit ihrem schlohweißen Dauerwellenhaar auf Daniels Station gelegen, noch vor kurzem. Vielleicht würde sie auf Daniels Station sterben. Nachdem sie die Callas hatte singen hören.

Eine halbe Stunde später saßen Mathilda und Eddie auf dem alten Sofa im einzigen Raum der Wohnung. Mathildas Bett befand sich hinter einem Schrank, so dass man es zumindest nicht von überall aus sehen konnte, die Küche war eine Kochzeile links der Tür.

Daneben gab es nur das winzige Bad. Im Mietvertrag hatte die Wohnung noch weniger Quadratmeter, als sie eigentlich hatte, da die Dachschräge einen Großteil des Raums quasi unbewohnbar machte. Aber an einigen Stellen verliefen die Holzbalken sichtbar durch den Raum, und Mathilda wusste, dass sie ohne den Anblick dieser Holzbalken nicht leben konnte, egal, wie oft sie sich ihretwegen blaue Flecken holte. Man konnte Dinge darauf legen – gefundene Muscheln, schöne glatte Steine, Teelichter, Erinnerungen.

Das Sofa war aus rotem Kunstleder und so abgesessen, dass man die Nähte deutlich sah. Sie hatten es damals vom Sperrmüll geholt, Daniel und sie, und wenn man sich darauf setzte, führte das dazu, dass man sich von hinten in ein Kunstwerk aus winzigen roten Flecken verwandelte: mikroskopische Lederstückchen, die das Sofa abstieß wie Schuppen. Zur Entfusselung lag eine Rolle breites Tesaband auf dem Boden neben dem Sofa.

Draußen fegte ein kalter Frühlingswind durch die Straßen und ließ die undichten Fenster klappern. Mathilda hatte die alte braune Fleecedecke bis zum Kinn hochgezogen, deren Ecken Eddie in seiner frühen Jugend angenagt hatte. Jetzt bettete er seinen Kopf auf Mathildas Knie und beobachtete mit halb geschlossenen Augen den riesigen alten Fernseher, der in einer Ecke auf dem Boden stand. Jeder moderne Flachbildschirm wäre beim Anblick dieses dinosaurierartigen Vorfahren in Ohnmacht gefallen.

Auf dem Bildschirm lief ein alter *Tatort*. Es beruhigte Mathilda, alte *Tatort*-Filme zu sehen, deren Ausgang sie kannte, es war wie das beruhigende Rauschen eines Flusses, neben dem man schon seit Jahren wohnte. Ihre Gedanken waren nicht bei dem Film, sie schwebten hierhin und dorthin, verweilten bei der klobigen Form der Teetasse auf dem Bücherstapel, der als Beistelltisch diente, kehrten zurück zu einem Kommissar, der durch Nacht und Nebel lief, um irgendjemandes Leben zu retten ... und landeten bei Daniel Heller.

Daniel rettete jetzt also Leben.

Mathilda sah zu, wie Leben endeten, ohne etwas gegen ihr Enden zu unternehmen. Es gab Fälle, in denen sie die Leute sogar davon abhielt, ihr Leben länger auszudehnen. Eine Ballonfahrt – oder fünf Wochen länger in einem Krankenhauszimmer liegen. Einmal durch den Frühling reiten – und hinterher nicht zurück an die Dialyse gehen. Einmal eine Kreuzfahrt nach Russland mitmachen, obwohl eine dritte Chemotherapie ein ganzes Jahr extra hätte einbringen können. Ein Jahr in einem weißen Bett.

Sie wusste, was Daniel über das Institut dachte, er dachte, was viele dachten: Das Institut stand der modernen Medizin im Weg. Es war unwissenschaftlich und irrational. Unethisch vielleicht. »Ja, Daniel«, flüsterte sie, als säße er neben ihr auf dem Sofa wie früher. »Manchmal will ich den Job hinschmeißen. Aber nicht aus ethischen Gründen. Es hat mehr etwas mit ... Kopfschmerztabletten zu tun. Ingeborg hat recht, ich nehme zu viele von den Dingern. Sie ist stark, und ich bin schwach. Zu schwach, um mit all diesen Sachen umzugehen ...«

Sie zauste Eddies Ohren. War es denn schlimm, schwach zu sein? Kamen nicht gerade deshalb die unsicheren, die schüchternen Menschen im Institut zu ihr? Ein paar Kopfschmerztabletten mehr oder weniger machten vermutlich nichts aus.

Der *Tatort*-Kommissar war immer noch nicht weitergekommen mit seinem Fall. Er sprach jetzt mit einem melancholischen Dackel über die Lage. Eddie schlief.

Mathilda griff nach dem Plastikbecher mit Schokoladenpudding, der neben ihrer Teetasse auf dem Bücherstapel stand. Dies war eine gute Gelegenheit, den Pudding allein zu essen.

Aber dann packte das schlechte Gewissen sie, gepaart mit einer seltsamen Art von Traurigkeit. Eines Tages würde auch Eddie sterben, letztwunschlos, unspektakulär, zerzaust wie immer. Sie weckte ihn, um den Pudding mit ihm zu teilen.

Dann wanderten ihre Gedanken von Eddies Zerzaustheit zu einer anderen Zerzaustheit … Und plötzlich störte der Kommissar sie, er quatschte ihr in die Gedanken wie die Leute in der U-Bahn. Sie schaltete um; der gleiche *Tatort* lief in einem anderen Programm auf Türkisch. Das war sehr praktisch.

Mathilda atmete tief durch und dachte endlich, was sie die ganze Zeit nicht hatte denken wollen.

Sie schloss die Augen – der Kommissar sprach auf Türkisch mit dem Dackel – und dachte und dachte und dachte.

Sie sah vor sich, wie sie Raavensteins Tochter fand, wie er diese Tochter in die Arme schloss und dem Institut den Rücken kehrte und wie sie irgendwann, ein paar Monate später, seine Todesanzeige im Briefkasten des Instituts entdeckte.

Dann stellte sie sich den gleichen Raavenstein vor fünfzehn Jahren vor, fünfundzwanzigjährig, wie er mit einer rauchenden Frau in einem rot-weißen Minirock eine sonnige Straße in Berlin hinunterging. Wie er mit ihr in einem Café gesessen hatte. Er hatte Mathilda noch mehr erzählt, viel mehr als nur, dass er den Kontakt zu Doreen verloren hatte.

»Ich … wollte sie fragen«, hatte er gesagt. »Damals, an diesem Tag, wissen Sie? Ich wollte ihr die Frage aller Fragen stellen. Klingt kitschig. Ich wollte damals, dass es kitschig war. Ich wollte ihr Rosen schenken, aber ich hatte keine. Wir saßen zusammen in diesem Café, sie und ich, und dann ist sie aufgestanden und hat gesagt, sie geht zur Toilette. Ich war nervös, ich dachte, wenn sie zurückkommt, dann … dann traue ich mich endlich. Dann frage ich sie. Ob sie mich heiraten will.

Aber sie ist nicht zurückgekommen. Ich saß lange an diesem kleinen Cafétisch. Eine Ewigkeit. Irgendwann bin ich losgegangen, um sie zu suchen. Das Café hatte zwei winzige Toiletten. Es war niemand dort.

Und niemand hatte auf die junge Frau geachtet, die in Richtung der Toiletten gegangen war. Sie war einfach weg. Vom Caféboden verschluckt. Zusammen mit unserem ungeborenen Kind. Ich … habe sie nie wiedergesehen.«

Er war nach London gegangen, um dort weiter Jura zu studieren, er musste gut gewesen sein, wenn er da einen Platz bekommen hatte … Doch er hatte wohl nie aufgehört, an das Kind zu denken.

Sie würde es finden, sie, Mathilda. Für ihn. Sie wollte diesen zerzausten, zerschlissenen, irgendwie gescheiterten London-Berliner Rechtsanwalt lächeln sehen; nicht schulterzuckend und ironisch lächeln, sondern ganz und gar glücklich. Ehe er diese Welt verließ. Für immer.

Aber das war ja gelogen.

Sie wollte ihn nicht nur lächeln sehen. Sie wollte viel mehr.

Mathilda hatte die Augen noch immer geschlossen. Sie hörte Eddie auf ihrem Knie leise schnarchen. Der Kommissar schrie auf Türkisch einen Verbrecher an. Mathilda krallte ihre Hände ineinander, bis es weh tat.

Lachen, lachen!, sagte sie sich. *Es ist wichtig, über alle traurigen Dinge zu lachen!*

Wo waren eigentlich die Kopfschmerztabletten?

»Es gibt zwei Regeln im Institut der letzten Wünsche«, flüsterte sie dem schlafenden Eddie zu. »Erstens: Alle Klienten des Instituts sterben in den nächsten sechs Monaten. Zweitens ...« Sie räusperte sich, irgendwie war ihre Stimme merkwürdig. »Zweitens: Verliebe dich nie in einen Klienten.«

2.

Die nächsten beiden Tage verbrachte Mathilda vor dem Computer, in drei verschiedenen Copyshops und am Telefon mit so interessanten Leuten wie den Mitarbeitern einer Firma, die Litfaßsäulen beklebte.

Das Internet erwies sich als groß und sinnfrei, was Mathilda schon häufiger vermutet hatte. Auf ihre Anzeigen hin meldeten sich pro Stunde ungefähr zwanzig erbwillige Damen, von denen einige Nacktfotos schickten. Manche versuchten, wie Doreen auszusehen, was ihnen nicht gelang. Litfaßsäulen schienen seriöser.

Sie waren, stellte Mathilda fest, zu Netzen zusammengeschlossen, während U-Bahn-Plakate in »Vitrinen« hingen. U-Bahn-Pendler verfügten nach statistischen Erhebungen meist über einen Job und eine hohe Kaufkraft, Plakate an Haltestellen hatten nicht das gleiche Format wie hinterleuchtete City-Light-Poster, und großflächige Plakate in Flugplätzen konnte man auf zehn Jahre buchen.

Das waren erstaunliche Erkenntnisse.

Aber sie hatte nicht vor, Doreen Taubenfängers Gesicht für zehn Jahre in einen Flugplatz zu hängen, denn neuneinhalb dieser Jahre wären rausgeworfenes Geld. Sie hatte Kopien von Birger Raavensteins Röntgenbilder und CTs gesehen. Der Tumor lag direkt an der Aortenwand, neben der Luftröhre. T 2, N 0, M 0, Tumor im fortgeschrittenen Stadium, keine befallenen Lymphknoten, keine Metastasen. Wenn es eine Nummer für die Günstigkeit der Lage eines Tumors gegeben hätte, hätte sie weder 0 oder 2 gelautet, sondern »Arschloch«. Die Luftröhre engte der Tumor jetzt schon beträchtlich ein; ein Chirurg, der etwas

Derartiges operierte, war entweder geistesgestört oder blutdurstig.

Das vielleicht Gemeinste daran war, dass Raavenstein nicht einmal geraucht hatte. Nie.

Er hatte die Befunde in einem jener großen, abstoßend braunen Umschläge vorbeigebracht, als Mathilda nicht im Institut gewesen war. Zum Glück standen auch seine Telefonnummer und Adresse noch einmal auf der Karte, die mit im Umschlag steckte.

Sie war der Versuchung erlegen, die Röntgenbilderkopien in einem der Copyshops noch einmal abzulichten, und Birger Raavensteins Thorax hing jetzt in verwaschenem Schwarz-Weiß, angepinnt mit Reißzwecken an Mathildas Küchenregal, neben einer kleinen Kopie des Bildes von Doreen. Sie fragte sich täglich, warum sie diese Bilder aufgehängt hatte. Vielleicht, um sich daran zu erinnern, dass Birger starb. Und dass er Doreens Kind suchte. Nicht Mathilda.

Birger selbst hatte sie bisher nicht wiedergesehen. Sie hatte ein paar Mal mit ihm telefoniert wegen der Kosten der Plakate und ihrer Plazierung. Er hatte ihr wieder versichert, dass Geld kein Problem sei, aber Mathilda hielt es für unnötig, es mit beiden Händen hinauszuwerfen. Sie beschränkte sich zunächst darauf, Berlin zu plakatieren und einige wenige Plakatplätze an Bushaltestellen in Hamburg, Köln, Dresden und München zu buchen. Vielleicht ginge ja alles rasch. Vielleicht meldete sich Doreen in ein paar Tagen.

Mathilda hoffte und fürchtete es gleichzeitig, und wenn das Telefon im Institut klingelte, sprang sie jedes Mal nervös vom Stuhl auf.

Am Morgen nach ihrem letzten Kampf mit Kopierern und Außenwerbungsflächenvermietern traf sie Ingeborg vor dem Institut, wo sie in Betrachtung der Fensterscheibe versunken stand, hinter der eines der Plakate klebte.

»Und du denkst wirklich«, sagte Ingeborg, »diese Frau kommt am Hintereingang unseres Wohnblocks vorbei und sieht das Plakat? Zufällig?«
Mathilda hob die Arme. »Man weiß nie.« Sie stellte sich neben Ingeborg und sah die Frau auf dem Fahrrad an, deren bewimperter Blick in DIN A0 zu ihnen hinunterblinzelte. In dieser Vergrößerung sah man, dass sie in etwa so alt gewesen sein musste wie Mathilda, Mitte oder Ende zwanzig, längst kein kleines Mädchen mehr. Die Mädchenhaftigkeit wurde durch ihr Make-up, den rot-weiß gepunkteten Minirock und ihre Haltung vorgespiegelt. Eigentlich fehlte nur noch ein suggestiver Lolly, an dem sie leckte. Mathilda sagte das, und Ingeborg lachte, was einigen ihrer schwarzen Drahtlocken Gelegenheit gab, sich aus dem Pferdeschwanz zu befreien.
»Du kannst sie nicht leiden.«
»Ich muss sie nicht leiden können«, sagte Mathilda. »Ich muss sie nur finden.«
Sie überflog den Text unter dem Bild und nickte zufrieden.

Gesucht:
DOREEN TAUBENFÄNGER *und ihre 15-jährige Tochter*
Bitte melden Sie sich rasch beim
Institut der letzten Wünsche!
Es geht um den Antritt des ERBEs *von*
BIRGER RAAVENSTEIN, *Vater des Kindes.*

Darunter standen Nummer und Adresse des Instituts.
Und klein gedruckt: *Dieses Foto ist sechzehn Jahre alt. Wenn Sie die Frau darauf kennen oder wissen, wie sie zu erreichen ist, bitte helfen Sie uns!*
Das Plakat hing tatsächlich auch in der U-Bahn-Station Pankstraße neben den Bildern der vermissten Kinder. Und in der U-Bahn-Station Nauener Platz in der Nähe von

Mathildas Wohnung, wo die U 9 in Richtung des Virchowklinikums losfuhr, und in fünfundsiebzig anderen U- und S-Bahn-Stationen.

»Wenn wir drinnen das Licht anmachen, wird es ein hinterleuchtetes City-Light-Post«, erklärte Mathilda. »Das liegt im Preis doppelt so hoch wie ein einfaches Posting.«

»Dann werden wir den ganzen Tag das Licht im Institut anlassen«, sagte Ingeborg, »um den Wert deiner Arbeit zu steigern. Vermutlich melden sich in den nächsten Tagen Dutzende von Doreen Taubenfängers bei uns.«

»Ich habe schon eine kleine Sammlung im Internet. Mit denen, die einigermaßen überzeugend klangen, habe ich telefoniert. Zwei Drittel davon hießen nicht Doreen, ein Drittel waren Männer.« Mathilda folgte Ingeborg ins Institut und holte ein Glas Wasser, um die Narzissen und Tulpen vor der Tür des Instituts zu gießen, damit wenigstens diese Blumen nicht vor der Zeit starben.

Schließlich ließ sie sich auf ihren Bürostuhl fallen.

»Ingeborg? Was, glaubst du, ist mit ihr passiert? Doreen? Warum hat Birger sie nie gefunden? Ich meine, sie hat … nichts mitgenommen. Aus ihrer gemeinsamen Wohnung. Sie hatte ihr Portemonnaie bei sich, als sie verschwand, das war alles. Eine Frau wie die auf dem Foto lässt nicht ihre gesamte Garderobe zurück, wenn sie …«

»Abhaut?«

»Sie ist nicht abgehauen, Ingeborg. Etwas muss geschehen sein. Vielleicht musste sie … untertauchen. Vielleicht ist sie gar nicht mehr in Deutschland. Oder war eine Weile nicht in Deutschland.«

»Und Birger Raavensteins Tochter wächst im südamerikanischen Dschungel der Gesetzlosen auf«, sagte Ingeborg. »Oder in der weißrussischen Steppe, wo sie wilde Pferde hütet.«

»Eben!«, rief Mathilda und schlug auf den Tisch. »Und

wie soll ich sie dort erreichen? Weißt du, was es kostet, einen reitenden Boten nach Weißrussland zu schicken? Oder ein Dschungelfaultier mit einem hochauflösenden Plakat zu bedrucken? Ich habe mich erkundigt, die Preise sind astronomisch!« Sie lachte, und dann klingelte das Telefon, und sie hatte wieder Angst, dass es Doreen Taubenfänger war, die einfach nur um die Ecke wohnte.

Es war nicht Doreen. Es war Ewa Kovalska.

»Ich wollte nachfragen«, begann sie mit ihrer zurückhaltenden, leisen Stimme, »wie weit Sie mit Ihren Nachforschungen sind.«

»Oh«, sagte Mathilda. »Noch nicht viel weiter. Aber die Plakate hängen ja auch erst seit heute.«

»Die ... Plakate?«, fragte Ewa Kovalska. »Plakate für ... ein Konzert?«

Mathilda erinnerte sich mit einem Schlag daran, dass Ewa nicht wegen Doreen Taubenfänger anrief. Sondern wegen Maria Callas.

»Ja«, sagte sie schnell, »Plakate für ein Konzert. Es soll eines geben, ein ... hm ... Sonderkonzert in München ... in drei Tagen. Es wird natürlich sehr schnell ausverkauft sein. Ich habe es eben erst erfahren und sofort die Tickethotline angerufen, bin aber nicht durchgekommen. Wir werden unsere Beziehungen spielen lassen. Das Institut hat ja Beziehungen.«

»München«, wiederholte Ewa, und in ihrer Stimme lag Erstaunen. »Aber das wäre ja wunderbar! Ich könnte ganz einfach mit dem Zug hinfahren ... Ein Tag in München ... Früher war ich mal da, ich kannte jemanden dort, flüchtig, als junges Mädchen ...« Ihre Stimme verlor sich in Erinnerungen. »Ich könnte die alten Straßen entlanggehen ... Falls die alten Straßen noch da sind. Die Marienkirche, die muss ja eigentlich noch stehen ...« Sie brach ab. »Verzeihung. Sie haben sicher noch andere Fälle zu bearbeiten. Ich werde den Tag damit verbringen, mich an München zu erinnern, während ich auf Ihren Anruf warte. Heute wird ein schöner Tag.« Damit legte sie auf, als hätte sie es eilig, zu einem bequemen Stuhl zu kommen, um sofort mit dem Erinnern anzufangen.

»Mathilda?«, fragte Ingeborg. »Wer gibt ein Konzert in München?«

Mathilda seufzte. »Maria Callas. Aber wir werden leider keine Karten mehr bekommen. Ich brauche Zeit, um mir etwas auszudenken.« Sie fuhr sich mit beiden Händen durchs Haar, als könnte das ihre Probleme lösen, und hielt abrupt inne. Die Geste war nicht ihre. Es war Raavensteins Geste.

»Und ich muss das Radio benachrichtigen«, sagte sie, »wegen Doreen. Ich muss jemanden finden, der bereit ist, die Suchmeldung durchzusagen. Ich muss die Einwohnermeldeämter abtelefonieren, ich muss ... Ich brauche Zeit, Zeit, Zeit. Aber ich habe keine Zeit. *Raavenstein* hat keine Zeit.«

»Mathilda«, sagte Ingeborg sanft. »Keiner unserer Klienten hat Zeit. Deshalb kommen sie zu uns.«

Mathilda nickte. »Natürlich. Du denkst jetzt, dass ich mich nur noch um Birger Raavenstein kümmere. Aber ich kümmere mich auch um die Callas, damit sie Ewa Kovalska singen hören kann, ich meine, damit Ewa die Callas ...«

Ingeborg seufzte.

»Das Problem mit dem Radio könnte ich vielleicht lösen. Ich habe einen Klienten, der früher beim Radio gearbeitet hat. Herrn Schmidt. Drei Mal darfst du raten, was sein letzter Wunsch ist.«

»Drei Mal?« Mathilda überlegte. »Erstens, noch einmal Weihnachten zu feiern. Zweitens, Ballon zu fliegen. Drittens, noch einmal eine Radiosendung zu moderieren.«

»Top.« Ingeborg nickte. »Der letzte war's. Nur kann

Herr Schmidt sein Bett nicht verlassen. Der Radiosender muss zu ihm in die Klinik kommen. War ein Stück harte Arbeit, die Typen vom Sender weichzuklopfen. Aber sie machen es. Und Radio-Schmidt sagt sicher gerne etwas über Herrn Raavenstein, der sein verlorenes Kind sucht. Wir senden morgen Vormittag live aus der Charité.«

»Weiß das Klinikpersonal davon?«, erkundigte Mathilda sich vorsichtig.

Ingeborg zuckte mit den Schultern. »Falls unser Klient es versäumt haben sollte, die Zuständigen zu informieren, ist das nicht unsere Schuld. Sie werden uns schon bemerken, wenn wir da sind.«

Das Klinikpersonal der Nephrologie bemerkte sie durchaus – die drei Männer mit den sperrigen schwarzen Stativen, Mikrophonen und Kabelrollen waren schwer zu übersehen. Ingeborg führte die Truppe an, sie hatte ihren Jeanne-d'Arc-Blick aufgesetzt, ein Ausdruck kämpferischer und kompromissloser Entschlossenheit. Vermutlich, dachte Mathilda, würde sie die erste Krankenschwester, die sich ihr in den Weg stellte, einfach niederschlagen.

Aber niemand stellte sich ihr in den Weg.

Die beiden Schwesternschülerinnen, denen sie begegneten, wichen verblüfft und etwas eingeschüchtert an die Wand zurück.

»Wir sind vom Radio«, erklärte einer der Männer und schenkte ihnen ein Lächeln, das er sicher ein Leben lang perfektioniert hatte. Die Mädchen nickten nur stumm, und kurz darauf schloss sich die Tür zu Herrn Schmidts Zimmer hinter Männern, Stativen, Kabelrollen, Mathilda und Jeanne d'Arc.

Mathilda blinzelte. Im Zimmer war es still und halbdunkel, die Vorhänge waren zugezogen. Sie zählte vier Betten, zwei zu jeder Seite. Ab und zu piepte eines der angeschlossenen Geräte in die Stille hinein. Die Infusionsständer wuchsen zwischen den Betten in die Höhe wie die Bäume einer stummen Allee, zwei links, zwei rechts. Die Stimmung war die eines Friedhofs.

»Hier ... sind wir wohl falsch«, sagte einer der Radioleute und stellte sein Stativ ab, vorsichtig, um keinen Lärm zu machen. »Hier gibt es niemanden, der auch nur das Wetter ansagen kann. Geschweige denn eine Radiosendung übernehmen.«

»O doch«, sagte eine heisere, aber klare Stimme aus einem der Betten am Fenster, und sie zuckten alle zusammen. »Ziehen Sie mal diese verdammten Vorhänge auf. Der Patient im ersten Bett links randaliert ab und zu, und dann hilft es aus irgendeinem Grund, die Vorhänge zu schließen. Er hat Angst vor dem Licht. Aber jetzt schläft er. Wenn er nicht randaliert, bedeutet das, dass er schläft. Der wird uns eine Weile nicht stören.«

Ingeborg und Mathilda gingen zu den beiden Fenstern hinüber und zogen die Vorhänge auf. Drei der Männer im Raum lagen still, lediglich flach atmend. Der einzige Patient, der im Bett *saß*, war Herr Schmidt. Mehrere weiße Kissen stützten ihn, weiß mit blassblauen Streifen. Seine bleichen Hände waren auf der Bettdecke abgelegt wie Fremdkörper, sein Kopf kahl, die Haut des Schädels voller brauner Altersflecken. Doch unter den dünnen Augenbrauen blitzten zwei äußerst wache Augen, wanderten flink zwischen der umständlichen Ausrüstung, dem Radioteam, Ingeborg und Mathilda hin und her und blieben schließlich doch an den Kabeln hängen.

»So ist das also heute«, sagte Herr Schmidt. »Immer noch so viel Gekabel? Und da heißt es immer, die Technik würde ständig kleiner und leichter.« Er schüttelte den Kopf, zufrieden damit, dass die Dinge nicht besser geworden waren. »Und das wollen Sie jetzt alles hier aufbauen?«

»Wir verbinden Sie über eine permanente Leitung mit dem Studio«, erklärte einer der Männer, »dort sitzt der Kollege, mit dem Sie die Sendung machen werden. Möchten Sie, dass ich Ihnen die Technik erläutere?«

Herr Schmidt nickte langsam, und seine eine Hand hob sich einige Zentimeter, als wollte er auf seinen Kopf deuten. »Hier oben ist noch alles in Ordnung, wenn Sie verstehen«, sagte er und lächelte. »Es ist nur der Körper, der nicht mehr mitmacht. Mit Technik habe ich mich früher wirklich ausgekannt, da hätte ich Ihnen was erklären können; aber nun sind wohl Sie dran, junger Mann.«

Mathilda ließ ihren Blick über die Betten gleiten, während unverständliche Begriffe durch die Luft schwirrten wie Mücken. Die drei Männer vom Radio nahmen die anderen Patienten nicht mehr wahr, glücklich, erklären zu können, anstatt sich mit dem Grund ihres ungewöhnlichen Ausflugs zu beschäftigen: dem Tod.

Ein weiterer Patient war aufgewacht, Mathilda sah seine müden, glasigen Augen durch den Raum wandern. Sie wusste nicht, ob er etwas sah. Ob er etwas hörte. Ob er etwas dachte.

Die Zeit tropfte zäh und langsam durch die Flaschen auf den Infusionsständern, die Sekunden flossen durch Schläuche, die Minuten sammelten sich in den Urinbeuteln der Katheter zu einem trüben, gelben Gewässer aus gelebtem Leben. Der Frühling blieb vor dem Fenster haften, die Scheiben waren frühlingsfest. Hier herrschte, jahreszeitenfrei, schon vor dem Tod das Nichts. Ein weißes Nichts mit blauen Streifen.

Aber Herr Schmidt war dem Nichts entkommen. Mathilda drehte sich zu ihm und lächelte.

Herr Schmidt befand sich nicht mehr im Patientenzimmer Nummer soundso viel auf der Nephrologie, er befand sich in seinem privaten Aufnahmestudio.

Er befand sich, mehr oder weniger, in der Vergangenheit. Das war es, wo die meisten von ihnen am Ende hinwollten, dachte Mathilda: zurück.

Ihr ganzes Leben lang hatten sie vorwärtskommen wollen, und nun, am Ende, wollten sie zurück. Wollte auch Birger Raavenstein zurück? Zurück zu jenem Tag, an dem er eine junge Frau vor einem Fahrrad fotografiert hatte?

»Wir wären jetzt so weit«, sagte einer der Radiotypen. »Sollen wir vorher noch kurz darüber sprechen, was Sie sagen wollen ...?«

In diesem Moment öffnete sich die Tür, und eine Krankenschwester mit Mord in den Augen stürmte herein.

»Darf man wissen«, erkundigte sie sich, »was hier los ist? Ich leite diese Station.«

»Natürlich«, antwortete Ingeborg liebenswürdig. »Wir machen eine Radiosendung. Live. Herr Schmidt war früher beim Radio, und sein letzter Wunsch ist es, noch einmal durch dieses Medium zu den Leuten in Berlin zu sprechen. Er hat schon vor einer Woche mit dem Oberarzt gesprochen.«

»Mir sagt man hier ja nichts«, erklärte die Schwester. Der Mord in ihren Augen war einer Art von Zitronensäure gewichen, die Sorte, nach der Kloputzmittel riechen. »Ich hätte gerne die anderen Patienten vorab benachrichtigt. Falls einer der Angehörigen sie in dieser Zeit besuchen möchte. Es ist nicht gerade höflich, hier einfach so hereinzuplatzen. Zumal keine Besuchszeiten sind.«

»Dann kann ja auch kein Angehöriger jemanden besuchen«, sagte Herr Schmidt. »Wir fangen jetzt ...«

»Hallo? Hallo?«, fragte jemand, der nicht da war, sehr laut. »Bin ich auf laut? Herr Schmidt? Ist da ein Herr Schmidt? Wo bin ich denn?« Mathilda unterdrückte einen Hustenanfall. Der körperlose Radiomoderator wirkte, als schwebte er tatsächlich unsichtbar und orientierungslos zwischen den Betten.

»Ich bin hier!«, antwortete Herr Schmidt, und seine Augen strahlten noch heller als zuvor. »Und Sie sind im Zimmer 27 der nephrologischen Station der Charité.«

»Gut. Herr Schmidt, ich bin der Gert – es ist besser, wir sprechen uns mit Vornamen an, das wollen die Hörer so. Wie heißen Sie?«

»Gandulf Ottokar«, antwortete Herr Schmidt ernst, aber Mathilda sah Ingeborg grinsen und war sich ziemlich sicher, dass er weder Gandulf noch Ottokar hieß.

»Gut, äh, Gandulf«, sagte der Radiomoderator mit angestrengter Fröhlichkeit. »Wir sind gleich auf Sendung. Sie sagen ein paar einleitende Sätze, wer Sie sind und ... und wo ... und dann würde ich Sie bitten, die Musik anzusagen. Die Titelliste müssten Sie haben. Meine Kollegen helfen Ihnen mit der englischen Aussprache.«

»Ich habe sieben Jahre in England gelebt, junger Mann«, sagte Herr Schmidt, was vermutlich auch nicht stimmte. »Senden wir?« Er räusperte sich, während Gert »Jeeetzt« sagte.

»Mein Dank geht zunächst an die ausgesprochen netten Schwestern der Station, die diese Sendung möglich machen«, begann Herr Schmidt und lächelte der ausgesprochen nicht-netten Stationsschwester zu. In diesem Moment fiel Mathilda ein, dass sie vergessen hatte, etwas über Doreen Taubenfänger zu sagen. Herr Schmidt hatte sie einfach bisher zu sehr verblüfft. Es gab, dachte sie, kein Gesetz dagegen, dass auch verblüffende Persönlichkeiten irgendwann starben.

Sie nahm die Akte, die am Fußende von Herrn Schmidts Bett in einem Drahtkorb steckte, und schrieb mit Bleistift auf den Rand der Blutdruckkurve:

Ein anderer Klient des Instituts braucht Ihre Hilfe. Können Sie irgendwann zwischendurch Folgendes sagen:
Dies ist eine Personensuchmeldung.

Gesucht wird Doreen Taubenfänger, Mutter einer 15-jährigen Tochter.
Der Vater des Mädchens, Birger Raavenstein, wird nicht mehr lange leben. Er sucht seine Tochter, da sie seine einzige Erbin ist.
Doreen Taubenfänger, wenn Sie dies hören, bitte melden Sie sich beim Sender oder beim Institut der letzten Wünsche, unter folgenden Nummern ...

Sie notierte die Zahlen, griff zwischen Mikros und Kabeln hindurch und legte die Akte auf Herrn Schmidts Bett. Er lauschte mit verklärtem Gesichtsausdruck in die Kopfhörer, die man ihm aufgesetzt hatte, und schlug mit den Fingern ganz sacht einen Takt. Dann sah er Mathilda an, und seine Lippen formten lautlos das Wort *Beatles*.

Schließlich las er ihre Worte neben der Blutdruckkurve, nickte sein langsames Nicken und winkte Mathilda mit einer kaum wahrnehmbaren Bewegung näher zu sich heran. Sie beugte sich tief über sein Bett und hielt eine Hand vor das Mikro, das Herrn Schmidt mit Gert und der übrigen Außenwelt verband.

»Wenn er ein Kind von fünfzehn Jahren hat«, wisperte Herr Schmidt, »wie alt ist dieser Mann?«

»Raavenstein?«, wisperte Mathilda zurück. »Vierzig.«

Herr Schmidt nickte wieder. Ehe Mathilda sich wieder aufrichtete, um das Zimmer zu verlassen, sah sie Herrn Schmidts bläulich blutleere Lippen zwei weitere Worte formen, die das Mikro nicht übertrug:

Armer Hund.

Auf der Treppe lief Mathilda Daniel in die Arme. Natürlich. Es hatte passieren müssen, sie hatte den ganzen Morgen über daran gedacht, dass er in der Charité arbeitete, obwohl die Charité riesig war ...

»Mathilda?«, fragte er und hielt sie am Arm fest, als

müsste er sie davor bewahren, die Treppe hinunterzufallen.

»Was tust du hier?«

Sie sah ihn an, sein ordentliches blondes Haar, den weißen Kittel, den Ernst in seinen Augen.

»Du siehst aus wie ein Arzt«, sagte sie.

Er lächelte. »Ich gebe mir Mühe.«

Das war, dachte sie, ein Satz, der Daniel hervorragend charakterisierte. Er gab sich Mühe. Mit allem auf der Welt. Er gab sich Mühe, und er machte alles richtig. Vielleicht.

»Ich muss rennen«, sagte er, »aber ich würde mich gerne mit dir unterhalten. Hast du heute Abend Zeit?« Er gab sich Mühe.

»Ich weiß nicht, heute Abend ... Ich habe eine Verabredung mit Eddie zum *Tatort*-Gucken.«

»Eddie?«

»Ja«, sagte Mathilda, »mein Hund.«

»Der draußen angebunden ist und versucht, die Patienten zu beißen?«

»Wie bitte? Eddie?«, fragte Mathilda entsetzt. »Er beißt nie in etwas außer Knochen und Schokoladenkekse! Er hat doch nicht ...«

Daniel schüttelte den Kopf und grinste, nur ganz leicht.

»Nein, er hat niemanden gebissen. Ich gebe mir nur Mühe, ironisch zu sein, verstehst du? Ich dachte, du magst Ironie. Aber ich weiß immer noch nicht, was du hier tust.«

»Ich habe einen Patienten ... besucht. Auf der Nephro. Er stirbt. Aber er scheint es nicht allzu eilig damit zu haben. Vorerst ist er dabei, seinem Co-Moderator auf die Nerven zu fallen und die Stadt mit Radiomusik zu beschallen.« Sie sah Daniels verwirrtes Gesicht und fügte rasch hinzu: »Wenn du willst – heute Abend. Ruf mich an. Ich muss nämlich auch rennen. Ich habe einen himmelblauen Sarg, einen chinesischen Kastendrachen, ein schwarzes Abendkleid und eine Palette Hundefutter auf der Liste.«

Damit ließ sie ihn stehen, und er stand einfach da und sah ihr nach, obwohl er doch gesagt hatte, er hätte es so eilig. Vielleicht freute sie sich doch, dass er wieder in der Stadt war.

Weder der himmelblaue Sarg noch der Kastendrache oder das Abendkleid waren gelogen. Das Besorgen solcher Dinge gehörte zum Alltag des Instituts, und Mathilda mochte die Tage, an denen sie durch die Stadt rannte und merkwürdige Sachen kaufte, bestellte, organisierte. Man konnte sich die wildesten Geschichten ausdenken, wenn man gefragt wurde, wozu man dieses oder jenes brauchte.

Während Mathilda und Eddie ihre Runde bei mehreren Beerdigungsunternehmern machten, strahlte ihnen Herr Schmidt aus dem Radio entgegen. Das Strahlen lag in jedem seiner Worte, ob er das Wetter ansagte oder die Nachrichten oder ein Lied. Eddie saß jedes Mal mit schief gelegtem Kopf neben Mathilda und lauschte, auch er schien sich über die Konstanz von Herrn Schmidts Anwesenheit zu wundern.

Die Beerdigungsunternehmer hatten ihr Radio alle auf den gleichen Lokalsender gestellt. Der letzte, den Eddie und Mathilda besuchten und der ebenfalls nicht wusste, woher Mathilda einen himmelblauen Sarg bekommen sollte, sagte, er wäre auf diesem Sender hängengeblieben, weil der alte Herr so fröhlich klang.

»Überhaupt, mal 'ne Abwechslung«, erklärte er. »Zu den jungschen Moderatoren von heute, die nicht bis drei zählen können und ständig blöde Witze reißen.«

So begleitete Herr Schmidt Mathilda und Eddie auf ihrer Vormittagsodyssee durch die Stadt, er begleitete sie sogar in das Geschäft, das »Drachen aller Arten« verkaufte.

»Ich hätte gerne einen feuerspeienden«, sagte Mathilda zu dem sportlich gegelten Verkäufer, der verunsichert grinste. »Nein. Einen chinesischen Kastendrachen. Rot soll er sein oder gelb, möglichst groß, möglichst knallig. Man muss ihn gut sehen vor einer grünen Wiese oder einem blauen Himmel.«

»Wenn man fragen darf«, sagte der Verkäufer. »Wird das eine ... Requisite? Ich interessiere mich für Film, wissen Sie, wollte immer mal als Statist mitspielen in einem ... Vielleicht brauchen Sie jemanden, der sich mit Drachen auskennt. Ist es ein Film?«

Mathilda nickte. »Ja. Ein letzter.«

Sie wollte noch mehr sagen, darüber, dass der Film nur ein Erinnerungsfilm im Kopf von jemandem sein würde, aber in diesem Moment ebbte die Musik ab, die im Hintergrund gespielt hatte, und Herrn Schmidts Stimme erklang. Eddie setzte sich sofort hin und legte den Kopf wieder schief, um zu lauschen.

»Hier noch einmal unsere Suchmeldung«, sagte Herr Schmidt. »Doreen Taubenfänger, der Vater deines Kindes sucht dich. Sein Name ist Birger Raavenstein. Er wird nicht mehr lange leben, und es geht um ein Erbe. Doreen, wenn du das hörst, melde dich. Beim Sender oder beim Institut der letzten Wünsche. Beeil dich, Doreen. Ruf eine der folgenden Nummern an ...«

»Das ist der Größte, den wir haben«, sagte der gegelte Verkäufer, den Mathilda allerdings nicht mehr sah, da er hinter dem Drachen verschwand, welcher aus unzähligen gelben und roten Luftkammern bestand. Nur unten guckten die Turnschuhe des Verkäufers hervor, und Mathilda konnte eines seiner Augen durch eine der Luftkammern spähen sehen.

»Ja«, sagte sie. »Wunderbar. Aber den müssen Sie liefern. An das Institut der letzten Wünsche. Die Adresse ...«

»Oh, die sagen sie jede halbe Stunde im Radio durch«, kam die Stimme des Mannes dumpf hinter dem Kastendrachen hervor. »Mit dieser Suchmeldung. Ich kann die Adresse schon auswendig. Was *ist* das Institut der letzten Wünsche?«

»Eine Produktionsfirma«, antwortete Mathilda, »die ziemlich schräge Filme dreht.«

Sie schleppte das schwarze Abendkleid und zwei Packen Druckerpapier mit sich herum, als sie Herrn Schmidt zum letzten Mal hörte. Der einzig verbliebene Punkt auf ihrer Liste war ein kleiner türkischer Gemischtwarenladen in der Nähe des Instituts und Mathildas Hauptquelle für Grundnahrungsmittel wie Schokoladenpudding und Hundefutter.

Eddie, sie und ihre Tüten quetschten sich gerade zwischen zwei sehr engen Regalen hindurch, als Herr Schmidt im Wechsel mit Gert die Zwölf-Uhr-Nachrichten verlas.

»So, Gandulf«, sagte Gert am Ende. »Nun geht unsere Sendezeit zu Ende. Möchtest du noch was sagen? Jemanden grüßen?«

»Ja«, sagte Herr Schmidt.

Und dann drang seine Stimme noch klarer aus den Lautsprechern als zuvor.

»Viele Zuhörer fragen sich sicher, was dieser alte Mann in der Sendung tut«, begann er, »der zwischendurch komische Anekdoten davon erzählt, wie es früher beim Radio war. Und Gert hat Ihnen erklärt, dass ich krank bin. Aber das ist es nicht. Jeder ist mal krank. Ich, ich sterbe. Nicht heute, nicht morgen. Vielleicht nächste Woche.

Ich bin nicht allein. Tausende von Menschen sterben. In dieser Minute. Die wenigsten von ihnen sind bei klarem Bewusstsein, doch einige haben vielleicht das Glück, bis zuletzt zu denken. Oder das Pech. Sie möchte ich grüßen. All meine Mitsterbenden. *Morituri, vos saluto.* Ihr Todgeweihten, ich grüße euch.«

Mathilda stellte ihre Hunderfutterdosen auf das schmale

Laufband vor der Kasse, aber niemand kassierte. Die Kassiererin hatte den Kopf dem Radio zugedreht, und Mathilda sah, dass auch die anderen Leute in dem kleinen Laden still standen und lauschten.

»Und ich möchte Sie fragen – erinnern Sie sich?«, fuhr Herr Schmidt fort. »Ich erinnere mich an so vieles. Ich erinnere mich an den Schnee auf meiner Haut an einem kalten Weihnachtsabend im Krieg, als nichts weihnachtlich war und dann doch, weil ich den Schnee spürte. Ich erinnere mich an das warme Wasser eines Sees im Sommer und an ein Mädchen in einem blau-gelben Badekostüm. Ich erinnere mich an den Geruch von Apfelblüten und den Geruch von Pferdedung. Ich erinnere mich an mein linkes Bein, das ich nicht mehr besitze. Ich werde natürlich keine dieser Erinnerungen mitnehmen, denn nach dem Tod kommt nichts.«

Mathilda fuhr Eddie über den zerzausten Kopf und wartete darauf, dass jemand Herrn Schmidt das Mikro wegnahm. Dass Gert etwas bemüht Fröhliches sagte. Dass wieder Musik aus dem Radio drang und die Starre der Leute löste. Aber Herr Schmidt sprach einfach weiter.

»In letzter Zeit haben immer wieder berühmte Sterbende versucht, den Tod salonfähig zu machen«, sagte er. »Ich gebe zu, ich habe sie belächelt. Was machen die so einen Tanz ums Sterben?, habe ich gedacht. Und: Bitte, wenn sie so öffentlich sterben wollen, brauche ich ja nicht hinzusehen. Heute verstehe ich diese Leute. Das Hinsehen ist genau das Tabu unserer Gesellschaft.

Wer stirbt, möge es schnell und sauber tun. Ein Autounfall mit Mitte dreißig ist ideal, ein wenig schmutzig nur für die Sanitäter und den Leichenbestatter, aber nicht für die Angehörigen. Keine Pflichtbesuche im Krankenhaus, keine übelriechenden Ausscheidungen, kein Blut, kein Schleim, keine hingesabberten Worte.«

War Gert in Ohnmacht gefallen? War er aus dem Studio geflohen? Was taten die Männer mit den Kabeln und den Stativen? Mathilda merkte, wie sie Herrn Schmidt die Daumen drückte, dass er möglichst lange weitersprechen durfte.

»Man kann sich beim Autounfall eines gesunden Menschen an der Tragik ein wenig weiden«, sagte er, »kann saubere Tränen vergießen und braucht nicht an verwelkende Haut und schlechten Atem zu denken, an die Schmerzen und das Stöhnen, an die letzten, leicht irren Blicke. Leider gibt es viel zu wenig tödliche Autounfälle. Und auch junge Menschen sterben, wenn sie krank sind, unappetitliche Tode.

Aber was ist überhaupt der Tod? Ein Teil des Lebens? Oder ist das Leben eher ein Teil des Todes? Das Totsein, wissen Sie, dauert viel länger. Das Leben ist nur ein kleiner, unwichtiger Ausreißer im großen Totsein der Welt. Deshalb fürchten die Lebenden den Tod so sehr. Darum verwahren sie uns, die Sterbenden, hinter hohen, sauberen Mauern. Nur einige wenige Nicht-Sterbende sind innerhalb dieser Mauern zu finden, und sie sind es, denen ich danken will. Sie, die im Blut und im Gestank zwischen den irren Blicken arbeiten, jenseits der Romantik. Die Krankenschwestern, die Pfleger, die Ärzte. Auch und gerade die Schwestern, die über die Jahre bitter geworden sind und es« – man hörte ihn lächeln – »nicht haben können, wenn Leute vom Radio auf ihrer Station auftauchen … auch ihnen danke ich. Und ihr anderen? Wenn ihr das Radio noch nicht ausgeschaltet habt, seid ihr mutig, denn dann müsst ihr dies hören: Ihr werdet irgendwann genauso verfaulen und vor euch hinsterben wie wir. Ihr alle! *Morituri vos salutant.* Die Todgeweihten grüßen euch.«

Eine Weile drang Schweigen aus dem Radio.

»Ja, das war's«, sagte Herr Schmidt dann mit der

Zufriedenheit eines kleinen Jungen, der einen Frosch ins Bett seiner Lehrerin gelegt hat. »Das waren meine Grüße. Gert? Willst du nicht wieder Musik spielen?«

Und schließlich kamen die Töne eines Popsongs aus den Lautsprechern, ein wenig zögerlich.

In dem kleinen türkischen Laden hob Mathilda die Hände und applaudierte. Die Frau an der Kasse sah sie an – und applaudierte ebenfalls. Die anderen Leute fielen mit ein, obwohl auf ihren Gesichtern das Unbehagen lag wie eine seltsame Beleuchtung.

Mathilda bezahlte die Hundefutterdosen und den Schokoladenpudding und ging.

Vor der Tür des Instituts blühten die Tulpen rot und die Narzissen gelb in ihren Töpfen. Doreen lächelte ihr Schlafzimmerlächeln von dem Plakat am Fenster. Die Tür stand offen, und Ingeborg saß hinter ihrem Tisch und telefonierte. An dem dritten Tisch im Raum, einem kleinen Klapptisch mit Broschüren und zwei Wartestühlen, die so gut wie nie benutzt wurden, saß Jakob Mirusch, der Uhrmacher, über etwas gebeugt, das verdächtig nach einer Uhr aussah. Das Radio lief sehr leise. Es spielte belanglose Melodien, aber Mathilda war sich sicher, dass es bis eben etwas anderes verkündet hatte.

»Wieso bist du hier?«, fragte Mathilda Ingeborg leise und lud ihre Tüten – Druckerpapier, Abendkleid, Hundefutterdosen – zwischen den Akten auf ihrem Schreibtisch ab. »Wieso sitzt du nicht in der Charité an Herrn Schmidts Bett? Er ist dein Klient. Und wieso ist *er* hier?« Sie deutete auf Jakob Mirusch, der in seine Arbeit versunken schien. Er hatte vor ein Auge eine Lupe geklemmt, das andere zugekniffen und irgendeine winzige Zange in der Hand. Offenbar war er zu schwerhörig, um zu bemerken, dass Mathilda über ihn sprach.

Ingeborg legte eine Hand über den Telefonhörer. »Die Stationsschwester hat uns rausgeworfen«, sagte sie und lächelte. »Mich und alle Leute vom Radio. Die Leute vom Radio sind geblieben, unten vor der Klinik, um später die ganze Kabelage mitzunehmen. Ich bin gegangen. Herr Schmidt hat das offenbar hervorragend alleine hinbekommen.« Sie zwinkerte und sagte etwas über Baumkugeln und Lametta ins Telefon. Dann bedeckte sie den Hörer wieder mit einer Hand und nickte zu Jakob Mirusch hinüber. Eddie hatte sich neben ihn gesetzt und sah ihm aufmerksam zu. Vielleicht lernte Eddie gerade, Uhren zu reparieren. Oder, dachte Mathilda, er würde Jakobs Technik darauf anwenden, Hundefutterdosen zu öffnen.

»Und wir warten auf die Rückrufe von drei verschiedenen Studenten«, erklärte sie. »Sie haben alle zugesagt.«

»Wegen der Gruppensexorgie in der WG?«, fragte Mathilda und grinste.

»Ja. Aber keine der Gruppen konnte sich einig werden, an welchem Datum genug von ihnen da sind. Die Wahrheit ist: Dem komischen Kauz ist zu Hause langweilig. Er repariert die alte Armbanduhr, die ich von meinem Großvater geerbt habe. Wenn es ihn glücklich macht, lass ihn.«

»Jep«, sagte Jakob Mirusch, »das tut es. Ich mache mich gerne nützlich. Und im Übrigen bin ich kein bisschen schwerhörig. Ich wäre eher für einen Spieleabend.«

»Goldene Kugeln hätten wir noch vom letzten Weihnachten«, sagte Ingeborg in den Hörer. »Und rote. Ja, und wir besorgen eine große Blautanne. Wird zwei Tage dauern. Wohin? Ja, ich notiere das.«

Sie hielt zum dritten Mal die Hand über den Hörer.

»Ach, und eine von dir ... hm ... betreute Person hat angerufen«, sagte sie mit einem feinen Lächeln. »Und möchte etwas besprechen. Es ist nicht dringend, meinte sie. Die Person sitzt in einem Café, sie sitzt den ganzen Tag dort, du kannst einfach vorbeikommen, wenn es dir passt.« Sie schob Mathilda einen Zettel mit einer Adresse hin. »Natürlich. Strohsterne«, sagte sie dann in den Hörer. »Wunderkerzen? Doch, die sollten gehen, auch bei etwas Wind. Wir müssen nur zusehen, dass wir die Tanne ordentlich auf dem Schiffsdeck befestigt kriegen; wir werden es mit Drahtseilen versuchen ...«

Ewa. Ewa Kovalska. Es musste Ewa sein, die in dem Café auf sie wartete. Mathilda ließ die Tür hinter sich zufallen und atmete tief durch. Verdammt. Ewa Kovalska hatte herausgefunden, dass die Callas tot war und dass sie, Mathilda, geschwindelt hatte.

»Komm, Eddie«, sagte Mathilda. »Du kannst später weiterlernen, wie man Uhren repariert. Ich denke, Herr Mirusch bleibt uns noch ein Weilchen erhalten. Es scheint ihm zu gefallen im Institut.«

Frankfurter Allee 11, stand auf dem Zettel in Mathildas Hand. *Café Tassilo.*

Es war gut, ein Weilchen zu Fuß zu gehen, ohne Hundefutterdosen und Büropapier mit sich herumzuschleppen. Herrn Schmidts Worte schwebten noch durch Mathildas Kopf, und sie dachte zum ersten Mal seit Beginn ihrer Arbeit im Institut etwas Erstaunliches.

Sie dachte: *Ich werde sterben.*

Nicht jetzt, aber irgendwann. Ich werde sterben, genau wie alle Klienten des Instituts.

Bisher hatte sie die Klienten des Instituts so betrachtet wie ein Arzt Patienten mit einer erblichen chronischen Krankheit, die er selbst nicht hat und niemals bekommen wird. Sie überlegte, ob der Gedanke, dass sie sterben würde, traurig oder nur verblüffend war, als sie in die Frankfurter Allee einbog. Doch nach ein paar Schritten blieb sie stehen. Auf einmal nahm ihr die schiere Breite und Länge der Allee den Atem. Es war, als wäre sie nur gebaut worden, um die Unendlichkeit zu symbolisieren, die nach dem Tod wartete. Hinter ihr führte die Straße mit bombastisch gefliesten Hochhaustürmen zur anderen Seite der Unendlichkeit, dort hieß sie Karl-Marx-Allee. Mathilda selbst war winzig, ein Staubkorn. Es war nicht wichtig, ob sie starb oder nicht oder wann.

Das *Café Tassilo* rettete sie davor, in der Unendlichkeit zu ertrinken. Große rote Sonnenschirme beschirmten niedrige Bücherregale, die sich um die Tische herum gruppierten. Es sah aus, als hätten die Regale eben nach einem erfrischenden Schuss Koffein das *Tassilo* verlassen und wären nun unschlüssig, in welche Richtung sie mit ihrer Last gehen sollten. Zwischen den Büchern und Tischen wuchsen Blumen in Eimern – wie vor dem Institut, allerdings in einem etwas derangierten Zustand. Irgendwie waren die Stiele der Osterglocken zu lang geworden und daher teilweise umgeknickt.

Und neben dem Café, außerhalb des Sonnenschirm-Regal-Platzes, saß ein Junge mit blauen Haaren an die Hauswand gelehnt und blinzelte mit halb geschlossenen Augen in die Frühjahrssonne. Vor ihm lagen eine Gitarre und eine Mütze, in der zwei Zehn-Cent-Stücke glänzten.

»Hey«, sagte der Junge, als er Mathildas Blick bemerkte. »Hast du'n Euro?«

Sie schüttelte den Kopf. »In der U-Bahn hast du nicht gebettelt.«

»War vielleicht nicht ich dann«, sagte der Junge. »Hast du 'n Euro oder nicht?«

»Geh arbeiten«, sagte Mathilda und kam sich blöd und spießig vor.

Der Junge deutete auf die Gitarre. »Ich arbeite. Nur gerade jetzt nicht. Mach Pause.«

»Schön«, sagte Mathilda, »dann gebe ich dir vielleicht

einen Euro, wenn du mit der Pause aufgehört hast. *Ich arbeite nämlich. Gerade jetzt.*« Sie richtete ein paar der zu langen Osterglockenstiele im Vorübergehen auf und lehnte sie gegen ein benachbartes Bücherregal. Dann betrat sie durch eine schmale Tür das Café.

Auch drinnen gab es mehr Bücherregale als Tische. Die Bücher schienen sämtlich alt zu sein, zerfleddert und etwas vertrocknet wie die Osterglocken. Mathilda entdeckte handgemalte Pappschilder mit Preiskategorien: *Ein Euro. Drei. Fünfzig Cent. Einfach mitnehmen.*
Tagesgericht zwei Euro siebzig. Heute: Kartoffelsuppe mit Würstchen.

Zwischen den Regalen standen kleine quadratische Tische mit bunt angestrichenen Stühlen aller Macharten. An einem Tisch gab es sogar einen Ohrensessel. Mathilda ging um das nächste Bücherregal herum – und da saß sie. Die Person, die ihr die Nachricht hinterlassen hatte. *Person* hatte Ingeborg gesagt. Die Person sah von ihrem Suppenteller auf und lächelte.

Es war nicht Ewa Kovalska. Es war Birger Raavenstein.
Mathilda schluckte.

Raavenstein machte einen Versuch aufzustehen, blieb mit einer Ecke des grauen Mantels, den er auch hier trug, an der Tischkante hängen, grinste hilflos und setzte sich wieder.

»Schön, dass Sie gekommen sind«, sagte er. »Ich dachte nicht, dass Sie jetzt schon kommen. Ich habe die Nachricht erst vor einer halben Stunde im Institut hinterlassen.«

»Soll ich wieder gehen?«, fragte Mathilda. »Und später wiederkommen?« Sie merkte, wie feindselig das klang, und ärgerte sich über sich selbst.

»Nein, nein, setzen Sie sich doch, ich ... Sie hat sich natürlich noch nicht gemeldet?«

Mathilda setzte sich. »Nein.«

»Nein. Oh.« Die Enttäuschung war ihm anzusehen; er hatte auf ein Wunder gehofft.

»Ich hatte … auf ein Wunder gehofft«, sagte er. »Ich habe diese Sache im Radio gehört, und da dachte ich, möglicherweise … wenn sie das hört, dann ruft sie vielleicht sofort an.«

»Wenn Frau Taubenfänger im Institut angerufen hätte, dann hätten wir *Sie* angerufen«, sagte Mathilda. »Sofort. Das habe ich doch versprochen. Die Plakate hängen alle. Morgen werden auch zwei Zeitungsanzeigen geschaltet.«

Birger nickte. »Sicher. Sie tun Ihr Möglichstes.«

Sie fragte sich, ob sie jetzt wieder aufstehen sollte, nachdem sie ihm gesagt hatte, dass es nichts zu sagen gab. Die ganze Sache lief verkehrt, sie *wollte* nicht wieder aufstehen und gehen. Eddie rettete sie. Er ließ sich auf den Boden fallen, legte den Kopf auf die Vorderpfoten und gähnte.

»Ich glaube, Eddie braucht eine Pause«, sagte Mathilda.

»Wenn Sie nichts dagegen haben, bleiben wir auf einen Kaffee. Ich brauche auch eine Pause. Der Tag war etwas … hektisch. Ehrlich gesagt dachte ich nach der kryptischen Nachricht meiner Kollegin, Sie wären eine ältere Dame, die sauer ist, dass ich sie belogen habe.«

»Ich kann Ihnen den Kaffee holen«, sagte Birger. »Und vielleicht eine Suppe? Haben Sie schon gegessen?«

Mathilda schüttelte den Kopf, und er musterte sie. »Wenn ich eine ältere Dame wäre, würde ich jetzt sagen: Sie sind zu dünn.« Er verschwand hinter dem Bücherregal, samt seinem grauen Mantel und seinem zerzausten Haar, und Mathilda saß einen Moment allein an dem kleinen Tisch, allein mit Eddie, der dabei war einzuschlafen.

Verdammt. Er war derjenige, der krank war, und er holte ihr eine Suppe. Aber vermutlich wäre er beleidigt gewesen, wenn sie ihn nicht gelassen hätte.

»Ich sterbe«, flüsterte sie, um die Erkenntnis nicht zu

vergessen, und dann: »Warum freue ich mich so unglaublich, ihn zu sehen?« Sie ballte die Fäuste, damit sich kein irres Grinsen auf ihr Gesicht schlich. Und dann war Birger zurück, er balancierte ein Tablett mit zwei Bechern Kaffee und einem Teller Suppe, und als er es abstellte, schaffte er es, dass aus allen drei Gefäßen etwas herausschwappte.

Mathilda nahm dankbar eine der Kaffeetassen.

»Sie sitzen also den ganzen Tag hier im Café?«, fragte sie. »Oder war das nur der Plan für falls-ich-nicht-bald-komme?«

»Nein. Ich sitze oft hier. Ich habe ... recht wenig zu tun, wissen Sie? Ich bin hergekommen, um Doreen zu finden. Ihr Kind, besser gesagt. Mein Kind. Ich wohne im Hotel, es lohnt sich nicht, eine eigene Wohnung zu suchen. Ich habe meine Stelle in London gekündigt. Also gehe ich spazieren. Berlin ist erstaunlich im Frühling, überall blüht irgendetwas zwischen den Pflastersteinen. Und es gibt so viele Kanäle und Seen, an denen Bäume wachsen! Aber man kann nicht ewig spazieren gehen. Es ... strengt auf die Dauer auch an. Also komme ich her und sitze herum.« Er zuckte hilflos die Achseln und trank seinen Kaffee.

»Warum gerade hier?«, fragte Mathilda.

»Hier sind die Erinnerungen. Wir waren oft zusammen hier, Doreen und ich. Das Café hat sich kaum verändert ... Die alten Bücher sind noch älter geworden.«

»Erzählen Sie mir von ihr«, bat Mathilda. »Von Doreen. Es hilft vielleicht, mehr zu wissen.«

»Sie war ...« Er sah sich im Raum um, schien nach Worten zu suchen. »Sie wollte immer ein Schmetterling sein. Aber ihr Zeichen war eine Taube. Wegen ihres Nachnamens natürlich. Sie hat immer mit einer Taube unterschrieben. Einer winzigen Zeichnung von einer Stadttaube. Tauben sind grau und träge, hat sie gesagt. Schmetterlinge sind bunt und schwerelos. Eines Tages werde ich ein Schmetterling sein.«

»Ich dachte, die Voraussetzung dafür ist die Tatsache, dass man als Raupe zur Welt kommt«, murmelte Mathilda.

»Als sie verschwunden war«, fuhr Birger fort, »kam mir dieser absurde Gedanke. Sie hat sich verwandelt, dachte ich. Sie hat sich endlich in einen Schmetterling verwandelt. Aber natürlich war der Schmetterling nur ein Symbol. Sie wollte frei sein, sie wollte reisen, und wir haben Pläne gemacht. An einem der Tische hier. Listen von Ländern, in die wir zusammen fliegen wollten. Grönland. Australien. Tansania. All diese Orte, die man auf den Plakaten von Reisebüros sieht, mit lachenden Menschen im Vordergrund. Sie hat so gerne gelacht! Und getanzt. Sie konnte die ganze Nacht tanzen, quer durch die Discos, barfuß, bis zum Morgen. Ich habe nie ganz mitgehalten mit dem Schmetterling.« Er sah an Mathilda vorbei in die Ferne. »Dass wir zusammen eine Wohnung hatten, habe ich ja schon erzählt ...?«

»Ja. Und dass sie nichts abgeholt hat, später. Ist das wahr?«

»Ich ... glaube ... Ich habe ihre Sachen irgendwann in Umzugskisten gepackt und in den Keller gestellt. Und dann bin ich nach London gegangen, um mein Studium abzuschließen. Meine Eltern wollten immer, dass ich im Ausland studiere ... dabei bin ich nur gegangen, um sie zu vergessen. Doreen. Ich ... bin dort geblieben. Später bin ich manchmal verreist, in die Länder auf unserer Liste. Ich dachte, vielleicht treffe ich sie. Verrückt, was? Immer mit Rucksack und Wanderstiefeln. Ich habe in irgendwelchen Absteigen geschlafen. Ich dachte, so reisen Leute, die jung bleiben wollen. Schmetterlinge. Überflüssig zu sagen, dass ich sie *nicht* getroffen habe.«

»Ihre Eltern«, begann Mathilda, »darf ich fragen ... wo ...?«

»Sind beide vor ungefähr fünfzehn Jahren gestorben«, sagte Birger. »Krebs. Langsam und unschön.« Er sah sie an, und sie suchte in seinen Augen nach dem, was hinter dem Satz steckte. »Ich möchte nicht so sterben«, sagte er. »Es war mir immer wichtig, dass ich nicht so sterbe. Aber es wird passieren.« Dann schüttelte er den Kopf und war wieder bei Doreen. »Als sie verschwunden ist«, sagte er, »das war hier.«

Mathilda sah sich um. »Hier?«

»Ja. Abends. Es war dunkel. Ich saß an einem Tisch direkt neben der Tür. Ich habe mich später oft gefragt, ob sie irgendwie rausgekommen sein kann. Die Toiletten sind dahinten ...« Er zeigte. »Also in die andere Richtung. Sie hätte an mir vorbeigehen müssen, wenn sie vom Klo zurückgekommen und hinausgegangen wäre. Ich weiß noch, es brannten Kerzen im Café, es war wirklich romantisch ...«

»Das mit dem Kind ... wie lange wussten Sie davon?«

»Nicht lange.« Er lächelte in seine Kaffeetasse. »Eine Woche vielleicht. Wir waren so glücklich. Wir haben wieder Listen gemacht, was wir alles unternehmen wollten mit dem Kind ... Ich habe gesagt, dass sie sich keine Sorgen zu machen brauchte. Dass wir Geld haben würden, wenn ich fertig wäre mit dem Studium. Ich war mir sicher, dass es ein Mädchen würde und dass es so aussehen würde wie Doreen.«

»Sie waren sich sicher? Das klingt ... sehr unsicher«, sagte Mathilda. »Wie lange haben Sie gewartet?«

»Als sie verschwunden ist? Die ganze Nacht. Das *Tassilo* schließt erst gegen Morgen.«

»Und danach? Wie lange haben Sie gewartet, bevor Sie nach London gegangen sind?«

»Ein halbes Jahr? Ich habe sie gesucht. Überall in Berlin. Sie hatte vorher in einer Drogerie gearbeitet. Die wussten auch nicht, wo sie war. Ich kannte ihre Eltern nicht; Doreen hatte kein so gutes Verhältnis zu ihnen. Sonst hätte ich die Eltern gefragt. Ich habe sogar die Krankenhäuser abtelefo-

niert, falls ihr etwas zugestoßen war. Nichts.« Er hob die Arme. »Sie hat sich einfach in Luft aufgelöst.«
»Aber Sie glauben, dass wir sie finden können.«
»Sie sind das Institut der letzten Wünsche«, sagte Birger und sah Mathilda in die Augen. »Sie können alles.« Es klang, als wäre Mathilda eine Art Heilige.
»Ich bin nicht das Institut«, sagte sie. »Und das Institut kann auch nicht alles.«
»Ich weiß.« Er zuckte die Schultern. »Ich dachte, wenn ich es mit genug Nachdruck sage, *glauben* Sie daran. Und dann finden Sie sie. Haben Sie schon aufgegeben?«
Mathilda schüttelte den Kopf. »Unsinn! Wir haben noch nicht mal angefangen! Lassen Sie die Plakate erst mal eine Weile hängen. Warten Sie auf die Annonce. Ich meine, Sie sterben nicht übermorgen, oder?«
»Ich hoffe nicht«, sagte Birger. Er beugte sich vor und sah die Suppenschale an, die Mathilda nicht angerührt hatte. »Wollen Sie nichts essen? Die Würstchen sind gut.«
Mathilda spürte, dass sie rot wurde. »Das finden Sie sicher affig, aber ... ich esse keine toten Tiere.«
»Oh.« Er grinste. »Ich esse keine lebendigen. Nein, im Ernst. Sehr vernünftig. Man lebt wohl länger als Vegetarier, was?«
»Überhaupt nicht vernünftig«, erwiderte Mathilda beinahe ärgerlich. »Man lebt kein bisschen länger, und man kann die Welt dadurch nicht retten. Aber ich fürchte, ich bin nicht vernünftig. Daniel hat es immer genervt, wie unvernünftig ich bin. Ich weiß nicht, vielleicht ... ist er deshalb weggegangen.«
»Daniel?«, fragte Birger.
Warum erzählte sie ihm von Daniel? Mathilda sah weg. »Ein alter Bekannter. Sozusagen. Er ist jetzt wieder hier. In Berlin. Arzt.«
Birger nickte. »Ärzte sind immer besonders vernünftig.«

Eine Weile schwiegen sie, nur Eddie schnarchte unter dem Tisch. »Ich mag Ihren Hund«, sagte Birger schließlich.
»Ist er das? Auf Ihrem Pullover?«
Mathilda sah an sich hinunter. Über den grünen Pullover, den sie an diesem Tag trug, lief ein Streifen von orangefarbenem Stoff mit kleinen blauen Hunden, die alle eher der platonischen Idee eines Hundes entsprachen.
Sie merkte, wie sie rot wurde.
»Das ist die platonische Idee eines Hundes in den Sechzigern«, sagte sie. »Es ist so … Ich habe vor ein paar Jahren zwei Kisten mit alten Kindersachen bei meinen Eltern auf dem Dachboden gefunden. Einige davon hatte ich selbst schon geerbt, das sind die, die ich immer am liebsten mochte. Ich habe eine verschwommene Erinnerung an die Sachen, etwas wie … ein Gefühl von Sicherheit. Damals war alles so einfach, und meine Eltern waren da und haben die ganze Welt irgendwie … geregelt. Deshalb nähe ich Stücke der alten Kindersachen auf Pullover. Sie halten das sicher für ziemlich dumm.«
»Nein.« Birger schüttelte den Kopf. »Ich halte es für sehr schön.«
Er betrachtete die blauen Hunde, jeden einzelnen der Reihe nach, obwohl sie völlig identisch waren. Mathilda war sich vage bewusst, dass sich hinter den Hunden ihr Busen befand, und vollkommen sicher, dass Birger sich dessen nicht bewusst war. »Der zweite«, sagte er schließlich.
»Der zweite ist Ihrer. Ihr Hund, der unter dem Tisch schläft. Als blauer Schattenriss.«
»Sie sind ja noch verrückter als ich«, meinte Mathilda und grinste.
Birger griff sich an den Kopf, in sein schütteres Haar. »Hirnmetastasen?«, fragte er mit gespielter Besorgnis. Und Mathilda wollte sagen: Machen Sie keine Witze darüber, das ist nicht lustig! Aber sein Gesicht *war* lustig. Und sie lachte.

»Sie müssen wirklich eine fröhliche Kindheit gehabt haben«, murmelte er dann. »Wenn Sie sich so gern daran erinnern. Ich hoffe, meine Tochter hatte eine fröhliche Kindheit.« Er seufzte. »Ich hätte sie so gerne früher kennengelernt. Manchmal denke ich, vielleicht wollen sie nicht gefunden werden. Doreen und sie.«

»Aber ich dachte, Sie waren so glücklich zusammen? All die Listen? Die Pläne?«

Er sah weg, sah die Buchrücken im nächsten Regal an.

»Man kann lange hier sitzen und lesen«, sagte er leise. »Aber manchmal wird es einem doch irgendwie über. Gibt es nicht irgendetwas ... was ich tun könnte? Um mit der Suche zu helfen? Oder einfach so, im Institut? Während ich darauf warte, dass wir sie finden?«

»Ich werde darüber nachdenken«, antwortete Mathilda. Er ließ seinen Blick durchs Café schweifen, als erwartete er, dass Doreen jeden Moment hereinkäme – sie oder ihr 15-jähriges Abbild.

Mathilda begann, die Suppe zu essen und beobachtete ihn dabei.

Er war nicht schön, wirklich nicht. Er war zu alt für sein Alter. Die blasse Haut um seine Augen spannte, einer seiner Mundwinkel war aufgerissen und mit einem unkleidsamen Schmierer weißer Creme geflickt wie bei Leuten in einem sehr tiefen, kalten Winter. Seine Nase war nach wie vor zu kantig und zu schmal, und sein Haar nach wie vor am ehesten mit dem Wort zerrupft zu beschreiben. Er wirkte wie ein Unfall. Sie hatte nicht gewusst, dass man Unfälle so sehr mögen konnte.

Die Suppenschale war leer. Mathilda hatte die Würstchen mitgegessen, ohne es zu merken.

3.

Sie erinnerte sich erst an Daniel, als sie die Stimme auf dem AB in der Dachwohnung hörte.

»Mathilda«, sagte die Stimme, leicht verrauscht nach ihrer Reise durch die langen Telefonleitungen Berlins, »ich habe schon mal angerufen. Du scheinst hartnäckig nicht da zu sein. Ich dachte nur, wegen heute Abend ... Meldest du dich?«

Mathilda sah auf die Uhr. Es war zehn durch. War sie hartnäckig nicht da?

Sie hatte den Nachmittag damit verbracht, auf drei verschiedenen Stationen zweier Kliniken mit Klienten des Instituts zu sprechen, deren geistiger Zustand weit von demjenigen eines Jakob Mirusch oder eines Herrn Schmidt entfernt war. Menschen, die man kaum verstand und die nicht verstanden, was man selbst sagte. Manchmal waren die letzten Wünsche eher ein Trost für die Angehörigen.

Am Ende war Mathilda mit Ingeborg und Eddie im Bett gelandet, was wiederum eine Kneipe um die Ecke war, die diesen Namen trug. Sie hatte drei Gläser Rotwein auf ex getrunken und Ingeborg von ihrer Erkenntnis unterrichtet, dass sie eines Tages sterben würde, und jetzt war ihr schlecht.

Sie hörte Ingeborgs Lachen noch, von ferne, mit einem seltsamen Widerhall, und ihre immer etwas raue Stimme: »Mathilda! Du wirst ja erwachsen ... werd das nicht! Ich brauche jemanden wie dich im Institut, ein großes Kind mit blauen Hunden auf dem Pullover, ein Kind, das noch denkt, es könnte etwas verändern. Solange du ein Kind bleibst, bist du unsterblich, Mathilda ...« Aber hatte Ingeborg das wirklich gesagt? Es passte nicht zu ihrer sachlichen Art. Sie glaubte, auch Ingeborgs Hand wieder zu spüren, Ingeborgs Arm um ihre Schultern, aber das alles musste sie sich eingebildet haben.

Sie öffnete eine Hundefutterdose und wünschte, Eddie hätte schon von Jakob Mirusch gelernt, wie man das selbst tat, denn es erwies sich nach dem Rotwein als unerwartet schwierig. Dann fiel Mathilda in ihren Kleidern aufs Bett und löschte das Licht. Sie hörte Eddie in der Küche fressen, hörte schließlich seine klickenden Krallen auf dem Boden und spürte das Federn des Bettes, als er aufs Fußende sprang.

»Ingeborg denkt, ich betrinke mich«, sagte sie, »wegen der bettlägerigen Fragebögen ... der Patienten, für die ich die Bögen ausgefragt habe ... die Füllungen ausgebogen ... Ingeborg denkt ... Ingeborg hat keine Ahnung.« Sie drehte sich auf die Seite und verbarg ihr Gesicht in den Kissen. »Daniel hat auch keine Ahnung«, murmelte sie. »Ich bin eine Idiotin. Seine Augen sind grün, aber fast durchsichtig. Er sieht furchtbar aus. Daniel ist viel hübscher. Und vernünftig. Ärzte sind immer besonders vernünftig ... du bist der zweite blaue Hund von links, Eddie, wusstest du das? Es stimmt, ich habe nachgesehen.« Dann rutschte sie in den Schlaf hinüber, ohne Daniel zurückzurufen. Er gab sich solche Mühe, dachte sie, schon halb im Traum. Er verdiente es, besser behandelt zu werden. Aber wie sollte sie ihn anrufen, wenn sie längst schlief?

Am nächsten Morgen kam Mathilda beinahe – aber nur beinahe – zu spät ins Institut. Sie erwachte nicht vom Klingeln ihres Weckers, sondern von Eddies Versuchen, eine weitere Hundefutterdose zu öffnen, indem er sie gegen den Bettpfosten neben Mathildas Kopf stieß. Jakob Mirusch und seine Uhrwerkreparaturen hatten offenbar den starken

Wunsch in Eddie geweckt, im Umgang mit metallischen Gegenständen selbständiger zu werden.

Mirusch saß mit seinen Werkzeugen im Institut wie am Vortag, und Eddie nahm den Platz an seiner Seite ein wie ein gehorsamer Schüler. Diesmal reparierte Jakob Mirusch eine uralte Tischuhr, die von Ingeborgs Großtante stammte.

Ingeborg hatte die Kopfschmerztabletten in die unterste Schreibtischschublade verbannt, aber Mathilda fand sie trotzdem.

Es war viel einfacher, Kopfschmerztabletten zu finden als Doreen, und das war eigentlich unlogisch, weil sie viel kleiner waren. Mathilda sah Doreen jeden Morgen, wenn sie an der Pankstraße von ihrem Fahrrad in die U 8 umstieg, sie hing dort still neben dem Sonnenuntergang und den vermissten Kindern und lächelte ihr Schlafzimmerlächeln. Die Sonne auf dem Plakat ging übrigens in Indien unter, so viel wusste Mathilda jetzt, und der Junge mit der Brille und den langen Haaren, vierzehn Jahre alt, war seit einem Jahr fort. Das kleine mandeläugige Mädchen schon seit dreien. Es gab auch eine behinderte junge Frau und einen alten Mann, die da hingen und vermisst wurden. Wohin verschwanden diese Leute? Gingen sie alle in Cafés aufs Klo und kamen nie wieder?

Doreen rief nicht an.

Vielleicht stand sie gerade jetzt irgendwo vor ihrem eigenen Plakat, oder sie saß in einem der tausend Backshops und Lattemachiatterien und überflog die Zeitung, ehe sie zur Arbeit ging.

**DOREEN TAUBENFÄNGER
MELDEN SIE SICH RASCH BEIM INSTITUT DER
LETZTEN WÜNSCHE.
ES GEHT UM DAS ERBE IHRES KINDES.
BIRGER RAAVENSTEIN SUCHT SIE. IHM BLEIBT
NICHT VIEL ZEIT.**

»Oder vielleicht«, flüsterte Mathilda, »ist sie seit fünfzehn Jahren tot. Vielleicht ist sie nicht verschwunden. Vielleicht hat jemand sie verschwinden *lassen*.«

»Nein«, sagte Ingeborg in ihr Telefon, in ihrer Stimme verhaltener Ärger. »Natürlich stirbt er nicht plötzlich beim Kartenspielen, was für ein Unsinn. Ob es sein kann? Theoretisch? Ja, theoretisch kann es schon sein, aber ... hör mal ... das könnt ihr doch nicht machen. Ihr habt zugesagt, es ging nur noch darum, den richtigen Abend zu finden. Wie?«

»Die nächsten«, murmelte Jakob. »Die nächsten sagen ab. Das war klar.« Er nickte Mathilda zu. »Das sind die dritten«, fügte er hinzu. »Die dritte WG von drei, die zugesagt hatten.«

Ingeborg drückte einen Knopf am Telefon, und die verunsicherte Stimme eines jungen Mannes kroch aus den Lautsprechern in den Raum. »... dann plötzlich eine Leiche in der WG«, sagte er gerade. »Und nachher macht uns jemand dafür verantwortlich. Das geht nicht, das müssen Sie doch einsehen! Wir wollen mit der ganzen Sache lieber nichts zu tun haben. Das Risiko zu sterben steigt ja, wenn jemand sich aufregt, haben Sie daran schon mal gedacht? Auch wenn jemand sich im ... im positiven Sinne aufregt. Das Herz schlägt schneller, der Blutdruck steigt, und vielleicht reicht das, um den Alten umzubringen. Danke, nein. Sagen Sie ihm einfach, wir hätten festgestellt, dass wir in diesen Semesterferien alle gar nicht da sind. Sagen Sie ihm, eine Epidemie sei bei uns ausgebrochen. Sagen Sie ihm, was Sie wollen.«

Damit legte er auf, mit einem sehr hörbaren Klicken, als hätte er einen altmodischen Hörer auf die Gabel geknallt. Ingeborg knallte das Telefon ebenfalls auf den Tisch, verschränkte die Arme und starrte einen Moment ins Nichts.

»Astlöcher«, sagte sie dann.

Mirusch nickte resigniert. »Ein hervorragendes Wort. Frau Wehser ... Ingeborg ... geben Sie auf?«

Sie schüttelte den Kopf. »Unsinn. Wir haben noch nicht mal angefangen.«

Mathilda lächelte still in sich hinein. Sie hatte das zu Birger gesagt, wortwörtlich.

Es war eine Wahrheit über das Institut. Es gab nicht auf. Das war vielleicht Regel Nummer drei: Gib niemals auf, ehe dein Klient nicht tot ist.

»Die Frau, die durch den Frühling reiten wollte, ist gestorben«, sagte Ingeborg mit einem Blick auf ihren Flachbildschirm. »Und Frau Kovalska hat heute Morgen eine Minute nach acht angerufen und gefragt, ob wir was Neues von der Callas wissen.«

»Was hast du ihr gesagt?«

»Dass das dein Fall ist«, erwiderte Ingeborg mit einem süßen Lächeln. Mathilda seufzte.

»Und dass ich von dir weiß«, fuhr Ingeborg fort, »dass du keine Karten mehr für München bekommen hast. Ach, und dass die Hamburger Laeiszhalle, wo die Callas als Nächstes auftreten sollte, wegen akuter Einsturzgefahr vorübergehend geschlossen werden musste.« Sie lächelte wieder, genauso süß, »aber sie versuchen jetzt, die Veranstaltung zu einem etwas späteren Termin in der Elbphilharmonie stattfinden zu lassen.«

»Moment«, sagte Mathilda. »Ich dachte, die wird erst fertig, wenn die Klimaerwärmung gestoppt ist?«

Ingeborg nickte. »Richtig. Das kannst du Frau Kovalska beim nächsten Anruf erzählen. Eins nach dem anderen.«

»Und weißt du, wo ich einen himmelblauen Sarg herbekomme?«

»Anmalen?«, meinte Jakob Mirusch, griff in seine Uhrmachertasche und hob ein winziges Döschen blauer Farbe hoch. »Übrigens habe ich neulich einen Jungen gesehen, der hatte Haare in diesem Blauton. Sah hübsch aus. Aber ich glaube, das wollte er nicht hören. Er wollte lieber hören, dass ich ihm Geld gebe. ›Junger Mann‹, habe ich gesagt, ›ich bin sechsundneunzig Jahre alt und habe noch nie einen Menschen um Geld angebettelt. Wir sprechen uns in achtzig Jahren wieder.‹«

»Dann sind Sie einhundertsechsundsiebzig«, bemerkte Ingeborg und blätterte ärgerlich in einem Register, um ihm neue Kontaktadressen zu Studenten-WGs zu entringen.

»Ja«, sagte Jakob Mirusch. »Aber vorher darf das infrarenale Aortenaneurysma wohl nicht platzen. Denn so lange werden Sie *mindestens* brauchen, um eine Studenten-WG zu einem Spieleabend mit mir zu überreden. Sagen Sie, haben Sie noch etwas zu reparieren? Der Hund hier sieht aus, als finge er an, sich zu langweilen.«

Eine Woche später hatte Jakob Mirusch sieben Uhren aus Ingeborgs offenbar bodenlosem Erbschatz repariert, fünfzehn Studenten-WGs hatten zu- und dann wieder abgesagt, Maria Callas hatte nach der Elbphilharmonie beinahe in der Berliner Philharmonie gesungen, war dann aber kurzfristig erkrankt, und obwohl der Lokalsender den Suchaufruf ein paar Mal wiederholte, hatte Doreen sich nicht gemeldet.

Daniel hatte sich auch nicht wieder gemeldet, vermutlich war er sauer. Und selbst Birger ließ nichts von sich hören. Mathilda hatte das Gefühl, in eine Art wattiges Vakuum gefallen zu sein; nichts ging voran.

Sie heuerte einen Privatdetektiv an, der behauptete, Kontakte zur Polizei und verschiedenen Ämtern zu besitzen. Herausgefunden hatte auch er bisher nichts, aber er rief täglich an und verlangte neue Spesen. Wobei – er hatte herausgefunden, wo Doreen Taubenfänger *nicht* war: Sie wurde in keiner Polizeiakte Berlins erwähnt. In keiner Polizeiakte Deutschlands.

Schließlich landete Mathilda eines Mittags bei den roten Sonnenschirmen vor dem *Café Tassilo*, ohne bemerkt zu haben, dass sie dorthin gegangen war. Aber wo sie schon mal da war, dachte sie, konnte sie genauso gut hineingehen. Vielleicht war Birger dort.

Er war nicht.

Sie setzte sich an den gleichen Tisch, an dem sie beim letzten Mal gesessen hatten, und versuchte, sich an seine genauen Worte zu erinnern. Er hatte gesagt, Doreen und er wären glücklich gewesen. Er hatte ihr einen Heiratsantrag machen wollen, aber sie war vorher auf die Toilette gegangen, die gegenüber vom Ausgang lag.

»Bleib!«, sagte Mathilda zu Eddie.

Sie ging an der Küche vorbei, durch eine sehr schmale Tür und einen ebenso schmalen, kurzen Flur entlang. An der Wand hing ein altes Betttuch voller bunter Handabdrücke mit verblichenen Unterschriften, Produkt irgendeiner Party. Am Ende gab es zwei Toiletten, eine mit einem grünen Frosch und eine mit einer Prinzessinnenkrone. Mathilda ging durch die Tür mit der Krone.

Die Klobrille dahinter hing schief in den Angeln, der Spülkasten sabberte einen ständigen Speichelfaden in die Toilette. Es gab ein Fenster, winzig, blind, verschmiert. Sie kletterte auf die Klobrille, bemüht, nur auf die Ränder zu treten – sie konnte sich genau vorstellen, wie sie mit nassen Hosenbeinen ins Café zurückwankte, auf den Lippen die Worte: »Entschuldigen Sie, ich bin in Ihr Klo eingebrochen ...« Lieber nicht. Schließlich stand sie einigermaßen sicher und versuchte, das Fenster zu öffnen, doch der Mechanismus war festgerostet. Sie wischte mit ihrem Ärmel, dessen Bündchen von dottergelbem Sonnenstoff eingefasst wurde (in den Sechzigern war die Sonne noch dottergelb gewesen), ein Loch in den Schmutz auf der Scheibe. Draußen lag ein kleiner grauer Hinterhof. Und dort stand, an die Wand gelehnt, ein altes und sehr kaputtes Fahrrad.

Mathilda fiel beinahe von der Klobrille. Es war das Fahrrad, an das Doreen sich auf dem Foto gelehnt hatte.

»Ach was«, flüsterte sie. »Es ist einfach nur ein altes Fahrrad. Es gibt Tausende von solchen alten Rädern.« Die Tatsache, dass es da stand, bewies jedenfalls, dass der Hinterhof einen Zugang zur Straße besaß.

Jemand hämmerte jetzt an die Tür, und als Mathilda von der Klobrille geklettert war und öffnete, erwartete sie beinahe, Doreen stünde davor. Aber es war eine übergewichtige ältere Frau.

»Ist das Ihr Hund dahinten?«, fragte sie.

»Das kommt darauf an.«

»Er trinkt gerade Ihren Milchkaffee«, sagte die ältere Frau. »Kann man jetzt mal das Klo benutzen?«

Eddie hatte tatsächlich die Vorderpfoten auf den Tisch gestützt und eben die Schale mit dem Kaffee geleert. Mathilda seufzte. Auf dem Tisch, neben der leeren Milchkaffeeschale, lag ein Buch, das sie zuvor nicht bemerkt hatte. Der letzte Kaffeetrinker musste es liegen gelassen haben. Sie schlug es auf, in Gedanken bei dem Rad im Hinterhof. Fast hoffte sie, das Buch wäre Türkisch, damit seine Zeilen sie beim Blättern nicht von ihren Gedanken ablenkten. Sie musste jemanden fragen, wie man in den Hof kam ...

Fjodor Dostojewski, stand auf der ersten Seite des Buches.

War das Fenster groß genug, um hinauszuklettern?

Die Brüder Karamasow.

Und wohin kam man vom Hof aus?

Der Text war Deutsch, nicht Türkisch, nicht einmal Russisch. Schade. Mathilda blätterte weiter. Das Buch war alt, einzelne Wörter waren mit Bleistift unterstrichen, Anmerkungen an den Rand gekritzelt.

Konnte man eine Person, die sich sträubte, durch ein so kleines Fenster zerren? Eine bewusstlose Person?

Eddie reckte sich und versuchte, mit der Schnauze beim Umblättern zu helfen. Milchkaffeereste tropften aus seinem Bart, und Mathilda wischte sie ungeduldig mit dem Dottersonnenärmel von den Brüdern Karamasow.

Genau in diesem Moment fand sie Doreens Spur. In dem Buch. Ungefähr in der Mitte. Es war zu irre, um wahr zu sein.

Sie hielt inne, schob Eddie vorsichtig beiseite und beugte sich tiefer über die vergilbten Seiten. Da war eine Zeichnung am Rand, eine kleine Bleistiftzeichnung von einer Taube. In ihrem Gefieder prangten die verschnörkelten Buchstaben D und T, es sah aus, als hätte jemand viel Zeit gehabt, diese Buchstaben zu verschnörkeln. Jemand, der vielleicht auf jemand anderen gewartet hatte.

Und plötzlich kam Mathilda eine abstruse Idee.

Sie schloss die Augen und sah vor sich, wie Doreen zur Toilette ging. Wie sie zurückkam. Und wie sie Birger nicht mehr vorfand. Sie setzte sich und begann zu warten, nahm irgendein Buch, las eine Weile, langweilte sich – die Frau im rot-weiß gepunkteten Minirock hatte nicht wie eine Dostojewski-Leserin ausgesehen –, blätterte durch die Seiten. Schließlich fand sie einen Bleistift in ihrer Tasche und begann, im Schein der Kerze zu zeichnen, während sie weiter wartete. Aber Birger, der Vater ihres Kindes, kam nicht wieder.

Kam nie wieder.

Die Realität hatte sich gespalten vor fünfzehn Jahren, hier in diesem Café. Vielleicht suchte Doreen Birger ebenfalls, vielleicht hatte sie irgendwo, in einem parallelen Berlin, ebenfalls ein Inserat aufgegeben.

Mathilda öffnete die Augen wieder und schüttelte den Kopf, schwindelig von diesem Gedanken.

Dann sagte sie, etwas lauter als nötig: »Schwachsinn!« Eddie zuckte zusammen.

Mathilda blätterte weiter, überflog die Geschichte der Brüder Karamasow, die sie vor Unzeiten gelesen hatte, den Mord am Vater, die Flucht des angeklagten Bruders ... Hatte jemand Doreen umgebracht? War Doreen geflohen, weil sie selbst beschuldigt worden war, jemanden umgebracht zu haben?

»Schwachsinn, Schwachsinn, Schwachsinn«, murmelte Mathilda vor sich hin. Nichts bewies, dass wirklich Doreen die Taube gezeichnet hatte. Es dauerte vielleicht fünfzig Seiten, bis sie die nächste Zeichnung fand: eine identische Taube mit identischen Initialen. D.T. Darunter ein Name, auch er mit viel Liebe oder aus Langeweile verschnörkelt: B I R G E R.

Mathilda schluckte.

»Eddie«, flüsterte sie. »Sie war es wirklich. Sie hat in dieses Buch gemalt.«

Sie zählte noch drei weitere Tauben. Manche sahen nach rechts, manche nach links, doch im Grunde war es immer die gleiche Taube. Eine, die letzte, hatte die Augen geschlossen, den Kopf allerdings nicht unter den Flügel gesteckt. Doreen, schloss Mathilda, konnte keine Tauben malen, die den Kopf unter den Flügel gesteckt hatten. Sie konnte nur stehende Tauben malen, die nach links oder rechts sahen.

Unter jener letzten Taube war ein Pfeil, und dahinter stand, sehr klein und ordentlich: SIEHE TOLSTOI 3 TODE.

Mathilda schloss das Buch und begann, in den Regalen zu suchen. Die Bücher waren nicht geordnet, Kochbücher kämpften mit sozialistischen Schulbuchrelikten um den Platz, zerfledderte Bilderbücher lehnten sich an Lebensberater. *Die Stimme der Steine. Lausche den Wellen am Herzensstrand – Gedichte eines Sich-selbst-gefunden-Habenden. Basteln mit Märchenwolle.*

Sie wusste, sie würde das Tolstoi-Buch nicht finden. Dass es vor fünfzehn Jahren hier gewesen war, bedeutete nicht, dass es jetzt noch hier war. Jemand hatte es vielleicht für einen Euro gekauft, vielleicht nur so mitgenommen, vielleicht war es auch schlicht und einfach auseinandergefallen.

Aber dann schob sie *Gärtnern mit dem Mondhasen* beiseite, und da war es: Tolstoi. *Drei Tode.* Es ragte sogar ein wenig heraus; Mathilda hätte es gleich sehen müssen. Sie trug es mit zitternden Fingern zu ihrem Tisch und begann zu blättern – da war sie, die Taube. Aber da war noch etwas. Etwas steckte zwischen den vergilbten, sich langsam lösenden Seiten: ein Foto.

Ein altes Foto, unscharf, die Farben blass und bräunlich geworden von der Zeit.

»Eddie«, sagte Mathilda leise, »wie kommt es, dass ich mich nicht wundere?«

Eddie sah sie mit seinem weisen, uralten Hundeblick an, dann schloss er die Augen und wartete darauf, dass sie ihn hinter den Ohren kraulte. Mathilda gehorchte und hielt mit der anderen Hand das Foto dicht vor ihre Augen. Darauf waren zwei junge Leute zu sehen, eine Frau und ein Mann. Die Frau trug einen Plüsch-Pelzmantel, der aussah wie ein Sofabezug, dunkel, passend zu dem dunklen Haar, das sich in kleinen Locken um ihren blassen Hals kringelte. Sie trug den Mantel offen, um dem Betrachter ihre langen Beine in den Nylonstrumpfhosen zu zeigen. Ihre Füße steckten in weißen Pumps. Die Manteldame lehnte sich an den Mann und lächelte in die Kamera, der Mann hatte einen Arm um sie gelegt, ebenfalls lächelnd, ein wenig linkisch. Es sah aus, als hätte er den Selbstauslöser betätigt und wäre dann zu der Frau gerannt, hätte seinen Arm eilig um ihre Schultern drapiert und das Lächeln erst zum Schluss aufgesetzt wie einen Hut.

Er steckte in einem breitgestreiften Hemd, dessen obersten Knopf er besser geöffnet hätte, und sein rötliches Haar war so zerzaust, als wäre er in einen Sturm geraten, der nur ihn allein erwischt hatte.

Der ganze Mann war ein Unfall.

Mathilda hätte diesen Unfall immer und überall erkannt.

Und nichts, weder das Sturmhaar noch die unmöglichen Streifen auf dem Hemd konnten darüber hinwegtäuschen, dass der Unfall, wenn man sein Gesicht betrachtete, eigentlich ein gut aussehender Unfall war.

»Birger«, flüsterte Mathilda. Er war damals noch nicht ganz so hager gewesen, nicht ganz so blass, sein Haar nicht grau, und die Nase hatte noch nicht ganz so knochig und kantig in seinem Gesicht gesessen. Seine Augen lagen auf dem Bild weniger tief in den Höhlen, seine Haut spannte weniger an den Wangenknochen. Damals war er gesund gewesen. Mitte zwanzig und gesund.

Mathilda nahm das Buch und das Bild und ging um die Regale herum zur Theke.

Der kleine, untersetzte Mann, der ihr den Milchkaffee gegeben hatte, lehnte dort, kaute Kaugummi und schien zu träumen – vielleicht von den Wellen an seinem Herzensstrand.

Sie legte das Buch vor ihn und deutete auf das Bild.

»Kennen Sie die? Sie hat vor fünfzehn Jahren Tauben in dieses Buch gezeichnet ... und in *Die Brüder Karamasow*.« Sie bemühte sich, das Ganze lässig und beiläufig klingen zu lassen. »Doreen Taubenfänger. Das Foto steckte in dem Tolstoi, ist wahrscheinlich auch fünfzehn Jahre alt ... Die Frau. Doreen. Ich muss sie finden.«

Der Mann schob nachdenklich den Kaugummi von einer Backe in die andere und betrachtete Doreen und Birger.

»Nee«, sagte er schließlich. »Keine Ahnung. Fünfzehn Jahre! Ich glaub, keiner von uns ist so lange hier. Außer vielleicht der Andi. Dem gehört der Laden. Aber der ist fast nie da, nicht in letzter Zeit, ist jetzt Papa, hat 'ne Familie, und das Café läuft auch ohne ihn. Komm mal an 'nem Freitagabend. Oder sonst, wenn was los ist, Konzert oder so, da trifft man ihn am ehesten. Programm liegt ... warte ... Da.«

Mathilda nickte und steckte den kopierten Zettel ein, den er über die Theke schob.

»Dürfen Hunde zu den Konzerten?«, fragte sie.

Der Mann sah Eddie an. »Nicht, wenn sie beißen. Der da, wie der die Zähne bleckt, das mag ich gar nicht.«

»Ach was«, sagte Mathilda, »der lächelt.«

Als sie ins Institut zurückkam, lag es verwaist in der kalten Frühjahrssonne.

Ingeborg musste irgendwo unterwegs sein. Nicht einmal Jakob Mirusch und sein infrarenales Aortenaneurysma saßen im Institut und reparierten alte Uhren.

Mathilda schloss die Tür auf, atmete tief durch, wählte mit rasendem Herzen Birgers Nummer – und legte nach dem ersten Klingeln auf. Das Foto war alt, die Zeichnungen waren alt, und dass Doreen vor fünfzehn Jahren im *Café Tassilo* gewesen war, wusste Birger selbst. Was wollte sie ihm erzählen?

Sie hatte eine Spur gefunden, das Ende eines Fadens, den sie brauchte, um diesen Pullover aus Ungereimtheiten aufzuribbeln. Aber es war zu früh, Birger etwas zu sagen. Verdammt, sie hätte ihn so gerne getroffen. Einfach so, um seine zerzausten Haare zu sehen und seine verblassenden grünen Augen.

Es war irrational.

Sie wählte noch einmal seine Nummer, doch nur die Mailbox sprang an. Eine elektronische, weibliche Stimme. Mathilda wollte keiner elektronischen weiblichen Stimme eine Nachricht hinterlassen. Sie fand einen Zettel in ihrer

Tasche, einen ganz bestimmten Zettel, entknüllte ihn und wählte eine andere Nummer.

»Daniel?«, sagte sie ohne Einleitung. »Geh mit mir essen. Heute Abend. Bitte. Alle sind verschwunden, Doreen, Birger Raavenstein, Ingeborg ... die ganze Welt ist verschwunden.«

Sie spürte sein Zögern, er erwog, beleidigt zu sein, weil sie nicht früher zurückgerufen hatte.

»Von mir aus«, sagte er schließlich. »Du hast verdammt Glück, ich habe keinen Nachtdienst. Ich hole dich ab.«

»Wohin gehen wir?«, fragte Mathilda. »Ich meine, wegen der Kleiderordnung. Braucht Eddie einen Schlips?«

Er hatte noch immer kein Geld. Das war beruhigend. Aus irgendeinem Grund hatte sie befürchtet, Daniel wäre plötzlich zu Geld gekommen und würde mit essen gehen wirklich *essen gehen* meinen. Aber er meinte eine Pizzeria in der Straße, in der er wohnte. Er holte Mathilda von der U-Bahn Pankow ab, und sie gingen noch ein ganzes Stück zu Fuß. Aus irgendwelchen Gründen hatte Daniel eine Straße (und eine Pizzeria) ausgesucht, die weit abseits jeder U-Bahn-Station lag. Siegfriedstraße. Mathilda suchte vergeblich nach Drachen. Dafür endete die Siegfriedstraße ebenfalls an der Panke. Man könnte sich, dachte Mathilda, Flaschenpostflaschen schicken. Wie herum floss die Panke eigentlich? Sie erwog, Daniel zu fragen, ließ es dann aber. Vermutlich hätte er den Gedanken albern gefunden.

»Und du dachtest also, ich hätte plötzlich Geld«, sagte er, während er ihre Jacke in der Pizzeria über einen Stuhl hängte.

»Vielleicht lag es an dem grauen Schal? Er sieht ... wertvoll aus.«

Daniel betrachtete den Schal. »Geschenk«, sagte er knapp. »Nein. Woher sollte ich Geld haben? Falscher Beruf.«

Er studierte die laminierte Speisekarte. »Sie haben nur eine einzige Pizza, aber die hat fünfzehn verschiedene Namen.«

»Dann möchte ich Pizza Nummer fünfzehn ohne tote Tiere.«

Daniel bestellte zwei Gläser Wein – keine Flasche, der Schal war ein Geschenk – und sagte leise: »Sie haben nur einen einzigen Wein. Aber der hat fünfzehn …«

»Manchmal bist du doch ironisch«, sagte Mathilda.

Er schüttelte den Kopf. »Es stimmt.« Dann stützte er den Kopf auf die Hände und musterte sie. »Also?«

»Also was?«

»Also alles. Was hast du gemacht, seitdem ich weggegangen bin? Was ist das für eine Geschichte mit diesem … Institut? Warum kommst du in die Klinik, um Radiosendungen auf der Nephrologie zu machen? Was tust du mit chinesischen Kastendrachen und Abendkleidern? Ich … kann mir dich nicht in einem Abendkleid vorstellen.«

»Ich mir dich auch nicht«, sagte Mathilda und trank einen Schluck Wein. Kopfwehwein. Sie wusste schon, wie sie sich morgen früh fühlen würde.

»Übrigens war das Kleid nicht für mich. Es war ein letzter Wunsch, genau wie der Drache. Es war für eine alte Frau, die kaum noch sehen konnte. Aber sie konnte den Stoff fühlen. Ich habe ihr geholfen, es anzuziehen, in ihrem Klinikbett. War ziemlich umständlich, mit der Flexüle und dem Katheter und allem, und es sah furchtbar aus. Sie war sehr glücklich. Gestern ist sie gestorben.«

Sie musterte Daniel. Sein Gesicht verriet nicht, was er dachte, er hörte nur aufmerksam zu, den Kopf noch immer in die Hände gestützt, als erhebe er eine Anamnese und müsste später alles notieren.

»Der Kastendrachen ist gelb und rot. Der alte Mann, für den ich ihn besorgt habe, will ihn seinem Enkel zeigen. Das ist der Wunsch. Seinem Enkel zu zeigen, wie man einen Kastendrachen steigen lässt. Er hat sie früher selbst gebaut. Ich wusste nicht einmal, dass sie existieren, sie bestehen aus lauter kleinen Luftkammern.«

»Ich weiß«, sagte Daniel. »Ich habe als Kind mal einen steigen lassen. Mit meinem Großvater.«

»Oh«, sagte Mathilda.

»Weißt du, wie du aussiehst?«, fragte er über die Pizza hinweg, die eben ankam. »Du siehst müde aus. Du hast mir erklärt, du hättest den richtigen Job gefunden, aber ich bin mir nicht sicher.«

»Weißt du, wie du aussiehst?«, fragte Mathilda zurück, ein wenig feindselig. »Du siehst aus wie ein Arzt. Sogar in Zivil.«

»Wenigstens laufen über meine Version von Zivil keine orangen Giraffen mit grünen Punkten«, meinte Daniel und nickte zu dem aufgenähten Stoffstreifen auf ihrem Pullover hin. »Was stellen sie dar?«

Mathilda seufzte. »Kindheitserinnerungen.«

»Bitte? Wessen? *Deine?* Erzähl mir nichts.«

Sie schnaubte. »Bisher hat sich niemand an den Giraffen gestört. Es ist nur ein Streifen. Wenn du es genau wissen willst, du hast Glück. Es gibt auch einen Pullover mit grinsenden Erdbeeren. Und vielleicht finde ich demnächst ja einen alten Kinderstoff mit tot umgefallenen Klinikmitarbeitern.«

»Wir streiten also wieder«, stellte Daniel fest und zerteilte die Pizza, sehr akkurat.

»Nein«, sagte Mathilda schnell und versuchte, die letzten fünf Sätze zurückzuspulen. »Nein, ich will nicht streiten. Erzähl lieber. Es ist besser, wenn *du* erzählst. Wo du warst. Was du jetzt machst.«

»Oh, ich bin Arzt«, antwortete er. »Es bleibt nicht viel Zeit, nebenbei noch etwas anderes zu machen. Ich war in

Freiburg und in München, aber das weißt du. Ich brauchte damals ... eine Pause. Von allem. Von der Dachgeschosswohnung und von der Stadt und ...«

»Von mir.«

»Auch.«

Sie untersuchte die Pizza auf tote Tiere, fand nur toten Broccoli, allerdings auch etwas, das nach Marzipan aussah, und biss vorsichtig hinein. Es war kein Marzipan, es war Käse. Sie feierte zu oft Weihnachten in letzter Zeit.

»Eine Weile war ich in Paris«, sagte Daniel. »Noch größer, noch mehr Stress. Aber ich habe eine Menge gelernt. Die Frauen in Paris sind erstaunlich. Erstaunlich unspektakulär. Und noch gestresster als die Ärzte. Am schlimmsten sind Frauen, die Ärzte sind. Es gibt natürlich andere. Nichtpariserinnen in Paris.« Er lächelte in sich hinein und beschäftigte sich eine Weile still mit der Pizza.

Er denkt an die Frauen, dachte Mathilda, die Nichtpariserinnen.

Sie versuchte, kompensatorisch an die Männer in ihrem Leben zu denken, während sie Eddie mit Stücken des Marzipankäses fütterte. Eddie hatte bis jetzt nichts gesagt, er saß unter dem Tisch, als wäre er ein sehr gut erzogener Hund, aber Mathilda spürte, dass er angespannt war. Sie hatte den Verdacht, dass Eddie Daniel nicht mochte.

Die Männer in ihrem Leben ... Eigentlich war Eddie der einzige, der zählte. Auf der Ebene einer geistigen Freundschaft. Alle anderen waren unwichtig gewesen.

»Wie viele waren es?«, fragte sie. »Nichtpariserinnen? Hast du gezählt?«

Daniel lachte. »Denkst du, ich führe eine Strichliste?« Er legte das Besteck beiseite und eine Hand auf Mathildas Hand. »Nicht so viele«, sagte er leise. »Ich habe dich vermisst. Am Anfang nicht, am Anfang war ich froh, weg zu sein. Aber später.«

»Die Dachwohnung hat dich auch vermisst«, sagte Mathilda. »Sie war etwas leer. Am Anfang. Dann kam Eddie, und es wurde etwas voller ... Eine Weile habe ich sehr oft an dich gedacht. Ich dachte, du würdest vielleicht schreiben. Aber jetzt ...«
»Jetzt gibt es jemand anderen.«
Sie nickte. »Einen sterbenden Londoner Rechtsanwalt, der fünfzehn Jahre älter ist als ich und eine Frau liebt, die ich für ihn wiederfinden soll. Er siezt mich. Er wird sterben, ehe wir uns duzen.«
»Mathilda«, sagte Daniel kopfschüttelnd, »du bleibst dir treu. Du bist völlig wahnsinnig.«
Und dann begannen sie beide zu lachen, die Anspannung löste sich mit einem Klick in Mathilda, sie lachte über die Abnormalität ihres Lebens, über die Aussichtslosigkeit, die Pizza, die vielen Weihnachten, den Tod. Eddie scharrte unruhig unter dem Tisch, und schließlich bellte er ein paar Mal heiser, was er selten tat, als fühlte er sich ausgeschlossen und wollte mitlachen, wusste aber nicht, wie man das machte. Eddie war eifersüchtig. Darüber musste Mathilda noch mehr lachen.
Als das Lachen versiegte, schmerzten ihre Bauchmuskeln. Es war ein besserer Schmerz als die Kopfschmerzen. Während sie weiteraßen, erzählte Daniel von Paris; von der Stadt, nicht von den Frauen, von der Hektik in der Klinik, von der Romantik der Straßen, die erfunden war, von den Postkartenhäusern in Freiburg, die alle unecht wirkten, von den Pelzmänteln in München. Von seinem Entschluss, zurück nach Berlin zu gehen, wo er feststellen musste, dass sämtliche Freunde weggezogen waren. Er kannte niemanden mehr hier. Nur Mathilda.
Und Mathilda erzählte beim Nachtisch (»Sie haben nur eine Sorte Eisbecher, aber die hat fünfzehn Namen ...«) davon, wie Ingeborg sie vor einem Jahr eingestellt hatte. Sie

hatten sich im Bett kennengelernt; in der Kneipe, ein paar Straßen vom Institut entfernt, dessen Büroräume (dessen *einen* Büroraum) Ingeborg damals gerade angemietet hatte. Mathilda sah die Szene noch vor sich: Ingeborg saß allein am Tisch, Mathilda saß allein am Tisch, aber es war der gleiche Tisch. Als Mathilda hereingekommen war, war kein anderer Platz mehr frei gewesen. Sie war müde und durchgefroren und brauchte dringend etwas zu trinken. Etwas Starkes. Sie war vier Stunden durch die Stadt gewandert, an der dunklen Spree entlang, und schließlich über die Brücke nach Friedrichshain hinüber. Der frühe März fühlte sich eher nach Januar an, in den Straßen lagen noch Reste von schmutzig braunem Schnee. Sie wusste jetzt, dass sie mit dem Studium aufhören würde, sie hatte vier Stunden Märzkälte gebraucht, um das zu entscheiden, und nun stand es fest.

Sie würde sich exmatrikulieren, sich in der Klinik abmelden, das praktische Jahr abbrechen. Endlich. Sie hätte es schon viel früher tun sollen.

Es waren nur noch drei Wochen, sie hätte noch drei Wochen arbeiten müssen. Sie hasste die Klinik, sie war jeden einzelnen Tag des PJs damit beschäftigt gewesen, sie zu hassen. An diesem Tag war nichts anders gewesen als sonst, sie war mit der Stationsärztin aneinandergeraten, die ständig mit allen aneinandergeriet. Sie hatte ihren Lieblingspatienten unter einem weißen Leintuch auf dem Flur gefunden. Sie hatte keine Mittagspause gehabt. Sie hatte einem deliranten Alkoholiker fünf Flexülen gelegt, und es war ihm fünf Mal gelungen, sie wieder herauszureißen. Sie hatte, ganz zuletzt, mit einer Frau gesprochen, der die Chemotherapie ihre letzten Tage wegfraß und die so gerne die Beete draußen bei ihrer Laube umgraben wollte, um Erdbeeren zu pflanzen.

Die Stationsärztin hatte gesagt, es würde in diesem Jahr

eben keine Erdbeeren geben, die Frau sollte sich schonen, ihre Familie würde das bestimmt einsehen. Die Stationsärztin hatte nichts begriffen.

Mathilda wusste nicht, was sie nach der Exmatrikulation tun würde. Sie besaß kein Geld für ein weiteres Studium, sie würde sogar das Stipendium fürs Erste zurückzahlen müssen. Sie brauchte einen Job. Sie hatte die letzten Jahre auf ein Ziel hingearbeitet, darauf, Ärztin zu werden, und nun war das Ziel nicht mehr da.

Ingeborg rückte ihr Glas ein wenig beiseite, um Platz für Mathildas Glas zu machen. Sie sah nur kurz auf und kritzelte dann weiter auf einem Schreibblock herum. Ab und zu schob sie ärgerlich ihre Drahtlocken beiseite und trank aus einem Schnapsglas.

Mathilda sah aus dem Fenster, wo Menschen mit Zielen vorbeikamen. Menschen, die die Beete bei ihren Lauben umgruben. Oder Menschen, deren Mütter oder Väter in Kliniken lagen und starben. Irgendwann merkte Mathilda, dass Ingeborg sie beobachtete. Sie kritzelte nicht mehr auf ihren Block.

»Woran denken Sie?«, fragte Ingeborg. Ihre Stimme war rau, drahtig wie ihre Locken. Etwas zu tief für eine Frau.

»An die Menschen«, sagte Mathilda. »An den Job, den ich aufgebe.«

»Was war der Job?«

»Arzt.« Sie zuckte die Schultern. »Aber ich war noch nicht dort. Am Ziel. Nur fast.«

»Ich war dort«, sagte Ingeborg. »Fast zwanzig Jahre. Oberärztin der Onkologie. Gestern habe ich gekündigt.«

Mathilda schüttelte den Kopf. »Wirklich?«

Als Ingeborg nickte, fielen alle Locken zurück in ihr Gesicht, und sie verjagte sie ungehalten wie Fliegen. Mathilda fragte sich, weshalb diese Frau ihre Locken nicht einfach abschnitt oder sie länger wachsen ließ, um sie in einen

Pferdeschwanz zu zwingen. Sie würde sich das ein Jahr später noch immer fragen.

»Ich schreibe eine Stellenanzeige.« Ingeborg deutete auf den Block. »Es ist nicht leicht.« Sie trank den letzten Schluck aus ihrem Glas. »Ich brauche einen Mitarbeiter. Oder eine Mitarbeiterin. Im Institut der letzten Wünsche.«

Die Anzeige war nie aufgegeben worden. Ingeborg hatte Mathilda noch in der gleichen Nacht eingestellt. Sie lächelte, als sie es Daniel erzählte.

»Was für eine Geschichte«, sagte Daniel und zahlte. Mathilda versuchte, ihren Teil der Rechnung zu begleichen und scheiterte.

»Ich bin nicht reich, stimmt schon«, murmelte er, »aber um dich und deinen Hund auf eine Pizza Nummer fünfzehn einzuladen, reicht es gerade so.«

Auf dem Weg zurück zur U-Bahn schwiegen sie. Und Mathilda fragte sich, warum sie in Daniels Straße Pizza gegessen hatten, obwohl er ihr seine Wohnung gar nicht gezeigt hatte. Er schien etwas unentschlossen zu sein. Sie waren beide unentschlossen.

So wanderten sie schweigend und jeder für sich an der flaschenpostlosen Panke entlang, unter noch beinahe kahlen Bäumen, durch die Grünflächen des Schlossparks. Eine späte Amsel sang irgendwo auf einem sehr hohen Ast, vielleicht auch auf einem Stern. Die Frühjahrsdunkelheit war wie ein samtenes Tuch, und Mathilda dachte wieder an das Abendkleid, das die alte Frau mit ihren Fingern befühlt hatte. Sie ließen den Park hinter sich und gingen an der Berliner Straße entlang, und Mathilda fragte sich, wohin all die Autos fuhren. Fuhren sie überhaupt irgendwohin oder waren sie nur eine angemietete, bewegte Kulisse, um die Großstadt echt aussehen zu lassen? Auch die Fassade des alten S-Bahnhofs Pankow wirkte wie eine Kulisse. Es war eine hübsche Fassade, Jugendstil oder so, aber Mathilda konnte es nicht lassen, bei den dusteren Steinschnörkeln an S-Bahn-fahrende Vampire zu denken. Eigentlich fand sie es schade, dass sie den moderneren, besser beleuchteten Eingang der U-Bahn nehmen musste. Sie hätte gerne mal mit einem S-Bahn-fahrenden Vampir gesprochen.

»Also dann«, sagte sie.

»Also dann«, sagte Daniel. Eddie drückte sich gegen Mathildas Knie, ungeduldig.

»Danke für die Einladung«, sagte Mathilda.

»Ach was«, sagte Daniel.

Und dann zog er sie an sich und küsste sie. Sie war so überrascht, dass sie zurückküsste, und es war eigentlich nicht schlecht, er schmeckte nach Pizza und nach Kopfschmerzwein und ein wenig nach der Zeit, in der sie zusammen in der Dachwohnung gewohnt hatten, der ersten, glücklichen Zeit. Schließlich ließ er Mathilda los, und sie versuchte, sein Gesicht zu lesen, aber es war unleserlich in der kalten Beleuchtung des U-Bahn-Eingangs.

»Warum hast du das getan?«, flüsterte sie.

Er zuckte die Schultern. »Komm gut nach Hause. Melde dich mal.«

»Ja.« Mathilda nickte. »Verdammt, Daniel? Wo ... Eddie? Ich muss ihm nach. Der kriegt es fertig und steigt ohne mich in die U-Bahn.«

Sie rannte die Stufen hinunter, beinahe panisch, und fand auf dem Gleis einen Hund, der so tat, als gehörte er jemand anderem.

»Du magst ihn nicht, okay«, sagte sie zum Rücken des Hundes. »Aber ich habe ihn nur geküsst, ich habe nicht vor, ihn zu heiraten. Du kannst also aufhören, beleidigt zu sein.«

Eddie warf ihr nur einen Blick zu. Als die U-Bahn kam, stieg er ein und weigerte sich, sich unsichtbar zu machen. Stattdessen sprang er auf einen der leeren Sitze und sah demonstrativ aus dem Fenster, als wären die Tunnelwände das Interessanteste auf der Welt.

Erst als Mathilda im Bett lag, dachte sie darüber nach, was sie zu Daniel gesagt hatte. Über den sterbenden Rechtsanwalt. Dass er eine Frau liebte, die Mathilda für ihn finden sollte. Sie machte das Licht noch einmal an und holte das Bild aus ihrer Tasche: Doreen und Birger, Birger und Doreen. Es stimmte. Er liebte sie. Noch immer. Er suchte viel weniger seine Tochter als Doreen.

Am nächsten Tag stand Ewa Kovalska im blauvioletten Morgenlicht vor der Tür des Instituts.

Sie wirkte so zerbrechlich wie die Blütenblätter der Tulpen in den Töpfen.

»Ich dachte, während ich darauf warte, dass Maria Callas wieder gesund wird«, sagte sie mit ihrer leisen, etwas schüchternen Stimme, »und ihre Tournee fortsetzt ... könnte ich mich ein wenig nützlich machen? Es ist furchtbar, nur zu Hause zu sitzen ... Ich könnte ein wenig aufräumen. Die Akten und alles, die Schränke ... ich wische auch sehr gerne Staub ... Ich durfte das früher nie tun, weil wir ein Zimmermädchen hatten.«

Ingeborg seufzte. »Von mir aus. Und haben Sie vielleicht eine alte Uhr zu Hause, die repariert werden muss?«

»Wieso?«, fragte Ewa verwundert.

Ingeborg schloss das Institut auf. »Weil in spätestens fünf Minuten Herr Mirusch auftauchen wird«, antwortete sie. »Ich habe alle aufziehbaren Uhren meiner Bekanntschaft eingesammelt und kaputt gemacht, damit er sie wieder reparieren kann, aber es sind keine mehr übrig.«

»Wir hätten ein Institut für nützliche Beschäftigungen gründen sollen«, murmelte Mathilda.

Sie erledigten die Anrufe des Vormittags zum Klang von Maria Callas – Ewa hatte »ein bisschen Musik« mitgebracht. Jakob Mirusch sagte ihr alle drei Minuten, sie sollte sich nicht bücken und nicht anstrengen und sie sollte den Sauerstoff benutzen, irgendwo hätte sie das Gerät doch, verdammt, und Ewa nickte und lächelte und bückte sich trotzdem und bekam keine Luft. Sie wischte um Herrn Mirusch herum Staub, während er versuchte, die Teile der elektronischen Wanduhr des Instituts mit einem Pinsel zu säubern, und das schien ihn etwas zu irritieren.

Mathilda organisierte währenddessen am Telefon eine durch zwei Sanitäter begleitete Reise zum Vatikan, einen Skikurs für einen querschnittgelähmten Patienten mit Hirntumor und zwei Ballonfahrten. Ingeborg sagte am Telefon etwas von »Ja, heute – es wird wärmer, aber wir können nicht ewig warten – brauchen jemanden, der stark genug ist – der Klient sitzt im Rollstuhl – nein, ich kann *nichts* dafür, dass er nachts in der Spree baden will«.

Es war, dachte Mathilda, ein ganz normaler Tag im Institut der letzten Wünsche.

Als der Mond an diesem Abend über Berlin aufging, standen Ingeborg und Mathilda am Ufer der Spree und tranken Tee aus einer Thermoskanne.

»Es ist zu kalt«, sagte Mathilda.

»Ich weiß«, sagte Ingeborg.

»Woran stirbt er?«, fragte Mathilda.

»MS. Er stirbt schon seit zwanzig Jahren. Langsam wird es ernster.«

»Er hätte noch zwei oder drei Monate warten können«, meinte Mathilda. »Bis das Wasser wärmer ist.«

»Natürlich«, meinte Ingeborg. »Aber ich habe das Gefühl, dass er nicht warten *wird*. Mit dem Sterben. Er hat die Nase voll. Sagt, jetzt hat er noch den Mut und die Kraft in den Armen ...«

»Zum Schwimmen?«

»Ja. Und vielleicht dazu, etwas anderes zu tun. Von selbst zu gehen. Eine Waffe zu halten, oder was weiß ich, eine Tablettenpackung.«

»Dir ist klar, dass du davon nichts wissen darfst.«

»Ich weiß nichts davon. Er ist lediglich ein Klient unseres Instituts. Aber er hat recht. Besser, man geht, solange man den Zeitpunkt selbst bestimmen kann.«

Mathilda seufzte. Dies war nicht der erste Klient des Instituts, der seinen Tod plante, weil er ihm auf die Dauer nicht entrinnen konnte. Solche Klienten waren gefährlich. Das Institut konnte leicht ins Gerede kommen. Sterbehilfe gehörte zu den Dingen, die Mathilda und Ingeborg nicht auf ihrer Liste der möglichen Wünsche führten. Nicht, dass es eine solche Liste gegeben hätte ...

Nachts in der Spree zu baden hätte durchaus auf der Liste stehen können.

»Ich habe ein schlechtes Gefühl«, murmelte Ingeborg. »Ich hatte zwei Sanis eingeplant, beide stark genug, den Mann aus dem Rollstuhl ins und wieder aus dem Wasser zu heben. Jetzt liegt der eine mit einer Lungenentzündung im Bett, und der andere hat sich den Arm gebrochen. Es stimmt, ich habe beide besucht. Verdammt mieses Timing. Alle anderen Anrufe haben nichts genützt. Keiner unserer Leute ist ... verfügbar.«

»Wir hätten die Sache verschieben sollen«, meinte Mathilda unbehaglich. »Bis du Leute zum Helfen gefunden hast.«

»Hat sie doch«, sagte Jakob Mirusch aufmunternd. »Uns.«

Mathilda sah an sich hinunter, dann zu Herrn Mirusch. »Perfekt«, murmelte sie. »Eine Frau, die gerade mal ihren Hund aus dem Wasser ziehen könnte, und ein über neunzig Jahre alter Uhrmacher, der jeden Moment selbst sterben kann an einem infra... infraaortalen ...«

»Infrarenalen Aortenaneurysma«, half Jakob, noch immer stolz auf das Wort. »Da kommt er. Herr Maik Wagner.«

Herr Wagner kam zu Fuß, was in seinem Fall bedeutete, dass er seinen Rollstuhl mit beiden Armen angestrengt auf sie zurollte. Sie hatten die Stelle vorher verabredet, hinter dem Reichstag. Im Sommer wären sie nicht die einzigen illegalen Badegäste gewesen. Jetzt, im April, war niemand außer ihnen da.

»Sie sind also wirklich gekommen«, sagte Herr Wagner. Mathilda hatte ihn nie zuvor gesehen. Sie schätzte ihn auf Ende vierzig, er war leicht übergewichtig und trug einen blauen Trainingsanzug mit weißen Seitenstreifen. Im Licht von Ingeborgs Taschenlampe sah sie seinen wenig gepflegten Bart und das tätowierte Bild einer Schlange, die um seinen Hals lag. Jetzt blickte er zum dunklen Himmel empor, und Mathilda folgte seinem Blick. Hinter dem Lichtschmutz, der das Firmament von allen Seiten verschmierte, konnte man die Sterne leise erahnen.

»Was für eine Nacht! So war es damals, als wir hier gebadet haben. Lang bevor es dahinten diese lächerliche Kuppel gab, wo sich die Politiker unterstellen, wenn's regnet. Wir haben geraucht und Sternschnuppen gesehen. Jede Menge.«

»Das war dann wohl eher im August«, meinte Ingeborg. »Sind Sie sicher, dass Sie in dieses Wasser wollen? Es ist wirklich kalt.«

Er zuckte die Schultern. »Ihr braucht nicht mitkommen. Ihr seid nur dazu da, mir rein und wieder raus zu helfen und ein Handtuch bereitzuhalten. Keiner aus meiner Scheißverwandtschaft war dazu zu überreden. Halten mich für übergeschnappt.«

»Sie *sind* übergeschnappt«, murmelte Mathilda. »Ich kann mir wirklich einiges als letzten Wunsch vorstellen, ein warmes Bad im Mittelmeer, einen Whirlpool in einem Luxushotel ... aber einen Sprung in einen eiskalten, dreckigen Fluss in Berlin?«

»Schönes Kind«, sagte Herr Maik Wagner, »wir haben früher noch viel verrücktere Sachen gemacht. Wir sind im Winter vor die Stadt raus und haben das Eis auf den Seen aufgehackt, um da reinzutauchen. Erfahrungen, ging immer um die Erfahrungen. Grenzen testen. War 'ne andere Zeit. Heute ist alles möglich, und keiner macht was. Euer Institut ist eine Ansammlung von Spießern.« Er hob die Arme und streifte das Oberteil seines Trainingsanzuges ab. Über seine Brust lief eine weitere Tätowierung, diesmal die einer nackten Elfe, die sich sozusagen auf seiner Haut aalte, unterbrochen durch eine OP-Narbe. »Was ist? Wollt ihr mir nicht helfen? Ich wollte eigentlich nicht mit Kleidern da rein.«

»Wir ... sind uns nicht ganz sicher, wie wir Sie wieder rauskriegen«, gab Ingeborg zu. »Die beiden Sanitäter haben abgesagt, aber Sie wollten ja den Termin nicht verschieben.«

»Ich verschiebe keine Termine«, sagte Maik. »Vergiss es, Mädchen.«

»Es wäre klüger ...«, begann Mathilda.

»Schönes Kind«, sagte Maik wieder und sah sie mit zusammengekniffenen Augen an. »Ich *sterbe* morgen. Heute bade ich zum letzten Mal in der Spree. *Kapiert?*«

Damit setzte er den Rollstuhl in Bewegung – und Rollstuhl samt Besitzer samt Hose fuhren geradeaus, die Böschung hinab, in den Fluss.

»Verdammt!«, schrie Ingeborg und hechtete ihm hinterher. Mathilda rannte ihr nach, und kurz darauf fand sie sich neben Ingeborg im Wasser wieder, mit Kleidern und Schuhen, einen Moment atemlos vor Kälte.

Vor ihnen trieb der Rollstuhl im Fluss, der Schwung hatte

ihn ein ganzes Stück vom Ufer fortschießen lassen. Doch der Rollstuhl war leer. Mathilda suchte hektisch die Wasseroberfläche ab, und dann entdeckte sie Maik: Er schwamm ein Stück entfernt von ihnen, seine Arme schienen noch stark genug zu sein, um ihn vorwärts zu bringen, und sie hörte ihn einen unartikulierten Freudenschrei ausstoßen.

»Das ... das ist es ...«, keuchte er. »Genau das ... ha ... ich weiß gar nicht, warum ich euch beide mitgenommen habe ... lächerlich ... ich brauche euch gar nicht, wozu ... vielleicht nur, damit ich sagen kann, ich hätte zuallerletzt mit zwei Mädchen in der Spree gebadet ... ha!« Er drehte sich auf den Rücken und ließ sich treiben, den Blick zu den verlichtnebelten Sternen emporgerichtet, während Mathilda und Ingeborg Wasser traten. Mathildas Körper war taub. Sie spürte, dass sie die Schuhe verloren hatte, sonst spürte sie nichts mehr.

»Er ist tatsächlich übergeschnappt«, stellte Ingeborg neben ihr fest. Die nassen Drahtlocken klebten an ihrem Kopf wie spiralig gedrehte Nudeln. »Geht's dir gut?«

»Ach, es ... geht«, brachte Mathilda hervor. »Ist schön ... frisch. Ingeborg ... ist er betrunken?«

»Ich glaube nicht. Er ist so. Ich hätte es wissen müssen. Tut mir leid. Ich fürchte, wir haben ein Problem.«

Am Ufer stand Jakob Mirusch und winkte hilflos.

»Wir lassen ihn eine Weile da im Wasser liegen«, fuhr Ingeborg fort. »Aber dann müssen wir zusehen, dass wir ihn wieder an Land bekommen. Ich will wirklich nicht, dass er uns hier ins Jenseits abhaut, der gute Maik. Zuzutrauen wäre es ihm. Bah, dieses Wasser ist wirklich aaskalt.«

»Aas...?«

»Das ist ein Zwischending zwischen arschkalt und eiskalt«, erklärte Ingeborg. Mit ihren dunklen Nudellocken im Nachtlicht der Stadt, perlende Wassertropfen im Gesicht war sie beinahe schön. Zum ersten Mal fragte sich Mathilda, weshalb sie Ingeborg noch nie mit einem Mann gesehen hatte. Die einzige Person, mit der sie ab und zu etwas trinken ging, war Mathilda selbst. Aber vielleicht hatte Ingeborg neben dem Institut keine Zeit für Männer oder überhaupt für ein Privatleben.

»Aaskalt«, wiederholte Mathilda wassertretend, zitternd. »Ist es nicht komisch, dass man manche Klienten nicht einmal mag?«

»Nein«, sagte Ingeborg. »Das ist normal.« Damit schwamm sie zu Maik hinüber und begann, mit ihm zu reden. Mathilda hörte ihre Worte nicht, sie hörte nur, dass Ingeborgs Stimme schärfer wurde. Schließlich drehte Maik sich um und versuchte offenbar wegzuschwimmen, aber jetzt reichte die Kraft seiner geschwächten Arme doch nicht mehr, und er gab ein wenig heroisches Bild ab, hilflos, eine kranke Ente. Es sah lustig aus, doch auf einmal bekam Mathilda Angst.

Sie hörte, wie Ingeborg Maik anschrie, sah, wie sie versuchte, ihn abzuschleppen, aufs Ufer zu, und wie er sich wehrte. Als sie die beiden endlich erreichte, waren sie in einen absurden Kampf verstrickt, mitten in der eiskalten Spree. Mathilda schaffte es, einen von Maiks Armen zu packen, hörte ihn Verwünschungen ausstoßen, wurde unter Wasser gedrückt und bekam einen ordentlichen Schluck dreckiges Spreewasser in den Mund.

Als sie wieder hochkam, sah sie Ingeborg mit der Faust ausholen. Ihr Gesicht war sehr entschlossen.

Nein, dachte Mathilda. *Tu das nicht!*

Ja, bitte, dachte Mathilda. *Tu das. Schlag ihn bewusstlos.*

Jakob Mirusch rief irgendetwas, das sie nicht verstand.

Ingeborgs Faust traf. Maik sackte zur Seite weg, und er wäre auf den Boden geglitten, wenn da ein Boden gewesen wäre. Aber sie befanden sich noch immer in der Spree, und so glitt er tiefer ins Wasser hinab. Mathilda verwünschte alle Tage ihres Lebens, an denen sie das Rettungsschwimmerabzeichen nicht gemacht hatte. Auch Ingeborg schien einzufallen, dass sie die richtigen Griffe nicht kannte, und der kraftlose Körper neben ihnen war auf einmal unendlich schwer.

O Gott, dachte Mathilda, obwohl sie gedacht hatte, sie glaubte nicht an Gott, *bitte, bitte, lass ihn nicht ertrinken! Lass es uns irgendwie schaffen, ihn ans Ufer zu bekommen!* Die Nacht war verdammt dunkel und verdammt kalt, und es wäre schrecklich, eine Leiche aus dem Fluss zu ziehen in dieser Nacht.

»Verzeihung«, sagte da jemand neben Mathilda im Wasser, »kann ich helfen? Ich war mal bei der Wasserwacht ... ziemlich lange her ...« Mathilda ließ Maiks Arm los, den sie krampfhaft umklammert hatte, und drehte sich um. Neben ihr schwamm ein Kopf auf den Wellen, der vermutlich eine Erscheinung war, eine Ausgeburt ihrer überreizten Phantasie. Aber sie hatte keine Zeit, darüber nachzudenken. Die Erscheinung nahm den bewusstlosen Maik in eine Art Schwitzkasten, drehte ihn auf den Rücken und schwamm mit wenigen – wenngleich auch wenig eleganten – Froschstößen zum Ufer.

Es war Birger Raavenstein.

Birger und Ingeborg zogen Maik gemeinsam aus dem Wasser, danach half Birger Mathilda heraus. Sie merkte, dass sie unkontrolliert zitterte.

Ingeborg kniete auf dem Boden neben Maik. Und ehe Mathilda eine Frage stellen konnte – etwa die, ob Maik atmete –, sagte er benommen: »Das war so aber nicht gedacht. Mein Kopf, au verdammt. Was hast du angestellt, Mädchen?« Er setzte sich auf und sah auf den Fluss hinaus. Die nackte Elfe auf seinem Oberkörper glänzte feucht.

»Was Trockenes anzuziehen wäre schon schön«, bemerkte er. »Aber die Hose ist wohl hinüber.«

»Sie sind ein Idiot«, sagte Ingeborg.

»Ich hole den Rollstuhl«, sagte Birger.

Maik knurrte. »Ach was. Ich brauche ihn nicht mehr. Wenn mich irgendwer nach Hause bringt, brauche ich ihn nicht mehr. Sitzen und sterben kann ich auch in einem Sessel, was?« Und dann fügte er mit einem triumphierenden Unterton hinzu: »Aber in der Spree gebadet habe ich noch mal, was, mit zwei jungen Mädchen. Die etwas handgreiflich wurden.«

Birger pellte sich aus seinem grauen Mantel und wrang ihn aus.

»Ich habe ein Auto hier. Mit Standheizung. Und ein paar trockene Sachen, für alle Fälle. Und drei Handtücher aus dem Hotel, in dem ich wohne.«

»Handtücher?«, echote Mathilda verständnislos.

»Herr Mirusch?«, fragte Ingeborg.

Birger sah von ihr zu Mathilda und zum Schluss zu Jakob. »Haben Sie ihnen nicht gesagt, dass ich komme?«

»Ich wollte«, meinte Jakob ausweichend, »aber dann ging alles so schnell.« Er wandte sich mit einem entschuldigenden Lächeln an Ingeborg. »Ich hoffe, Sie verzeihen mir meine Einmischung, aber als ich hörte, dass die Sanitäter nicht kommen ... ich habe Sie ja telefonieren hören ... da dachte ich, ein zweiter Mann vor Ort wäre von Vorteil. Einer unter neunzig.«

»Danke«, sagte Ingeborg. »Danke, Herr Mirusch. Herr Raavenstein, ich ...«

»Kommen wir heute noch in dieses Auto mit der Standheizung?«, fragte Maik. »Oder lasst ihr mich hier draußen erfrieren, während ihr Höflichkeiten austauscht?«

Das Auto war ein Kombi, die Art, die Taxiunternehmen benutzen, um Leute zum Flughafen zu fahren. Die Standheizung war eine Standheizung, die Art, wie Leute sie benützen, die in kühlen Aprilnächten andere Leute aus der Spree retten.

Auf der hinteren Sitzreihe lag ein Stapel makelloser weißer Frotteehandtücher, daneben ein Stapel gebügelter Hemden, zwei Hosen und ein Pullover.

»Ich hatte die Sachen gerade von der Reinigung abgeholt«, erklärte Birger, als müsste er sich für ihren gebügelten Zustand entschuldigen.

»Haben Sie Herrn Raavenstein gesagt, er soll ein Auto mit Standheizung mitbringen?«, fragte Ingeborg sarkastisch. Jakob Mirusch hob die Schultern. »Ich hatte so ein vages Gefühl, dass etwas schiefgehen würde. Ich … ich habe hier in meiner Tasche auch noch ein paar trockene Sachen. Frau Wehser, Sie sind nur etwas größer als ich, vielleicht passt Ihnen das hier?« Er drückte Ingeborg ein Bündel Kleider in die Hand, und sie und Mathilda kletterten nach vorne, um sich ihrer nassen Sachen zu entledigen, während die Männer im hinteren Teil des Taxi-Kombis blieben.

Es war nicht wirklich ein separater Raum, es war überhaupt kein separater Raum, aber das war Mathilda herzlich egal. »Ist das Ihr Wagen?«, fragte sie nach hinten, während sie eine nasse Jeans und eine ebenso nasse Unterhose über das Lenkrad hängte.

»Gemietet«, antwortete Birger. »Meinen habe ich in London verkauft. Ich dachte, dieser hier wäre das Richtige für heute Nacht …«

»Sie haben ihn nur für diese Unternehmung gemietet? Das können Sie dem Institut in Rechnung stellen«, sagte Ingeborg.

»Unsinn«, Birger schüttelte den Kopf. »Geld spielt keine Rolle. Ich habe das Institut beauftragt, um es loszuwerden. Ich meine, das Geld.«

Und Mathilda dachte daran, wie erleichtert sie gewesen war, weil Daniel noch immer kein Geld hatte. In diesem Augenblick war sie erleichtert, dass Birger welches hatte.

Sie öffnete die Tür und wrang ihren Pullover aus; es war der mit den blauen Hunden, und alle blauen Hunde schienen sich auf einmal das Wasser aus dem Fell zu schütteln, und das Wasser lief draußen auf den Asphalt. Nur der echte Eddie war nicht da, sie hatte ihn zu Hause gelassen, wo er vermutlich allein eine späte *Tatort*-Wiederholung sah. Mathilda fragte sich, ob er sie auf Türkisch sah, damit der deutsche Kommissar ihm nicht in seine Eifersuchtsgedanken quatschte.

Einen Moment lang saß sie vollkommen nackt auf dem Fahrersitz des Kombis und ließ den warmen Wind aus der Standheizung über ihre Haut streichen. Dann merkte sie, dass Ingeborg sie anstarrte, und griff nach dem Hemd, das Birger ihr gegeben hatte, ehe sie die Autotür wieder schloss. Das Hemd war weiß-braun gestreift, auf eine unkleidsame Art weiß und braun, und reichte ihr bis zu den Knien.

Die Hose war schlimmer. Sie krempelte sie um, aber das half nichts in der Taillenweite.

»Haben Sie zufällig einen kleinen Koffer voller Ersatzgürtel?«, fragte sie nach hinten.

»Nein«, sagte Birger, »aber es waren ein paar Stofftaschentücher bei der Bügelwäsche.« Kurz darauf reichte er eine seltsame Konstruktion aus aneinander geknoteten Taschentüchern nach vorne, mit abgewandtem Blick, falls eine der Damen noch immer nackt war, und Mathilda lächelte.

»Sie können wieder hinsehen«, sagte sie. »Ingeborg hat sich jetzt in Herrn Mirusch verwandelt, aber es ist niemand mehr nackt.«

»Was ich ausgesprochen schade finde«, bemerkte Maik. »Das Institut der letzten Wünsche hat wirklich eine sehenswerte Belegschaft.«

»Astloch«, murmelte Ingeborg und rückte ihren Alt-Herren-Pullunder zurecht.

»Hilft mir jemand raus?«, fragte Maik. »Ich will mich noch von dem Rollstuhl verabschieden.«

Ingeborg und Birger schleiften ihn gemeinsam zu einer Bank, und Mathilda sah seine unnatürlich dünnen, muskellosen Beine, um die er nur ein Handtuch geschlungen hatte. Oben herum trug er jetzt einen gebügelten dunklen Herrenpullover, was das Ganze noch kurioser machte.

Dann saßen sie gemeinsam auf der Bank und sahen hinaus aufs Wasser, wo der Rollstuhl langsam flussabwärts trieb. Der Moment hatte etwas Feierliches. Selbst Maik hielt den Mund.

Und schließlich stand Birger auf, breitete die Arme aus, und seine Umarmung schloss alles mit ein – die Reichstagskuppel, die Silhouette des nächtlichen Hauptbahnhofs, die Lichter ganz Berlins. Der Nachtwind riss an seinem schütteren, ergrauenden Haar und dem Wollschal, den er sich jetzt um den Hals gewunden hatte, ohne eleganten Daniel-Knoten.

»Morituri vos salutant!«, rief er. »All ihr Schläfer und Schlaflosen dieser Stadt! Die Sterbenden grüßen euch.«

4.

Birger fuhr zuerst zu Herrn Mirusch und dann zu Maik nach Hause.
Ingeborg und er brachten ihn in seine Wohnung, die Treppe hinauf in den zweiten Stock, während Mathilda im Auto wartete. Einer musste im Auto warten, das Auto stand wagemutig schräg am Straßenrand, als wäre es in einen Sturm gekommen, obwohl es keinen Sturm gab. Birger parkte ungefähr so, wie er sich kämmte.
Mathilda fühlte sich betrunken. Völlig. Vielleicht kam es davon, dass sie Birger Raavensteins Kleider trug. Als Birger und Ingeborg zurückkamen, lachten sie; sie machten Witze über Maik, und Mathilda spürte einen kleinen, dummen Stich der Eifersucht. »Hätte nicht jemand bei Maik bleiben sollen?«, fragte sie. »Was ist, wenn er jetzt wirklich beschließt zu sterben?«
Ingeborg zuckte die Schultern.
»Dann beschließt er das. In seiner Wohnung kann er machen, was er will. Auch Astlöcher haben das Recht zu sterben.«
Ingeborg stieg zwei Straßen weiter aus, und Mathilda sagte: »Ich kann die U-Bahn nehmen«, und Birger sagte: »Das müssen Sie nicht«, und Mathilda sagte: »Aber Sie haben schon genug getan«, und Birger sagte: »Ich sitze jetzt sowieso im Auto«, nachdem sie noch ein paar mehr unsinnige Höflichkeiten ausgetauscht hatten, brachte er sie doch nach Hause.
Sie schwiegen die ganze Fahrt über. Es war keine lange Fahrt, aber das Schweigen schien sehr lang.
Mathilda dachte an das Fahrrad im Hinterhof. An die

Taube. Und an Doreen, die sich nicht gemeldet hatte. Sie spürte, dass auch Birger an Doreen dachte.

»Wenn Sie mich einfach hier rauslassen?«, fragte sie. »Sie können dann gleich drehen und zurückfahren.«

Birger hielt in einer Parklücke ein Stück von Mathildas Haus entfernt, wieder halb auf dem Bürgersteig, und sprang aus dem Auto. Mathilda stieg ebenfalls aus und merkte, dass die Hose rutschte trotz des Gürtels aus Herrentaschentüchern. Sie hielt den Hosenbund mit einer Hand fest und streckte die andere aus, um sich zu verabschieden.

»Warten Sie!«, bat Birger. »Es ist sehr dunkel. Ich begleite Sie noch bis zur Tür.«

»Ach was«, sagte Mathilda, »ich werde schon nicht gekidnappt.«

»Das weiß man nie«, erwiderte er ernst. »Manche Leute verschwinden.«

Er ging neben ihr die Uferstraße entlang, mit langen, bedächtigen Schritten, und sie versuchte, die Hose nicht zu verlieren.

»Sie ... hat sich noch immer nicht gemeldet, oder?«

»Nein.« Mathilda schüttelte den Kopf. »Aber ... ich habe etwas gefunden. Ich wollte es Ihnen eigentlich noch nicht erzählen, weil es vielleicht gar nichts bedeutet. Ich habe ... Zeichnungen von Tauben gefunden. Mit den Buchstaben D und T. Und ... bei einer der Tauben ... stand Ihr Name.«

»Zeichnungen?« Er blieb stehen, perplex, und begann, seine mageren Hände zu kneten. »Wo?«

»In einem Buch, im Café Tass...«

»*Tassilo.*«

»Ja. Ich war noch einmal dort, alleine. *Die Brüder Karamasow.* Die Zeichnungen waren ... sind in einer alten Ausgabe der *Brüder Karamasow.* Hat Doreen ... hat sie manchmal gezeichnet, während Sie sich unterhalten haben?

Oder ... ich weiß nicht ... während sie auf Sie gewartet hat?«

Birger schüttelte langsam den Kopf. »Sie hat nie gewartet. Ich habe gewartet. Immer ich auf sie, nie umgekehrt. Sie kam grundsätzlich zu spät, das gehörte zu ihrer Persönlichkeit. Und ich kann mich nicht erinnern, dass sie je im Café gezeichnet hätte. Vielleicht war sie allein dort, ohne mich? Aber die Taube war ihre Unterschrift, das stimmt. Sie hat die Taube auch auf Zettel gemalt ... auf Zettel, die sie mir hinterlassen hat, in der Wohnung. Aber in ein Buch? Und gerade Dostojewski.« Er schüttelte den Kopf. »Ich kann mir nicht vorstellen, dass sie Dostojewski gelesen hat. *Ich* habe Dostojewski gelesen. Aber Doreen?«

»Da waren noch mehr Zeichnungen von Tauben. In einem Roman von Tolstoi.«

»Tolstoi?« Birger lachte. »Noch absurder.«

Er ging weiter, fuhr sich durchs Haar, nervös. »Vielleicht *hat* sie ja so was gelesen«, murmelte er. »Vielleicht hat sie Dinge getan, von denen ich nichts wusste. Vielleicht habe ich sie unterschätzt. Intellektuell. Das wäre ... das täte mir leid. Ich wollte nie auf sie hinabsehen. Ich hatte auch eher das Gefühl, dass *sie* auf *mich* herabsah. Manchmal war es, als würde sie mich auslachen. Sie war so lebendig, eben ein Schmetterling ... sie konnte so gut tanzen ... ich konnte nie tanzen ... Dostojewski ... Ich dachte, sie findet es überflüssig, tote Bücher zu lesen. Irgend so was hat sie mal gesagt.«

Er ging jetzt zu schnell, hektisch, und Mathilda kam kaum mit. Sie hielt immer noch krampfhaft die rutschende Hose fest.

»Aber wir *waren* glücklich«, fuhr Birger fort, »alles in allem waren wir glücklich. Und sie hätte ja weiter ein Schmetterling sein können, tanzen gehen, alles, ich hätte mich um das Kind gekümmert. Ich habe ihr das vorgeschlagen, ich hätte das gemacht, Kind und Studium, das wäre irgendwie schon gegangen. Am Anfang fand sie es interessant, dass ich studiert habe, obwohl sie später auch darüber gelacht hat, alle diese Paragrafen, so ein Unsinn, hat sie gesagt, aber Geld kann man natürlich verdienen damit.«

»Und dann war da noch das Fahrrad«, warf Mathilda ein, ziemlich laut, um seinen wasserfallartigen Monolog und vor allem sein Gerenne zu unterbrechen. Es funktionierte, er blieb stehen.

»Das ... *Fahrrad*?«

»Ja. Das Fahrrad von dem Foto. Das, an dem Doreen gelehnt hat. Es steht im Hinterhof vom *Tassilo*.«

Er schüttelte langsam den Kopf. »Das Fahrrad ... kann nicht da sein. Es war meines. Wir sind zusammen darauf gefahren, sie saß auf der Stange. So haben wir alle unsere Ausflüge gemacht, in die Natur raus. Aber das Fahrrad kann nicht da sein.«

»Warum nicht?« Sie gingen weiter, langsamer jetzt.

»Weil ich es in die Spree geschmissen habe«, antwortete Birger. »Nachts. Die Sache mit Maik hat mich daran erinnert. Das Fahrrad war das Letzte, was ich noch von Doreen und mir hatte. Es ist einfach untergegangen. Verschwunden. Verschwunden. Wie sie. Und dann bin ich auch gegangen.«

»Nach London«, sagte Mathilda.

Birger nickte. »Meine Eltern wären stolz gewesen. Sie wollten immer so gerne stolz auf mich sein. Als ich das Rad in die Spree geschmissen habe ... das war an dem Tag, als mein Vater starb. Meine Mutter war schon tot.«

»Wie bitte?«, fragte Mathilda verwirrt.

»Sie sind ziemlich rasch nacheinander gestorben. Habe ich das nicht erwähnt? Sie hatten auch beide Krebs. Darmkrebs. Als wäre es ansteckend.« Er lachte. »Komisch, was? Ich hatte Eltern und eine Freundin und ein Kind, und dann hatte ich ein halbes Jahr später überhaupt niemanden mehr.

Es war natürlich sehr effektiv, alles Pech auf einmal zu haben. Das Pech eines ganzen Lebens.« Er lachte. »Warum bleiben Sie stehen?«

»Weil ich hier wohne«, erwiderte Mathilda und suchte nach ihrem Schlüssel.

»Ach so«, sagte Birger, irgendwie enttäuscht. Als hätte er gerne die ganze Nacht weitergeredet, über Pechsträhnen und Fahrräder, die nicht dort sein konnten, wo sie waren, und Frauen, die nicht fort sein konnten, obwohl sie fort waren. Doch auf einmal war Mathilda froh, dass er nicht mehr weiterreden würde. Sie wollte nicht noch mehr Pechgeschichten hören. Und sie wollte nicht noch mehr Doreen-Geschichten hören. Sie wollte sich ins Bett legen und sich einen Birger Raavenstein ausdenken, der weniger Pech hatte und überhaupt keine Doreen und der nicht starb.

Sie schloss die Tür auf, drehte sich noch einmal um und sah in der Dunkelheit zu ihm auf. Selbst in der Dunkelheit wirkte sein Haar irreal zerzaust; er trug sein privates frisurfeindliches Unwetter tatsächlich immer mit sich herum.

»Etwas ist seltsam an der ganzen Geschichte«, sagte Mathilda. »Auf der einen Seite sind Sie überzeugt davon, dass vor fünfzehn Jahren eine Person auf unerklärliche Weise verschwunden ist. Auf der anderen Seite glauben Sie, dass die Person sich auf eine Anzeige hin melden könnte, es aber aus irgendeinem Grund nicht tut. Auf der einen Seite erzählen Sie mir dauernd, wie glücklich Sie waren, Sie und Doreen. Auf der anderen Seite bekomme ich das Gefühl, dass ...«

Da tat Birger etwas, das Mathilda nicht erwartet hatte. Er legte ihr den Finger auf den Mund. Sie brach ab, mitten im Satz, und starrte ihn an. Die Berührung war zu warm und zu plötzlich.

»Sie sind so jung«, sagte Birger leise. »Sie haben Ihr ganzes Leben vor sich. Und ich habe meines hinter mir. Ich wünsche Ihnen mehr Glück, als ich es hatte. Glück ... das klingt jetzt dumm ... Glück in der Liebe.«

Er hatte den Finger weggenommen.

»Wenn Sie kein Glück in der Liebe haben«, meinte Mathilda, »dann haben Sie vielleicht Glück im Spiel?«

»Ja«, murmelte er. »Aber was ist das hier für ein komisches Spiel? In dem manche Spieler rausgeworfen werden, weil ein Zellklumpen in ihrer Lunge wächst, und andere noch nach neunzig Runden herumrennen und Uhren reparieren, die kein Mensch braucht?«

»Ich glaube«, sagte Mathilda, »man nennt es Leben.« Aber das war so kitschig, dass sie schnell »Gute Nacht« hinzufügte, die Tür aufriss und in den Hausflur floh. Sie schloss die Tür wieder hinter sich, lehnte sich dagegen und atmete tief durch. Sie konnte spüren, dass er noch draußen stand.

Sie ging die Treppe hoch, ohne das Licht anzumachen und ohne sich umzudrehen.

Eddie erhob sich verschlafen vom Sofa, um Mathilda zu begrüßen. Sie kraulte ihn hinter den Ohren, ließ Birger Raavensteins zu große Kleider zu Boden gleiten und kroch unter die Decke, und ehe sie einschlief, hörte sie etwas rascheln. Eddie schien sich auf Birgers Kleidern zusammenzurollen.

»Wenn du wüsstest«, murmelte sie, »wie eifersüchtig du sein müsstest ...«

Aber Eddie grunzte nur müde, und gleich darauf schliefen sie beide.

Mathilda träumte von Birgers Zeigefinger auf ihren Lippen. In ihrem Traum wanderte der Finger von Mathildas Lippen zu ganz anderen Körperteilen, und es war Sommer, sehr warm, und niemand starb, oder vielleicht waren alle schon gestorben, denn das Berlin ihres Traums schien ganz und gar unwirklich, und Eddie war von Kopf bis Fuß blau.

Sie lag mit Birger am Ufer der Spree im Gras, zwischen dem grinsende 60er-Jahre-Erdbeeren wuchsen. Doch der blaue Eddie schlief fest, auch in ihrem Traum, so dass er nicht sehen konnte, was Birger und sie im Gras taten, und das war ein Glück.

Am nächsten Morgen fand Mathilda im Institut eine fluchende Ingeborg, die ihrerseits gar nichts fand.

»Wir hätten ihr nie erlauben dürfen, hier aufzuräumen!«, fauchte sie. »Du musst sie loswerden, Mathilda. Weck die Callas von den Toten auf, meinetwegen verkleide dich und sing, aber tu irgendwas! Ich werde wahnsinnig hier! Sämtliche Akten ...«

»Kssst!«, machte Jakob Mirusch, der an seinem Tisch saß wie gewöhnlich – es war tatsächlich schon sein Tisch geworden – und in einem alten Küchenwecker herumstocherte. Ingeborg und Mathilda sahen zu ihm hinüber, und er nickte zur Tür hin.

Durch die eben Ewa Kovalska kam.

»Guten Morgen«, sagte sie, ein breites Lächeln auf dem feinen Gesicht, winzige Blättchen im dauergewellten weißen Haar, als wäre sie gerade unter einem blühenden Apfelbaum durchgegangen. Sie trug einen silberweißen Mantel und wieder dazu passende Handschuhe. Ihre Wangen waren rosa von der frischen Luft oder frischem Puder, sie wirkte, alles in allem, wie eine altmodische Postkarte.

Nur die Sauerstoffflasche, die sie mitgebracht hatte, störte das Postkartenbild. Die Flasche ruhte auf einem kleinen Gestell mit Rädern; die dünnen Plastikschläuche, die aus ihr herauswuchsen, endeten in Frau Kovalska.

»Ich sehe, Sie haben gemerkt, dass ich Ordnung in Ihren Akten geschaffen habe«, sagte sie zu Ingeborg, leise und bescheiden wie stets. »Das ist schön.«

»Ja, sehr schön«, knurrte Ingeborg. »Nur dass ich die

Ordnung nicht begreife. Wo ist die Akte von Herrn Meier, die ganz oben lag? Und wo ...?«

»Unter M«, erklärte Ewa. »Sie stehen jetzt alle im Schrank, alphabetisch geordnet.«

»Alphabetisch?«, fragte Ingeborg perplex.

»Sie sollten jemanden finden«, sagte Jakob Mirusch und hielt ein Rädchen aus dem Innenleben des Weckers gegen's Licht, »der Ihnen das Alphabet erläutert. Es beginnt mit A.«

Ingeborg knurrte wieder.

»Ich dachte, heute könnte ich mich mit den Akten von Frau Nielsen beschäftigen.« Ewa lächelte Mathilda an. »All diese losen Zettel müssen auch eingeheftet werden. Haben Sie schon etwas über das nächste Konzert von Maria Callas gehört?«

»Nein«, sagte Mathilda. »Ich ... warte auf einen Anruf. Wegen des Auftritts übermorgen in, äh, in London. Sie ist wieder gesund, aber für die Deutschlandtournee ist keine Zeit mehr, die holt sie in zwei Jahren nach. Sie wird eine Woche in London singen, sie singt die Aida in ... in Aida. Man müsste natürlich hinfliegen.«

»Oh, fliegen«, sagte Ewa kleinlaut, setzte sich auf Mathildas Stuhl und begann, einen Stapel Akten durchzusehen. »Na ja.«

In diesem Moment klingelte das Telefon auf Mathildas Schreibtisch. Es war der Privatdetektiv mit den gewöhnungsbedürftigen Honorarvorstellungen, den sie auf Doreen Taubenfänger angesetzt hatte.

»Frau Nielsen?«, fragte er. »Ich habe alles getan, was ich konnte, für mich ist der Fall abgeschlossen. Meine Suche nach Doreen Taubenfänger ist beendet. Deutschlandweit. Und in Österreich und der Schweiz. Holland kommt noch dazu ... so weit gehen meine Kontakte.«

»Und?«

»Ihr Klient *kann* Doreen Taubenfänger nicht finden.«
»Nein? Ist sie ... tot?«
Ein trockenes Lachen am anderen Ende der Leitung.
»Nein. Sie ist nicht tot, weil sie nie gelebt hat. Es gibt keine Doreen Taubenfänger. Und es hat nie eine gegeben. Auch nicht vor fünfzehn Jahren in Berlin. Ich schicke Ihnen Datenträger mit einem Auszug aus den Personenlisten zu, die ich für diese Zeit habe. Ich denke, der Buchstabe T dürfte reichen. Und natürlich die Rechnung.«
»Halt! Warten Sie!«, rief Mathilda in den Hörer. »Es gibt doch Archive von Geburtsurkunden ... Schulen ... das Einwohnermeldeamt ...«
»Ja«, sagte der Privatdetektiv mit privatdetektivischer Knappheit. »Habe ich durch. Computer sind eine feine Sache, wenn man weiß, wie man an die Daten kommt. Glauben Sie mir. Doreen Taubenfänger existiert nicht und hat nicht existiert. Einen schönen Tag noch.«
Eine Weile stand Mathilda nur da und starrte das Telefon an.
»Ingeborg«, sagte sie dann, »würdest du einen Kaffee mit mir trinken gehen? Es gibt da ein ganz nettes Café in der Frankfurter Allee. Auf dem Weg könnte ich dir das Alphabet erläutern.«

»Er jagt ein Phantom. Birger Raavenstein jagt ein Phantom«, schloss Mathilda eine Viertelstunde später und schüttelte den Kopf, während sie neben Ingeborg die Allee entlanghastete. Ingeborg ging fast so schnell wie Birger, wenn er nervös war. Sie hatte zugestimmt, einen Kaffee mit Mathilda zu trinken, wenn sie sich damit beeilten. Dies war die Arbeitszeit des Instituts, und Ingeborgs Leben bestand aus Arbeit.
Etwas sprang Mathilda ins Auge, ein roter Fleck in einem Schaufenster, rot wie Blut, und sie drehte irritiert den Kopf,

doch es war nur ein altes T-Shirt in einem Secondhand-Geschäft. Sie wollte sich danach umdrehen, da war etwas gewesen, nicht nur das Rot ... aber Ingeborg war zu schnell, Mathilda hatte ihr die ganze Geschichte sozusagen im Rennen erzählt. Eddie rannte neben ihr her, er rannte mit hängender Zunge und Begeisterung, aber Eddie musste auch keine Geschichten erzählen.

Als Mathilda und Ingeborg sich auf zwei nicht zusammenpassende Stühle im *Café Tassilo* fallen ließen, brauchte Mathilda eine Weile, um zu Atem zu kommen.

»Ein Phantom«, wiederholte Ingeborg nachdenklich und kraulte Eddie am Hals.

Mathilda nickte und sah an ihr vorbei zwischen den Bücherregalen hindurch, um die Tafel mit den Tagesangeboten zu lesen. An der Theke lehnte ein Junge mit leuchtend blauen Haaren und einer Gitarrentasche über der Schulter.

»Noch ein Phantom«, murmelte Mathilda. »Ich gehe uns einen Kaffee holen.«

»Ich schwarz«, sagte Ingeborg. »Ohne Zucker.«

»Ich weiß«, sagte Mathilda.

Der Junge mit den blauen Haaren war dabei, eine Zigarette zu drehen. Er schien sich bis eben mit dem Typen hinter der Theke unterhalten zu haben – es war der gleiche Typ wie beim letzten Mal. Mathilda hatte gehofft, es wäre heute Andi, der, dem das Café gehörte. Sie besaß eine ganze Liste mit Fragen an ihn.

»Kaffee, einmal weiß, einmal schwarz«, sagte sie. »Und du? Bettelst du heute nicht?«

Der Junge sah sie an, sein Blick leer. »Kennen wir uns?«

»Das Pony? In der U-Bahn? Und kein Euro vor dem Café. So lange ist es nicht her. Du sitzt doch manchmal da draußen und bettelst?«

»Geht dich nichts an«, knurrte der Junge.

Mathilda seufzte, während der Typ, der nicht Andi war,

den Kaffee aus einer alten, raumschiffähnlichen Espressomaschine heraus-überredete, die an Stellen dampfte und rauchte, an denen es Mathilda nicht sinnvoll erschien. Sie trat einen Schritt beiseite, um der Maschine nicht zu nahe zu sein, falls sie ex- oder implodierte.

»Ich habe fast das Gefühl, du verfolgst mich«, bemerkte Mathilda möglichst beiläufig.

»Klar, ich, sonst noch Wünsche?«, fragte der Junge und vollendete seine Zigarette mit großer Sorgfalt. Dann starrte er Mathilda aus zusammengekniffenen Augen an. Sie starrte zurück. Er trug den gleichen schwarzen Pullover wie damals in der U-Bahn, den mit den Löchern an den Armen.

»Jetzt weiß ich's wieder. Du bist die mit dem Hund. Auf deinem Pullover waren auch Hunde. Blaue.«

Sie nickte. »Gleicher Farbton wie deine Haare.«

Da grinste der Junge, weniger feindselig als zuvor. »Was machst du?«

»Wie – was mache ich? Ich warte auf zwei Tassen Kaffee.«

»Sonst? Mit Ponys in der U-Bahn und blauen Hunden?«

»Das frage ich mich auch«, sagte Mathilda. »Zurzeit versuche ich, für einen Mann, der beinahe tot ist, eine Frau zu finden, die noch nie gelebt hat.«

Der Junge riss die Augen auf. »Damit kann man Geld verdienen?«

Mathilda nickte. »Der Mann, der beinahe tot ist, hat welches«, antwortete sie, »und er will es loswerden. Eigentlich sucht er seine Tochter. Die Plakate hängen überall in der Stadt, eine junge Frau mit rot-weißem Minirock, die an einem Herrenrad lehnt ...«

»Das warst *du*?«, fragte der Junge, beeindruckt jetzt. »Du hast die Plakate aufgehängt?«

»Hängen *lassen*«, sagte Mathilda, bezahlte den Kaffee und balancierte die Tassen um ein Bücherregal herum zu

Ingeborg und Eddie, der mit dem Kinn auf Ingeborgs Knie eingeschlafen war. Ingeborg schüttelte ihr Drahthaar aus dem Gesicht und nahm ihre Tasse. Der Kaffee war vom gleichen Schwarz wie ihr Haar und ihre Augen, Schwarzaugen-ohne-Milch.

Ingeborg musterte Mathilda mit diesen Augen, prüfend.

»Was denkst du?«

»Das habe ich dir gesagt.«

»Du hast mir gesagt, was der Detektiv gesagt hat. Und was Birger gesagt hat. Und was die Kritzeleien in den Büchern sagen. Nicht, was du denkst.«

Mathilda hob hilflos die Hände. »Ich weiß nicht, was ich denke! Wenn es Doreen nie gab, wie kann sie Tauben in Bücher gemalt haben? Nur eins ist logisch, wenn es sie nie gegeben hat. Dass sie nicht von der Toilette zurückgekommen ist. Ich frage mich ... was, wenn er sie sich ausgedacht hat? Sie und das Kind?«

Ingeborg nickte. Dann schüttelte sie den Kopf. »Und wer ist auf den Fotos?«

Mathilda zuckte die Schultern, holte das Bild aus der Tasche, das sie in dem Tolstoi gefunden hatte, und legte es auf den Tisch.

»Ich wünsche Ihnen mehr Glück als mir, hat er gesagt«, murmelte sie. »Sie sind so jung ... mehr Glück in der Liebe.«

Ingeborg schob das Foto weg und nickte. »Ja. Das hier sieht nicht glücklich aus.«

»Aber er lächelt. Guck doch, wie er lächelt, ich habe ihn noch nie so lächeln sehen. Ich ...«

Ingeborg schüttelte den Kopf. »Wenn du so weitermachst, wird es nichts mit dem Glück in der Liebe.«

»Wie meinst du das?«, fragte Mathilda und spürte, wie sie rot wurde.

»Ich bin doch nicht blind. Du bist verliebt. Ich kenne

dich seit einem Jahr, und du warst das ganze Jahr über nicht verliebt.«

»Im letzten Oktober hatte ich was mit einem Fahrradkurier.«

»Da warst du nicht verliebt. Du siehst völlig anders aus, seit Birger Raavenstein das Institut betreten hat. Es ist nicht nur die Tatsache, dass du manchmal Papiere mit leeren Kugelschreibern ausfüllst. Du siehst aus ...«, Ingeborg überlegte, »als wärst du in einen Sturm geraten, obwohl es draußen nicht stürmt.«

»Was ist denn mit dir?«, fragte Mathilda angriffslustig. »Bist du verliebt? Und wenn ja, in wen?«

Ingeborg schüttelte langsam den Kopf. »Darum geht es jetzt nicht. Es geht um einen Klienten, der ein Phantom jagt, und darum, dass du aufhören solltest, für ihn zu arbeiten. Ich kann ihn immer noch übernehmen. Aber vielleicht sollte keine von uns für ihn arbeiten. Vielleicht ist nichts an der ganzen Geschichte wahr, nicht einmal, dass er stirbt. Vielleicht ist auf den Fotos *irgendeine Frau*. Vielleicht hat er sie dafür bezahlt, Modell zu stehen.«

Mathilda nickte. »Er ist verrückt. Er hat die Zeichnungen selbst an den Rand der Bücher gekritzelt. Es ist alles ein großes Gedankenkonstrukt. Weil er einsam ist, Ingeborg.«

»Oje.« Ingeborg seufzte. »Falscher Schluss. Man kann auch verrückt sein, weil man verrückt ist. Medizinisch gesehen.«

»Aber er ... Ingeborg, er hat ein Auto gemietet, um uns nachts aus der Spree zu fischen! Was ist eigentlich mit diesem Maik?«

»Heute Morgen war er noch sehr lebendig«, sagte Ingeborg. »Und hat sich am Telefon mit mir darüber gestritten, dass er nichts bezahlen will. Von wegen sein Leben beenden. Ha. Auch so ein Verrückter. Aber es steht nirgendwo geschrieben, dass Verrückte nicht auch nett und charmant sein können.«

»Also, dann liebe ich einen netten, charmanten Verrückten«, stellte Mathilda fröhlich fest. »Und wenn er nicht stirbt, umso besser. Aber wenn er doch stirbt, wenn die Röntgenbilder seine sind ... Sie sind seine.« Mathilda seufzte. »Name, Geburtsdatum, alles stimmt. Ingeborg ... falls es keine Doreen gibt. Ich meine, wir werden eine Maria Callas erschaffen, die für Frau Kovalska singt. Was spricht dagegen, dass wir eine Doreen Taubenfänger erschaffen?«

Ingeborg lachte trocken. »Vergiss es, Mathilda. Selbst mit Perücke und tonnenweise Schminke ... du würdest furchtbar aussehen in einem rot-weißen Mini.«

»Wart's ab.« Mathilda stand auf und stieß dabei ihre Kaffeetasse um, deren restlicher milchiger Inhalt über den Tisch lief und in Eddies beim Schnarchen geöffnete Schnauze tropfte. Eddie schluckte, blinzelte und wachte auf. Dann reckte er sich, spürte vielleicht das Koffein in seinem Kreislauf und fegte zur Tür, ein schmutzig brauner Fellwirbel.

Mathilda und Ingeborg folgten ihm etwas langsamer.

Draußen saß der Junge mit den blauen Haaren wieder an die Hauswand gelehnt und rauchte.

»Hey! Du mit dem Hund!«, rief er, als Mathilda und Ingeborg schon beinahe vorbei waren. »Deine Plakate, weißt du? Schon mal drauf gekommen, dass die beiden, die da gesucht werden, Schiss haben? Davor, dass sie gefunden werden? Kann doch sein, oder?«

»Aber – das Erbe«, sagte Mathilda. »Würden sie sich nicht finden lassen für das Geld?«

»Ja, für Geld«, murmelte der Junge. »Für Geld macht so ziemlich jeder so ziemlich alles.«

Sie ließ Ingeborg und Eddie allein zurück zum Institut gehen, wo Herr Mirusch und Frau Kovalska hoffentlich, wie

Ingeborg sagte, nicht begonnen hatten, Uhrwerke in den Aktenschrank einzubauen.

»Ich komme nach«, erklärte Mathilda. »Ich muss denken, und das kann ich nicht, wenn ich so renne.«

Das rote T-Shirt leuchtete ihr noch immer aus dem Schaufenster des Secondhand-Geschäfts entgegen. Sie trat näher an die Scheibe, gedankenverloren – und zuckte zusammen. Das Rote, das dort hinter dem Glas an einem Bügel hing, vor blau-weißen Pappe-Wölkchen, war kein T-Shirt. Es war ein Body, ein winziger Babybody mit winzigen Ärmeln und einem winzigen Kragen. Und darauf war eine winzige weiße Taube. Es war die gleiche Taube, die Mathilda am Rand der *Brüder Karamasow* und der *Drei Tode* gefunden hatte – so exakt gleich, als wäre sie von jemandem gezeichnet worden, der nur eine einzige Sorte von Taube zeichnen konnte. Gezeichnet und ausgeschnitten und aufgenäht. Man sah deutlich, dass jemand den Body im Nachhinein mit dieser Taube verziert hatte, ähnlich wie Mathilda ihre Kleidung mit blauen Hunden oder grinsenden Erdbeeren verzierte. Etwas stand unter der Taube, in kleinen weißen Lettern, mühsam gestickt:

K I L I A N. Das Weiß war nicht ganz weiß, es war alt-weiß, grau-weiß, gebraucht-weiß.

Die Naht am Saum des linken Ärmels hatte begonnen, sich aufzulösen, an der rechten Schulter befand sich ein kleiner brauner Fleck, der sich vermutlich nicht mehr herauswaschen ließ.

Mathilda las den grün hingepinselten Schriftzug über dem Eingang des Ladens – ZWEITES HÄNDCHEN – und ging hinein. Eine Quietschente quäkte anstelle einer Türklingel. Mathilda lächelte, als sie die Tür wieder hinter sich schloss. Der Laden war vollgestopft mit Regalen, in denen sich sorgsam gefaltete bunte Kinderhemden, Kinderhosen, Kinderpullover und Kindheitserinnerungen stapelten.

Mathilda streichelte einen kniehohen gelben Plüschelefanten mit orangen Punkten und rotem Sattel. Das arme Tier war blind, es hatte seine Augen irgendwann im Laufe eines langen Lebens verloren. Sie wisperte ein paar tröstende Worte in das abgewetzte gelbe Ohr und ging zu der alten Schulbank hinüber, auf der die ebenso alte, klobige schwarze Kasse stand.
»Kann ich Ihnen helfen?«, fragte die Verkäuferin dahinter.
Die Verkäuferin schien als einziger Gegenstand im ZWEITEN HÄNDCHEN nicht gebraucht zu sein. Sie wirkte frisch und rosig und steckte in einem handgefilzten türkisfarbenen Minikleid voller grüner Blumen.
»Der Body im Fenster, der rote«, begann Mathilda unsicher. »Wissen Sie ... wer ihn hierhergebracht hat? Den mit der Taube?«
»Im Fenster?« Die gefilzte Blumenfrau runzelte die Stirn. »Da hängt ein roter Body mit einer Taube? Muss meine Kollegin da hingehängt haben. Ist wohl neu reingekommen.« Sie schlug eine große Kladde mit Pappeinband und Eselsohren auf. »Wir führen Buch. Warten Sie.«
Sie fuhr mit dem Finger die Zeilen entlang, blätterte weiter, blätterte sehr lange. Und schließlich schüttelte sie den Kopf. »Mit rot und Taube finde ich hier nichts.« Sie sah auf. »Vielleicht ist er doch nicht neu reingekommen? Das Buch hier reicht nur ein paar Monate zurück. Kann sein, meine Kollegin hat den Body irgendwo in einem Stapel wiedergefunden und ins Fenster gehängt ... Warum wollen Sie wissen, woher er kommt?«
»Oh, nur so«, sagte Mathilda. »Reine Neugierde. Ich ... ich denke, ich nehme ihn mit.«
Die Gefilzte nickte, fädelte sich hinter der Schulbank hervor und griff ins Schaufenster. »Das sind dann vier Euro. Ich gebe Ihnen eine Tüte.«

»Schon okay, geben Sie mir einfach den Body«, sagte Mathilda ein wenig zu rasch und griff nach dem roten Stück Stoff wie ein Betrüger nach seiner Beute. Sie zahlte die vier Euro und verließ den Laden beinahe fluchtartig. Wenn es stimmte, was sie dachte, war der Body weit mehr wert als vier Euro. Wenn es stimmte – aber es war natürlich absurd –, dann war er ein ganzes Erbe wert. Das Erbe eines einsamen Rechtsanwalts mit einem grauen Regenmantel. Diese Spur hatte Birger ganz bestimmt nicht selbst gelegt, auf eine solche Spur, dachte Mathilda, kam kein Mann. Oder doch? Nein. Außerdem war der Body alt. Wenn es stimmte, was Mathilda dachte, war er fünfzehn Jahre alt.

Wenn es stimmte, hatte Birger überhaupt keine Spuren selbst gelegt.

»Kilian«, flüsterte sie und drückte das rührend winzige Kleidungsstück gegen ihr Gesicht wie etwas Lebendiges, einen kleinen Hund oder ein neugeborenes Kätzchen. Es roch nach Seife und ein wenig nach Zigaretten. In Mathildas Herzen sang es, aufgeregt und fröhlich, das Herz flatterte. Wie ein Schmetterling.

»Kilian«, wiederholte sie lauter. »Herr Raavenstein, Sie haben sich geirrt. In einer Sache auf jeden Fall. Sie haben keine Tochter. Sie haben, wenn überhaupt, einen Sohn.«

Im Institut saß Ewa Kovalska auf Mathildas Stuhl vor einem beunruhigend aufgeräumten Schreibtisch. Sie sah blass aus, blasser als am Morgen, blasser als sonst, trotz des Sauerstoffs.

Vielleicht hatte sich wieder ein Keim in ihrer Lunge festgesetzt, und vielleicht war dies der letzte. Die verdammte Callas. Es wurde Zeit, dass sie auftauchte. In Mathildas Gedanken war bisher zu wenig Platz für die Callas gewesen, und plötzlich schämte sie sich. Ewa Kovalska mit ihrem Lungenemphysem verdiente es genauso sehr, ihren letzten Wunsch erfüllt zu bekommen, wie Birger Raavenstein.

»Es wäre wirklich einfach«, sagte Jakob Mirusch gerade, über seine Uhrmacherlupe gebeugt. »Ein paar Kerzen, ein paar Spielkarten, ein paar Flaschen Wein. Damals gab es nicht mal Gläser, es sollte also auch jetzt keine Gläser geben. Sie sahen alle so glücklich aus, die jungen Leute! So unbeschwert! Es war ansteckend. Die Musik war zu laut, aber wir haben uns trotzdem unterhalten, über alles oder über nichts. Und gespielt, die blödesten Spiele, wie Kinder. Es müsste auch Kartoffelchips geben, in großen Schalen, die herumgereicht werden ... Stühle wären nicht nötig. Damals haben wir auf dem Boden gesessen, und ab und zu fiel eine Weinflasche um. Wir hatten immer eine Packung Speisesalz in Reichweite, Salz hilft ja gegen Weinflecken. Ich weiß noch, einmal ist das Salz ausgekippt, und jemand hat gesagt: Schnell! Kippt Wein darüber, das neutralisiert es! Und ...« Er sah von der Lupe auf und bemerkte Mathilda.

»Sie sind ja wieder da. Sie sehen allerdings aus, als wären Sie ganz woanders.«

Mathilda murmelte irgendetwas.

»Das hört sich wunderschön an, Herr Mirusch«, sagte Ewa Kovalska leise. »Ich war noch nie bei einem Spieleabend in einer Studenten-WG. Ich hätte gerne studiert, damals. Literatur vielleicht. Aber es war nicht möglich. Ich habe viel gelesen, mein Mann hat mir Bücher geschenkt. Er ... war immer sehr verständnisvoll. Ohne je etwas zu verstehen natürlich.« Sie sah an Jakob Mirusch und Mathilda vorbei in die Ferne, und Mathilda war seltsam verwundert darüber, dass Ewa Kovalska von ihrem Mann sprach. Aber natürlich hatte sie einen Mann gehabt.

»Es waren immer die verkehrten Bücher«, sagte Ewa. »Ich habe sie gelesen, damit er sich freut. Und wenn er es nicht gemerkt hat, zwischendurch, habe ich die richtigen

Bücher gelesen. Das war schwierig. Der Tag hat eine begrenzte Anzahl von Stunden ... Als er gestorben ist, wurde das mit dem Lesen einfacher.«

Jakob Mirusch lachte. »Sie haben ihn nicht zufällig mit einem Buch erschlagen?«

Ewa schüttelte bescheiden den Kopf. »Ich hatte nie eines, das schwer genug gewesen wäre.« Sie holte ihren Blick aus der Ferne zurück und sah Jakob an. »Haben die Studenten viel gelesen?«

»Oh, auf jeden Fall«, sagte Jakob Mirusch. »Sie haben auch über die Bücher diskutiert, immerzu. Ich habe da nicht mitgeredet, Lesen war nicht mein Fall. Ich habe mir die Sachen in den Büchern lieber erzählen lassen. Ich hätte Ihnen keine Bücher geschenkt.«

Ewa lächelte. »Das wäre schön gewesen. Ich hätte Ihnen erzählt, was in den Büchern gestanden hätte, die ich selbst lesen wollte.«

Ingeborgs Telefon klingelte, und das Gespräch zerbrach, Ewa und Jakob wandten sich Ingeborg zu, lauschend. »Aber ...«, sagte Ingeborg. »Natürlich würden wir ... Das ist doch Unsinn! Verdammt noch mal! Selbstverständlich kann ich Sie nicht zwingen.« Sie knallte das Telefon in die Ladeschale.

»Es hat wieder eine WG abgesagt«, stellte Jakob Mirusch fest.

Ingeborg sah ihn einen Moment an. Dann nickte sie. Ewa stand von Mathildas Stuhl auf, ging hinüber zu Jakob und legte ihm eine blasse, zerbrechliche Hand auf die Schulter. »Sie werden schon noch Leute finden, die diesen Spieleabend machen. Vielleicht am gleichen Tag, an dem ich ein Konzert von Maria Callas besuche.«

Dann verließ sie das Institut, in kleinen, angestrengten Schritten, die Sauerstoffflasche hinter sich herziehend, blass, kurzatmig, aber aufrecht in ihrem weißen Mantel.

»Was tust du heute Abend?«, fragte Daniel am Telefon. Mathilda war gerade nach Hause gekommen und hatte ihre Schuhe abgestreift. Eddie drückte sich gegen ihre Beine, ungeduldig und hungrig.

»Ich gehe mit einer dreiundsiebzigjährigen leberkranken Frau in ein feines Restaurant«, antwortete Mathilda, »und esse zusammen mit ihr nur Nachtisch.«

»Wie bitte?«

»Wirklich. Das ist einer der letzten Wünsche. Wie geht's dir? Du hast dich lange nicht gemeldet.«

»Du dich auch nicht.«

»Ich ... hatte viel zu tun. Das Institut. Es frisst momentan fast meine gesamte Zeit auf.« Sie ließ sich auf das alte rote Sofa fallen. Damals, zu Daniels Zeiten, hatte es noch nicht so schlimm gefusselt. Eddie sprang ebenfalls auf das Sofa. Er hatte schon wieder dieses gewisse Etwas in seinem Hundeblick. Als wüsste er genau, mit wem Mathilda telefonierte.

Leg auf.

»Ich könnte mitkommen«, sagte Daniel. »Ich hatte ein paar ziemlich krasse Tage in der Klinik. Es ist nicht so, dass die Klinik *nicht* die gesamte Zeit auffrisst, weißt du? Aber ich würde gerne mal etwas anderes sehen. Dich zum Beispiel. Notfalls auch fünf verschiedene Sorten Nachtisch. Solange ich das Zeug nicht essen muss. Brrr. Ich ... könnte ja etwas Normales essen? Wenn ich mitkäme?«

Mathilda sah Eddie an. Eddie sah Mathilda an. *Nein*, sagten seine Augen. Und: *Hundefutterdose.*

»Hundefutterdose«, sagte Mathilda ins Telefon.

»Was?«

»Ich meine: Nein«, verbesserte sie sich. »Es wäre seltsam, mit einem Arzt und einer Patientin am Tisch zu sitzen, auch wenn die beiden nicht zusammengehören. Lass uns ein andermal was machen. Wir könnten wieder Pizza essen gehen. Das war ... schön.«

Eddie knurrte. Aber es *war* schön *gewesen,* Mathilda konnte es nicht leugnen. Es war schön gewesen, von Daniel vor einem U-Bahn-Eingang geküsst zu werden. Es war eigentlich auch schön gewesen, in der Pizzeria mit Daniel zu streiten. Wie früher. Nur heute Abend wäre es nicht schön, ihn dabeizuhaben, da hatte Eddie recht. Sie musste allein mit der alten Frau Nachtisch essen gehen; sie war es der Frau schuldig, ihr (und dem Nachtisch) ihre ganze Aufmerksamkeit zu widmen. Die Frau hatte ihr ganzes Leben lang immer in ein Restaurant gehen und nur Nachtisch essen wollen und es nie gedurft. Zuerst hatten ihre Eltern es ihr verboten, Eltern, die gerne in Restaurants gingen, sich dann aber dort stritten. Dann hatte sie selbst Kinder gehabt und keine Zeit mehr, in Restaurants zu gehen. Als die Kinder aus dem Haus gewesen waren, hatte ihr Mann es überflüssig gefunden, in Restaurants zu gehen. Und nachdem er gestorben war, hatte sie niemanden gefunden, der bereit war, nur für den Nachtisch ein Restaurant zu besuchen. Allein hatte sie sich nie getraut.

Mathilda war sehr bereit mitzugehen. Vielleicht konnte sie Eddie etwas von den Resten mitbringen. Es würde doch hoffentlich Schokoladenpudding geben?

Sie hörte Daniel seufzen. »Ich weiß nicht, wann ich demnächst Zeit habe. Heute könnte ich. Wir könnten ja nach der Sache mit dem Restaurant was trinken gehen. Erklär mir, wo es ist und wann ich da sein soll, ich hole dich ab.«

»Daniel«, sagte Mathilda. »*Nicht heute.* Tut mir leid. Ich muss meinen Kopf frei haben für meine Klientin. Es wäre furchtbar, dauernd zu denken: Um soundso viel Uhr muss ich hier raus sein, da steht Daniel vor der Tür. Ich rufe dich an. Versprochen. Ich muss jetzt los.«

Das Telefon klingelte noch einmal, als sie Eddie seine Dose öffnete, mit einem Arm schon wieder im Mantel. »Ja«, sagte sie genervt und dachte: wieder Daniel.

Aber es war nicht Daniel.
Es war Birger.
»Entschuldigen Sie die späte Störung«, begann er unsicher. Es war nicht spät. Es war halb sieben. »Aber ich habe mich gerade gefragt ... kann ich heute Abend noch mit Ihnen sprechen?«
Worüber?, dachte Mathilda. Darüber, dass die Person, die ich seit Tagen für Sie suche, nicht existiert? Oder über einen Body?
»Ich bin schon halb aus dem Haus«, sagte sie. »Bin mit einer Klientin verabredet wegen eines letzten Wunsches. Wir gehen in ein feines Restaurant und essen nur die Nachtische. Alle.« Sie zögerte eine halbe Sekunde lang. »Kommen Sie doch einfach mit. Wir reden hinterher.«
»Das wäre ... sehr schön«, sagte Birger. »Kann ich dann auch alle Nachtische essen?«

Mathilda holte die alte Frau ab, die im Gegensatz zu Frau Kovalska wirklich eine alte Frau war, keine alte Dame. Wernke. Frau Elise Wernke. Sie hatte kurzes, struppiges graues Haar und trug über ihrem ausladenden Körper eine Wollstrickjacke mit silbernen Glitzereffekten, die Sorte Wolle, die ganz bestimmt nie ein Schaf von nahem gesehen hat. Die Zeit, in der ihre Eltern mit ihr Restaurants besucht hatten, war sehr, sehr lange her, und dieser eine, letzte Restaurantbesuch würde sie fast alles kosten, was sie hatte zurücklegen können. Aber sie hatte darauf bestanden, dass es ein feines Restaurant war. Das feinste.
Mathilda half ihr ins Auto, das vor der Klinik im Parkverbot stand. Diesmal war es nicht die Charité, sondern das Virchow-Klinikum. Theoretisch gehörten beide Kliniken zusammen; praktisch war es beim Virchow unwahrscheinlich, Daniel zu treffen, da es woanders lag.
»Ist alles in Ordnung?«, fragte Mathilda.

»Alles ... bestens«, antwortete Frau Wernke. Sie war noch kurzatmiger als Ewa Kovalska, aber bei ihr lag es eher an ihrer ausladenden Figur. Sterben tat sie an ihrer Leber, die sie langsam von innen vergiftete. Ihre Augen waren gelb und ihre Haut von einem ungesunden Braun, ledrig und nicht sonnengefärbt. Sie hatte eine Art Autoimmunkrankheit und kam für eine Transplantation nicht in Frage. Es gab wenige Leute auf der Welt, die für eine Transplantation in Frage kamen. Es gab wenige Lebern auf der Welt.

Frau Wernke hatte ihr erfreut erzählt, dass sie schon zehn Kilo abgenommen hatte. Sie aß kaum noch etwas. Mathilda fragte sich, wie sie vor ihrer Lebererkrankung ausgesehen hatte. Es nützte nichts abzunehmen, natürlich.

»Haben Sie den Ärzten Bescheid gesagt?«, fragte Mathilda, während sie das Auto ausparkte und beinahe den Wagen auf dem Parkplatz mit der Aufschrift OBERARZT streifte. Birger, dachte sie, hätte ihn gestreift. Birger wäre überhaupt nicht in diesen Parkplatz hineingekommen. Birger hätte ... wäre ... würde ...

»Nur einer von denen«, sagte Frau Wernke, nach Atem ringend. »Einer hab ich Bescheid gesagt. Einer ganz netten ... jungen Ärztin. Eigentlich darf ich gar nicht ... ich habe im Bett zu liegen ... und ganz bestimmt darf ich keinen ... Nachtisch essen ...«

»Wann entlassen die Sie?«

»Nach ... Hause? Ich weiß nicht. In ein paar ... Tagen. Sie müssen das mit dem ... Pflegedienst noch ... organisieren. Schon besser, wir ... machen das hier ... heute Abend.«

Patient in die Häuslichkeit entlassen. »Zum Sterben«, wurde in den Akten nie mitnotiert. Jeder Mediziner las es trotzdem mit. Mathilda nickte. Sie spürte den Blick der alten Frau Wernke auf sich.

»Ich muss Sie ... etwas fragen«, keuchte Frau Wernke

und zog die glitzergraue Strickjacke um ihren Busen herum zurecht. »Etwas ... sehr Wichtiges.«

»Ja?«

In Mathildas Kopf erschien ein Fragenkatalog. Ist es wirklich aussichtslos? Wie lange habe ich noch? Tut der Tod weh? Denken Sie, dass jemand weinen wird? Und was kommt danach?

»Glauben Sie«, flüsterte Frau Wernke und beugte sich gefährlich nahe zu Mathilda hinüber, die Mühe hatte zu schalten, »es ... es gibt Schokoladen-Mousse?«

Lichthaus Nord.

Ein seltsamer Name für ein Restaurant. Es war das feinste, das Mathilda gefunden hatte.

Birger wartete draußen im Frühlingsabend, vor einem Busch mit lärmenden Kleinstvögeln. Er hielt einen Strauß Blumen in der Hand, und Mathilda schluckte.

War das eine Entschuldigung? Dafür, dass er sie durch die Copyshops und Außenwerbungsfirmen ganz Berlins gehetzt hatte, um ein Phantom zu suchen? Aber in ihrer Tasche lag ein winziges, gefaltetes rotes Stück Stoff, ein Babybody. Ein Body, den ein Phantom im Secondhandladen abgegeben hatte.

Birger lächelte.

Mathilda stützte Frau Wernke, die sich mit der anderen Hand an einem Gehstock festhielt. Sie war wirklich verdammt schwach auf den Beinen. Mathilda hatte das Gefühl, sie würde eine sehr große alte Kröte stützen. Birger kam ihr diesmal nicht zu Hilfe, er stand einfach vor der Tür des *Lichthauses Nord* und lächelte. Er trug einen Anzug.

Und dann trat er auf sie zu, deutete etwas wie eine Verbeugung an und überreichte die Blumen – lauter Frühlingsblumen, frisch und duftend, Tulpen, Narzissen, Hyazinthen – an Frau Wernke.

Kann man jemanden nur dafür lieben, dass er einer Kröte Blumen schenkt?

»Guten Abend«, sagte Birger. »Ich ... bin ein Bekannter von Frau Nielsen. Sie hat gesagt, ich darf heute Abend zu Ihnen stoßen. Ich hoffe, Sie haben nichts dagegen, es ist natürlich Ihr Abend. Aber es wäre mir eine Ehre.«

Frau Wernke ließ Mathilda los, stellte sich etwas aufrechter hin, jetzt nur noch auf den Gehstock gestützt, und nahm die Blumen. Im gleichen Moment verwandelte sie sich von einer sehr großen alten Kröte in eine Herzogin, von einer alten Frau in eine alte Dame.

»Natürlich ... können Sie auch ... dabei sein, junger Mann«, erwiderte sie. »Zu dritt ist es ja ... noch viel besser, in ein ... Restaurant zu gehen. Sind Sie ... sind Sie in einen Sturm geraten? Ich habe ... gar nicht gemerkt ... dass es gestürmt hat.«

Birger fuhr sich durchs Haar. »Ich auch nicht«, sagte er.

Und dann gingen sie hinein.

Im *Lichthaus Nord* war der Frühling mit großer Vehemenz explodiert. Die Räume waren verschachtelt und sehr weiß, aber ganz anders als in Krankenhäusern, es war, als bestünden sie tatsächlich aus Licht. In Nischen und Durchbrüchen standen riesige Vasen – voller Tulpen, Narzissen und Hyazinthen.

Birger sah etwas betreten von seinem Strauß in Frau Wernkes Hand auf die Sträuße in den Vasen.

»Wie schön«, sagte Frau Wernke. »Sie haben den Strauß ... passend zum Restaurant ausgesucht.«

»Äh, ja«, sagte Birger und zog einen Stuhl für sie zurück. Der Ober warf ihm einen missbilligenden Blick zu. Es war seine Aufgabe, die Stühle zurückzuziehen. Es war auch seine Aufgabe, die Servietten zurechtzurücken und die Kerze auf dem Tisch zu entzünden, sich zu verbeugen, die ledergebundenen Speisekarten von rechts anzureichen. Einen Gruß aus der Küche auf dem Tisch zu plazieren, der aus einem völlig unidentifizierbaren hellgrünen Klecks Brei und dem Blatt einer exotischen Kräuterpflanze bestand. Der Ober gab dem grünen Klecks einen exotischen Namen und nickte zufrieden über seine Erklärung.

»Wir möchten gerne nur Nachtisch bestellen«, sagte Mathilda und sah dem Ober fest in die Augen. »Und zwar alle Nachtische. Dies ist eine besondere Gelegenheit.«

»Und eine Flasche Sekt«, ergänzte Frau Wernke glücklich. »Nein. Champagner. Wenn Sie haben.«

»Natürlich.« Der Ober neigte den Kopf zustimmend um genau drei Grad und verschwand. Als er zurückkehrte, trug er eine Karaffe Wasser und eine Flasche in einem Sektkühler. Sie sahen schweigend zu, wie er den Champagner in drei Gläser goss, ehe er sich wieder zurückzog.

»Ha!«, brummte Frau Wernke. »Geht doch.«

Sie hob ihr Champagnerglas, Mathilda und Birger hoben ihre Gläser ebenfalls, und in der Mitte des Tisches trafen sich die Gläser mit einem feierlichen, feinen hohen Klingeln. Dann setzten sie ihre Gläser alle wieder ab, ohne daraus zu trinken, Frau Wernke wegen ihrer Leber, Birger vermutlich wegen irgendwelcher Medikamente und Mathilda, weil sie fahren musste. Birger goss Wasser aus der Karaffe in die leeren Wassergläser, die ebenfalls auf dem Tisch standen.

»Erzählen Sie!«, sagte er zu Frau Wernke. »Wie kommt es, dass wir heute nur Nachtisch essen?«

Frau Wernke schenkte ihm ein breites, glückliches Lächeln und begann zu erzählen – die Geschichte von ihren streitenden Eltern und den Restaurants und wie sie später keine Zeit und auch kein Geld mehr gehabt hatte für Restaurants. Und wo sie gerade dabei war, erzählte sie auch alle übrigen Geschichten aus ihrem Leben, obwohl es darin nicht viele Geschichten gab. Sie erzählte von der schönsten Tomate des Jahres, für die sie vor dreiundzwanzig Jahren einen Preis gewonnen hatte, von ihren beiden Söhnen, die groß und weit fort waren und sich nicht mit ihr verstanden, obwohl sie sehr stolz auf sie war. Sie hatte vergessen, was sie von Beruf waren, oder es nie ganz begriffen. Sie erzählte von der Hängematte, in der sie früher in der Laube alle zusammengesessen hatten. Von den Jugendweihefeiern und wie schick sie ausgesehen hatten, die Söhne, herausgeputzt wie richtige junge Herren, und von ...

Mathilda lehnte sich zurück und überließ Birger das Zuhören. Er hatte sich leicht vorgebeugt und nickte ab und zu. Man sollte ihn einstellen, dachte Mathilda. Im Institut. Als Ohr. Es wäre eine ganz neue Berufsbezeichnung; aber Leute brauchten Ohren, Leute brauchten Leute, die ihnen zuhörten, vielleicht dringender, als letzte Wünsche erfüllt zu bekommen. Sie stellte sich vor, wie Birger an einem dritten Schreibtisch im Institut saß, lauschend vornübergebeugt, und mit Ewa Kovalska über die Bücher sprach, die sie gelesen hatte, oder mit Jakob Mirusch über das Innere von Uhren. Und mit Dutzenden von Leuten über Dutzende von Vergangenheiten.

»Die Nachtische«, sagte der Ober und rückte die Gläser ein wenig beiseite, um – Mathilda zählte – zehn verschiedene Schalen und Teller auf dem Tisch zu plazieren.

»Dies ist eine Mousse au orange volante«, erklärte er und zeigte auf eine Schale mit einem Turm aus lachsfarbener Creme darin. »Das dort ist ein Parfait du chocolat mente mit einer leichten Currynote, dies sind gefrostete Karamellhimbeeren, und hier haben wir neben den pralinierten Apfelkirschrippchen einen traditionellen österreichischen Vanillestrudel an einer Idee von Sauerkraut ... den Rest probieren Sie am besten selbst und lassen sich überraschen.« Er schenkte ihnen ein Lächeln an einer Idee von

Ironie, und Mathilda war beinahe sicher, dass er sich das Sauerkraut ausgedacht hatte.

Frau Wernke betrachtete den Tisch voller bunter Schalen eine Weile mit großer Ehrfurcht.

Dann aß sie, mit der gleichen Ehrfurcht, einen Löffel der orangefarbenen Creme.

»Mousse au orange volante«, sagte Mathilda.

»Schmeckt aber nach Aprikose«, meinte Frau Wernke. Sie nahm ein violettes Blütenblatt aus der Creme, das zur Verzierung am Rand steckte, und legte es behutsam in ihren Mund wie eine Oblate beim Abendmahl.

»Sieht aus wie das Blatt einer Glockenblume ...«, begann Mathilda.

»Schmeckt aber nach gar nichts«, sagte Frau Wernke.

Sie probierte auch einen Löffel des Parfait du chocolat mente, das nicht nach Pfefferminz schmeckte, sondern nach Pflaumenmus, und eine einzelne Karamellhimbeere. Die Himbeere, verkündete sie, schmeckte nach Kartoffel. Dann lehnte sie sich zurück, die Arme vor dem Busen verschränkt, mit einem sehr zufriedenen Gesicht.

»Wie – und jetzt?«, fragte Mathilda.

»Jetzt essen Sie den Rest«, sagte Frau Wernke. »Mehr kriege ich sowieso nicht runter, mit der Leber und allem.« Sie nickte froh. »Und jemand muss endlich den Champagner trinken. Also bitte ...«

Birger und Mathilda sahen sich an. »Ich muss noch fah...«, sagte Mathilda.

»Ich auch.« Birger nahm einen großen Schluck Champagner.

Danach begann er, stoisch Vanillestrudel mit Sauerkraut in seinen Mund zu schaufeln. Es war tatsächlich Sauerkraut. Birgers lange schmale Nase zuckte, und das Schlucken schien ihn Überwindung zu kosten. Er schluckte dennoch. Mathilda grinste und zog eine Schale mit schleimiger violetter Masse zu sich heran. Sie schmeckte nach einem Zwischending aus Brombeermarmelade und Senf und war eiskalt.

»Und?«, fragte Frau Wernke neugierig.

»Hervorragend«, antworteten Mathilda und Birger im Chor.

Sie löffelten sich tapfer durch die zehn Nachtische, tranken Champagner und löffelten weiter, besiegten Geschmäcker nach grünem Pfeffer und Honigsorbet, Zimtplätzchen und Krabbenmehl und tranken weiter Champagner, nur um Frau Wernke zuprosten zu können oder vielleicht um die Geschmäcker herunterzuspülen. Um sie herum dufteten die Tulpen und Narzissen und Hyazinthen, aus den Lautsprechern drang leise klassische Musik, und ab und zu sahen sie sich an, zwei einsame oder eben nicht einsame Kämpfer auf dem Feld der Ehre.

»Wunderbar«, seufzte Frau Wernke. »Ganz wunderbar. So habe ich mir das vorgestellt, in einem feinen Restaurant nur Nachtisch zu essen.«

Birger nickte und steckte einen kleinen Thymianzweig in den Mund. »Ja«, sagte er, »genauso muss es sein.« Und als Mathilda diesmal seinen Blick auffing, da mochte sie ihn eine Sekunde lang so sehr, dass es weh tat.

Am Ende fühlte sich Mathildas Mund gleichzeitig verklebt an von Süße und verbrannt von unerwarteter Schärfe, und sie war dankbar, als Birger den Ober fragte, ob sie noch etwas Wasser bekommen könnten. Der Ober betrachtete die leere Karaffe. »Das«, sagte er, »war das Blumenwasser. Für Ihren Strauß. Wir benützen diese Sorte Karaffen gewöhnlich nur für Blumen.«

Später, als Mathilda Frau Wernke mit einiger Mühe zurück ins Krankenhaus gefahren hatte, war der Himmel voller Sterne. Sie lehnte sich an ihr Auto und versuchte, den

Schwindel in ihrem Kopf zu besiegen. Neben ihr lehnte Birger Raavenstein an seinem Auto; dem Auto, das er offenbar für länger gemietet hatte.
»Ich bin völlig betrunken«, sagte Mathilda.
»Das geht vorbei«, sagte Birger.
»Ich weiß.« Mathilda nickte. »Das ist ja das Schlimme.«
In den Bäumen sang diesmal eine Nachtigall. Es gab eine Menge Bäume beim Virchow-Klinikum, Kastanien, eine ganze kleine Allee. Sie war nicht dazu gedacht, Autos darin zu parken, aber bisher hatte es keinen gestört, denn es gab nachts keinen Verkehr hier, die Notaufnahme befand sich anderswo. Es roch nach frischer Erde. Aus einem gekippten Fenster im ersten Stock piepte ein medizinisches Gerät. Irgendwo dort starb vielleicht jemand, gerade jetzt, ganz nah, nur durch die Mauer von ihnen getrennt.
»Warum«, fragte Mathilda, ohne den Blick von den Sternen zu wenden, »wollten Sie mich treffen? Heute Abend?«
»Weil mir im Hotel die Decke auf den Kopf gefallen ist«, antwortete Birger. »Es kann sehr einsam sein in Hotelzimmern.«
»Das ... das war alles? Sie wollten einfach nur mit jemandem sprechen? Sie wollten mir nicht irgendetwas ... sagen ... über Doreen?«
»Nein.« Sie spürte, dass er sie ansah mit plötzlichem Unbehagen. »Warum?«
»Weil es sie nicht gibt«, antwortete Mathilda.
»Wie bitte?«
»Doreen Taubenfänger. Es gibt sie nicht. Sie hat nie existiert. Sie ist bei keinem Einwohnermeldeamt in Deutschland verzeichnet, in keinem Geburtsregister, nirgendwo.«
Einen Moment – einen langen Moment – sagte Birger nichts. Die Bäume vor der Klinik raschelten im milden Nachtwind mit ihren knospenden Ästen. Die Nachtigall sang noch immer.

»Zuerst dachte ich«, sagte Birger schließlich leise, »Sie meinen mich. Ist das nicht seltsam? Sie haben gesagt: Weil es sie nicht gibt, und ich dachte, Sie meinen sie mit großem S. Mich. Dass es *mich* nicht gibt. Es wäre doch möglich, dass Sie sich mich nur ausgedacht haben.«
»Sie sind ja noch betrunkener als ich«, sagte Mathilda.
»Doreen Taubenfänger existiert«, sagte Birger. »Sie haben die Fotos gesehen.«
»Das kann irgendjemand sein.«
»Jeder ist mehr oder weniger irgendjemand. Aber diesen Irgendjemand, Doreen, muss ich finden. Ich erinnere mich ... es ist fünfzehn Jahre her, aber ich fühle sie noch ... ihre Lippen und ...«
»Das geht mich nichts an«, sagte Mathilda schroff. »Und ich will keine Details.«
»Aber die Details sind es, die etwas bedeuten! Sie bedeuten, dass es Doreen gibt.«
Mathilda seufzte. »Sie könnten sie sich ausgedacht haben. Samt Details.«
»Warum? Wozu?«
»Weil Sie einsam sind?«
»Ich bin einsam«, sagte Birger, »weil ich Doreen seit fünfzehn Jahren nicht finden kann. Wenn ich sie mir ausgedacht hätte, hätte ich sie nicht verloren. Sie wäre einfach geblieben, die ausgedachte Doreen, ich hätte sie ausgedachterweise heiraten und ausgedachterweise ein ausgedachtes Kind mit ihr haben können.«
»Ich bin schon ganz verwirrt«, sagte Mathilda.
Dann griff sie in ihre Tasche und zog den roten Babybody heraus. Im Nachtlicht sah man nicht, dass er rot war. Was man sah, war die aufgenähte Taube.
»Das hier hat mich auch verwirrt«, flüsterte Mathilda. »Ich habe es in einem Secondhandladen gefunden, in der Nähe des Cafés.«

Er streckte die Hand aus. »Darf ... darf ich?«

Mathilda reichte ihm den Body, und er nahm ihn behutsam, als wäre es nicht nur ein Babybody, sondern ein Body mit einem Baby darin. »Kilian«, wisperte er.

Mathilda nickte. »Kilian. Ihre Tochter ist ... wenn sie existiert ... Ihre Tochter ist ein Sohn.«

Birger drückte den Body an sein Gesicht, und Mathilda sah, dass seine Schultern zuckten, ganz leicht. Sie zog es vor, woanders hinzugucken. Es fühlte sich dumm an, Mitleid zu haben. Und sie wusste nicht, mit wem sie Mitleid hatte – mit einem Mann, der sein Kind suchte? Mit einem Verrückten, der wusste, dass seine Verrücktheit durchschaut wurde? Hatte er diesen Body doch selbst in den Laden gebracht? Die Chance, dass es wirklich Doreen gewesen war und dass Mathilda zufällig diesen Body gefunden hatte, schien zu gering, der Zufall zu absurd.

»Wer bestimmt denn, ob jemand existiert?«, fragte Birger, seine Stimme halb erstickt im Stoff des Bodys. »Ämter? Akten? Was ist, wenn Doreen aus den Akten gestrichen wurde? Sie und ... Kilian?«

Unsinn, wollte Mathilda sagen.

»Was ist, wenn es einen Grund dafür gab, sie zu streichen? Den gleichen Grund, aus dem sie spurlos verschwunden ist?«

»Welchen?«

»Was weiß ich? Sie mussten untertauchen. Jemand wollte ihnen etwas antun ... sie hat mir nie alles über sich erzählt ... jemand war hinter ihnen her.«

Die einzige Person, dachte Mathilda, die hinter Doreen und ihrem Kind her ist, steht hier neben mir. »Und wenn derjenige sie längst gefunden hat?«, fragte sie, laut weiterdenkend. »Wenn sie nicht mehr am Leben ist?« Sie bereute den Satz sofort.

Birger faltete den Babybody zusammen und lächelte sie

an. »Nein«, sagte er. »Ich bin mir sicher, dass sie lebt. Bis eben war ich mir nicht sicher, aber jetzt bin ich es. Die Tatsache, dass sie nirgendwo verzeichnet ist, in keiner ... Liste ... reicht völlig aus. Wenn sie tot wäre, wäre sie, als Tote, wieder irgendwo aufgetaucht. Es lohnt nicht, die Existenz von jemandem zu leugnen, der sowieso tot ist.«

Er gab Mathilda den Body zurück, und sie steckte ihn ein, ohne zu wissen, was sie damit sollte. Der Nachtwind zerzauste Birgers Haar zu einzelnen grauen Strähnen. Die Nachtigall sang nicht mehr, aber der Frühling duftete noch immer mit tausend unsichtbaren Blüten.

Mathilda streckte die Hand aus, wie um ihn zu berühren, ganz kurz nur, zum Abschied – und ließ sie wieder sinken.

Sie wollte ihm tausend Dinge sagen.

Ihr Regenmantel ist so hässlich.

Es ist furchtbar ungerecht, dass Sie nach diesem Frühling sterben werden.

Ich hätte Sie so gerne früher kennengelernt. Aber dann wäre ich zu jung gewesen, um Sie kennenzulernen.

Ich glaube immer noch nicht, dass es Doreen gibt.

Sie haben Ihr Auto halb im Blumenbeet geparkt.

Ich liebe Sie.

»Es ist spät. Es wird vermutlich Zeit zu fahren«, sagte Birger.

»Nach Hause«, ergänzte Mathilda.

»Ins Hotel«, sagte Birger. »Ich habe kein Zuhause.«

Und dann stieg er in den Leihwagen, schrammte beim Ausparken leicht Mathildas Auto, ohne es zu merken, und fuhr davon, in die Frühlingsnacht, verkehrt herum durch die Einbahnstraße, die zum Glück um diese Zeit leer war.

5.

»Du siehst etwas grün aus im Gesicht«, stellte Ingeborg am nächsten Morgen fest. »Was hast du angestellt?«

»Zehn Sorten Nachtisch gegessen«, antwortete Mathilda und durchsuchte ihre Schreibtischschublade nach den Kopfschmerztabletten. Sie bezweifelte, dass sich die Kopfschmerztabletten mit den Folgen von Mousse au orange volante und Champagner vertragen würden. Dann las sie die Liste der Dinge, die erledigt werden mussten, und schluckte die Kopfschmerztabletten trotzdem.

Oben auf der Liste stand MARIA CALLAS. Darunter warteten zwei Weihnachten, ein Geburtstag und die kryptische Notiz *Eissouffl. Zuta.* auf Bearbeitung. Aber als sie kurz die Augen schloss, um ihre Konzentration zu sammeln, sah sie Birger Raavenstein vor sich. Er lehnte wieder an seinem Auto, in dem guten Anzug und dem überflüssigen Regenmantel, und sagte: »Wer bestimmt denn, ob jemand existiert?«

Sie öffnete die Augen, machte den Computer an und suchte in ihrer Liste privater Kontakte nach der richtigen Nummer. Unter dem Tisch schnarchte Eddie ein behagliches Hunde-Vormittags-Schnarchen.

»Hier spricht Mathilda Nielsen«, sagte sie gleich darauf in den Hörer. »Vom Institut der letzten Wünsche. Ich weiß nicht, ob Sie sich an mich erinnern?«

»Natürlich erinnere ich mich«, antwortete die Stimme am anderen Ende der Leitung. Es war eine tiefe, rauchige Stimme, die abends in Kneipen Chansons aus den zwanziger Jahren hauchte und deren Besitzerin viel jünger war, als sie klang. Christa Meier-Satlowski, Schauspielstudentin, immer abgebrannt. Mathilda hatte es hinausgezögert, sie anzurufen; die Stimme passte ungefähr so gut zur Callas wie ein Frosch in den Milchkaffee.

»Das damals war der seltsamste Job«, sagte Christa, »den ich je hatte. Was gibt es? Brauchen Sie wieder eine Tochter, der ihr Vater vergeben kann? Irgendwie schon logisch, dass ein Vater nicht sterben will, ohne allen vergeben zu haben, aber ich wundere mich heute noch, dass er mir die Sache abgenommen hat. Ich sah ihr nicht wirklich ähnlich, oder?«

»Sie haben das sehr gut gemacht«, meinte Mathilda. »Und er hatte sie ja dreißig Jahre nicht gesehen.«

»Haben Sie die echte Tochter je gefunden?«

»Ja.« Mathilda seufzte und begann, die leeren Felder des Blisterstreifens platt zu drücken. »Sie ist natürlich aufgetaucht, sobald er tot war. Das Erbe. Eine Garantie dafür, dass Verwandte auftauchen.« Oder auch nicht, dachte sie und zerknüllte den Blisterstreifen ganz. »Aber diesmal ist es etwas anderes. Sie ... Sie geben doch ab und zu die Dietrich, oder? Marlene Dietrich? Wir haben Sie mal singen hören, meine Kollegin und ich. Sagen Sie, können Sie auch ... die Callas?«

Einen Moment herrschte Schweigen am anderen Ende der Leitung. »*Die* Callas? Maria Callas?«

»Ja. Ich weiß, Sie haben keine Opernausbildung. Aber die richtigen Opernsängerinnen sind alle zu teuer, ich habe mir das im Netz angesehen. Und wir müssen den Fall rasch bearbeiten. Sie hat angefangen, die Akten meiner Kollegin umzusortieren.« Sie warf Ingeborg einen Blick zu, und Ingeborg warf ein ironisches Kusshändchen zurück, während sie irgendetwas von »Bananenplantagen« und »Safari-geeigneten Jeeps« in ihr eigenes Telefon sagte.

»Die Callas«, fragte Christa Meier-Satlowski, »ordnet die Akten Ihrer Kollegin um?«

Mathilda seufzte. »Nein. Frau Kovalska. Die will die Callas noch mal auf der Bühne erleben.«

»Aber die Callas ist ...«, begann Christa Meier-Satlowski. Mathilda hörte Lärm im Hintergrund, etwas wie Musikfetzen und Stimmengewirr. »Ich helfe dir gleich mit dem Korsett«, rief Christa irgendjemandem im Hintergrund zu und sagte dann in den Hörer: »Die Callas ist tot!«

»Eben«, sagte Mathilda. »Deshalb brauche ich Sie, um die Callas ...«

In diesem Moment ging die Tür des Instituts auf, und herein kamen Jakob Mirusch und Ewa Kovalska. Sie trug heute einen tiefvioletten Mantel sowie ein beinahe durchsichtiges, fliederfarbenes Halstuch und glich damit einer zarten Frühlingsblume, einem Stiefmütterchen vielleicht. Einem Stiefmütterchen, hinter dem eine Sauerstoffflasche herrollte. Jakob Mirusch hatte der Frühlingsblume seinen Arm geliehen, doch keine Frühlingsfarbe der Welt konnte darüber hinwegtäuschen, dass es Ewa Kovalska nicht gutging. Mirusch führte sie zu einem Stuhl, und Mathilda sah, wie sich die Haut seitlich an Ewas Hals bei jedem Atemzug einzog vor Anstrengung. Aber sie lächelte. Dann deutete sie auf das Telefon in Mathildas Hand und hielt beide Daumen hoch. Offenbar hatte sie das Wort »Callas« mitgehört.

Mathilda lächelte zurück und hielt ebenfalls einen Daumen hoch.

»Deshalb brauche ich Sie, um die Callas ... Konzertkarten für mich abholen«, sagte sie ins Telefon. »Wir wollten ursprünglich nach London fliegen, aber unsere Klientin hält nicht viel vom Fliegen ...«

Ewa schüttelte den Kopf und lächelte aufmunternd weiter, als könnte sie die Person in der Telefonleitung dadurch von irgendetwas überzeugen.

»Wie bitte?«, fragte Christa Meier-Satlowski. »Konzertkarten?«

»Es gibt nämlich doch noch ein Konzert in Berlin, noch vor London, ganz überraschend«, fuhr Mathilda fort, an Frau Kovalska gewandt. Sie spürte Schweißperlen auf ihre Stirn treten, während sie eilig zwischen Ewa und Christa Meier-Satlowski hin und her dachte. »In ganz kleinem Rahmen. Eine Art ... Kammerkonzert ... in einem kleinen Theater ... Unsere Klientin, Frau Callowski ... ich meine, Frau Kovalska« – sie sprach jetzt wieder zu Christa – »wünscht sich, sie einmal live singen zu hören.«

»Ach was«, meinte Christa.

»Ein Kammerkonzert?«, fragte Ewa zwischen zwei angestrengten Atemzügen.

Mathilda erwog, einfach aufzulegen, aber das hätte auch seltsam ausgesehen.

»Nun, Maria Callas ist ja nicht mehr die Jüngste«, sagte sie in den Hörer. »Man hört, dass sie große Bühnen eigentlich gar nicht so mag ... ich meine, ich habe sie dreißig Jahre lang nicht gesehen, womöglich erkenne ich sie gar nicht mehr ... wie der Mann damals seine Tochter, der er noch vor seinem Tod erzählen wollte, dass er ihr vergeben hat.«

»Ich verstehe«, sagte Christa, und Mathilda atmete auf.

Sie sah Ewas Augen zwischen den vielen winzigen Fältchen leuchten. Jakob Mirusch hatte sich an seinen Tisch gesetzt und begonnen, eine weitere Uhr zu reparieren. Es war Ingeborg gelungen, ein Paket kaputter Uhren auf ebay zu ersteigern, von denen sie behauptete, sie gehörten alle ihrer Nachbarin.

Es war ein so friedliches Bild – Jakob mit der Uhr, Ewa mit dem Leuchten in den Augen, als schwebte etwas in dem kleinen Büro, das sich nicht in Worte fassen ließ. Vielleicht war es eine Art von Glück. Und Mathilda wünschte, alles könnte einfach so bleiben. Ewa würde für immer glauben, dass sie in dieses Kammerkonzert gehen könnte, Jakob würde für immer Uhren reparieren, und niemand müsste sterben.

»Ich verstehe«, wiederholte Christa Meier-Satlowski.

»Aber die Callas kann ich nicht.« Der Moment des Glücks zerbrach in tausend Scherben.

»Wir müssen es versuchen.«

»Nein. Die Frau ist – war – Opernsängerin! Sie haben es selbst gesagt, ich habe keine solche Ausbildung. Ich bin nicht mal Sängerin. Ich bin Studentin der Schauspielschule.«

»Aber Marlene Dietrich, die ...«

Ewa sah erstaunt aus. »Marlene Dietrich?«, flüsterte sie. »Nein. Das ist die Verkehrte! Die ist außerdem längst tot!«

»Löwen, ja!«, rief Ingeborg in ihr Telefon. »Natürlich gehören Löwen zu einer Safari.«

»Ich singe keine Arien«, erklärte Christa.

»Wenn Sie die Karten nicht abholen können aus irgendeinem Grund«, meinte Ewa, »dann tue ich das eben. Noch bin ich ja auf den Beinen ...«

Mathilda schloss wieder die Augen. Sie wollte aufspringen und laut schreien. Ihr Kopf platzte. Die Tabletten halfen nicht.

»Wir sollten uns treffen«, sagte sie in den Hörer. »Und darüber sprechen. Haben Sie zufällig jetzt Zeit? Jetzt gleich? Oder sind Sie sehr beschäftigt?«

»Ja«, antwortete Christa. »Sehr damit beschäftigt, eine Anstellung zu suchen. Ich könnte das Honorar schon brauchen. Aber ...«

»Kennen Sie das *Café Tassilo* in der Frankfurter Allee?«

»Mal gehört. Ich finde hin. Aber machen Sie sich keine Hoffnungen.«

Mathilda legte auf und zwang sich ein Lächeln für Ewa ab. »*Sie* können die Karten nicht abholen«, erklärte sie. »Man kommt nur über spezielle Kontakte daran, wenn

überhaupt. Die Person, mit der ich telefoniert habe, ist mein spezieller Kontakt.« Ins Jenseits, fügte sie im Stillen hinzu. Laut sagte sie: »Warten Sie's ab. Es besteht Hoffnung.«
»Warten«, sagte Ewa und lächelte ein trauriges Lächeln, »ist das Einzige, was ich tun kann. Und das Einzige, was ich nicht kann.«
Damit stand sie auf. Sie musste sich an Jakobs Tisch abstützen, um auf die Beine zu kommen, und er sprang auf, um ihren Arm wieder zu nehmen.
»Bitte«, sagte Ewa leise, »können Sie mir ein Taxi rufen? Ich wollte weiter hier aufräumen, aber ich glaube ... heute vielleicht doch nicht. Ich merke gerade, dass ich mich nicht so ... fühle. Ich möchte nach Hause.«
Mathilda sah die Tür lange an, nachdem sie sich hinter Jakob Mirusch und Ewa Kovalska geschlossen hatte. Dann legte sie ihren Kopf auf die Tischplatte.
»Mathilda?«, fragte Ingeborg.
»Nach Hause«, murmelte Mathilda, ohne den Kopf zu heben. »Dahin kommen sie alle bald, was? Endgültig.«
»Das kommt darauf an«, sagte Ingeborg, »was man glaubt.«
»Ich glaube«, antwortete Mathilda dumpf, mehr zur Tischplatte als zu Ingeborg, »dass ich eine neue Packung Kopfschmerztabletten brauche.« Sie hob den Kopf und sah Ingeborg an, die ihre Drahtlocken wieder hinter die Ohren schob. Ihr Blick war mitleidig, so als überlegte sie, ob sie aufstehen und herüberkommen sollte, um ihr eine tröstende Hand auf die Schulter zu legen. »Ich glaube außerdem«, fügte Mathilda lauter hinzu, »dass ich mich im *Café Tassilo* noch mal umgucken sollte. Irgendetwas habe ich übersehen. Komm, Eddie.«
»Übersehen, ja«, hörte sie Ingeborg leise sagen. »Eine Sache ganz bestimmt, Mathilda. Die übersiehst du schon seit langem.«

»Wie bitte?« Mathilda drehte sich in der Tür noch einmal um. Doch Ingeborg hatte ihren drahtlockigen Kopf bereits über die nächste Akte gebeugt und sah sehr vertieft aus.

Das *Café Tassilo* war Mathilda inzwischen völlig vertraut. Auch Eddie steuerte den kleinen Tisch zwischen den Bücherregalen an wie ein alter Stammgast. Als Mathilda sich mit ihrem Milchkaffee auf den gewohnten Stuhl setzte, ertappte sie sich dabei, wie sie nach dem Jungen mit den blauen Haaren Ausschau hielt. Es beunruhigte sie beinahe, dass er nicht da war.

Jemand hatte Frühlingsblumen in Schnapsgläsern auf die Tische gestellt. Die Sonne schien schräg und orangegolden durchs Fenster. Christa Meier-Satlowski ließ sich Zeit.

In Mathildas Tasche steckte noch immer der Zettel mit den »Kultur-Veranstaltungen« im *Café Tassilo*. Sie glättete ihn auf dem Tisch. Die letzte Veranstaltung des Monats, ganz unten auf dem Zettel, war das Konzert einer Band namens »Mexico on ice«, deren Musikstil so abstrakt beschrieben wurde, dass Mathilda nicht einmal sicher war, ob es sich um Techno oder Klassik handelte. Oder möglicherweise um einen Kühlschrank. Sie hatte das Konzert ohnehin verpasst, es lag vier Tage zurück. Verdammt, sie hatte hingehen wollen. Andi treffen, dem das Café gehörte. Falls er da gewesen war.

Sie ließ ihren Blick durchs Café wandern, über die Buchrücken, die Sonnenflecken, die alten Regale. Was glaubst du?, hatte Ingeborg gefragt. Und gemeint: Was, glaubst du, geschieht nach dem Tod?

»Ich würde gerne glauben«, flüsterte Mathilda und kraulte Eddie, »dass jeder seinen privaten Himmel hat. Unserer könnte dieses Café sein, in einer anderen Sorte von Welt. Es gäbe keine Tode mehr, denn wir wären ja schon tot, und ich würde niemanden lieben und mir um niemanden Sorgen machen. Ich würde einfach nur hier sitzen, mit dir, und Milchkaffee trinken und lesen, und ab und zu würde ich aufstehen und ein neues Buch aus dem Regal nehmen. Bis in alle Ewigkeit. Mitten im orangegoldenen Sonnenlicht.« Eddie schnaubte im Halbschlaf zustimmend. »Birgers Himmel ist vielleicht auch dieses Café«, fügte Mathilda nachdenklich hinzu. »Dieses Café in dem Moment, in dem Doreen von der Toilette zurückkommt. In seinem privaten Himmel ist er wieder jung und gesund, und sie ist nie verschwunden. Er weiß, dass er sie jetzt fragen wird, ob sie ihn heiraten will; ihr Lächeln sagt ihm bereits, dass sie ja sagt. Natürlich, sie muss ja sagen. Das ganze Leben liegt vor ihnen, und sie werden ein Kind bekommen. So ist Birgers Himmel. Und wer weiß, ob nicht Ewas Himmel ebenfalls dieses Café sein könnte. In dem Moment, in dem die Callas hereinkommt, um zwischen den Bücherregalen zu singen.« Sie seufzte. »Nein. Wenn Birger stirbt, wird er einfach nur tot sein, genauso wie Ewa Kovalska, genauso wie alle unsere Klienten. Ein Stück Fleisch, das langsam verrottet. Gefühllose, gedankenlose Moleküle. Sonst nichts.«

»Hört sich beunruhigend an«, sagte jemand hinter ihr.

Mathilda fuhr herum. Die junge Frau, die dort stand, steckte in einem schwarzen Lederminikleid, hatte tiefschwarz gefärbtes Haar und einen sehr roten, eigentlich vampirroten Mund. Sie schob ein Buch beiseite, das jemand auf dem Tisch vergessen hatte, und plazierte eine schwarze Lacklederhandtasche daneben.

»Christa Meier-Satlowski?«, fragte Mathilda verunsichert. Beim letzten Mal hatte Ingeborg mit ihr gesprochen; Mathilda war nur bei einem von Christas Auftritten dabei gewesen, ehe Ingeborg sie damals angestellt hatte. Sie kannte Christa bisher ausschließlich als Marlene Dietrich.

»Ja.« Christa setzte sich und pulte eine Packung Zigaretten aus der Lackledertasche. Sie nahm einen tiefen Zug und sah Mathilda aus stark geschminkten Augen unter gezupften, sorgfältig nachgezogenen Brauen an. »Gucken Sie nicht so«, sagte sie. »Gelegenheitsjob. Komme gerade von da. Deshalb der Aufzug.«

»Gelegenheitsjob?«, fragte Mathilda.

Christa nickte. »Horizontales Gewerbe.«

»Oh«, sagte Mathilda betreten. »So schlimm mit der Geldnot?«

Christa lachte. »Statistenrolle. Ich spiele eine von zwanzig Nutten in Hoffmanns Erzählungen. Kein Text, nur herumstehen und im Takt zur Baccarole die Hüften schaukeln. Eine echte intellektuelle Herausforderung für eine Absolventin der Schauspielschule. Bin direkt von der Hauptprobe hierher.«

»Obwohl Sie glauben, dass keine Hoffnung besteht.«

»Ja, nein, also«, sagte Christa, zog noch einmal an der Zigarette und beugte sich über den Tisch verschwörerisch zu Mathilda. »Ich habe darüber nachgedacht. Ich könnte die Callas *spielen*. Nur nicht singen. Das Gesinge bräuchten wir ... vom Band.«

Mathilda nickte. »Ich glaube, ich kann irgendwo eine CD mit *dem Gesinge* auftreiben. Die Frage ist, ob sie darauf hereinfällt. Unsere Klientin.«

»Sie ist alt.«

»Aber nicht debil«, entgegnete Mathilda leicht verärgert. »Und weder taub noch blind.«

»Tja.« Christa Meier-Satlowski schlug die Beine andersherum übereinander. »Das ist sehr schade. Würde die Lösung des Problems vereinfachen.«

»Ich fürchte, beim Institut gibt es keine einfachen Lösungen«, sagte Mathilda weniger schroff. »Wir müssen Sie enorm gut verkleiden. Und Sie müssten lernen, die Stimme der Callas wenigstens beim Sprechen zu imitieren. Vielleicht gibt es Aufnahmen. Sie können doch Stimmen imitieren? Die von Marlene Dietrich zum Beispiel.« Christa zuckte die Schultern und steckte sich eine neue Zigarette an. »Pumuckl kann ich. Und Angela Merkel. Es käme auf einen Versuch an.« Sie kramte abermals in ihrer Handtasche, breitete verschiedene Utensilien auf dem Tisch aus und begann schließlich, mit einem Abschminktuch den vampirroten Lippenstift zu entfernen. Das Buch, das jemand auf dem Tisch vergessen hatte, war jetzt noch weiter zu Mathilda herübergerutscht. Sie legte unwillkürlich die Hände darauf, damit es nicht von der Kante des kleinen Tisches stürzte. Es war ein sehr dickes Buch, der Einband aus verblichenem Leinen, beige-braun, die Farbe reinen, kristallinen Alters. Starben auch Bücher eines Tages? Und wie sahen ihre privaten Bücherhimmel aus?

Wurden sie darin unaufhörlich gelesen? Waren sie zwischen winzige blaue Blumen auf duftende Frühlingserde gebettet, im Schatten blühender Apfelbäume, von einem jungen Menschen, der vor ihnen auf dem Bauch im Gras lag und sich zwischen ihre Sätze hineinträumte? Standen sie jungfräulich in einer kleinen hellen Buchhandlung, für immer im Moment der Erwartung gefangen, wer die Hand nach ihnen ausstrecken würde? Oder ruhten sie alt und ehrwürdig in einer riesigen Bibliothek mit meterhohen Regalen, wo ihre Geschichten die Flügel ausbreiten konnten wie majestätische Adler?

In der Mitte dieses Buches ragte ein frischer grüner Stiel zwischen den Seiten hervor. Jemand, dachte Mathilda, hat noch vor kurzem in dem Buch gelesen und die Stelle mit einer der Blumen aus dem Schnapsglas markiert.

»... ein Publikum bräuchten wir natürlich auch, damit Ihre Klientin uns die Sache abnimmt«, sagte Christa Meier-Satlowski. »Ich könnte ein paar Kollegen fragen.«

Mathilda nickte. »Es muss voll sein, ja. Voller Leute, die auch so tun, als wäre es Maria Callas, die singt.« Sie schlug das Buch an der Stelle mit der Blume auf. Es war ein Veilchen. Die feinen violetten Blütenblätter hatten sich bereits unlösbar mit den Seiten verbunden und zerrissen, als Mathilda versuchte, die Blume aus dem Buch zu nehmen. Am Rand der Seite, auf der die zerquetschten Blütenreste kleben blieben, war eine kleine Zeichnung.

Die Zeichnung einer Taube.

Natürlich.

»... und eine Generalprobe ...«, sagte Christa. Doch Mathilda hörte nicht mehr zu.

Die Zeichnung der Taube hatte sich in Teilen auf die andere Seite abgedrückt. Die Kugelschreiberlinien waren von einem sehr dunklen Blau. Nicht verblichen. Mathilda presste einen Finger darauf. Ein wenig Blau blieb an ihrer Fingerkuppe kleben.

Es war erst Stunden her, womöglich Minuten, dass jemand die Taube gezeichnet hatte. Vielleicht hatte der Jemand direkt vor Mathilda und Christa an diesem Tisch gesessen. Vielleicht hätte Mathilda nur Minuten früher zu kommen brauchen, um ihm zu begegnen.

Oder ihr.

Eddie drückte den Kopf gegen ihr Knie, und als sie sich bückte, um ihn zu streicheln, merkte sie, dass ihr leicht schwindelig war.

»... jetzt gehen«, sagte Christa, fegte den auf dem Tisch verstreuten Inhalt ihrer Handtasche zurück in ebendiese Tasche und erhob sich. Als Mathilda zu ihr aufsah, war ihr Nuttengesicht in das Abschminktuch verschwunden. Sie sah jetzt erheblich normaler und gut zehn Jahre jünger aus. Verkleidungstechnisch gesehen, würde sie es sicherlich auch schaffen, sich in Maria Callas zu verwandeln.

»Bis dann«, sagte sie.

»Moment«, sagte Mathilda. »Bis wann?«
»Bis in einer Woche, dachte ich. Hatten wir das nicht ausgemacht? In einer Woche in diesem Kammertheater. Sie wollten mir mailen, wie es heißt.«
»Ja«, Mathilda nickte. »Ja, oh. Natürlich.« Christa lächelte noch einmal ungeschminkt, nickte und verschwand um die Bücherregale herum.
»Eddie«, flüsterte Mathilda, »habe ich sie eingestellt? Als ... Callas? Und was haben wir noch besprochen? Verdammt, ich habe nicht zugehört.«
Eddie grunzte, reckte seinen Kopf über den Tisch und schnupperte an dem aufgeschlagenen Buch. Dann fraß er den Stiel des Veilchens.
Mathilda ging sehr langsam um die Regale herum zur Theke. Der Typ dahinter war in das Kreuzworträtsel einer zerfledderten Zeitung vertieft.
Sie legte das alte Buch auf die Zeitung. »Wissen Sie«, fragte sie, und ihre Stimme zitterte unpassend, »wer das gelesen hat? Heute? Vorhin? Es lag auf dem ganz kleinen Tisch, dort, direkt hinter dem Regal. Und jemand hat eine Blume als Lesezeichen hineingelegt. Jemand hat mit einem Kugelschreiber etwas auf eine der Seiten gemalt.«
»Ach«, meinte der Mann, »das kommt vor. Ist natürlich ärgerlich. Aber vielleicht auch wieder ganz interessant. Kennen Sie ein menschliches Verhängnis mit fünf Buchstaben?«
»Ich muss wissen«, sagte Mathilda, »wer das war.«
»Warum?« Er sah nicht von dem Kreuzworträtsel auf.
Mathilda legte ihre Arme auf die Zeitung, Arme in roten Ärmeln, auf deren Bündchen senffarbene Ufos zwischen kleinen grünen Kleeblättern schwebten.
»Bitte! Erinnern Sie sich! Wer saß vor mir an dem Tisch dahinten?«
»Ufos«, murmelte der Mann. »Donnerwetter. Ich hatte

ein Kissen aus diesem Stoff, als ich ein Kind war.« Sein Blick wurde träumerisch. »Ich weiß noch, wie ich mit diesem Kissen im Gras lag, draußen im Garten, und ein Buch las. Da konnte ich gerade lesen. Man müsste dahin zurückgehen können, was? Damals waren auch die Kreuzworträtsel einfacher.« Er seufzte und sah plötzlich von den Ufos zu Mathilda auf. »Eine Frau mit kurzen roten Haaren. Sehr kurz. Hager. Die hat in dem Buch gelesen. Glaube ich. Suchen Sie die?«

»Möglich. Kann es sein, dass ... dass die Haare gefärbt waren?«

»Keine Ahnung.« Der Mann kniff die Augen zusammen und musterte Mathilda. »Sind Sie von der Polizei oder so?«

Mathilda nickte zu den Ufos auf ihren Armbündchen. »Sehe ich so aus?«

»Nein, aber ... Wir brauchen hier keinen Ärger. Ich weiß ja nicht, was Sie von der Frau wollen, aber das müssen Sie schon unter sich ausmachen.«

»Liebe«, sagte Mathilda.

»Wie bitte?«

»Verhängnis mit fünf Buchstaben. Für Ihr Kreuzworträtsel. Liebe.«

»Ach«, brummte der Mann, kratzte sich am Kopf und trug das Wort ein. »Tatsächlich, passt. Wissen Sie«, fügte er hinzu, ohne noch einmal von der Zeitung aufzusehen, »dieses Konzert neulich. Mexico on ice. Andi hat da Fotos gemacht. Die will er demnächst hängen.« Er wies hinter sich zur Wand, wo zurzeit verschiedene gerahmte Versionen von blassgrünen Wellen in Aquarell zu sehen waren. »Die Frau mit den kurzen roten Haaren. Ich glaube, die war auch da.«

»Er will die Fotos *demnächst* hier aufhängen? Wann ist demnächst?«, fragte Mathilda.

Der Mann zuckte die Schultern. »Eigentlich soll diese

Ausstellung schon längst abgehängt sein. Klänge der inneren Einheit. Der Künstler wollte heute vorbeikommen. Demnächst ist daher bald. Große Gegensätze mit zwei ie?«
Eddie schubberte sich an Mathildas Bein.
»Eddie und ... Daniel«, murmelte sie. Dann nahm sie das Buch von der Theke und las den Titel auf seinem Rücken.
»Krieg und Frieden«, sagte sie laut.
Als die Tür des *Café Tassilo* sich hinter ihr schloss, zitterten Mathildas Knie.
»Eddie«, flüsterte sie. »Sie ist hier! Doreen Taubenfänger ist hier. Ganz in der Nähe. Es gibt sie, vermutlich, und sie ist hier. Ich sollte mich freuen. Warum freue ich mich nicht?«

»Sie sollte sich freuen«, sagte Ingeborg abends, im Bett. »Sie sollte sich freuen, dass sie erbt. Warum freut sie sich nicht?« Mathilda sah in ihr Weinglas. Das Bett war voll wie immer. Das bettförmige Kneipenschild schaukelte vor dem Fenster, an dem sie saßen, in einer sanften Abendbrise.
»Vielleicht hat sie die Plakate einfach nicht gesehen.«
»Nicht gesehen?« Ingeborg leerte ihr Whiskeyglas in einem Zug. »In diesem Fall ist sie blind. Du hast die Litfaßsäulen in ganz Berlin mit den Dingern bekleistern lassen.«
»Nicht alle Leute sehen sich Litfaßsäulen an.«
Ingeborg sagte nichts, drehte nur das leere Glas in den Händen, nachdenklich. Seine Rundung erinnerte Mathilda an eine Miniaturlitfaßsäule, die statt Doreens ihr eigenes, Mathildas Gesicht zeigte – ein Spiegelbild. Und auf der anderen Seite Ingeborgs Gesicht, das durch das Glas sah. Eine Litfaßsäule voller Menschen, die von niemandem gesucht wurden.
»Morgen schneit es«, sagte Ingeborg zusammenhanglos.
Mathilda blinzelte. »Wie bitte?«
»Ich dachte mir schon, dass du es vergessen hast. Mor-

gen schneit es. Vor dem Fenster von Zimmer 16, mal wieder auf der nephrologischen Station der Charité, wo eine meiner Klientinnen liegt. Ihr letzter Wunsch war, es noch einmal schneien zu sehen. Ich hatte dir das gesagt. Kannst du um drei Uhr nachmittags? Zu zweit wäre es leichter zu schneien. Und es wäre eine gute Ablenkung für dich. Von ... gewissen Dingen.«

»Du glaubst, das nimmt deine Klientin uns ab? Dass es im April schneit? Plötzlich, aus heiterem Himmel? Nur, weil sie es sich vom Institut gewünscht hat?«

»Hat sie nicht«, sagte Ingeborg. »Sie hat nur ihrer Tochter erzählt, dass sie es sich wünscht. Die Tochter ist zu mir gekommen. Die alte Dame selbst betet den ganzen Tag.«

»Betet?«

Ingeborg nickte und stellte ihr Glas mit einem feinen und irgendwie zufriedenen Klicken auf dem Tisch ab. »Um Schnee. Morgen werden ihre Gebete erhört werden. Schöne, runde weiße Schneeflocken werden vor dem Fenster des Zimmers Nummer 16 fallen, im strahlendsten Sonnenschein. Der Herr ist unergründlich in seiner Weisheit und Gnade.« Sie faltete die Hände fromm um das Glas und grinste. »Meine Finger tun weh vom Zerrupfen der Wattebäusche.«

Auf dem Heimweg kam Mathilda in der U-Bahn-Station wie immer an den vermissten Kindern und Doreen vorbei. Sie nickte der behinderten Frau und dem alten Mann zu, dem kleinen Mädchen und dem vierzehnjährigen Brillenjungen. Der Junge sah trotzig weg. Doreen lächelte sie an.

Mathilda kam sich plötzlich beobachtet vor und fuhr herum, aber natürlich stand die echte Doreen nicht hinter ihr. Irgendwas war mit der Reihe dieser aufgeklebten Plakate nicht in Ordnung. Aber sie kam nicht darauf, was.

Nicht nur Ingeborgs, sondern auch die Finger von dreißig aushelfenden Studenten taten vermutlich weh vom Zerrupfen der Watte. Als Mathilda am nächsten Tag um halb drei in den Firmenwagen des Instituts stieg, befanden sich außer Ingeborg sieben gelbe Säcke voll Watte im Auto. Der Wagen gehörte eigentlich Ingeborg, ein siebzehn Jahre alter Golf 1.

Sie hatte ihn vor einem Jahr dunkelblau lackieren lassen, damit er seriöser wirkte, und an der Seite einen kleinen, unaufdringlich weißen Schriftzug mit dezenten Schnörkeln angebracht: *Institut der letzten Wünsche, Kontakt: I. Wehser, M. Nielsen. 24 h am Tag erreichbar unter* – die Telefonnummer war im Gegensatz zur Adresse nicht mehr leserlich. Der Lack fehlte an zwei Stellen, seit Mathilda einmal versehentlich mit dem Fahrrad dagegengeschrammt war. Kein Mensch möchte vierundzwanzig Stunden am Tag erreichbar sein. Überhaupt sah der Golf trotz des dunkelblauen Lacks nicht wirklich seriös aus; was vielleicht daran lag, dass hauptsächlich der dunkelblaue Lack ihn noch zusammenhielt.

An diesem Tag wehten kleine weiße Wattefetzen aus dem hinteren, nicht mehr ganz schließbaren Fenster. Einer der Säcke musste aufgegangen sein; Mathilda und Ingeborg hinterließen eine Spur von Watteflocken, die schwerelos durch die helle Aprilluft gaukelten wie weiße Schmetterlinge. Mathilda lächelte.

»Manchmal ist das Leben ganz plötzlich in Ordnung«, sagte sie.

»Manchmal das Sterben auch«, meinte Ingeborg, strich das ewig widerspenstige Haar aus ihrem spitzen Gesicht und lächelte zurück, während sie den Golf mit einer Hand durch den chaotischen Berliner Nachmittagsverkehr steuerte: ein Schiff mit kostbarer Ladung. Ein Schiff voll mit der Schönheit eines vergangenen Winters im Leben einer Frau, die weder Ingeborg noch Mathilda kannten.

Die Frau saß, auf mehrere Kissen gebettet, im einzigen Bett im Zimmer Nummer 16, hatte die Augen geschlossen und die Hände über der Decke gefaltet. Die Kissen waren so weiß wie die Watte in Ingeborgs Säcken, und die Frau war sehr klein. Sie wirkte verloren in der Eiswüste des Bettes, aber in ihrer Verlorenheit auch irgendwie königlich. Ihre schmalen, trockenen Lippen bewegten sich in lautlos gemurmelten Worten, und ihre durchscheinenden Augenlider flatterten von Zeit zu Zeit, als träumte sie.

Mathilda blieb einen Moment in der Tür stehen, um das Bild in sich aufzunehmen: die alte Frau in ihrem Bett, umgeben von Infusionsflaschen und Kabeln, betend. Den blauen Aprilhimmel vor dem Fenster. Und, im Schatten des Berges aus Kissen, eine zweite Frau in einer braunen Strickjacke, die Haare auf unkleidsame Art kurz und blond gesträhnt. Jünger, aber weit entfernt davon, jung zu sein. Ihre Tochter, hatte Ingeborg gesagt. Die Frau in der Strickjacke war die Tochter der Schneekönigin im Bett. Sie sah ihr nicht ähnlich. Sie war weder hübsch noch hässlich – sie besaß, im Gegensatz zu ihrer Mutter, keinerlei Präsenz im Raum.

Als Mathilda die Tür hinter sich schloss, sah die Frau in der Strickjacke auf. Die betende Königin öffnete die Augen nicht. Aber sie hörte auf, die Lippen zu bewegen. Einen Moment lang lag sie nur so da, dann fragte sie:

»Wer ist das?«, irgendwie ungehalten über die Störung.

»Nur eine Krankenschwester«, antwortete die in der braunen Strickjacke. Tatsächlich trug Mathilda jetzt den weißen Kasack und die Hose des Klinikpersonals; Ingeborg hatte die Sachen besorgt. Sie selbst war nicht mit ins Zimmer gekommen.

»Mach du das«, hatte sie gesagt. »Kann sein, dass es irgendwie rührselig wird. Rührselig kann ich nicht, das weißt du. Ich kümmere mich lieber um den Schnee. Der Fensterplatz ein Stockwerk höher ist schon organisiert. Du gehst da rein und tust so, als tätest du etwas, irgendwas, was weiß ich. Und wenn etwas mit dem Schnee nicht stimmt, rufst du mich oben auf dem Handy an. Klar?«

»Yes, Sir«, hatte Mathilda geantwortet. Dann war Ingeborg mit der ersten Ladung Tüten die Treppe hinaufgehastet.

Mathilda beugte sich nahe zu der Strickjacke hinunter, um sich scheinbar mit der Decke am Fußende des Bettes zu beschäftigen – falls die alte Frau die Augen doch öffnete.

»Ich komme in Vertretung für meine Kollegin«, flüsterte sie so leise, dass die alte Frau es nicht hören konnte. »Ingeborg Wehser. Sie haben mit ihr gesprochen.«

Die Strickjacke sah sie mit leerem Blick an. Sie trug zu den blondierten Haaren eine große, altmodische Brille, hinter der ihre müden Augen sehr weit entfernt schienen.

»Das Institut«, wisperte Mathilda. »Der letzten ...«

»Ah, ich verstehe, ich verstehe«, unterbrach die Frau sie plötzlich hektisch. »Ja.« Sie legte einen Finger an die Lippen und nickte zum Bett hin.

»Wer?«, fragte die alte Frau und öffnete ihre Augen so plötzlich, dass Mathilda ein schnappendes Geräusch zu hören glaubte. Sie sah Mathilda an, ihre Augen groß und blau und sehr wach. Zehn Mal so lebendig wie die Augen der jüngeren Frau.

»*Wer* sind Sie? Warum flüstern Sie neben mir herum?«

»Verzeihung.« Mathilda holte tief Luft. »Ich wollte Sie nur nicht stören. Mein Name ist Mathilda Nielsen, aber Sie können mich einfach ... Schwester Mathilda nennen.«

»*Sie* hatte ich noch nicht«, sagte die alte Frau. Ihre Stimme schnarrte ein wenig wie eine gealterte, aber noch immer akkurat funktionierende Maschine.

»Sie ... *hatten* mich noch nicht?«

»Als Krankenschwester. Hier kommen ständig irgendwelche Schwestern rein und tun sinnlose Dinge, aber Sie hatte ich noch nicht. Was für sinnlose Dinge haben Sie mit mir vor?«

»Ich ...«

Die alte Frau kniff die Augen zusammen, löste ihre gefalteten Hände und hob warnend einen Zeigefinger. »Lassen Sie es einfach. Ich sterbe. Daran können Sie nichts ändern.«

»Das«, sagte Mathilda, »hatte ich nicht vor.«

»Ach nein?«, schnarrte die alte Frau. »Da sind Sie die Einzige. Alle anderen versuchen ständig, mich vom Sterben abzuhalten. Man hat nicht zwei Minuten seine Ruhe hier. Dabei brauche ich Ruhe, um mich zu konzentrieren. Sterben ist nicht so einfach, wie die meisten Leute denken.« Sie nickte zu ihrer Tochter hinüber. »Und die, die sitzt die ganze Zeit da und fragt sich, warum ich nicht schneller machen kann. Aber wenn man andauernd gestört wird ...«

»Mama«, sagte die Tochter. »Das tue ich *nicht*.«

»Natürlich tust du das; seit du gekommen bist, versuchst du, mich zu beeilen. Ich hab es dir gesagt: Ich kann nur sterben, wenn es schneit. Aber es ist zu warm. Damit es schneit, muss ein Wunder geschehen. Also, junge Frau«, sie sah wieder Mathilda an, »also bete ich, und dazu muss ich mich konzentrieren. Aber sie unterbrechen mich alle ständig. Natürlich wird es so nichts.« Sie schüttelte ärgerlich den Kopf, den nur noch wenige Büschel von kurzem weißem Haar bedeckten. Es sah aus, als hätte jemand – vielleicht die Tochter – versucht, die Büschel mit viel Sorgfalt so zurechtzukämmen, dass sie nach mehr Haaren aussahen. Eine weitere Störung, vermutete Mathilda, die die alte Frau verärgert hatte.

»Es wird schneien«, sagte Mathilda.

Die alte Frau kniff die Augen zusammen. »Was?«

»Sie haben es im Radio gebracht. Es wird schneien. Sollte heute Morgen schon schneien. Die Eisheiligen.«

»Unsinn«, schnarrte die alte Frau. »Die Eisheiligen sind im Mai.«

»Na, dann waren es nicht die Eisheiligen. Aber in jedem Fall ist die Temperatur seit gestern um zehn Grad gesunken. Und es hieß, dass wir noch mal ein paar Tage lang Schnee kriegen.«

»Ach«, sagte die alte Frau. Ihre Stimme klang jetzt nur noch erstaunt, nicht mehr schnarrend. »Also hat es vielleicht doch geholfen? Es reicht natürlich noch nicht. Lasst mich jetzt in Ruhe, damit ich weiter beten kann. Ihr werdet schon sehen.«

Sie schloss die Augen wieder, faltete abermals die Hände und sank ein wenig in die Kissen zurück, um weiter vor sich hinzumurmeln.

Die Frau in der braunen Strickjacke hob entschuldigend die Schultern. »Meine Mutter ist ein bisschen ... eigen«, wisperte sie. »Wir haben uns lange nicht gesehen ... bis jetzt. Ich bin extra gekommen, um ...«

»Um zu erben«, sagte die alte Frau laut und deutlich und murmelte dann weiter ihre Gebete. Ihre Tochter kniff die Lippen zu einem schmalen Strich zusammen und sah an ihr vorbei zum Fenster, trotzig wie ein Kind. Das alte Kind einer noch älteren Mutter. Die Tatsache, dass zwischen manchen Menschen selbst der Tod noch zum Diskussionspunkt wurde, erschien Mathilda unheimlicher als der Tod an sich. Das ganze Zimmer schmeckte nach Verbitterung. Birger, dachte Mathilda, hätte über die Sache gelacht.

»Nein!«, rief die Strickjackenfrau da plötzlich. »Das kann doch nicht ... das geht doch nicht ... das ...« Sie sprang so heftig von ihrem Stuhl auf, dass der Stuhl umfiel und die alte Frau ebenfalls wieder die Augen öffnete. »Es ... es ... schneit!«, rief ihre Tochter und zeigte mit ausgestrecktem Arm zum Fenster. »Es schneit wirklich! Wie ...?«

Sie drehte sich zu Mathilda um. Mathilda hob die Schultern und lächelte.

Vor dem Fenster fiel der Schnee in dicken, weißen Flocken durch den blauen Himmel. Ein Windstoß nahm die Flocken auf, wirbelte sie durcheinander, trug sie fort – und neue kamen nach, mehr und mehr, langsam, schwebend, tanzend. Ein paar blassrosa Blütenblätter gesellten sich zu ihnen, unpassend und dennoch wunderbar.

»Ich hab es dir doch gesagt«, flüsterte die alte Frau. »Wenn ihr mich beten lasst, schaffe ich es.« Über ihr Gesicht hatte sich ein seliges Lächeln gelegt, und sie sah mit einem Mal ganz anders aus. Ihre Stimme war sanft wie der Schnee selbst, als sie hinzufügte: »Wie damals. Genau so war es damals auch.« Sie hatte das Gesicht jetzt ganz dem Fenster zugewandt, Mathilda sah ihre Augen nicht mehr, aber sie wusste, dass sich darin Erinnerungen spiegelten. Die alte Frau griff hinter sich, suchend. »Kommen Sie her«, bat sie. »Ich will Ihnen was erzählen.«

»Mir?«, fragte Mathilda unsicher.

Die Tochter in der Strickjacke trat zurück und zuckte die Schultern.

»Ja, Ihnen. Meine Tochter interessiert sich nicht dafür. Kommen Sie näher.«

Mathilda spürte die alten, knochigen Finger, die sich um ihr Handgelenk legten; zu schwach, um sie wirklich näher zu ziehen. Sie beugte sich über das weiße Bett.

»Als ich geboren wurde, da ... da hat es auch geschneit«, sagte die alte Frau leise. »Manchmal denke ich, dass ich mich erinnere. Das war das Erste, was ich gesehen habe. Schnee. Ich glaube, mir war kalt. Komisch, was, man wird geboren, und einem ist direkt kalt ... obwohl der Schnee ja nur vor dem Fenster war. Es hat auch geschneit, als ich zum ersten Mal mit meinem Mann ... als wir zum ersten Mal ... Sie wissen schon. Ich habe die Augen aufgemacht dabei, mittendrin, und vor dem Fenster hat es geschneit, und mir war wieder genauso kalt. Geliebt hab ich ihn nie, bloß immer gefroren. Und dann haben wir unser erstes Kind gekriegt, das war nicht die Tochter, nee, ihr Bruder. Ist später gestorben, Scharlach, mit vier, na, das war damals so, aber als ich den gekriegt habe, hat es schon wieder geschneit. Und als er gestorben ist, auch. Immer wenn was Wichtiges passiert ist, verstehen Sie? Immer. Und immer vor den Fenstern. Und immer war es kalt.« Mathilda beugte sich noch ein wenig tiefer hinunter, die Stimme der alten Frau war kaum noch zu hören. »Ist er schön, der Schnee?«, fragte sie. »Können Sie ihn beschreiben? Sie können das sicher, Sie sind jung ... und Sie frieren doch nicht, oder? Nicht so wie ich.«

»Nein«, sagte Mathilda. »Eigentlich nicht. Der Schnee, er ist sehr weiß. Weiß wie Blüten. Die Flocken glitzern in der Sonne, denn die Sonne scheint.« Sie glitzerten nicht. Aber wenn sie es der alten Frau einredete, sah sie das Glitzern womöglich auch. »Wenn sie ganz nah am Fenster vorbeifallen«, wisperte sie, »sieht man die Strukturen der einzelnen Eiskristalle, nur eine Sekunde lang. Sie sind wunderschön, wie Sterne, die man aus Glanzpapier ausschneidet, zur Adventszeit.« Sie machte sich sanft von der alten Frau los und trat näher ans Fenster. »Unten auf dem Parkplatz«, sagte sie, lauter, »das sehen Sie nicht, aber ich kann es sehen, weil ich stehe. Unten auf dem Parkplatz liegt schon eine dünne weiße Decke. Die Leute, die da unten vorbeigehen, gucken alle verwundert nach oben, sie haben nicht mit Schnee gerechnet, trotz der Vorhersage im Radio. Einer streckt jetzt die Hand aus, um eine Flocke zu fangen ...«

Das war wahr. Der eine war ein junger Arzt, in dessen blondem Haar sich ein paar Flocken verfangen hatten. Er hielt die Flocke, die er gefangen hatte, dicht vor seine Augen, schüttelte den Kopf und sah zum Himmel auf, um festzustellen, woher dieser nicht-kalte, unzeitgemäße Schnee kam. Mathilda trat schnell vom Fenster zurück. Es war Daniel.

»Können Sie das Fenster öffnen?«, bat die alte Frau. »Ich möchte ihn spüren, den Schnee. Die Fenster waren immer geschlossen, immer, wenn es geschneit hat und ich gefroren habe ... jetzt ... bitte. Öffnen Sie es für mich.«

»Natürlich.« Mathilda öffnete das Fenster, und gedämpfter Straßenlärm drang mit der lauen Aprilluft herein. Die alte Frau hielt ihr Gesicht in den Wind.

»Oh«, sagte sie verwundert. Erfreut. »Ich friere nicht. Obwohl Sie das Fenster geöffnet haben und es schneit. Zum ersten Mal friere ich nicht. Das ist gut. Das ist sehr, sehr gut.«

Mathilda steckte die Hand in die Tasche, löste vorsichtig den Verschluss einer kleinen Plastiktüte, streckte die Hand dann aus dem Fenster und tat so, als finge sie eine Schneeflocke. Dann trat sie ans Bett und legte ihre Hand auf die der alten Dame.

»Das ist allerdings kalt«, sagte die alte Dame.

»Das ist der Schnee«, sagte Mathilda.

Es war nicht der Schnee. Es war ein wenig Eis aus dem Eisfach, das sie in der Tüte in ihrem Kittel mitgebracht hatte, inzwischen beinahe geschmolzen. Die alte Dame strich sich mit ihrer kalt-feuchten Hand über die Stirn und lächelte.

»Schnee.« Sie ließ sich wieder ganz zurücksinken in ihren Berg aus weißen Kissen und seufzte.

»Ich danke Ihnen«, flüsterte sie dann kaum hörbar. »Für Ihre Worte. Für die Beschreibung des Schnees. Sie weiß es nicht, aber ...« Sie nickte zu ihrer Tochter hinüber, die die Bilder an der Wand des Zimmers betrachtete, eindeutig wartend. Worauf? Darauf, dass Mathilda ging? Oder wirklich darauf, dass ihre Mutter endlich starb? Darauf, dass ein Wunder geschah, eine andere Sorte Wunder als Schnee im April? Ein Wunder, das sie doch noch einen Weg zu ihrer Mutter finden ließ, ehe es keine Wege mehr gab?

»Sie weiß es nicht, und sagen Sie es ihr auch nicht, ja? Sie weiß es nicht, weil sie mich jahrelang nicht besucht hat.« Eine suchende Hand fand Mathildas Wange und strich darüber. Die klaren, blauen Augen sahen jetzt an ihr vorbei in eine private Ferne. Private Himmel, dachte Mathilda, private Fernen, privater Schnee. Der Tod war eine sehr private Angelegenheit. »Ich hätte ohne Ihre Beschreibung gar nichts von diesem Schnee gehabt. Ich bin blind, mein Kind. Seit Jahren.«

Als Mathilda das Zimmer Nummer 16 verließ, stand sie einem Arzt und zwei Schwestern gegenüber, die offenbar im Begriff gewesen waren, das Zimmer zu betreten.

»Was …?«, fragte die eine Schwester.

»Wer …?«, fragte die andere.

Mathilda schloss die Tür sehr behutsam hinter sich.

»Mein Name ist Mathilda Nielsen«, sagte sie, »ich bin vom Institut der letzten Wünsche.«

Der Arzt sah sie von oben herab an. Abgesehen davon, dass das die meisten Ärzte taten, war dieser Arzt an die zwei Meter groß.

»Von bitte welchem Institut?«, fragte er. Er war beschriftet, aber Mathilda konnte den Namen auf dem Schild an seinem Revers nicht lesen, ohne sich auf die Zehenspitzen zu stellen und den Hals zu recken, was sie lieber bleiben ließ.

»Vom Institut der letzten Wünsche«, wiederholte sie etwas lauter. »Hat meine Kollegin Sie nicht informiert?«

»Nicht dass ich wüsste«, sagte der Arzt.

»Sie tragen unsere Kleidung«, fügte eine der Schwestern hinzu, vorwurfsvoll.

Mathilda sah an sich hinunter. Hatte Ingeborg den Kasack und die Hose offiziell entliehen oder ... inoffiziell entliehen?

»Das kommt, weil wir nicht wussten, dass sie blind ist«, erklärte sie. »Wir dachten, es wäre besser, sie hielte mich für eine der Schwestern.«

»*Was*«, fragte der Arzt mit einem jetzt sehr gefährlichen Unterton, »*ist? Hier? Los?*«

In diesem Moment öffnete sich die Tür der Zimmers Nummer 15, und ein alter Mann in einem rot-grün gestreiften Bademantel kam auf den Flur hinausgetappt. Er streckte einen hageren Zeigefinger aus und zeigte auf den Arzt.

»Sie!«, rief er mit leicht anklagendem Unterton. »Erklären Sie mir das! Es schneit! Aber nur vor zwei Fenstern!«

»Du wirst es nie lernen«, meinte Mathilda im Auto, vor dem noch immer letzte weiße Flocken durch den warmen blauen Frühlingstag schwebten. »Ingeborg! Du musst die Leute informieren! Du musst vorher die Schwestern fragen und die Ärzte und ...«

Ingeborg zuckte die Schultern. Sie saß da, die Hände auf dem Lenkrad, und starrte geradeaus, ohne loszufahren; ihr Gesicht war das eines trotzigen Kindes.

»Wer viel fragt, kriegt viel Antwort.«

»Und jetzt?« Mathilda seufzte. »Jetzt ist alles perfekt, ja? Du hast es geschafft, einen Oberarzt, drei Assistenzärzte und das gesamte Schwesternteam gegen das Institut aufzubringen.«

»Ich *mag* keine Oberärzte«, sagte Ingeborg und sah aus ihrem Fenster.

»Du warst selber einer«, sagte Mathilda.

Ingeborg nickte. »Eben.«

Mathilda ballte die Fäuste. »Manchmal ... möchte ich

dich hauen. Du hast ... all diese wunderbaren Ideen wie die mit dem Schnee und der Watte, und es hat geklappt. Ich meine, du hast sogar daran gedacht, den Besen mitzubringen, um den Schnee unten wieder zusammenzufegen. Und dann machst du alles kaputt, indem du die Leute nicht informierst. Sie hätten uns gelassen, Ingeborg! Sie hätten vielleicht sogar mitgespielt! Sie sind nur sauer, weil sie von nichts wussten.«

Ingeborg schwieg. Ihr schwarzes Drahthaar sah noch widerspenstiger aus als gewöhnlich.

»Und *jetzt* sind sie richtig sauer«, fuhr Mathilda fort. »Hervorragend! Gratulation! Jetzt haben wir eine Anzeige am Hals. Wegen Hausfriedensbruch und Entwendung von Klinikeigentum und ...«

Ingeborgs Handy klingelte.

»Ja?«, fragte sie und lauschte eine Weile hinein. »Ja«, sagte sie dann noch einmal. »In Ordnung. Danke.« Dann steckte sie das Handy wieder ein, wandte sich zu Mathilda und sah sie eine Weile ernst mit ihren dunklen Augen an.

»Sie ist tot«, sagte sie schließlich. »Die alte Frau mit dem Schnee. Das war ihre Tochter. Die alte Frau ist gestorben, während es geschneit hat.«

Mathilda nickte langsam. »Natürlich. Sie konnte nur sterben, während es schneite. Das hat sie mir erzählt.«

Ingeborg startete den Motor, ohne dass eine von ihnen noch mehr sagte. Mathilda drehte sich um und sah aus dem Rückfenster. Der Blick wurde von sieben Säcken voll gebrauchter Schneeflocken versperrt, doch dahinter sah sie die Klinikgebäude langsam kleiner werden.

Irgendwo dort wurde jetzt eine Anzeige geschrieben. Irgendwo dort wurde ein Totenschein ausgefüllt. Irgendwo dort war Daniel dabei, Leben zu retten. Irgendwo dort saß die Frau in der braunen Strickjacke neben einem stillen

Körper auf einem weißen Bett und war endlich, endlich allein.

Und irgendwo – ganz woanders – fror jemand nicht mehr, wenn es draußen schneite.

Mathilda wandte sich vom Anblick der Klinikmauern ab, ließ sich in ihren Sitz zurücksinken und schloss die Augen. Alles war gut.

Aber war es das?

6.

»Da ist jemand draußen«, sagte Ingeborg. »Für dich, glaube ich.«
Mathilda sah von der Akte auf, die sie bearbeitete.
Es war ziemlich dunkel vor den Fenstern des Instituts, etwas wie ein Sommersturm schien im Anmarsch zu sein, und im seltsam gelblichen Licht dort stand jemand und schien unschlüssig, ob er hereinkommen sollte.
»Birger«, murmelte Mathilda. Im ersten Moment freute sie sich.
Im zweiten Moment – und es gibt leider immer einen zweiten – meldete sich ihr schlechtes Gewissen. Sie hatte eine ganze Woche verstreichen lassen, ohne noch einmal ins *Café Tassilo* zu gehen. Sie hatte jetzt Angst vor den Fotos, die vielleicht an der Wand hingen, denn auf einem von ihnen war möglicherweise Doreen. Damit hätte sie einen Anhaltspunkt und müsste Doreen tatsächlich finden, und alles in ihr sträubte sich dagegen, das zu tun.
Es hat doch wohl, dachte sie, noch etwas Zeit? Es kommt wohl nicht auf eine oder zwei Wochen an?
Sie beschloss, sich nur zu freuen, dass Birger Raavenstein vor der Tür stand.
Aber warum stand er dort? Warum kam er nicht herein?
»Wir haben also wirklich eine Anzeige am Hals«, verkündete Ingeborg und wedelte mit einem Stück Papier. »Wir werden, heißt es hier, eine Vorladung bekommen. Ich bin gespannt, wie das läuft. Im weiteren Sinne ist es eine Anzeige wegen unangemeldeten Schneiens vor einem Fenster.«
Sie lächelte fein, hob den Brief über ihren Kopf und

zerriss ihn in lauter kleine Stückchen, die sie herabrieseln ließ, Papierflocken, noch mehr Schnee. Ein paar davon verfingen sich in Ingeborgs widerspenstigen schwarzen Locken, und einen Moment lang saß sie da und lächelte und sah auf merkwürdige Weise aus wie Schneewittchen.

»Du solltest deinen Herrn Raavenstein reinholen, bevor es anfängt zu regnen«, bemerkte Schneewittchen. Es klang, als wäre Herr Raavenstein die Wäsche. Mathilda grinste, und das Grinsen fühlte sich an wie Luftblasen in Sekt, weil sie sich freute, dass ihr Herr Raavenstein da draußen stand und weil sie an die verschiedenen Nachtische dachte und daran, wie er im Blumenbeet geparkt hatte.

Aber dann hörte Schneewittchen auf zu lächeln und sagte: »Ich glaube, es geht ihm nicht gut.« Das ganze Schneewittchenbild zerbrach, und eine Sekunde später war Ingeborg selbst bei der Tür und riss sie auf. Mathilda sprang auf und starrte in den unheilvoll sturmdunklen Hof, der Birgers zerzauste Erscheinung umgab wie auf einem seltsam dramatischen Bild.

Er war so derangiert wie immer, der Sturm hatte seinen Mantel und seine Haare erfasst, ehe er überhaupt begonnen hatte, aber diesmal war Birger nicht auf komische Weise derangiert. Er stützte sich mit einem Arm an der Wand neben der Tür ab, und sein Gesicht war blasser als sonst.

»Ich ... dachte, ich warte noch einen Moment, bis ich reinkomme«, begann er, und dann schüttelte ihn der Husten. »Ich ... bin heute ... irgendwie nicht ganz ... es geht gleich vorbei.« Seine Stimme klang anders als sonst, reibeisenrau, heiser.

»Nein«, sagte Ingeborg hart und packte ihn am Arm. »Es geht nicht vorbei. Das ist eine der Haupteigenschaften von Krebs.« Sie zerrte ihn durch die Tür, während Mathilda noch immer stumm hinter ihrem Tisch stand, und drückte ihn auf einen Stuhl. Winzige, glitzernde Schweißperlen bedeckten Birgers Stirn. Er hustete wieder, anders als er noch vor Tagen gehustet hatte, und es war deutlich zu sehen, wie sehr er um Luft kämpfte.

Ingeborg legte eine Hand an seine Wange und schüttelte den Kopf. Dann griff sie nach dem Telefon, das auf ihrem Tisch lag. »Sie brauchen einen Arzt.«

»Nein, ich … ich habe mich nur ein bisschen erkältet. Ich bin hier, weil ich sagen wollte …« Er sah jetzt Mathilda an. »Das Haus«, flüsterte er mit der neuen, seltsamen Heiserkeit in seiner Stimme. »Wir müssen das Haus in die Anzeige setzen.«

»Wie bitte?«, fragte Mathilda vorsichtig und kam hinter ihrem Tisch hervor.

Sie kniete sich neben Birger Raavenstein auf den Fußboden und sah ihn an, und er wiederholte noch einmal »das Haus«, und Ingeborg wiederholte noch einmal »Sie brauchen einen Arzt« und Mathildas Gewissen wiederholte lautlos, seit zwei Minuten schon, O*GottverdammtoGottverdammtoGottverdammt*.

Birger streckte eine Hand in Richtung Ingeborg aus und wedelte damit, wie um sie am Wählen zu hindern, aber das Wedeln war genauso ziellos wie seine Frisur.

»Lassen Sie … das«, keuchte er. »Ich … ich bin nur hier um mit … Frau Nielsen zu reden. Sie sind … nicht für mich verantwortlich. Das Haus ist … Ich denke, vielleicht hat sie die Plakate gesehen. Doreen. Vielleicht fand sie die Sache mit dem Geld … dumm. Es ist ja wie eine Bestechung. Vielleicht denkt sie: Der glaubt, ich komme zurück, weil er mir Geld anbietet? Was für ein materialistisches Arschloch er geworden ist! Aber wenn sie erfährt, dass ich damals das Haus gekauft habe … das weckt Erinnerungen. Dann meldet sie sich vielleicht. Es … war das Haus, das wir immer haben wollten … Wir waren damals zur Ostsee rausgefahren, wir haben da gezeltet, und wir kamen immer wieder an diesem alten Haus vorbei. So ein großes, mehrstöckiges Ding, eine verfallene Villa, könnte man sagen. Es wuchsen Bäume aus dem Dach, und die Eichhörnchen tobten über den Rasen. Wir standen so oft am Zaun. Man müsste das Haus retten, sagten wir zueinander. Wenn wir hier leben könnten ... in einem geretteten Haus ... und immer das Meer sehen ...« Er verstummte, hustete wieder, krümmte sich auf seinem Stuhl, und diesmal dauerte es lange, bis er sich fing. Mathilda kniete weiter neben ihm, sie hätte gerne seine Hände genommen und gedrückt oder irgendetwas anderes getan, aber sie saß nur da und fühlte sich schrecklich.

Es hatte noch ein oder zwei Wochen Zeit, hatte sie gedacht. Es war nicht wichtig, ob sie Doreen jetzt oder in einem Monat fand. Zeit? Haha. Zeit war genau das, was Birger Raavenstein nicht hatte.

Birger saß jetzt still, mit hängendem Kopf, erschöpft. Mathilda sah ihn nur leise atmen, leise und sehr angestrengt. Er hatte Schmerzen. Vielleicht hatte er überhaupt eigentlich immer Schmerzen, ließ es sich aber sonst nicht anmerken. Eddie kam und leckte Birgers Hand, und da hob er den Kopf und grinste ganz leicht.

»Ich habe das Haus gekauft. Nachdem Doreen weg war.« Gott, diese Stimme, Mathilda musste das Bedürfnis unterdrücken, sich zu räuspern, aber sie war es ja nicht, die heiser war. »Ich wollte es immer restaurieren ... wenn ich sie wiederfinde. Ich meine, ich habe nie etwas daran gemacht, ich habe da nie gewohnt. Aber mein Kind ... erbt das Haus natürlich zusammen mit dem Geld. Schreiben Sie das noch in die Anzeige, ja? Oder auf die Plakate ... damit sie sieht, dass ich das nicht vergessen habe. Unseren Traum. Man kann ... direkt vom Haus zwischen den Kiefern durchgehen zum Meer. Da ist ein kleiner Sandweg. Und man kann ...« Er hatte jetzt die Augen geschlossen, als strengte

es ihn zu sehr an, sie offen zu halten.« Man geht über den Strand, und der Sand ist ganz weich, und man läuft direkt ins Meer. Wir hätten das zusammen tun sollen, als unser Kind klein war. Die Sonne hätte geschienen und ...«
»Ist gut«, sagte Mathilda. »Ich habe verstanden. Ich setze das Haus in die Anzeige. Ich kümmere mich. Aber jetzt muss jemand sich um *Sie* kümmern.«
Ingeborg stand noch immer da, das Telefon in der Hand. »Fährst du ihn in die Klinik oder rufe ich den Notarzt?«, fragte sie.
»Ich.« Mathilda schluckte. »Herr Raavenstein? Wo steht Ihr Wagen?«
»Draußen«, antwortete Birger, was irgendwie logisch klang.
»Kann ich ihn fahren? Ihren Wagen?«
»Ich weiß nicht«, sagte Birger. »Ich möchte da nicht hin. Bitte ...«
»Kommen Sie. Wenn es nicht geht, muss Eddie fahren. Die müssen nachsehen, was mit Ihrer Lunge nicht in Ordnung ist.«
»Aber das wissen wir doch«, protestierte Birger schwach. Eddie schnappte nach seinem Hosenbein und zog.

Im Auto sah Mathilda Birger von der Seite an.
Das Grün in seinen Augen schien zu flackern, als wollte es verlöschen.
Er atmete merkwürdig, stoßweise, vermutlich schmerzbedingt, aber er sagte in regelmäßigen Abständen »Das ist alles gar nicht nötig« und »Sie denken doch an das Haus?«. Und sie antwortete in ebenso regelmäßigen Abständen, dass sie ein Haus mit einem Weg, der zwischen Kiefern zum Meer führte, wohl kaum vergessen könnte und dass diese Fahrt sehr nötig war, damit es überhaupt einen Sinn hatte, das Haus irgendwo zu erwähnen.

Sie sagte nicht, dass es vielleicht Fotos von Doreen gab. Sie wollte am Straßenrand anhalten und sich zu Birger Raavenstein hinüberbeugen und ihn in die Arme nehmen, zerknitterten Mantel und alles. Aber sie fuhr weiter geradeaus und hörte ihn um Luft kämpfen. Dafür sprang Eddie vom Rücksitz aus auf Birgers Schoß, mit einem sehr besorgten und aufmerksamen Blick in seinen dunklen Hundeaugen.

»Mach dir keine Gedanken, Eddie«, meinte Mathilda sarkastisch. »Herr Raavenstein ist nur ein bisschen erkältet und hat einen ganz kleinen, kaum der Rede werten bösartigen Tumor in der Lunge.«

Zwei Stunden später saßen sie in einem sterilen Klinikflur voller Plastikhartschalenstühle, zwischen einem Schild mit ANMELDUNG und einem mit NOTAUFNAHME und einer Menge anderen wartenden Leuten.

»Ich bin ein Idiot«, sagte Mathilda leise. »Ich bin so ein gottverdammter Idiot, Eddie. Ich hätte vor einer Woche im *Café Tassilo* bleiben sollen. Einfach so lange bleiben, bis dieser Andi auftaucht, notfalls da übernachten ... und ihn zwingen, mir die Fotos zu zeigen und mir zu erzählen, wo ich Doreen finde. Eddie, er stirbt doch nicht jetzt? So plötzlich? Ehe ich es geschafft habe, seinen Sohn für ihn zu finden?«

Sie nahm Eddies fusseliges Gesicht zwischen ihre Hände und sah ihn eindringlich an. »Das tut er doch nicht?«

»Nein«, antwortete Eddie. »Er hat nur eine Pneumonie. Das ist eine ziemlich gewöhnliche Komplikation bei solchen Tumorleiden. Wir kriegen sie in den Griff. Er braucht jetzt erst mal Ruhe, er schläft.«

Mathilda starrte Eddie an. »Wie bitte?«

Dann begriff sie, dass wieder mal nicht Eddie mit ihr gesprochen hatte, sondern jemand hinter Eddie. Sie sah auf und blickte in das Gesicht einer Ärztin, die in der Tür eines der unübersichtlich vielen Untersuchungsräume stand. Sie hatte graues Haar und einen irgendwie grauen Teint, als verbrächte sie ihr gesamtes Leben in diesen lichtlosen Räumen, und sie sprach so leise, dass selbst ihre Stimme grau klang. Obwohl sie es natürlich tat, damit die anderen Wartenden nichts hörten.

»Sie gehören doch zu Herrn Raavenstein? Warten Sie, wir kennen uns ... Sie waren bei mir im Untersuchungskurs, vor einer Ewigkeit. Sind Sie inzwischen fertig?«

»Ja«, sagte Mathilda und legte einen Arm um Eddie. »Ich weiß nur nicht, womit.«

»Mit dem ... Medizinstudium? Der Hund ist nicht erlaubt hier, hat Ihnen das niemand gesagt?«

»Nein. Doch. Wir gehen schon.« Mathilda stand auf. »Ich habe aufgehört. Mit Medizin. Ich mache jetzt was anderes. Wie ernst ist es?«

Die graue Ärztin seufzte, kam herüber und legte ihr eine Hand auf die Schulter, und Mathilda gab sich große Mühe, nicht wegzuzucken. Die Tatsache, dass die Ärztin Eddie nicht sofort hinauswarf, war ein Indiz dafür, dass es ernst war.

»Die Antibiose läuft jetzt an. Sie wissen über alles Bescheid, nehme ich an? Er wird eine Weile bei uns bleiben. Wir haben die Akte vom letzten Klinikaufenthalt erst angefordert. Wir müssen sehen, ob der Tumor gewachsen ist. Die Bezirke hinter dem Tumor werden nicht so gut durchlüftet, eine hervorragende Brutstätte für Keime. Allerdings hat er keinen Pleuraerguss, wie wir erst dachten, das ist schon mal gut. Ihnen ist klar«, sie sprach jetzt leiser, »dass Ihr Vater nicht mehr sehr lange ... hat, oder?«

»Ich ... er ist ...«, begann Mathilda. *Nur ein Klient von uns,* hatte sie sagen wollen. *Nur?* Aber wenn sie das sagte, würde sie keine weiteren Informationen bekommen. Sie war keine Angehörige von Birger, nur Angehörige bekamen Informationen. Sie unterdrückte ein völlig hysterisches Lachen und nickte. »Ja. Mein ... Vater wird bald ... Ja, das ist mir klar.«

»Es gibt ... ich sage das jetzt nur, weil ich Sie von damals kenne ... klingt verrückt ...« Die Ärztin zögerte. »Es gibt ein ... Institut in der Stadt, das ... angeblich ... letzte Wünsche erfüllt. Also, nicht ganz umsonst natürlich. Man findet die Leute wohl übers Netz. Die meisten Ärzte halten es für ziemlich lästig, aber ich persönlich ... Manchmal gebe ich die Info dem einen oder anderen Angehörigen. Vielleicht hat Ihr Vater ja einen letzten Wunsch.« Sie lächelte, und Mathilda sah die Hand an, die immer noch auf ihrer Schulter lag.

Sie lag auf einem aufgenähten blaugrünen Traktor, auf dem eine kleine gelbe Ente saß. Wenn man ein Kind war, zwischen Traktor und Enten, schien alles so lächerlich einfach. Aber hey, wahrscheinlich war der Traktor kaputt und die Ente hatte Krebs.

»Der letzte Wunsch meines ... Vaters«, murmelte Mathilda, »ist es, sein Kind zu finden. Und deshalb«, sagte sie etwas lauter, »muss ich jetzt los. Eddie? Komm.«

Die Ärztin sah ihr nach, einen Blick völligen Unverständnisses auf dem grauen Gesicht.

Das *Café Tassilo* wartete mit einem irgendwie gleichgültigen Gesicht auf Mathilda. Seine Bücher und die Blumen auf seinen Tischen scherten sich weder um den Sturm, der draußen durch die Straßen fegte, noch um eventuell hereinwehende aufgelöste junge Frauen mit gebrauchten Hunden. Es gab mehr Bücher und Tische drinnen als sonst, weil die von draußen hereingeholt worden waren, und auch mehr Leute, die vor dem Unwetter Zuflucht suchten.

Und wenn all diese Gegenstände und Leute irgendetwas

ausdrückten, dann sagten sie: »Hier ist kein Platz für dich und deine Emotionen. Sie sind zu groß, verstehst du? Zu sperrig. Wir sind hier alle froh, wenn wir und unsere Geschichten über Wind und Regen ins *Tassilo* passen. Wo soll da noch Raum für einen sterbenden Mann sein und eine graue Ärztin und eine Pneumonie und die Schuldgefühle einer ehemaligen Medizinstudentin mit Traktoren und Enten auf den Schultern?«

Mathilda schlängelte sich, durchnässt und mit zerwehtem Haar, zwischen Regalen, Stühlen und durcheinanderredenden Menschen hindurch und erreichte die Wand wie ein rettendes Ufer.

Aber das Ufer rettete sie nicht.

Da hingen sie – die Fotos. Vielleicht seit Tagen. Großformatige Bilder einer unscharfen Gesellschaft im Partylicht.

»Okay, wir sind hier«, flüsterte Mathilda Eddie zu, »wir sehen uns die Bilder an, wir machen alles richtig. Niemand kann uns etwas vorwerfen. Wir werden Doreen finden, ehe Birger seine Lungenentzündung ausgeschlafen hat. Und er wird aufwachen, und sie wird an seinem Bett sitzen. Gott, wie kitschig. Es wird wunderbar sein, Eddie, weißt du?«

Eddie saß mit schief gelegtem Kopf unter einem Foto und starrte es an, oder jedenfalls glaubte Mathilda das, bis sie merkte, dass er eigentlich einen Teller Suppe anstarrte, der auf dem nächsten Tisch stand. Sie seufzte und begann, langsam an der Reihe der Bilder entlangzugehen. Keines zeigte eine junge Frau mit kurzen, rot gefärbten Haaren.

»Die Bilder gefallen Ihnen, was?«, fragte jemand neben ihr. Es war ein untersetzter älterer Mann, den sie noch nie gesehen hatte. Er trug zwei randvolle Kaffeetassen, schien die Tassen aber vergessen zu haben.

Mathilda nickte. »Sie sind sehr, hm, sehr ... Ich suche jemanden. Auf den Bildern. Eine junge Frau mit kurzen

roten Haaren. Es ist wie mit diesen Wimmelbildern früher ... als wir Kinder waren ... *Finde die Maus mit der rot-weiß gestreiften Mütze.* Die Maus war nie da.«
»Unsere Kindheitserinnerungen gehören zu den wertvollsten, die wir haben«, sagte der Mann. »Wenn Sie die Maus nie gefunden haben, bedeutet es vielleicht etwas. Die Maus wird zum Symbol des Verlorenen.«
Sie gingen gemeinsam ein Bild weiter.
»Des verlorenen Was?«, fragte Mathilda irritiert.
»Des Verlorenen an sich«, antwortete der Mann. »Hatten Sie eine glückliche Kindheit? Haben Ihre Eltern Ihnen geholfen, die Maus mit der Mütze zu finden?«
»Bitte? Ich ... ja. Ja, natürlich«, sagte Mathilda. »Ich hatte eine wundervolle Kindheit. Deshalb trage ich Teile davon auf meinem Pullover. Leider ist die Kindheit irgendwann vorbei.«
»Nie ganz«, meinte der Mann und balancierte die Kaffeetassen zum nächsten Bild. Und zum übernächsten.
»Sie ist nicht da«, stellte er am Ende fest. »Tut mir leid.«
»Sind Sie sicher?«
Der Mann nickte. »Ganz sicher. Keine Maus mit einer rot-weiß gestreiften Mütze.«
Mathilda starrte ihn an. »Ich ... ich suche keine Maus. Ich suche eine Frau mit kurzen rot gefärbten Haaren.«
»Ach so.« Er klang beinahe enttäuscht. »Hier? Diese?«
Er wies mit der vollen Kaffeetasse – ein Kunststück in sich – auf eines der unscharfen Bilder. Und tatsächlich, dort gab es eine rothaarige Frau. Sie lehnte an der Bar des *Tassilo* und sprach mit einem untersetzten, nicht mehr ganz jungen Mann, der ziemlich genauso aussah wie der, der in diesem Moment neben ihr stand. Auch die Frau war nicht mehr jung. Mathilda hatte die ganze Zeit nach einer *jungen* Frau gesucht.
»Nein«, sagte Mathilda. »Das könnte vielleicht ihre

Mutter ...« Sie sah genauer hin. »Vielleicht.« Und, nach einem weiteren Blick: »Verdammt. Doch.«
»Warum suchen Sie sie?«
Mathilda zögerte. Wenn dies wirklich der Typ war, mit dem Doreen auf dem Foto sprach, kannten sie sich. Und wenn Doreen nicht gefunden werden wollte ... Ja, verflucht, dann sollte man sie nicht finden.
Aber dann sah sie Birgers Gesicht wieder vor sich, fiebrig und voller winziger Schweißperlen. Sie *musste* Doreen finden. Finden und zu ihm bringen. Und wenn sie sie fesseln und ins Krankenhaus *tragen* würde.
»Sie ... hat etwas geerbt«, sagte Mathilda deshalb. »Das hört sich an wie ein Trick, aber es stimmt. Kennen Sie sie?«
»Nur vom Sehen.« Er zuckte die Schultern. »Namen wüsst ich jetzt nicht. Aber ich glaube, ich hab ein Foto, auf dem sie besser drauf ist. Ich konnte nicht alle aufhängen, zu wenig Platz, ich habe letztendlich das Pendel entscheiden lassen, welche gehängt werden. Es ist immer ganz gut, bei Ausstellungen vorher die Bilder auszupendeln. Warten Sie.«
Er verschwand samt Kaffeetassen irgendwo in den hinteren Bereich des Cafés und kehrte schließlich zurück, diesmal mit beiden Tassen in einer Hand, ein gefährliches Unterfangen, und einem Foto in der anderen.
»Entschuldigung«, sagte Mathilda. »Sind Sie ... gehört Ihnen das *Tassilo*?«
»O nein.« Er lächelte breit. »Ich gehöre dem *Tassilo*. Wir sind untrennbar vereint, eine große Seele, die gemeinsam schwingt. Ich bin Andi. Und Sie? Die ... Suchende? Wie darf ich Sie nennen?«
»Mathilda«, antwortete Mathilda etwas verwirrt. »Vom Institut der letzten Wünsche.«
»Letzte Wünsche«, wiederholte Andi und reichte ihr das Foto. »Ja, die Institutionalisierung der Wünsche in unserer

Gesellschaft ist ein großes Thema. Hervorragender Name. Geben Sie Seminare? Oder ist das eine Filmgesellschaft? Wofür stehen die Wünsche und wofür das Letzte? Für das Zuschlittern des modernen Zeitalters auf ein baldiges Ende? Oder eher für die Überwindung althergebrachter Wünsche aus überkommenem Religionswahn ... oder ... Was genau tun Sie?«
»Oh, wir ... organisieren Weihnachten«, sagte Mathilda.
»Hauptsächlich.«
»Beeindruckend«, sagte Andreas.

Doreen.
Hager, nicht jung, ein Glas in der Hand, den Blick auf etwas gerichtet, was hinter dem Betrachter des Bildes lag. Das Blitzlicht machte ihre Haut weiß wie Mondlicht auf dem Wasser, hinter einem Haus, das von Kiefern umstanden war. Die vom Blitzlicht nicht aufgehellte Dunkelheit um das Gesicht war tief und zäh, ein Meer, aus dem das Gesicht aufgetaucht war; aber nicht um Mathilda anzusehen, denn sie sah an ihr vorbei.

Mathilda hatte sich mit dem Bild und einer Tasse Kaffee an einen der kleinen Tische gesetzt, und jetzt drehte sie sich unwillkürlich um. Hinter ihr stand niemand, natürlich nicht, es war unmöglich herauszufinden, wen Doreen ansah. Aber eine gewisse Erwartung lag in ihrem Blick.

Ihr geschminkter Mund glänzte leise, ihre Augen waren lang bewimpert, die Brauen sorgfältig gezupft und dezent nachgezogen. Mathilda versuchte, die junge Doreen, die an dem Fahrrad gelehnt hatte, hinter dem Make-up und den Jahren zu finden, aber das war schwer.

Vielleicht war sie es gar nicht.

Dann sah Mathilda den Anhänger, der um ihren Hals lag, und obwohl das Blitzlicht das Silber zu einer gleißend verschwommenen Form verwandelte, erkannte Mathilda,

was die Frau auf dem Bild um den Hals trug: Es war eine winzige silberne Taube.
Eine Taube wie die, die sie hier im Café in ein Buch gezeichnet hatte.
»Birger wartet auf dich«, sagte sie leise. »Weißt du das? Auf dich und deinen Sohn. Seinen Sohn.«

Mathilda tat Das Vernünftige. Sie hasste es, Das Vernünftige zu tun, aber es musste sein.
Sie zeigte allen Leuten im *Café Tassilo* das Bild, erntete allerdings nur Achselzucken. Sie hinterließ an der Bar ihre Nummer. Sie bat Andi, sie anzurufen, falls Doreen ins *Tassilo* kam. Sie tauchte in den Sturm draußen wie in ein kaltes Meer und fuhr mit Birgers Auto zum Copyshop, vervielfältigte das Bild, vergrößerte das Bild, ließ das Bild einscannen.
Als sie wieder vor der Tür des Instituts stand, war es kurz vor sechs Uhr, und sie war eiskalt und erschöpft. Die Böen hatten alle Blumen aus den Töpfen gerissen.
Der Frühling war gelbgrau und hatte ein unheilvolles Gesicht.
»Mathilda«, sagte Ingeborg, als Mathilda ins Institut fiel.
»Gleich«, sagte Mathilda. »Ich muss erst die Kopfschmerztabletten finden. Hier unter diesen Papieren sollte irgendwo ...« Sie fand die Tabletten, schluckte zwei und sah auf. »Hallo, Ingeborg.«
»Ja, schön, dich zufällig hier zu sehen«, erwiderte Ingeborg vorsichtig. »Ich wusste nicht, ob du völlig verlorengegangen bist. Hast du bis jetzt im Krankenhaus gesessen?«
»Ach was.« Mathilda schüttelte den Kopf. »Da sitzt mein Vater ganz alleine. Ich ...«, sie hielt das Foto hoch, »... habe seine Frau gefunden. Sozusagen. Ich kenne ihr Gesicht jetzt besser als mein eigenes.«
»Dein Vater? Ist im ... Krankenhaus?« Ingeborg kam

herüber und setzte sich auf Mathildas Tisch. »Alles in Ordnung?«

»Ja«, sagte Mathilda. »Nein. Ich muss die Sache mit dem Haus noch auf die Plakate und in die Anzeige setzen. Aber ich werde erst auspendeln, wie ich das Foto auf die Plakate klebe. Das empfiehlt sich immer, wenn man Bilder aufhängt, weißt du? Im Übrigen habe ich auch die Maus mit dem gestreiften Schal nicht gefunden ...«

Ingeborg legte ihr eine Hand auf die Stirn.

»Kein Fieber«, murmelte sie. »Okay. Noch mal ganz langsam. Was ist mit Herrn Raavenstein? Du hast ihn in die Klinik gefahren.«

Mathilda sah auf. In Ingeborgs Gesicht stand hinter einem amüsierten Grinsen echte Sorge.

»Ja. Sie haben ihn für meinen Vater gehalten. Er sieht ... alt aus, Ingeborg. Viel älter, als er ist. Er ...« Sie schüttelte den Kopf, und Ingeborg legte ihre Arme um Mathilda. Sie roch nach Pfefferminzbonbons und Kaffee. Mathilda legte ihren Kopf an Ingeborgs Schulter und schloss für einen Moment die Augen.

»Natürlich sieht er alt aus«, sagte Ingeborg sanft. »Er ist krank, Mathilda. Er ist quasi ... auf der Durchreise. Du kannst ihn nicht behalten.«

»Bitte? Natürlich nicht! Ich muss nur den ganzen Tag an dieses Haus denken, mit dem Weg zwischen den Kiefern, der zum Meer führt. Stell dir vor, jemand kauft eine alte Villa für dich, Ingeborg, die alte Villa, von der du immer geträumt hast. Ich meine, es ist nicht das Geld, es ist die Geste. Sie werden diesen verdammten Weg entlanggehen. Zusammen. Bevor er ... sich vom Acker macht. Birger und sie und ihr Sohn. Ich kriege das hin. Jetzt, mit dem richtigen Foto kriege ich das hin.« Sie löste sich aus Ingeborgs Armen und legte das Bild auf den Tisch. »Aber ich kann sie nicht leiden«, fügte sie leise hinzu.

»Ingeborg? Gehst du mit mir ins Bett?«
Ingeborg sah einen Moment lang verwirrt aus, und Mathilda lächelte. »In die Kneipe. Falls sie noch nicht weggeweht ist. Ich brauche einen Schnaps, damit ich nicht von diesem Foto träume.«
Eddie japste unter dem Tisch, als stimmte er zu und bräuchte auch einen Schnaps.
»O nein«, sagte Mathilda. »Du gehst schön nach Hause und guckst *Tatort*.«
In diesem Moment öffnete sich die Tür, und Herr Mirusch wirbelte mit einer Sturmböe herein.
»Kann's losgehen?«, fragte er und zog seinen Schal zurecht. Mathilda bemerkte, dass der Schal weiß war und neu aussah.
»Ja«, sagte Ingeborg zu Herrn Mirusch. »Mathilda, wir haben eine Verabredung. Du hast das vergessen, glaube ich.« Sie sah auf die Uhr. »In einer halben Stunde singt die Callas im Theater Unterm Dach.«

Sie nahmen Ingeborgs Auto. Eddie musste mit, es war keine Zeit mehr, ihn vorher nach Hause zu bringen.
Das Theater Unterm Dach befand sich, wie unschwer zu erraten, unterm Dach. Das Haus, zu dem das Dach gehörte, sah ein wenig aus wie eine Filmkulisse – entweder für einen Film über Hausbesetzer oder über Dracula in Berlin oder über alte Bahnhöfe oder über diese drei Dinge auf einmal.
Auf dem oberen der beiden alten, schnitzholzüberdachten Balkons stand der Name des Theaters in weißen Lettern, alles andere wirkte an diesem Abend schwarz-weiß, und hinter dem hohen Gebäude zogen wilde Wolken über den Sturmhimmel. Die Lärche, die vor dem Theater wuchs, bog sich im Wind hin und her und schüttelte sich wie eine Tänzerin in einem sehr modernen Ballett.

Alles am Theater Unterm Dach schrie EXPERIMENTELL und SICHERLICH WERTVOLL und NICHTS IM GEGENLICHT. Die Plakate im Eingangsbereich ließen Mathilda schlucken.

Wie war Christa auf die Idee gekommen, gerade hier die Callas auftreten zu lassen?

Mathilda und Herr Mirusch warteten zusammen draußen auf Ewas Taxi, die Mäntel dicht um sich gezogen, ab und zu einen misstrauischen Blick auf die Lärche werfend, die vielleicht in Bälde umfallen würde. Der Wind riss auch an Herrn Miruschs weißem Schal und verlieh ihm mehr Dramatik, als ein weißer Schal sonst hat.

»Warum sind Sie hier?«, fragte Mathilda.

Herr Mirusch zuckte die Schultern. »Ich wollte die Callas mal singen hören«, sagte er und lächelte. »Und wir brauchen Publikum, oder? Damit sie es glaubt.«

»Sie werden ihr doch nicht sagen, dass die Callas ...«

»Dass sie 1977 von uns gegangen ist?« Herr Mirusch lächelte bescheiden. »Nun, in ein paar Wochen kann es sein, dass wir durchaus auf der gleichen Seite stehen und ihr persönlich begegnen. Würde ich sagen, wenn ich ein Christenmensch wäre. Da ich nur Feinmechaniker bin, sage ich: Manche Uhrwerke gehen eben nach. Und wenn die Callas heute Abend ein wenig nachgeht, ist das wohl verzeihlich.«

»Ich habe das Gefühl, Frau Kovalska geht auch nach«, murmelte Mathilda besorgt. »Vielleicht sollten wir reingehen. Einfach mit der ganzen Sache anfangen. Vielleicht ist es noch beeindruckender, wenn sie kommt und die ganze Geschichte schon läuft.«

»O ja«, sagte Herr Mirusch und bot ihr seinen Arm an, um Mathilda nach drinnen zu begleiten; ein sturmverwehter Kavalier. »O ja, wenn sie läuft. Nur wohin, wohin?«

Sie mussten mehrere ziemlich schmale Stiegen hinaufklettern, um den Theaterraum zu erreichen, und Mathilda hatte Angst, Herr Mirusch würde es nicht schaffen, aber er hielt sich tapfer. Was für ein abenteuerlustiger alter Herr, dachte sie, es ist ein Jammer, dass er nicht mehr lange ... Und dann waren sie da. Die Sitzreihen des Raumes lagen in feierlichem Halbdunkel, und tatsächlich war es voll. Mathilda schüttelte verwundert den Kopf. Es war voller als voll.

»Ingeborg«, flüsterte Mathilda, während sie sich auf einen von Ingeborg freigehaltenen Sitz schlängelte. »Die glauben nicht etwa alle wirklich, dass ...«

»Schscht!«, machte Ingeborg und hob die Hand, offenbar, um jemandem hinter der kleinen Bühne ein Zeichen zu geben. »Alles in Ordnung?«, erkundigte sie sich wispernd. »Wo ist sie?«

»Wer? Die Callas? Im Meer«, wisperte Mathilda. »Ihre Asche jedenfalls. Seit achtunddreißig Jahren.«

»Die Callas ist hinter dem Vorhang«, wisperte Herr Mirusch. »Ich sehe einen Schuh.«

Der Pianist, den Christa besorgt hatte, erschien auf der Bühne, und das Publikum applaudierte. Eddie bellte. Herr Mirusch hustete.

»Dies ist ein besonderer und einmaliger Abend«, sagte der Pianist. Er sah aus wie ein sehr hungriger Student, und Mathilda fragte sich, wie viel Geld er verlangen würde. »Nachdem sie sich vor so langer Zeit von der Opernbühne verabschiedet hat, wird die große und gefeierte Maria Callas heute Abend hier im Theater Unterm Dach trotz ihres fortgeschrittenen Alters noch einmal für uns singen.«

Der schwarze Seitenvorhang teilte sich, und unter tosendem Applaus, jedenfalls so tosend, wie er in einem Kammertheater sein kann, betrat die große Operndiva den Lichtkreis auf den Bühnenbrettern.

Mathilda schluckte. Sie hatte sich die Callas so vorgestellt wie auf den Fotos im Internet oder wie Christa Meier-Satlowski mit einer Perücke und ähnlicher Schminke wie die Callas auf den Fotos. Die Person, die jetzt neben dem Klavier stand, leicht zitternd, aber aufrecht, besaß nur eine vage Ähnlichkeit mit jenen Fotos. Sie besaß, das war das Beunruhigendste, keinerlei Ähnlichkeit mit Christa Meier-Satlowski.

Sie war alt. Wirklich, wirklich alt.

Sie stützte sich auf einen Gehstock – einen sehr eleganten Gehstock mit Elfenbeingriff – und schien über die Jahre in sich hineingeschrumpft zu sein, ihr Gesicht glatt geschminkt, überschminkt, ihr Hals jedoch faltig wie ein alter Apfel, ihr streng nach hinten gekämmtes Haar nicht mehr schwarz, sondern schlohweiß. Das tiefrote Seidenkleid, das sie trug, entsprach durchaus Mathildas Vorstellungen, und sie mochte es einst ausgefüllt haben, aber nun war es ein wenig zu weit an Schultern und Hüften, wirklich nur ein wenig. Die alte Dame war immer noch elegant darin.

Die zierliche Hand, die sie nun erhob, um das Publikum zum Schweigen zu bringen, steckte in einem perlenbesetzten schwarzen Handschuh.

»Danke«, sagte sie leise und mit einem schweren griechich-italienisch-verdischen Akzent. »Vielen Dank für Ihre Freundlichkeit, zu erscheinen heute Abend hier. Ich freue mich, noch einmal zu singen für Ihnen. Es war, Sie verzeihen, meine schlechte Erklärelung ... es war dies, ehe ich von Erden scheide, mein letztes Wunsch. Ich weiß, dass die Presse vor einiger Zeit eine falsches Nachricht verbreitet hat von meines Dahinscheidens.« Sie lächelte milde mit ihrem sehr roten, sehr sorgfältig geschminkten Mund. »Auch in das Opernfach hat man Feinde. Aber Sie, Sie sind trotzdem hier, meine Freunde. Und heute Abend ich werde noch einmal leben und für Sie zu den Leben erwecken die große italische Kompost...«

»Komponisten!«, zischte der Student am Klavier.
»Sie übertreiben gewaltig«, zischte Mathilda in Ingeborgs Ohr. »Das ist ein einziger Klamauk! Was denkst du dir eigentlich dabei, wenn ...«
»... Komponisten zum Leben zu erwecken«, beendete die Callas ihren Satz. Dann lächelte sie wieder, schien sich zu sammeln und nickte dem Pianisten zu. Und dann sang sie. Und Mathilda verstummte.
»Ingeborg«, wisperte sie in einer winzigen Atempause der alten Dame. »Wo ist Christa? Was soll das alles bedeuten? Das ist meine Klientin und mein Abend, und ich begreife überhaupt nichts mehr.«
»Nein«, wisperte Ingeborg und nickte zur Bühne hin. »Das ist meine Klientin. Sie kommt aus Italien. Du hast sie dir anders vorgestellt, was? Auch Opernstars altern. Nimm Mick Jagger.«
»Der singt keine Opern«, flüsterte Mathilda. »Und er ist echt!«
»Zweiundneunzig«, wisperte jemand hinter ihr. »Wenn man bedenkt. Und all diese irreführende Presse von wegen sie wäre an einer Lungenembolie gestorben!«
Mathilda drehte sich um und sah sich zwei Herren gegenüber, die sie noch nie gesehen hatte und die verdächtig nach Staatsoper-Abonnenten aussahen.
»Sie wollen doch nicht sagen, dass ist wirklich ...?«, begann sie.
»Schsch!«, machten beide Herren gleichzeitig und sehr aufgebracht, und Mathilda drehte den Kopf wieder nach vorne und lauschte der zweiundneunzigjährigen alten Dame, deren Stimme sich etwas dünn, aber völlig schwerelos in dramatische Höhen aufschwang, um gleich darauf wieder herunterzugleiten und die Luft mit Farben auszumalen, die keines Auges bedurften.
Mathilda schüttelte den Kopf. Eddie legte den eigenen

Kopf auf ihr Knie und lauschte still und andächtig. Die Art, auf die er die alte Dame ansah, war nur mit dem Wort herzzerreißend zu beschreiben. Man konnte sich natürlich nicht ganz sicher sein, aber hätte man Mathilda gefragt, so hätte sie in diesem Moment gesagt: Er ist verliebt.

Die Tür hinten im Raum öffnete sich noch einmal, und Mathilda versuchte auszumachen, wer hereinkam – Ewa Kovalska? –, konnte aber im Dunkeln dort nichts sehen. Sie presste eine Hand in die andere, erfüllt von einem seltsamen Kribbeln, sie wusste nicht einmal, ob vor Freude oder aus Verwunderung oder Verzweiflung. Sie dachte an Birger, der im Virchow-Klinikum lag und von einem verfallenen Haus am Meer träumte, und sie dachte an Doreen, die irgendwo ihr kurzes rot gefärbtes Haar kämmte und auch nicht mehr jung war – wenngleich Äonen jünger als Maria Callas. Und an die Tatsache, dass Maria Callas eine Gedenktafel auf einem Pariser Friedhof besaß, was Mathilda sehr ausführlich recherchiert hatte. Dass dort aber ihre Asche ausdrücklich nicht ruhte, da sie sich gewünscht hatte, im Meer verstreut zu werden. Was war wahr? Und wenn dies hier, das Unglaubliche, dass Wunderbare wahr war, warum hatte Ingeborg ihr vorher nichts davon gesagt?

Und was sollte sie mit Eddie tun, wenn er sich wirklich unsterblich in diese rührende alte Operndiva verliebt hatte? Sie war zweiundneunzig, ihre Tage waren gezählt, und es würde Eddie das Herz brechen. Verliebe dich nie in jemanden, der nicht mehr lange existiert.

»Diedi gioielli della Madonna al manto,
e diedi il canto agli astri,
al ciel, che ne ridean più belli ...«
Der Arm in roter Seide wanderte hinauf, weisend, anklagend:
»Ich gab dem Mantel der Madonna Juwelen,

ich gab meinen Gesang den Sternen am Himmel,
auf dass sie noch schöner strahlen ...
Nell' ora del dolor
perchè, perchè, Signor,
perchè me ne rimuneri così?
In dieser Schmerzensstunde
Warum, warum, o Herr,
belohnst Du mich auf diese Weise?«

Tosca, ach Tosca. Eddie hatte Tränen in den Augen. Mathilda schüttelte sich, nein, natürlich hatte er keine Tränen in den Augen, er war ein Hund, verdammt.

Mathilda ließ ihren Blick durchs Dunkel neben den Sitzreihen wandern, und dann entdeckte sie dort im Abglanz des Bühnenlichts jemanden. Er stand an die Wand gelehnt, hatte offenbar keinen Sitzplatz mehr bekommen und sah aus, als suchte er jemanden im Publikum. Sie wusste, wen er suchte, er suchte sie.

Es war Daniel.

Zum Teufel, was tat Daniel denn hier?

Maria Callas brauchte eine Pause, jemand brachte ihr ein Glas Wasser, und Mathilda winkte Daniel, er winkte zurück, aber es war unmöglich, zu ihm zu gelangen. Sie saß in der Mitte einer Reihe, und Aida erhob ihre gealterte Stimme aufs Neue. Offenbar war sie zwar mit Ramses zusammen lebendig begraben worden, lebte aber immer noch. Mathilda stellte sich den Mitte neunzig Jahre alten Krieger Ramses vor, mit dem sie inzwischen in einer behaglichen Erdhöhle hauste, die sie aus dem Grab geschaffen hatten.

»*O verdi colli o profumate rive*
O patria mia, mai più ti rivedrò!
O grüne Täler, o duftende Küste,
o meine Heimat, nie mehr werde ich dich wiedersehen!«

Eddie konnte nicht mehr an sich halten und begann zu schluchzen, oder jedenfalls tat er das, was er für ein

Schluchzen hielt. Es schwoll an, begleitete Aidas Arie und wurde zu einem ausgewachsenen Jaulen, und schließlich stand Mathilda trotz ihres Mittelplatzes auf und trug ihn hinaus.

Als sie den dunklen Zuschauerraum verließ und im hellen Flur stand, lehnte sie sich einen Moment lang gegen die Wand und atmete tief durch. Die Stimme der Callas drang gedämpft durch die Wand, und Eddie strebte zurück zu dieser Stimme, aber Mathilda hielt ihn eisern fest.

Und dann öffnete sich die Tür noch einmal, schloss sich wieder, und sie spürte die Präsenz von jemandem neben sich. Eddie hörte auf zu jaulen und knurrte ganz leise.

»Daniel?«, fragte Mathilda, ohne die Augen zu öffnen.

»Ja«, sagte Daniel. »Es ... stört dich doch nicht, dass ich hier bin? Deine Kollegin, Frau ... Wehler ...«

»Wehser. Ingeborg Wehser.«

»Ja. Sie hat mir erzählt, dass dieses Konzert heute hier stattfindet, und ich dachte ... da ich sowieso frei hatte ...«

»Du bist völlig spontan hier?«

»Na ja, fast. Ist es schlimm, dass ich die Nachricht vom Auftritt der Callas in der Klinik ein bisschen weiterverbreitet habe? Wir haben da ein paar Opernspezialisten unter den Oberärzten.«

»Daniel!« Mathilda öffnete die Augen und versuchte, ihn feindselig anzustarren, aber sie war zu verwirrt, und eigentlich gab es auch gar keinen Grund für Feindseligkeit. Eddie war nicht ihr Gewissen, er war nur eine Promenadenmischung, und er knurrte ganz für sich allein.

Daniel lächelte, und er sah nett aus, wenn er lächelte. Er zuckte die Schultern, und er sah nett aus, wenn er die Schultern zuckte.

»Ich verstehe im Moment nichts«, flüsterte Mathilda. »Gar nichts.« Ihr Kopf platzte, sie hatte keine Tabletten bei sich, und so legte sie den Kopf für einen Moment an

Daniels Schulter und entschuldigte sich leise dafür. Da ging die Tür noch einmal auf, Aida sang für Sekunden lauter, und dann stand Ingeborg neben ihnen.
»Sie ist nicht da«, stellte sie fest.
»Die Callas?«, fragte Mathilda erschöpft.
»Nein. Deine Klientin. Ewa Kovalska.«
»Sicher?«
»Sicher. Ich habe alle Leute im Auge behalten, die durch die Tür gekommen sind.«
In diesem Moment meldete sich Mathildas Telefon.
»Ist dort Nielsen? Mathilda Nielsen?«
»Kommt drauf an«, sagte Mathilda vorsichtig.
»Frau Kovalska findet, wir sollen Sie benachrichtigen. Sie ist vor zwei Stunden hier in die Klinik eingeliefert worden. Sie hatte wohl irgendeine Art Verabredung mit Ihnen. Ich soll Ihnen mitteilen, dass sie auf der Kardio 1 des Virchow-Klinikums liegt. Vielleicht können Sie es einrichten, morgen vorbeizukommen?«
»Natürlich«, antwortete Mathilda. Dann sah sie eine ganze Weile stumm geradeaus. Und dann sagte sie zu niemandem im Besonderen: »Vielleicht sollten wir alle ins Virchow-Klinikum ziehen.«
»*O patria mia, non ti vedrò mai più*«, sang die Callas hinter der Wand – für mindestens fünfzig Oberärzte, die ihr genauso verfallen waren wie Eddie.
»O meine Heimat, ich werde dich nie wiedersehen.«
»Sie ist perfekt.« Mathilda hieb mit der Faust gegen die Wand, was sich sicher nicht gehörte. »Der ganze Abend ist perfekt. Aber wer ist sie? Das ist nicht Christa Meier-Satlowski, die ich angestellt habe.«
»Nein«, bestätigte Christa, die ebenfalls im Flur aufgetaucht war, nicht ohne Stolz. »Das ist meine Großmutter. Die Schauspielerei liegt uns im Blut.«
»Die Musik ist natürlich vom Band«, ergänzte Daniel,

der offenbar sehr viel mehr wusste als Mathilda, trotz seiner bisherigen Abneigung gegen das Institut. »Aber die Großmutter ist echt.«

»Ihr könnt mich alle mal«, knurrte Mathilda. »Ich hätte euch beinahe geglaubt.«

Und dann rannte sie die Treppen hinunter, den eigentlich zu schweren Eddie noch immer im Arm. Birgers Auto stand in einer Seitenstraße neben dem Theater Unterm Dach, illegal geparkt und jetzt mit einem Strafzettel versehen. Hinter ihr klang aus dem Dachgeschoss des Theaters die Arie der Violette in La Traviata. Ja, sie kannte sie alle, seit sie Ewa Kovalska kannte:

»*Godiam, fugace e rapido*
È il gaudio dell' amore;
È un fior che nasce e muore ...
Lasst uns genießen! Nur vergänglich und kurz.
Sind die Freuden der Liebe.
Sie sind wie Blumen, die blühen und dann sterben ...«

»Eddie«, sagte Mathilda streng und stopfte ihn in Birgers Auto. »Hör auf zu seufzen!«

Sie kämpfte sich durch den grellen Berliner Abendverkehr bis zum Klinikum, parkte den Wagen an einem Straßenrand, der vermutlich wieder verboten war, und wanderte mit Eddie auf den Fersen los. Das Virchow-Klinikum war eigentlich weniger ein Klinikum als eine eigene Stadt, es besaß eigene kleine Alleen, Fußwege, Bänke, Straßenlaternen. Beinahe war es erstaunlich, dass es kein eigenes Wetter besaß.

Schließlich fand Mathilda die richtige Straße, das richtige Schild, den richtigen Eingang.

Kardiologie eins.

Hier also lagen sie, die kranken Herzen, hinter diesen Wänden schlugen sie – arrhythmisch, zu schnell, zu langsam, zu schwach, auf helfende Technik angewiesen, schlugen und schlugen wie Uhren, und die Zeit verrann. Vor ein- oder zweihundert Jahren, dachte Mathilda, konnte man noch guten Gewissens an gebrochenem Herzen sterben. Heute wurden die Herzen alle wieder zusammengeflickt wie zerbrochene Vasen, und niemand erlaubte ihnen, vor der Zeit still zu stehen.

Sie sah an der Fassade empor, einer alten Fassade voller Schnörkel und Stuck, hinter der es sich hoffentlich bequem lag. Denn irgendwo hier lag auch eine kleine alte Frau mit fröhlichen Augen, die gerne Akten ordnete und nichts vom großartigen Auftritt der Callas in Prenzlauer Berg wusste.

Die Fenster der Eingangshalle waren erleuchtet, eine Klinik schläft nie. Aber als Mathilda sie betrat, war sie still und menschenleer. Eine Klinik schläft mit offenen Augen.

Und plötzlich wurde ihr bewusst, wie spät es war. Es war vollkommener Unsinn, Frau Kovalska jetzt noch besuchen zu wollen. Es war vollkommener Unsinn, *irgendjemanden* um diese Uhrzeit besuchen zu wollen. Morgen, hatte der Mensch am Telefon gesagt – ein Pfleger? Ein Praktikant? Ein speziell für Angehörigengespräche ausgebildeter Telefonseelsorger?

Mathilda fühlte sich auf einmal sehr klein, und die Eingangshalle war sehr groß. Ein Kaffeeautomat blinkte orange-rot an einer Wand, und sie näherte sich ihm dankbar und steckte eine Münze hinein.

Dann setzte sie sich mit dem Plastikbecher draußen auf die nächste Bank, zwischen die Kastanien der Allee. Sie trank einen Schluck aus dem Becher und gab sich einen Moment einer milden Verwunderung darüber hin, dass es sich nicht um Kaffee handelte, sondern um Hühnerbrühe oder eventuell um Abwaschwasser, das in der Maschine mit Hühnerbrühe in Kontakt gekommen war.

Erst als sie den Kopf kurz in den Nacken legte und zum Himmel aufsah, fiel ihr auf, dass der Sturm vorüber war.

Der Streifen Gras zwischen den beiden schmalen parallelen Straßen war übersät mit abgebrochenen Kastanienästen. Eddie lief auskundschaftend von Baum zu Baum, und über allem lag ein seltsamer müder Frieden.

Mathilda holte das Foto von Doreen heraus und sah es an, und das matte Zwielicht der Straßenlaternen verlieh auch Doreens Gesicht eine Milde, die vorher nicht da gewesen war.

»Finde ich dich?«, fragte Mathilda das Bild.

Doreen nickte.

»Sicher«, sagte sie. »Bald. Ich warte auf dich, ganz in der Nähe. Wusstest du das nicht?«

Aber da war Mathilda eingeschlafen.

Sie erwachte, weil Sonnenlicht durch ihre Lider fiel und weil Eddie ihre Stirn ableckte.

Ihr Gesicht war warm von der Sonne, aber alles andere an ihr war steifgefroren. Verwirrt setzte sie sich auf, wischte ihr Gesicht mit dem Jackenärmel ab und sah sich um.

»Ich habe nicht wirklich die Nacht auf einer Bank vor der Kardiologie verbracht, oder?«, murmelte sie. Aber genauso sah es aus.

In Eddies Augen stand das Wort *Frühstück*.

Das Handy in Mathildas Tasche meldete drei Kurznachrichten von Daniel, zwei von Ingeborg und eine von Birger Raavenstein. Sie las nur die letzte.

Mir gez gut. Haben Sie an das Haus gedacht? Kommen Sie heute vorbei?

Die Nachricht war erst eine halbe Stunde alt. *Ja*, schrieb Mathilda.

Die Schwestern waren mäßig begeistert über ihr Auftauchen auf der Pulmologie, obwohl sie Eddie unten angebunden hatte.

»Dies ist keine Besuchszeit«, sagte eine von ihnen.
»Ich bin auch kein Besuch«, sagte Mathilda mit einem gewinnenden Lächeln. »Aber ich habe eine sehr eilige Information für Herrn Raavenstein. Es könnte lebenswichtig sein.«

Dann betrat sie einen Raum mit vier Betten, und da saß er, gestützt von mehreren Kissen, vor einem Frühstückstablett und trank Tee. Er sah so zerzaust aus wie immer, auch hier drinnen hatte er seinen privaten Windkanal. Selbst seine Decke wirkte irgendwie ... zerweht. Er war sehr blass, blasser noch als sonst.

Er grinste ihr entgegen. Seine Augen waren wieder grüner, wie Rasen, den jemand gegossen hat.

»Das ging schnell«, flüsterte er, noch immer heiser, und nickte zu seinem Handy hin, das auf dem Nachttisch lag.

»Saßen Sie vor der Tür?«

Mathilda schüttelte den Kopf. »Nein. Ich saß vor der Tür der Kardiologie. Bis zur Pulmo war es noch ein halbstündiger Spaziergang durchs Klinikum.« Sie zog sich einen Stuhl heran und wollte ihm das Foto zeigen, aber irgendwie geschah es nicht. Sie saß nur da und sah ihm dabei zu, wie er den dünnen Tee trank und nichts aß, und um sie herum unterhielten sich die anderen Patienten über das Wetter, die ungenießbaren Brötchen und ihre Leiden.

»Das mit dem Haus ... ist erledigt«, sagte Mathilda nach einer Weile. Birger nickte.

»Das ist jetzt eine blöde Frage ...« Mathilda zögerte. »Wie ... geht es Ihnen denn?«

»Oh, ich bin bald wieder draußen und gehe Ihnen auf die Nerven. Keine Sorge. Die Heiserkeit bleibt allerdings. Der Tumor hat sich in den Kopf gesetzt, irgend so einen Nerv anzugreifen, Re... irgendwas. Rekurrens. So heißt das Ding. Ich besitze jetzt ein ... warten Sie ... ein Rekurrens-Infiltrations-Syndrom. Sagen Sie das Jakob Mirusch bei Gelegenheit. Es kann mit seinem infrarenalen Aortenaneurysma sicher mithalten.«

Mathilda nickte. Birger hatte sich jetzt in die Kissen zurückgelegt und die Augen geschlossen, erschöpft von zu vielen Sätzen. Er sah immer noch aus, als hätte er Schmerzen. Aber sicher gaben sie ihm eine Menge Schmerzmittel.

»Ich habe Ihr Auto noch.«

»Geben Sie es mir bei Gelegenheit zurück«, sagte er. »Hier drin ist sowieso nicht genug Platz dafür.«

»Wie lange behalten die Sie?«

»Ich weiß nicht. Eine Woche?«

Mathilda nickte. »Vielleicht habe ich bis dahin schon mehr herausgefunden. Über Doreen. Ich ... habe die Sache mit dem Haus angeleiert.«

Er lächelte, noch immer mit geschlossenen Augen. »Das ist gut. Wenn sie das hört und sich erinnert ... dann meldet sie sich. Ich bin ... sehr gespannt auf mein Kind! Und auf ... Doreen. Ich sollte wieder einigermaßen auf den Beinen sein, wenn ich die beiden treffe.«

Mathilda seufzte. Er klang so sicher. So absolut sicher, dass er sie treffen *würde*.

»Die glauben, *ich* wäre Ihre Tochter«, murmelte sie.

»Ja«, sagte Birger. »Ich weiß. Schade, dass Sie es nicht sind.«

»Dann hätten Sie mit ... fünfzehn Jahren ein Kind gezeugt.« Mathilda lachte.

»Also theoretisch möglich«, erklärte er zufrieden. Und dann schien er wegzudämmern.

Als Mathilda ging, hatte sie ihm das Foto noch immer nicht gezeigt. Vielleicht war es besser so, dachte sie. Vielleicht war es besser, wenn er möglichst lange das Bild der jungen Doreen Taubenfänger in sich bewahrte, die mit ihm neben einem alten Fahrrad stand und einen Schlafzimmerblick trug.

Die Ärztin – eine andere diesmal – fing sie im Gang ab.
»Sie sind die Tochter von Herrn Raavenstein?«
Mathilda nickte vorsichtig.
»Ich habe wenig Zeit, aber wir sollten mal miteinander reden. Wir haben all diese Befunde aus Hamburg ...«
»Hamburg?«
»Ja. Da war er doch zuletzt? Vor drei Wochen? Jedenfalls ... ich meine, ich finde schon, dass man die Entscheidung eines erwachsenen Menschen akzeptieren muss. Aber Ihr Vater ist erst vierzig, und an und für sich wäre er vielleicht operabel. Manche Kollegen sehen das vielleicht anders, aber ich persönlich glaube, man sollte noch einmal mit ihm reden ...«
»Ich dachte, der Tumor sitzt so zentral, dass die OP aussichtslos ist«, sagte Mathilda. »Ich kenne die Befunde. T 2 N 0 M 0. Keine Lymphknoten, keine Metastasen, aber ein Tumor im fortgeschrittenen Stadium.«
»Er sitzt zentral. Aber was ist schon aussichtslos? Es gibt immerhin eine minimale Chance. Wenn man nicht operiert, gibt es gar keine Chance. Wie gesagt, wir sollten in Ruhe darüber sprechen. Er bräuchte eine Chemo, um den Tumor vor der OP weiter zu verkleinern, eventuell Bestrahlung und Chemo, wobei eine Bestrahlung in dieser zentralen Lage vielleicht nicht möglich wäre.«
»Er hat doch schon eine Chemo hinter sich«, sagte Mathilda. »Palliativ. Er hat sich entschieden.«
Die Ärztin sah sie seltsam an. Schließlich schüttelte sie den Kopf. »Fehlen mir Unterlagen? Nach unseren Unterlagen ist er lediglich gestaged worden. Ich meine, die Untersuchungen sind gelaufen. Danach hat er die Klinik in Hamburg auf eigenen Wunsch verlassen.« In einem Zimmer ging ein Alarm los, und die Ärztin seufzte. »Heute Nachmittag hätte ich mehr Zeit. Kommen Sie dann wieder, dann reden wir.«

Mathilda nickte und wanderte langsam über den Flur in Richtung Ausgang.

Birger Raavenstein hatte sie angelogen. Er hatte nie eine Chemo mitgemacht. Er hatte sich einfach entschieden, aufzugeben, statt zu kämpfen.

Beinahe machte es sie wütend. Aber natürlich war es wichtiger für ihn, seinen Sohn zu finden – in der Zeit, die ihm noch blieb. Wenn er ihn fand – vielleicht würde er sich dann überreden lassen, seine minimale Chance zu nutzen? Die Chemo zu machen? In diesem Fall, dachte Mathilda, sollte sie Doreen und diesen Sohn noch schneller finden als schnell, am besten gestern, denn irgendwann ist auch ein operabler Tumor nicht mehr operabel, vor allem, wenn er dabei ist, in die Aorta einzuwachsen.

Das Leben kehrte sich auf seltsame Weise von innen nach außen, als sie ins Freie trat.

Am Himmel hing ein gelbes Ding, das einer Frühlingssonne verdächtig ähnlich sah.

Sie ging auf die Knie und umarmte Eddie, der sich sträubte, weil sie ihn zu fest an sich drückte.

»Vielleicht«, flüsterte Mathilda in sein Schlappohr, »vielleicht stirbt er gar nicht, hörst du? Es gibt eine *minimale Chance*. Wir müssen nur schnell genug sein.«

»Wenn es einen Tag später passiert wäre«, sagte Ewa Kovalska eine halbe Stunde später. »Warum konnte es nicht einen Tag später passieren?«

Sie war den Tränen nahe, und Mathilda nahm ihre zerbrechliche Hand und drückte sie sacht.

»Dann hätte ich die Callas gesehen, und hinterher wäre ich hergekommen, und das wäre es gewesen«, flüsterte Ewa. »Perfekt. Besser wäre es nicht gegangen. Aber so ...«

»Herr Mirusch ist der Meinung, manche Leute gehen

nach«, sagte Mathilda. »Wie Uhren. In diesem Fall sind Sie wohl vorgegangen ...«
»Das verdammte rechte Herz«, fauchte Ewa. »Es ist das rechte Herz.«
So, wie sie es sagte, klang es, als hätte sie zwei Herzen, und es war schade, dachte Mathilda, dass dem nicht so war.
»Es hat angefangen zu spinnen. Kann nicht mehr gegen diesen ganzen Kram in der Lunge anpumpen, so haben sie mir das erklärt. Und dann hat es angefangen, arrhythmisch zu werden, deshalb war es auch mit der Luft noch schlechter in letzter Zeit ... und dann ist es wohl ganz stehen geblieben. Ich war in der Drogerie, ich wollte einen Lippenstift kaufen für den Abend. Mich ein bisschen feinmachen. Lächerlich, denken Sie, das ist lächerlich? Tja, ich bin denen wohl vor die Füße gekippt ...« Sie lächelte entschuldigend. »Die haben den Krankenwagen gerufen. Und wenn nicht die Sache mit der Callas wäre, dann würde ich sie jetzt dafür verfluchen, dass sie mich wiederbelebt haben.«
»Die Callas wird noch mal auftreten«, sagte Mathilda. »Ganz bestimmt. Ich bekomme wieder Karten. Ich habe ja jetzt Übung darin, Karten zu besorgen.«
»Und Herr Mirusch war also da?«, fragte Ewa. »Wie hat er das angestellt, wo doch die Karten so teuer und so schwierig zu kriegen sind?«
»Ich hatte eine für ihn mitbesorgt. Er wollte so gerne hin. Wenn man mehrere Karten nimmt, wird es einfacher und billiger.«
»Oh«, sagte Ewa verwundert. »Jedenfalls ist es nett, dass er da war. Meinen Sie, er würde ... mich mal besuchen kommen? Ich weiß nicht, wie lange ich hierbleiben muss.«
»Er kommt bestimmt«, meinte Mathilda. »Und ich muss jetzt los, diese Person suchen.«
Sie zog das Foto aus der Tasche und hielt es hoch.
»Wo haben Sie sie denn verloren?«, fragte Ewa ernst.

»Ein Klient von uns hat sie verloren. Vor fünfzehn Jahren.«

Ewa nickte. Und dann kniff sie auf einmal die Augen zusammen und sagte: »Warten Sie mal. Darf ich das Foto sehen?«

Mathilda legte es auf den Nachttisch, neben die Vase mit den Blumen, die sie im Blumengeschäft des Virchow-Klinikums-Globus erstanden und mitgebracht hatte.

Ewa nahm das Bild in die Hand, als müsste sie es fühlen, um es sehen zu können, und Mathilda registrierte die Blutergüsse, die ihren Handrücken und ihre Armbeuge rings um die dort festgeklebte Flexüle zierten.

»Sie finden bei mir nie eine Vene«, erklärte Ewa beiläufig.

Mathilda nickte. Sie hatte selbst genug Patienten gequält, indem sie versucht hatte, ihnen Flexülen zu legen, obwohl die Patienten ganz offenbar überhaupt keine Venen *hatten*. Sie war bis heute der Überzeugung, dass es völlig venenfreie Patienten gab.

»Sie sitzt am Friedhof beim S-Bahnhof Wollankstraße«, sagte Ewa unvermittelt. »Jeden Tag. Immer auf derselben Bank.«

»Bitte?«

»Die Frau auf dem Foto. Ich gehe da immer spazieren, ist nicht weit von der Straße entfernt, in der ich wohne. So ein kleiner Friedhof, nicht besonders schön, aber im Frühling ganz nett. Die meisten Leute glauben, mein Mann liegt da, weil ich seit Jahren hingehe, aber um ehrlich zu sein ... liegt er ganz woanders. Ich suche mir jedes Mal einen neuen Mann auf diesem Friedhof aus. Einen toten. Dann stehe ich vor seinem Grab und frage mich, wie es gewesen sein könnte, mit ihm zusammenzuleben. Es gibt eine ziemlich große Auswahl an toten Männern.« Sie strich träumerisch über die weiße Bettdecke. »Na ja, und da sitzt sie. Jeden Tag. Noch nicht so lange. Vielleicht seit einer Woche?«

»Moment«, sagte Mathilda langsam. »Diese Frau sitzt jeden Tag auf einem Friedhof, den Sie kennen? Das kann ... das glaube ich nicht. Das ist zu verrückt.«

»Ja? Ich finde es gar nicht so verrückt, auf einem Friedhof zu sitzen, den ich kenne. Ich für meinen Teil fände es viel verrückter, auf einem Friedhof zu sitzen, den ich *nicht* kenne.« Sie lächelte. »Was ist denn, Mädchen?«

Mathilda atmete tief durch. »Sind Sie sicher? Absolut, vollkommen sicher, dass es diese Frau ist?«

Ewa nickte.

»Wann sitzt sie da? Um eine bestimmte Uhrzeit?«

Ewa überlegte. »Gegen Mittag, glaube ich. Mittag oder Nachmittag. Oder Vormittag ...«

Mathilda stand auf. »Oder vielleicht auch am Morgen.«

Ewa zuckte die Schultern. »Vielleicht.«

»Haben Sie je mit ihr gesprochen?«

»Nein. Nein, sie sitzt da und sieht so verträumt aus, dass man eigentlich nicht wagt, sie anzusprechen. Als wäre sie tief in irgendetwas versunken. Eine Erinnerung. Oder eine Vorstellung. Eine Melodie in ihrem Kopf.«

»Frau Kovalska«, sagte Mathilda und nahm das Foto. »Sie sind die hilfreichste Klientin, die wir je hatten.«

»Hat es also doch etwas genutzt, dass ich die Akten Ihrer Kollegin ...?«

»Nein. Sie kann das Alphabet immer noch nicht.« Mathilda grinste. »Aber wenn das die Frau ist, die ich suche, bekommen Sie einen Orden. Gold, Silber, Schokoladeneis, was Sie möchten.« Damit drehte sie sich um und ging – nein, sie schwebte – zur Tür.

»Ich möchte eigentlich nur die Callas noch mal hören und dann dieses Herz loswerden«, murmelte Ewa Kovalska hinter ihr leise.

Der Friedhof trug den klingenden Namen Pankow II, und genauso sah er aus.
Es saß niemand dort auf einer Bank. Es kümmerte sich noch nicht einmal jemand darum, ob Eddie da war oder nicht, obwohl Hunde selbstverständlich wieder verboten waren.
Mathilda machte eine mentale Notiz, dass dies der Ort war, den sie brauchte, falls es irgendjemandes letzter Wunsch wäre, mit seinem Hund auf einem Friedhof spazieren zu gehen.
Die Gräber lagen hinter Gittern, auf einer nicht besonders großen Fläche zwischen mehrstöckigen Wohnhäusern. Als hätte man die Toten eingezäunt, damit sie ja nicht auf die Idee kamen, die Lebenden mit dem Fakt ihres Totseins oder ihres Gelebthabens zu behelligen.
Mathilda wanderte an den Grabsteinen entlang, die hinter dem Gitter standen, und suchte einen neueren Datums. Warum saß Doreen Taubenfänger seit einer Woche jeden Tag auf diesem Friedhof? Die einfachste Antwort auf diese Frage war: Jemand, den sie kannte, war gestorben und hier begraben worden. Die beunruhigendste Antwort war: Nicht *jemand,* sondern ihr Sohn war ... Aber Mathilda weigerte sich, den Gedanken zu Ende zu denken.
Und sie fand kein neues Grab. Der Friedhof schien seit Jahren nicht benutzt zu werden. Die Toten, eingesperrt, doch ungestört, führten hier ihr eigenes Leben – sie ließen die Pflanzen des Friedhofs auf ihrer Erde wachsen und gedeihen. Frühlingsblumen streckten ihre Köpfe wippend aus Ritzen zwischen den Steinen, das Gras eroberte die ältesten Grabstätten zurück, und selbst der Efeu an den Bäumen winkte mit neuen, feinen, hellgrünen Blättchen.
Mathilda setzte sich auf eine Bank, teilte ein auf dem Weg erstandenes Wurstbrötchen mit Eddie und begann zu warten.
Der Himmel war blau und vom Sturm blankgefegt, die Sonne schien, und niemand kam.

»Mathilda?«, fragte Ingeborg gegen Mittag in Mathildas Telefon. »Wo steckst du?«

»Friedhof Pankow zwei«, antwortete Mathilda und gähnte, sonnenmüde und noch immer übernächtigt.

»Ein Klient des Institutes? Wer ist …? Sollte ich da sein?«

»Nein, nein. Ich bin nicht auf einer Beerdigung. Ich bin einfach nur auf dem Friedhof.«

»Aha«, sagte Ingeborg. »Einfach so.«

»Ja. Es ist schön hier. Ich bringe dir einen Strauß Narzissen mit. Sie sollten sicher mal auf einem Grab gewesen sein, aber sie haben sich davongemacht und wachsen jetzt mitten auf dem Weg. Ich …«

»Mathilda. Hier stapeln sich Akten, und drei Klienten warten auf deinen Rückruf: einmal Ostern, einmal Segelflug und ein Hobbymaler, der vor seinem Tod ein Bild von sich in der Nationalgalerie hängen sehen möchte. Außerdem hat Daniel offenbar versucht, dich zu erreichen. Er hat mich angerufen. Er macht sich Sorgen. Und die Großmutter von Maria Callas möchte bezahlt werden.«

»Ja, ja, ja, ja«, sagte Mathilda und schloss die Augen. »Ich komme. Ich komme und erledige das alles. Ich hänge das Segelflugzeug in die Nationalgalerie und fliege den Osterhasen, wohin er will, aber gerade jetzt muss ich auf diesem Friedhof sitzen und warten, weil …«

»Und dann wäre da noch das Eissoufflee«, bemerkte Ingeborg. »Fünf Uhr. Steht im Kalender.«

Mathilda sprang von der Bank auf.

»Ach, du Schande. Das Eissoufflee. Brennend. Altenheim. Draußen an der Panke. Wie spät ist es?«

»Vier«, sagte Ingeborg. »Unter dem Wort Eissoufflee steht VORHER ÜBEN, drei Mal unterstrichen. Was genau bedeutet das?«

»Nichts«, antwortete Mathilda.

Zwanzig Minuten später erklomm sie die Stufen zu ihrer Wohnung, öffnete die Tür und hatte genau einen Wunsch: sich aufs Bett fallen zu lassen und endlich zu schlafen. Aber es war nicht möglich.

Scheißjob.

Sie schnitt in aller Eile Obst in Scheiben, ohne überhaupt ihre Jacke auszuziehen, säbelte sich dabei zweimal in den Finger, ignorierte das Blut, das manche der Apfelstücke rot färbte, überflog das ausgedruckte Rezept und warf in aller Eile Zutaten zusammen. Es war unmöglich. Sie hatte dies noch nie getan, und es war unmöglich, dass es klappte.

Es musste klappen.

Sie brauchte Streichhölzer.

Sie nahm die Auflaufform mit dem Eis und den übrigen Zutaten unter den Arm, warf einen Blick zu Eddie, der auf dem roten Sofa eingeschlafen war, und versuchte, nicht neidisch zu sein. Dann rannte sie, samt Auflaufform, die Treppen alle wieder hinunter.

Pünktlich um eine Minute nach fünf stieg eine junge Frau aus einem grauen Mietauto vor dem Seniorenwohnheim in Pankow. Das Haus lag sehr idyllisch, man sah von der einen Seite aus auf die langsam dahintreibenden Weidenblätter, die die Panke hinuntergondelten. Von der anderen Seite sah man auf den Parkplatz.

Mathilda las die Schilder unten am Haus und begriff, dass es auch Kurgäste hier gab, die nur kurz blieben. Die, die lebenslang bekamen, die wirklichen Senioren, guckten auf den Parkplatz. Parkplatz war natürlich billiger.

Sie trug die verflixte Auflaufform vier Stockwerke hoch und verfluchte ihren Job zum zweiten Mal oder vielleicht auch zum zehnten Mal an diesem Tag.

Und dann stand sie mit plötzlichem Herzklopfen vor Zimmer 5, nach ihren Aufzeichnungen das Zimmer des alten Mannes, dessen letzter Wunsch ein brennendes Eissoufflee war. Er hatte fünfzehn Euro dafür gehabt, diesen letzten Wunsch zu erfüllen. Für die Zutaten hatte es ungefähr gereicht. Mathilda riss sich zusammen, holte tief Luft, dachte daran, dass es sich nicht um eine Klinik handelte und sie sich angemeldet hatte und dass sie hier mit ihrem brennenden Eissoufflee auftauchen *durfte*, ja, sogar sehnlichst erwartet wurde.

Ein zahnloses Grinsen würde sie für ihre Mühe belohnen, sie wusste es; sie sah ihren Klienten noch deutlich vor Augen. In dem Moment, in dem sie vor der Tür von Zimmer Nummer 5 stand, fühlte Mathilda sich trotz ihrer Erschöpfung und trotz der Kopfschmerzen – sie hatte vergessen, zu Hause eine Tablette zu suchen – wieder großartig. Sie hasste ihren Job nicht, sie liebte ihn. Sie machte Menschen glücklich. Auch wenn Dinge schiefgingen. Auch wenn es Leute gab, die sie und ihre Arbeit nicht verstanden oder nicht verstehen wollten. Auch wenn nicht alle Wünsche erfüllbar waren.

Sie stellte die Auflaufform auf eine Kommode im Flur des Altenheims, übergoss das Eissoufflee mit Rum und riss ein Streichholz an. Im nächsten Moment loderten golden-blaue Flämmchen von der Auflaufform in die Höhe, und sie wünschte, es wäre dunkler gewesen. Sie öffnete die Tür zu Zimmer 5 mit einem breiten, golden-blauen Lächeln.

Auf dem einzigen Bett in Zimmer Nummer 5 lag ein weißes Leintuch. Darunter zeichnete sich eine schmale, winzige Figur ab, eingegangen von zu viel gelebter oder ungelebter Zeit. Die Vase auf dem Nachttisch enthielt frische Blumen, aber der Schrank stand offen und war leer. Nur ein paar Staubflusen tanzten in der hintersten Ecke im Luftzug.

Mathilda öffnete den Mund, um etwas zu sagen, aber in diesem Moment erreichte der Rauch des Souffleefeuers den Rauchmelder, der für die Gelegenheit hätte deaktiviert sein sollen, und die Alarmanlage begann zu heulen. Mathilda schloss den Mund wieder und starrte den Rauchmelder an. Eine Altenpflegerin schlüpfte an ihr vorbei ins Zimmer, eine rundliche kleine Taiwanesin, mit der Mathilda schon einmal kurz gesprochen hatte.

»Oh, hat niemand informiert?«, fragte sie. »Herr Meier ist an Mittag heute gestorben. Sie sind zu spät.«

Mathilda stellte das Eissoufflee auf den Boden, während die Alarmanlage weiterheulte, und starrte die kleine Taiwanesin an. Sie fragte sich, ob es rassistisch war, Taiwanesin statt Altenpflegerin zu denken, und dann noch in Verbindung mit dem Adjektiv »klein« ... Sie setzte sich neben die Auflaufform und tat einen Moment lang gar nichts.

Die kleine ... die unterdurchschnittlich große Altenpflegerin mit Migrationshintergrund setzte sich neben sie.

»Is' nich' so viel schlimm«, sagte sie, ziemlich laut wegen des Alarms, und streichelte Mathildas Wange. »Nicht weinen.«

Mathilda nickte. »Danke.« Aber womit sie kämpfte, war kein Schluchzen, sondern ein dummes und völlig hemmungsloses Kichern. Sie wünschte, sie hätte weinen können, jeder hätte in dieser Situation geweint, und vielleicht, vielleicht wären vom Weinen die Kopfschmerzen verschwunden. Aber sie konnte nicht. Sie hatte zum letzten Mal geweint, als sie sechs Jahre alt gewesen war. Nur Daniel wusste, warum. »Bitte, vielleicht isst jemand anders das Eissoufflee«, brachte sie erstickt hervor. »Ich ... es ist alles ... Sie dürfen es ... auspusten.«

»Natürlich«, sagte die Taiwanesin ernst und pustete. »Darf ich etwas wünschen?«

»Bloß nicht! Schauen Sie sich den an.« Sie nickte zu dem Tuch. »Wünschen scheint hier eher gefährlich zu sein.« Sie stand auf. »Ich muss jetzt auf den Friedhof zurück. Ich hole die Auflaufform ein andermal ab.«

»Natürlich«, sagte die Taiwanesin wieder und nickte, noch immer sehr ernst. »Sie müssen auf Friedhof.« Sie machte ein Gesicht, als wäre es das Selbstverständlichste auf der Welt, dass Mathilda auf einem Friedhof ... nun, möglicherweise lebte.

Mathilda machte, dass sie hinauskam, und stand, verfrüht, wieder neben Birgers Auto. Erst als sie darin saß und den Parkplatz verlassen hatte, wagte sie zu lachen. Sie lachte so laut und so lange, dass sie sich fragte, ob sie eigentlich noch bei Trost war, aber es war einfach alles zu abstrus oder zu tragisch oder zu viel. Sie lachte so lange, bis ihr die Tränen in den Augen standen.

Sie brauchte, dachte Mathilda, einen Schnaps. Sie brauchte einen Kaffee. Sie brauchte endlich eine Kopfschmerztablette. Sie brauchte Ingeborg, die begreifen würde, dass sie lachte.

Auf dem Friedhof war unversehens ein Dämmerabend aufgezogen, der die Luft blau verfärbte. Blau ohne Gold. Keine Souffleeflammen.

Mathilda ging langsam zurück durch das Tor. Auf dem Schild dort stand, bei Sonnenuntergang schloss der Friedhof, so wie fast alle Berliner Friedhöfe. Vielleicht schloss man sie mit ein. Es würde zu diesem Tag passen. Zu ihrem Leben passen.

Sie würde über das Gitter klettern, und auch das passte.

Die Tulpen und Narzissen hatten ihre Kelche vor der Nacht geschlossen. Die Gräber und Bänke lagen verlassen – noch verlassener als am Tag. All die toten Männer, die Frau Kovalska hätte haben können und mit denen sie sich ein anderes Leben ausgemalt hatte, versteckten sich in der kommenden Dunkelheit.

Auf der letzten Bank, der allerletzten, saß jemand. Ganz selbstverständlich, als säße er schon immer da. Eine dünne

Figur mit einer Baskenmütze auf dem Kopf, engen Jeans und einer schwarzen Lederjacke. Eine Figur, die leise rauchte und ins Nichts des Abends sah, sehr still.
»Doreen?«, fragte Mathilda. »Doreen Taubenfänger?«

7.

Ich habe auf dich gewartet. Ich war die ganze Zeit in der Nähe. Wusstest du das nicht?«
Mathilda schüttelte den Kopf, der Satz kam aus ihrem Traum. Die Frau auf der Bank sagte gar nichts. Sie sah nur zu Mathilda auf, fragend, abwartend.
Und schließlich nickte sie langsam. »Kennen wir uns?«
»Nein«, sagte Mathilda. »Oder ich kenne Sie, aber Sie kennen mich nicht. Vielleicht kenne ich Sie auch nicht. Ich weiß nur ein paar seltsame Fakten.« Sie seufzte und setzte sich ebenfalls auf die Bank. »Da war ein schwarzes Hollandrad. Und ein rotes Kleid mit weißen Punkten. Und eine Nacht in einem Café, das vollgestopft ist mit Büchern und esoterischen Ideen. Da war ein Babybody mit einer winzigen Taube darauf und dem Namen Kilian.«
Die Frau sah Mathilda an und runzelte die Stirn. »Ich verstehe nicht ...« Ihre Hände hoben sich wie von selbst in die Luft und schienen dort nach etwas zu suchen, etwas greifen zu wollen, etwas zum Festhalten vielleicht. Die Vergangenheit. Oder einfach den Zusammenhang.
»Wer sind Sie?«, fragte sie vorsichtig. »Was wollen Sie von mir?«
»Ich persönlich will gar nichts von Ihnen«, antwortete Mathilda und seufzte noch einmal. Vielleicht seufzte sie nur, um Zeit zu gewinnen. »Warum gibt es in den Akten dieses Landes keine Doreen Taubenfänger?«
Die Frau stand auf, bereit zu gehen oder, wenn nötig, zu rennen. Ihr ganzer hagerer Körper war angespannt wie der einer Katze auf dem Sprung. »Wer hat Sie geschickt?«
»Bitte«, sagte Mathilda so sanft sie konnte. »Setzen Sie

sich wieder. Ich möchte nur mit Ihnen reden. Ich bin weder von der Polizei noch ... von sonst was Gefährlichem. Ich bin eine völlig harmlose fünfundzwanzigjährige Person ohne weitere Bedeutung. Zurzeit bin ich nicht mal bewaffnet. Eddie ist zu Hause geblieben.«

»Eddie«, wiederholte die Frau und fuhr sich nervös durch ihr kurzes rotes Haar.

»Mein Hund. Er ist ...« Sie brach ab. Irgendwie hatte Mathilda vollkommen den Faden verloren und keine Ahnung, wie sie zu dem zurückkehren sollte, was sie eigentlich sagen wollte.

Sie steckte die Hände in die Taschen, um ein Taschentuch zu suchen, sich die Nase zu putzen und mehr Zeit zu gewinnen. Und dort, in ihrer Jackentasche, fand sie die Rettung: einen Stapel Visitenkarten des Instituts. Sie nahm sie heraus, löste das Gummiband und gab Doreen eine der kleinen Pappkarten.

»Institut der letzten Wünsche«, las Doreen laut. Und setzte sich wieder auf die Bank, verwundert. »Aber ich sterbe nicht. Ich meine, nicht in nächster Zeit. Ich habe keinen letzten Wunsch. Was ...?«

»Nein«, antwortete Mathilda. »Sie sterben nicht. Aber Birger Raavenstein tut es.«

Doreen saß ganz still. Sie sagte nichts, sah nur geradeaus und schien zu Stein geworden zu sein wie eine Statue auf einem Grab.

»Erinnern Sie sich, wer Birger Raavenstein ist?«

Die Statue nickte. Unendlich langsam.

»Er wollte Ihnen einen Heiratsantrag machen. In dem Café voller Bücher. Und Sie sind zur Toilette gegangen und verschwunden. Sie waren schwanger. Er hat Sie gesucht, Sie und das Kind. Er sucht noch immer. Sein letzter Wunsch ist es, Sie zu finden, und damit hat er sich an uns gewandt. Er ... hat noch ein paar Monate. Oder ein paar Wochen. Je nachdem. Er hat ein zentralgelegenes Bronchialkarzinom in der Lunge, das ihn umbringen wird.«

Sie machte eine Pause und atmete tief durch. »Jemand muss erben.«

Die Statue neben ihr sah wieder geradeaus, ohne noch einmal zu nicken. Die Dunkelheit senkte sich allmählich auf die Friedhofsbäume hinab. Es war so still, dass man beinahe den Frühling in der Erde wachsen hörte. Nur der Lärm der Autos begleitete ihn gedämpft wie aus einer anderen Welt.

Wenn sie immer und immer so sitzen blieben und Doreen niemals sprechen würde, dachte Mathilda, dann konnte sie Birger behalten. In diesem Zeitloch, in einem ewigen Frühlingsmoment, in dem nur sie wusste, dass er ein paar Kilometer entfernt in einem Bett lag und in diesem Moment vor allem auf ihre, Mathildas, Rückkehr wartete.

Aber die Statue bewegte sich und zerstörte die Stille.

»Wo ist er?«, fragte sie. »Kann ich ihn sehen?« Ihre Stimme war gedämpft wie der Lärm der Autos, und Mathilda begriff erst nach einem Moment, dass es Tränen waren, die sie dämpften.

Sie glänzten auf Doreens Gesicht; in einem letzten Versuch des Abendlichts, nicht in der Dunkelheit unterzugehen.

»Er liegt im Krankenhaus«, sagte Mathilda. »Seit gestern. Mit einer akuten Lungenentzündung. Wenn Sie mir eine Adresse ... wenn Sie mir irgendetwas geben, damit ich Sie erreichen kann ... damit er Sie erreichen kann ... Ich muss erst mit ihm sprechen.«

Doreen wandte den Kopf zu Mathilda. Die Schminke um ihre Augen herum begann, ganz leicht zu verlaufen.

»Natürlich. Ich gebe Ihnen meine Handynummer. Ich ...« Sie verstummte.

»Sie müssen das doch gewusst haben. Wir hatten die Suchmeldung im Radio, und überall kleben Plakate ...«

Doreen hob die Schultern. Ihre Schultern waren schmal und hager wie alles an ihr.

»Ich habe sie nicht gesehen. Und ich höre selten Radio. Ich ... Wie lange suchen Sie denn schon?«

Mathilda rechnete. »Ungefähr seit zwei Wochen. Was ist damals passiert? Wohin sind Sie verschwunden aus dem *Tassilo*?«

»Das«, sagte Doreen leise, »erzähle ich Birger vielleicht irgendwann selbst. Ich musste ... untertauchen. Damals war alles sehr verworren. Ich wollte ihn nicht verlassen. Es war notwendig. Zu seinem eigenen Besten. Ich hatte gehofft, ich könnte ihm das eines Tages sagen.«

»Können Sie. Jetzt.«

»Ja. Und jetzt ist es zu spät.«

Doreen holte ihr Handy heraus und begann, die Nummer zu suchen, und Mathilda speicherte sie ein, und niemand stellte mehr eine Frage. Schließlich steckte Doreen das Handy weg. »Melden Sie sich. Melden Sie sich bald. Ich komme hin, wo immer Sie wollen. Ich möchte ihn sehen.« Und dann ging sie durch die Friedhofsdunkelheit davon.

Mathilda sah ihr nach. Sie an Doreens Stelle hätte mehr Fragen gestellt. Aber vielleicht ging sie, um Mathilda die Tränen nicht sehen zu lassen, die sie noch immer weinte und aus denen zu viele Geheimnisse über die Vergangenheit quollen.

Mathilda ließ ihr einen Vorsprung von zehn Minuten. Dann stand sie auf und ging ebenfalls. Das Tor war verschlossen. Sie fluchte, kletterte darüber, zerriss sich den Ärmel und landete auf der anderen Seite direkt vor einem älteren Herrn, der seinen Spazierstock ausführte.

Er starrte sie an und schüttelte missbilligend den Kopf.

»Danke gleichfalls«, sagte Mathilda und zog eine weitere Visitenkarte hervor, um sie ihm zu überreichen. »Falls Sie eines Tages einen Wunsch haben. Weihnachten ist allerdings aus.«

Dann rannte sie, ehe er fragte, weshalb sie nachts auf Friedhofstoren herumkletterte und ob sie eventuell auf dem Friedhof etwas gestohlen hatte, eine Grabinschrift beispielsweise. Oder ein kleines, glitzerndes Stück der Ewigkeit nach dem Tod.

Der nächste Morgen war sonnig und gelb, und es sangen abnorm viele Vögel in den Bäumen an der Panke, an der Mathilda und Eddie entlanggingen. Weit weg sahen die Fenster eines Seniorenwohnheims auf genau diesen Fluss hinaus, oder eben nicht, weil es ja nur die Fenster der Kurklinik waren.

Eddie bestand darauf, den Strauß roter Tulpen zu tragen, den Mathilda in die Klinik mitnahm.

Nicht zu Birger, sondern zu Frau Kovalska.

Birger stand als zweiter Punkt auf Mathildas Liste, sie brauchte diesen Morgenspaziergang und sie brauchte Frau Kovalskas Lächeln, um den Besuch bei ihm auszuhalten.

Ewa Kovalska saß sehr aufrecht im Bett und las einen ungefähr tausendseitigen Roman.

»Wie schön«, sagte sie. »Tulpen! Übrigens lassen sie mich übermorgen raus, aber ich kriege jetzt eine ambulante Pflege, die auf mich aufpasst und mich zwingt, den Sauerstoff zu benutzen. Ich weiß nicht, ob die dann mit der Peitsche ankommt. Ab nächster Woche könnte ich wieder in ein Konzert gehen.«

Mathilda versprach, sich zu kümmern. Als sie die Station verließ, begegnete sie Jakob Mirusch. Er trug einen Strauß in der Hand, der verdächtig nach roten Tulpen aussah.

»Haben Sie schon einen Termin für Ihren Studentenspieleabend?«, fragte Mathilda im Vorübergehen.

Herr Mirusch schüttelte den Kopf. »Ich sollte meinen Wunsch ändern«, murmelte er seufzend. »Vielleicht ein Ballonflug ...«

»Unterstehen Sie sich«, sagte Mathilda.

Birger sah genauso blass aus wie beim letzten Mal, aber er lächelte, als sie das Zimmer betrat.

Die Schwestern lächelten auch säuerlich, Mathilda kam zur offiziellen Besuchszeit, hatte keinen Hund bei sich und konnte enttäuschenderweise nicht angemeckert werden.

Sie kam auch gar nicht von draußen, sondern aus dem Arztzimmer. Sie hatte ein sehr langes Gespräch mit Birgers Ärztin hinter sich.

»Ich habe ein sehr langes Gespräch mit Ihrer Ärztin hinter mir«, begann sie und zog sich einen Stuhl heran. »Und es gibt zwei Dinge, über die ich mit Ihnen sprechen muss.«

»Sie haben nicht gefragt, wie es mir geht.«

»Soll ich?«

»Nein«, sagte Birger und versuchte, mit der Hand, in der keine Flexüle lag, seine Haare zu ordnen. Es war unglaublich, selbst die Kabel und Schläuche neben seinem Bett schienen mit in seine private Unordnung hineingeraten zu sein, sie waren viel verknoteter als die Schläuche der anderen Patienten.

»Erstens.« Mathilda holte tief Luft. »Sie haben mich wirklich angelogen.«

Er machte ein erschrockenes Gesicht – wie ein kleiner Junge, der beim Klauen erwischt wird.

»Sie haben gar keine Chemo gemacht. Sie hatten in Hamburg ein Staging und sind quasi abgehauen.«

»Nein. Ich habe mich auf eigenen Wunsch selbst aus der Klinik entlassen. Ich meine, ich bin nicht aus dem Fenster geklettert und heimlich übers Dach geflohen ...«

»Obwohl ich mir das auch vorstellen könnte«, sagte

Mathilda. Sie versuchte, ihrer Stimme einen strengen Klang zu geben, aber es war schwierig. Sie wäre mit ihm über jedes Dach geflohen, auch oder gerade bei Nacht und Nebel.

Mathilda, bleib vernünftig.
»Das Staging der Hamburger Klinik ergibt, dass Ihr Tumor prinzipiell operabel ist.«
»Nein. Sie haben die Bilder gesehen. Das Ding liegt zentral. Direkt bei den großen Gefäßen. Jeder Chirurg, der da reinschneidet, muss wahnsinnig sein.«
»Es gibt eine Chance.«
»Gott!« Er warf die Arme hoch und lief Gefahr, sich in den Schläuchen zu verheddern.
»Es gibt immer irgendeine Chance! Es gibt auch eine Chance, dass ein Sack Goldstücke auf einen fällt, wenn man über die Straße geht.«
»Richtig. Die Ärztin sagt, Sie bräuchten eine neoadjuvante Chemo. Das bedeutet, dass die Chemo vor der OP stattfände, um die Tumormasse zu verkleinern. Es würde die Chance größer machen.«
»Die Chance, dass ein Sack Goldstücke auf mich fällt? Nein danke«, sagte Birger und schaffte es, trotz der Flexüle im Bett die Arme zu verschränken. »Was sind Sie? Meine Ärztin? Ich dachte, Sie haben das Studium abgebrochen, weil Sie eben *keine* sein wollten. Die Oberärztin hat mir das auch alles schon erzählt, und die Leute in Hamburg haben mir das Gleiche erzählt. Aber ich will nicht. Verstehen Sie? Ich will Doreen und meine Tochter finden, die … ein Sohn ist. Egal. Ich will sie finden und noch ein bisschen Zeit mit ihnen verbringen, statt wochenlang in so einem verdammten Bett herumzuliegen und zu merken, wie es mir von der Chemo immer beschissener geht, und am Ende auf einen OP-Tisch gezerrt zu werden und dann, verdammt noch mal, doch da zu verrecken.«

Er starrte sie an, schweratmend, und Mathilda starrte zurück, eher überrascht als erschrocken.

Die drei anderen Patienten starrten ebenfalls. Sogar der Fernseher, der irgendeine amerikanische Serie über Katzenkunststücke zeigte, schien zu starren.

»Sie können ja richtig wütend werden«, sagte Mathilda leise. »Ich wusste nicht, dass Sie solche Worte benutzen wie verrecken.«

»Aber genau das werde ich tun«, flüsterte er kaum hörbar, erschöpft. »Nur will ich vorher noch ein paar schöne Tage haben. Ist das zu viel verlangt?«

»Nein. Tut mir leid. Ich war ...« Ich war gerade vielleicht Daniel, dachte sie.

»Es ist nur ... eine Menge Leute vertragen die Chemo ganz gut. Und ...«

»Meine Eltern«, flüsterte Birger, »sind beide an Krebs gestorben. Kurz nacheinander. Ich habe ihnen dabei zugesehen. Das war gar nicht so lange, nachdem Doreen weg war. Bevor ich nach England gegangen bin. Glauben Sie mir, ich weiß, was eine Chemo ist.«

»Aber das ist fünfzehn Jahre her!«

Er antwortete nicht mehr, lag nur da und atmete mit geschlossenen Augen ein und aus.

»Ich habe sie gefunden«, sagte Mathilda unvermittelt.

Birger öffnete die Augen. »*Was?*«

»Doreen. Ich habe sie gefunden. Ich habe ihre Handynummer.«

Auf einmal schien das Leben wieder in ihn zurückzukehren. »Und das erzählen Sie mir erst *jetzt*? Wo ist sie? Ist sie in Berlin? Wie geht es ihr? Und unserem ... Sohn? Was ist damals ...?«

»Das wird sie Ihnen alles selbst erzählen«, entgegnete Mathilda ein wenig steif. »Mein Auftrag ist sozusagen beendet. Nur deshalb wollte ich am Ende noch mit Ihnen über

Ihre Diagnose sprechen.« Sie legte den Zettel mit Doreens Nummer auf den Nachttisch. Sie hatte sich das Ganze anders vorgestellt. Sie hatte nicht mit ihm streiten wollen. Sie hasste sich dafür, dass sie sich stritt.
»Sie können sie jederzeit anrufen und sich mit ihr verabreden. Wir müssen dann nur noch das Finanzielle klären mit dem Institut. Dann sehen Sie mich nie wieder, und niemand redet Ihnen in Ihre Sterbeplanung rein.«
Er sah sie an, völlig entsetzt. »Bitte? Sie ... Sie geben mir jetzt diesen Zettel und lassen mich damit ... allein?« Er griff nach ihrer Hand, und sie wollte sie wegziehen, aber es war schön, von ihm berührt zu werden, und so ließ sie die Hand, wo sie war. »Das können Sie nicht machen«, flüsterte Birger. »Sie müssen mir helfen! Ich kann ... ich kann unmöglich ... Sie darf mich so nicht sehen. Ich muss erst wieder raus aus der Klinik. Und ich ... ich weiß gar nicht, wo ich sie treffen soll oder was ... was ich zu ihr sagen soll ...«
»Was wollen Sie?«, fragte Mathilda. »Dass ich mitkomme?«
Er sah weg, sah zum Fenster, vor dem der blaue Frühlingshimmel strahlte. »Ja.«
Mathilda versuchte, nicht zu lachen, sich nicht zu freuen, aber das war schwer.
»Sie könnten mir zum Beispiel mit der Frage helfen, was ich anziehen soll«, meinte er, noch immer sehr leise.
»Das ist egal«, sagte Mathilda. »Es wird sowieso zerknittert und durcheinander sein, bis Sie beim Treffpunkt ankommen.« Aber sie sagte es freundlich, und sie ließ ihre Hand in seiner.
»Ich muss hier raus«, flüsterte er. »O Gott, ich muss hier raus. Wann lassen die mich raus?«
»Das wird noch ein paar Tage dauern«, antwortete Mathilda fest. »Und ich habe eine lange Liste von Dingen, die

ich erledigen muss. Aber zwischendurch überlege ich mir einen perfekten Treffpunkt und ein knitterfreies Outfit, versprochen.«

Sie hatte Eddie unten an eine der Kastanien gebunden. Aber da war kein Eddie mehr. Mathilda erschrak und sah sich um, und dann hörte sie ein Bellen. Gleich darauf entdeckte sie Eddie; er raste über den Streifen Wiese zwischen den Bäumen, offenbar auf der Jagd nach einem Stock, den er schnappte und zurücktrug zu der Person, die ihn geworfen hatte. Mathilda blinzelte. Dort im Gras kniete der Junge mit den blauen Haaren, die Gitarre neben sich auf dem Boden. Sie ging langsam hinüber.

»Hey«, sagte der Junge und sah auf.

»Warum bindest du meinen Hund los?«, fragte Mathilda.

»Ist das Ihr Hund? Ich dachte nur, er langweilt sich.« Der Junge mit den blauen Haaren zuckte die Schultern. Der zu große Pullover – er schien immer denselben zu tragen – rutschte dabei über eine Schulter hinunter, und sie sah wieder, wie mager er war. Mager und nicht besonders gewaschen.

»Die Parkgebühr für Hunde im Klinikumsbereich beträgt zwei Euro«, erklärte er mit einem Grinsen und hielt die Hand auf. Eddie wartete schwanzwedelnd darauf, dass er den Stock noch einmal warf, und Mathilda hob ihn auf und warf ihn, damit der Junge es nicht tun konnte.

»Warum machst du das?«, fragte sie. »Warum bettelst du?«

»Ich bettle nicht. Ich bewache geparkte Hunde. Und außerdem bin ich Musiker.« Er nickte zu der Gitarre hin.

»Und ich bin John Wayne«, sagte Mathilda. »Hör mal, bist du meinetwegen hier?«

»Deinetwegen? Du bist größenwahnsinnig.« Der Junge spuckte zur Seite hin aus, Zentimeter neben Mathildas

Schuh. »Ich lauf doch einer wie dir nicht nach! So sexy bist du auch wieder nicht.« Er stand auf und war plötzlich unangenehm nah, er überragte Mathilda um ein paar Zentimeter, und er roch nach einer Mischung aus Schimmel und Bier. »Was ist mit den zwei Euro?« Seine geöffnete Hand schwebte jetzt vor ihrer Nase oder eigentlich eher vor ihrem Busen, so dicht, dass er sie berührte.

»Nichts ist mit den zwei Euro«, fauchte Mathilda und machte einen Schritt zurück. »Geh nach Hause und sag deiner Mutter, sie soll deinen Pullover in die Waschmaschine stecken! Und dich am besten auch. Und dann frag sie bei der Gelegenheit mal, warum sie dir nie beigebracht hat, wie man mit fremden Frauen redet.«

»Was hat dir deine Mutter denn beigebracht?«, fragte der Junge mit den blauen Haaren. »Dass man in Kliniken in geklautem weißem Zeugs rumläuft und nachts über Friedhofstore klettert?«

»Woher …?« Mathilda stockte. »Meine Mutter hat mir beigebracht, dass man sich nicht auf die Spielchen von Leuten einlässt, die einem offenbar nachspionieren.«

Der Junge streckte eine Hand aus und strich über das aufgenähte lila-rote U-Boot an ihrem Kragen. »Wie war die denn, deine Mutter? Hat die damals den ganzen bunten Kinderkram gekauft? Du hattest eine von diesen ekelhaft glücklichen Kindheiten, oder? Mit weichen handgenähten Kissen und Holzspielzeug. Und du bist immer noch nicht in der richtigen Welt angekommen. Deshalb trägst du diesen Kram.« Sein Lächeln war auf schmierige Art nachsichtig, als wäre er viel älter und welterfahrener als Mathilda.

»So in etwa«, sagte sie kurz und nahm Eddie an die Leine. »Aber das geht dich nichts an. Und jetzt entschuldige uns, ja? Wir haben noch einen Besuch in einem Vergnügungspark zu organisieren, den es gar nicht mehr gibt.«

Sechs *Tatort*-Abende, fünf Geburtstage, drei Eisessen, einundzwanzig bearbeitete Akten und einen Segelflug später stand Mathilda mit Eddie und Ingeborg am Eingang des Spreeparks.

Ab und zu tauchten Grüppchen von Leuten auf, die im Plänterwald spazieren gingen, blieben eine Weile am geschlossenen Tor stehen und fotografierten sich gegenseitig davor. Hinter dem Zaun erhob sich ein verwildertes Urwaldgebiet, aus dem hier und da seltsame bunt gestrichene Dinge ragten wie Relikte einer unerklärlichen Urzeit. Tatsächlich stand gleich hinter dem Tor ein Dinosaurier in Lebens- oder Sterbensgröße, und am windigen Himmel schwankten in einiger Entfernung die Gondeln eines unbemannten Riesenrades.

Mathilda und Ingeborg (und die Gondeln) warteten auf das Ehepaar Werner, aber das Ehepaar Werner wartete, so hatten sie geschrieben, auf das richtige goldene Nachmittagslicht, in dem sie den Park sehen wollten. Sehen *mussten*. Es war ein Muss, sie hatten das sehr klar ausgedrückt. Sie würden, hatten sie gesagt, irgendwann zwischen halb fünf und sechs Uhr da sein, man konnte das nicht voraussagen.

Mathilda lief mit Eddie kleine Kreise vor dem Eingangstor. Ingeborg ging im Stehen eine Akte durch.

»Und hinterher im Anschluss der große Clou mit deinem Raavenstein oder wie?«, fragte sie und blätterte, mühsam, eine Seite um.

»Mal sehen, ob es ein Clou wird«, sagte Mathilda, ohne damit aufzuhören, im Kreis zu gehen. Sie konnte nicht still stehen, sie war zu aufgeregt. »Vielleicht wird es auch der absolute Reinfall.«

»Was du dir natürlich wünschst«, sagte Ingeborg, weiter in der Akte herumkritzelnd.

»Das tue ich nicht! Ich habe alles dafür getan, dass es ...

gutgeht. Ich meine, der Biergarten auf der Insel der Jugend ... ein Frühlingsabend ... Romantischer geht es nicht! Und ich habe einen absolut bügelfreien Pullover gefunden, obwohl ich gegen die Frisur nichts tun kann ...«
»Pullover sind immer bügelfrei«, bemerkte Ingeborg und schüttelte ihren Tintenstift. »In Wirklichkeit hoffst du, dass sie sich hassen und er versehentlich direkt aus diesem Biergarten ins Wasser fällt, damit du ihn rausziehen kannst.«
Mathilda blieb stehen und nahm Ingeborg die Akte weg.
»Hör auf damit. Ich gebe mir wirklich Mühe.«
»Du meintest, sie wäre seltsam.«
»Doreen? Ja. Aber es geht mich nichts an. Sie ... da kommen sie.«
Und sie kamen. Herr und Frau Wegner, beide Mitte neunzig, beide mit einem Strahlen auf dem Gesicht, dass das des Nachmittagslichts bei weitem übertraf. Herr Wegner schob Frau Wegners Rollstuhl, und Frau Wegner rief ab und zu »Weiter links!« oder »Jetzt mehr rechts!«, weil Herr Wegner sozusagen nichts sah. Er trug eine dicke Brille, aber das schien wenig zu helfen. Mathilda bezweifelte, dass er ohne die Hilfe des Rollstuhls hätte laufen können, er benutzte ihn quasi als Gehwagen. Außen am Rollstuhl hing der Urinbeutel, dessen Katheter unter der braun-beige-farbenen Fleecedecke verschwand. Die beiden gaben ein Bild ab, das in seiner Hässlichkeit beinahe kitschig wirkte. Mathilda wusste im Moment nicht einmal, wer von beiden ein Klient des Instituts war und an was wer von ihnen wann vorhatte zu sterben. Sie wusste nur, dass sie strahlten.
»Jetzt ist das Licht gerade richtig«, erklärte Herr Wegner, der das Licht vermutlich noch nicht einmal sah. »Es war damals auch so, wissen Sie, und ich habe all diese Bilder gemacht, auf denen Luise – das ist meine Frau – auf denen sie drauf war, mit der Loopingbahn im Hintergrund und im Westerndorf und in der kleinen Eisenbahn ...«

»Tatsächlich«, sagte Ingeborg und verstaute die Akte in ihrem Rucksack. Beide, Mathilda und Ingeborg, hatten die Wegnerschen Geschichten über den Spreepark schon ungefähr ein Dutzend Mal gehört. »Ja«, fuhr Frau Wegner fort, »damals hat Hartmut – das ist mein Mann – damals hat er ungefähr zweihundert Fotos gemacht und alle mit diesem wunderbaren Licht, aber wie wir da im Schwanenboot saßen auf dem kleinen Fluss, da hat uns jemand anders geknipst, zu zweit ...«

»Und Luise – das ist meine Frau – Luise wäre fast aus dem Boot gefallen«, erzählte Herr Wegner, »weil sie unbedingt auf dem Boot den Picknickkorb auspacken wollte ... was für ein Jammer, dass der Park jetzt verfällt. Aber auch wieder ganz schön, weil man ihn dann für sich alleine hat.«

»Wir sollten jetzt reingehen«, sagte Mathilda. »Ich habe die Schlüssel zum Tor.«

»Woher ...?«

»Magie«, verkündete Mathilda und zwinkerte möglichst zwielichtig. Sie schloss das große Tor auf, und als Herr Wegner Frau Wegner durch das Tor schob, folgten ein paar der zufällig anwesenden Spaziergänger ihnen. Mathilda zuckte die Schultern. »Sie können ruhig mitkommen. Aber ich trage keine Verantwortung, wenn jemand von irgendetwas herunterfällt.«

Die Sache mit dem Schlüssel war nicht ganz so magisch. Eigentlich hatten Herr und Frau Wegner über den Zaun klettern wollen, so wie es die meisten Leute taten, die die offiziellen Führungen durch den stillgelegten Freizeitpark nicht bezahlen wollten. Es gehörte zum letzten Wunsch der Werners, dass ihr Besuch im Spreepark heimlich und illegal vonstattenging.

Doch Mathilda hatte brav eine offizielle Führung besucht, hinterher lange und mit sehr vielen Augenaufschlägen mit dem zuständigen jungen Mann gesprochen und den Schlüssel bekommen, nachdem sie mehrere Dokumente für die Versicherung unterschrieben und eine gewisse Summe in bar bezahlt hatte. Sie konnte sich beim besten Willen nicht vorstellen, wie sie die Wegners und den Rollstuhl über einen Zaun hieven sollte. Vermutlich wäre es einfacher gewesen, das U-Bahn-Pony darüber zu werfen.

Hinter dem Tor lag ein gerader, breiter Weg, bewacht von zwei melancholischen Sauriern, deren Farbe abblätterte. Die Würstchenbude war neueren Datums und wohl für die offiziellen Führungen gebaut, was die Wegners zu enttäuschen schien. Nach dem ersten breiten, geraden Stück Weg sagte Herr Wegner: »Luise – das ist meine Frau – findet, dass es besser wäre, wir gingen querfeldein und nicht den Wegen nach.« Und Frau Wegner ergänzte: »Hartmut – das ist mein Mann – ist Spezialist in Querfeldeinfotos.« So schlugen sie sich seitwärts in den Dschungel aus schulterhohen halbvertrockneten Stauden und dichtem Geäst, eine Expedition mit einem Rollstuhl und einem Hund auf der Suche nach bunten Gipsfiguren, toten Achterbahnen und Spuren von Cowboysiedlungen.

Die anderen Spreeparkbesucher, die sie mit hereingelassen hatten, zerstreuten sich nach einer Weile unauffällig, und sie waren allein – allein zu viert in der warmen Stille eines Frühlingsnachmittags im Niemandsland. Ingeborg brach einen Stock ab und benutzte ihn als Machete, um den Weg zu ebnen. Dennoch bewegten sie sich im Schneckentempo, und Ingeborg warf nervöse Blicke auf ihre Armbanduhr. Herr Wegner blieb ab und zu stehen und fotografierte seine Frau zwischen Disteln und überwucherten Betonbrocken, und einmal standen sie tatsächlich so lange still, dass die aufgescheuchten Schmetterlinge zurückkamen und sich nicht nur auf den Disteln, sondern auch auf Frau Wegners Rollstuhl niederließen.

Da nahm Mathilda Ingeborg leise die Armbanduhr ab und steckte sie in die Tasche.
»Vergiss die Zeit«, flüsterte sie. »Sie steht still, merkst du es nicht? Stell dir vor, du hast jemanden, der dich im Rollstuhl mit den Schmetterlingen ablichten will, wenn du neunzig bist, obwohl er selbst nichts mehr sieht.«
Ingeborg strich eine ihrer Drahthaarsträhnen hinters Ohr und schüttelte den Kopf, wodurch sich die Strähne wieder löste.
»Ich habe aber niemanden«, flüsterte sie, vielleicht etwas schärfer als nötig. »Und ich habe auch keinen Rollstuhl. Ich ...« Sie zuckte die Achseln. »Lass uns weitergehen.«
Sie nahm die Griffe von Frau Wegners Rollstuhl, und als Herr Wegner protestieren wollte, sagte sie mit fester Stimme: »Luise – das ist Ihre Frau – kann von mir auch sehr gut geschoben werden. Dann können Sie besser fotografieren. Haken Sie sich bei Frau Nielsen unter, dann fallen Sie nicht.«
Sie legten drei oder vier Meter zurück, dann blieb Ingeborg abrupt stehen und schnappte nach Luft.
Vor ihnen ragte ein riesiges Raubtiermaul aus dem Dickicht. Es war weit aufgerissen und schien einem Zwischending aus Drachen und Tiger zu gehören, dessen schlangenhafter, gewundener Körper sich dahinter dunkel zwischen den Büschen abzeichnete.
Erst auf den zweiten Blick begriff Mathilda, dass das Ding, was im Maul des Schlangendrachenlöwen steckte, ein Stück Achterbahn war. Sie traten alle zusammen auf einen Weg hinaus, neben dem morsche Stufen in die Höhe führten, wo alte Achterbahnwagen auf ihrem Gestell festgerostet waren, für immer auf den waghalsigen Flug in die Tiefe wartend. Und der Drache wartete für immer drauf, dass er sie verschlucken konnte. Es war ein gegenseitiges Sehnen, das auf seltsame Weise in Mathildas Eingeweiden zog. Ja, die Zeit stand still hier im Park. Irgendwer hatte

irgendwann entschieden, dass es nicht genug Besucher gab, die in das Drachenmaul hinabstürzten oder in den seltsamen Autos fuhren, die nur aus Hüten und großen Nasen zu bestehen schienen. Irgendwer hatte beschlossen, dass in der Wildwasserbahn keine Boote mehr fahren sollten und die Loopingbahn abgebaut wurde.

Seitdem war die Zeit gefroren, dachte Mathilda, und wenn man damals hier gewesen wäre, wäre man mit der Zeit gefroren und hätte ewig in dem einen letzten Moment gelebt, in dem der Park noch offen war.

Während sie weiterwanderten, dachte sie an all die kleinen nicht gefrorenen Zeitstücke, die sie in der letzten Woche im Krankenhaus an Birgers Bett verbracht hatte. Jeden Tag eine Viertelstunde. Sie hatten über Belangloses gesprochen. Das Klinikessen. Eddie. Ponys in S-Bahnen. Doreen war nie erwähnt worden, und Mathilda fragte ihn nie, ob er sie angerufen hatte.

Ewa Kovalska lag noch immer in der Klinik. Auf ihrem Nachttisch standen inzwischen fünf Sträuße roter Tulpen, und Herr Mirusch würde ihr irgendwann einen sechsten bringen.

Das Ehepaar Wegner knipste sich gegenseitig auf einer seltsamen rosa Metallbrücke.

Was würde an diesem Abend geschehen?

Das Ehepaar Wegner knipste sich in einer trockengelegten Wasserbahn.

Würde Doreen mit ihrem gemeinsamen Sohn kommen?

Das Ehepaar Wegner knipste sich in einer Herde weiterer Dinosaurier, von denen zwei keine Köpfe mehr hatten.

Kein Wunder, dachte Mathilda, dass die Dinger ausgestorben waren, so ohne Kopf ...

Und dann erhob sich vor ihnen etwas Großes, nein, etwas Riesiges in den Himmel: das gigantische runde Herz des Spreeparks. Das Riesenrad.

Frau Wegner stieß ein kleines, spitzes »Oh!« aus, und Herr Wegner zog hörbar die Nase hoch. »Da ist es«, flüsterte er. »Luisa – das ist meine Frau – saß damals in einer blauen Gondel, und ich saß in einer grünen, und wir haben uns gewinkt. Ich weiß es noch wie heute.« »Eigentlich saß Hartmut in einer roten Gondel«, berichtigte Frau Wegner. »Also, das ist mein Mann. Aber er war damals schon so farbenblind wie heute.« »Wir fahren«, sagte Herr Wegner. »Wir fahren doch, oder? Noch einmal die Stadt von oben sehen. Noch einmal da über dem Spreepark schweben ... das ist ... das wäre ...«

Sie waren am Ufer eines kleinen Sees stehen geblieben, der sich neben dem Riesenrad befand und eine verwilderte Insel sowie ein hölzernes Piratenboot enthielt, über dessen Deck jemand eine behelfsmäßige und sehr seltsame Brücke zur Insel gebaut hatte. Der Mensch, der die Leute hier herumführte, hatte erklärt, die Brücke wäre für Filmaufnahmen gebaut worden, vermutlich damit man die Kamerawagen zur Insel fahren konnte. Warum sie *über* das Boot führte, blieb ein Rätsel. Jetzt regte sich etwas auf dem Piratenboot, und Mathilda erstarrte.

Aus der modrigen Kajüte kroch, tatsächlich, eine Gestalt. Eine menschliche Gestalt.

Frau Wegner stieß einen spitzen Schrei aus, und Herr Wegner klammerte sich an seinen Fotoapparat. Die menschliche Gestalt entpuppte sich als grimmig aussehender Herr mittleren Alters, an dessen Händen eine rotbraune Flüssigkeit klebte.

Er verschränkte die muskulösen Arme und musterte die Expedition. »Was tun Sie hier?«

»Das könnte ich Sie auch fragen«, sagte Ingeborg und verschränkte ebenfalls die Arme.

Eddie drückte sich an Mathildas Bein, unentschlossen, ob er mutig oder ängstlich sein sollte. Er hatte vermutlich zu viele *Tatorte* gesehen, um die rotbraune Flüssigkeit nicht zu identifizieren.

»Ich bin vom Wachdienst«, knurrte der Mann und deutete auf seine graue Arbeitsweste, auf der Mathilda jetzt das Wort SECURITY erkannte. »Ich streiche diese verdammte Ruine von einem Boot.« Er deutete auf eine Dose mit rotbrauner Farbe, die bis jetzt keiner von ihnen bemerkt hatte.

»Sie sind illegal auf dem Gelände. Herzlichen Glückwunsch, Sie sind seit heute Morgen die siebzehnte Gruppe, die ich fasse. Wird teuer.«

»Aber ...«, begann Frau Wegner.

»Ich habe mit ...«, Mathilda holte einen Zettel heraus und sah darauf, »... Christoph gesprochen, der hier die Führungen macht. Wir sind sozusagen auf angemeldete Weise illegal. Wir ...«

»Dann müsste er mit Ihnen hier sein«, blaffte der Mann. »Ist er aber nicht. Also sind Sie nicht versichert.«

»Ich habe unterschrieben ...«

»Und ich habe unterschrieben, dass ich illegale Besucher hier rausschmeiße!«, rief der Mann. »Also machen Sie, dass Sie ...«

In diesem Moment regte sich noch etwas auf dem winzigen modrigen Gewässer. Das Schilf am anderen Ufer raschelte, und der zugewucherte Plastikschwan, in dem früher Liebespaare um die Insel gepaddelt waren, setzte sich in Bewegung und kam auf das Piratenboot zu. Ganz von selbst.

Der Sicherheitsmann machte einen Schritt zur Seite vor Schreck und stieß dabei die Farbdose um, so dass sich die Farbe über die alten Planken des Piratenseglers sowie über seine Turnschuhe ergoss. Dann sah Mathilda, dass der Schwan sich nicht ganz von selbst in Bewegung gesetzt hatte. Jemand hatte ihm aus Schilf und Gestrüpp heraus einen

Schubs gegeben, und dieser Jemand machte sich jetzt daran, mit einem Satz auf dem Schwanenboot zu landen. Es wäre sicher beeindruckend gewesen, aber Mathilda wusste sofort, dass es schiefgehen würde, das Boot war schon zu weit weg.

»Nein!«, schrie sie. »Nicht springen!«

Aber während sie »springen« schrie, sprang der auf der anderen Seite schon. Er verfehlte das Boot knapp, aber gründlich und landete im braungrünen Brackwasser.

Es war Birger.

Jetzt zog er sich auf den Plastikschwan, rutschte mehrfach ab und schaffte es schließlich mit einer wenig eleganten Seitwärtsrolle doch noch an Bord. Schließlich stand er aufrecht, hielt sich an dem weißen Plastikhals fest und strich grinsend die Wassertropfen aus seinem Gesicht. Mathilda fühlte, wie eine sonnengelbe Welle aus völlig unerklärlichem Glück in ihr hochstieg. Birger war zur falschen Zeit am falschen Ort, er hätte in zwei Stunden vor dem Spreepark auf sie warten sollen, und er war klitschnass, und er durfte nicht klitschnass sein, weil seine Lungenentzündung erst seit ein paar Tagen los war und seinen Tumor überhaupt nicht. Und alles war völlig verkehrt – und dennoch war sie für Sekunden so glücklich wie ein Kind, das einen Luftballon geschenkt bekommt. Sie konnte nichts gegen das Grinsen auf ihrem Gesicht tun, das sein Grinsen spiegelte.

»Da kommt er angefahren, der Schwanenritter«, sagte Ingeborg lakonisch.

»Was zum Teufel ...«, begann der Sicherheitsmann.

»Gehört das dazu?«, fragte Frau Wegner.

Birgers Schwanenboot hatte zwei Meter vor dem Ufer den Schwung verloren, und nun trieb er ein wenig ziellos auf dem Wasser. Da meldete sich der Held in Eddie, er sprang ins Wasser und schwamm um den Schwan herum, um ihn mit seiner Nase von hinten anzustoßen. Selbstverständlich nützte das nichts, aber es war die Absicht, die zählte, und so schickte irgendeine Sorte von höherer Macht einen Windstoß, der das Boot zu ihnen trieb.

Ingeborg reichte Birger ihre Hand und half ihm heraus, weil Mathilda sich, ehrlich gesagt, nicht traute, denn dann hätte sie ihn vielleicht versehentlich umarmt. Eddie kam allein an Land, er kam zur gleichen Zeit mit dem Securitytypen dort an, der von seinem Piratenschiff herübergeklettert war. Da Eddie ein Hund war, schüttelte er sich, und da er ein sehr nasser Hund war, flogen dabei Tropfen, und da der Securitypirat neben ihm stand, wurde er zu einem sehr nassen Securitypiraten.

»Sie folgen mir jetzt alle schön langsam zum Ausgang«, knurrte er. »Das wird ein Nachspiel ...«

»Guten Abend«, sagte Birger und hielt ihm seine nasse Hand hin. »Raavenstein. Ich gehöre zu der Gruppe. Ich glaube, hier liegt ein Missverständnis vor. Ich bin Anwalt, Sie verstehen, und hier handelt es sich nicht um Hausfriedensbruch, da wir angemeldet sind. Die Versicherungsfrage lässt sich ganz einfach nach Paragraf 619A, Artikel 5 regeln, und die Frage der Weisungsbefugnis bezüglich auf das Betreten des Parks ist nach Paragraf 113F Artikel 27 festgelegt. Das Nassspritzen dritter auf Privatgelände für den Fall, dass man ein Hund ist, erfüllt nach mehreren Präzedenzfällen nicht den Straftatbestand der Körperverletzung. Wenn Sie also so freundlich wären, uns in Frieden weiter diese Besichtigung durchführen zu lassen.«

Er schenkte Mathilda ein strahlendes Lächeln, brachte sein Haar noch etwas mehr in Unordnung, wie er das immer zu tun schien, wenn er sie sah, und kam zu ihnen herüber.

Der Securitytyp sah sich um. »Da sind aber noch mehr Leute im Park«, knurrte er schließlich. »Sie müssen schon zusammenbleiben, sonst kann ich für nichts garantieren, was Unfälle anbelangt. Gruppen müssen zusammenbleiben, das steht in der Parkordnung, das weiß ich genau.«

Er winkte, und Mathilda und Ingeborg winkten jetzt auch, und glücklicherweise befanden sich alle anderen illegalen Besucher des Parks in Winkweite, da sie alle ohnehin auf das Riesenrad zugestrebt waren.

So versammelte sich Minuten später eine bunte Gesellschaft unterhalb des Riesenrades. Der Securitypirat nahm die leere Farbdose und verschwand fluchend damit in Richtung Parkausgang.

»Danke«, sagte Mathilda leise.

Birger nickte. Er sah so stolz aus, als hätte er gerade eigenhändig das Riesenrad neu erfunden.

»Ihre Kleider«, stellte Mathilda fest. »Sie sind ... nass.«

Birger nickte. »Das ist mir aufgefallen.«

»Was tun Sie hier? Warum warten Sie nicht draußen? Es ist viel zu früh ... Und warum springen Sie ins Wasser? Sie dürfen nicht noch einmal krank werden, und das wissen Sie so gut wie ich.«

Er sah auf seine ebenfalls nassen Schuhe, betreten. »Ich ... war zu früh vor dem Tor«, gestand er. »Ich bin ... etwas nervös. Sie verstehen? Wegen Doreen. Da dachte ich, ich könnte genauso gut ...« Er zuckte die Schultern.

»Verdammt«, sagte Mathilda. Und, lauter: »Hat jemand zufällig trockene Sachen, Reserve... Sachen?«

Sie rechnete nicht damit, dass einer der illegalen Touristen sich meldete, aber es meldete sich einer. Ein junger Japaner mit einem voluminösen Rucksack und ziemlich abenteuerlichem Outfit in Gelb und Violett. Er setzte den Rucksack ab, den jede Menge Aufnäher verschiedener europäischer Länder zierten, und Mathilda überlegte, ob er vielleicht einfach alles, was er auf seiner Reise brauchte, immer bei sich trug. Jedenfalls beförderte er mit einem breiten Lächeln eine Hose ans Licht, die er Birger entgegenhielt.

»*One size fits all*«, erklärte er und lächelte noch breiter. Die Hose war aus Leinen oder Hanf oder sonst etwas sehr Ökologischem, und Birger bedankte sich, ging ein Stück beiseite hinter einen Busch und zog sie an. Als er wieder hervorkam, trug er etwas wie einen braunen Sack.

»Sie sitzt wunderbar«, sagte er. »Ich kaufe sie Ihnen ab.« Und er drückte dem verdutzten Jungen einen Schein in die Hand. Mathilda verdrehte die Augen.

Sie selbst trug einen Pullover, der ihr mehrere Nummern zu groß war, weil sie zu große Pullover an manchen Tagen mochte, und nun zog sie ihn aus und reichte ihn Birger. »Den brauchen Sie mir nicht abzukaufen, aber er wird Ihnen passen«, sagte sie. »Außerdem ist er wenigstens schlicht grau.«

Das stimmte. Wenn man von den aufgenähten orangebraunen Polizeiautos absah, die um den Saum herumfuhren. Sie passten, theoretisch, zu dem orange-braunen Polizisten, den sie auf ihrer Bluse trug, und für einen Moment dachte sie, dass sie jetzt eine Art Partnerlook mit Birger trug, aber es war vermutlich der seltsamste Partnerlook von Berlin, und das wollte etwas heißen.

»Doreen wird dich in diesen Sachen ... sicher ... beeindruckend finden«, sagte Mathilda. »Ich meine: Sie. Entschuldigung, ich wollte Sie nicht duzen, ich ...«

»Ich glaube, Sie sollten nach Ihren Klienten sehen«, meinte Birger. »Ehe sie in den Himmel entschwunden sind.«

Mathilda drehte sich um. Die Wegners waren in die unterste Gondel des Riesenrades geklettert oder von Ingeborg und einigen anderen freiwilligen Helfern geklettert worden. Und das Riesenrad setzte sich jetzt, vom Wind getrieben, in Bewegung.

»Sie kommen bis zu einem Viertel der Höhe.« Mathilda zuckte die Schultern. »Hat mir Christoph vom Park erzählt. Auf einem Viertel sind sie schwerer als der Wind und bleiben hängen, dann müssen wir das Rad zurückdrehen. Offenbar kommen eine Menge alter Leute nachts hierher und klettern in das Rad, und sie rufen alle bei einem Viertel um Hilfe.«

Sie gingen langsam hinüber, nebeneinanderher, Kinderpolizeiautos neben Kinderpolizist, und am liebsten hätte Mathilda Birgers Hand genommen und damit in der Luft geschlenkert. Ich werde ihn verlieren, dachte sie. In zwei oder drei Stunden werde ich ihn für immer verlieren. Obwohl er mir nie gehört hat.

»Huhu!«, schrie Frau Wegner. »Das ist wie Fliegen!«

»Phantastisch!«, rief Herr Wegner, hinter seiner Kamera verschanzt.

Dann bewegte das Rad sich nicht weiter, und sie sahen beide erschrocken nach unten.

»Hartmut – das ist mein Mann – macht sich Sorgen!«, rief Frau Wegner. »Geht es nicht weiter?«

»Nein!«, schrie Mathilda. »Wir holen Sie jetzt zurück!«

»Wie viele Leute braucht man, um das Rad zurückzudrehen?«, fragte Birger nachdenklich.

»Sechs oder acht«, sagte Mathilda. »Die haben wir doch, das ist kein Pro...« Sie sah sich um. Außer Ingeborg standen nur noch sie beide unten. Alle anderen waren ebenfalls an Bord des Rades, in anderen Gondeln. Aus einer gelben bellte Eddie, waghalsig über den Rand gebeugt.

»Könnt ihr da runterklettern?«, schrie Mathilda in Richtung der niedrigsten Gondel, die den Japaner und seine Freundin enthielt. Sie bekam keine Antwort, was vermutlich daran lag, dass sie nicht auf Japanisch geschrien hatte. Diesmal halfen ihre Gesten nicht.

Sie rannte zu den Metallstreben und versuchte, daran zu ruckeln, aber das Rad gab nicht nach. Nichts bewegte sich jetzt mehr, und es half auch nicht, dass Birger und Ingeborg mit anpackten. Das alles führte nur dazu, dass Birger sich

an der untersten Gondel abstützte und eine Weile nur damit beschäftigt war, zu atmen und genug Luft zu bekommen.
»Sie dürfen sich doch nicht anstrengen!«, keuchte Mathilda vorwurfsvoll. »Wir kriegen das schon ohne Sie hin!« Aber niemand bekam irgendetwas hin, und nach einer Weile begann Mathilda, sich ernsthaft Sorgen zu machen. Die Wegners in ihrer Gondel hatten alles fotografiert, was es zu fotografieren gab, und wollten nun wirklich hinunter.

Mathilda schloss die Augen und fragte sich, ob Beten eine Option wäre und wie spät es war – wegen Doreen – und wo der Sicherheitsmann steckte. Sie hasste es, vor ihm zugeben zu müssen, dass sie nicht allein klarkamen, aber im Notfall ...

In diesem Moment erzitterte das ganze Riesenrad, und Mathilda hielt die Luft an vor Schreck. Hatte es vor, im nächsten Augenblick in sich zusammenzustürzen und alles Lebendige, was in ihm saß oder unter ihm stand, mitzunehmen?

»Gucken Sie sich das an«, flüsterte Birger und stolperte ein paar Schritte rückwärts. »Es ... es ...«

»Fährt«, ergänzte Ingeborg. Die Wegners kreischten. Mathilda war sich unsicher, ob vor Begeisterung oder vor Angst. Sie sah sich um. Da war niemand, der nachhalf, das Rad zu drehen. Hatte der Wind aufgefrischt? So stark? Um das Riesenrad in seiner Gänze zu drehen, dazu hätte vielleicht ein Orkan gerade so ausgereicht ...

»Jemand hat die Mechanik in Gang gesetzt«, meinte Ingeborg und reckte den Hals. »Ich weiß nicht, von wo aus.« Birger sah Mathilda an. Mathilda hielt seinem Blick nicht stand und wich ihm aus.

»Wollen wir?«, fragte er leise.

Sie schüttelte den Kopf. »Auf keinen Fall. Das ist völlig verrückt. Das Ding ist viel zu alt. Da ganz hinaufzufahren, das wäre Selbst...«

»Verständlich eine wunderbare Idee«, sagte Birger. Er deutete eine alberne kleine Verbeugung an und reichte Mathilda seinen Arm. »Gerade sind die grünen unten. Das ist gut, ich mag Grün, nehmen wir eine grüne.«

Sekunden später saß Mathilda auf einer kleinen Holzbank und sah über den grüngestrichenen Rand einer Gondel, in einem Riesenrad, das eigentlich seit mehreren Jahrzehnten außer Betrieb war, während ebendieses Riesenrad ebendiese Gondel langsam aufwärtsschweben ließ.

Es war ein Gefühl wie Fliegen, obwohl man doch ganz fest saß.

Vielleicht trug es zu dem Fluggefühl bei, dass man nicht wusste, ob das Riesenrad die Drehung und man selbst den Flug überleben würde. Es quietschte und ächzte im Gestänge, die Verstrebungen knarrten und klagten, ein Lied der Vergänglichkeit und der Vergangenheit. Aber von irgendwoher erklang leise Drehorgelmusik. Die Japaner winkten und riefen etwas und schwenkten ein Handy. Es war das Handy, aus dem die Jahrmarktmusik drang. Manchmal, dachte Mathilda, war es durchaus praktisch, Japaner bei sich zu haben.

Sie sah hinunter auf den Park, in dessen grünem Wildmeer sich hier und da bunte Drachen, Saurier und Bahnen erhoben, verwitterte Häuschen und Buden mit eingeschlagenen Fenstern.

»Es ist eine Insel in der Wirklichkeit«, sagte sie. »Oder vielleicht nur eine Blase aus lauter letzten Wünschen.«

Birger nickte stumm. Er saß ihr gegenüber, in dem geliehenen Pullover und der seltsamen Sackleinenhose und blickte ebenfalls hinunter ins Grün, und zum ersten Mal wirkte das Durcheinander seiner grauen Haare authentisch und nicht fehl am Platz, weil hier oben tatsächlich Wind *vorhanden* war. Dann waren sie oben, ganz oben am höchsten Punkt des Riesenrades, und die Stadt erstreckte sich blaudunstig unter ihnen bis in die Ferne – das Berlin eines Traums. Eine Sekunde schien das Riesenrad zu verharren, und Mathildas Herz verharrte mit ihm, aber dann ging es langsam und stetig wieder hinunter. Mathilda merkte, dass sie ihre Hände um das abblätternde Grün gekrallt hatte, und entspannte sie wieder, und genau in dem Moment, in dem sie sie in den Schoß legte, knallte etwas direkt über ihr, und die Gondel neigte sich mit einem Ruck zur Seite.

Etwas, eine Stange, Strebe oder Verankerung war gebrochen; der Rost hatte sich über Jahre durch das Metall gefressen, stetig und unaufhaltsam. Mathilda wusste nicht einmal, ob sie schrie. Es knallte ein zweites Mal, die Gondel neigte sich noch stärker, langsam diesmal. Der grüne Dschungel dort unten – so weit weg! Einzelne Bilder: Himmelblau – Sonnenschein – ein seltsamer Druck auf den Ohren – eine Tiefe von großer Unendlichkeit – Aufblitzen eines bunten Drachenkopfes dort unten – Holzbank – waspassierteigentlichwennmanstirbt?

Mathilda schloss die Augen.

Sie wollte mit geschlossenen Augen fallen, sie wollte es nicht sehen, und sie wollte dort unten ankommen, ohne über die Schmerzen nachzudenken, die ein zerbrochener Körper noch fühlte, ehe er nichts mehr fühlte. Sie wollte an *Tatorte* und ihre Wohnung und das rote, fusselige Sofa denken und an Eddie und an die vielen bunten Stoffstücke in ihrem Schrank, verlorene Stücke der Kindheit, die sie noch auf Dinge hatte nähen wollen, und an …

»Mathilda«, flüsterte Birgers Stimme direkt neben ihr. Sie spürte, dass sie sich an ihn klammerte und dass er sich an sie klammerte, er war so nah, dass sie das Wollwaschmittel in ihrem eigenen Pullover roch, den er trug. Sie vergrub ihr Gesicht in diesem Pullover. Sie fiel. Sie fielen zusammen, durch die Unendlichkeit, durch die Traumblase des Parks, durch die Zeit ...

»Mathilda? Ich glaube, du kannst die Augen wieder aufmachen.«

»Sind wir tot?«, fragte sie mit einer kleinen und lächerlichen Stimme, und es war eine kleine und lächerliche Frage, eine Frage wie aus einem animierten Kinderfilm. Birger lachte, was seine Lunge ihm übelzunehmen schien, denn gleich darauf kämpfte er für Momente um Luft. Er ließ sie nicht los. Sie ließ ihn auch nicht los.

»Tot? Noch nicht«, sagte er und hustete. »Es wird wohl doch noch ein Weilchen dauern, bis die dumme alte Erde mich loswird.« Da öffnete sie die Augen. Sie sah sein Gesicht und hinter seinem Gesicht die Metallstreben, die die Gondel hielten. Sie fand die kaputte nicht mal. Die Gondel hing schief, aber sie hing, und sie hatte ganz offensichtlich nicht vor, sich noch weiter zu neigen. Mathilda merkte, dass sie zitterte.

»Ich sollte jetzt lachen«, sagte sie leise.

»Ach«, meinte Birger, »du musst nicht immer lachen, weißt du?«

Und dann schwebten sie abwärts, auf den Erdboden zu, wo Ingeborg stand und ein wenig einsam aussah in ihrer Wolke aus schwarzen Locken. Das Riesenrad hielt jetzt noch einmal an, aber es hielt nur an, damit das Ehepaar Wegner aussteigen konnte, und dann hielt es noch ein paar Mal an, immer wenn jemand aus einer Gondel klettern musste.

Zwei Meter vom Erdboden entfernt ließen Mathilda und Birger sich los.

»Duzen wir uns jetzt?«, fragte Mathilda leise.

»Ich duze mich schon länger«, meinte Birger und grinste. Dann streckte er ihr skurrilerweise die Hand hin und schüttelte ihre. »Birger«, sagte er.

»Aber das weiß ich doch«, sagte Mathilda.
Und schließlich standen sie wieder auf festem Boden.
Ingeborg stürzte auf Mathilda zu und umarmte sie.
Eddie sprang an ihr hoch und bellte.
»Wenn ich den Idioten zwischen die Finger kriege, der das Riesenrad in Bewegung gesetzt hat«, knurrte Ingeborg, »drehe ich ihm persönlich den Hals um. Der sitzt irgendwo in seinem gemütlichen alten Schalthäuschen mitten im dichtesten Gebüsch und lacht über uns, da könnte ich wetten! Vielleicht hatte er auch einen letzten Wunsch, den, ein paar dumme Touristen zu Tode zu erschrecken. Er muss gewusst haben, dass die Verstrebungen durchgerostet sind. Wenn die Gondel abgestürzt wäre ... wenn ich den finde ...«
»Such ihn nicht, Ingeborg«, bat Mathilda. »Lass uns gehen. Ich muss Bir... Herrn Raavenstein gleich zum wichtigsten Treffen seines Lebens bringen, wir haben keine Zeit, Leuten den Hals umzudrehen.«
»Hartmut – das ist mein Mann – hat gleich gesagt, das geht nicht gut«, sagte Frau Wegner.
»Aber Luise«, sagte Herr Wegner, »das ist meine Frau – Luise hat gesagt, es wird wunderbar. Und das war es dann ja auch.«

Die Insel der Jugend.
Was für ein Name.
Sie gingen nebeneinanderher den Uferweg entlang auf die Insel zu, zur Linken den Zaun des Spreeparkgeländes, zur Rechten die Spree selbst. Eddie lief voraus, kehrte um und lief wieder voraus, die typische Hunde-Spazierart, die Mathematiklehrer dazu verleitet, wehrlose Schüler den Weg des Hundes im Vergleich zum Weg des Herrchens ausrechnen zu lassen.
Aber hier waren keine Lehrer unterwegs, weiße Buschwindröschen und violette Leberblümchen versteckten sich

büschelweise auf dem Boden zwischen alten Blättern vom Vorjahr, und Mathilda hätte gerne Birgers Hand genommen, einfach so.

Aber die Gefahr der Tiefe unter einem maroden Riesenrad war vorüber, und vermutlich war Birger die ganze Sache jetzt peinlich.

»Was werden Sie ihr sagen?«, fragte Mathilda. Auf der Spree waren Paddelboote mit sorglosen Menschen unterwegs.

»Ich bin mir noch nicht ganz sicher. Das ... was auf den Plakaten steht? Oder einfach, dass es dieses Erbe gibt?«

»Aber das steht auf den Plakaten«, sagte Mathilda.

Er fuhr sich durchs Haar und seufzte. »Vielleicht sprechen wir über das Kind. Ich meine, es ist ... er ist ... fünfzehn, er ist natürlich kein Kind mehr. Kilian. Und davon, warum sie damals verschwinden musste. Warum Ihr Privatdetektiv gesagt hat, es gäbe keine Doreen Taubenfänger. Womöglich braucht sie Hilfe, wissen Sie. Womöglich ist sie in irgendetwas verwickelt ...«

Seine Stimme versackte, und sie gingen schweigend weiter.

Ich brauche auch Hilfe, dachte Mathilda. Ich bin fünfundzwanzig, und der Tod ist so viel älter und so viel erfahrener in dem, was er tut. Es ist wirklich schwer, täglich mit ihm zusammenzuarbeiten.

Sie hatten jetzt die Brücke erreicht, die zur Insel der Jugend hinüberführte.

Man musste erst in ein Brückenkopfgebäude hineingehen, eine Art kleinen Turm, und durch ihn hindurch. Es war, als beträte man tatsächlich eine andere Welt. Am gegenüberliegenden Ufer, in der anderen Welt, erhoben sich die Mauern eines seltsamen Schlosses, das in Wirklichkeit nur das Restaurant war.

Mathilda und Birger standen da und betraten die Brücke nicht.

»Und wenn wir gefallen wären?«, fragte Mathilda leise.
»Ich weiß nicht.« Birger sah sie einen Moment an, nachdenklich. »Haben Sie ... hast du in dem Moment einen Wunsch gehabt?«
»Geh jetzt«, sagte Mathilda. »Viel Glück.«

»Mathilda? Wo bist du?«
Mathilda legte eine Hand über das Handy. »Ingeborg. Ich ... habe noch hier zu tun ...«
»Da sind Stimmen. Wie in einem Café. Mathilda, du hast gesagt, du bringst ihn nur hin ... Du bist ihm nicht etwa in dieses Café nachgelaufen, wo er sie trifft?«
»O nein«, entgegnete Mathilda mit aller aufbringbaren Würde. »Ich bin ihm nicht nachgelaufen. Ich bin völlig eigenständig auf die Aussichtsterrasse im ersten Stock hinausgegangen, um mir den Abend über der Spree anzusehen. Das solltest du auch mal machen. Die Farben der Sonne auf dem Wasser sind phantastisch ...«
»Wie viel hast du getrunken?«
»Drei«, antwortete Mathilda. »Espresso.«
»Ist sie da?«
»Nein«, sagte Mathilda. Sie sang es fast. »Vielleicht kommt sie nicht. Wie ... schade.«
»Mathilda ...«, begann Ingeborg.
Aber in diesem Moment glitt etwas Blaues, irgendwie Unwirkliches unten über die Wiese, auf die Tische des Biergartens zu, und Mathilda unterbrach die Verbindung. Eddie sprang auf ihren Schoß und sah mit ihr über das Geländer der Terrasse, neben dem sie saß.
Das Blaue dort unten war ein Zwischending zwischen einem Pullover und einem Kleid, knielang und relativ eng, abendhimmelfarben, spreefarben, erinnerungsfarben. Die Person, die sich darin befand, blieb jetzt stehen und sah sich um, fuhr mit einer schlanken blassen Hand durch ihr

kurzes rote Haar und entdeckte dann den Mann, der ganz allein dasaß.

Sie schwebte zwischen den anderen Tischen durch auf ihn zu, langsam und offenbar schwerelos, obwohl sie Schuhe mit Absätzen trug. Der Mann am Tisch sah auf. Die Frau blieb vor dem Tisch stehen und musterte seinen grauen Wollpullover mit den aufgenähten Polizeiautos.

Jetzt, dachte Mathilda, müsste es eigentlich einen Tusch geben. Oder ein Aufbrausen von Geigenmusik. Alternativ ein langes, melancholisches Saxophonsolo. Irgend so was. Sie merkte, dass sie die Fingernägel in die Handflächen gegraben hatte, als säße sie in einem Kinofilm.

Aber der Tusch blieb aus. Doreen setzte sich Birger gegenüber.

Mathilda konnte natürlich nicht hören, was sie und Birger zueinander sagten, aber sie schienen eigentlich gar nichts zu sagen, nur dazusitzen und sich anzusehen.

Da war eine gewisse Spannung in der Haltung der beiden. Schließlich redete Doreen ganz offensichtlich doch, denn ihre Hände redeten mit, sie fuhren durch die Luft und erzählten Geschichten, erzählten eine Vergangenheit, erzählten fünfzehn Jahre, und Birger nickte und brachte sein Haar durcheinander und nickte wieder. Schließlich tranken sie zusammen Bier. Doreen wurde, trotz des Biers, nicht entspannter. Sie wirkte die ganze Zeit über seltsam konzentriert, so als müsste sie sich unaufhörlich zusammenreißen. Vielleicht, um nicht zu heulen.

»Heulen Sie ruhig«, sagte Mathilda leise. »Seien Sie froh, dass Sie es können. Aber was ist mit Ihrem Sohn? Wo ist er?«

Sie sah ins Leere, während sie mit Doreen sprach, die sie nicht hören konnte. Ungünstigerweise stand im Leeren gerade der Kellner, und der hörte sie sehr wohl.

»Wo ist was?«, fragte er verwirrt.

»Oh, nichts«, antwortete Mathilda. »Ich frage mich nur, wo Kilian bleibt.«

»Kilian«, wiederholte der Kellner. »Ich ... haben Sie das bestellt?«

»Ja«, sagte Mathilda. »Und zwar flambiert.« Sie seufzte. »Vergessen Sie's und bringen Sie mir einen Schnaps. *Irgendeinen* Schnaps.«

Der Kellner musterte sie seltsam. »Sie sehen gar nicht aus wie jemand, der Schnaps trinkt.«

»Nein«, sagte Mathilda seufzend. »Er ist auch nicht für mich. Er ist für meinen Hund.«

Sie wandte sich wieder der Szene unten im Biergarten zu.

Und es durchfuhr sie wie ein Nadelstich, denn die beiden dort hatten sich jetzt über den Tisch gebeugt, nah zueinander. Sie lachten über irgendetwas. Sie lachten zusammen.

Und dann streckte Birger die Hand aus und strich Doreen die roten Haare aus der Stirn, als müsste er ihr Gesicht mit dem Gesicht der Doreen von damals vergleichen. Schließlich lächelte er und nickte.

»Du bist so viel älter geworden. All diese Sorgenfalten. Und ich ...«

»Du hast graues Haar. Es ist lange her.«

»All die Zeit, in der du fort warst ... unauffindbar ... untergetaucht ... Ich bin doppelt so schnell gealtert, wie ich sollte, weißt du? Ich bin in Wirklichkeit irgendwas Ende siebzig.«

Ein weiteres Lachen.

»Wie lange bist du noch hier?«, fragte sie und legte plötzlich ihre Hand auf seine, ernst.

Er zuckte die Achseln. »Keine Ahnung. Zwei Wochen? Drei Monate? Keiner kann das sagen. Nicht ewig. Wann kann ich ... unseren Sohn sehen?«

»Bald«, sagte Doreen und nickte. »Sehr bald.«

Der Kellner stellte ein Schnapsglas vor Mathilda. Natürlich hatte sie sich das Gespräch dort unten am Tisch ausgedacht, die beiden konnten genauso gut über Waschmaschinen oder das Kinoprogramm geredet haben, es war von hier aus nicht zu hören.

Jetzt stand Doreen auf und kam um den Tisch herum, sie blieb dicht hinter Birger stehen und strich durch sein Haar, und sie sahen gemeinsam auf die Spree, als blickten sie auf ein unendliches Meer hinaus. Doreen legte ihre Arme nicht um Birger, aber sie stand so eng an seinem Rücken, dass ihre Brüste seine Schultern berührten. Mathilda trank den Schnaps auf ex.

»Komm, Eddie«, sagte sie. »Es läuft alles hervorragend, wir können wirklich gehen.« Sie sah auf die Uhr. »*Tatort?*«

Eddie wedelte. Die Brücke war unendlich lang, und man durfte sich darauf nicht umdrehen – nicht nach dem Biergarten auf der Insel der Jugend. Man würde sonst versteinern, so viel war klar. Mathilda schaffte es.

Erst eine geschlagene Stunde später, als sie mit Eddie in ihrer winzigen Dachwohnung vor dem Fernseher saß und den *Tatort* auf Russisch mit italienischen Untertiteln sah, damit sie nichts verstehen musste – erst da fiel Mathilda ein, dass sie vergessen hatte, ihren Kaffee und ihren Schnaps zu bezahlen.

8.

Sie hatte neue Blumen in neue Töpfe gepflanzt. Die alten hatte der Sturm zerschlagen.

Sie sah die Blumen von ihrem Arbeitsplatz aus durch die großen Glasscheiben, gelbe Primeln und violette Stiefmütterchen, blaukugelige Perlhyazinthen und weiße Narzissen mit tieforangefarbenen Trichterköpfchen. Die Akten waren grau, und das Telefon war schwarz, und wenn sie jetzt aufsah, würde jemand hereinkommen, das wusste sie, und ihr eine neue abstruse Geschichte erzählen und einen neuen unerfüllbaren letzten Wunsch haben, den sie erfüllen würde. Aber es würde nie mehr ein Mann mit einem privaten Wirbelsturm sein, der nur speziell sein Haar und seinen Regenmantel durcheinanderbrachte.

Vielleicht, dachte Mathilda, käme eines Tages ein Prinz, ein klischeehafter blonder großer sportlicher Typ, der tatsächlich nur für einen Angehörigen hier war. Ein Prinz, der das richtige Alter hatte und Hunde wie Eddie liebte und ...

»Eddie«, sagte Mathilda streng. »Hör auf, diese Akte aufzufressen.« Sie nahm Eddie die Akte weg, legte sie auf den Tisch und dachte weiter an den Prinzen, und dann dachte sie, dass sie einen blonden großen sportlichen hundeliebenden Prinzen vermutlich zum Kotzen fände.

»Sonntagsmaler«, sagte sie laut, denn das stand als Notiz in der Akte.

Das Datum war neu, sie musste dieses Papier vor zwei Tagen ausgefüllt haben, ohne es überhaupt zu merken. Es wurde wirklich Zeit, dass sie sich wieder um andere Menschen kümmerte als um einen sterbenden Anwalt mit einem

Autoparkproblem und einer Vorliebe für heldenhafte Stürze in Brackwasser.

An diesem Morgen hatte sie in der U-Bahn-Station versucht, das Vermisstenplakat der nicht mehr vermissten jungen Frau im rot-weiß gepunkteten Minirock von der Wand zu kratzen. Aber sie hatte es zu sorgfältig festgeklebt. Der alte Mann und das mandeläugige Mädchen hatten ihr skeptisch zugesehen, wie sie sich die Fingernägel ruinierte. Der Junge mit dem wilden hellen Haar schien durch seine Brillengläser abfällig zu grinsen. »Mit vierzehn abhauen und nicht wieder auftauchen«, flüsterte Mathilda ihm zu. »Du sei bloß still!«

Still. Aber das war er ja.

Und natürlich nützte es nichts, fremde vermisste Jungen anzufauchen.

»Wenn ich bloß nicht dieses komische Gefühl hätte«, sagte sie leise. »Dieses Gefühl, dass etwas mit der Frau auf dem Bild so überhaupt nicht stimmt. Es ist die gleiche Frau wie die, die ich gefunden habe, aber etwas stimmt trotzdem nicht. Etwas ist verkehrt ...«

»Bitte?«, fragte Ingeborg vom Nebentisch.

»Nichts, ich ... spreche mit einer Akte«, sagte Mathilda und versteckte sich hinter ebenjener Akte, um Ingeborgs besorgten Blicken zu entkommen, die ihr langsam auf den Wecker gingen.

Letzter Wunsch, stand in der Akte. *Der Klient möchte eines seiner Bilder in der Nationalgalerie hängen sehen.*

Mathilda seufzte, schob alle Anwälte und rot-weißen Miniröcke aus ihrem Bewusstsein und nahm das Telefon.

»Sind Sie der Direktor der Nationalgalerie? Tatsächlich? Das ist ja erstaunlich, dass ich Sie in der Leitung habe. Ich bin jetzt siebenundzwanzig Mal durchgestellt worden und kenne die Warteschleifenmusik auswendig. Ich vertrete einen Künstler, der gerne in Ihrer Galerie ausstellen würde.«

»Guten Morgen«, sagte der Mann am anderen Ende der Leitung. Es war zwölf, das Durchstellenlassen hatte mehrere Stunden in Anspruch genommen, aber wenn man bis spätnachts irgendwelche Vernissagen feiern musste, war zwölf Uhr wahrscheinlich eher früh.

»Guten Morgen«, sagte Mathilda. »Der Künstler, den ich vertrete, macht gerade quasi ... eine Deutschlandtournee, wir sind hier am Planen. Leider ist es jetzt etwas kurzfristig. Ob Sie wohl in den nächsten Wochen noch ... Lücken in der Planung haben, um eine temporäre Ausstellung ...«

»Moment«, unterbrach der Mann in der Leitung. Er schien etwas zu essen oder zu trinken, während er telefonierte. »Über welchen Künstler sprechen wir überhaupt?«

»Herrn Anton Koroschek. Er ...«

»Koroschek? Nie gehört. Wo hat er bisher ausgestellt? Wie viel sind die Bilder auf dem Markt wert?«

»Ganz ehrlich?«, Mathilda seufzte. »Herr Koroschek hat noch nie irgendwo irgendwas ausgestellt. Und jetzt stirbt er. Es ist sein letzter Wunsch, eins seiner Bilder in der Nationalgalerie hängen zu sehen. Es wäre nur für einen halben Tag. Er malt Landschaften.«

Der Direktor knisterte mit einer Tüte oder vielleicht einer Zeitung, und Mathilda stellte sich vor, wie er in seinem Bürostuhl saß, zurückgelehnt, das Telefon zwischen Ohr und Schulter geklemmt, und versuchte, ein belegtes Brötchen aus einer Tüte zu befreien, während er gleichzeitig E-Mails checkte und die Zeitung nach interessanten Artikeln über sein eigenes Museum scannte.

In ihrer Vorstellung trug er einen makellosen grauen Anzug und war sehr korpulent.

»Sie wollen, dass wir das Bild eines unbekannten Künstlers ausstellen, nur weil er stirbt?«

Der Direktor war, um ehrlich zu sein, dick und hässlich.

»Ist das hier ein Scherz? Wer sind Sie überhaupt?«
Eine Scheibe Ei fiel in Mathildas Vorstellung von dem Brötchen auf den makellosen grauen Anzug.

»Es ist kein Scherz«, erwiderte Mathilda, »sondern der letzte Wunsch eines freundlichen alten Herrn mit zitternden Händen, der sein Leben lang Bilder gemalt hat, die niemand sehen wollte. Ähnlich übrigens wie van Gogh. Ich bin vom Institut der letzten Wünsche.«

»Hören Sie mal, junge Frau: Wenn wir die Bilder aller Leute aufhängen würden, die in diesem Land sterben, wissen Sie, wie viele das wären? Tausende. Zigtausende.«

Die Eierscheibe war voller Sauce gewesen. Weiße Sauce, die niemals aus grauen Anzügen herausgehen würde, auch nicht in der Reinigung.

»Aber nicht alle sterbenden Leute malen Bilder.«

»Da wäre ich mir nicht sicher«, meinte der Direktor. »Meine Großmutter malt Bilder. Und ich wette, Ihre Großmutter auch. Wir sind eine Galerie! Kein Wohltätigkeitsverein für Rentner! Andererseits ... Eigentlich wäre das eine interessante Sache. Bilder sterbender Menschen. Man könnte eine Sonderausstellung machen. Das wäre doch was für die Presse! Wir hätten noch Kapazität ... 2021.«

»Wussten Sie, dass weiße Sauce nicht aus grauen Anzügen rausgeht?«

»Wie bitte?«

»Herr Koroschek *stirbt*. Er stirbt vielleicht nächste Woche. Gibt es nicht irgendeine laufende Ausstellung, in die eine harmlose kleine Landschaft hineinpasst? Benennen Sie das Ding um in Œuvre X213 und schreiben Sie drunter, sie würde die Abwesenheit eines Vogels darstellen. Dann ist es modern und ...«

»Abwesenheit eines ... Vogels?« Der Direktor schien jetzt in irgendetwas zu beißen, vermutlich in das Brötchen. Aber Mathilda hoffte, dass es die Stuhllehne war, in die er

biss, und dass sie es wenigstens geschafft hatte, ihn zu ärgern.
»Kommen Sie in der Realität an, junge Frau«, sagte er, kauend (Das Brötchen? Den Stuhl?).»Sterbende Menschen brauchen keine Ausstellungen von abwesenden Vögeln. Sie brauchen Grabsteine. Der Rest ist zweitrangig. Und im Übrigen bin ich nicht der Direktor hier. Der Direktor würde kaum mit Ihnen sprechen. Ich bin der Hausmeister.« Damit legte er auf.
»Entschuldigung?«, fragte Herr Mirusch sanft. »Ist es wirklich notwendig, das Telefon an die Wand zu schmeißen?«
»Heute ja«, sagte Ingeborg. »Mathilda? Wir können das anders regeln mit deinem Herrn Koroschek. Wir regeln die Dinge doch immer anders. Und jetzt gib mir mal die Akte Raavenstein rüber, die du die ganze Zeit beim Telefonieren angestarrt hast. Ich glaube, die Rechnung für den Fall schreibe ich.«
Mathilda gab die Akte nur widerstrebend ab. Sie konnte schlecht sagen: Ich habe das Gefühl, mit diesem Fall stimmt etwas nicht. Ingeborg hätte ihr nur einen mitleidigen Blick unter ihrem Drahtlockenvorhang zugeworfen.

Vier Tage später stand Mathilda mit einer hässlichen braunen Handtasche unter dem Arm vor dem Hamburger Bahnhof, dem größten Haus der Nationalgalerie. Die Handtasche war für eine Handtasche sehr groß. Darin befanden sich: ein gerahmtes Bild von 30 mal 40 cm. Ein weißes Schildchen mit Titel und Künstler, das exakt so aussah wie die anderen weißen Schildchen in der Galerie. Und eine Rolle sehr starkes doppelseitiges Klebeband.
Sie sah noch vor sich, wie Frau Koroschek – weißhaarig wie ihr Mann, in einem braunen Twinset und mit einem einzelnen Rubin an einer Halskette – ihr das Bild in die

Hand gedrückt hatte, verpackt in Zeitungspapier, einen Tränentropfen der Rührung im Augenwinkel.
»Ein echter Koroschek. Passen Sie gut darauf auf.«
Hinter ihr im Flur hatte etwas gelärmt, etwas war heruntergefallen und jemand hatte versucht, sich mit zwei Gehstöcken fortzubewegen, schien aber nicht sicher zu sein, wohin er wollte.
»Noch ein echter Koroschek«, hatte Frau Koroschek erklärt. »Auf den passe ich auf.«
Und nun stand Mathilda also vor dem Eingang des Hamburger Bahnhofs mit seinen beiden alten Uhren, die die Stunden anzeigten wie große Kunstwerke zur Verdeutlichung der Vergänglichkeit, und dann stand sie nicht mehr davor, sondern war darin. Ingeborg wartete schon. *Taschen bitte hier abgeben.*
Ich werde ja wohl kaum ein Bild stehlen? Bitte, ich muss diese Tasche mit reinnehmen, da sind meine Medikamente drin, hier, sehen Sie, das Spray und die Schmerzmedikamente ...
Sind Sie krank?
Ja, leider. Chronisch. Es ist nicht ansteckend. Nur ein bisschen tödlich.
Mathilda ließ die Dame an der Garderobe mit ihrem mitleidigen Gesicht stehen, und die weißen Räume nahmen sie und Ingeborg auf. Eddie bewachte das Institut gemeinsam mit Herrn Mirusch, der Mathilda an Ewa Kovalska erinnerte, wie ein Mahnmal. Es war leider noch schwieriger geworden, einen Callas-Auftritt zu organisieren. Die Großmutter von Christa Meier-Satlowski hatte zwei Tage nach der ganzen Sache einen Schlaganfall gehabt, und es stellte sich als unerwartet schwierig heraus, eine neue Großmutter zu finden, die schauspielerisch begabt war. Vielleicht war es gut, wenn Ewa noch eine Weile in der Klinik blieb.

»Mathilda«, sagte Ingeborg streng. »Mit tödlichen Krankheiten macht man keine Scherze.«

»Herr Raavenstein würde dir nicht zustimmen«, flüsterte Mathilda. »Und der hat eine. Außerdem war es kein Scherz, sondern eine Lösung. Komm.«

Der Hamburger Bahnhof war innen so groß wie außen, wenn nicht noch größer, und sehr hoch und sehr weiß und sehr leer. Die Metallbögen des alten Bahnhofsgebäudes wölbten sich in die Höhe, als hebe das gesamte Museum kritisch die Augenbrauen. Unter diesen Bögen standen große durchsichtige Spitzen aus dickem, blasigem, leicht grünlichem Glas, die Work 13 hießen und an die Weingläser von Ikea erinnerten, von denen Mathilda aber wusste, dass sie Stücke von Packeis darstellen sollten. Sie hatte alle Häuser der Nationalgalerie Berlin abgeklappert, und dieses war das einzig mögliche gewesen – eben wegen des Packeises.

»Das Bild soll in einem Bahnhof hängen?«, hatte Frau Koroschek besorgt gefragt. »Aber mein Mann wollte doch ein Museum ... das wird doch furchtbar dreckig, die Luft ist sicher voller Ruß auf dem Bahnhof ...«

Mathilda hatte ihr erklärt, dass Bahnhofsluft im 21. Jahrhundert nicht mehr rußig war und der Hamburger Bahnhof kein Bahnhof mehr, aber womöglich hatte Frau Koroschek ihr nicht ganz geglaubt.

»Hoffentlich«, hatte sie kopfschüttelnd gesagt, »gehen die Flecken wieder raus.«

Mathilda griff in die Handtasche und wickelte möglichst unauffällig das Zeitungspapier von dem kleinen Bild, während sie hinter Ingeborg durchs Packeis ging. An der Wand hingen Bilder in einem ähnlichen Format wie das von Anton Koroschek, ein kleines und irgendwie rührend altmodisches Format. Der Packeiskünstler hatte es gewählt, so war es im Katalog zu lesen, um die Zeitlosigkeit des Eises am Pol darzustellen, jene gefährdete Zeitlosigkeit, die inzwischen abschmolz. Die Bilder waren in Öl auf Leinwand gemalt (genau wie das von Anton Koroschek) und zeigten die »weiße Schwerelosigkeit des Pols mit leise einbrechenden Strukturen der Gegenwart«, so der Katalog. Wenn man Ingeborg fragte, zeigten sie einfach nichts; Nichts mit ein paar Rissen und Flecken.

Anton Koroschek hatte fünfzig Jahre lang genau das gemalt, was da war – Büsche, Bäume, Rehe, Enkelkinder. Einmal ein Rührei, da hatte er einen Anfall von Abstraktion gehabt, so seine Frau. Mathilda hatte lange, lange die fotografisch genauen Büsche, Bäume, Rehe und Enkelkinder im Wohnzimmer der Koroscheks betrachtet, und schließlich hatte sie das richtige Bild gefunden, das einzig mögliche: »Winterwiese hinter dem Haus.« Auch dieses Bild war fotografisch genau. Es zeigte Schnee. Über dem Schnee befand sich ein ebenfalls weißer Winterhimmel, die Horizontlinie war kaum zu sehen. Links unten befand sich etwas Dunkles. Frau Koroschek hatte behauptet, es wäre der Schatten eines leeren Blumentopfes, aber man konnte sich nicht sicher sein.

Das Bild war perfekt.

Es passte so gut in die Packeisausstellung, dass Mathilda sich selbst wunderte. Sie sah sich um. Nur wenige Besucher waren durchs Eis unterwegs, vielleicht lag es an dem Freitagvormittag, oder es lag an dem Packeis. Ingeborg nickte zu einer Wand hin, an der kein Bild hing, weil sie zu einem Durchgang zu einem anderen Raum gehörte.

»Jetzt!«, flüsterte sie.

Es ging blitzschnell.

Mathilda wanderte an der Wand vorüber, das Bild mit dem doppelseitigen Klebeband hinten wechselte von ihrer Hand an selbige Wand, sie drückte es fest, drückte auch das Schildchen fest und schlenderte weiter. Ihr Herz klopfte unangenehm laut. Aber alles blieb ruhig. Keine Alarmanlage begann zu lärmen, kein uniformierter Mensch kam aus einer Ecke geschossen. Ingeborg und sie umrundeten die Eissplitter und blieben einen kurzen Moment stehen, um das kleine Bild an der seitlichen Durchgangswand zu begutachten.

»Ein echter Koroschek«, sagte Ingeborg. »Wie heißt es übrigens?«

»Abwesenheit eines Direktors«, antwortete Mathilda sanft.

Von zu Hause aus rief sie endlich Daniel an. Er war nicht da. Sie entschuldigte sich bei seinem Anrufbeantworter dafür, dass sie sich jetzt erst meldete, und dankte dem Anrufbeantworter dafür, dass er so viele Leute zu dem Callas-Abend eingeladen hatte, und erklärte ihm, es wäre einfach mal wieder zu viel los gewesen in der letzten Zeit. Dann fragte sie ihn, ob er nicht Lust hätte, mit ihr in ein Museum zu gehen, am besten noch heute Nachmittag, weil es ja sein könnte, dass er zufällig frei hatte, da es ein Freitag war ... Aber wahrscheinlich kam der Anrufbeantworter eher nicht, und frei hatten Anrufbeantworter sowieso nie.

Sie ließ sich rückwärts auf das fusselige rote Sofa fallen und schloss für einen Moment die Augen.

»Eddie«, flüsterte sie. »Was glaubst du, wann merken sie es? Wie lange wird das Bild hängen?«

»Wuff«, sagte Eddie und kratzte an der Tür.

»Hast recht«, meinte Mathilda. »Ich sollte los, den Künstler abholen. Aber ich bin k. o., verstehst du? Ich habe in den letzten Tagen zwei Segelflüge, eine Alpenwanderung ohne Alpen, eine Kreuzfahrt mit medizinischer Fachbegleitung und ein Adventssingen organisiert. Es war nicht nur die Galerie. Und du kannst sowieso nicht mit. Hunde dürfen nicht in Museen. Ich müsste dich draußen anbinden, und da gibt es nichts, nur ein bisschen rundes langweiliges Grün.«

Eddie blieb hartnäckig vor der Tür sitzen. Mathilda nahm zwei Kopfschmerztabletten und trug Eddie aufs Sofa. Dort blieb er so lange sitzen, bis sie ihre Jacke anhatte und halb durch die Wohnungstür war, dann sprang er herunter und schoss an ihr vorbei.

»Ich begreife das nicht, hast du was vor im Hamburger Bahnhof?«, fragte Mathilda. »Triffst du da irgendwen?«

Anton Koroschek trug, mit Würde, ein museales blaues Kordjackett samt Goldknöpfen und das nervöse Grinsen eines Oberschülers vor dem ersten Treffen mit einem Mädchen, als Mathilda und Ingeborg vor der Tür der Koroscheks standen. Es war nicht leicht, ihn in und dann wieder aus dem Taxi zu bugsieren, aber alles in allem war er handlicher als ein Rollstuhl im Spreepark oder ein Pony. Mathilda überlegte die ganze Zeit, woran er eigentlich starb, aber es fiel ihr nicht ein, obwohl er aussah, als könnte es sich nur noch um Tage handeln, er war leicht und zerbrechlich wie ein Kind.

Die Frau an der Garderobe war dieselbe. Sie warf Mathilda einen seltsamen Blick zu.

»Noch mal in dieselbe Ausstellung? Und ohne Ihre Medikamente?«

»Das Eis scheint ihr gutzutun«, sagte Ingeborg erklärend.

Es waren eine Menge Leute da an diesem Freitagnachmittag. Neben den normalen Museumsbesuchern standen sämtliche Taxifahrer und ein Gutteil der Sanitäter, die ab und zu für das Institut arbeiteten, sowie verschiedene Leute, die Mathildas Meinung nach entfernt mit Ingeborg verwandt waren. Ingeborgs Vater, der eher nah mit Ingeborg verwandt war und Mathilda die Hand schüttelte – ein freundlicher und nicht sterbender alter Herr –, und außerdem zwei Schulklassen, in deren Schulen Mathilda Flyer

verteilt hatte. Es gäbe in der Ausstellung, so stand es auf den Flyern, Eis.
Nur Eddie musste draußen warten, was er stoisch in Kauf nahm.
»Diese Leute sehen alle mein Bild, wenn sie daran vorbeigehen«, sagte Herr Koroschek. Mathilda nickte. Denn tatsächlich hing, hinter all dem Publikum, noch immer das Bild.
Man sah es schlecht, da sich immer wieder Trauben von Menschen davor bildeten.
»Sie mögen es«, wisperte Herr Koroschek glücklich. »Agathe, guck dir das an. Sie mögen es wirklich.«
»Der Künstler hat die Abwesenheit dieses Direktors sehr gut getroffen«, bemerkte einer der informierten Sanis höflich und laut in Hörweite der Koroscheks.
»Er meint Ihr Bild«, erklärte Mathilda rasch. »Den Titel.«
»Aber mein Bild heißt ›Garten mit Schnee‹«, sagte Herr Koroschek verwirrt.
Mathilda zuckte die Schultern.
»Museen ändern heutzutage oft die Titel.« Sie erwähnte nicht, dass das Museum sozusagen auch den Namen des Künstlers geändert hatte, denn natürlich stand auf dem Schildchen, zu klein für die schwachen Augen von Herrn Koroschek, der Name des Typen, von dem das Packeis stammte.
»Wollen Sie sich noch die anderen Bilder ansehen?«
»Ach nein«, sagte Herr Koroschek. »Es reicht mir völlig, mein eigenes Bild anzusehen.«
Mathilda ließ ihn und seine Frau auf einer kleinen Holzbank zurück, wo beide in Betrachtung des abwesenden Direktors verfielen, er in selige und sie in befremdete Betrachtung. »Die könnten hier mal wieder aufräumen«, hörte Mathilda Frau Koroschek flüstern. »Diese Glassplitter mitten im Raum ... was da wohl kaputtgegangen ist?«

Dann begann sie, durch den Bahnhof zu schlendern, um die bekannten Leute zu begrüßen und ihnen fürs Kommen zu danken. Aber sie kam nicht weit.

Da war etwas Blaues. Zwischen zwei mannshohen Packeisschollen. Etwas Knallblaues in Kopfhöhe. Sie blinzelte und ging um das Packeis herum, und für einen Moment glaubte sie zu sehen, wie das Blaue sich davonbewegte, aber dann fand sie es nicht wieder. Sie ging von der anderen Seite um die Eisansammlung herum, und als sie um die nächste gläserne Schollenecke bog, blieb sie stehen wie ... erfroren. Dort standen, vor einer weiteren riesigen Scholle, zwei Leute und begutachteten interessiert die Struktur der Bläschen im grünlichen Glas. Der eine der beiden, ein hagerer Mann in einem dunklen Jackett, hatte sich etwas zu weit vorgebeugt und stieß beinahe mit der Nase ans Glas, und Mathildas erster Gedanke war: Gleich schafft er es, die Alarmanlage auszulösen. Was zum Teufel tut er da? Ihr zweiter Gedanke war: Was zum Teufel tut er hier?

Birger Raavenstein.

Das dunkle Jackett war gebügelt, und seine Haare waren auf ganz normale Art und Weise gekämmt und schienen nicht in Berührung mit Sturm gekommen zu sein, weder mit einem privaten noch mit einem öffentlichen, was Mathilda einen Stich versetzte. Sie zweifelte einen Moment daran, dass er es war, weil er so gebügelt wirkte. Aber die Frau an seiner Seite war völlig zweifelsfrei Doreen Taubenfänger, und so war Birger vermutlich auch Birger, wenngleich ein anderer Birger als der, dem Mathilda vor vier Tagen viel Glück gewünscht hatte. Vielleicht war es das. Vielleicht hatte er jetzt zum ersten Mal in seinem Leben Glück.

Der Pechhabende Birger war ihr sympathischer gewesen.

Doreen steckte in einem kulturbesuchstauglichen kurzen schwarzen Kleid und hohen Stiefeln, und Mathilda fragte sich, wie eine Pech-Version von Doreen aussah. Sie fragte sich auch, wie eine Laufmasche in den schwarzen Strumpfhosen aussähe. Sie sah weg und beschloss, sich nichts mehr zu fragen, da sie sich ohnehin nicht antworten würde.

Jemand trat neben sie, und sie merkte mit einem halben Seitenblick, dass es Ingeborg war.

»Hast du ...?«

»Nein«, flüsterte Mathilda. »Ich habe sie nicht eingeladen. Sie sind rein zufällig hier. Ich habe ehrlich versucht, Daniel herzuzitieren. Etwas zu spät leider ... hast *du*?«

»Unsinn.« Ingeborg strich sich die Korkenzieherlocken mit einer Vehemenz hinter die Ohren zurück, als wären die Locken schuld an Birgers Hiersein.

»Glaubst du, sie sind ... wieder zusammen?«, wisperte Mathilda.

»Sie werden sich kaum zufällig im Packeis getroffen haben«, sagte Ingeborg trocken. »Aber ich dachte, es ging vor allem um das Erbe und die Tochter?«

»Den Sohn. Kilian. Ja. Oder auch nicht. Er war bei ihrem ersten Treffen nicht dabei, das habe ich dir schon erzählt. Ich wüsste gern ...«

Sie verstummte. Denn jetzt trat eine dritte Person zwischen zwei Eisblöcken hervor zu Birger und Doreen, eine Person, der es offenbar unangenehm war, hier zu sein. Doreen griff – beinahe unbewusst, wie es schien – nach dem Hemdkragen der Person, um ihn richtig umzuschlagen. Das Hemd war zwar nicht weiß, sondern schwarz, aber dennoch so gebügelt, als wäre es neu. Es sah unbequem aus.

Und die Person, die es trug, war ein Junge. Doreens Junge.

Kilian.

Er stieß Doreen samt ihrer ordnenden Hand von sich und machte einen Schritt zurück, und in seinen Augen lag etwas wie ätzende Säure. Seine Jeans war im Gegensatz zu dem Hemd uralt und zerrissen, vermutlich hatte er sich geweigert, eine neue Hose anzuziehen. Sein Haar glich vom Zerzaustheitsgrad dem seines Vaters, ehe er Glück gehabt hatte. Nur war es blau. Knallblau. Und er trug auch hier eine Gitarrentasche über dem Arm. Mathilda fragte sich, was er der Frau am Eingang erzählt hatte. Womöglich, dass er todkrank wäre und ohne die Gitarre keine Luft bekäme. Und vielleicht war das weniger gelogen als ihre Ausrede von heute Morgen.

Sie musste sich auf eine der Holzbänke setzen, weit genug von Doreen und Birger und Kilian entfernt, um einen Moment durchzuatmen.

»Du siehst aus, als würdest du mit den Tränen kämpfen«, stellte Ingeborg sachlich fest.

»Nein, ich … ich kämpfe mit einem Lachanfall«, keuchte Mathilda. »Der Junge mit den blauen Haaren ist … Kilian! Kein Wunder, dass sie ihn nicht mitgebracht hat beim ersten Mal! Ich …«

Der Junge mit den blauen Haaren – Kilian – sagte etwas zu Doreen, sie schienen sehr leise zu streiten. Offenbar wollte er gehen, aber Doreen ließ ihn nicht, und Birger begann jetzt auch, vorsichtig auf ihn einzureden. Der Junge starrte ihn nur aus zusammengekniffenen Augen an, nahm einen Kaugummi aus der Hosentasche und steckte ihn demonstrativ in den Mund. Einen Moment lang kaute er darauf herum, während Birger weitersprach. Dann nahm er den Kaugummi wieder aus dem Mund und klebte ihn auf die Glaseisfläche vor ihm.

Die Alarmanlage ging erstaunlicherweise nicht los, aber Birger sprang vor, um den Kaugummi wieder zu entfernen, und dabei gerieten seine Frisur und sein Jackett wieder irgendwie durcheinander. Als er mit dem klebrigen Kaugummi in der Hand dastand, war er wieder so sturmzerzaust wie immer. Mathilda merkte, dass sie lächelte.

Kilian schlängelte sich zwischen den Eisblöcken hindurch zum Ausgang, man sah den leuchtenden Farbfleck seiner blauen Haare hier und da in einer Spiegelung auftauchen. Am Ausgang des großen Raums drehte er sich noch einmal um, und für Sekunden sah Mathilda seine Augen. Diesen ätzenden, bissigen, verachtenden Blick. Aber sie fand dahinter etwas anderes – eine seltsame Verletzlichkeit wie die eines nackten kleinen Tieres, neugeboren und ohne Fell.

Dann war er fort.

»Weißt du, was er jetzt macht?«, fragte Mathilda. »Er steigt in die nächste U-Bahn und bettelt die Leute an. Ich kenne ihn.«

Ingeborg grinste. »Der perfekte Mustersohn und Erbe.«

»Vermutlich will er das Geld nicht mal haben. Außer Rumhängen und Gitarre spielen und ein bisschen Dagegensein will er gar nichts.« Mathilda war sich nicht sicher, ob das stimmte, es sagte sich so dahin.

»Kilian Raavenstein of the blue hair«, verkündete Ingeborg mit sarkastischer Feierlichkeit. »Prost Mahlzeit.«

In ungefähr diesem Moment drehte Birger sich um und entdeckte sie. Mathilda erstarrte, ähnlich wie die Eisblöcke, mit dem Unterschied, dass sich glücklicherweise keine grünen Blasen in ihr bildeten. Sie fühlte sich merkwürdig ertappt, obwohl sie ja nichts dafür konnte, dass sie sich hier trafen.

Aber Birger lächelte breit, fuhr sich durchs Haar, wobei er den letzten Rest Ordentlichkeit ruinierte, und kam zu ihnen herüber. Doreen folgte, zögernd und mit einem Gesicht, als wäre sie ihrem Sohn gerne nachgelaufen, um ihn zu ohrfeigen, wusste aber, dass sie die Contenance wahren musste.

»Mathilda!«, begann Birger. »Frau Wehser. Das ist ...«

»Ein ganz besonders zufälliger Zufall«, erwiderte Ingeborg und hörte sich nicht an, als glaubte sie das.

»Wir sind wegen eines speziellen Bildes hier«, erklärte Mathilda etwas übereifrig, da sie irgendetwas von sich geben musste, das nicht die Worte Riesenrad und Vermissen enthielt. »Das dahinten, mit der Linie oben, sehen Sie das?«
»Wir duzen uns doch«, sagte Birger.
»Ja«, sagte Mathilda. »Aber es könnte ja sein, dass ich eben mit Frau Taubenfänger gesprochen habe, die ich durchaus sieze.«
»Was für eine Linie?«, fragte Doreen mit hochgezogenen Brauen.
Das Gespräch drohte, sehr merkwürdig zu werden.
»Der Künstler ist hier«, erklärte Ingeborg und nickte zu der Bank hin, auf dem das Ehepaar Koroschek noch immer saß, leicht aneinandergelehnt und etwas erschöpft, wie es schien.
»Der? Der hat diesen ganzen Glasmist verbrochen?«, fragte Birger, und Doreen machte schnell »pssst«.
»Hat er nicht«, sagte Mathilda seltsam defensiv. »Er hat nur das Bild mit der Linie gemalt.«
»›Abwesenheit eines Direktors‹«, ergänzte Ingeborg.
Sie ging voraus in Richtung des Koroschek-Bildes, und der Rest der Gesellschaft folgte ihr.
Irgendwie kam es so, dass Mathilda neben Birger ging, und obwohl es nur die fünfzehn Meter waren, machte sie der Umstand nervös.
»Alles okay?«, fragte Birger leise. Als wäre da etwas Geheimes zwischen ihnen, eine Art Verschwörung. Bitte, was für eine denn?
»Natürlich«, sagte Mathilda. »Und bei Ih… bei dir? Was macht die Lunge?«
Birger grinste. »Krebst so vor sich hin.«
Sie standen jetzt neben dem kleinen Bild, das noch immer unauffällig und unangetastet in der Reihe der anderen weißen Bilder hing, und Ingeborg wies theatralisch darauf.

»Ein echter Koroschek.«

Doreen las den Titel. »Und wo ist der Direktor?«

»Abwesend«, antwortete Ingeborg zufrieden. Die ganze Sache schien ihr ungemeinen Spaß zu machen.

»Es lag an dem Ei, das auf seinem Anzug gelandet ist«, erklärte Mathilda. »Am Telefon. Mit weißer Sauce. Die Sorte, die sich nicht rauswaschen lässt. Es war allerdings dann nur der Hausmeister.«

»Ist das Bild deshalb weiß?«, fragte Birger wie ein braver Schüler.

Mathilda grinste. »Nein. Das liegt am Schnee in Koroscheks Garten und daran, dass alles, was Herr Koroschek malt, so aussieht wie das, was es ist.«

»Diese wunderbar abstrakte horizontale Trennlinie!«, rief jemand neben ihnen – einer, der weder zu den befreundeten Sanis noch zu den Taxifahrern gehörte und daher nicht eingeweiht war. »Sie zeigt den Schmerz des Loslassens. Das jahrtausendealte Eis schmilzt, und wir müssen den Traum einer heilen Umwelt endgültig loslassen.«

Der Mann neben ihm nickte ernst. »Den Traum vom großen Nichts, in dem es noch alle Möglichkeiten gibt! In Wirklichkeit sind unsere Möglichkeiten durch diese scharf gezogene Linie längst auf ein Minimum reduziert. Und dann dieser Schatten in der Ecke! Der Schatten einer Unbegreiflichkeit.«

»Der Schatten eines Blumentopfs«, bemerkte Frau Koroschek säuerlich.

Sie war von der Bank aufgestanden und hinter sie getreten.

»Wie bitte? Ja, ja natürlich, Blumentopf, eine wunderbare Metapher für das Alltägliche, das in unsere Träume einbricht … und dieser verwischten Nuancen von Weiß …«

»Grasbüschel«, berichtigte Frau Koroschek. »Unter dem Schnee. Der Fleck da links ist ein Maulwurfshügel.«

»Aha«, sagte der Mann, aus dem Konzept gebracht, und sah zum nächsten Bild hinüber. »Sind das da ... auch Maulwurfshügel?«

»Mag sein«, sagte Frau Koroschek. »Aber die sind misslungen. *Dieser* hier ist perfekt getroffen.«

Anton Koroschek streckte die Hände jetzt in ihre Richtung, eine rührend hilflose Geste – jemand musste ihm aufhelfen, damit er von der Bank hochkam. Der erste, der bei ihm war, war Birger. Er zog den ausgemergelten alten Herrn auf die Beine und sah ihn einen Moment lang seltsam an. Mathilda wusste, was er dachte: So alt werde ich gar nicht werden. Würde ich irgendwann so aussehen, wenn ich alt würde? Ist es womöglich besser, nicht alt zu werden?

Herr Koroschek murmelte etwas von frischer Luft, und wenig später standen sie alle draußen auf der Treppe: Ingeborg, Mathilda, Birger, Doreen und die beiden Koroscheks. Und da sah Herr Koroschek, gestützt auf Frau Koroschek, mit einem Mal sehr glücklich aus.

Die Sonne kam hinter einer Frühlingswolke hervor und schien ihm direkt ins Gesicht, und er blinzelte und sagte: »Das war doch mal was. Ein Bild von mir da drin. Denen haben wir es gezeigt.«

Mathilda rief ein Taxi, und als sie Herrn Koroschek darin verstaut hatte, streckte er seine knochige Hand aus dem offenen Fenster und winkte wie ein Kind.

»Da fährt er hin, der echte Koroschek«, meinte Ingeborg. »Der einzige echte Anton Koroschek auf der Welt, der wirklich Kunst ist, im Gegensatz zu den Bildern. Ein Kunstwerk aus Haut, Knochen und Altersschwäche. In einer Woche wird er nicht mehr sein.« Sie schlug ihr Notizbuch auf. »Ich hab noch eine Einäscherung auf dem Plan. Die Leberzirrhose, mit der wir im September nachts Schlittschuh gefahren sind. Mathilda, siehst du zu, dass hier alles in Ordnung geht?«

Dann war auch Ingeborg fort.
Doreen sah ihr mit einem kleinen Kopfschütteln nach.
»Ich verstehe nicht ... wie kann man so über Menschen sprechen?«
»Sie meint es nicht böse«, sagte Mathilda. »Sie ist einfach nur Ingeborg. Und sie hat recht. Sie klingt nur eben etwas rau.«
Sie musterte Doreen, in deren kurzem rotem Haar die Sonne sich fing und es aufleuchten ließ wie eine Frühlingsblume. Der Rest von Doreen passte nicht zur Sonne oder der Frühlingsblume, sie sah noch immer nervös aus, und um die Mundwinkel ihres perfekt geschminkten rosa Mundes hatten sich die tiefen Falten von Jahrzehnten eingegraben, in denen sie offenbar versucht hatte, viel zu lachen, sich dazu aber hatte extrem anstrengen müssen. Mathilda war sich nicht ganz sicher, was mit Doreen nicht stimmte, aber etwas stimmte nicht.
War sie so, weil sie Kilian zu früh bekommen hatte und weil Kilian Kilian war? Oder war Kilian Kilian, weil Doreen Doreen war?
Sie machte Eddie von seinem Baum los, und da sah sie das Stückchen Blau zwischen den anderen Bäumen seitlich des Museums. Kilian war keineswegs in die nächste U-Bahn gestiegen. Er lehnte an einem Stamm, rauchte und beobachtete seine Mutter. Und auf einmal wurde Mathilda böse.
Sie ging hinüber, stellte sich vor Kilian und nahm ihm einfach die Zigarette aus dem Mund.
»Weißt du zufällig, woran dein Vater stirbt?«, fragte sie.
Er starrte sie nur an, perplex.
»Lungenkrebs«, fauchte sie. »Weißt du zufällig, wovon man das kriegt? Nicht, dass *er* es davon gekriegt hat, es gibt auch Sorten, die man so kriegt, aber die ... die Scheißwahrscheinlichkeit, Krebs zu kriegen, ist abnorm viel größer, wenn man mit fünfzehn raucht.« Damit steckte sie die

Zigarette zurück zwischen Kilians Lippen. »Und jetzt mach dich schön weiter kaputt, dann kann er das ganze Geld gleich in die Spree schmeißen, das du erben solltest.«
Kilian nahm die Zigarette wieder aus dem Mund und sah Mathilda an. »Sag mal, geht's noch?«
»Und warum spionierst du mir nach?«, fragte sie.
»Ich spioniere – bitte? Bei dir sind wohl alle Sicherungen auf einmal durchgebrannt.« Er schüttelte langsam den Kopf. »Was immer du nimmst, nimm weniger.«
Eddie bellte, und Mathilda fuhr herum. Er saß neben Birger am Fuß der breiten Treppe zum Museum und sah Mathilda mit einem eindeutig triumphierenden Glimmen in den Augen an. Ein irgendwie besserwisserischer Putzlumpen. Hab ich's doch gesagt, las Mathilda in seiner Haltung. Hab ich doch gesagt, ich würde hier jemanden treffen.

Sie vergaß Kilian und ging langsam zurück zu Birger und Doreen.

»Es ist etwas schwierig mit dem Jungen«, meinte Doreen. Sie hatte sich eine Zigarette angesteckt. Mathilda versuchte, das zu ignorieren. Sie kam sich plötzlich selber blöd vor mit ihrer Zigaretten-und-Krebs-Ansprache.

»Mathilda«, sagte Birger und trat unbehaglich von einem Bein aufs andere. »Ich ... wollte dich etwas fragen. Es ist ... Ich wohne jetzt nicht mehr im Hotel, Doreen hat eine Matratze für mich aufgetrieben. Aber sie ist die meiste Zeit über weg. Arbeitet. Verkauft den Leuten irgendwelche Kleider, die sie nicht brauchen.« Er legte einen Arm um Doreen, und sie lachte, aber das Lachen war ein bisschen künstlich.

»Doch, doch«, sagte Birger. »Und sie ist sehr gut darin, was man so hört.« Sie war so klein und zerbrechlich und nervös in diesen Armen! Und ihre schwarzen Strumpfhosen betonten ihre perfekten Beine, obwohl sie sonst kein bisschen perfekt war, und Mathilda dachte *Wie süß* und *Gleich muss ich mich übergeben.*

»Worauf er hinauswill, ist, er langweilt sich«, erklärte Doreen.

»Ihr habt schon so viel getan, ich meine, das Institut«, sagte Birger. »Kann ich nicht auch irgendetwas tun? Irgendetwas helfen? Ich kann schlecht in Doreens Wohnung rumsitzen und ...«

»... mit deinem wundervollen Sohn streiten?«, fragte Mathilda bissiger als eigentlich beabsichtigt. Birger zuckte die Schultern, hilflos, aber da er immer noch einen Arm um Doreen gelegt hatte, hatte das Schulterzucken nichts Anrührendes.

»Ich denke darüber nach«, antwortete Mathilda steif. »Aber ich weiß nicht, ob wir noch jemanden brauchen, der Akten durcheinanderordnet und unseren Besuchertisch besetzt, um heile Uhren zu reparieren. Gerade jetzt ... muss ich mich darum kümmern, die Abwesenheit des Direktors wieder mitzunehmen. Es scheinen nicht mehr so viele Besucher zu sein.« Damit ließ sie die beiden stehen, oder jedenfalls war das ihr Plan, aber Eddie lief ihr nach, die Treppe hinauf und durch die Tür, und Birger sagte: »Siehst du, ich könnte währenddessen auf Eddie aufpassen.« Und da war der ganze schöne rauschende Abgang irgendwie im Eimer.

Er hat sehr schön auf mich aufgepasst, berichtete Eddie abends vor dem *Tatort* auf dem roten Sofa.

Aber Doreen war doch dabei, sagte Mathilda.

Ach die, sagte Eddie. Die hat dann mit dem Blauhaarigen gestritten, aber Birger und ich haben Stöckchen werfen gespielt, und weißt du was? Wir haben uns immer abgewechselt mit Werfen. Und weißt du was noch? Er hat ganz prima die Stöckchen geholt, fast so gut wie ich. Nur hat es seiner Hose nicht so gutgetan, dass er da auf allen vieren durchs Gras gelaufen ist.

Mathilda fuhr hoch und merkte, dass sie vor dem Fern-

seher eingeschlafen war. Sie hatte es tatsächlich vor sich gesehen, Birger auf allen vieren auf dem runden Grün vor dem Museum, bellend.
Zeit, ins Bett zu gehen.

Draußen fuhren die Scheinwerfer der Autos vorbei, man sah die Bäume drüben in dem kleinen Stück Park an der Panke im Licht mit ihren Ästen wedeln, und man lag sehr einsam unter dieser Decke. Früher, vor Jahren, war Daniel da gewesen ... Eddie schnarchte am Fußende, aber irgendwie war das kein Ersatz. Nicht, dass sie Daniel wirklich zurückwollte.

Vielleicht würde sie immer allein hier wohnen, bis sie so alt war wie die Leberzirrhose mit den Schlittschuhen oder der Radioansager auf der Nephrologie. Und dann würde sie ganz allein in ihrem Bett sterben, und Ingeborg würde sagen, sie hätte jetzt den nächsten Termin. Denn natürlich hatte sie sich nur eingebildet, dass mit Birger und Doreen etwas nicht stimmte; dies war kein *Tatort*, sondern das Leben. Alles stimmte, alles bis auf Mathildas Träume.

»Ich bin sehr gut darin, mir selber leidzutun«, murmelte sie und schlief endgültig ein.

»Ich habe keine Ahnung, was er denkt, das wir ihn tun lassen«, sagte sie am nächsten Tag zu Ingeborg, inmitten von Kabelgewirr und *Casablanca*, in einem abgedunkelten Raum des Hospiz Regenbogen. Noch einmal *Casablanca* sehen ... *Tod in Venedig* zu sehen hatte sich noch niemand gewünscht. Es war nicht ganz einfach gewesen, die Leinwand, den Beamer und die Lautsprecher in das kleine Zimmer zu bekommen, vor allem waren es zu viele Mehrfachstecker und Kabel, da es im Zimmer nicht genug Steckdosen gab. Zum Sterben brauchte man für gewöhnlich nicht besonders viel Strom.

»Ich meine, soll ich ihn Fenster putzen lassen? Will er Botengänge erledigen?«

»Er könnte sich mit der Anzeige wegen Hausfriedensbruch in der Charité befassen«, flüsterte Ingeborg. »Du weißt schon. Der Schnee. Er ist Anwalt, oder?«
»Küss mich, als wäre es das letzte Mal!«, verlangte Ilsa im Film.
»Er wird nicht lange genug leben, um die Sache durchzuziehen«, sagte Mathilda und versuchte, so trocken zu klingen wie Ingeborg bei solchen Bemerkungen.
Der Mann im Bett, der *Casablanca* hatte sehen wollen, starrte mit glasigen Augen ins Nichts. Mathilda war sich hundertprozentig sicher, dass er nichts sah und nichts hörte oder jedenfalls nicht das, was auf der Leinwand passierte. Seine drei Töchter und vier Enkeltöchter saßen neben dem Bett zwischen all den Kabeln und Mehrfachsteckdosen und hielten einander an den Händen, und die schwarz-weißen Bilder des Films spiegelten sich in ihren feuchten Augen. Eine der Töchter hielt die Hand des alten Mannes.
»Er hat diese Stelle so geliebt«, flüsterte sie. »Wir haben immer diese Stelle gesehen, immer wieder, wisst ihr noch? Wo sie sich verabschieden, weil es besser für sie ist, wenn sie geht und er bleibt ... es ist so traurig, weil sie sich nie wiedersehen werden ...« Alle nickten, und der alte Mann starrte weiter ins Nichts. Beerdigungen, sagte Ingeborg immer, sind nicht für den Toten, sondern für die Angehörigen. Mit manchen letzten Wünschen schien es ähnlich zu sein.
»Gib ihm trotzdem den Brief von der Charité«, meinte Ingeborg abwesend. Sie schien tatsächlich den Film sehen zu wollen.
»Ingeborg? Du hast den Brief *zerrissen*. Und du wolltest, dass ich Birger vergesse. Ich habe diesen verflixten Babybody zum Lüften rausgehängt, damit er nicht mehr nach meiner Wohnung und nach Hund riecht. Ich gebe Birger und Doreen das Ding, und dann war es das. Ich meine, ich habe ein komisches Gefühl bei der ganzen Sache, aber ich habe

mir selbst erklärt, dass das Einbildung ist. Doreen ist Doreen und niemand anders, und alles ist in Ordnung, und ich streiche Birger aus meinem Kopf. Ich bin vernünftig und brav. Ich habe sogar mit Daniel geredet. Es hat mich fünf Anläufe gekostet, er ist quasi nie da. Ich gehe morgen mit ihm Pizza essen. Du solltest die Rechnung rausschicken.«

»Ich weiß«, sagte Ingeborg. »Werde ich. Das Problem ist, dass ich die Akte nicht finden kann. Frau Kovalska muss sie an einer seltsamen Stelle eingeordnet haben.«

»Ich würde es unter R versuchen. Kommt im Alphabet hinter Q. Ingeborg, du hast mir selbst erklärt, dass es nicht richtig ist, zu viel an jemanden zu denken, der stirbt und …«

Ingeborg sah sie endlich an, und ihr Gesicht war den Gesichtern der Töchter und Enkeltöchter seltsam ähnlich im schwarz-weißen Filmlicht.

»Ich glaube nicht, dass ich weiß, was richtig ist, Mathilda. Geh Pizza essen. Finde es heraus.«

»Ich glaube«, sagte Rick Blaine auf der Leinwand, »dies ist der Beginn einer wunderbaren Freundschaft.«

Sie holte Daniel von zu Hause ab, ihr Kopf voll mit Casablanca, dem rotgestreiften Sonnenschirm aus irgendjemandes Vergangenheit, einem unmöglichen Raumflug für einen glücklicherweise völlig dementen Klienten und zweieinhalb Kopfschmerztabletten, die Ingeborg ihr gerne verboten hätte. Sie hatte Ingeborg im Übrigen gebeten oder eigentlich gezwungen, den Inhalt der Hausfriedensbruchklage per E-Mail an ihn weiterzuleiten und sie aus dem Spiel zu lassen. Wenn mit Doreen etwas nicht stimmte, dann stimmte es eben nicht, aber es ging sie nichts mehr an. Jedenfalls versuchte sie, sich das einzureden.

In der Siegfriedstraße gab es noch immer keine Drachen. Die Wohnung lag im Eckhaus, Daniel sah den Bach also tatsächlich aus dem Fenster, genau wie sie. Sie dachte wieder

an die Flaschenpostmöglichkeit. Wenn Daniel Birger gewesen wäre, wäre er längst selbst darauf gekommen.
Er sah erschöpft aus. Er hatte Augenringe und war zu blass, um gesund zu wirken.
»Mathilda«, sagte er, als er ihr die Tür öffnete. Und dann: »Ich habe gerade auf dem Weg hierher festgestellt, dass die Pizzeria zu hat. Von einer Sorte Wein mit fünfzehn Namen gibt es heute Abend also genau ... keinen.«
Sie stand im Flur, unentschlossen. Er machte keine Anstalten, seine Jacke oder seine Schuhe anzuziehen, er trug einen nichtssagenden blauen Pullover, Jeans und Tennissocken und zuckte die Schultern.
»Wollen wir ... woanders hingehen?«, fragte Mathilda.
»Es muss nicht diese Pizzeria sein. Es gibt Tausende von Restaurants in Berlin. Millionen von Kneipen. Billiarden von Currywurstständen.«
»Du isst kein Fleisch«, sagte Daniel mit einem müden Lächeln.
Irgendwie rührte es sie, dass er das noch wusste. Aber hey, er hatte mit ihr zusammengelebt, und es hatte ihn immer genervt, dass sie kein Fleisch aß, wie hätte er es vergessen können?
»Du willst, dass ich wieder gehe«, stellte Mathilda fest.
»Ist okay. Aber warum hast du mich nicht wenigstens angerufen?«
Er zuckte noch einmal die Schultern. »Nein, ich ... hör zu. Du kommst rein, und ich mache einen Kaffee und werde wieder wach und ... ich ... koche?«
Sie schloss die Wohnungstür hinter sich. »Du ... was?«
»Ich koche.«
»Du kannst nicht kochen.«
»Dinge ändern sich.« Daniel hob die Schultern. »Also, ich meine, ich mache das nur, wenn du willst. Und ich werde nicht alt heute, ich muss schlafen. Aber ich koche.«

Seine Küche war ... eine Küche. Mehr ließ sich darüber nicht sagen. Sie war kahl und funktionell und gefliest, und man fror an den Füßen, wenn man sich darin befand, weshalb Mathilda sich auf einen Stuhl setzte und die Knie anzog. Sie durfte nicht helfen, sie durfte nur zusehen, wie Daniel Zwiebeln schnitt, Nudeln aus einer Packung befreite, Wasser aufsetzte, Tomaten viertelte. Die Tomatenviertel waren mathematisch genaue Viertel, trotz der Abwesenheit von Zirkel und Geodreieck. Er tat all diese Dinge mit rascher medizinischer Präzision, er schnitt Tomaten genauso, wie er Bücherborde anschraubte, daran erinnerte sie sich noch.

Mathilda fragte sich kurz, wie Birger Tomaten geviertelt hätte. Vermutlich hätte es weder ihm noch den Tomaten gutgetan.

Vor dem Fenster winkten die Äste der Pankebäume, das einzig Unordentliche in der Wohnung – und sie *waren* nicht in der Wohnung. Sie winkte heimlich zurück, als Daniel nicht hinsah.

»Erzähl mal«, sagte sie schließlich.

»Was denn?«, fragte er. »Es ist viel los. Leute kommen, Leute gehen, Leute sterben. Ähnlich wie dein eigener Alltag. Nur dass wir weniger amüsante Dinge mit ihnen anstellen, ehe sie sterben.«

»Wirklich amüsant ist es bei uns auch nicht immer.«

Daniel drehte sich um, einen Holzlöffel in der Hand, mit dem er in der Pfanne gerührt hatte, und sah sie an, müde, aber irgendwie entschlossen.

»O doch, Mathilda, das ist es. Ihr hopst mit den Sterbenden im Land der Wünsche und Träume herum, und sie danken euch dafür, oder die Angehörigen danken euch. Es ist eine leichte und bunte Sache, so wie Seifenblasen. Wir, in der Klinik ... Wir machen die Drecksarbeit. Uns dankt keiner. Wenn die Leute unheilbar krank sind, sind wir schuld, dass sie nicht gesund werden, und wenn sie sterben, sind wir entweder schuld, dass sie nicht später sterben, oder schuld, dass sie nicht früher sterben dürfen.«

Er rührte weiter in der Pfanne, aus der es nach Thymian und Oregano duftete, fast wie in der Pizzeria, und sein Rücken war noch erschöpfter als der Rest seiner Gestalt.

Mathilda stand vorsichtig von ihrem Stuhl auf, ging über den kalten Küchenboden zu ihm hinüber und legte vorsichtig eine Hand auf seinen Oberarm.

»Bist du so sauer?«

»Nein«, sagte Daniel knapp. »Nur manchmal … würde ich auch gerne in eurer Seifenblasenwelt leben. Manchmal. Den Großteil der Zeit über habe ich eher Bedenken, dass sie platzt.«

Und dann saßen sie sich an dem winzigen, weiß laminierten Küchentisch gegenüber, und Daniel häufte Nudeln auf Mathildas Teller. Er hatte sogar eine Kerze in die Tischmitte gestellt, auf einem Blumenuntersetzer. Und alles war wie früher, als sie an dem winzigen Küchentisch in der Dachgeschosswohnung gesessen hatten. Nur dass Daniel damals nicht gekocht hatte. Es war immer Mathilda gewesen. Oder der Asiaimbiss um die Ecke.

Daniel goss Wein in Gläser.

»Es gibt nur einen«, sagte er in einem müden Versuch, witzig zu sein. »Möchtest du seine fünfzehn Namen hören?«

»Nein.« Mathilda schüttelte den Kopf. »Ich möchte hören, warum du so fertig bist.«

»Nichts, nur der Alltag. Zu viele Überstunden. Ein Kollege krank, der andere im Urlaub, Tobsuchtsanfall des Chefs ohne Grund, das Übliche.«

»Falscher Beruf?«

Daniel trank einen Schluck Wein, vielleicht etwas zu schnell. »Gibt es richtige Berufe?«

Er wartete nicht auf ihre Antwort. »Was ist mit dir?«,

fragte er, eine Gabel voll Nudeln betrachtend wie eine Glaskugel, in der er eine Antwort sehen konnte. »Diese Sache mit dem Institut? Bleibst du da? Für immer? Oder bist du eigentlich auf dem Weg nach woanders?«

»Wohin denn?«, fragte Mathilda perplex. Sie hatte noch nie darüber nachgedacht. »Ich meine, natürlich heirate ich in zehn Jahren den üblichen Millionär wie alle Frauen und ziehe in eine Villa auf dem Land ...«

»Du hast Tomaten auf dem Pullover«, sagte Daniel.

Mathilda nickte. »Ich weiß. Und ein Mädchen mit Sonnenhut, das sie erntet.«

»Genau genommen siebenundzwanzig Mädchen.«

Es stimmte, und sie fragte sich, wann er die Mädchen gezählt hatte. Sie hatte die Borte erst vor kurzem auf den Pullover genäht, und die breitkrempigen Hüte schienen die Mädchen – und die Tomaten – vor allem auf der Welt zu beschützen, nicht nur vor Regen.

»Hast du einen Hut?«, fragte sie Daniel.

»Wie bitte?« Er sah sie seltsam an. »Wieso einen Hut?«

Mathilda antwortete nicht, und eine Weile aßen sie schweigend Nudeln und tranken Wein. Sie lobte die Nudeln drei Mal. Sie wünschte, er hätte irgendwann angefangen, wacher oder glücklicher auszusehen, aber er fing nur an, betrunkener auszusehen.

»Du hast den Hund nicht mitgebracht«, sagte er schließlich und schob den Teller weg. »Wie heißt er noch?«

»Eddie. Er liegt zu Hause auf dem roten Sofa und befindet sich in stetiger medialer Verbindung mit mir.«

»Dein Hund ist ... ein Medium?«

»Nein, er hat einen USB-Anschluss und überwacht mich per LiveCam.« Sie grinste und schob ihren Teller ebenfalls weg. Daniel lachte nicht. Er goss Wein nach und betrachtete sie. Auf einmal merkte sie, wie alt er aussah. Älter als sie. Obwohl er nicht älter war.

»Vielleicht war es die alte Frau aus der dreizehn, die heute gestorben ist«, sagte er. »Oder der ganz junge Patient, der die Dialyse nicht verträgt und morgen oder übermorgen geht. Nach Hause, um zu sterben. Das Sterben ist nicht das Schlimme; ich hab kein Problem damit, im Dienst nachts zehn Totenscheine auszufüllen. Das Schlimmste ist, dass du keine Zeit hast. Nicht mal, sie sterben zu lassen. Du rennst von A nach B nach Z und wieder zurück, und du tust, was du tun musst, und das ist gut; nur ist es nie gut genug, weil du nie alles so richtig machen kannst, wie du gerne würdest. Die ganze Klinik ist ein Bahnhof. Ich würde mich gerne neben ein Bett setzen und mit dem Menschen darin reden, glaub mir, aber wann soll ich das tun? Wir essen ja nicht mal was zwischendurch.«

Mathilda schluckte.

»Du machst alles richtig«, flüsterte sie und beugte sich über den Tisch, um eine Hand auf seine zu legen. »Bestimmt. Du hast immer alles richtig gemacht.«

»Nein«, sagte Daniel. »Eure Maria Callas ... da dachte ich einen Moment, das ist es. Das ist richtig. Aber die Frau, für die sie gesungen hat, war ja nicht mal da. Letztendlich hat ihr die ganze Callassache auch nichts genützt. Ihr Herz und ihre Lunge kümmern sich nicht um Arien, die bringen sie ganz einfach trotzdem um. Und weißt du was?« Er beugte sich jetzt ebenfalls über den Tisch, wobei er ihre Hand festhielt. »Eines Tages sind wir dran, Mathilda. Du und ich. Der mit dem Dialyseproblem ist fast am gleichen Tag geboren wie ich. Alter schützt vor Dummheit nicht, und Jungsein schützt vor Sterben nicht.«

»Ist es das?«, wisperte Mathilda. »Hast du davor Angst?«

»Zu sterben? Nein. Aber da herumzuliegen und zu kotzen und zu sabbern und allen auf den Wecker zu fallen ...« Er ließ sie los und stand abrupt auf. »Kann schon sein, dass ich davor Angst habe.«

Mathilda stand ebenfalls auf und legte einen Arm um ihn. »Was würdest du dir wünschen?«, fragte sie.
»Mehr Zeit«, antwortete Daniel. Da nahm sie ihn richtig in die Arme, und sie fragte sich, ob es möglich war, einen übermüdeten Arzt um elf Uhr nachts zu trösten, wenn man ihn nicht liebte, und ob Kochen-Können genug Grund war, ihn doch zu lieben oder wenigstens die eine Nacht zu bleiben.
Daniel erwiderte ihre Umarmung, doch dann schob er sie sanft von sich. »Ich glaube, ich habe zu viel getrunken«, murmelte er. »Und ich glaube, ich gehöre ins Bett. Morgen muss ich um fünf raus.«
»Ich bleibe und helfe dir abwaschen.«
»Quatsch«, sagte er. »Du gehst schön nach Hause zu Freddie, damit er nicht den Verdacht bekommt, etwas Unanständiges verpasst zu haben. Ich mache hier klar Schiff und falle ins Bett.«
Er half ihr in die Jacke, und dann zog er sie plötzlich noch einmal zu sich heran.
»Denk an die Sache mit der Seifenblasenwelt«, flüsterte er neben ihrem Ohr. »Denk daran aufzupassen, dass sie nicht zu weit oben fliegt, wenn sie zerplatzt. Sonst fällst du zu tief.«

Die Aprilnacht draußen war kalt, und Mathilda setzte ihre Kapuze auf und zog die zu dünne Jacke enger um sich.
»Was zum Teufel wolltest du eigentlich?«, fragte sie die Nacht und meinte Daniel. »Weißt du das überhaupt selbst?« Und, nach einer Weile: »Weiß irgendjemand selbst, was er will?«
Die Äste der Bäume, die die Straße säumten, mickrig gegen den vorbeirauschenden Verkehr, winkten keinerlei Antworten. Die Lichter der Autos waren stumm und kalt.
Mathilda wanderte eine Weile zu Fuß durch den April.

Die Panke floss unverändert in die gleiche Richtung, und die Amsel sang wieder auf ihrem hohen, unsichtbaren Ast, genau wie damals, als sie mit Daniel hier entlanggegangen und die Nacht schön und samten gewesen war. Die Bäume hatten jetzt Blätter. Aber Mathilda sehnte den U-Bahnhof herbei, sehnte sich nach dem Geräusch ihres Wohnungsschlüssels in ihrer Tür, nach dem Klicken von Eddies Krallen auf den alten Dielen, wenn er verschlafen auf sie zugetrottet kam. Nach der warmen Bettdecke, unter der sie mit ihren Gedanken und Unsicherheiten ganz allein wäre.

Die Vampirfassade des alten S-Bahnhofs Pankow erhob sich stumm und seltsam in die Nacht wie immer. Ein paar Vampire standen innen unter den runden Hängelampen und rauchten. Mathilda nickte ihnen höflich zu.

Dann stand sie am Eingang zur U-Bahn, und wie beim letzten Mal zögerte sie. Diesmal war es nicht das kalte Licht, das sie davon abhielt, hineinzugehen. Da war ... etwas. Etwas wie eine Vorahnung.

Geh nicht da hinunter.

Unsinn, warum denn nicht? Es gibt keine Vorahnungen.

Auf der Treppe, die eine Art ungemütlichen Windkanal bildete, genau dort, wo sich kein vernünftiger Mensch je hinsetzen würde, saß jemand sehr still, und Mathilda erschrak. Sie hatte keine Lust, den Abend damit zu beschließen, einen unterkühlten oder toten Obdachlosen zu finden. Die Gestalt trug eine Kapuze wie sie selbst, nur ohne Borte mit Fliegenpilzen. Sie war völlig in sich zusammengesackt, lag halb gegen die Wand gelehnt, schwarz oder jedenfalls dunkel angezogen, und fast verschmolz sie mit dieser Wand.

Mathilda ging an der Gestalt vorüber, sah die U-Bahn einfahren und blieb stehen. Niemand stieg aus. Niemand stieg ein. Die Fenster der U-Bahn waren hell, dahinter war es warm. Sie ging auf die Tür zu, sie musste sich beeilen, sonst wäre die U-Bahn wieder fort – und dann schlossen sich die Türen, und die Bahn fuhr ab.

Ohne Mathilda.

Sie stand auf dem Bahnsteig und fluchte lautlos.

Schließlich drehte sie sich um und ging zu der Treppe zurück. Man kann das nicht machen. Man kann einen reglosen Menschen in einer kalten Aprilnacht nicht einfach dort sitzen lassen, wo er sitzt. Leider. Selbst wenn es einen definitiv nichts angeht, wer er ist. Selbst wenn man zu neunzig Prozent sicher ist, dass er sich, wenn er noch lebt, ganz bestimmt nicht irgendwo hinbringen lässt.

Mathilda kniete sich vor die Gestalt und schüttelte sie.

Die Gestalt regte sich nicht. Sie roch nach einer unguten Kombination aus Bier, Schnaps und etwas Säuerlichem. Mathilda schüttelte stärker. Die Gestalt gab ein unterdrücktes Knurren von sich, einen unartikulierten Satz, und Mathilda zog die Hand zurück. Auf einmal hatte sie Angst. Man sollte unbekannte Besoffene in Berliner U-Bahnhöfen nicht gegen sich aufbringen, es war möglich, dass sie ungeahnte Kräfte entwickelten.

Jetzt hob die Gestalt den Kopf, die Kapuze rutschte, und Mathilda sah im spärlichen Kunstlicht des U-Bahn-Schachts zerzaustes, knallblaues Haar.

»Kilian?«

Er schüttelte den Kopf, langsam, und seine Augen versuchten offenbar, sie zu fixieren, was ihm nicht gelang.

»Ich bin nicht Kilian«, sagte er mit einer Zunge, die ihm nicht ganz zu gehorchen schien.

»Dann bist du jemand, der ihm verdammt ähnlich sieht«, sagte Mathilda. »Sein Zwillingsbruder, würde ich sagen.«

Jetzt erst bemerkte sie die Gitarre in ihrer schwarzen Tasche, auf der er halb gelegen hatte. Sie packte ihn am Arm und zerrte ihn mit einem Ruck auf die Beine. Beinahe wäre sie zusammen mit ihm wieder umgefallen, doch da war die

Wand, die sie beide hielt.«Okay. Sag mir eure Adresse, ich schaffe dich dahin. Irgendwie.«

»Ich habe keine ... Adresse«, lallte er, und Mathilda seufzte.

»Die Adresse deiner Mutter. Doreen. Bist du da weg, weil Birger da ist? Rennst du deshalb besoffen hier durch die Nacht?«

»Ich bin ... vollkommen nüchtern«, lallte Kilian.

Mathilda legte einen seiner Arme über ihre Schultern und begann, ihn die Treppen hinaufzuschleifen.

»Vollkommen. Sieht so aus«, sagte sie trocken. Als sie oben waren, im Wind, krümmte der Junge sich zusammen und spuckte ihr einen Großteil seines Mageninhalts entgegen. Mathilda sprang nicht rechtzeitig zurück. Okay, auch Schuhe kann man waschen. Sollte man aber nicht müssen.

Sie hasste diesen Jungen.

Und gleichzeitig tat er ihr leid. Sie wäre vielleicht auch nicht in einer Wohnung geblieben, in der Doreen und Birger Raavenstein in einem gemeinsamen Schlafzimmer schliefen. Taten sie das?

»Wo? Wohnt? Ihr?«

»Warum lässt du mich nicht in Ruhe?«

»Es ist zu kalt, und du bist stockblau. Dein Vater braucht dich, um dieses verdammte Geld loszuwerden, das ist sein letzter Wunsch. Ich dachte, ich wäre mit dieser Sache fertig, aber sieht so aus, als wäre ich das nicht. Mein Auftrag ist es, diesen Wunsch zu erfüllen, kapiert? Das funktioniert nicht, wenn du dich zu Tode trinkst, bevor er stirbt. Also? Straße? Hausnummer?«

»Görschstraße«, nuschelte Kilian resigniert. »Nummer ...« Er schien erst darüber nachdenken zu müssen. »37. Aber ich gehör da nicht hin.«

»Wer gehört schon da hin, wo er ist?«, fragte Mathilda und legte seinen Arm wieder um ihre Schultern. »Los jetzt.

Das ist um die Ecke, wenn ich es richtig sehe. Spart uns eine teure Taxifahrt.«

»Du kannst mich nicht bis dahin tragen...« Er schien im Stehen schon beinahe wieder einzuschlafen.

»O nein«, sagte sie entschlossen. »Das habe ich nicht vor. Ich habe zwar Übung darin, nicht-gehfähige Leute irgendwohin zu bugsieren, aber heute Nacht gibt es weder ein Pony noch einen Rollstuhl. Du läufst gefälligst selbst.«

Sie mussten beinahe die ganze Florastraße entlang. Ausgerechnet die Florastraße. Mathilda kannte sie natürlich, der Florakiez war ein ganz eigener, in und hip und vintage. Er bestand aus Cafés, in denen man auf netten kleinen Stühlen nette kleine Kuchen essen konnte, und aus Kinderläden, in denen man nette kleine Kinder abgeben konnte (die dann auf netten kleinen Stühlen saßen und nette kleine Kuchen aßen). Alles war bunt und fröhlich oder wäre bunt und fröhlich gewesen, wenn Licht da gewesen wäre. Pippi-Langstrumpf-Land.

Womöglich wirkte es tagsüber authentisch.

Jetzt, nachts, zwischen Asphalt und schlafenden Autos, wirkte es unwirklich und aufgesetzt, tot. Eine gewollte Fröhlichkeit, die unter den Straßenlaternen ihre Farben verloren hatte.

Oder lag das daran, dass Mathilda einen besoffenen, unglücklichen Jungen mit sich schleifte, der es vielleicht gar nicht mehr nach Hause schaffte? Wurden aus allen fröhlichen, retrogekleideten Florakiezkindern irgendwann besoffene Jugendliche, die nicht dort hingehörten, wo sie wohnten?

Das Problem war, dass sie wirklich Angst hatte, dass sich zu viel Alkohol in seinem Körper befand. Nicht zu viel, sondern zu-*viel*-zu-viel. Andererseits war er fähig, mit ihr zu reden, es konnte also nicht so schlimm sein. Jemand mit

Alkoholvergiftung wäre eher still gewesen. Er war natürlich komplett unterkühlt. Sie scheuchte ihn, schubste ihn, zerrte ihn mit sich, gnadenlos und zunehmend besorgt. Er hatte darauf bestanden, die verdammte Gitarrentasche mitzunehmen, er trug sie auf dem Rücken, und ihre Anwesenheit machte das Ganze nicht einfacher. Mathilda wünschte, er hätte noch mal gekotzt, um mehr von dem Alkohol loszuwerden, aber er trottete nur, mehr oder weniger, neben ihr her und versuchte, die Augen zu schließen und wegzudämmern.

»Was stimmt nicht mit dir?«, fragte sie, nur um irgendwas zu fragen und ihn wachzuhalten. »Was stimmt nicht mit deiner Mutter? Was ist vor fünfzehn Jahren passiert?«

»Ich ... nehme an, da wurde ich geboren«, antwortete er, aber erst, nachdem sie drei Mal gefragt hatte.

Er lehnte sich an einen Zaun, einen abstrusen kleinen weißen Gartenzaun, zeigte auf die Glasfenster dahinter und lachte. Ein besoffenes, unheimliches Lachen.

»Schau mal ... hübsch, was? Das *schönhausen* ... ein Café für Familien mit kleinen Kindern ... niedlich ... und dahinten ist schon der nächste Kinderladen. Da kann man seine Kinder abgeben ... oder verkaufen. Das würden sie doch am liebsten alle machen, die Kinder loswerden, wetten? Deshalb machen sie die ganzen bunten Läden und Cafés, wo man sie abstellen kann ... sieht dann hübscher aus, das Loswerden ...« Er drohte zu fallen, der Zaun war nicht hoch genug, um sich wirklich daran zu lehnen, und Mathilda packte ihn am Arm.

»Warum ist deine Mutter damals untergetaucht?«

»Untergetaucht?«

»Es gibt niemanden mit Namen Doreen Taubenfänger. Nicht offiziell. Sie muss einen anderen Namen haben.«

Er hatte die Augen wieder geschlossen, und Mathilda schüttelte ihn und zog ihn weiter. Das Licht aus dem

Eingang eines Spätkaufs, der sich zwischen die schicken Geschäfte duckte wie ein kleines, nachtaktives Tier, fiel auf Kilians blaues Haar und sein Gesicht. Die ausladende Frau im Spätkauf sah neugierig zu ihnen hinaus. Die Tatsache, dass dort eine junge Frau einen offenbar noch sehr viel jüngeren Typen mit blauen Haaren abschleppte, war ganz offenbar interessanter als das Fußballspiel, das im Fernseher vor sich hinlief.

Mathilda winkte der Frau mit einem grimmigen Lächeln und zerrte Kilian weiter.

»Nicht einschlafen, verdammt! Wir sind fast da!«

Sie war völlig erschöpft, als sie bei der Görschstraße ankamen und dann, schließlich, bei der Nummer 37. Hier war nichts mehr vintage, sondern nur noch alles alt. Nummer 37 war Teil eines farblosen Häuserblocks.

»Hast du einen Schlüssel?« Er nickte lahm, und sie griff in seine Jackentasche. Doch, da war ein Schlüsselbund. Zwei Schlüssel. Einer sah aus wie ein Wohnungsschlüssel, einer wie einer zu einer Haustür. Wunderbar.

Keiner passte.

Kilian schüttelte den Kopf. »Nicht der.«

Mit einer sehr unkoordinierten Bewegung holte er etwas aus dem Ausschnitt seiner Kapuzenjacke, er trug einen anderen Schlüssel um den Hals. Mein Gott, um den Hals, wie ein verlorengegangenes Kind. Vielleicht war er genau das. Mathilda schloss die Tür auf und begann den endlosen Aufstieg in einen fünften Stock, so viel bekam sie aus ihm heraus, auch wenn er fand, es wäre eine gute Idee, einfach im Treppenhaus zu schlafen.

»Ist doch ein … sehr gemütliches Treppenhaus«, lallte er und zeigte vage auf einen Blumentopf mit zwei gerade aufblühenden Narzissen, der auf der Fensterbank des zweiten Stocks stand. Immerhin machte jemand den Versuch, den Wohnblock hübscher zu gestalten.

»Die Narzissen zittern«, sagte Mathilda, feldwebelartig entschlossen. »Es ist arschkalt hier. Weiter!«
Und dann die Wohnung.
Ein Fußabtreter in Form einer Katze, die WELCOME sagte. Ein Klingelschild: *Taubenfänger*, sehr deutlich mit Hand geschrieben und daneben die winzige Zeichnung der ewig gleichen Taube. Alles war richtig, alles war, wie es sein sollte. Warum hatte sie die ganze Zeit über das Gefühl, dass etwas nicht stimmte?

Mathilda fühlte sich wie ein Einbrecher, als sie die Wohnungstür aufschloss und einen dunklen Flur betrat, der nach Putzmittel, Parfum und Hyazinthen in Blumentöpfen roch. Es war kein unangenehmer Geruch, es war kein unangenehmer Flur, er war aufgeräumter, als jemals ein Flur in Mathildas Leben es sein würde. Die Tür schloss sich, und sie standen im Dunkeln.
Sie blieb einen Moment stehen und lauschte. Alles war still.
»Das Licht ist kaputt«, flüsterte Kilian.
Er tastete im Dunkeln, und Licht drang aus dem Badezimmer zur Linken. Es fiel in den Flur, fiel in eine Küche gegenüber dem Bad, die ebenso aufgeräumt war wie der Flur. Das einzig Küchenuntypische war, dass eine Matratze auf dem Boden an der Wand lag, ebenfalls ordentlich bezogen, samt Bettzeug, etwas im Weg, wenn man die Küche benutzen wollte.
»Okay«, murmelte er. »Dann tschüss oder was?«
Doch Mathilda ging nicht, sie half ihm, die Gitarrentasche abzusetzen, in deren Riemen er sich zu verheddern drohte. Dann stand sie da und sah zu, wie er ins Bad stolperte und am Waschbecken stehen blieb. Er machte offenbar einen Versuch, sich zusammenzureißen, wusch sich das Gesicht und fing an, die dreckigen Kleider auszuziehen. Er schaffte es nur, den Pullover loszuwerden.

»Warum hast du so viel getrunken?«, fragte sie leise, um niemanden zu wecken. »Woher hattest du das Zeug überhaupt?«
»Ist vom Himmel gefallen«, murmelte er. »War 'ne Wette. Mit 'n paar Freunden. So was macht man eben manchmal.«
»Um was habt ihr gewettet? Wer sich am schnellsten tottrinken kann?« Auf einmal war sie nicht mehr wütend, sondern nur noch resigniert. Sie hatte gedacht, das Besoffensein dieses Jungen hätte einen tragischen, existentiellen Grund, aber es war nur eine Wette gewesen. Natürlich, mit fünfzehn ist es immer NureineWette. Das ganze Leben ist NureineWette.

Kilian stand nur noch in Hosen vor dem Waschbecken und starrte feindselig in den Spiegel. Auf seinem Rücken zeichneten sich die einzelnen Rippen ab.

»Nimmst du was?«, fragte Mathilda. »Ich meine, abgesehen von Alkohol? Du siehst verdammt ungesund aus.«

Er öffnete den Mund, um etwas zu sagen, vermutlich »Hau doch endlich ab«, und das war ein guter Ratschlag, denn was machte sie noch hier? Aber er sagte nichts, denn in diesem Moment hörten sie beide etwas anderes. Stimmen. Aus einem der hinteren Räume. Kilian löschte das Licht im Bad.

Mathilda spürte, wie er an ihr vorbei in den Flur tappte. »Was hast du vor?«, wisperte sie.

Sie folgte ihm bis ans Ende des Flurs, bis in ein Wohnzimmer, in das durch die Ritzen einer Jalousie die Stadt hereinschien. Kilian war mitten im Raum stehen geblieben. Die Stimmen befanden sich hinter einer halb offenen Tür, und im Zimmer dahinter gab es ein wärmeres Licht, flackernd und gelblich – das Licht einer Kerze.

Zwei Schatten saßen dort auf einem Stuhl, ineinander verschlungen. Sie hatten nicht besonders viel an, und sie waren offenbar dabei, sich zu küssen.

»Aber der Junge!«, hörte Mathilda Birger flüstern.
»Schläft fest«, flüsterte Doreen. »Oder hörst du was? Als ich nach ihm gesehen habe, hat er jedenfalls geschlafen.«
»Das war vor ein paar Stunden. Bevor wir eingeschlafen sind.«
»Und jetzt sind wir wieder aufgewacht, und er schläft immer noch, weil Nacht ist. Mein Gott, Birger, er ist kein kleines Kind! Ich sehe nicht jede halbe Stunde nach, ob mein fünfzehnjähriger Sohn noch atmet! Es würde ihn zu Tode nerven, wenn ich das täte. Ich nerve ihn sowieso zu Tode. Ich …«
»Doreen.«
»Ja.«
»Du nervst niemanden. Ich bin mir sicher, dass er dich eigentlich liebt. *Ich* liebe dich.«
»Schsch!«
»Ich hätte die ganzen guten Jahre so gerne mitbekommen! Als er klein war. Kilian. Ich hätte ihn so gerne im Arm gehalten, als er ein Baby war. Ich wäre so gerne mit euch am Strand entlanggerannt und auf allen Spielplätzen von Berlin gewesen. Und ich hätte an seinem Bett gesessen, als er sich damals das Bein gebrochen hat …«
Kilian, der dicht neben Mathilda stand, schien den Kopf zu schütteln.
»Ich hätte alles mitgemacht. Ich hätte ihm Schwimmen beigebracht, dann wäre das mit dem Beinahe-Ertrinken nie passiert, und ich hätte ihm in der Schule geholfen und ich …«
Kilian schien ganz leise zu lachen, ein seltsames Lachen.
»Und du wärst einer dieser Väter gewesen, die ihre Kinder genauso nerven wie die Mütter«, flüsterte Doreen, »sobald die Kinder dreizehn sind.«
Die Schattenfiguren begannen jetzt, sich zu bewegen,

man sah nicht genau, wer was tat, aber da waren Arme und Hände, die streichelten, und Münder, die sich wieder fanden, und Beine, die sich spreizten, noch immer auf dem Stuhl, und Mathilda fragte sich, ob das bequem sein konnte, und sie fragte sich, warum sie hier stand, und die Antwort war, dass sie sich fühlte wie gelähmt.
Dem Jungen neben ihr schien es ähnlich zu gehen.

Sie standen nebeneinander, unfähig, sich zu rühren, und starrten auf das Schattenspiel im Schlafzimmer und lauschten dem Atmen von dort und den einzelnen Worten zwischen dem Atmen. Und Mathilda sah eigentlich doch sehr genau, was geschah, sie sah sogar, dass Birgers Haare wieder zerzaust waren, diesmal, weil Doreen mit beiden Händen hindurchfuhr. Und sie dachte, verdammt, er kriegt gar nicht genug Luft, das hier kann ihn umbringen, weiß sie das überhaupt? Und sie spürte den Moment, in dem die Schattenfiguren verschmolzen, wie einen scharfen Schmerz in ihrem eigenen Kopf. Sie sah die hektischer werdenden Auf- und Abbewegungen, sie wollte lachen, hier stehe ich, gefangen in einem fremden Wohnzimmer und bin wieder Zeuge der Erfüllung eines letzten Wunsches. Wie schön.

Sie merkte, dass Kilian sie am Arm gepackt hatte, als müsste er sich an irgendetwas festhalten.

Und als Mathilda das merkte, löste sich die Starre, und sie drehte sich um, leise, leise, und zog ihn mit sich aus dem Wohnzimmer, das Atmen hinter sich lassend, zurück in den Flur.

»Ich gehe jetzt«, wisperte sie.

»Gute Idee«, flüsterte Kilian.

Dann ging er in die Küche, holte eine Flasche Saft aus dem Kühlschrank und ließ sich im Halbdunkel auf die Matratze fallen.

»Du schläfst ... in der *Küche?*«, fragte Mathilda.

»Du gehst gerade«, sagte Kilian und fuhr sich durch das blaue Haar, und in diesem Moment war die Geste der von Birger so ähnlich, dass sie den scharfen Schmerz in ihrem Kopf wieder spürte. Aber sie ging.
Ohne sich noch einmal umzusehen.

9.

»Warum findest du es so beunruhigend, dass er in der Küche schläft?«, fragte Ingeborg. »Ich meine, ich hatte nie einen fünfzehnjährigen Sohn, aber ich hatte einen fünfzehnjährigen Bruder, und der hätte sich zeitweise wahrscheinlich sehr gerne eine Matratze vor den Kühlschrank gelegt. Er hat damals nichts gemacht außer schlafen und essen.«

»Und sich zwischendurch besaufen?«

»Vermutlich. Ich weiß es nicht mehr genau.«

Mathilda seufzte. »Ja. Wahrscheinlich ist alles einfach normal. Aber diese U-Bahn-Treppe ... Wenn ich nicht vorbeigekommen wäre ... Unser Job ist nicht, Leute zu retten, sondern ihnen das Sterben zu erleichtern! Ich rutsche da in die verkehrte Sparte.«

Sie sah aus dem Fenster, das ein Zugfenster und daher sehr dreckig war, aber zwischen den Dreckspritzern plätscherte eine Landschaft vorüber, die einem eigentlich alle Sorgen und Zweifel verbot. Jemand hatte eine leise hellgrüne Decke über das Land gelegt, die Bäume, die Felder, die Hecken, ja, selbst die letzten alten Oberleitungen schienen Knospen zu treiben.

Der Himmel war unverschämt blau und trug weiße Wölkchen, ganz ähnlich den aufgenähten weißen Wölkchen auf Mathildas Hosenumschlägen. Sie musste aufhören, zu glauben, dass etwas mit Kilian und Doreen nicht in Ordnung war.

Der alte Herr, der neben Ingeborg im Rollstuhl saß, schlief fest. Hoffentlich träumte auch er vom Frühling. Sie hatten

beim Schlafen ein wenig nachgeholfen, eine leichte Überdosis Vomex wirkte fast immer.
»Gegen die Flugübelkeit«, hatte Ingeborg zu ihm gesagt. Er würde den ganzen Flug verschlafen, und wenn er in seinem Rollstuhl aufwachte, würden sie am Mittelmeer sein, an einem langen einsamen Strand der italienischen Küste. Nicht, dass es dort heute noch lange einsame Strände gab, nicht mal kurze vermutlich, nicht mal im April.

Aber der Zug fuhr ja auch nicht nach Italien, und niemand hatte vor, in der Realität ein Flugzeug zu besteigen.

Mathilda betrachtete den schlafenden alten Herrn, dessen Kopf zur Seite gesackt war und aus dessen Mund ein Speichelfaden hing. M. Andrusch Steerweg. An der Seite des Rollstuhls hing ein Katheterbeutel, und eine dicke Decke verbarg die dünnen Beine.

Noch einmal ans Mittelmeer. Früher, als wir am Mittelmeer waren, meine Frau und ich … Wir haben immer Muscheln gesammelt …

Tragischerweise war die Frau nicht gestorben, sondern hatte sich vor dreißig Jahren von ihm getrennt und den Kontakt vollkommen abgebrochen. Einen Tag lang würde er in der Erinnerung leben. Die Frau konnten sie nicht herstellen, aber ein bisschen Mittelmeer. Hauptsache, die Muscheln stimmten.

Denn natürlich war er nicht transportabel genug, um ihn wirklich bis ans Mittelmeer zu bringen, selbst wenn das Geld gereicht hätte.

Mathilda stieg über ein Stück schlafenden Eddie (der Rest lag unter der Bank), quetschte sich an den anderen Reisenden vorbei zur Zugtoilette, und nachdem sie sie benutzt hatte, blieb sie vor dem Waschbeckenimitat stehen und starrte in den Spiegel wie der Junge mit den blauen Haaren drei Tage – Nächte – zuvor. Vielleicht war es falsch, dass sie die Protestphase mit fünfzehn ausgelassen hatte. Sie war immer zu brav gewesen, oder vielleicht war es ihr einfach nur zu anstrengend erschienen, anstrengend zu sein.

Vielleicht war dies, ihre Arbeit beim Institut der letzten Wünsche, ihre eigentliche Protestphase.

Sie fuhr sich durchs Haar, um es durcheinanderzubringen wie Birger oder Kilian, aber ihr Haar war zu glatt und zu lang dazu. Es lag in seinem Pferdeschwanz herum, träge und lieb und zu nichts gut. Vielleicht sollte sie es abschneiden wie Doreen. Es färben. Irgendwas.

Noch nicht mal an ihrem Gesicht war irgendetwas besonders, die Farbe ihrer Augen entsprach ungefähr der ihrer Haare, als hätte jemand selbst daran gespart, und sie hatte nicht die allerkleinste Sommersprosse, noch nicht mal eine halbe.

Sie fragte sich, was Birger sah, wenn er in ihr Gesicht blickte. Oder Daniel. Da waren ein paar beginnende Falten in diesem Gesicht, und sie legte die Zeigefinger darauf. Wenigstens hatten die Falten etwas zu erzählen. Sie erzählten vom Lachen. Als Kind hatten die Leute immer gesagt, sie wäre so ernst, und seitdem gab sie sich Mühe, das Lachen zu finden – auch dort, wo man es nicht vermutete.

In der Zugtoilette war es nicht.

Sie fluchte, statt zu lachen, und ging zurück zu ihrem Platz.

Ingeborg sah von der Akte auf, in der sie herumkritzelte, und hob eine Augenbraue. »Du warst lange weg. Ist dir nicht gut?«

»Nein-doch«, sagte Mathilda. »Ich hatte nur gerade so eine Wer-bin-ich-Minute vor dem Spiegel.«

»Und?«, fragte Ingeborg interessiert. »Wer bist du?«

Aber in diesem Moment sagte jemand durch, dass der Zug aufgrund einer unbekannten technischen Störung nun ein gemütliches Stündchen pausieren würde, und als das ärgerliche Gemurmel der Bahninsassen sich legte, schien Ingeborg die Frage vergessen zu haben.

Das Mittelmeer vor der italienischen Küste war an diesem Tag ungewöhnlich kalt.

Aber Herr Steerweg in seinem Rollstuhl wusste nicht, dass es kalt war.

Und er würde es nie erfahren.

Es war blau, es trug Wellen mit weißen Schaumkronen, und am Strand stand eine Bretterbude, bei der man Getränke und Eis kaufen konnte. Keine Frage, das Schild war italienisch.

Zwei kleine Palmen wuchsen neben der Bude im Sand, und falls da ein Topf war unter dem Sand, so sah man ihn nicht. Eddie raste sofort zum Wasser hinunter, vielleicht, um Quallen zu jagen. Mathilda und Ingeborg mühten sich zu zweit mit dem Rollstuhl ab und schoben ihn über den Sand, bis der alte Steerweg »hier« sagte. »Genau hier. Hier möchte ich sitzen und dieses Meer angucken. Und ich habe wirklich den ganzen Flug verschlafen?«

»Sie haben nicht mal gemerkt, wie wir Sie in das Flugzeug und wieder herausgeschafft haben«, erklärte Ingeborg lächelnd. »Obwohl es gar nicht so leicht war.«

»Tz, tz«, machte der alte Steerweg und schüttelte den Kopf. »Und Palmen am Strand? Das muss an der Klimaerwärmung liegen. Damals wuchsen keine Palmen am Strand. Höchstens angepflanzte entlang der Straßen. Was ist das?«

Über den Strand kam jetzt eine Gruppe junger Leute gestürmt. Sie ließen ihre Handtücher und Rucksäcke hundert Meter weit weg in den Sand fallen, ließen sich selbst daneben fallen und begannen, Picknickdosen auszupacken und durcheinanderzureden.

»Das ist ja genau wie damals!«, rief der alte Steerweg. »Habe ich Ihnen das erzählt? Dass da dauernd diese Schulklassen auftauchten, als ich mit meiner Frau hier war?«

»Nein«, sagte Ingeborg. »Erzählen Sie es doch jetzt!«

Und Steerweg erzählte mit fahrigen Gesten seiner mageren, fleckigen Hände: Wie er mit der Damals-noch-nicht-Frau Steerweg am Strand spazieren gegangen war, Hand in Hand, sehr sittsam jedoch, und wie sie eine Sandburg gebaut hatten, albern, nicht wahr? Sie hatten beide Urlaub gemacht, er allein, sie mit einer Freundin, die aber krank in ihrem Bett in der Pension lag, was für ein Pech. Und eigentlich hatten sie sich dann küssen wollen, doch, doch, damals wäre er noch jung gewesen und wirklich kein hässlicher Bursche, beileibe nicht, auch wenn das heute keiner mehr glauben würde. Aber in genau dem Moment war jedes Mal von irgendeiner Seite eine grölende Schulklasse gekommen. Ältere Schüler, zu alt, um das nicht extra zu machen, fast erwachsen, sicher auf einer Art Klassenfahrt.

»Die haben hinter einer Düne gelauert, bestimmt«, sagte er und nickte, weniger verärgert als zufrieden ob seiner präzisen Erinnerung. »Und dann sind sie immer über den Strand zum Wasser gerannt. Jeden Tag, immer genau dann, wenn wir versucht haben, uns näherzukommen. Heutzutage, die jungen Leute, die küssen sich ja vor allen, auf offener Straße, aber damals war das was anderes. Ich weiß noch, dass ich am letzten Tag dachte, jetzt bringe ich diese verdammten Schüler um, aber ... na ja ... sie waren in der Überzahl.« Er lächelte wehmütig. »Und am letzten Tag, wissen Sie, was ich am letzten Tag gemacht habe? Da hab ich sie einfach trotzdem geküsst. Als wären die Schüler nicht da. Ich weiß noch, wie aufgeregt ich war ... und sie auch, glaube ich. Sie hat gezittert in meinen Armen. Und die Schüler, raten Sie mal, die Schüler sind alle stehen geblieben und haben geklatscht.«

In seinen Augen lag ein Glanz wie von mindestens zwanzig Weihnachten.

Er hatte Ingeborg die Geschichte natürlich schon drei oder vier Mal erzählt, und Ingeborg hatte sie Mathilda weitererzählt; und vielleicht war es daher kein ganz so zufälliger Zufall, dass die Schülergruppe gerade jetzt auftauchte.

Herr Steerweg zog seinen Schal enger, und Mathilda breitete eine zweite mitgebrachte Decke über seine Beine.
»Verrückt, was«, murmelte er. »Da sitze ich hier am Strand bei der Bullenhitze und friere, ich altes Wrack.« Er lachte.

Mathilda lachte auch.

»Ja, es ist wirklich warm«, sagte sie. »Aber Sie können es ja sehen, wenn Sie es auch nicht fühlen können.« Sie zog ihre Jacke aus und auch den Pullover, den sie darunter trug und saß nur im T-Shirt da, und Ingeborg tat das Gleiche.

Es war verdammt kühl. Ein Apriltag an der Ostsee, was wollte man erwarten?

Mathilda sah zu den Schülern hinüber und hoffte, dass das Institut sie wirklich gut bezahlte. Denn die Schüler waren jetzt dabei, sich all ihrer Sachen zu entledigen, um in Badesachen Volleyball am Strand zu spielen. Ab und zu flogen italienische Worte zu ihnen herüber.

Mathilda dachte an den Aushang, den Ingeborg in den Schulen in der Nähe dieses Stücks Strand (des einsamsten mit dem Zug erreichbaren Stücks) gemacht hatte, um eine beinahe vollständige Abiturklasse zu mieten:

SUCHEN STATISTEN, GUTE BEZAHLUNG!
VORAUSSETZUNG:
GRUNDKENNTNISSE DES ITALIENISCHEN
DUNKLES HAAR
ABGEHÄRTET GEGEN KÄLTE

»Hast du ihnen erklärt, für was sie Statisten sind?«, flüsterte Mathilda jetzt, während der alte Steerweg an seinem Hörgerät drehte, das seltsame außerirdische Piepsgeräusche von sich gab.

»Sie denken, es ist ein Film«, flüsterte Ingeborg. »Ich

habe ihnen erklärt, dass sie die Kameraleute nicht sehen werden, weil die getarnt sind, und dass das so sein muss ...«
»Ein Film? Warum hast du ihnen nicht die Wahrheit gesagt?«
»Oh, dann würden sie sich niemals so anstrengen«, meinte Ingeborg mit einem Schulterzucken. »Schau!« Die Mädchen in ihren knappen, leuchtend bunten Bikinis rannten jetzt zum Wasser hinunter, schienen tief Luft zu holen wie ein einziges großes, tapferes Wesen und stürzten sich in die Fluten. Vermutlich, um den Film – was für ein Film das auch immer sein sollte – mit dem Anblick ihrer nixenhaft nassen jugendlichen Körper zu zieren. Die Jungen folgten ihnen, langsamer und offenbar sehr viel ängstlicher. Aber auch sie gaben sich Mühe, sich nicht anmerken zu lassen, dass sie froren. Der Einzige, der nicht zu frieren schien, war Eddie. Er raste jetzt zwischen den Bikinimädchen hin und her und bellte und war offenbar der Meinung, man hätte den ganzen wundervollen Ausflug nur für ihn arrangiert.

Steerweg rupfte das piepende Hörgerät ungeduldig aus seinem Ohr.

»Ja, die Jungs«, sagte er. »Die haben immer Angst, es könnte doch irgendwo ein Hai auftauchen. War damals schon so. Haben alle zu viele von diesen Horrorbüchern gelesen. Na, die werden sich schon noch reintrauen. Bei der Hitze.« Er musterte Mathilda und Ingeborg. »Sie müssen nicht die ganze Zeit hier rumsitzen. Wenn Sie mir vielleicht von da drüben was zu trinken besorgen könnten, dann kann ich auch ganz alleine ein bisschen hier sitzen, und Sie können ins Wasser springen.«

»Ach, nein danke, es geht schon«, sagte Ingeborg.

»Wie?«, fragte Steerweg, das Hörgerät in der Hand.

Ingeborg winkte ab, holte bei der Strandbude, die ein weiterer Schüler betrieb, ein extra vorbereitetes Glas Saft

für Herrn Steerweg und wollte sich wieder neben ihn in den Sand setzen, aber er wies jetzt vehement aufs Wasser.
»Gehen Sie nur. Amüsieren Sie sich. Ich möchte doch, dass Sie auch etwas von diesem Ausflug haben. Wer fliegt schon für einen Tag ans Mittelmeer, ohne zu baden?«

Mathilda bezweifelte, dass das echte Mittelmeer im echten Italien im April badegeeignete Temperatur hatte, und sie verfluchte Ingeborgs Idee mit den badenden Schülern. Aber sie stand tapfer auf und entledigte sich ihrer Hose und ihres T-Shirts.

»Haben Sie beide denn keine Badeanzüge dabei?«, fragte Herr Steerweg. »Na, so was! Aber diese Unterwäsche ist auch sehr hübsch.« Er sah Ingeborg an, runzelte die Stirn und flüsterte dann, sehr laut und offenbar besorgt: »Allerdings ist Ihre Unterhose wohl zerrissen. Da ist hinten gar kein Stoff übrig!«

»Das ist ein Tanga«, erklärte Ingeborg. »Die sehen immer so aus.«

»Ist nicht so schlimm«, sagte Herr Steerweg, der sie natürlich nicht hörte. »Wir sind ja unter uns. Und jetzt ab mit Ihnen! Schwimmen Sie eine Runde für mich mit!«

Mathilda folgte Ingeborg zitternd hinunter zum Wasser. Ingeborg in Unterwäsche – das war ein seltsamer Anblick, immerhin war Ingeborg trotz aller Freundschaft Mathildas Chefin, und eine Chefin hat älter und weiser als man selbst und eigentlich angezogen zu sein. Jetzt, als sie vor Mathilda am Wasser stand, von Kopf bis Fuß mit Gänsehaut bedeckt und leicht zitternd, aber auf trotzige Weise aufrecht wie immer – jetzt kam sie Mathilda ganz anders vor.

Wie etwas, das womöglich leichter zerbricht, als man bisher dachte.

Ingeborgs Unterwäsche war rot. Mathilda fragte sich, ob sie selbst auch ein wenig rot geworden war. Einen Moment standen sie nebeneinander, die Füße im eiskalten Aprilmeer, und sahen den Schülern zu, die darin herumtobten und lachten und den Ball hin und her warfen und erstaunlicherweise alle noch lebten.

Sie waren so jung, dachte Mathilda. So unverbraucht und faltenlos. Auf einer ganz hautunabhängigen Ebene faltenlos. Es war ihr Leben an sich, das keine Falten hatte.

»Komisch«, murmelte Mathilda, vorwärts ins Wasser watend. »Ich dachte bis vorhin, ich wäre selbst vor gar nicht langer Zeit noch im Abi gewesen. Es sind ...«, sie rechnete, »acht Jahre.« Sie standen jetzt bis zur Hüfte im Wasser. Es war nicht wärmer geworden. »Ich meine, ich merke jetzt«, fuhr Mathilda zitternd fort, »dass acht Jahre ungefähr drei Leben sind.«

»An dieser Stelle seufzte sie theatralisch und blickte sinnend zum Horizont«, sagte Ingeborg trocken. Mathilda grinste und tauchte sie unter, und da hatte es ein Ende mit Ingeborgs Trockenheit.

Fluchend und ostseespuckend kam sie hoch, griff nach Mathilda und zog sie ebenfalls unter Wasser. Es war so kalt, dass Mathilda eine Sekunde lang dachte, sie müsste sterben.

Dann begann sie zu schwimmen, bewegte ihre Arme und Beine so rasch sie konnte und spürte, wie das Leben auf ganz neue Art in ihren Körper zurückkehrte. Sie war auf einmal wacher als je zuvor, sah die Sonne am Himmel und das Blau dort oben und das Grün des Meeres. Sie konnte jetzt nicht mehr stehen, sie schwamm und schwamm. Und als sie zurückblickte, war der alte Steerweg in seinem Rollstuhl neben der Getränkebude winzig klein geworden. Die Kiefern, die sich hinter dem Strand erhoben, waren nichts als eine grüne Masse, die Schüler bunte Biegepuppen in den Wellen, und alles, alles war weit fort und vollkommen unwichtig. Irgendwo an dieser Küste stand Birgers Haus ...

Aber hier draußen waren nur das Meer und sie, Mathilda Nielsen. Daher stellte sie dem Meer die gleichen Fragen wie dem Spiegel: »Wer bin ich? Wozu bin ich hier？ Offenbar nicht, um herauszufinden, was mit der Familie eines gewissen Anwalts nicht stimmt？ *Wozu dann?*«

Das Meer antwortete mit seiner gewaltigen, lautlosen Stimme: *Aber Mathilda. In dem Moment, in dem du die Antwort auf diese Frage hast, kannst du sie auf einen Grabstein schreiben. Wer man ist, weiß die Welt erst, wenn man damit fertig ist, zu sein.*

Und es spuckte neben Mathilda einen Kopf aus, der Ingeborg gehörte. Ihre widerspenstigen Locken hatten sich in eine glatte schwarze Badekappe verwandelt, und ihre prominente Nase ließ sie ein wenig aussehen wie einen Pinguin. Ein weiterer Kopf tauchte auf, eher seehundartig. Ganz offenbar befand Mathilda sich an einer Art Pol, was die Temperaturen ja schon vermuten ließen.

»Eddie«, sagte sie. »Ingeborg. Sollen wir zurückschwimmen und Mittelmeermuscheln für den alten Steerweg sammeln?«

Ingeborg sah Mathilda seltsam an. Als wollte sie ihr etwas sagen, was man nur sagen kann, wenn man zusammen eine weite Strecke vom Ufer entfernt in der eiskalten Aprilostsee schwimmt. Aber dann bellte Eddie, und Ingeborg nickte nur. »Muscheln. Ja. Auf jeden Fall.«

Herr Steerweg war wieder eingeschlafen, und sie legten die Muscheln, die Ingeborg mitgebracht hatte, auf die Decke, die über seinen Knien lag. Beim Aufwachen würde er sie weiß und rosafarben dort glänzen sehen. Wie damals, als er mit seiner Frau Muscheln gesammelt hatte ...

Eine Weile spielten Mathilda und Ingeborg Beachvolleyball mit den Schülern, weil sie irgendetwas tun mussten, um warm zu werden, aber dann beschlossen sie, dass es doch besser war, sich umzuziehen, und sie zogen sich hinter die kleine Bude zurück. Natürlich war das lächerlich, die Schüler würden ja, wie man wusste, höchstens klatschen, wenn man sich vor ihnen auszog.

Aber Mathilda kam sich wieder so alt vor.

»Komisch, damals, als ich so alt war wie die«, sagte sie und verhedderte sich in ihrem BH, »da war alles so ... möglich. Eine Welt voller Möglichkeiten. Ich hätte alles studieren können. Sie waren damals alle stolz auf mich. Auf mein blödes Abi. Und dann habe ich ausgerechnet Medizin angefangen, weil das sie noch stolzer machte.« Der Bikiniträger riss. Sie fluchte.

»Wer alle?«, fragte Ingeborg. »Deine Eltern?«

Mathilda verirrte sich kurzzeitig in ihrem T-Shirt, was ihr Zeit gab, über eine Antwort nachzudenken. »Die Lehrer auch. Eben die Erwachsenen.«

»Warum kenne ich sie eigentlich nicht?«

»Meine Lehrer? Du willst meine Lehrer kennenlernen?«

»Nein. Deine Eltern.«

»Ich kenne deinen Vater auch nur, weil du ihn manchmal zu Events mitschleifst, bei denen wir Publikum brauchen. Meine Eltern wohnen nicht in Berlin, das weißt du.«

»Aber sie besuchen dich doch ab und zu?«

»Wir ... schreiben uns.«

»Irgendwas ist schiefgegangen, oder? Zwischen der Kindheit, nach der du dich so zurücksehnst, und dem Später.« Ingeborg sah sie aufmerksam an, zu aufmerksam: auf Wahrheitssuche.

Erst in diesem Moment fiel Mathilda auf, dass Ingeborg es längst geschafft hatte, ihre nasse Wäsche loszuwerden. Sie stand schon das ganze Gespräch über vollkommen nackt vor Mathilda im Aprilwind, ihr drahtiger Körper aufrecht wie eine Marmorstatue, die Arme vor der Brust verschränkt. Eigentlich war Ingeborg ziemlich hübsch. Wenn ich ein Mann wäre, dachte Mathilda, fände ich es jetzt wirklich problematisch, mit ihr zu reden.

Da sie kein Mann war, schüttelte sie nur den Kopf und streifte ihre Unterhose über die Füße, wobei natürlich der Sand des halben Strandes daran kleben blieb.

»Wer sagt, dass etwas schiefgegangen ist?«, fragte sie.

»Wer sagt, dass ich mich nach meiner Kindheit sehne? Hast du einen Kurs in Psychoanalyse gemacht und interpretierst jetzt Dinge in meinen Pferdeschwanz?«

»Nein. Aber auf der Unterhose in deiner Hand sind aufgenähte Elefanten, die vor ungefähr zwanzig Jahren Teil einer Kinderbadeunterhose waren.«

Eddie nieste im Zug. »Zieh das nasse Fell aus!«, sagte Mathilda und nieste auch. Eine Menge hübscher schlanker Bikinimädchen hatten Eddie mit ihren Handtüchern abgerubbelt, aber ganz trocken war er davon nicht geworden.

Ingeborg sah aus dem Fenster. Draußen warf der Wind jetzt Aprilregentropfen gegen die Scheiben.

Herr Steerweg, der zwischendurch aufgewacht war und sich über die Muscheln gefreut hatte, schlief wieder. Vomex – für den Rückflug.

Die Schüler hatten beim Abschied alle wissen wollen, wann der Film in die Kinos kam. Ingeborg hatte ihnen erklärt, dass Sachen beim Film dauern, sie ihnen aber schreiben würde.

Manchmal keimte in Mathilda der Verdacht, dass Ingeborg sich absichtlich besonders abstruse Geschichten ausdachte, weil es ihr Spaß machte, alternative Wahrheiten zu erfinden. Es war ein Spiel.

Eddie hustete. Mathilda seufzte, zog ihren Pullover aus und wickelte ihn um Eddie, der sie dankbar ansah. Da seufzte Ingeborg, zog ihren eigenen Pullover aus und wickelte ihn um Mathilda.

»Und du?«, fragte Mathilda.

»Ich bin zäh«, sagte Ingeborg. »Ich war seit zehn Jahren

nicht erkältet. Und du musst gesund bleiben. Ich habe keinen Ersatz im Institut, falls du zu Hause liegst und krank bist.«
Dann kuschelte sie sich in ihre Jacke und sah wieder aus dem Fenster. Die grünbeschleierten Bäume bogen sich im Regen. Die Küste, an der irgendwo ein baufälliges träumendes Haus mit einem Weg zum Strand stand, entfernte sich langsam. Und Ingeborg schien an etwas zu denken, das nur sie selbst etwas anging.

»Ich ... tut mir leid, ich dachte einfach völlig spontan, ich komme vorbei«, sagte Mathilda. »Ich hatte auch gar nicht damit gerechnet, dass du da bist. Es war ... nur so. Ich kann auch wieder gehen, wenn es dir nicht passt.«
Daniel zog sie herein und schloss die Tür. »Du siehst krank aus. Und du hast den Hund mitgebracht. Teddy.«
»Eddie. Ja, ist mir aufgefallen. Ich glaube, ich bin erkältet. Wir haben diesen Ausflug gemacht, und irgendwie werde ich seitdem nicht wieder warm.«
Eddie knurrte. Mathilda sah ihn streng an. »Aus! Äh, die Heizung ist aus. In der Dachwohnung. Ab April. Eddie ist auch erkältet. Er knurrt nicht, falls du das denkst. Er ist nur heiser und hat sich geräuspert.«
Daniel sah Eddie an und knurrte ebenfalls. »Nicht, dass du denkst, ich würde deinen Hund anknurren«, erklärte er entschuldigend. »Ich bin nur heiser. Komm mit in die Küche, ich mache heißen Tee. In zwei Stunden muss ich los zum Nachtdienst, ich bin beim Frühstücken.«
Und dann saß Mathilda in der Küche, wo vor dem Fenster die Pankebäume auch nachts winkten. Nachts waren sie melancholischer. Mathilda zog die Füße wieder auf den Stuhl, weil der Fußboden nach wie vor kalt war, umklammerte eine Tasse Tee und dachte, dass Daniels Wohnung überhaupt nicht wärmer war als ihre. Vielleicht war sie

nicht wegen der Heizung gekommen, vielleicht hatte sie nur an diesem Abend keine Lust gehabt, allein zwischen nostalgischen Dachbalken herumzusitzen und zu niesen. Ingeborg hatte ihr angeboten, mit ihr im Bett Grog zu trinken, aber Mathilda wollte an diesem Abend nicht mehr über das Institut sprechen und über all die Klienten, für deren Wünsche sie noch keine Lösungen besaßen.

»Neulich war ich schlecht drauf«, sagte Daniel. »Tut mir leid.«

»Hatschi«, sagte Mathilda.

»Willst du ein Brötchen?«

»Um es mir in die Nase zu stecken? Eher nicht. Danke.«

Eddie, unter dem Tisch, fraß zwei ganze Brötchen mit Butter und Wurst. Hinterher legte er etwas besänftigt den Kopf auf die Pfoten, obwohl er ein Auge offen hielt, mit dem er aufmerksam zwischen Mathilda und Daniel hin- und hersah.

Daniel ließ Mathilda erzählen – vom Meer, vom alten Steerweg und dem Glänzen in seinen Augen, das gewesen war wie das Glänzen der Muscheln, die er alle mitgenommen hatte. Er hatte gesagt, er werde sie seiner Frau schenken, und für einen Moment vergessen, dass er diese Frau nicht mehr besaß. Sie erzählte auch davon, wie kalt und nicht mittel das Meer gewesen war, und Daniel lächelte. Draußen rann der Regen von den Scheiben.

Schließlich ging Mathilda ins Bad hinüber, um Daniels Klo zu benutzen. Das Bad war sehr ordentlich, aber das lag nicht daran, dass jemand aufgeräumt hatte, sondern an dem Mangel an Gegenständen darin. In einer Ecke stapelten sich leere Umzugskartons, die man hätte wegwerfen oder auseinanderfalten können, wenn man sicher gewesen wäre, dass man blieb, wo man war.

Sie warf einen Blick in den Spiegel, der eine andere Mathilda zeigte als der auf der Zugtoilette. Es war eine

komische Sache mit Spiegeln in Klos, sie sahen einen alle unterschiedlich, genau wie Menschen. Die Mathilda in diesem Spiegel war verschnupft und rotnasig, blaulippig und fiebrig, aber sie sah so viel lebendiger aus als alles andere in dem kahlen Bad, dass sie besonders und einzigartig war. Sie strahlte wie ein goldenes ... Dings. Ihr Leben verlief so viel lebenswerter als das der Umzugskartons oder der einsamen Zahnbürste hier, so viel lebenswerter und aufregender als das von Daniel. Sie wollte etwas zu dem Spiegel sagen, etwas Aufmunterndes, öffnete den Mund und sagte: »Hatschi.«
Dann öffnete sie die Badezimmertür.
Vor ihr im Flur stand Daniel. Er stand nicht so da, als wartete er darauf, dass das Bad frei wurde, sondern so, als wartete er darauf, dass Mathilda herauskam. Der Flur war ziemlich eng. Daniel stand sehr nah bei ihr. Blond, gut gekämmt, größer als sie und verloren wie die Umzugskartons, verloren in seinem eigenen Flur. Er küsste sie ganz plötzlich, ohne Einleitung. Obwohl, vielleicht war es nicht plötzlich, vielleicht hatte er die ganze Zeit in der Küche darüber nachgedacht.
Seine Lippen waren warm, und er schmeckte nach dem Kaffee eines Frühstücks am Abend.
»So wird man viel effektiver aufgewärmt, da hast du recht«, flüsterte sie nach einer Weile, und da nahm er sie in den Arm wie vor ein paar Wochen in jener dunklen Seitenstraße. Sie merkte, dass sie zitterte, und nieste wieder. Ihr Haar war noch immer nicht ganz trocken.
»Dein Hund schläft.«
»Was meinst du damit?«
»Dass es noch effektivere Methoden des Aufwärmens gibt«, sagte er leise.
Er küsste sie wieder, und sie ließ sich von ihm in einen Raum ziehen, dessen Boden bedeckt war mit Stapeln medizinischer Fachzeitschriften. Dazwischen lag eine Matratze.

Mathilda löste sich von Daniel und hob eine der Zeitschriften auf.
»›Risikofaktoren der Koronaren Herzkrankheit‹«, las sie vor. »Daniel ... ist das hier eine gute Idee? Was du vorhast, könnte das Risiko steigern, an einem Herzinfarkt ...« Er nahm ihr die Zeitschrift weg, legte sie zurück auf den Stapel und stand wieder vor ihr, so nah wie im Flur.
»Warum bist du denn hergekommen? Weil es eine schlechte Idee ist?«
»Oh, ich habe eine Menge schlechte Ideen«, sagte Mathilda leise.

Aber da lag sie schon auf der Matratze und befand sich in einer weiteren wärmenden Umarmung, und natürlich war es eine gute Idee, sich warm und geborgen zu fühlen, während der Regen draußen gegen die Scheiben peitschte. Die Ostsee war weit weg und zu kalt, und ihre Antworten hatten Mathilda nicht gefallen.

»Und wenn ich dich anstecke?«, flüsterte sie in den Hemdstoff an Daniels Schulter.

»Womit?«, flüsterte er zurück. »Mit deiner Melancholie?«

»Bitte?« Mathilda löste sich von ihm und starrte ihn an. »Ich habe dir ... gerade geschlagene fünfzehn Minuten lang Dinge über ein gefälschtes Mittelmeer und Eddies Bekanntschaft mit Topfpalmen in Bikinis erzählt. Oder so ähnlich. Ich bin der am wenigsten melancholische Mensch, den ich kenne.«

»Jaja«, sagte Daniel und versank in einen dritten Kuss, in den er sie mitriss, und Mathilda wollte schon sagen: Mach doch das Licht aus, aber er hatte das Licht gar nicht angemacht. Nur aus dem Flur drang ein vager heller Schein, und Daniel schob die Tür mit seinem Fuß so weit zu, dass die Buchstaben der medizinischen Fachzeitschriften alle unlesbar wurden.

Er zog sein Hemd aus, und er zog ihr Hemd aus, und sie fragte sich, wie es damals gewesen war, als sie noch zusammengewohnt hatten. Aber sie konnte sich nicht an die Details erinnern. Wie kann man solche Details vergessen? Der Fahrradkurier, mit dem sie damals etwas gehabt hatte, war hektisch gewesen, das wusste sie noch. Daniel war nicht hektisch. Es war schön, seine atmende Haut auf ihrer zu spüren, schön, Nähe zu spüren. Sie wusste, dass sie in spätestens achtundvierzig Stunden wieder mit ihm streiten würde, aber im Moment war es nicht nötig.

Eigentlich dachte sie, dass es am schönsten gewesen wäre, nur hier auf dem Bett zu sitzen, aneinandergelehnt, und sonst gar nichts zu tun, außer vielleicht, sich gegenseitig zu streicheln, und dass das viel besser und viel unkomplizierter wäre als Sex. Aber natürlich ging das nicht. Dazu hätte sie ihn lieben müssen. Oder er sie.

Der Rest der Kleider musste ausgezogen werden, Hände mussten an Oberschenkeln entlanggleiten, zwischen Beine, Worte mussten geflüstert werden.

»Es ist so lange her, dass wir ...«
»Was bedeutet das hier?«
»Müssen wir es definieren?«

Sie fühlte seinen Atem an ihrem Ohr, und plötzlich dachte sie an das Atmen in einer anderen Wohnung, jenes Atmen, das sie nicht hatte hören wollen. Und den Kerzenschein und die Bewegungen auf dem Stuhl, die sie nicht hatte sehen wollen.

»Wir müssen gar nichts definieren«, wisperte sie und zog Daniel an sich, »überhaupt gar nichts.«

Auf einmal mischte sich etwas wie Trotz in alles, was sie tat. Wenn Birger mit Doreen auf Schlafzimmerstühlen die Nacht zerstörte, dann konnte sie das hier mit Daniel ebenso tun, sie musste es tun, es war wie eine zweite Taufe, ein Reinwaschen von vergangenen Gefühlen, nur dass die

Flüssigkeit diesmal kein Meerwasser sein würde. Sie wollte an das Riesenrad und das Knirschen der Gondel denken, das Brechen der Metallstrebe, aber es hatte nie ein Riesenrad gegeben, sie vergaß es in dem Moment, in dem Daniel sie hochzog und ihre Beine um sich schlang.

Er küsste sie noch immer, während der ganzen Sache, auf eine Art, die seltsam gewissenhaft war, als wollte er nett sein; als fände er sich lieblos, wenn er sie nicht küsste. Er war auch gewissenhaft, was Kondome anbelangte, er wusste genau, in welcher Fachzeitschrift er das Päckchen verstaut hatte, und Mathilda fragte sich, seit wann es dort lag.

Früher, in der Dachgeschosswohnung, hatten sie sich manchmal auf dem roten Sofa geliebt, und sie erinnerte sich jetzt, währenddessen, dass es am Ende nur noch das gewesen war, was sie geteilt hatten: den Sex und die Meinungsverschiedenheiten.

Sie wollte ihn auf einmal Dinge fragen: Wie war es denn in Paris, in Freiburg, in München? Gab es da rote Sofas? Hast du Kondome in Zeitschriften hinterlegt? Waren deine Badezimmer einsam? Und was hast du gedacht, wenn der Regen dort an die Scheiben prasselte?

Er presste sie an sich und unterdrückte jedes Geräusch, vielleicht um Eddie nicht zu wecken, und sie dachte sehr klar: *Dies ist beispielsweise nicht gut für Männer mit koronarer Herzkrankheit* und: *Ich glaube, das Fenster ist undicht.*

Sie kam nicht, schaffte es aber, ihn davon zu überzeugen, dass sie gekommen war.

Und dann lagen sie nebeneinander auf der Matratze, und immerhin fror sie nicht mehr. Doch, es fühlte sich gut an, neben jemandem zu liegen, an dessen Erschöpfung man schuld war.

Sie stützte sich auf einen Arm, um mit ihrem Finger geheime Zeichen auf seiner Brust zu malen.

»Ich mag dich sehr«, sagte Daniel und legte seine Hand auf ihre.
»Ich dich auch«, sagte Mathilda. »Aber es reicht wohl nicht.«
»Fragt sich, zu was«, meinte Daniel. Und, nach einer Weile: »Was ist eigentlich mit dem sterbenden Anwalt? Ist er ... damit fertiggeworden?«
Mathilda befreite ihre Hand, um einen kleinen, hässlichen Hund auf Daniels Haut zu zeichnen. »Fertig? Womit?«
»Mit dem Sterben.«
»Nein«, antwortete sie, plötzlich schroff. »Er übt noch.«
Er entschuldigte sich später für die Frage, als er dabei war, sich wieder anzuziehen. Sie sah ihm zu, ohne sich zu rühren.
»Bleib ruhig liegen«, flüsterte er. »Du kannst einfach hier schlafen. Ich muss zum Dienst. Irgendwann komme ich wieder.«
Er fuhr sich mit einem Kamm durchs helle Haar, zog sein Hemd einigermaßen gerade und gab ihr einen Abschiedskuss, bereits in Eile. Als lebten sie wieder zusammen.
»Bis irgendwann«, sagte Mathilda.
Da ging er hin, um Leben zu retten. All diese Leute, die mit dem Sterben niemals fertigwurden!
Sie zog die Bettdecke über sich und schloss die Augen. Winterschlaf wäre eigentlich eine feine Sache gewesen. Aber der Frühling da draußen war gnadenlos.

Mathilda wachte davon auf, dass jemand sie in der schattendurchbrochenen, fremden Dunkelheit küsste.
Sie fuhr hoch und saß aufrecht da. Irgendwo in der Dunkelheit verkündeten die Leuchtziffern eines Weckers drei Uhr vierzehn. Etwas schnaubte neben ihr, und eine feuchte Zunge fuhr über ihre Hand.

»Eddie«, flüsterte Mathilda erleichtert. »Musst du mich küssen?«

Eddie gab ein leises, kehliges Knurren von sich. Er hatte offenbar gemerkt, dass er gewisse Dinge in der Küche verschlafen hatte und dass es zu spät war, um sie rückgängig zu machen. Er zerrte an der Bettdecke.

»Schon gut«, sagte Mathilda. »Zeit, nach Hause zu gehen, du hast recht. Ich muss nur erst mein Fell anziehen, verstehst du? Und wir sollten Daniel eine Nachricht hinterlassen. Wenigstens das.«

Dies, dachte sie, als sie im Bad stand, war die Situation, in der Frauen in Filmen mit Lippenstift an Spiegel schrieben. Sie hatte keinen Lippenstift. Sie fand eine übriggebliebene Mittelmeermuschel in ihrer Tasche, eine große Jakobsmuschel mit perfekten Längsrillen, und legte sie auf den Rand des einsamen Waschbeckens. Als sie zurücktrat, sah das Waschbecken weniger einsam aus, die Muschel war wie eine Botschaft: Fahr doch mal ans Mittelmeer.

Der Weg zum Bahnhof Pankow war noch länger geworden. Die schlaflose Amsel sang nicht, um diese Zeit schlief sie wohl doch. Vernünftig von der Amsel. Die U-Bahn ließ auf sich warten, es gab wegen irgendeiner Baustelle einen Ersatzbus, der auch nicht kam. Dann kam er doch, und er brauchte ewig, aber der Regen hatte nachgelassen. Mathilda ertappte sich dabei, wie sie im Bus zwischen den Partyheimkehrern nach einer Gestalt mit kurzen, zerstrubbelten blauen Haaren und einer Gitarre suchte, aber sie fand keine. Durch die Bäume bei der Panke strich ein schlafloser grauer Stadtfuchs.

Und in der Dachwohnung hing noch immer der winzige Body draußen vor dem Schrägfenster des einzigen Zimmers. Mathilda öffnete das Fenster und holte ihn herein, und natürlich war er klitschnass.

Sie wrang ihn über dem Dach aus und breitete ihn über die rote Sofalehne, und da sah sie etwas Merkwürdiges. Die Taube. Die kleine blaue aufgestickte Taube saß in einem dunklen Fleck, der vorher nicht da gewesen war. Ihr erster Gedanke war: Blut. Jemand hat die Taube umgebracht. Natürlich war das lächerlich.

Mathilda knipste die Stehlampe neben dem Sofa an, in deren Licht sie sonst mit Eddie das Fernsehprogramm las. Die Taube war tatsächlich ausgeblutet; das Blau des Stickgarns hatte den Stoff des Bodys durchtränkt, ausgewaschen von mehreren Stunden Regen.

Auch der gestickte Name hatte ausgefärbt, das KILIAN war blasser als zuvor.

»Das heißt doch«, flüsterte Mathilda. »Eddie, das heißt doch, dass das Ding noch nie vorher gewaschen wurde. Der Body ist alt, und jemand hat eine Taube darauf gestickt, aber die beiden Dinge sind noch nie zusammen gewaschen worden ... Das ist ... komisch.«

Eddie gähnte, drehte sich auf dem Sofa dreimal um sich selbst, wie Hunde es tun, und rollte sich zum Schlafen ein.

»Ja, ja, mach dir nicht die Mühe, mir zuzuhören«, sagte Mathilda. »Aber jemand hat diesen Body erst vor kurzem mit blauem Garn bestickt und dafür gesorgt, dass er im Fenster des Seconhandladens liegt, damit ich ihn sehe. All diese zufälligen Zufälle! Dass das Buch im *Tassilo* zufällig aufgeschlagen auf meinem Tisch lag, mit der neu gezeichneten Taube. Und dass Frau Kovalska zufällig Doreen auf dem Friedhof getroffen hat und ich zufällig dauernd überall dem Jungen mit den blauen Haaren begegne ...« Sie schlug mit der flachen Hand auf den Bücherstapel-Tisch neben dem Sofa, und Eddie zuckte mit den Ohren. »Verdammt, das ist doch alles gar nicht wahr!«, rief Mathilda und sprang auf. »Irgendwas stimmt von vorne bis hinten nicht!«

10.

»Okay«, sagte Mathilda. »Niemand ist verschwunden. Niemand hat sich auf dem Klo in Luft aufgelöst. Wo ist sie damals hin? Doreen? Und wann hat sie die neuen Tauben in das Buch gemalt?«

»Bitte?«, fragte der Typ hinter dem Tresen. Es war der gleiche Typ wie meistens, der untersetzte, freundliche, aber entschleunigte Kreuzworträtsellöser. Er kaute wieder Kaugummi, einen gelben Kaugummi diesmal, der ab und zu zwischen seinen Zähnen auftauchte wie ein kleines Tier.

Im Moment war der Typ dabei, Zweige mit hübschen grünen Blättchen in einer Vase anzuordnen und Filzeier daran aufzuhängen, und in Mathildas Hinterkopf tauchte die Information auf, dass in einer Woche Ostern war. Aber sie suchte keine Eier, sie suchte eine Erinnerung. Sie griff über den Tresen und legte ihre Hand auf die Hand des Typen, die ein orangegelb geringeltes Filzei hielt.

»Irgendjemand weiß es. *Sie* wissen es. Sie tun doch bloß so, als wüssten Sie nichts.«

Sie hörte sich an wie eine *Tatort*-Kommissarin, bestimmt. Nur dass das *Tassilo* kein *Tatort* war. Nichts war dort jemals wirklich getan worden, noch nicht einmal ein Heiratsantrag hatte stattgefunden.

»Immer mit der Ruhe«, sagte der Typ und sah Mathilda, tatsächlich und sehr absichtlich, tief in die Augen. »Setz dich. Du bist aufgeregt. Das ist nicht gut. Ich kann dir einen Tee machen. Dann erzählst du mir, was du auf dem Herzen hast.«

»Ich will keinen Tee. Ich will die Wahrheit wissen«, knurrte Mathilda. Sie hatte den dringenden Wunsch, den

Filztypen mit einer Hand über den Tresen zu heben, und zwar am Kragen, aber sie war weder James Bond noch Pippi Langstrumpf. Schade eigentlich.

»Hör zu«, begann sie. »Mein Hund hier hat einen wirklich schlechten Tag, und manchmal beißt er Leute, die lügen.«

Der Typ kam um den Tresen herum und betrachtete Eddie, der neben Mathilda lag und dabei war, nach der kurzen Nacht wieder einzudösen. »Er lauert«, sagte Mathilda.

»Aha«, sagte der Typ.

»Du erinnerst dich genau daran, dass ich dich nach der Frau gefragt habe, die Tauben in Bücher malt«, flüsterte Mathilda möglichst drohend. »Kurze, rot gefärbte Haare ... *Du* hast mir erzählt, dass sie auf der Party war und dass ich Andi nach den Fotos fragen soll.«

»Kann schon sein.«

»Und *du* hast gesagt, dass niemand fünfzehn Jahre lang hier ist außer Andi.«

»Wenn du alles weißt, was ich gesagt habe, warum bist du dann noch mal hier?«, fragte er, irgendwie abwehrend jetzt. »Ich will hier in nichts reingezogen werden, kapiert? Ich muss den Kuchen schneiden und die Ostereier aufhängen. Ich hab zu tun. Frag Andi.«

»Andi ist so gut wie nie da und sagt auch nichts. Wo warst du vor fünfzehn Jahren?«

»Mann, brauch ich jetzt ein Alibi?« Er schob sie beiseite, nun weniger entschleunigt als genervt, und versuchte, zurück hinter seine Theke zu kommen, aber Mathilda ließ ihn nicht, sie stellte sich ihm in den Weg. Es war vermutlich ein dummer Versuch und eine Geste der Verzweiflung, denn im Grunde glaubte sie ihm, dass er vor fünfzehn Jahren nicht im *Tassilo* gearbeitet hatte.

»Ich hab sie nicht auf dem Klo ermordet und im Hof verscharrt«, sagte er, die Augen verdrehend. »Wozu auch?

Ich hab echt nichts damit zu tun. Und wenn sie jetzt plötzlich herkommt und Tauben in unsere Bücher kritzelt, ist das ihr Problem. Aber langsam wird mir das Ganze zu blöd, das kannst du mir glauben. Außerdem dachte ich, die Sache ist sowieso gegessen? Jetzt lass mich durch.«

Mathilda starrte ihn an.

Sie versuchte krampfhaft, sich zu erinnern, ob sie ihm etwas davon erzählt hatte, wie Doreen sozusagen auf dem Klo verschwunden war. Wenn nicht, woher wusste er ...? *Die Sache ist sowieso gegessen.* Sie hatte ihm definitiv nicht erzählt, dass Birger und Doreen sich gefunden hatten.

Mathilda streckte ihren Arm blitzschnell über die Theke, schnappte sich die Vase mit dem Osterstrauß und hielt sie mit beiden Händen ausgestreckt vor sich.

»Die kriegst du wieder, wenn du mir ein paar Sachen erklärst«, flüsterte sie. »Andernfalls lasse ich sie fallen.«

Er wollte nach der Vase greifen, aber Mathilda zog sie zurück.

»Ich glaube, die Leute gucken schon«, zischte sie. Dann ging sie mit der Vase zu einem leeren Tisch, der relativ einsam hinter einem Regal stand, und der Typ folgte ihr, besorgt um seinen Osterstrauß – oder vielleicht eher besorgt, weil er glaubte, dass Mathilda gleich ausrasten und einen bühnenreifen Psychoanfall bekommen würde.

Sie setzte sich, umklammerte aber weiter die Vase, und er setzte sich ihr gegenüber.

Einen Moment starrten sie einander an, und dann sagte er plötzlich: »Die Ufos. Du hast die Ufos wieder an. Von denen ich früher den Bettbezug hatte. Das ist so verdammt lange her. Damals war alles so einfach. Du konntest dich in so einen Ufo setzen und losfliegen, wohin du wolltest, einfach so mit dem Kopf.«

»Aber vor fünfzehn Jahren war die Ufozeit längst vorbei«, sagte Mathilda. »Vor fünfzehn Jahren warst du kein

Kind mehr. Vor fünfzehn Jahren hast du schon hier hinter dem Tresen gestanden.«

»Ausgeholfen«, verbesserte er, als würde das für mildernde Umstände sorgen.

»Und eines Abends kam ein Typ rein mit einem Mädchen, das gerne Tauben zeichnete und auf Partys tanzte«, fuhr Mathilda fort. »Der Typ hatte eine Hakennase und rötliches Haar und war sehr groß, und das Mädchen war klein und ziemlich auf Schlafzimmer geschminkt. Vielleicht trug sie einen roten Rock mit weißen Punkten. Die beiden waren schon häufiger hier gewesen.« Sie hatte sich vorgebeugt, sprach aber durch die Spitzen der Osterzweige hindurch. Der Ufotyp stützte die Hände auf den Tisch.

»Ich könnte dich einfach aus dem Café schmeißen. Mit oder ohne Vase. Aber okay, ich erzähle dir jetzt etwas. Ich erzähle es allerdings nur, weil ich die Ufos mag. Kapiert?«

Mathilda stellte die Vase ab und zog den Pullover mit den Ufos langsam aus. Dann schob sie ihn über den Tisch zu dem Typen herüber. »Du kannst ihn haben.« Sie saß jetzt nur noch in einem dünnen Unterhemd da, und der Typ starrte die deutlich sichtbare Form ihrer Brüste unter dem weiß-blau gestreiften Rippstrick an. Mathilda nahm die Vase wieder an sich und hielt sie fest – halb Schutzwall, halb immer noch Geisel.

»Raavenstein und ich haben zusammen studiert. Jura. Ich hab aufgehört. Das denkst du dir inzwischen auch.«

»Bitte? Du kennst ihn?«

Er zuckte die Achseln. »Er erkennt mich nicht mehr. Er war lange weg. Egal. Damals hat er mir erzählt, was los ist. Von dem Antrag. Er kam hier rein und war aufgeregter, als gut für ihn war, mit seinem Mädchen. Und ich bin hin, und sie haben was bestellt. Dann ist sie noch mal weg, ihre Nase pudern, also, für kleine Mädchen, mein ich, und ich hab die Gläser zum Tisch gebracht oder so, und er hat mir erzählt, dass er ihr jetzt den Antrag macht. Und ich soll ihm die Daumen halten. Hat gestrahlt wie drei Atomkraftwerke, aber ich wusste schon da, dass das nicht die weltbeste Idee ist. Hab den Mund gehalten, will ja keiner hören, wenn du da mit Kritik kommst. Junges Glück – hält kein Stück, das war so ein Spruch von meiner Oma. Die Kleine kommt also zurück vom Klo, und ich war da im Flur gleich vor den Klos, warum, weiß ich nicht mehr, hab irgendwas geholt, Flaschenkisten standen damals da rum, wir hatten den zweiten Raum hinten ja noch nicht. Und ich sag zu ihr: Pass auf, gleich geht's rund! Und sie fragt: Was denn? Und ich sag: Du kriegst 'nen Kniefall und 'nen Antrag, und grinse noch. Man hört, Nachwuchs ist auch schon auf'm Weg? Herzlichen Glückwunsch. Irgend so was. Und da hat sie Panik gekriegt. Wie ein Karnickel vorm Auto, ich weiß noch, wie ihre Augen ganz groß wurden, als hätte sie wirklich Angst, und sie zieht mich zurück in den Flur, man sieht da ja nicht rein vom Café aus, und sie sagt, dass das nicht geht und sie denkt nicht dran, irgendwen zu heiraten, weder jetzt noch sonst wann, von wegen Freiheit und alles, sie will kein Hausmütterchen werden, vergiss es, festgenagelt zwischen Blumentapeten und Bügeleisen. Und ich sag, na, dann sag ihm das, und sie sagt, das geht nicht, das bricht ihm das Herz. Und ich noch so: Das ist es doch, was Frauen mit Männern machen, oder? Und sie sagt: Ich muss hier weg.

Sie hat mich sozusagen angefleht. Wer kann solchen Augen widerstehen. Der Hinterhof war ja nebenan. Da gab's die Tür noch, die ist jetzt zugenagelt.«

»Tür?« Mathilda musste sich räuspern, sie hatte auf einmal einen Frosch im Hals oder vielleicht auch ein ganzes Biotop.

»Hinter dem alten Betttuch mit den Händen drauf. Das hing schon damals da, weil die Tür immer ziemlich hässlich und kaputt war. Ich hab aufgeschlossen und sie rausgelassen, und das war das. Raavenstein tat mir natürlich leid, aber ich dachte, das verwindet er schon. Nach der ganzen Sache war ich 'ne Weile weg, und als ich wieder ins *Tassilo* war, war er weg, ganz weg, weg aus der Stadt, keiner wusste, wo er steckte. Und Doreen war auch weg, also, Ende der Geschichte. Kann ich ahnen, dass die jetzt wieder auftaucht?«

»Warum ist sie? Wieder aufgetaucht, meine ich?«

»Warum wohl? Blöde Frage. Ihr seid doch diejenigen, die die Stadt mit Plakaten vollkleistern. Geld umsonst zu haben! Kommt alle her und holt es euch! Wärst du nicht aufgetaucht?«

»Aber sie hat sich nicht gemeldet. Warum hat sie sich nicht gemeldet? Es wäre so einfach gewesen.«

»Einfach geht die Welt zugrunde«, meinte er mit einem Grinsen. »Wenn du sie so einfach gefunden hättest, hätte jeder gedacht, sie will nur das Geld. Oder nicht?« Er nahm den Pullover mit den Ufos in die Hand, um den Stoff einen Moment lang an seine Wange zu legen. »Genau wie damals die Bettwäsche.« Er lächelte. »Der exakt gleiche Stoff, ich weiß noch, wie er sich angefühlt hat. Hast du das ... aus deiner Kinderbettwäsche gemacht?«

»Hm.«

»War das schön bei dir als Kind? Wo hast du gewohnt?«

»Nicht hier. Aber wir waren bei Doreen Taubenfänger. Sie heißt natürlich nicht so, oder?«

»Nein. Das war nur einer von vielen Namen, glaube ich. Es war ein Spiel. Die ganze Welt war ein Spiel. Auch so ein Kindheitsding. Sie wollte immer ein Schmetterling sein.«

»Das hat Birger auch erzählt. Ihr kanntet euch doch ziemlich gut, was?«

»Unsinn«, murmelte er und stand auf. »Krieg ich jetzt meinen Osterstrauß wieder?«

Mathilda schob den Strauß über den Tisch zu ihm, sehr behutsam. Sie hatte das Gefühl, die Vase müsste bei der geringsten Erschütterung zerbrechen. Wie die Wahrheit, die nie wahr war.

»Was sage ich ihm denn jetzt?«, fragte sie mit einer seltsam flachen Stimme. »Doreen wohnt wieder mit ihm zusammen. Hängst du jetzt noch in der Geschichte drin?«

»Bitte? Ich hing da nie drin, verstanden?«

»Liebt sie ihn?« Es war eine verzweifelte Frage. »Wollte sie auf so umständliche Weise gefunden werden, damit er ihr glaubt, dass sie ihn noch liebt?«

»Menschliches Verhängnis mit fünf Buchstaben.« Er zuckte die Achseln. »Du meintest: Liebe. Aber weißt du was? Es hat gar nicht in das Kreuzworträtsel reingepasst. L war ganz gut, aber dann hab ich die anderen Dinger gelöst und gemerkt, dass da ein U an zweiter Stelle kam. Und dann ein E.«

»L-U-E«, wiederholte Mathilda. »Lü. Lüge.«

»Vielleicht ist es verhängnisvoller, immer die Wahrheit wissen zu wollen. Er ist jetzt glücklich, oder? Der alte Raavenstein. Und was man so hört, macht er es nicht mehr lange. Lass ihn doch noch eine Weile glücklich sein.«

Damit nahm er den Osterstrauß in die eine und den Ufopullover in die andere Hand, um zum Tresen zurückzugehen, und sah wieder aus wie jemand, dessen Horizont über Filzen und Kaffeekochen nicht hinausreicht. Sie fragte sich, wie viele Buchstaben das menschliche Verhängnis hatte, das ihn zu dem hatte werden lassen, was er war.

In dieser Nacht schlief Mathilda in einem Zelt im Bürgerpark Pankow, auf einer Wiese neben dem bürgerparkeigenen Rosengarten, wo erste Knospen sich rot und rosefarben ans Licht schoben.

Oder: Sie schlief nicht. Sie saß vor dem Zelt und sah in

den Himmel zwischen den Ästen hinauf, und neben ihr saß Ingeborg und schlief ebenfalls nicht.

»Es war also alles gelogen.« Mathilda seufzte. »Die ganzen Hinweise. Es war nur ein Spiel. Die Frau hat mich durch die halbe Stadt laufen lassen wie einen billigen Amateurdetektiv auf Schnitzeljagd.«

Sie nahm die Flasche Wein, die zwischen ihnen stand, und trank einen Schluck. »Sie hat beim allerersten Plakat schon Bescheid gewusst, denke ich ...«

»Wer behauptet, dass *Doreen* dich durch die halbe Stadt hat laufen lassen?«, fragte Ingeborg und nahm ihr die Flasche weg. Um selbst daraus zu trinken. »Ich meine: Vielleicht haben sie das Spiel zusammen gespielt. Birger und sie.«

»Nein«, sagte Mathilda. Und nach einer Weile: »Doch.« Und noch eine Weile später: »Ausgeschlossen. Wozu?«

»Um dich von etwas anderem abzulenken, das wirklich wichtig ist?«

»Von was denn? Von der bahnbrechenden Erkenntnis, dass es letztendlich sinnfrei ist, was wir tun? Ich meine, hey, stirb mit oder ohne letzten Wunsch, erfüllt oder unerfüllt, an einem Weihnachtstag im Juli oder in einem Heißluftballon – tot ist tot.«

Sie stand mit der Flasche auf und wanderte zwischen die sorgfältig angepflanzten Rosenbeete hinein, über Steinplatten, die kalt waren, weil sie bloße Füße hatte. Ihr Mondschatten und Ingeborg folgten ihr.

»Nimm zum Beispiel die beiden da drüben, in dem anderen Zelt«, meinte Mathilda. »Was macht es für einen Unterschied, ob sie hier sind oder nicht?«

Die *beiden da drüben* waren der Grund dafür, dass Mathilda und Ingeborg hier die Nacht verbrachten: Zwei alte Männer, die vor sechzig Jahren zusammen wild gezeltet hatten. Nicht im Bürgerpark natürlich, sondern in der wilden Steppe zwischen Wölfen und Schakalen, neben ihrem VW-Bus. Wenn man ihnen glauben konnte. Sie waren damals zusammen durch Russland und später bis nach Indien gefahren. Jetzt blieb nur noch der Bürgerpark, der genauso gut schien wie irgendein anderer Park in Berlin.

Einer der beiden starb, ein bisschen, weil er Darmkrebs, und ein bisschen, weil er Alzheimer hatte, und vor allem deshalb, weil das Leben im Allgemeinen tödlich ist. Der andere sang ihm in diesem Moment etwas vor, das offenbar ein Mantra darstellen sollte.

Sie hätten auch allein zelten können, diese beiden Verrückten, ohne die Hilfe eines Instituts. Der Freund des Sterbenden hätte es auch ohne sie geschafft, das Zelt und genügend Decken und Wärmflaschen zu besorgen. Aber er hatte Angst gehabt allein. Seltsam, dachte Mathilda: Leute trauten sich, mit einem VW-Bus bis nach Indien zu fahren, aber sie trauten sich nicht, im Bürgerpark zu zelten, weil es vielleicht verboten war.

»Natürlich macht es einen Unterschied.« Ingeborg setzte sich auf eine der niedrigen Mauern, die die Beete umfassten, und pflückte eine Rosenknospe. »Der da in dem Zelt ist gar nicht hier, er ist am Ganges, weil er alles, was hier ist, schon längst vergessen hat. Aber ohne Zelt wäre er vielleicht trotzdem nicht an den Ganges gekommen. Und du weißt, man sollte am Fluss sterben, der Fluss ist heilig. Die Asche der Toten muss hineingekippt werden.«

»Hier ist kein Fluss«, knurrte Mathilda. »Ingeborg, wir machen uns doch die ganze Zeit etwas vor! Genau wie Doreen! Wir spielen auch nur, aber wir spielen gegen uns selbst! Daniel hat recht. Wir leben in einer Seifenblasenwelt, die jeden Moment platzen kann.«

»Wann warst du bei Daniel?«

»Letzte Nacht.«

»Oh. War es schön?« Ingeborg sah ihren Zeigefinger an,

den die Dornen angegriffen hatten und aus dem ein dicker roter Blutstropfen quoll.

»Birger hat nicht gelogen«, sagte Mathilda. »Nur Doreen. Sie hat den Jungen die ganzen Jahre alleine aufgezogen und wollte nichts mit Birger zu tun haben, sie ist absichtlich verschwunden. Sie hat ihn einfach sitzenlassen. Und jetzt, wo es was zu erben gibt ...«

»... erbt sie.« Ingeborg leckte das Blut von ihrem Finger. »Was ist schlimm daran? Wenn alles ein Spiel ist? Leute werden froh durchs Spielen. Denk an den alten Steerweg und den italienischen Strand. Er ist übrigens heute Morgen gestorben. Sie haben mir erzählt, er hätte eine der Muscheln in der Hand gehabt, ganz zuletzt. Meine Muscheln aus einem Billigdekogeschäft.«

»Aber ich kann doch nicht einfach nichts tun, während diese Frau Birger vorspielt, sie würde ihn lieben, obwohl sie nur die Stunden zählt, bis er stirbt! Verstehst du, er hatte nicht mal eine Chemo, Ingeborg! Jemand muss ihn überreden, das zu versuchen. Vielleicht ist es noch nicht zu spät.«

»Du weißt, wie die Chancen bei so was sind. Warum lässt du ihn nicht einfach noch eine Weile glücklich sein? Warum musst du in diesem Sumpf herumstochern?«

»Weil ... weil da noch etwas ist, das nicht stimmt. Es hat mit dem Body zu tun und der Mühe, die sich Doreen nachträglich gemacht hat, ihn zu besticken. Ich weiß nicht, was genau nicht stimmt.«

Mathilda lehnte sich gegen Ingeborg und sah den Mond an, der über dem Bürgerpark stand. Sein Licht schien auf angekettete Stühle, die vor einem Café Wache hielten, fiel auf die Zelte, auf das taunasse Glitzergras, auf die Rosen.

»Verliebt sein ist doch blöd«, wisperte Mathilda. »Man ist immer in die Falschen verliebt. Hier ist es doch schön ... perfekt zum Verlieben ... Verdammt, wenn du ein Mann wärst, könnte ich mich einfach in dich verlieben statt in

Birger. Das wäre wahnsinnig praktisch, wir hätten das Institut zusammen und ...«

»Warum muss ich dazu ein Mann sein?«, fragte Ingeborg so leise, dass Mathilda gar nicht sicher war, ob sie es wirklich gefragt hatte. Sie wollte etwas erwidern, aber da schrie jemand aus dem Zelt der alten Männer, und sie sprangen beide auf und rannten hinüber.

Der gesündere alte Mann saß im Zelteingang, im Schoß den Kopf des anderen, auf dessen Gesicht das Mondlicht schien. Die Augen in dem Gesicht blickten starr geradeaus, der zahnlose, dünnlippige Mund stand halboffen.

»Er ist ...«, begann der andere Mann. »Eben wollte er mir noch was sagen, und jetzt ist er ... Das kann doch nicht sein! Er kann doch nicht ...« Ingeborg schloss behutsam die Augen des Alten, und der andere, ebenfalls alte, kam mühsam hoch. »Tun Sie doch was!«, rief er. »Holen Sie einen Arzt! Er muss wiederbelebt werden! Er muss ...«

»Ich *bin* Arzt«, sagte Ingeborg sanft. »Und ich belebe keinen Neunzigjährigen wieder, der unterschrieben hat, dass er das nicht will, als er noch bei klarem Verstand war.«

»Aber ... er war mein Freund! Er war doch mein Freund!«, rief der alte Herr, die Hände hilflos in die Nacht über dem Park erhoben. »Er kann mich doch nicht einfach so allein lassen! Das kann er doch nicht machen!« Er hörte sich an, als wäre er fünf Jahre alt. Und dann sank er auf die Knie, was in seinem Alter sicherlich nicht einfach war, er sank in Ingeborgs Arme, und Ingeborg hielt ihn fest, während hemmungslose Schluchzer den verbrauchten Körper schüttelten.

Mathilda holte das Handy heraus. In genau zehn Minuten würde sie den Notarzt natürlich trotzdem rufen. Dann war genug Zeit vergangen, um unsinnige Wiederbelebungsversuche auszuschließen.

»Es ist alles gut«, erklärte Ingeborg ruhig. »Ihr Freund

ist am Ufer des Ganges gestorben. Wir werden die Asche in den Fluss streuen und eine riesige Menge Talglichter in Blätterschalen anzünden, die mit ihm flussabwärts schwimmen.«

Und in genau diesem Moment wusste Mathilda, was nicht stimmte.

»Ingeborg?«, fragte sie. »Hast du zufällig einen Stift in der Tasche?«

Ingeborg kramte mit der freien Hand und fand einen Edding. »Was ...?«

»Und er ist blau«, sagte Mathilda. »Du bist perfekt. Wie konntest du wissen, dass er blau sein muss?«

Eine knappe Stunde später betrat sie zwischen Mondlicht und Stadtnacht die U-Bahn-Station Pankstraße. Diesmal nicht, um in die U 8 zu steigen.

Die vermissten Kinder sahen ihr entgegen, an den Ecken eingerissen, dreckig, verblasst. Indien und seine Lichter waren nur fünf Zentimeter weit fort und doch unerreichbar.

Jetzt wusste Mathilda, dass es immer eine Beerdigung gewesen war auf dem Plakat mit dem Sonnenuntergang, die Talgkerzen schwammen den Ganges herunter, und der Ganges mündete ins Nichts. Der Lichtkegel von Mathildas Taschenlampe glitt über den Fluss, über das Wort DIAVORTRAG, über die Gesichter daneben. Dann nahm sie Ingeborgs blauen Edding heraus und fing an. Das mandeläugige Mädchen sah ihr verwundert zu.

Mathilda malte blau über die hellen, langen Haare des Jungen mit dem trotzigen Gesicht, sorgfältig wie ein Grundschüler, der ein Arbeitsblatt ausmalt. Es war unsinnig und unnötig, ein Blick hätte gereicht, aber manchmal muss man unsinnige Dinge tun.

Blaues, zerzaustes, eher kurzes Haar.

Dann begann sie, mit ihrem Schlüssel die Umrisse des

Brillengestells wegzukratzen, so dass nur der trotzige Blick der leicht zusammengekniffenen Augen zurückblieb.
Und schließlich atmete sie tief durch und sah ihn an.
»Kevin Nowak«, las sie laut. »Vierzehn Jahre alt. Bekleidet mit einem schwarzen Pullover und Jeans, 1,81 m, 70 kg.«
Sie atmete tief durch. »Kilian Taubenfänger«, sagte sie dann noch etwas lauter. »Fünfzehn Jahre alt. 1,81 m, definitiv weniger als 70 kg. Den schwarzen Pullover ... hat er immer noch.«

11.

Sie machte mit dem Handy ein Bild von dem Vermisstenplakat. Zu Hause, auf dem roten Fusselsofa, zeigte sie es Eddie, der wach geworden war und in seinen Augen unübersehbar die Frage nach Frühstück trug.
»Es ist drei Uhr nachts«, sagte Mathilda. »Eddie. Kennst du diesen Jungen?«
Eddie schnupperte an ihrem Handy und nieste. Dann drehte er sich dreimal um sich selbst, um auf dem Sofa weiterzuschlafen. Aber Mathilda war zu aufgeregt, um zu schlafen.
»Es ist eine noch größere Lüge, als ich dachte«, flüsterte sie. »Sie spielen das Spiel zusammen, aber nicht Birger und Doreen, sondern Kilian-Kevin und Doreen. Wenn Kilian eigentlich Kevin ist, wo war er dann das ganze letzte Jahr über? Bei Doreen? Aber warum? Oder ist Doreen Taubenfänger eigentlich Frau Nowak, und Kilian-Kevin ist vor einem Jahr abgehauen, aber längst von seiner Mutter wiedergefunden worden? Aber warum trägt er keine Brille mehr? Und warum ist er dauernd dort, wo ich bin?«
Sie drückte drei Kopfschmerztabletten aus der Packung, die auf dem Bücherstapel-Beistelltisch lag, fand eine angebrochene Flasche Weißwein im Kühlschrank und spülte die Tabletten damit herunter.
Dann ließ sie sich angezogen auf ihr Bett unter der Dachschräge fallen, in der einen Hand den Blisterstreifen, der jetzt leer war, in der anderen das Handy mit Kilian-Kevins Bild.
»Und warum«, wisperte sie, »steht auf dem Plakat nicht, dass er eine Gitarre mit sich herumschleppt? Es gibt keine Tage ohne Gitarre... Der, der die Vermisstenanzeige aufge-

geben hat, kannte ihn nicht mal so gut, dass er wusste, wie wichtig die Gitarre ist. Das ist eigentlich das Schlimmste an der ganzen blöden Geschichte. Das ist ...«
Aber da schlief sie schon.

Am nächsten Tag fühlte Mathildas Kopf sich an, als wäre sie mit sich selbst zusammengestoßen.

Sie schrieb Doreen eine Nachricht und warf sie in einem zugeklebten Umschlag in den Briefkasten der Wohnung in der Görschstraße. Sie begegnete niemandem. Das war gut so.

Wir müssen uns treffen. Es ist wichtig. Ich weiß ein paar Dinge. Sagen Sie Birger und Kilian-Kevin nichts. Aber ich denke, er sollte die Brille tragen. Rufen Sie mich an!

Da war sie wieder, die Amateurdetektivin Mathilda Nielsen, begleitet von ihrem stolzen Wachhund, unterwegs, um Leben zu retten. Der stolze Wachhund reckte die Nase in den Wind – und rannte beinahe gegen eine Laterne. Die Detektivin sah auf die Uhr und beschloss, ihn zu tragen.

Im Institut warteten drei Angehörige von Klienten auf Mathilda.

Herr Mirusch saß, etwas zur Seite gedrängt, mit ihnen an dem kleinen runden Tisch und las in einem Katalog für Armbanduhren. Ab und zu schüttelte er den Kopf über all diesen modernen Schnickschnack. Aber es war ein glückliches Kopfschütteln. Ingeborg hatte endlich eine Studenten-WG gefunden, die ihm seinen Spieleabend versprochen und bisher nicht abgesagt hatte.

Mathildas Telefon klingelte nicht.

Sie arbeitete einen Gastauftritt in der Lindenstraße und eine Besteigung des Eiffelturms ab und erklärte einem dritten Klienten, der Wunsch, sich an jemandem zu rächen, ehe man starb, gehörte nicht in ihr Ressort.

»Dafür brauchen Sie einen Auftragskiller«, sagte sie freundlich. »Ich gebe Ihnen mal ein paar Nummern.«
»Was für Nummern waren das?«, fragte Ingeborg, als sich die Tür hinter dem Mann schloss. »Hast du Kontakte, von denen ich nichts weiß?«
»Jede Menge«, antwortete Mathilda und kramte in ihren Schreibtischschubladen nach mehr Tabletten.
»Telefonseelsorge, Ambulanz der Psychiatrie, Hotline eines Herstellers von Baller-Videospielen. Guten Morgen, Ingeborg.« Sie holte tief Luft. »Wegen gestern. Also – hör zu.«
»Später. Jetzt müssen wir los.« Ingeborg schob ihren Stuhl zurück. »Beerdigung. Rosa Sarg. Du weißt schon.«
»Was? Vormittags?« Mathilda sprang auf. »Der Sarg war doch himmelblau! Ich wollte sagen, dass ich nachts ...«
»Falsche Lieferung. Komm. Sie warten.«
»Aber ich muss mit dir reden! Wegen der Sache gestern!«
»Der Tote im Bürgerpark in Indien. Mach dir keine Sorgen, ich habe das alles geregelt. Komm jetzt.«

Erst in der S-Bahn, wo ihnen gegenüber ein schlafendes, aneinandergelehntes Pärchen saß, dämmerte Mathilda, warum Ingeborg sie dreimal abgewürgt hatte.
Sie hatte gedacht, Mathilda würde etwas ganz anderes sagen. In der letzten Nacht hatte sie sich im Rosengarten des Bürgerparks ebenfalls an Ingeborgs Schulter gelehnt. *Wenn du ein Mann wärst, könnte ich mich einfach stattdessen in dich verlieben.*
Warum muss ich dazu ein Mann sein?
Bis jetzt war keine Zeit gewesen, darüber nachzudenken. Mathilda sah Ingeborg von der Seite an, ihr drahtiges schwarzes Haar, ihre zu prominente Nase, ihr ganzes energisches Gesicht. Ingeborg studierte sehr interessiert die Reklameaufkleber in der Bahn. Vielleicht, um Mathilda nicht ansehen zu müssen.

Sie hätte gern etwas Nettes zu ihr gesagt, aber ihr Kopf war zu voll mit anderen Dingen; ihr fiel nichts ein. Außerdem saß neben Ingeborg Jakob Mirusch, der unbedingt auf die Beerdigung hatte mitkommen wollen.

Sie seufzte und holte ihr Handy heraus. Als sie sich das Bild von Kilian noch einmal ansehen wollte, waren auf ihrem Handy drei Kurznachrichten von Daniel. Er wollte wissen, ob alles okay war. Warum sie nicht einfach in seiner Wohnung gewartet hatte. Und warum um alles in der Welt eine Mittelmeermuschel auf seinem Waschbecken lag.

Der Sarg war also rosa, knallrosa. Besser noch: Er hatte weiße Streifen. Wirklich.

Eine ausladende ghanaische Dame kam auf Ingeborg und Mathilda zugesegelt und umarmte sie beide. Sie umarmte auch Jakob Mirusch, der beinahe in dieser Umarmung verlorenging, und am Ende bückte sie sich und umarmte Eddie.

Das Kleid der Dame war aus orangefarbenem Stoff, den handtellergroße hellgrüne Doppelpfeile zierten, eindeutig das Zeichen des dualen Systems. Aber Mathilda hatte schon merkwürdigere Muster auf afrikanischen Stoffen gesehen, von Dollarzeichen über Fußabdrücke bis zu Totenköpfen gab es alles, und das duale System war durchaus passend bei einer Beerdigung.

Alles, dachte Mathilda, wurde recycelt, Knochen zu Erde, Fleisch zu Wurmnahrung, Würmer zu Erde.

»Der Sarg!«, rief die Ghanaerin und schüttelte ihren Kopf mit den sorgsam chemisch geglätteten Haaren. »Mein Mann wollte ihn himmelblau. Und nun ist er rosa!« Sie schüttelte wieder den Kopf. »Ich danke Ihnen! Ich fand Rosa schon immer hübscher. Aber mein Mann war so eigen. Ich meine, wer will schon einen himmelblauen Sarg? Rosa liegt doch viel näher.«

Mathilda und Ingeborg folgten ihr zu der Beerdigungsgesellschaft, die gerade aus der kleinen Friedhofskapelle sickerte und sich am Grab aufstellte. Dort stand auch das Prachtstück, der rosa Sarg. Er leuchtete wie ein riesenhafter Bonbon.

Es war wirklich, wirklich schwer gewesen, an diesen Sarg zu kommen, sie hatten ihn am Ende aus Afrika liefern lassen. Mathilda erinnerte sich an die Kataloge mit knallbunten Särgen, die sie mit dem alten Ghanaer zusammen im Krankenhaus durchgeblättert hatten. Sie hatte die ganze Zeit über gefürchtet, die Sache würde sich als Witz herausstellen und es gäbe hinter dem Katalog gar keine Firma, aber es gab sie. Rosa war noch schlicht, es hätte eine schlimmere Fehllieferung sein können, Giftgrün oder Sahneweiß mit violett glitzernden Schleifen. Offenbar war es in Ghana üblich, auf möglichst farbstarke Art aus dem irdischen Leben zu scheiden.

Der Pfarrer sprach Twi, und Mathilda war ihm dankbar, denn so konnte sie weiter nachdenken.

Sie ließ ihren Blick über die Gesellschaft am Grab gleiten. Bis auf die Dame mit den dualen Pfeilen und zwei winzige, bunte Mädchen mit tausend Zöpfen waren alle in deutsches Schwarz gekleidet: lauter kleine, breite, ältere Menschen, ergraut und würdevoll. Sie waren so würdevoll, dass die gelben und roten Tulpen und die grünen Buchsbaumhecken – ja der ganze deutsche Frühling kindisch gegen sie wirkte.

Mathildas Blick wanderte weiter und blieb an einer hoch aufragenden, hageren Gestalt hängen, die hinter der dunklen Masse der Würdevollen stand.

Sie schluckte, und der Plan, hier in Ruhe über alles nachzudenken, verwarf sich von selbst.

»Birger«, flüsterte Mathilda.

Er nickte ihr zu, mit einem schiefen Lächeln. Sein

schwarzer Anzug passte ihm, saß aber schlecht, was vermutlich nur bei Birger Raavenstein möglich war. Er stand die ganze Beerdigung über nur da und lächelte sie an; sie spürte es, obwohl sie wegguckte. Als der rosa-weiß geringelte Bonbonsarg schließlich in die Erde hinabgelassen wurde, kam Birger herüber.

Ingeborg nickte ihm nur zu, aber Mathilda flüsterte, beinahe feindselig: »Was tun Sie hier?«

Er zuckte die Schultern in der etwas zu breiten Anzugjacke. »Was tut Herr Mirusch hier? Freunde des Instituts, würde ich sagen. Die Beerdigung stand im Terminkalender neben dem Besuchertisch. Wenn man mir schon sonst nichts Sinnvolles zu tun gibt ...« Er zog einen Umschlag aus der Tasche und reichte ihn Ingeborg. Der Umschlag war, überflüssig zu erwähnen, etwas zerknittert, so als hätte sich jemand versehentlich darauf gesetzt oder wäre, eher noch, mit dem Auto darübergefahren.

Ingeborg öffnete ihn – er war nicht zugeklebt – und las. »Das ist ... wunderbar«, sagte sie. »Mathilda? Sie lassen die Anzeige fallen. Wegen Hausfriedensbruch. Es gibt eine Einigung vor der Verhandlung. Wir müssen zahlen, aber das ist alles.«

»Wie viel?«, fragte Mathilda besorgt.

Birger nahm Ingeborg den Brief wieder weg und riss ihn in der Mitte durch. »Gar nichts mehr. Es ist alles beglichen.«

»Sie haben ... aber ...«, begann Ingeborg.

Birger winkte ab. »Ich stehe sozusagen in Ihrer Schuld. Ich meine, ich habe Doreen wiedergefunden und ... meinen Sohn.«

»Kevin«, murmelte Mathilda, aber so leise, dass er es nicht hörte.

Kevin ist nicht dein Sohn. Das glaube ich nicht.

»Läuft es denn einigermaßen mit Ihrem Sohn?«, fragte

Ingeborg. Sie gingen zu viert zwischen den Gräbern hindurch, zwischen Grün und Bunt, unter Frühlingsvögelgezwitscher und Aprilwolken. So viel Frühling schien Verschwendung für einen Friedhof. Oder bloße Ironie.
»Mit Söhnen hat man es manchmal schwer«, sagte Herr Mirusch. »Ich hatte nie einen, aber ich kenne das von Bekannten. Kinder sind eben nicht wie Uhren, die man reparieren kann, wenn sie falsch gehen. Eigentlich schade, ich meine, ich könnte all diese Kinder reparieren. Das wäre mal eine sinnvolle Arbeit auf Jahre.« Er grinste.
»Ich werde Sie vermissen«, sagte Birger. »Sie alle.«
»Gehst du denn weg?«, fragte Mathilda. »Aus Berlin? Zieht ihr um, Doreen und du?«
»Doreen nicht«, antwortete Birger und blieb stehen. »Aber dass ich irgendwann weggehe, ist doch klar?«
Herr Mirusch und Ingeborg waren weitergegangen, und sie standen einen Moment allein auf dem Weg. Mathilda biss sich auf die Zunge. *Sag es nicht, sag es nicht, sag es nicht! Sag nichts von dem Vermisstenplakat, nichts von der Tür zum Hinterhof im* Tassilo, *sag nichts!*
»Birger? Du hast die Frage nicht beantwortet. Wie läuft es mit Kilian?«
Birger drehte sich um, als suchte er etwas. Vielleicht eine Antwort. Aber statt einer Antwort tauchte eine Person auf. Sie trat hinter einer der Hecken hervor und kam zu ihnen herüber. Kilian. Er trug die Gitarre in der schwarzen Tasche über der Schulter wie immer.
»Birger meinte, die würden sich freuen, wenn mehr Leute auf die Beerdigung kämen«, murmelte er mit einem Schulterzucken, das dem von Birger nicht unähnlich war. »Und ich hatte keinen Bock auf Schule. Aber war mir dann doch zu blöd, da am Grab rumzustehen, na ja. Also, nur falls du dich fragst, warum ich hier bin.«
»Wir ... hängen manchmal zusammen rum, so die Vor-

mittage durch«, erklärte Birger. »Zwei, die nichts zu tun haben und nur warten.«
Sie gingen schweigend zum Ausgang des Friedhofs. Kilian fuhr sich ein paar Mal nervös durch sein blaues Haar, und Birger fuhr durch sein schütteres, graues Haar, und Mathilda verschluckte sich beinahe an all den Dingen, die sie nicht sagte. Vor dem Friedhofstor verabschiedete Birger sich etwas förmlich. Kilian murmelte irgendetwas. Dann gingen sie die Straße entlang davon. Man konnte es natürlich nicht mehr hören, aber Mathilda war sich ziemlich sicher, dass sie immer noch schwiegen und dass das normal war.
»Ich verstehe nicht ... Was tun sie?«, fragte Ingeborg perplex.
»Rumhängen«, antwortete Mathilda. »Und zusammen warten. Darauf, dass Birger stirbt.«

Doreen rief an, als Mathilda gerade den sicheren Hafen der Dachgeschosswohnung erreicht hatte.
»Warum wollen Sie mich treffen?«, fragte sie.
»*Sie* wollen *mich* treffen«, erwiderte Mathilda. »Weil ich sonst die ganze Geschichte auffliegen lasse.«
»Sie sind ein kleines Arschloch«, sagte Doreen nicht.
»Sie sind ein großes Arschloch«, sagte Mathilda nicht.
Sie blieben sehr höflich.

Sie trafen sich eine Stunde später im Bett. Mathilda saß an dem gleichen Tisch, an dem sie sonst mit Ingeborg gesessen hatte, eine Tatsache, die ihr Sicherheit verlieh. Sie trank Espresso und Wasser und schluckte zwei Kopfschmerztabletten. Sie würde nüchtern bleiben.
Eddie lag unter ihrem Stuhl und hechelte. Er spürte ihre Aufregung. Dies würde ein Kampf werden, und Mathilda war unsicher, wie er ausgehen würde. Sie war sogar unsicher über ihr Ziel.

Sie wollte Doreen Dinge an den Kopf werfen. Nicht nur Worte, am besten die Kneipeneinrichtung.

Sie wollte eine Art ... Genugtuung. Sie wollte eine Entschuldigung dafür, dass Doreen mit ihr gespielt hatte wie mit einem dummen Kätzchen. Dafür, dass sie sie durch die halbe Stadt gejagt hatte mit ihren sorgsam ausgelegten Spuren.

Sie wollte, dass Doreen sagte: »In Ordnung. Ich liebe ihn nicht. Ich will nur das Geld. Ich sehe ein, dass das nicht gut ist. Ich werde es ihm sagen und gehen.«

Und dann würde ein Stern vom Himmel fallen, und Birger würde plötzlich aus dem Blauen heraus beschließen, die Chemo zu machen und sich operieren zu lassen und einfach nicht zu sterben.

Sie schloss die Augen und stellte sich vor, wie er in zehn Jahren vor ihr stand, auf dem Friedhof der Bonbonsarg-Beerdigung, wo irgendjemand anderer beerdigt worden war. Wie er zerzaust zu ihr hinablächelte und wie sie seine Hand nahm und alles in Ordnung war, weil sie zusammen nach Hause gingen, in ein Leben, dass sie wunderbarerweise teilten.

»Frau Nielsen?«

Mathilda öffnete die Augen.

»Doreen Taubenfänger. Oder auch nicht. Wie heißen Sie wirklich?«

Doreen hängte ihren leichten, sehr taillierten Frühlingsmantel über die Lehne eines Stuhls und setzte sich. Sie sah Mathilda nur an, schweigend. Sie war perfekt geschminkt, obwohl das die Falten um ihre Mundwinkel nicht ganz vertuschen konnte. Ihre Hand lag, äußerlich ruhig, auf einer Zigarettenpackung, die sie auf den Tisch gelegt hatte.

»Der Name gehörte immer nur zu den Spielen, die Sie gespielt haben, oder?«, fragte Mathilda. »Das Klingelschild bedeutet gar nichts. Wie viele Namen haben Sie?«

Doreen zog eine Zigarette aus der Packung, schweigend, abwartend.

»Ich war noch mal im *Tassilo*«, begann Mathilda. »Ihr ... Bekannter? Freund? Der da arbeitet? Er hat mir von der Tür zum Hinterhof erzählt, durch die Sie damals abgehauen sind. Und dann gibt es da noch so ein hübsches Vermisstenplakat.« Sie hielt Doreen ihr Handy entgegen, und Doreen beugte sich vor und studierte das schlechte Foto darauf eine Weile.

Schließlich zündete sie die Zigarette an.

»Kevin Nowak«, sagte Mathilda. »Seit einem Jahr vermisst. Vierzehn. Nowak? Ist das Ihr richtiger Name?«

Da lächelte Doreen fein, schüttelte langsam den Kopf, inhalierte und exhalierte den Rauch und lehnte sich zurück.

»Sind Sie fertig? Mit Ihrer Anklage?«

»Nein. Sie haben uns eine Menge Arbeit gekostet und Birgers Geld völlig unnötig für Tausende von Anzeigen und Plakaten verpulvert. Sie hätten mehr erben können. Wann haben Sie es gemerkt? Dass wir Sie suchen?«

»Kevin erbt. Nicht ich.« Doreen rauchte wieder eine Weile schweigend, und diesmal schwieg auch Mathilda, mühsam beherrscht.

»Ich habe die Sache im Radio gehört«, sagte Doreen schließlich, den Blick auf den Tisch gerichtet, auf ihre eigene Hand, die dort lag, schlank, gut maniküert, ringlos. »Als dieser alte Mann davon erzählt hat, wie er stirbt. Es ist eine Weile her. Ich hätte natürlich anrufen können. Es wäre einfach gewesen. Zu einfach. Jeder Tag, an dem Sie mich nicht gefunden haben oder nur fast gefunden haben, hat die Sache spannender gemacht und die Sehnsucht größer. Verstehen Sie das? Und es ist ein Spiel, Sie haben recht. Genau wie die Namen. Ich betrüge niemanden. Arbeiten und Steuern zahlen tue ich brav unter meinem richtigen Namen. Siegrid Müller.«

»Nicht Nowak. Natürlich nicht.«

»Dachten Sie das tatsächlich?« Sie lachte, rauchte, lachte wieder, ganz leise, nur so vor sich hin. »Ich hätte wirklich gerne was zu trinken.«

Mathilda beobachtete ihre Bewegungen, als sie aufstand und zur Bar ging. Ihre Beine in der sehr engen schwarzen Hose waren noch immer so perfekt wie ihr Gesicht, alles an ihr war durchtrainiert und nach Diätvorschriften jung gehalten. Und dennoch sanken ihre Schultern manchmal ein wenig herab, wenn sie nicht daran dachte, sie gerade zu halten, und dennoch war da eine gewisse Verbitterung in ihrer ganzen Figur.

Doreen kam mit einem Glas zurück, das eine bunte Flüssigkeit enthielt, deren Namen Mathilda nicht interessierte. »Schmetterlinge.« Sie sah Mathilda kurz an, ehe sie einen Schluck trank. »Wissen Sie, was Schmetterlinge sind?«

Mathilda schnaubte. »Kleine schwarze Tiere mit acht Armen, die in der Südsee schwimmen?«

Doreen lächelte. »Schmetterlinge sind Geschöpfe, die sich verwandeln. Geschöpfe der Schwerelosigkeit. Geschöpfe, die Mimikry betreiben. Sie sehen aus wie ein Blatt oder wie ein Stück Rinde, sie entfalten ihre Flügel und sind bunt und wunderschön. Sie sind immer jung.«

Weil sie jung sterben, dachte Mathilda.

»Und Schmetterlinge ... lügen?«, fragte sie. »Ist Mimikry eine Lüge?«

Eddie knurrte, aber dann merkte Mathilda, dass es gar nicht Eddie gewesen war, sondern sie selbst.

»Was sollte überhaupt die Taube?«, fragte sie.

»Oh, Tauben sind ein bisschen dumm«, antwortete Doreen. »Man kann sie leicht fangen und füttern. Die Taube steht nicht für mich. Am Anfang war der Name nur ein Jux. Dann habe ich ihn eine Weile behalten. Für Birger.«

»Sie haben Birger gefangen und gefüttert.«

»Vielleicht.«

»Warum? Warum waren Sie damals mit ihm zusammen?«

Doreen zuckte die Schultern. »Warum ist man mit irgendwem zusammen? Kann man das hinterher noch sagen? Es ergibt sich so. Sie denken jetzt, er hatte damals schon Geld, und das war der Grund. Oder das Jurastudium. Aber das ist nicht wahr. Ich habe Birger wirklich gemocht, es hat nur nicht gepasst, und irgendwann habe ich das gemerkt, aber er wollte es nicht wahrhaben. Es ist alles nicht so schwarz-weiß, wie Sie es gerne hätten.« Sie trank die Hälfte der bunten Flüssigkeit in einem Zug, und beinahe erwartete Mathilda, sie würde danach aufstehen und sich in irgendetwas anderes verwandeln. Doch statt sich zu verwandeln, sagte sie:

»Ich mag ihn immer noch. Er tut mir leid. Ist das verwerflich? Er ist glücklich im Moment. Das ist doch die Hauptsache.«

»Und Kilian?«

»Kevin? Gehört dazu. Ohne Kevin hätte Birger keinen Sohn.«

»Keinen Erben.«

»Ja, auch keinen Erben. Wenn Sie das unbedingt wissen müssen. Ich war damals wirklich schwanger. Aber ich hatte nie vor, das Kind zu bekommen. Und ich habe es nicht bekommen.«

Mathilda schluckte. Sie wünschte, sie hätte auch geraucht, ihre Hände brauchten dringend etwas zu tun.

»Birger Raavenstein hat also kein Kind.«

»Nein. Soviel ich weiß, nicht.«

»Wo haben Sie Kevin denn aufgegabelt?«

»Auf der Straße. Wir kennen uns seit genau vier Wochen. Sagen Sie mir jetzt nicht, dass es nicht besser für ihn ist, in meiner Küche auf dem Fußboden zu schlafen als da draußen. Er hat einen Winter überlebt, Hut ab. Aber so schön ist es dann doch nicht in den U-Bahnhöfen und Unterführungen.«

»Bitte?«

»Sie haben mich schon verstanden. Kevin Nowak hat ein Jahr lang auf der Straße gelebt. Er hatte seine Clique da, aber meistens war er alleine, glaube ich. Er erzählt wenig. Er ist auch nicht sehr gut darin, den Sohn zu spielen. Wenn seine Mutter damals Probleme mit ihm hatte, kann ich das verstehen.«

»Aber warum heißt er jetzt Kilian?«

»Irgendwie musste er doch heißen. Nicht so wie in den Vermisstenanzeigen. Er hat ein paar Sachen über das Institut rausgekriegt, das hat ihn irgendwie interessiert, er hatte die Plakate gesehen. War mehr oder weniger Zufall, dass er mich dann gefunden hat. Er braucht Geld, ich brauche Geld – das ist alles.«

»Nein!«, rief Mathilda und sprang auf, so heftig, dass sie die Espressotasse umstieß, die zur Tischkante rollte. Doreen fing sie auf, als sie fiel, und stellte sie sachte wieder auf den Tisch. »Das ist nicht alles! Das kann nicht alles sein!«

»Sie belügen die Leute doch genauso«, sagte Doreen sanft. »Kilian ... oder Kevin ... hat mir eine Menge Dinge erzählt. Der Schnee vor dem Krankenhaus. All die falschen Weihnachten und Geburtstage. Das Mittelmeer, das nur die Ostsee war.«

»Aber wir lügen, damit die Leute glücklich werden!«

»Und Sie verdienen Geld damit. Das Gleiche, was Kilian und ich tun. Und Birger Raavenstein wird als glücklicher Mann sterben. *Cui malo?*, sagt der Anwalt auf Latein. So viel habe ich damals von ihm gelernt. Wem schadet es? Niemandem.«

»Nur«, sagte Mathilda leise und setzte sich wieder, »dass er nicht sterben müsste. Er hat es sich in den Kopf gesetzt, dass es keine Chance gibt. Es gibt eine. Dieser Scheißtumor war beim letzten Staging noch nicht metastasiert. Birger könnte eine Chemo machen und sich operieren lassen. Sie werden ihn nicht dazu überreden, nehme ich an.«

»Nein. Glauben Sie denn, das wäre eine gute Idee? Die Chancen müssen ziemlich gering sein.«

»Aber sie sind da. Sie *wollen,* dass er stirbt. Und Kilian … Kevin. Er muss zurück zur Schule! Zurück nach Hause! Er ist fünfzehn, verdammt!«

Doreen nickte. »Später. Wenn Birger tot ist. Dann bekommt Kilian seine Hälfte des Geldes, und wir sehen weiter, was mit ihm wird. Ich bin nicht ganz so gewissenlos, wie Sie denken.«

»Es ist rechtlich sowieso nicht möglich, dass Kilian erbt«, sagte Mathilda in einer krankhaften Wallung von Triumph. »Wenn er nicht ist, wer er ist.«

»Natürlich ist es möglich«, erwiderte Doreen sanft. »Wenn Birger das Geld vor seinem Tod überweist.«

»Sie sind … Sie sind so verdammt egoistisch …«, fauchte Mathilda.

Doreen nickte wieder und stand auf, um in ihren Mantel zu schlüpfen.

»Und Sie sind genauso egoistisch«, stellte sie sachlich fest, halb schon im Gehen begriffen. »Sie wollen ihn für sich. Sie haben sich verliebt. Das ist sehr traurig für Sie, weil es nicht gutgehen kann. Aber es ist nur eine andere Sorte von Egoismus.«

Mathilda schloss die Augen, als Doreen das Bett verließ. Dies war einer der Momente, in denen sie gerne geheult hätte. Und wenn nur aus Wut. Aber sie hatte schon als Kind gelernt, dass es nichts nützte, aus Wut zu heulen. Sie würde eine Kopfschmerztablette nehmen, statt zu heulen. Wie immer.

Als sie diesmal die Augen wieder öffnete, war Eddie auf den leeren Stuhl gesprungen, stand mit den Vorderpfoten

auf dem Tisch und war dabei, das undefinierbare gelbe Zeug in Doreens Glas auszutrinken.
»Wehe«, murmelte Mathilda, »du verwandelst dich in einen Schmetterling.«

»Manchmal ist das Leben einfach zu verfahren«, sagte Mathilda. »Obwohl alles so schön sein könnte.« Sie saß am weit offenen Dachfenster und war dabei, Kerzen mit Wachs in Marmeladengläser zu befestigen. Der Himmel war blau, und selbst das kränkelnde Basilikum, das Mathilda in die Dachrinne gestellt hatte, machte Anstalten, kleine lila Blüten herzustellen. Es gab sich Mühe. Natürlich würde sie es wieder versehentlich totpflegen, so wie alle Basilikumpflanzen zuvor.
Eddie war allein spazieren gegangen und schon ziemlich lange unterwegs. Sicher war es schön, an der Panke Enten zu jagen.
»Ich habe mich bei Ingeborg krank gemeldet. Ich habe einfach nicht den Drive, heute ins Institut zu gehen. Wenn ich noch eine einzige Akte sehe, kotze ich. Ingeborg meinte, wenn ich mit ihr nicht reden will, über die Sache mit Herrn Raavenstein und Doreen, dann soll ich meine Eltern anrufen. Sie würde in solchen Fällen immer mit ihrem Vater sprechen.« Sie klebte eine Kerze ins Basilikum statt ins nächste Marmeladenglas, bemerkte den Irrtum und zog sie wieder aus der Erde. »Und ich glaube, ich habe noch ein Problem«, erklärte sie dem Telefon, das, auf laut gestellt, neben ihr lag, »ich glaube, meine Chefin ist in mich verknallt. Nein, das ist das falsche Wort, ich glaube, meine Chefin ist einfach einsam und ... ich bin theoretisch auch einsam.« Sie goss sich etwas grünes Kerzenwachs über die Finger und schrie auf. »Es wäre die perfekte Lösung, wenn ich mit Ingeborg zusammen wäre, weißt du? Wir könnten das Institut gemeinsam schmeißen und abends ins Bett

gehen. Ich meine, das ist eine Kneipe, aber es müsste dann keine Kneipe sein ... Nur dass ich wirklich hundertprozentig nicht auf Frauen stehe. Mist, was? Ich frage mich, wo Eddie bleibt. Gewöhnlich bellt er irgendwann unten, damit ich ihn reinlasse.« Sie sah aus dem Fenster. »Hoffentlich bringt er keine von den Panke-Enten mit, damit ich sie kleinschneide und in eine Hundefutterdose stecke, um sie ihm zu servieren. Jedenfalls ist die ganze Birger-Geschichte völlig verworren, und jetzt sitze ich hier und klebe Kerzen fest, weil wir heute Abend in einer Studenten-WG mit einem achtzigjährigen Uhrmacher dessen Ableben feiern. Sag mal, hörst du mir überhaupt zu?«

»Äh – ja«, murmelte Daniel, der vor einer halben Stunde aus dem Nachtdienst nach Hause gekommen war und vielleicht nicht alles verstanden hatte. Oder vielleicht gar nichts.

»Ich könnte es dir heute Abend noch mal erzählen. In der Studenten-WG. Du könntest einfach mitkommen. Es ist eine Art Party, und ich weiß zufällig – au! –, dass es eine Beleuchtung aus achtundfünfzig Kerzen in Marmeladengläsern geben wird.«

»Mathilda«, sagte Daniel. »Was willst du da mit mir heute Abend? Was soll ich in einer WG mit achtundfünfzig Kerzen und einem Uhrmacher, der offenbar noch quietschfidel ist? Warum hat er überhaupt einen letzten Wunsch?«

»Infrarenales Aortenaneurysma. Progredient. Es kann jeden Moment hochgehen wie eine Bombe, und dann war es das. Ich mag ihn, weißt du? Er sollte seine Studentenparty kriegen, bevor das Aneurysma reißt. Wir werden trinken und spielen, und wir könnten in einer dunklen Ecke blöd herumknutschen. Dachte ich.«

»Hört sich verlockend an«, sagte Daniel. »Aber ich knutsche nicht mit achzigjährigen Uhrmachern.«

»Daniel. Bitte.«

»Ich glaube, ich passe da nicht rein, Mathilda. Und was ist, wenn euer Uhrmacher dann stirbt? Aufregung, Freude, der Blutdruck geht hoch ... Das Aneurysma platzt, und dann bin ich der Arzt vor Ort oder was?«

»Nein! Du bist nicht der diensthabende Notarzt. Du wärst einfach da.«

»Und der diensthabende Notarzt würde mich dort sehen. Nein, Mathilda.« Sie konnte direkt hören, wie er den Kopf schüttelte. »Ich will mit dem Institut der letzten Wünsche so wenig wie möglich zu tun haben. Ich mag dich wirklich sehr, und unser Abend neulich war ... wunderbar, aber das Institut ... Nein. Die Sache mit den Zelten im Bürgerpark hat sich rumgesprochen. Das geht mir jetzt langsam alles zu sehr in Richtung Sterbehilfe.«

»Bitte? Wir haben nur zufällig in einem Zelt in der Nähe übernachtet und den Arzt gerufen ...«

»Zufällig. Zufällig sterben überdurchschnittlich viele Leute, kurz nachdem ihr ihnen einen Wunsch erfüllt. Ich behaupte ja nicht, dass ihr sie ermordet. Aber ihr bringt sie in Umgebungen, die ihre Körper nicht mehr aushalten. Ostsee im April. Bürgerpark nachts. Seht zu, dass ihr die Grenzen nicht überschreitet, Mathilda.«

»Die ... Grenzen? Wird das jetzt eine ethische Grundsatzdiskussion? Mister Oberschlau. Was für Grenzen denn?«

»Zwischen Sterbehilfe und nur dabei sein. Zwischen Kreativität und grober Fahrlässigkeit. Zwischen Lüge und Wahrheit. Und wenn du nicht mehr weiterweißt ...« Er seufzte. »Ach, Mathilda. Ruf einfach deine Eltern an. Ingeborg hast du ja offenbar erzählt, dass das eine Möglichkeit wäre.«

»Astloch«, sagte sie zum Telefon, doch Daniel hatte schon aufgelegt.

In exakt diesem Moment klingelte es, und Mathilda sah aus dem Fenster. Unten stand niemand.

Sie ging zur Wohnungstür. Als sie die öffnete, stand durchaus jemand da.

Eddie.

Aber er war nicht allein.

»Wohnst du hier?«, fragte Birger.

Mathilda starrte ihn an wie einen Geist. »Ob ich ... wie? Nein, ich ... ich öffne nur zufällig die Tür. Wie kommst du hierher?«

»Eddie ging alleine an der Panke spazieren«, erklärte er und fügte – falls sie vergessen haben sollte, wer Eddie war – hinzu: »Dein Hund. Er hat mich mitgenommen. Ziemlich weit. Ich hatte sowieso nichts zu tun, da dachte ich, ich sehe mal nach, wo er mich hinführt. Er war so entschlossen. Entschuldigung, aber beinahe dachte ich, dir wäre etwas passiert.«

Eddie wedelte triumphierend mit dem Schwanz und witschte an Mathilda vorbei in die Wohnung. Birger sah um sie herum, offensichtlich neugierig. Sein Blick blieb – vermutlich – an den achtundfünfzig Marmeladengläsern hängen, die in der Wohnung standen.

Er brachte sein zerstrubbeltes Haar mit einer Hand in größtmögliche Unordnung und räusperte sich. Dann strahlte er sie an wie ein vierjähriger Junge. Das verblassende Grün in seinen Augen leuchtete. »Wo ich schon mal hier bin, kann ich Kerzen kleben helfen?«

12.

Mathilda erklärte die Kerzen und die Tatsache, dass sie eigentlich krank war, in kleinen anfallsartigen Wortschwällen, während Birger durch die Wohnung ging. Er ging so, wie jemand geht, der ein historisches Bauwerk besichtigt, den Kopf in den Nacken gelegt, manchmal ein paar Schritte rückwärts, staunend. Als sei die Wohnung riesig. Dabei war es nur ein Raum.

»Du hast eine wunderschöne Wohnung«, sagte er schließlich, machte einen Schritt rückwärts und stieß sich den Kopf an einem offenen Balken.

»Na ja, sie ist nicht gerade groß ... Aber es reicht aus.«

Birger rieb sich den Hinterkopf, hustete dann, schüttelte ärgerlich den Kopf und fuhr mit der Hand über einen der Balken. »Wohnst du alleine hier?«

»Nein. Eddie wohnt auch hier.«

»Natürlich. Ich ... ist das dumm? Ich habe auf dem Weg hierher ... Als es anfing, danach auszusehen, dass ich einen Besuch machen würde, weil Eddie immer weiterlief ... Ich habe an diesem komischen kleinen Bach einen Blumenstrauß gepflückt.« Er hielt den Strauß hoch, der aus zwei kleinen, zerknautschten Tulpen und einer Menge Gras bestand. »Wenn du eine Vase hast ...«

Mathilda schüttelte den Kopf. »Ich kann sie in eine Hundefutterdose stellen. Wäre das in Ordnung?«

»Natürlich.«

»Das war ein Witz«, sagte Mathilda, nahm ihm das Gras aus der Hand und steckte es in ihre einzige Vase. »Doreens Wohnung ist sicher schöner. Ich habe keine Katzenfußmatte und keine Narzissen im Hausflur.«

Birger sah sie einen Moment seltsam an. »Woher weißt du, was für eine Fußmatte Doreen hat? Warst du mal da?«

»Ich? Nein, ich ... habe nur geraten«, antwortete Mathilda schnell und schimpfte sich im Geist eine Vollidiotin. »Hat sie denn eine Katzenfußmatte? Nicht wirklich, oder?«

»Doch.« Birger ging zum offenen Dachfenster und betrachtete das blühende Basilikum in der Dachrinne. »Obwohl ich nicht ganz begreife, wieso Leute den Wunsch haben, sich die Füße an Katzen abzutreten. Jede Kerze in ein Glas?«

Mathilda nickte.

Es war schön, Wachs in Marmeladengläser zu tropfen, wenn die Sonne schien und Eddie auf dem roten Sofa schnarchte und ein Strauß Gras auf dem Tisch stand.

»Es ist schön, Wachs in Marmeladengläser zu tropfen«, meinte Birger. »Wenn die Sonne scheint und ein Strauß Gras auf dem Tisch steht. Es ist so ... normal.«

»Na ja«, sagte Mathilda.

Und, vier oder fünf Marmeladengläser später: »Kilian geht nicht zur Schule. Er ist fünfzehn.«

»Ich weiß.«

»Du musst etwas tun. Das weißt du auch.«

»Ja. Aber es ist nicht so leicht. Ich habe es mir nicht so schwer vorgestellt, ein Vater zu sein. Ist es immer so?«

»Ich weiß nicht. Ich kenne mich nicht aus mit Vätern. Ich hatte nie ... ich hatte nie die Gelegenheit, ein Vater zu sein.«

»Nein. Ich auch nicht. Das ist ja das Problem. Ich hatte meinen Vater wirklich gern. Ich wünschte, ich könnte ihn fragen. Überhaupt meine Eltern. Aber wenn ich an sie denke, sehe ich immer nur das Ende vor mir, in der Klinik. Und das, was da im Bett liegt, kann mir nichts Hilfreiches mehr raten.«

»Du musst dich kümmern, Birger.« Verdammt, sie klang wie eine blöde Oberlehrerin. »Du musst etwas machen. Ich meine, worüber redet ihr, Kilian und du, wenn ihr zusammen rumhängt?«

»Musik. Die Sonne. Die Relativitätstheorie. Alles. Nicht über die Schule. Er will mein Geld nehmen, wenn er es erbt, und eine Band gründen. Ich habe versucht, ihm zu erklären, dass er dazu mehr haben muss als nur Geld ... Dass er es schaffen kann, es aber eine Menge Arbeit ist ...«

»Könntest du damit aufhören, was du gerade tust?«, fragte Mathilda.

Er ließ die Kerze sinken, die er in der Hand gehalten hatte. »Womit? Mit dem Kerzenkleben? Mache ich das falsch?«

Sie schüttelte den Kopf. »Nein. Mit dem Sterben. Es ist so unnötig. Kilian braucht dich. Nicht als Geldgeber. Als ... Vater? Du solltest diese Chemo machen. Wir haben schon mal darüber gesprochen. Die Chemo und die OP. Es ist eine Chance.«

»Bitte jetzt Geigen im Hintergrund«, sagte Birger.

»Du redest wie Ingeborg«, sagte Mathilda.

»Und du hast gerade geredet wie ein Groschenroman«, erwiderte Birger sanft, stellte die letzte Kerze in ein Glas, ohne sie festzukleben, und legte seine Hand auf Mathildas Hand. Seine Hand war rau und kühl. »Es geht nicht so aus, wie du das möchtest, Mathilda. Ich bin kein Frosch, der sich in einen Prinzen verwandelt. Ich bleibe ein Frosch. Ich meine, der Vergleich ist blöd, ich ... ich bleibe einer der Todgeweihten. *Morituri te salutant,* die Todgeweihten grüßen dich. Damals sind sie in die Arena gezogen, um gegen irgendwelche alten Löwen zu kämpfen, heute schicken sie uns in die Krankenhäuser. Das ist auch nur eine Arena. Ich habe es doch bei meinen Eltern gesehen. Sie lassen dich da kämpfen bis zum letzten Atemzug. Keine Gnade.«

»Das stimmt nicht, ich ... Das ist doch Unsinn!«

»Ich sterbe lieber außerhalb der Arena«, meinte Birger

und drückte ihre Hand. »Aber ich tue es, verstehst du? Sterben. Es führt kein Weg daran vorbei. Du würdest mich gerne retten, ich weiß.«

Mathilda merkte, dass sie rot geworden war.

»Doreen findet es richtig, was ich tue.«

»Na, sie muss es ja wissen.« Mathilda zog ihre Hand weg.

Und dann klebten sie schweigend zweiundzwanzig weitere Kerzen in Gläser, bis Birger aufschrie, weil er sich Wachs über die Finger gekippt hatte.

Er ließ sich vom Fensterbrett gleiten und wollte Eddie streicheln, aber dabei schüttelte ihn der Husten wieder, und irgendwie waren der aufwachende Eddie und der Husten und Birgers Ungeschicklichkeit eine Kombination, die ihn aus dem Gleichgewicht brachte. Er fiel neben Eddie auf das alte rote Sofa und blieb einen Moment dort liegen wie ein Käfer, der auf den Rücken gefallen ist, nach Luft ringend. Dann war der Anfall vorbei; er lag nur noch da, atmete schwer und sah an die Decke mit den alten, freien Balken.

»Wenn man nicht nur letzte Wünsche haben könnte, sondern auch letzte Plätze …«, begann er leise. »Dieses Sofa wäre ein wirklich guter Platz, um zu sterben, weißt du das, Mathilda?«

»Untersteh dich«, knurrte Mathilda. »Wenn alle Klienten des Instituts auf den Trichter kommen, sich zu wünschen, auf meinem Sofa zu sterben!«

Sie streckte den Arm aus, um ihm hochzuhelfen, und er stand etwas mühsam auf.

»Kann ich heute Abend mitkommen? Jakob hätte nichts dagegen, denke ich. Jakob Mirusch. Und Doreen … braucht vielleicht mal einen Abend frei von mir. Sie hat ein eigenes Leben natürlich.«

Mathilda nickte.

»Also gehe ich jetzt, um vorerst meinem Sohn und seiner

Mutter noch ein wenig auf den Wecker zu fallen«, verkündete Birger mit einem leisen Grinsen. Er stand schon wieder zu nahe vor Mathilda. Und plötzlich zog er sie an sich und nahm sie einen Moment ganz fest in die Arme. Er roch nach einer Mischung aus Frühlingsgras, dem Waschmittel von Doreen (vermutlich), Pulloverwolle und Eddie.
Sie wünschte, sie hätte in diesem Geruch ersticken können.
»Danke«, flüsterte er in ihr Haar. »Danke, dass du mich gerne retten würdest. Es gibt einem Mut, wenn ein zwanzig Jahre jüngeres Mädchen sich das wünscht, weißt du? Es wäre so schön, wenn du meine Tochter wärst.«
Seine Hose und sein Pullover waren hinten übersät mit lauter winzigen roten Sofafusseln, als er ging.

Mathilda beschäftigte sich an diesem Nachmittag ungefähr eine Stunde lang damit, das Sofa mit den Fäusten zu bearbeiten. Eddie sah ihr dabei zu und schüttelte ab und zu den Kopf. Die rotgelben Tulpen zwischen dem Grasstrauß leuchteten in all ihrer Zerknautschtheit.
»Es sind nur fünfzehn Jahre«, flüsterte Mathilda ins Sofa. »Nicht zwanzig.«
Das Sofa schwieg. Und fusselte.

Die WG befand sich in einem Altbau in Kreuzberg, einem der wirklich alten Altbauten, und hatte unendlich hohe Decken. Man konnte sich beinahe einbilden, den Nachthimmel zwischen den Wänden schweben zu sehen.
Die achtundfünfzig Kerzen in ihren achtundfünfzig Marmeladengläsern tauchten alles in ein unwirkliches Licht, und es war das perfekte Setting für den Studentenspieleabend des Jahrhunderts. Herr Mirusch schien so aufgeregt, dass Mathilda an Daniels Befürchtungen dachte und plötzlich auch besorgt um ihn war. Er hielt ihre Hand fest,

während sie durch die chaotischen Räume wanderten, vorbei an anarchistischen Plakaten und übereinandergehängten Jacken an hundert unterschiedlichen Haken.

»Aber wo«, fragte er schließlich, »sind die Studenten?«

»Sie müssten gleich alle kommen«, antwortete Ingeborg und sah auf ihre Armbanduhr. »Aufgestellt haben wir die Lichter alleine, wir hatten den Schlüssel. Mathilda und ich sind seit einer halben Stunde hier.«

Der Einzige, der mit Herrn Mirusch vor der Tür gestanden hatte, war Birger gewesen.

»Ich finde, unsere Kerzen machen sich ganz gut«, meinte er und wanderte, die Hände seltsam hinter dem Rücken verschränkt, neben Mathilda durch die hohen Räume.

»Es sind nur fünfzehn.«

»Was? Nein. Achtundfünfzig.«

»Jahre«, murmelte Mathilda. »Die ich jünger bin. Ich kann überhaupt nicht deine Tochter sein.«

In diesem Moment öffnete Ingeborg die Tür zu einem winzigen Zimmer, das sie bisher nicht bemerkt hatten, und dort hockte ein sehr dünnes Mädchen auf einem Bett, die schwarzen Strumpfhosenbeine unter dem schwarzen Kleid angezogen, und starrte sie verängstigt an. Ihre Augen waren groß geschminkt und ihre Ohrringe Totenköpfe.

»Sie sind ... die, die hier dieses Spieleding veranstalten wollen, oder? Ich habe gehört, wie Sie rumgelaufen sind mit den Kerzen.«

»Und ... du?«

»Ich wohne hier«, hauchte das Mädchen. »Ich wollte nicht mitmachen. Aber sie haben gesagt, ich muss, weil ich keine Miete bezahle. Und dass sie nachher wiederkommen. Es wohnen vier hier. Und es sollen noch andere kommen. Wenn die alle da sind, dann gehe ich nämlich ein bisschen spazieren. Ich will nicht dabei sein, wenn jemand vielleicht stirbt. Ich geh nicht mal über Friedhöfe, wenn's 'ne Abkürzung ist, ich mach das nicht ... Scheiße, die sind schon 'ne halbe Stunde über der Zeit.« Sie sprang auf und sah sich um, ihre großen Augen jetzt nicht mehr ängstlich, sondern panisch.

Herr Mirusch trat auf sie zu und legte ihr tröstend eine Hand auf die Schulter.

»Die kommen schon noch«, murmelte er beruhigend. »Wissen Sie, meine Kleine, ich bin Uhrmacher. Manche Leute gehen eben nach, sage ich immer.«

Das Mädchen schüttelte die Hand ab.

»Bitte!«, wisperte sie. »Bitte nicht anfassen! Sie sind doch der, der ... oder?« Damit entflatterte sie wie ein schwarzer Vampirnachtfalter mit einem Nervenzusammenbruch, flatterte durch eine Tür, die offenbar ins Bad führte, und schloss von innen ab.

»Ich bin der, der stirbt«, bestätigte Herr Mirusch und starrte seine Hand an. »Ja. Aber es ist nicht ansteckend, wissen Sie?«

»Nein.« Birger legte einen Arm um Herrn Mirusch. Dann wurde ihm wohl bewusst, dass das eine makabre Geste war – als wäre das Sterben tatsächlich ansteckend. Er nahm den Arm wieder weg und zuckte hilflos die Schultern.

»Gestörte Ziege«, sagte Ingeborg in Richtung Klotür.

Sie warteten noch eine geschlagene Stunde in der leeren WG. Birger versuchte, Ich-sehe-was-was-du-nicht-siehst anzufangen, um alle abzulenken, aber Herr Mirusch rief: »Ich hab es schon erraten! Die Studenten! Nur siehst *du* die auch nicht.« Keiner kam. Nur sechzehn Kurznachrichten auf Ingeborgs Handy.

Die Studenten schrieben alle, es würde sicher reichen, wenn die anderen kämen, sie hätten gerade festgestellt, dass sie dringend noch etwas anderes erledigen mussten.

Da packten Ingeborg, Mathilda und die beiden Männer die Bierkisten und Weinflaschen alle wieder ein und gingen.

Und beinahe wünschte Mathilda sich, Herr Mirusch würde genau jetzt sterben, damit sie seine Leiche boshaft im Treppenhaus liegen lassen konnte. Aber sie wünschte es nur der hysterischen Studentin. Nicht Herrn Mirusch.

Vor dem Haus standen sie noch eine Weile herum und sahen bloß so in die Nacht. Es gab allerdings nichts zu sehen außer sie selbst, diese vier verlorenen Gestalten, und ein bisschen Sperrmüll, was vielleicht, dachte Mathilda, auf dasselbe hinauslief.

»Wir brauchen übrigens jemanden, der demnächst auf dem Teufelsberg Gitarre spielt«, sagte Ingeborg. »Nachts. Im abgezäunten Gelände der stillgelegten amerikanischen Abhörstation. Ich habe eine Klientin, die hat nach dem Krieg da draußen in der Kantine gearbeitet, und sie hat mitbekommen, dass jetzt manchmal Leute über den Zaun steigen. Die Gitarre ist eine längere Geschichte ...«

»Alles klar«, meinte Mathilda. »Ich schlage vor, wir fragen Maria Callas. Und während sie spielt, veranstaltet der Wachmann vom Teufelsberg mit Herrn Mirusch einen Spieleabend in einem Heißluftballon und ...«

»Moment«, unterbrach Birger. »Ich kenne zufällig jemanden, der ziemlich gut Gitarre spielt. Wann soll das sein?«

Es ist Nacht im Grunewald, nachts ist er nicht grun, noch nicht einmal grün, nachts sind alle Wälder grau. Und durch den Wald wandert eine kleine Gesellschaft, ausgespuckt von zwei Autos, die an der Teufelsseechaussee stehen, das eine recht abenteuerlich geparkt.

Die kleine Gesellschaft wandert einen Pfad hinauf, jenseits der großen Naherholungsspazierwege, weitab von den Schrebergärten, einen wild verwachsenen Pfad, der steil aufwärts führt, hinauf auf den höchsten Berg von Berlin.

Der Berg besteht aus dem, was nach dem Krieg von den Häuserzeilen geblieben ist. Sie haben den Schutt damals mit Lastwagen hier zusammengekarrt; dies ist der Ort, an dem Berlin sich selber weggeworfen hat. Und unter all dem Schutt liegen die Reste der wehrtechnischen Fakultät, die Herr Adolf in seiner Welthauptstadt Germania wollte bauen lassen, einer in der kleinen Gesellschaft, die ja jetzt wandert, erklärt es den anderen.

Die Spitze der Gesellschaft bildet übrigens eine Frau mit drahtigen schwarzen Locken. Dahinter kommt ein kräftiger blonder Mann in Bikerjacke, der eine kleine alte Frau auf dem Rücken trägt. Manchmal kommen ihr die Äste und Schlinggewächse in die Quere, die sie beiseitewischt, und dann sagt sie etwas von »Urwald« und lacht.

Taschenlampen beleuchten den Weg, da sind noch mehr Leute – eine Frau mit einem Hund, ein Junge mit einer Gitarrentasche auf dem Rücken und ganz hinten ein Pärchen, das etwas hinter den anderen zurückfällt, weil er nicht so schnell kann. Er scheint Probleme mit dem Atmen zu haben. Sie wartet auf ihn, steht da in Minirock und hohen Stiefeln in der Aprilnacht, reicht ihm ein Taschentuch, aber sieht nicht zu, wie er sich den Mund damit abwischt. Sie sieht zum Mond empor, der zwischen den Urwaldästen hängt.

Und dann ist die Gesellschaft angekommen. Der Zaun ist kein unüberwindliches Hindernis, man kann ganz gut darüberklettern, wenn man weiß, wo; man kann auch alte Damen quasi hinüberreichen.

Der Wachmann in seinem Wachhäuschen schläft, und der Wachhund schlägt zwar kurz an, bekommt aber eine große ganze Wurst und sieht von weiteren Anschlägen ab. Man ist ja kein Terrorist. Er frisst die Wurst übrigens einträchtig mit dem Besuchshund. Dann setzen sich die beiden hin und sehen hinunter über die Lichter der Stadt, während sie ein Fachgespräch über Wurst führen.

Zur Linken steht das Schild, das verkündet, 2002 würden hier Loftwohnungen für reiche Leute fertiggestellt. Dahinter rottet ein Würfelgebäude mit eingeschlagenen Fenstern vor sich hin, die Wände besprayt wie alles hier oben, wie überhaupt alles in Berlin, was länger als drei Minuten aus den Augen gelassen wird.

»Das war die Kantine«, verkündete die alte Frau Panzig, als ihr Sohn sie abgesetzt hatte. »Da hab ich gestanden, jahrelang, und Essen ausgegeben und geputzt. Komisch, das jetzt zu denken.«

Sie waren alle stehen geblieben und sahen empor zu den drei hellen Kuppeln, die sich hinter der Kantine erhoben – den Kuppeln der Abhörstation. Und aus irgendeinem Grund konnte sich Mathilda des Bildes nicht erwehren, wie eine jüngere Version von Frau Panzig in einer gestärkten blaugestreiften Schürze und einer sehr hässlichen weißen Haube hinter einer langen metallenen Kantinentheke stand und Schöpflöffel voller Radarwellen und verschlüsselter Nachrichten auf Suppenteller schaufelte, Buchstabensuppe aus russischen Geheimcodes.

Frau Panzig ging näher, gestützt auf den Arm ihres Sohnes, und fuhr mit der Hand über die besprayten Mauern, neben denen ein Garagentor in Fetzen hing, aufgefressen von Zeit und Vandalismus.

»Hier ist nichts mehr«, stellte sie fest. »Gar nichts. Ich dachte, es wäre etwas übrig. Von der Stimmung. Aber es ist weg.«

Sie drehte sich zu Mathilda und Ingeborg um, und Mathilda sah ihre Enttäuschung. Ihr Sohn zuckte nur die Schultern.

»Die Erinnerungen sind in deinem Kopf, wo sie hingehören«, flüsterte er und streichelte die Hand seiner Mutter. »Das ist doch gut so. Da kannst du sie immer bei dir haben.«

»Nein«, sagte Kilian, und Mathilda zuckte zusammen,

so wenig hatte sie erwartet, dass er sich einmischte. »Die Erinnerungen sind in den Kuppeln oben. Wo früher die Abhörtechnik drin war. Da fängt sich alles. Kommen Sie mit! Es sind nur ein paar Treppen.«

»Kilian«, begann Mathilda. »Treppen? Ich weiß nicht ...« Das Licht von Ingeborgs Lampe fiel auf sein blaues Haar und für Sekunden auf sein Gesicht, und es war weicher, als Mathilda es je gesehen hatte. Beinahe war der Trotz daraus verschwunden.

»Wenn sie die Erinnerungen finden will, müssen wir da rauf«, erklärte er entschieden. Und dann ging er voraus.

Mathilda drehte sich zu Birger und Doreen um, die eben erst angekommen waren. Birger hatte sich mit einem Arm auf eine Mauer gestützt und rang nach Luft.

»Du bleibst unten«, sagte Mathilda.

»O nein«, keuchte Birger. »Ich will das hören! Ich will hören, wie mein Sohn nachts in der höchsten Kuppel des Teufelsberges Gitarre spielt. Es ist ein Konzert. Vielleicht sein einziges, bei dem ich dabei sein kann.«

Doreen nickte stumm und nahm seinen Arm. Und sie begannen den Aufstieg.

Die Stufen waren endlos und dunkel, und es gab mehrere Türen zwischen den einzelnen Treppenabsätzen, deren Vorhängeschlösser sich zum Glück mit Ingeborgs Dietrich öffnen ließen. Auf der ersten Plattform thronten zu beiden Seiten die ersten weißen Kuppeln, deren Stoffbespannung in Fetzen hing. Der Wind sang in ihnen, und Frau Panzig blieb stehen und lauschte.

»Er hat hier irgendwo gesessen«, wisperte sie. »Er hat nie davon gesprochen. Ich frage mich, was er gehört hat. Ich habe mir immer vorgestellt, sie hören alle Telefongespräche Ostberlins, ein einziges Durcheinandergequake und überhaupt nichts Sinnvolles dabei.«

Und dann waren sie oben, im mittleren Turm, in dessen Kuppel nur der Aufzug geendet hatte; hier hatte nie eine Abhöranlage gestanden. Aber diese Kuppel, dunkel wie die Nacht, war die einzig heil gebliebene.

In der Mitte befand sich eine Art schulterhohes Betonpodest, das Dach des Aufzugs sozusagen, und auf dieses Podest kletterte Kilian und zündete ein paar Kerzen an, die schon da gewesen waren.

Mathilda und Ingeborg knipsten die Taschenlampen aus. Das flackernde Licht der Flammen erfüllte den Raum mit seltsamen bewegten Schatten, von denen man gar nicht wusste, woher sie stammten.

Jemand hatte zwei riesengroße Gestalten in die fensterlose Kuppel gemalt, eine Frau und einen Mann, die sich an den Händen fassten und mit ihren Armen den Raum umspannten, beide hager und irgendwie hungrig. Mathilda schauderte und drängte sich an den Menschen, der neben ihr stand, und das war zufällig Ingeborg. Sie legte einen Arm um Mathilda, und Mathilda schob ihn nicht weg.

»Ich hoffe bloß, die Erinnerung ist hier«, flüsterte sie, »und sie kommt schnell aus ihrem Versteck, damit wir wieder runter können an die frische Luft ...«

Aber jetzt hatte Kilian seine Gitarre ausgepackt, und schon die ersten einzelnen Töne, die er von der Mitte der Kuppel aus spielte, vervielfältigten sich im Raum auf seltsame Weise, als wären es mindestens drei Jungen, die an verschiedenen Stellen spielten. Kilian Taubenfänger, Kevin Nowak und noch eine dritte Person, die niemand kannte und die er womöglich einmal werden würde, später, wenn er die fünfzehn überwunden hatte.

»Tatsächlich, sie ist hier«, sagte Frau Panzig neben Mathilda. Sie lehnte sich an ihren Sohn und lächelte. »Obwohl ich nie hier war. Ich sehe es wieder ...« Sie schloss die Augen. »Ich in der Kantine und die ewigen Erbsen ... Herrje, diese Erbsen ... und wie er sie sorgfältig auf seine Gabel piekte, sehr umständlich, und mich anlächelte. Er konnte Deutsch, ein paar Mal hat er mit mir gesprochen, nur an der Essensausgabe natürlich. Bitte, danke, nicht so viele Erbsen. Mehr haben wir nie miteinander gesprochen, fünf Jahre lang nicht. Er war zu sehr Ami und sein Job zu geheim, und vielleicht hatte er irgendwo eine Frau und Kinder, ich habe es nie erfahren. Aber ich habe jeden Tag gesungen, wenn ich mit dem Rad den weiten Weg hier raus zur Arbeit fuhr, auch wenn es regnete, jeden einzelnen Tag. Und die anderen haben auch gemerkt, wie wir uns angesehen haben, wenn er zum Essen kam, nur eine halbe Stunde lang, mittags. Es war wie Sonnenschein.

Und dann hat er Gitarre gespielt, das eine Mal, abends nach der Schicht. Es war das einzige Mal, dass er abends in die Kantine gekommen ist. Einen Kaffee wollte er, das weiß ich noch, schwach und ohne Milch, amerikanisch eben, ich habe das gesagt und gelacht. Ich habe noch geputzt, ich habe so lange geputzt, wie irgend möglich, und er saß da und hat gespielt. Und vor diesen großen Glasfenstern lag unten die Stadt und hat langsam angefangen zu leuchten ... Lauter einzelne Lichter, damals waren es ja noch nicht so viele ... Wir waren ganz allein, nur hinten in der Küche hat noch eine mit aufgeräumt, aber die hat sich nicht blicken lassen, die war so für sich ... und dann bin ich irgendwann hingegangen zu ihm, mit dem Putzlappen noch in der Hand, und hab mich neben ihn gestellt, und er hat weitergespielt, und ich wusste, dass er für mich spielt.

Irgendwann ist er aufgestanden und hat ›Auf Wiedersehen‹ gesagt, ›Auf Wiedersehen, Frollein‹, und dann war er fort, und am nächsten Tag ist er nicht wiedergekommen. Er hat nicht mehr da gearbeitet ... ich habe gewartet ...« Ihre Stimme verlor sich, und die Töne von Kilians Gitarre begannen, die Kuppe langsam auszufüllen. Er spielte Melodien hinein, die die gewölbten Wände zurückwarfen, er spielte mit sich selbst im Duett, im Quartett ... Er hatte im Kerzenschein da oben auf seinem Betonpodest die Augen geschlossen wie die alte Frau Panzig unten, und vielleicht erinnerte er sich auch an etwas. Oder er sah etwas vor sich, was in der Zukunft lag, etwas Wunderbares, denn er lächelte. Die Kerzen erweckten das Blau seines Haares zum Leben, und für Momente sah er aus wie ein merkwürdiger blauflammenhaariger Elf aus irgendeinem animierten Film.

Am gegenüberliegenden Ende der Kuppel tauchten jetzt Birger und Doreen aus dem Treppenschacht auf, und als Birger zu Atem gekommen war, legte er die Arme von hinten um Doreen und seinen Kopf auf ihren Kopf, um zu lauschen.

Und die ganze Kuppel schien Mathilda mit einem Mal etwas anderes zu sein: Sie war die Seifenblase, in der Birger lebte, die Illusion von der Liebe Doreens und von der Musik seines Sohnes, der ja nie sein Sohn gewesen war. Wenn sie platzte, dachte Mathilda, würden sie alle vom Druck des gewaltigen Traums nach außen geschleudert, vom Teufelsberg direkt in die Stadt hinein. Und der einzig Überlebende wäre Eddie, der immer noch mit dem Wachhund unten über Wurst philosophierte.

Dann fuhr Mathilda herum – waren da nicht Stimmen unten auf der Treppe? War noch jemand hier?

Aber die seltsame Akustik des Raums machte sie unsicher, die Klänge der Gitarre übertönten alles andere, und als die Gitarre verstummte, war in der Stille nur die Stille zu hören.

Unten machten Ingeborg und Mathilda Feuer in der alten Feuertonne, die sonst wohl der Wachmann benutzte, aber der Wachmann schlief noch immer, was an dem Geldschein unter seinem Kissen liegen mochte. Eddie kam angetrottet und schmiegte sich an Mathildas Beine, und Ingeborg hatte einen Klappstuhl für Frau Panzig und eine Thermoskanne voll warmem Tee für alle.

Über ihnen schwebten in den weißen Kuppeln die Erinnerungen an eine Trillion Radarsignale.

Kilian hockte auf einem Stück Beton etwas abseits und spielte scheinbar ganz für sich allein, und es war schön und merkwürdig, was er spielte. Doreen und Birger saßen nebeneinander auf einem alten ausrangierten Sofa, und dann küsste Birger Doreen, und Mathilda ärgerte sich nicht, sondern sie dachte, dass auch das schön und merkwürdig war. Mehr wie in einem Film als wie in der Realität.

Alles war in Ordnung.

Aber dann rief jemand von den alten Gebäuden her einen Namen, und die schöne Merkwürdigkeit rieselte zu Boden wie Schnee.

»Hey, Kevin! Lange nicht gesehen!«

Sie fuhren alle herum. Von dort, aus den Schatten hinter weiteren besprayten Wänden, quoll eine schwarze, vielköpfige, vielbeinige Masse, und als sie näher kam, bestand sie aus fünf Jungs, etwas älter als Kilian. Sie blieben in einiger Entfernung von der Feuertonne stehen, noch immer dicht zusammen, als hätten sie Angst, sich in einzelne Lebewesen zu teilen. Einen Moment standen sie schweigend da und rauchten.

»Dacht ich doch, dass du das bist, oben in der Kuppel«, meinte einer dann.

»Haut ab«, knurrte Kilian leise, aber deutlich.

»Warum?«, fragte einer der Gruppe.

»Weil ich es sage.«

Er wandte sich ab, als wäre die Feuertonne interessanter, wollte die Jungs nicht ansehen.

»Haste feinere Gesellschaft gefunden oder wie?«, fragte ein anderer aus der Gruppe.

»Hör mal, weißte überhaupt, dass sie deine Alte abgeholt haben? Sanis, vorgestern. Is' die Treppe runtergefallen in eurem Block, total zu, so richtig schön stockblau.«

Kilian sprang auf, die Gitarre umklammert, und starrte die Jungs an.

»Hab ich doch recht, der weiß es nich'!«, rief einer. »Hast dich ja 'ne Ewigkeit nich' mehr blicken lassen bei der Alten, oder? Es heißt, seit da is' es schlimmer geworden mit dem Saufen bei ihr. Keiner weiß, was jetzt wird. Nur falls du hingehst und dich wunderst, dass die Wohnung leer is'.«

»Du, verdienste hier gerade was oder wie mit dem Katzengejammer?«, rief ein anderer, und daraufhin kamen sie alle zwei Schritte näher. »Könntst uns was abgeben für die Info mit der Alten.«

Doreen war ebenfalls aufgesprungen.

Sie stand jetzt neben Kilian.

»Ihr seid ja selber stockblau«, sagte sie. »Was sollen das für Geschichten sein? Ich stehe hier, quietschfidel, ich bin überhaupt keine Treppe runtergefallen. Das kann man ja wohl sehen?«

»Wer ist die Type denn?«, fragte einer aus der Gruppe.

»Ich bin seine Mutter, Idiot«, antwortete Doreen und verschränkte die Arme.

Mathilda sah von Doreen zu Kilian zu Birger, der etwas mühsam vom Sofa hochkam. Sein grauer Regenmantel wehte in einem plötzlichen Windstoß um ihn, und seine Haare waren zerzauster als je zuvor. Er stand einfach da und starrte, alle standen da und starrten, es war ein Moment der Reglosigkeit.

»Nein«, sagte einer der Typen dann langsam. »Das bist du nicht, Darling. Ganz bestimmt nicht. Seine Mutter ist nicht so ein schickes Kätzchen. Seine Mutter hat eine Tonne Übergewicht und säuft sich seit Jahren die Birne weg.«

»Ich verstehe nicht ...«, begann der Sohn von Frau

Panzig, aber Frau Panzig brachte ihn geistesgegenwärtig mit einer Handbewegung zum Schweigen.

»Wenn sich hier einer die Birne wegsäuft, dann ihr«, fauchte Doreen. »Macht jetzt, dass ihr ins Bett kommt, wo ihr um diese Zeit hingehört.«

»Ins Bett«, wiederholte der größte der Gruppe. »Na klar. Mit dir immer gerne, Kleines.« Sie lachten alle schallend, und Doreen schüttelte den Kopf.

»Sag deinen besoffenen Freunden, dass ich sie nicht witzig finde. Wir sollten nach Hause gehen. Alle. Kommt.«

Da brach der Damm.

»Wohin denn?«, schrie Kilian. »Wohin denn nach Hause? In deine stickige Wohnung? Wer wohnt denn da? Ich? Ich bestimmt nicht!« Er starrte die Jungen an, ein beunruhigendes Flackern in den Augen, wild. »Wo ist sie? In welcher Klinik? Wo?«

»Keine Ahnung.« Der größte der Jungs zuckte die Schultern und trat einen Schritt zurück, plötzlich vorsichtig. »Musste schon selber die Krankenhäuser abklappern, wenn's dich interessiert, wo die Alte steckt. Vielleicht hat sie's auch längst gehabt. Bei so 'nem Sturz weiß man das nicht. Lohnt vielleicht gar nicht mehr hinzugehn ...«

Da sprang Kilian vor und packte den Typen am Kragen. »Das hat sie nicht!«, schrie er. »Von einem Sturz die Treppe runter stirbt keiner!«

»Kilian ...«, fing Doreen an.

»Ich heiße nicht Kilian!«, brüllte Kilian, der nicht Kilian hieß. »Und du halt den Mund! Du hast mir gar nichts zu sagen! Du bist nicht meine Mutter, du bist gar nichts!«

»Kilian, ich ...«, begann Birger, der jetzt auch neben ihm stand.

»Du hast mir genauso nichts zu befehlen!«, brüllte Kilian und fuhr herum. »Keiner von euch! Ich habe nichts mit euch zu schaffen!« Doreen versuchte, ihn am Arm zu fassen, aber er stieß sie weg, und sie landete unsanft auf dem harten Erdboden.

»Ich … ich soll schön den Mund halten und nichts verraten und den Sohn spielen, aber du, du kannst ja nicht mal eine Woche lang jemandem treu sein, nicht einmal für das Geld, das du erbst. Denk nicht, ich hätte nicht mitgekriegt, wie du an dem Abend neulich mit …«

»Halt den Mund!«, schrie Doreen, und jetzt war sie wieder auf den Beinen und krallte sich Kilian. »Halt bloß den Mund!«

»Ich halte den Mund aber nicht!«, brüllte Kilian. »Ich habe keine Lust mehr auf dieses Scheißspiel! Lass du dich ficken, von wem du willst, aber ich helfe dir bei gar nichts mehr! Ich hab es satt, Leute anzulügen! Und wenn du unbedingt diesen Verlierertypen beerben willst, bitte schön, ohne mich! Viel Spaß mit den großen Scheinen!«

Er riss sich los, machte ein paar Schritte rückwärts, in seinen Augen etwas noch Wilderes als zuvor und beinahe Wahnsinniges. Dann drehte er sich um und rannte auf den Zaun zu, bekam mit einem Sprung den oberen Rand zu fassen und hing einen Moment dort, seine mageren Beine in der Luft, nach Halt suchend. Dann schaffte er es, kletterte hinauf und sprang auf der anderen Seite hinunter, um ins Gestrüpp auf der anderen Seite einzutauchen. Das Letzte, was sie von ihm sahen, war das Aufleuchten seiner signalblauen Haare, als Ingeborg ihm den Strahl ihrer Taschenlampe hinterherschickte.

»Er … er spinnt!«, schrie Doreen, hysterisch jetzt. »Der Junge ist völlig übergeschnappt! Das ist alles frei erfunden!«

»Ja«, sagte Mathilda bitter, und weil niemand sie zu hören schien, verlegte sie sich auch aufs Brüllen: »Ja! Es ist alles frei erfunden! Von einer Frau, die vor fünfzehn Jahren ein Kind abgetrieben hat, das nicht Kilian war! Und die die ganze Zeit darauf wartet, dass ein gewisser Raavenstein endlich stirbt!«

»Hört endlich alle auf, euch anzubrüllen!«, brüllte Ingeborg.

Aber da brüllte noch jemand.

Birger.

Er stand da, mitten im Chaos der sich anbrüllenden Leute, hielt sich beide Ohren zu und schrie: »*Seid! Endlich! Still!* Ich will das alles gar nicht wissen! Ich will das nicht wissen, kapiert? Ich will das nicht wissen, ich will das nicht wissen, ich will das nicht wissen!« Bei jedem »wissen« trat er gegen die Feuertonne, aus der Funken aufsprühten, und Mathilda wich zurück, plötzlich ängstlich. Sie hatte Birger keinen solchen Ausbruch zugetraut. Vor allem seiner Lunge nicht.

»Ich weiß es doch längst!«, schrie er jetzt. »Kapiert? Ich war da, in der beschissenen Kneipe!« Er sah Mathilda an, danach Doreen. »Ich habe die ganze Sache mitgehört, ihr habt mich nur nicht bemerkt. Ihr braucht mir das alles nicht noch mal zu sagen! Ich wollte nur, dass es so lange hält, bis ich nicht mehr da bin, ist das denn zu viel verlangt? Ist das verdammt noch mal zu viel verlangt?«

Damit nahm er die Hände von den Ohren, rang nach Luft und rannte, ja, auch er rannte auf den Zaun zu. Es war einfacher für ihn, die Oberkante zu erreichen, weil er so viel größer war als Kilian, aber es musste ihn das Äußerste kosten, sich hinaufzuziehen.

Mathilda reagierte dennoch zu spät.

Sie erreichte den Zaun, gleichzeitig mit Ingeborg, als Birger auf der anderen Seite hinuntersprang. Dann tauchte auch er, ohne sich umzudrehen, ins Gestrüpp. Eddie bellte ihm nach und sprang am Zaun hoch, aber Mathilda musste ihn erst darüberheben. Kurz darauf hörten sie unten ein Moped, und einer der Jungs hinter ihnen rief: »Scheiße!

Das war meine Maschine! Kevin! Der ist auf meiner Maschine los!«
»Der kann doch gar nicht Moped fahren«, sagte ein anderer trocken.
Als sie die Chaussee erreichten, waren weder Birger noch Kevin noch das Moped zu sehen. Noch Birgers Auto. Eddie bellte eine leere Straße an, und der Grunewald lag stumm in der Nacht wie zuvor. »Na herzlichen Glückwunsch«, sagte Mathilda.

13.

»Sie tauchen wieder auf«, sagte Ingeborg. »Beide. Bestimmt.«

Sie saßen zusammen in Mathildas offenem Dachfenster, in genau dem Fenster, auf dessen Fensterbrett sie mit Birger gesessen und Kerzen in Gläser geklebt hatte. Noch vor vierundzwanzig Stunden.

Mathilda hatte die ganze Nacht wachgelegen und gewartet. Erst gegen Morgen war sie eingeschlafen. Und beim Aufwachen hatte sie sofort begonnen, weiter zu warten. Sie hatten beschlossen, dass Ingeborg im Institut warten würde und Mathilda zu Hause. Eddie ging seit einer Weile allein an der Panke spazieren, weil die Wahrscheinlichkeit, dass man dort Birger Raavenstein traf, immerhin nicht gleich null war.

Und Doreen hatte versprochen, anzurufen, falls Kilian oder Birger bei ihr auftauchten.

Jetzt war die Dämmerung gekommen und mit ihr Ingeborg, die das Institut für den Tag geschlossen hatte.

»Ich meine, es kann natürlich sein, dass sie auf der Teufelsseechaussee in ein schwarzes Loch gefallen und in eine Parallelwelt katapultiert worden sind«, meinte Ingeborg und stanzte zwei weitere Löcher in die riesige schwarze Folie, die sie auf dem Schoß hielt. »Es ist nur nicht unbedingt ... die wahrscheinlichste Variante.«

Sie saßen beide mit den Füßen außen auf dem Dach da, und die Dämmerung draußen war kitschig und wunderschön.

»Es ist meine Schuld«, murmelte Mathilda. »Auf irgendeine Weise ist es meine Schuld. Es fühlt sich so an.«

Ingeborg schüttelte den Kopf. »Natürlich. Warum kannst du auch nicht zaubern und einfach die Wahrheit für Birger verändern?« Dann fügte sie zögernd – und Löcher stanzend – hinzu: »Warum hast du übrigens Gras in einer Vase auf dem Tisch?«

Mathilda sah sich um. Irgendwie waren die beiden vorher im Gras enthaltenen Tulpen ganz und gar verwelkt und in dem Grün untergegangen. »Birger hat es gepflückt«, erklärte sie. »Es ist sehr schönes Gras.« Sie dachte an seine Augen. In der Nacht am Teufelsberg hatten sie keine Farbe gehabt. Vielleicht war das Grün auch am nächsten Morgen nicht in sie zurückgekehrt, vielleicht hatte die Explosion der Doreen-Geschichte es für immer zerstört.

»Du könntest warten«, meinte Ingeborg, »bis es Wurzeln ausbildet und es dann in einen Topf pflanzen. Du wärst nicht die einzige Person in Berlin, die Gras züchtet.«

»Hm«, sagte Mathilda. Und dann, plötzlich genervt: »Was machst du da überhaupt?«

Ingeborg seufzte. »Sterne«, antwortete sie. »Ich mache Sterne. Einer unserer Klienten wünscht sich einen Flug ins All. Ziemlich altersdement, daher glaubt er, das geht. Und es wird gehen. Er wird in ein Raumschiff steigen und das All sehen. Wir verkleiden den Raum quasi mit dieser Folie, das Licht wird von hinten reinscheinen ...«

»Wäre es nicht einfacher, ihn in ein Planetarium zu schicken?«

»Schon, aber da können wir unsere Raumkapsel nicht reinstellen, die haben was dagegen. Ich habe telefoniert, glaub mir.«

»Was genau ist die Raumkapsel?«

Ingeborg grinste und stanzte weiter. »Ein umgebautes Dixiklo. Ist ein Teil aus einem Theaterfundus, die haben das mal für irgendein Stück umgebaut.«

Mathilda zog ihre Füße aus der Fensteröffnung und

stand auf. »Das ist doch alles ... lächerlich!«, rief sie. »Dixiklos, Raumkapseln ... irgendwo da draußen sind zwei absolut lebensunfähige Typen allein unterwegs, und du sitzt hier und baust ein All aus Folie! Wir müssen ... ich muss ...« Sie hatte die Arme erhoben und ließ sie sinken, hilflos. »Ich sollte zumindest Kilian vermisst melden. Kilian mit diesem Moped, das er vielleicht gar nicht fahren kann. Aber er ist ja schon vermisst gemeldet. Kann man jemanden doppelt vermisst melden?«

»Ich glaube nicht«, meinte Ingeborg. »Und Birger ist volljährig. Er kann gehen, wohin er will.«

Mathilda knurrte. »Aber da, wo er hin will, kann man nicht hingehen! Er will zurück an einen Nachmittag vor fünfzehn oder sechzehn Jahren, an dem er ein Mädchen mit einem rot-weißen Minirock im Arm hielt und glaubte, es würde ihn lieben.«

Da kletterte Ingeborg ebenfalls vom Fensterbrett und stand mitten in einer welligen Landschaft aus durchlöcherter schwarzer Folie. Ingeborg, verloren im All, hinter sich den rot-gelb-violetten Abend in der Dunstglocke der Stadt.

»Okay«, sagte sie. »Rufen wir die Krankenhäuser an.«

Zwei Frauen an zwei Telefonen. Eine Dachgeschosswohnung voller hektischer Fragen.

»Entschuldigen Sie. Ist bei Ihnen in den letzten vierundzwanzig Stunden ein Junge mit blauen Haaren eingeliefert worden? Nein? Und ein Mann in einem grauen Regenmantel, der aussieht, als wäre er in einen Sturm geraten, obwohl es nicht stürmt? Was? Nein, ich bin nicht betrunken. Ist bei Ihnen ... Danke. Ja, Sie mich auch.«

»Ja, ich buchstabiere. Raavenstein. R wie *Rechtsherzinsuffizienz*, a wie *Aorteneinengung*, v wie *vermisst* ...«

»Nowak. Kevin Nowak. Kevin mit v, Nowak mit w. So wie in Ewa Kovalksa, nur umgekehrt. Das verstehen Sie

nicht? Müssen Sie nicht. Sagen Sie mir nur, ob Sie einen Kevin Nowak ... nicht? Und einen Kilian Taubenfänger? Ob sie beide vermisst ... Ja. Nein. Es ist nur einer. Es ist der gleiche. Das verstehen Sie nicht? Müssen Sie nicht ...«
»Okay.« Mathilda seufzte. »Dann will ich wenigstens wissen, ob eine Frau Nowak bei Ihnen liegt, die vor ein paar Tagen volltrunken die Treppe hinuntergefallen ist.«
»Tut mir leid«, flötete es aus dem Telefon. »Auch darüber dürfen wir keine Auskunft erteilen.«
In diesem Moment klingelte es.
Als Mathilda die Wohnungstür öffnete, keuchte jemand die Treppe herauf. Es war Eddie, einer von den anderen Hausbewohnern musste ihn unten ins Haus gelassen haben. Er sah erschöpft aus. *Ich habe ihn nicht gefunden*, stand in seinen Augen zu lesen. *Hundefutterdose?*
»Und?«, fragte Ingeborg.
»Hundefutterdose«, sagte Mathilda.

Sie rief Doreen gegen halb zwölf Uhr abends an und hatte kein schlechtes Gewissen, weil sie sie vielleicht weckte.
»Sind sie da?«
»Frau Nielsen? Ich ... es ist mitten in der Nacht!«
»Das ist mir durchaus aufgefallen. Ich habe jetzt alle Kliniken durchtelefoniert. Und die einschlägigen besseren Hotels. Sind sie nach Hause gekommen? Sind sie bei Ihnen?«
»Hier bin nur ich«, erwiderte Doreen. »Sie wissen doch: Ich rufe Sie an, wenn sie auftauchen.«
»Vielleicht glaube ich Ihnen nicht.«
»Dann müssen Sie mir jetzt auch nicht glauben. Vielleicht lüge ich Sie an, und es stimmt gar nicht, dass ich in der Küche sitze und eine blöde leere Matratze anstarre? Ich habe nachgesehen ... sie haben Sachen liegen lassen. Beide. Ich meine, sie haben hier gewohnt ... Kulturbeutel, Rasierzeug, Kleider. Wer Sachen liegen lässt, kommt wieder.«

»Das dachte Birger damals auch, als Sie verschwunden sind«, sagte Mathilda bitter und legte auf.

Fünf Minuten später wählte sie Doreens Nummer noch einmal.

»Was denn noch?«, fragte Doreen. Sie klang müde. Aber nicht so, als könnte sie schlafen.

»Wie war das eben?«, fragte Mathilda langsam, »Sie sitzen in der Küche und starren eine leere Matratze an?«

»Und?«

»Sie haben sie doch gemocht. Beide. Sie vermissen sie.«

Doreen schnaubte. »Sie waren Mittel zum Zweck. Ich kann hier sitzen und so lange eine leere Matratze anstarren, wie ich will, oder? Ohne dass ich psychologische Erklärungen dafür abgeben muss. Auf der Matratze hat bis gestern ein unausstehlicher fünfzehnjähriger Junge mit blauen Haaren geschlafen, der sowieso den halben Tag mit seiner Gitarre in irgendwelchen U-Bahn-Stationen rumhing. Was soll ich vermissen, können Sie mir das mal erklären?«

»Scheiße«, murmelte Mathilda. »Natürlich. Die U-Bahn-Stationen.« Dann legte sie zum zweiten Mal auf.

Sie klapperte in dieser Nacht vermutlich mehr U-Bahn-Stationen ab als je ein Mensch in einer Nacht zuvor. Aber Berlin ist zu groß, und man kann nur so und so viele Kilometer halb abgerissener Plakate mit schreiend bunten Fröhlichfarben sehen, ohne sich zu übergeben. Vor allem, wenn man dabei ab und zu einem vermissten Kevin Nowak begegnet oder dem Schlafzimmerblick eines Mädchens im rot-weißen Mini. Am Anfang versuchte Mathilda noch, die Doreens abzureißen, aber sie wehrten sich ebenso hartnäckig lächelnd dagegen wie die Doreen in der Station Pankstraße, und so musste Mathilda damit leben, dass die junge Doreen sie bei ihrer Suche stumm beobachtete.

Sie fand natürlich Leute. Eine Menge Leute, in Schlafsäcken, in Decken gewickelt, in alte Jacken verkrochen. Keiner von ihnen hatte blaue Haare.

Gegen sechs Uhr morgens hatte sie nicht mal ein Zehntel der in Frage kommenden U-Bahn-Stationen durch, und es gab natürlich auch die S-Bahn. Sowie ungefähr drei Millionen Hauseingänge.

Sie kam um zehn vor acht Uhr ins Institut, wo ein grauer Morgen herumlag und in einem leichten Nieselregen zwei Leute und eine Sauerstoffflasche auf einem Rollwagen standen.

»Frau Kovalska?«, fragte Mathilda.

Ewa lächelte. »Ja. Ich bin wieder auf freiem Fuß, nach tausend Komplikationen, stellen Sie sich vor. Ich ... dachte, ich sehe mal nach, wie es hier allen so geht.«

Jakob Mirusch tätschelte die Sauerstoffflasche wie einen Hund. »Sie ist jetzt sehr vernünftig geworden. Also, Frau Kovalska. Das nächste Callas-Konzert besuche ich nicht ohne Frau Kovalska und diese Flasche.«

Mathilda schloss das Institut auf, knipste das Licht an, das den Nieselregentag erhellte, und setzte sich an ihren Arbeitsplatz. Frau Kovalska und Herr Mirusch blieben vor ihr stehen und starrten sie an.

»Was ist denn?«, fragte Mathilda lahm. »Kann ich etwas für Sie tun? Ich dachte, Sie reparieren einfach ein paar Akten und ordnen die Stunden der Uhr nach Alphabet wie immer?«

»Was genau«, fragte Herr Mirusch langsam und studierte Mathildas Gesicht, »haben Sie angestellt?«

»Sie sehen furchtbar aus«, ergänzte Frau Kovalska. »Vor allem bei Licht. Ich würde gerne sagen: Sie sollten sich setzen. Aber Sie sitzen ja schon.«

Da brach Mathilda zusammen und erzählte ihnen die ganze Geschichte von den U-Bahn-Stationen und Kilian-

Kevin und vom Teufelsberg und der alten Abhöranlage und dem Moped und der Matratze in Doreens Küche.

»Und jetzt habe ich einen Strauß Gras in einer Vase«, schloss sie. »Und das ist alles. Verstehen Sie? Alles, was bleibt.«

»Von den meisten von uns bleibt am Ende nur Erde«, entgegnete Herr Mirusch bedächtig. »Da ist Gras eigentlich eine Verbesserung.«

»Jakob!«, zischte Ewa Kovalska vorwurfsvoll.

Sie reichte Mathilda ein weißes Stofftaschentuch mit Spitze, und Mathilda nahm es, aber es gab keine Tränen zu trocken, denn sie weinte nicht, weil sie nie weinte. Sie lachte. Und suchte die Kopfschmerztabletten auf ihrem Schreibtisch. »Was für eine absurde Geschichte! Was für eine völlig absurde Geschichte!«

»Ich verstehe eins nicht«, sagte Ewa. »Warum waren Sie noch nicht in den Hotels? Sie haben doch erzählt, Herr Raavenstein hätte im Hotel gewohnt, ehe er zu … wie hieß sie? … gezogen ist. Da ist es doch am wahrscheinlichsten, dass er wieder im Hotel wohnt. Und er hat Geld. Ich an Ihrer Stelle würde alle besseren Hotels der Stadt abklappern.«

»Was ungefähr das Gegenteil der U-Bahn-Stationen ist«, fügte Herr Mirusch hinzu. »Also vielleicht ganz nett zur Abwechslung.«

»Aber jemand muss im Institut bleiben. Ich habe den Verdacht, dass Ingeborg heute Morgen nicht kommt, weil sie in einem Dixiklo im All unterwegs ist.«

»Wir bleiben.« Herr Mirusch setzte sich hinter Ingeborgs Schreibtisch und verschränkte die Arme. Mathilda stand zögernd auf, und da setzte sich Ewa Kovalska hinter ihren Schreibtisch, samt Sauerstoffflasche und Wagen. Es war ein seltsames Bild, diese beiden kleinen alten Leute zwischen den Telefonen, den Flachbildschirmen und Akten. Aber sie sahen sehr entschlossen aus.

»Ksch!«, machte Herr Mirusch. »Gehen Sie! Fangen Sie mit dem Hyatt und dem Kempinski an und kommen Sie nicht wieder, ehe Sie Ihren Birger gefunden haben! Wir nehmen alle neuen Wünsche auf.« Er hob den Kugelschreiber wie eine Waffe, kampfbereit.

»Und ... wenn ich ihn finde?«, fragte Mathilda. »Ich meine, ich weiß ja noch nicht mal, was ich zu ihm sagen soll. Es nützt ihm gar nichts, wenn ich ihn finde.«

»Papperlapapp.« Ewa Kovalska lächelte ihr feines, weißhaarumrahmtes Porzellanlächeln. »Es nützt ihm, mit Ihnen zu reden. Aber wenn Sie glauben, dass es nicht nützt ... warum *wollten* Sie ihn denn finden?«

»Ich weiß nicht. Vielleicht nur, um zu wissen, dass er gesund und wohlauf ist.«

»Das ist leider das Einzige, was Sie nicht kriegen werden«, murmelte Herr Mirusch, ehe sich die Tür hinter Mathilda schloss.

Und dann stand sie in der Eingangslobby des ersten Hotels – nicht des Kempinski –, und der Plüschläufer schluckte ihre Schritte und schluckte sie selbst beinahe mit. Die Rezeption war ein kaltes Stück Marmor, das sie misstrauisch zu mustern schien. Sie hätte sich etwas Feineres anziehen sollen ...

»Entschuldigen Sie, wohnt jemand mit Namen Birger Raavenstein bei Ihnen? Groß, hager, zerzaust?«

»Nein«, sagte der sehr gekämmte junge Mann, der im Computer nachsah. »Hier nicht. Muss ein anderes Hotel sein. Auf Wiedersehen.«

Man kann nur soundso viele Hotellobbys betreten, ohne sich zu übergeben. Vor allem, wenn man dabei in den verspiegelten Flächen andauernd einer jungen Frau begegnet, die blaue Hunde auf ihrem Pullover trägt, blass wie ein Stück Papier ist und aussieht, als hätte sie in einem U-Bahnhof übernachtet, was sie mehr oder weniger auch hat.

Am Anfang versuchte Mathilda noch, die Spiegelbilder zu verbessern, indem sie sich mit der Hand durchs Haar fuhr oder sich zulächelte, aber es half nichts, und so musste sie damit leben, dass die Spiegelmonster sie bei ihrer Suche stumm beobachteten.

Sie fand natürlich Leute in grauen Regenmänteln. Leute mit Reisekoffern, mit Aktenmappen, mit Pagern, in ihre jeweilige wichtige Tagesplanung verkrochen. Keiner von ihnen hatte eine Frisur, die aussah wie ein Unfall, und keiner war Birger, als er sich umdrehte. Sie sahen immer nur von hinten und nur für Sekunden aus wie er.

Am nächsten Morgen blieb Mathilda einfach im Bett. Eddie lag auf ihren Füßen und zappte sich durchs Fernsehprogramm, indem er ab und zu auf die Fernbedienung biss. Das Gras in der Vase wuchs ein Stückchen. Es sah, man konnte das nicht anders sagen, Birgers Frisur ähnlich: Es wuchs in mehrere Richtungen zugleich, die nicht zueinander passten.

Ingeborg rief an und fragte, ob sie noch lebten.

»Nein«, antwortete Mathilda und schluckte eine Kopfschmerztablette. »Wir sind tot. Es ist unser letzter Wunsch, in Ägypten in einer Pyramide begraben zu werden. Eddie möchte eine Einbalsamierung.«

»Kriege ich hin«, meinte Ingeborg. »Schön, dass du gleich Ersatz für dich selbst dagelassen hast. Herr Mirusch und Frau Kovalska haben gestern dreißig neue Wünsche aufgenommen. Dreißig an einem Tag! Ihnen war ein wenig langweilig, also haben sie sämtliche Bekannten angerufen, die vielleicht nicht mehr lange leben, und sie überredet, letzte Wünsche zu äußern.«

»Oh«, sagte Mathilda. »Was ist der schlimmste?«

»Ich werde sie nicht bearbeiten«, schnaubte Ingeborg. »Aber wenn du es genau wissen willst: in einer ägyptischen Pyramide begraben zu werden.«

Mathilda legte das Telefon neben sich, um noch eine Tablette zu schlucken. Seltsam, auf ihrer Suche nach Doreen, als sie für Birger gearbeitet hatte, hatte sie viel weniger Tabletten gebraucht. Sie hatte sie zwischendurch sogar vergessen.

»Ich habe auch einen letzten Wunsch«, erklärte Ingeborg grimmig aus dem Lautsprecher. »Nämlich, dass du an deinem Arbeitsplatz erscheinst.«

»Ja, Chef«, sagte Mathilda. »Morgen. Ich habe die vorletzte Nacht durch ... recherchiert.«

»Recherchiert? Was denn?«

»U-Bahnhöfe«, antwortete Mathilda und legte auf.

Dann rief sie andere Hotels an, in denen Birger nicht gefunden werden konnte, weil er dort nicht wohnte. Was sie fand, war das Auto. Die Polizei begriff ihre etwas haarsträubende Geschichte nicht, lokalisierte Birgers Mietwagen aber bei einer Autovermietung. Birger hatte ihn zurückgegeben. Die Autovermietung wusste nur, dass er da gewesen und das Auto bezahlt war.

Vielleicht hatte er Berlin verlassen.

Aber da waren acht offene Rechnungen. Acht von zehn, die Mathilda im Namen des Instituts an seine E-Mail-Adresse geschickt hatte.

»Er ist keiner, der einfach abhaut, ohne zu zahlen«, flüsterte Mathilda. »Oder, Eddie?«

Eddie sah sie stumm an und schnüffelte an dem Grasstrauß.

»Etwas ist passiert. Vielleicht liegt er doch wieder in der Klinik.«

Eddie schien zu nicken. Kurz darauf musste Mathilda aus dem Bett springen, um ihn zu verscheuchen, weil er versuchte, das Gras zu fressen, und niemand, schwor sich Mathilda, niemand auf der Welt würde dieses Gras anrühren. Solange es wuchs, gab es eine Chance, Birger Raavenstein wiederzufinden.

Und, vielleicht, ihn zu überreden, am Leben zu bleiben. Nicht für Doreen.
Auch nicht für Mathilda, natürlich nicht für Mathilda.
Nur für das Gras an der Panke, das darauf wartete, irgendwann in einem kommenden, wunderbaren oder verregneten Frühling von ihm gepflückt zu werden.

Vier Tage, einen blumengeschmückten Pfingststier in einer Kleingartenanlage, eine Mutter-Sohn-Versöhnung über dreitausend Kilometer Entfernung, einen gestreichelten Zoolöwen, zwei Liter selbstgemachtes Erdbeereis in einer Gartenlaube, ein Tiefseetauchgang und eine Mitternachtsmesse (und natürlich, lose eingestreut, ein paar Weihnachten) später, fand sich Mathilda bei Einbruch der Nacht vor dem Eingang des *Kaffee Burger* in der Mitte der Mitte von Berlin-Mitte wieder. Und obwohl es dort nie Kaffee oder Burger gegeben hatte, war der Schriftzug seit einem halben Jahrhundert der gleiche geblieben.

Wenn man tagsüber am *Kaffee Burger* vorüberging, das man tatsächlich so schrieb, waren Tür und Fenster anheimelnd vergittert, aber nachts verschwanden die Gitter von der Tür, und die untere Etage des Burgers erwachte zu einem In-Club. Und zu einem Ort für letzte Wünsche.

»Das ist vermutlich die vernünftigste Sorte Wunsch«, meinte Ingeborg. »Noch einmal Russendisco – kann ich nachvollziehen.«

Mathilda nickte. »Nicht ganz klar ist mir, warum eine französische Geigerin unbedingt zu russischer Musik tanzen will ...«

»Na eben deswegen«, sagte Ingeborg.

Die Wunsch-Klientin des Abends tauchte fünf Minuten später per Sondertaxi auf und stand mit ihnen zusammen Schlange vor dem *Kaffee Burger*. Sie saß in einem Rollstuhl wie viele der Institutsklienten und trug einen makellosen schwarzen Anzug, eine schwarz auf schwarz gemusterte Krawatte und glänzende schwarze Schuhe.

»Ihr ... Opernoutfit?«, fragte Mathilda, als sie die sehr kalte, trockene Hand schüttelte.

»Nein«, antwortete die Frau, französisch akzentuiert, mit einem seltsamen Lächeln. »Mein Beerdigungsanzug. Ich habe vor, ihn auf meiner eigenen Beerdigung zu tragen, aber ich muss ihn vorher einweihen, verstehen Sie?«

Mathilda nickte. Sie versuchte, das Alter der Geigerin im Rollstuhl zu schätzen, aber es war beinahe unmöglich. Sie hatte beinahe nicht vorhandene kurze Haare, die blond oder weiß sein konnten, und ihr Gesicht war voller Falten, die jemand mit achtzig oder mit fünfzig haben konnte. Ihre Beine waren dünn und seltsam; sie hatte irgendeine Form von seltener Muskelerkrankung, die niemand therapieren kann, weil es so wenig Patienten und daher wenig Forschungsergebnisse gibt. Irgendwann hörten die Leute auf zu atmen, natürlich, weil auch die Muskeln der Lunge streiken, am Ende wurden sie beatmet und lagen im Bett und starrten an die Decke.

Aber dies war kein Abend, um an Decken zu starren.

Dies war ein Abend, um zu tanzen!

Die Türsteher am Eingang sahen die kleine Gruppe merkwürdig an. Mathilda lächelte ihnen zu und flüsterte: »Keine Autogramme heute«, und legte den Finger auf die Lippen, woraufhin die beiden sich bemühten, so auszusehen, als wüssten sie genau, welche Berühmtheit sie vor sich hatten. Natürlich wussten sie es nicht, was daran lag, dass sie keine Berühmtheit vor sich hatten.

Mathilda und Ingeborg trugen den Rollstuhl die schmale Treppe nach unten, und alle möglichen Leute versuchten zu helfen, was zu einem kleinen Chaos führte. Und dann waren sie mitten in den Wogen der Musik, mitten in den schnellen Rhythmen, über sich die Endlosschleife eines alten russischen Zeichentrickfilms, und im schummrigen bewegten Licht verwandelte der Rollstuhl sich in ein Kunstobjekt. Man konnte darin tanzen, tatsächlich. Die Masse der Leute schloss sich um das Kunstobjekt, die mageren, muskelschwundversehrten Hände wurden von anderen Händen gefasst, und jeder wollte plötzlich mit dieser seltsamen, eleganten Frau im Rollstuhl tanzen.

»Dreißig!«, rief Ingeborg Mathilda zu und nickte zu der Geigerin hinüber, und die Geigerin schickte ein Lächeln durch die Menge. »Sie ist dreißig!« Ehe Mathilda antworten konnte, war Ingeborg verschwunden, um den Rollstuhl im Takt auf der Tanzfläche zu drehen, und Mathilda fragte in den Lärm hinein: »Verliebst du dich jetzt gerade in jemanden, der zu bald stirbt?«

Aber Ingeborg hörte sie nicht. Sie war mit den Griffen des Rollstuhls verschmolzen.

Und Mathilda beschloss, sich die letzten vier Tage aus dem Leib zu tanzen, mit oder ohne Rollstuhl, weil alles egal war. Die Leute starben nun mal, na und? Das Leben ging weiter. Sie würden mehr Leute glücklich machen, andere Leute, die noch nicht gestorben waren. Und sie würde mehr von diesem Zeug trinken – was trank sie da eigentlich? – und vielleicht würde sie irgendwann Russisch lernen, um die Texte mitzugrölen, wobei die Texte dazu zu schnell waren, und es war ihr so, so egal, dass ihr schwindelig war. Sie …

»Hoppla«, sagte jemand und fing sie auf, als sie über die eigenen Füße fiel. Es war jemand mit einem festen, sicheren Griff, der sie wieder auf die Beine stellte wie ein gerettetes Kind im Sandkasten.

»Daniel?«, fragte Mathilda perplex. Er zeigte auf seine Ohren, schüttelte den Kopf – und dann sog die tanzende Masse sie beide wieder auf. Mathilda sah den Rollstuhl nicht mehr, sie sah Ingeborg nicht mehr, sie sah nur Daniels blonden Kopf neben sich im flimmernden Licht der russischen Zeichentrickfiguren, und sein vielleicht nicht ganz passendes weißes Hemd, das aber auch nicht weniger passte als der schwarze Beerdigungsanzug.

Sie versuchte sich zu erinnern, wann sie das letzte Mal mit Daniel getanzt hatte. Irgendeine private Party, bei der er genervt gewesen war und Mathilda ihn auf die Tanzfläche gezerrt hatte, eine typische Daniel-Mathilda-Geschichte. Am Ende waren sie getrennt nach Hause gegangen, jeder sauer auf den anderen, sie wusste es noch, und er hatte auf dem roten Sofa geschlafen. Jetzt tanzte er freiwillig. Und er war gar nicht schlecht. Er fasste sie um die Hüften, und sie tanzten zusammen, und er hatte nicht vor, zu sterben, und Mathilda brauchte ihn nirgendwo zu suchen, in keinem Hotel und in keinem U-Bahnhof, denn er war einfach da.

Dann schrie jemand.

Und dann wurde die Musik abgewürgt.

Mehrere Leute riefen nach Licht, keiner fand den Schalter, die Tänzer wichen zurück, auch Daniel zog Mathilda mit sich an den Rand des Raums, schob sie hinter sich, schützend, da niemand wusste, was in der Mitte der Tanzfläche geschehen und ob es gefährlich oder explosiv war.

Eine Bombe?

Es war keine Bombe. Was dort allein zurückblieb, als alle flohen, waren eine kniende Ingeborg und ein Rollstuhl, in dem eine Frau in nicht mehr ganz makellosem schwarzem Anzug saß. Sie saß aber nicht mehr, sie hing, auf die Seite geneigt, während ihr linker Arm unkontrolliert zuckte. Ein langer Speichelfaden rann aus dem Mundwinkel der Geigerin und tropfte auf den schwarzen Anzug wie eine langsame Träne.

Also doch keine Muskelerkrankung, sondern eher etwas, das die Nerven betraf oder beides. Mathilda dachte unzusammenhängende medizinische Fakten, aber sie rannte schon, während sie dachte, kniete neben Ingeborg und half ihr, die Geigerin im Rollstuhl festzuhalten, damit sie sich bei dem Krampfanfall nicht selbst verletzte. Als die Zuckungen schwächer wurden, zog Mathilda mit einer Hand mühsam ihr Handy heraus und begann zu wählen, aber als sie kurz aufsah, merkte sie, dass Daniel bereits telefonierte. Er half auch, den Rollstuhl über die steile Treppe nach oben zu tragen. Mathilda sah ihn zwischen zusammengebissenen Zähnen fluchen. Die Geigerin war nicht bei Bewusstsein.

Sie warteten oben vor der Tür auf die Sanis.

»Ich wusste nicht, dass du beruflich hier bist«, sagte Daniel. »Ich hatte den Rollstuhl nicht gesehen.«

»Hm«, sagte Mathilda.

»Wenn ich ihn gesehen hätte, hätte ich ...« Aber er sprach nicht aus, was er getan hätte. Er hob nur die Hände, ballte sie zu Fäusten und öffnete sie wieder. »Ihr beiden. Ihr seid ja wahnsinnig. Ihr seid nichts als absolut wahnsinnig. Eine kranke Frau in die Disco zu schleppen. Was kommt als Nächstes? Besorgt ihr euch einen Revolver und erschießt die Leute, die das romantisch finden?«

Mathilda streckte die Hand nach ihm aus. »Daniel, bitte ...«

Aber er machte einen Schritt zurück. »Der Notarzt ist da. Los jetzt, es geht hier nicht um persönliche Befindlichkeiten, sondern um die Frau.«

»Sie stirbt.«

»Ja, natürlich. Wir sterben alle. Aber *ich* werde mich vorher nicht irgendeiner Sekte verschreiben, die sich Institut nennt und abgefahrene Todesrituale vollzieht.«

»Du redest Unsinn, du weißt das.«

»Pack den Scheißrollstuhl mit an«, knurrte Daniel. »Los jetzt.«

Und dann saßen sie im Notarztwagen. Daniel blieb vor

dem *Kaffee Burger* stehen und sah ihnen nach, in seinem weißen Hemd, mit seinem blonden Haar, ein Lichtfleck in der Nacht. Nie hatte Mathilda einen so ärgerlichen Lichtfleck gesehen. Und auf einmal schämte sie sich.

»Ingeborg«, flüsterte sie. »Sind wir wahnsinnig? Ist es schlecht, was wir tun?«

»Was *tun* Se denn?«, fragte der Fahrer des Wagens, kaugummikauend und zugleich mit quietschenden Reifen anfahrend, routiniert.

»Wir ...«, begann Mathilda kleinlaut.

»Erfüllen letzte Wünsche«, sagte Ingeborg.

»Na, det hört sich ja schick an«, meinte der Fahrer, »Zwee junge Ladys, die Wünsche erfüllen! Ick hätt oochh einen. Der is' hoffentlich nich' zu unanständig.«

Mathilda starrte ihn an, perplex.

»Nämlich wünsch ick mir, dass Se sich anschnallen«, sagte der Fahrer und jagte den Wagen auf die Straße hinaus.

Als sie die Klinik verließen, waren sämtliche beteiligten Ärzte verärgert und die Geigerin stabil. Aber was bedeutete eigentlich stabil? Nichts auf der Welt schien in letzter Zeit besonders stabil, alles stürzte dauernd in sich zusammen.

»Aber sie *hat* getanzt«, verkündete Ingeborg triumphierend, als sie sich trennten.

Mathilda schlug Ingeborgs Angebot aus, sie nach Hause zu fahren.

Sie brauchte ein Stück der Nacht ganz für sich allein.

Auf dem Weg durch einen gefliesten U-Bahn-Tunnel entdeckte sie ein altes Bild von Doreen, das sie selbst hier auf die Wand geklebt hatte, vor gefühlt hundert Jahren. Sie stellte sich in der Einsamkeit der nächtlichen U-Bahn-Station davor und öffnete den Mund, um mit ihr zu sprechen. Um ihr zu sagen, dass sie mit allem recht gehabt hatte. Und dass Mathilda nicht verantwortungsvoller war als sie selbst. Aber dann merkte sie, dass sie gar nicht mit Doreen sprechen *konnte*. Doreen weigerte sich, sie anzusehen. Die Sänger, die Schauspieler, die Blutspende-Leukämie-Gesichter; sie alle sahen Mathilda an, gesprächsbereit. Nur Doreen blickte an ihr vorbei in eine Ferne, in der sie etwas zu suchen schien. Sie hatte immer in die Ferne geblickt, es war Mathilda nur bis jetzt nie aufgefallen. Doreen war gar nicht so einfach, so oberflächlich und so skrupellos, wie sie gerne selbst glaubte. Auch sie suchte nach einem Sinn.

Mathilda drehte sich wortlos um und wanderte nach Hause.

Vor der Haustür lag jemand.

Mathilda blieb stehen, argwöhnisch, und versuchte, etwas zu erkennen, aber gerade dort im Hauseingang waren die Schatten zu dicht. Jemand lag auf dem Rücken, die Beine angezogen, den Kopf auf etwas gebettet wie eine alte Decke, einen Rucksack, einen Schatten ... eine zweite Person? Sie überschlug rasend schnell, wer im Haus wohnte. Es wohnte kein Pärchen dort, und dies war keine Gegend für Penner. Zu unpraktisch, zu weitab, nicht lohnend für irgendetwas. Hier gab es nichts umsonst als ein bisschen Pankewasser und ein paar Grüße von den Enten.

Mathilda wünschte, sie hätte Eddie bei sich gehabt, damit er bellen und das Paar dort aufscheuchen konnte. Sie hatte wirklich, wirklich keine Lust, sich mit irgendwelchen besoffenen Jugendlichen anzulegen. Aber Eddie lag oben in der Wohnung auf dem Sofa und sah vielleicht eine späte Wiederholung des letzten *Tatorts*. Oder, wahrscheinlicher, er träumte von ferngesteuerten Dosenöffnern.

Mathilda hatte keine Taschenlampe bei sich, nur ein winziges LED-Lämpchen an ihrem Schlüsselanhänger. Sie ging vorsichtig näher, an der Hauswand entlang, als müsste sie sich ihrem eigenen Haus heimlich nähern, und leuchtete dann, relativ plötzlich, die beiden im Hauseingang an.

Es war nur, dachte sie, ein besoffener Jugendlicher. Der Mann, in dessen Schoß er lag, war erwachsen. Und es war nichts Zwielichtiges an der Situation außer dem Licht.

Der Junge, den der Mann auf seinen Schoß gebettet hatte, hatte die Augen geschlossen oder konnte sie nicht offen halten, weil sie zugeschwollen waren. Sein Gesicht sah auch im Taschenlampenlicht nicht gut aus, sein schwarzer Pullover war zerfetzt. Vielleicht war er nicht besoffen oder jedenfalls nicht nur. Der Mann blinzelte ins Licht, ohne etwas zu erkennen. Auch er hatte Blut im Gesicht. Sein schütteres Haar war verklebt, sein Hemdkragen eingerissen. In seinen Augen war ein Rest Grün. Beinahe sah dieser Rest trotzig aus, als wüsste er, dass er eigentlich verloschen sein sollte.

»Was …«, begann Mathilda.

Da lächelte der Mann. »Gut, dass du kommst«, sagte er. »Ich habe … mehr zufällig … das hier gefunden.« Er nickte zu dem Jungen hin. »Und ich dachte, es wäre eine gute Idee, dir einen Besuch abzustatten. Nur irgendwie schade, dass du nicht da warst.«

Mathilda kniete neben den beiden, ehe sie überhaupt ein aussprechbares Wort gefunden hatte.

»Verdammt, Birger«, flüsterte sie, »seid ihr unter ein Auto geraten?«

»Nein«, antwortete Birger mit einem Grinsen, das seine kaputte Lippe wieder aufplatzen ließ. »Nur in eine Schlägerei. Oder … *er* ist hineingeraten. Der vorbeikommende Verlierertyp, der nicht sein Vater ist, hat ihn rausgezogen. Es ging, glaube ich, um ein Moped, das er ein paar Tage entliehen hatte. Das Moped war wohl nicht ganz heil zurückgekommen.«

Mathilda streckte beinahe unbewusst eine Hand aus und legte sie an Kilians Hals, um den Puls zu fühlen.

»Wie lange ist er schon bewusstlos? Was ist genau passiert?« Fragen einer ehemaligen Medizinerin. »Ist er gefallen? Gestoßen worden? Mit einem schweren Gegenstand auf den Kopf geschlagen?«

»Eingeschlafen«, sagte Birger mit einem Lächeln. »Kilian? Aufwachen. Sie ist da.«

14.

Eddie begrüßte sie schwanzwedelnd, ging in die Küche, um Tee zu machen, und dann ins Bad, um die Badewanne einzulassen.

Nein, leider tat er das nicht, denn erstens hatte Mathilda nur eine Küchenzeile, zweitens keine Badewanne, und drittens war Eddie immer noch ein Hund.

Sie wünschte sich in dieser Nacht sehr, er wäre ein Hund mit übernatürlichen Fähigkeiten. Einen Moment lang stand sie völlig hilflos in ihrer eigenen Wohnung, müde, aber plötzlich aufgedreht. Alles schien sich um sie zu drehen, und die vernünftigen Fragen aus dem Hauseingang waren wie weggeblasen.

Birger war zu ihr gekommen, von allen Menschen auf der Welt zu ihr. Kilian war immerhin am Leben und lag nicht irgendwo tot unter einem fremden Moped. Sie waren beide verletzt, und Mathilda wusste nicht, wie schlimm. Sie hatten in der relativen Kühle der Aprilnacht lange auf Mathilda gewartet, und Birger durfte nicht wieder krank werden, und das Gras stand auf dem Tisch und leuchtete grün, und sie war so glücklich, dass er da war.

»Ich glaube, ich mache Tee«, bemerkte Birger nach einem Moment des Schweigens, denn sie konnten nicht ewig einfach so herumstehen. Vor allem deshalb nicht, weil Kilian mehr an Birger hing, als selbst zu stehen. »Und Kilian stecken wir unter die Dusche. Hast du eine Dusche?«

»Ja«, sagte Mathilda.

»Nein«, sagte Kilian.

Aber er war jenseits des Punktes, an dem er wirklich effektiv protestieren konnte.

Sie schleiften Kilian zu zweit in Mathildas winziges Bad und zogen ihn aus, obwohl er dagegen natürlich noch mehr protestierte. Eddie stand schwanzwedelnd dabei und versuchte die ganze Zeit, Birgers Gesicht abzulecken.

»Ich fürchte, mein Hund ist in dich verliebt«, meinte Mathilda.

»Schön«, seufzte Birger. »Wenigstens irgendjemand.«

Und da war Mathilda so nah daran, ihm die Wahrheit zu sagen, dass sie sich auf die Lippen beißen musste. Aber sie hatten jetzt anderes zu tun, als Wahrheiten auszutauschen.

Kilian ohne Kleider im Licht der Badezimmerlampe war ein Trauerspiel.

»Isst du eigentlich manchmal auch irgendwas?«, fragte Mathilda.

»Geh raus«, knurrte Kilian. »*Raus!*«

»Nein«, sagte Mathilda, sich zusammenreißend, betont vernünftig. »Ich bin jetzt einfach mal für fünf Minuten Arzt, und Ärzte gucken sich Patienten auch nackt an. Wir müssen wissen, was kaputt ist.« Er fluchte, aber er kam irgendwie in die Dusche, und das warme Wasser nahm eine Menge von dem mit, was entweder Dreck oder Blut war. Und Mathilda schaffte es, mit dem Schwamm sein Gesicht so weit zu säubern, dass sie es notdürftig untersuchen konnte. Er hatte die Augen geschlossen und saß einfach unter dem Wasserstrahl, und Mathilda tastete, wobei sie selbst ziemlich nass wurde. Sie hatten ihm die Nase blutig geschlagen und zwei Veilchen verpasst, an der Schulter hatte er eine größere Platzwunde, aber die Knochen schienen heil. Die Außenseiten seiner Finger waren übersät mit weiteren blutigen Kratzern. Er hatte zurückgeschlagen.

Als Mathilda seinen Brustkorb abtastete, zuckte er zusammen, und seine Faust schnellte vor, aber Mathilda duckte sich, so dass er daneben schlug.

»Okay«, sagte sie. »Vielleicht haben sie dir eine oder zwei Rippen gebrochen. Die gute Nachricht: Das heilt von selbst. Die schlechte Nachricht: Es heilt von selbst. Man kann nichts machen, außer flach atmen. Das ist die schlechte Nachricht.«

»Scheiße«, knurrte Kilian.

Mathilda suchte auf seinen blassen, dürren Armen nach einer anderen Sorte Wunden, Einstichwunden, aber sie fand keine, obwohl man sie natürlich besser verstecken konnte, zwischen den Zehen war ein beliebter Ort. Sie gab vor, den Dreck von seinen Füßen zu waschen, was sie Überwindung kostete, aber auch dort fand sie nichts. Und vielleicht war es lächerlich, danach zu suchen. Ein Klischee.

Sie sah sein Gesicht einen Moment lang an, das blaue Haar hing ihm jetzt nass und dunkel in die Stirn, und sie dachte, dass er eigentlich ganz hübsch gewesen wäre, wenn er nicht zwei Veilchen gehabt hätte. Da öffnete er die Augen, so weit es bei der Schwellung möglich war, und sagte schroff: »Die fünf Minuten sind vorbei.«

Er schien zu schlucken, und Mathilda bemerkte, dass er ihr inzwischen klitschnasses T-Shirt anstarrte, das vorher hellblau gewesen und jetzt eher durchsichtig war.

»Fünf Minuten?«

Kilian kam selbst auf die Beine und drehte sich zur Wand, womöglich auf der Suche nach Seife. »Du wolltest für fünf Minuten ein Arzt sein. Raus jetzt!«

Sie bemerkte zu spät, dass er versuchte, eine unpassende Erektion zu verbergen, und wandte sich ab, um seine Sachen aufzuheben.

»Gott! Diese Kleider kann man in die Mülltonne schmeißen.«

»Nicht den Pullover!« Es war ein Aufschrei wie der eines Kindes, dem man den Teddybären wegnehmen will.

»Nein, war nicht ernst gemeint«, murmelte Mathilda,

schon auf dem Weg nach draußen. »Ich wasche ihn. Aber in der Zwischenzeit musst du was von mir anziehen.«

Damit schloss sie die Tür, und vermutlich atmeten sie beide gleichzeitig auf, Kilian und Mathilda.

Fünfzehn sein. Ein einziger Horror.

Sie merkte, dass sie vor Birger stand, und sah zu ihm auf. Verdammt, sie trug immer noch das quasi durchsichtige T-Shirt.

»Du bist nass«, stellte Birger fest.

»Nein«, sagte Mathilda. »Das bildest du dir ein.«

Sie drängte sich an ihm vorbei und wühlte in ihrem Kleiderschrank, der zugleich die Wand vor ihrem Bett darstellte, die die Einraumwohnung teilte. Mathilda zog sich im Kleiderschrank ein trockenes T-Shirt an und fand auch saubere Sachen für Kilian, die sie durch die spaltbreit geöffnete Badezimmertür schob, ehe sie sie wieder schloss.

Dann sah sie Birger an. Er saß auf dem Sofa und hatte tatsächlich Tee gemacht.

Er hatte noch immer Blut im Gesicht und Dreck im Haar.

»Du bist der Nächste, der duscht«, erklärte Mathilda und ließ sich neben ihn aufs Sofa fallen, mit genügend Abstand. Eddie setzte sich in den Abstand und hechelte glücklich.

Mathilda sah Birger einen Moment lang prüfend an. Er atmete wieder schwerer und saß seltsam gekrümmt.

»Birger? Ich denke, es ist das Beste, ich rufe die Klinik an …« Er schüttelte den Kopf.

»Hey, ich … das ist keine Tumornebenwirkung! Ich bin lediglich in eine Schlägerei geraten. Ich hab ein paar blöde Tritte in die Seite einkassiert, das ist alles, und vermutlich bin ich morgen blau und grün.« Er grinste. »Man fühlt sich direkt jung.«

Sie seufzte. »Du bist trotz allem ein Tumorpatient. Und du hast ewig da draußen gesessen. Wenn du morgen wieder eine Lungenentzündung hast … oder wenn du …«

Birger goss Tee ein und schob einen Becher zu Mathilda hinüber. »Trinken und Mund halten.«

»*Bitte?*«

»Entschuldigung, ich habe zu lange mit Kilian zusammengewohnt. Ich meinte: Würdest du bitte den Tee trinken und keine Vorschläge machen, in denen das Wort Klinik vorkommt?«

Sie trank den Tee kopfschüttelnd. »Darf ich … jetzt was sagen?«

Er nickte ergeben.

»Das sind Zahnputzbecher.«

»Verflixt«, meinte Birger. »Und warum stehen die bei dir auf der Spüle herum?«

Sie tranken eine Weile schweigend weiter Tee aus Zahnputzbechern, und dann tauchte Birger eine Ecke eines Stofftaschentuchs in seine Tasse und begann, sein Gesicht zu säubern.

»Die blöde Lippe«, murmelte er.

»Könnte genäht werden.«

»Nein. Mathilda. Ich werde früh genug sehr, sehr lange in irgendeiner Klinik sein. Willst du mich unbedingt vor meiner Zeit dahinschleppen?«

»Was ist denn genau passiert?«, fragte sie. »Wo warst du die ganze Zeit über?«

»Im Hotel?«

»Nein. Ich habe alle besseren Hotels abgeklappert. Auch die mittelklassigen.«

Er zuckte die Schultern.

»Und Kilian …«, begann sie.

»Hat wieder auf der Straße gelebt, nehme ich an. Genau wie bevor er bei Doreen war. Wir hatten beide keine Lust, dahin zurückzugehen. Ich … ich wollte eine Weile einfach mit gar niemandem reden. Ich bin durch die Nacht gefahren, ziemlich weit weg, bis zu dem Haus. Weißt du? Dem

Haus am Meer. Und am nächsten Tag zurück.« Er sah sie prüfend an. »Du fragst dich jetzt, warum ich nicht einfach dageblieben bin. Es wäre ein schönerer Ort zum Sterben, denkst du.«

»Ich denke nicht immerzu ans Sterben. Aber okay. Du willst gefragt werden. Also, warum bist du nicht dageblieben?«

»Ich wäre fast.« Birger presste das Taschentuch auf seine Lippe, die wieder blutete. »Nur dann ... ich meine, du hattest recht. Er ist erst fünfzehn. Jemand muss sich kümmern.«

»Du bist ... wegen Kilian zurück nach Berlin gekommen?«

Birger zuckte wieder die Schultern. »Vielleicht. Ja.«

»Er ist nicht dein Sohn.«

»Und?«

»Ich meine ... egal. Du hast ihn nicht wirklich zufällig gefunden, so wie du gesagt hast.«

»Nicht so ganz, nein. Ich habe gesucht. Und gefunden. Ich bin ihm dann eine Weile gefolgt, ich wollte mit ihm reden, aber ich brauchte den richtigen Zeitpunkt ...«

»Und der richtige Zeitpunkt war die Schlägerei?«

»Es gab keinen verkehrteren. Aber ich konnte ja schlecht zusehen, wie sie ihn krankenhausreif schlagen. Ich meine, hey, du weißt, dass ich keine Krankenhäuser mag.«

Mathilda nickte. »Seine Mutter liegt in so einem Ding. War er bei ihr? Er ist doch damals losgefahren, um sie zu finden?«

»Keine Ahnung. Wir haben nicht viel geredet. Ich habe ihn aus diesem Knäuel von wütenden Jungs gezogen, und wir hatten beide genug damit zu tun, die wütenden Jungs loszuwerden.«

In diesem Moment öffnete sich die Badezimmertür, und Kilian erschien.

Er trug eine Jeans von Mathilda, deren Gürtel er ins letzte Loch geschnallt hatte, und den einzigen schwarzen Pullover, den sie gefunden hatte. Leider waren darüber drei gelbe Quietscheentchen auf einem aufgenähten Stoffstreifen unterwegs.

Birger biss sich ganz offensichtlich auf die Lippen.

»Steht dir«, brachte er etwas mühsam hervor.

Kilian knurrte nur. Er hinkte, als er zu ihnen herüberkam. »Es ist nur eine Zerrung«, sagte er warnend zu Mathilda. »Nichts gebrochen. Keine Chance, mich in irgendeine Klinik zu schleppen.«

»Eine kleine Zerrung und eine winzig kleine Gehirnerschütterung«, ergänzte Mathilda.

»Nein.«

»Dir ist schwindelig.«

»Nein. Ja. Aber ...«

»Aber gar nichts«, sagte Mathilda. »Birger, komm. Du gehst jetzt ins Bad, und Kilian legt sich aufs Sofa. Flach, bitte.« Da knurrten sie beide.

»Lass sie nicht näher kommen!«, meinte Kilian. »Sie hat eine Tendenz dazu, auf wehrlosen Typen herumzuklopfen und an ihnen zu rupfen und dann zu fragen, ob es zufällig weh tut. Die Ärztin. Haha.«

»Ich werde darauf achten«, versprach Birger.

Dann zog er Mathilda mit sich ins Bad, und Mathilda fragte: »Was ...?« Und sie dachte: Es ist ein Märchenfilm. Und: Jetzt küsst er mich.

»Ich wollte nur noch kurz mit dir reden, ohne dass Kilian es hört«, flüsterte Birger. »Mathilda, du *musst* uns nicht bei dir übernachten lassen! Du kannst uns jederzeit rausschmeißen, klar? Ich rufe ein Taxi, und wir fahren in mein Hotel. Ich wollte nur ... ich wollte, dass du dir Kilian anguckst, weil du immerhin fast Arzt bist. Wenn du meinst, dass ich ihn so mitnehmen und ins Bett packen kann, ist alles okay.«

»Ich meine«, sagte Mathilda langsam, »dass er aus rein ärztlicher Sicht auf meinem roten Sofa liegen bleiben sollte. Es ist ein ... sehr heilsames rotes Sofa. Es hat schon Leute gegeben, die fanden, es wäre ein guter Ort zum Sterben. Aber es ist auch ein guter Ort, um darauf eine Gehirnerschütterung auszuschlafen.«

Er lächelte und fuhr sich durchs Haar wie immer, leicht unsicher. »In Ordnung, dann ... bleiben wir. Aber wirklich nur, wenn es okay ist.«

»Ist es. Du kannst zum Schlafen Eddies Hundekorb haben«, sagte sie. »Er benützt ihn sowieso nie. Wenn du dich ein bisschen zusammenrollst ...« Dann lachte sie. »Ich habe eine Luftmatratze.«

Als Mathilda aufwachte, war es früher Morgen. Sie tappte zum Bad und stellte fest, dass im einzigen Raum ihrer Wohnung zwei völlig fremde Menschen lagen und schliefen. Der eine auf einem Sofa, der andere auf einer Luftmatratze daneben, für die er allerdings zu lang war, so dass die Füße herunterhingen. Dann war sie ganz wach und erinnerte sich schlagartig an alles, was geschehen war.

Eine Weile stand sie einfach da und sah den beiden beim Schlafen zu, und die Morgensonne schien durch ein Dachfenster auf einen grünen Strauß Gras auf dem Tisch.

Für einen Moment war sie so glücklich, dass sie dachte, sie müsste platzen.

Dann blinzelte die zu lange Gestalt auf der Luftmatratze und sah sie an, und sie merkte, dass sie nichts anhatte als ihre Unterhose, auf die vorn eine rote Sonnenblume genäht war.

»Ich ... bin gleich wieder da«, sagte Mathilda und floh ins Bad.

Auf der Ablage lag jetzt ein Arsenal an Schmerzmitteln, Waffen in Birgers Kampf gegen die Eile des Tumors.

An diesem Tag frühstückten sie im offenen Dachfenster, die Füße wieder außen auf dem Dach. Kilian saß in dem einen Fenster, Mathilda und Birger im anderen. Eines der Brötchen fiel hinunter auf die Straße. Glücklicherweise ging dort kein Spaziergänger vorbei. Nur eine Spaziergängerin.

»Du musst sicher ins Institut«, meinte Birger. »Wir machen uns dann auch mal auf zu meinem Hotel.«

»Ihr müsst natürlich nicht«, begann Mathilda, »aber ... ihr könnt auch hierbleiben. Auf einen oder zwei Tage kommt es nicht an.«

Er sah sie eine Weile an und nickte schließlich, und sie fragte sich, ob sie etwas über Doreen sagen sollte, über die ganze blöde Geschichte, aber dann ließ sie es. Vielleicht durfte man zwei Tage lang glücklich sein und Luftmatratzen bei sich herumliegen haben und keine Probleme wälzen?

Birger nickte langsam.

»Es ist natürlich schöner hier als im Hotel ... Ich müsste nur ein paar Sachen holen.«

»Und Kilian?«, fragte Mathilda.

»Ich hab keine Sachen«, knurrte Kilian.

»Was ist mit der Gitarre?«

Er schien zu schlucken. »Sie haben sie zerstört. Der, dem das Moped gehörte, ist draufgesprungen. Nichts mehr zu retten.«

Mathilda nickte. »Und du hast seine Maschine auf dem Gewissen. Eigentlich ein guter Deal für dich.« Sein Blick war vernichtend.

Er hatte überhaupt eine Menge vernichtender Blicke für Mathilda in den fünf Tagen, in denen er auf dem Sofa lag und seine Gehirnerschütterung loszuwerden versuchte. Er schlief und knurrte und schickte manchmal vernichtende Blicke umher. Mathilda begann, ihn als Einrichtungsgegenstand zu sehen, was möglicherweise das Beste ist, was man mit pubertierenden Jungen tun kann.

»Ingeborg«, sagte Mathilda an jenem ersten Tag ihres neuen Lebens in einer seltsamen Dreier-WG, »es ist etwas Irres passiert. Ich habe ... die merkwürdigste Sorte von Besuch, die du dir vorstellen kannst.« Und dann erzählte sie einen halben Vormittag lang von dem Moped und der Schlägerei und Birger, der zu seinem Haus gefahren und zurückgekommen war, und irgendwann meinte Ingeborg: »Hör jetzt auf, so hirnlos zu grinsen, das kann man ja nicht mit ansehen«, und umarmte Mathilda ganz kurz.

Aber Ewa Kovalska, die die Akten gerade umsortierte – diesmal ordnete sie sie nach Farben –, sah sehr nachdenklich aus. Und dann sagte sie: »Dieses Haus ... ich hätte da so eine Idee. Warum kann man einen Studenten-Spieleabend nicht in diesem Haus machen? In diesem alten Haus am Meer? Es hört sich ... kaputt an. Er hat es doch nie repariert?«

»Ich glaube nicht ...«

»Gut«, flüsterte Ewa Kovalska. »Wir bereiten das heimlich vor.« Sie sah sich um, aber Herr Mirusch war nicht da und hatte sich auch nicht plötzlich irgendwo materialisiert. »Wir laden einfach alle Klienten des Instituts ein, die noch ... irgendwie ... können. So wie ich.« Sie lächelte und tätschelte den Sauerstoffschlauch. »Und die fahren wir da raus und spielen eine Nacht lang, dass es kracht. Es wird ihm schon gefallen. Wozu braucht man überhaupt auf einer Studentenparty Studenten?«

Als Mathilda die Treppen zu ihrer Wohnung hinaufstieg, war sie beinahe sicher, dass niemand mehr in der Wohnung sein würde.

Aber sie hörte die Stimmen schon, ehe sie die Tür geöffnet hatte.

Das war etwas sehr Neues. Nie zuvor hatte sie vor ihrer eigenen Tür gestanden und Stimmen dahinter gehört. Selbst als Daniel noch hier gewohnt hatte, vor einer gefühlten Ewigkeit, war es immer still gewesen, wenn sie nach Hause kam. Meistens hatte er über irgendwelchen Büchern gesessen und nur kurz aufgeblickt, ein Hallo genickt, vertieft in medizinischen Fakten.

Die Stimmen hinter ihrer Tür waren nicht freundlich, und Eddie machte ein besorgtes Gesicht.

Sie befanden sich im Begriff, direkt in einen Streit hineinzuplatzen. Mathilda behielt die Klinke auf der Tür, ohne sie zu öffnen.

»Aber du warst bei ihr«, sagte Birger.

»Ja«, sagte Kilian. »Natürlich. Deshalb bin ich ja losgefahren. Ich dachte ... Keine Ahnung, was ich dachte, Kurzschlussreaktion. Es hat übrigens gedauert, bis ich sie gefunden habe, gibt ja scheiß viele Krankenhäuser mit scheiß vielen Stationen hier überall. Sie hat geschlafen, und die Schwestern haben mich blöd angeguckt. Ich hab denen erzählt, das wär meine Tante, und nach einer Weile bin ich wieder abgehauen, da ist mir nämlich klar geworden, dass das sowieso alles sinnlos ist. Sie liegt da in dem Klinikbett wie ein gestrandeter Wal, fett und mit den Augen zu, keinen Schimmer, ob die je wieder aufwacht. Vielleicht hat sie es ja jetzt geschafft, sich ins Koma zu saufen, was weiß ich.«

»Wir müssen sie trotzdem wissen lassen, wo du steckst. Und du wirst ...«

»Ich werde gar nichts!«, schrie Kilian. »Wenn ich fitter wäre, wär ich schon weg! Ich gehe nicht zurück auf irgendeine Schule, damit das klar ist! Ich bin da ein Jahr raus ...«

»Was willst du denn machen? Zurück auf die Straße gehen? War der letzte Winter so toll?«

»Es ist Sommer. Fast. Guck raus. Das ist die perfekte Zeit für die Straße.«

»Aber es gibt offenbar nicht so viele Leute, die dich mögen.«

»Bist du deshalb zwischen sie gegangen? Damit du mich bei der Polizei abliefern kannst? Oder bei irgendeinem Jugendamt? Warum hast du das überhaupt gemacht? Du bist nichts, nicht mal mit mir verwandt. Du hast überhaupt kein Kind. Bin ich der Ersatz oder was? Damit du jemanden rumkommandieren kannst, weil es dir selbst scheiße geht?«

»Komm mal runter«, sagte Birger ruhig. »Du hast wirklich schlechte Karten. Du kannst nicht abhauen, so wie es dir geht. Du bist den bösen Erwachsenen ausgeliefert.«

»Lass mich los!«

»Das werde ich. Aber jetzt setz dich hin, sonst kotzt du wieder. Gehirnerschütterung ist blöd. Ich werde morgen anrufen, damit sie wissen, dass du am Leben bist und wo. Und dann reden wir mit den richtigen Leuten darüber, ob du erst mal hierbleiben kannst. Bis deine Mutter so weit fit ist, dass sie nach Hause kommt.«

»Die packen sie höchstens in 'ne Entzugsklinik. Und ich geh da nicht mehr hin. Und was ist überhaupt mit dir? Du stirbst. Super. Die geben dir sowieso kein Sorgerecht für mich, egal wie es läuft. Scheiße, warum stirbst du überhaupt? Das ist so eine richtig beschissene, beschissene, beschissene Idee.«

»Das sagt Mathilda auch«, murmelte Birger.

Dann mündete der Streit in ein seltsames Schweigen.

Als Mathilda es endlich wagte, die Tür zu öffnen, saßen die beiden auf dem roten fusseligen Sofa. Kilian hatte die Knie angezogen und den Kopf daraufgelegt, und seine ungesund knochigen fünfzehnjährigen Schultern zuckten verdächtig.

Mathilda setzte sich zu ihnen und legte einen Arm um Birger und einen um Kilian, und das war eine sehr unbequeme Haltung, aber leider wehrte sich niemand, weshalb sie eine Weile so verharren musste. Eddie drängelte sich zwischen sie und wollte auch ein Teil sein, obwohl er nicht wusste, wovon. Mathilda wusste es ebenso wenig. Es fühlte sich am ehesten nach Familie an, obwohl es das natürlich nicht war.

Und sie kannte sich da nicht aus. Ein bisschen tat es irgendwo tief drinnen weh.

»Mal was ganz anderes«, sagte sie schließlich. »Du hast doch dieses Haus am Meer, oder, Birger? Falls das Jugendamt das blaustichige Ding da auf dem Sofa nicht morgen gefesselt abtransportiert ... hättet ihr was dagegen, wenn wir eine Party da feiern, bevor alles irgendwie endgültig vorbei ist?«

Eine Woche später standen sie vor einem großen, grauen Gebäude, und es regnete, und es war Abend, und um sie herum waberte der Duft nach Kiefern und Meer und Ingeborgs reparaturbedürftigem Autoauspuff.

Die Woche, die vergangen war, hätte einen eigenen Roman füllen können. Allein das Gespräch mit dem Menschen vom Jugendamt, dessen Schuh Eddie angefressen hatte, und all die Paragrafen, mit denen der Ex-Anwalt Dr. Raavenstein jongliert hatte! Und wie sie dann Kilian eine Schonfrist bei Mathilda und Birger gewährten. Wie sie anfallsweise viel zu höflich zueinander waren, Birger und Mathilda, obwohl Kilian natürlich selten höflich war, und sie sich beinahe darum stritten, wer das Geschirr abwaschen durfte, und wie Birger die Fenster eines Tages putzte, durch die man hinterher nur noch schwer durchsehen konnte. Und wie Mathilda Doreen anrief und ihr sagte, sie bräuchte sich keine Sorgen zu machen, und Doreen antwortete, sie hätte sich niemals Sorgen gemacht, eine Lüge, die honigzäh aus dem Telefon tropfte.

Und die *Tatorte,* die sie zusammen sahen, auf Türkisch,

damit sie sich gleichzeitig unterhalten konnten, während sie alle drei Schokopudding aus einer Großpackung löffelten. Nur Eddie hatte einen eigenen Becher bekommen ...

Aber nein, diese Woche wird nicht erzählt werden, denn es passierte nichts, rein gar nichts, auf anderer Ebene. Birgers Frisur und seine Höflichkeit hatten sich nicht geändert. Vielleicht war er immer noch der Meinung, Mathilda sollte seine Tochter sein.

Und nun standen sie also vor dem grauen Haus. Birger, Mathilda, Ingeborg, Jakob Mirusch und Ewa Kovalska mit ihrer Sauerstoffflasche-auf-Rädern.

»Ziemlich ... alt«, stellte Ewa Kovalska sachlich fest.

Das war es. Groß und alt und sehr reparaturbedürftig.

»Es wird irgendwann einstürzen«, sagte Jakob Mirusch. »Ich frage mich, was für einen letzten Wunsch so ein Haus hat.«

»Ich dachte immer, sein letzter Wunsch wäre es, dass ich zusammen mit Doreen herkomme«, antwortete Birger sehr leise.

Da hielten neben Ingeborgs Auto zwei Kleinbusse, und heraus quollen zwanzig mehr oder weniger alte Leute, die wunschbereit auf ihren Tod warteten, aber noch gut genug auf den Beinen waren, um sich für ein wahnwitziges Unternehmen einspannen zu lassen, sowie zwei Taxifahrer. Auf jedem einzelnen Gesicht lag ein verwegenes Grinsen.

Neben den Kleinbussen hielt jetzt noch ein Auto.

Einen Moment lang waren alle verwirrt und starrten es nur an.

Dann stieg jemand aus. Jemand in einem vermutlich hundert Jahre alten rot-weißen Minirock.

»Ich dachte nur so«, sagte Doreen. »Dass ich einfach auch kommen könnte. Ich ... Kann ich mitmachen? Was immer ihr so spielt bei diesem Spieleabend?«

»Aber bitte.« Jakob Mirusch reichte ihr seinen Arm.

Möglicherweise genoss er den leicht eifersüchtigen Blick aus Richtung der Sauerstoffflasche. Für zwei Sekunden. Dann bot er Ewa Kovalska den anderen Arm an, und so schritten sie gemeinsam auf das alte, schmiedeeiserne Tor zu, hinter dem in der Ferne das Dämmerungsmeer für sie rauschte.

15.

Vor dem schmiedeeisernen Tor lag eine dicke Eisenkette, als könnte es samt Grundstück und Haus fortlaufen, wenn man es nicht an eine solche Kette legte. Vielleicht wäre es ja gerne gelaufen, dachte Mathilda – weg aus dem Viertel voll alter Villen, die sich hinter ebenso alte Bäume duckten, weg aus seiner eigenen verstaubten Vergangenheit. Und es hätte sich dann an ein ganz anderes Meer gestellt, ein warmes und helles, in dem man im April baden konnte.

»Warum stehen wir hier?«, fragte sie. »Wollen wir nicht hineingehen?«

Birger machte ein betretenes Gesicht und zog die Hände aus seinen Taschen, die er offenbar gerade sehr gründlich durchwühlt hatte.

»Ich fürchte«, gestand er flüsternd, »ich habe den Schlüsselbund liegen lassen.«

»Wo?«, fragte Mathilda.

»Das ist zweitrangig. In Berlin jedenfalls. Wir können nicht den ganzen Weg zurückfahren.« Er drehte sich um. Die Gruppe der alten Leute stand erwartungsvoll da und sah ihn an.

»Wir müssen leider über das Tor klettern«, sagte Birger etwas lauter. »Da der Schlüssel ... vergessen ... wurde.«

Ein Raunen lief durch die Gruppe. Ein sehr fröhliches und unternehmungslustiges Raunen.

»Ich war mal Stadtmeister im Stabhochsprung«, erklärte ein alter Herr, und alle lachten.

»Macht mal Platz!«, rief Kilian, trat ein paar Schritte zurück, nahm Anlauf und rannte auf den Zaun zu. Er erreichte mit einem Sprung die Oberkante, zog sich hoch und hinüber, ganz ähnlich wie auf dem Teufelsberg, und kam auf der anderen Seite federnd auf. Stöhnte dann aber, ärgerlich am ehesten. Die Rippen.

»Geht ...«, stellte er fest und sah dann die Reihe der älteren Herrschaften an, »... nicht. Ich glaube, ich habe eine bessere Idee. Kommt mit. Dahinten ... ist kein Zaun mehr.«

Sie folgten ihm außen am Zaun, mussten durch ein paar Büsche kriechen und kamen an eine Stelle, an der es nur noch Maschendraht gab. Dort blieb Kilian stehen und holte etwas aus seiner Jackentasche, was einer Drahtschere so verblüffend ähnlich sah, dass es wahrscheinlich eine war.

Damit schnitt er einfach einen hübschen großen Halbkreis in den Zaun.

Mathilda hörte, wie Birger die Luft einsog.

»Das müssen wir sehr anständig wieder hinbiegen«, meinte er. »Sonst sieht man es sofort.«

»Aber es ist dein Zaun«, sagte Mathilda. »Du bist der Einzige, der sich darüber aufregen kann.«

»Ach ja, richtig«, sagte Birger. »Ich werde mir also besser nichts davon erzählen.«

Dann hielt er den Zaun für sie und Eddie auseinander, und wenig später stiegen alle alten Leute, die Taxifahrer und der Rest der Gesellschaft durch ein Fenster in die Villa ein, das Kilian leider hatte einschlagen müssen, um innen an den Griff zu kommen. Birger sah sich ein wenig nervös um und murmelte etwas von: »Was die Nachbarn wohl denken«, aber die übrigen Villen blieben dunkel und still. Ihre Bewohner und Mieter würden erst mit dem Beginn des Sommers ans Meer zurückkehren.

Es war recht schwierig, alle Beteiligten durch das Fenster zu hieven, vor allem die Frau mit dem Rollator, aber sie schafften es schließlich. Um sie erhob sich eine riesige, hohe Eingangshalle, und sie sahen sich um wie eine Gruppe von

Forschern im Halbdunkel einer Pyramide. Ingeborgs Taschenlampe glitt an Säulen empor, traf auf ziemlich marode Wände und eine Menge Gerümpel ... sowie auf eine darunter wohnende Ratte, die sich rasch zurückzog, um irgendetwas zu erledigen.

Eddie bellte probeweise, und das Bellen hallte von überall her wider, als wären hundert Hunde im Haus. Eddie verkroch sich hinter Mathilda und winselte leise, woraufhin auch die hundert anderen Hunde winselten.

»Das Ding bricht uns nicht gerade *jetzt* über dem Kopf zusammen, oder?«, fragte Mathilda zweifelnd. »Ich meine, das wäre eine wirklich großartige Planung deines Abgangs, aber das traue ich dir dann doch nicht zu. Dass du diese Leute hier alle mitreißt. Das wäre zu sehr ... Oper.«

»Wie schön«, seufzte Ewa Kovalska.

Birger zuckte die Schultern, grinste und – natürlich – fuhr sich durchs Haar, in das ein wenig Putz gerieselt war. Der Putz blieb in seinem Haar, doch es richtete sich in drei oder vier neue Richtungen seines privaten Magnetfeldes aus.

»Das Haus ist stabil«, bemerkte er.

»Das war unsere Geigerin auch«, murmelte Ingeborg. »Sie ist gestern gestorben.«

Einen Moment lang schwiegen alle betreten. Dann sagte Kilian: »Wir haben eine Menge Kram aus dem Auto reinzutragen. Wir sollten damit anfangen«, und das taten sie.

Eine Stunde später war die Villa eine andere geworden.

Sie war erleuchtet von definitiv mehr als achtundfünfzig Kerzen in Gläsern; in einem der oberen Räume lagen Kissen zum Daraufsitzen, aber da fast niemand auf Sitzkissen sitzen konnte, standen dort auch eine Menge Klappstühle. Und auf einer alten, entstaubten Kommode war ein Buffet ausgebreitet, das jede Studentenparty verblassen ließ. Herr Mirusch stand davor und lächelte.

»Jeder hat etwas mitgebracht«, flüsterte er gerührt. »Genau wie früher. Und nichts passt zusammen. So muss das sein.« Er tunkte einen Rollmops in Schokoladencreme, biss hinein und sah sich um. »Wir hatten doch auch Wein?«
Mathilda nickte. »Schon. Aber wenn ich mir die Medikamente, die Krankheiten und die Autofahrersituation hier so ansehe, dürfen genau drei Personen den Wein trinken. Das sind Sie, ich und Eddie.«
»Prost«, sagte Herr Mirusch und goss zwei Gläser voll. Eddie, den die ganze Situation noch immer verwirrte, fraß lieber einen Rollmops.
»Und meine Wenigkeit?«, fragte Kilian hinter ihr.
»Du bist fünfzehn.«
»Ist mir aufgefallen«, knurrte Kilian und griff nach einer Weinflasche, die Mathilda ihm wieder wegnahm. Sie drückte ihm stattdessen ein Bier in die Hand.
»Eins, Kilian. Ein Bier. Mehr nicht. Ich zähle.«
»Schön, dass du bis eins zählen kannst«, fauchte Kilian, und Mathilda wandte sich ab, um auf den Balkon zu gehen, der am Haus klebte und hoffentlich noch eine Weile hielt, ehe er hinunter in den Garten stürzte. Sie hatte gehofft, dort Birger zu treffen, weil es schön gewesen wäre, mit ihm auf einem Balkon zu stehen und aufs Meer hinauszusehen.
Aber auf dem Balkon stand Doreen.
Sie hielt eine Zigarette zwischen den Fingern und benutzte eines der Kerzengläser als Aschenbecher. Mathilda trat neben sie. Bis jetzt hatte Doreen Seite an Seite mit ihnen alle Dinge durchs Fenster getragen, schweigend, effektiv und ohne Emotion im Gesicht. Sie hatte kein einziges Wort mit Birger oder Kilian gewechselt, sie schienen sich gegenseitig zu ignorieren.
»Schön hier draußen«, sagte Mathilda.
»Hm«, sagte Doreen.
Die Sonne ging auf der falschen Seite unter, das tun

Sonnen an solchen Orten immer, aber über dem Meer hing ein rötlicher Streifen von Dämmerlicht, und der stumme Schatten eines Seglers glitt in diesen Lichtstreifen, um die Erdkrümmung zu nutzen und zu verschwinden.

»Hier hätten wir also gewohnt«, sagte Doreen nach einer Weile. »Der Prinz und die Prinzessin. Jemand hätte die Wände weiß gestrichen und Blumen im Garten gepflanzt. Und dazwischen hätten unsere Kinder gespielt.« Sie klang bitter, als hätte ihr jemand dieses Bild weggenommen, obwohl es doch sie selbst gewesen war, die es zerstört hatte.

»Hat er wirklich geglaubt, dass die Welt so funktioniert?«, Doreen drückte ihre Zigarette auf der steinernen Balustrade aus. »Ich meine, wir sind damals hier am Strand entlanggelaufen, das ist schon wahr, und wir haben uns das vorgestellt. Man stellt sich doch dauernd irgendwas vor. Zum Mond zu fliegen. Zum Erdmittelpunkt zu reisen. Berühmt zu sein. Es heißt nicht, dass man das wirklich will.«

»Wie funktioniert die Welt denn?«, fragte Mathilda. »Ihrer Meinung nach?«

»Gar nicht«, antwortete Doreen und zündete sich eine neue Zigarette an. »Rauchen Sie?«

»Nein«, sagte Mathilda und deutete auf ihr Weinglas. »Ich trinke.«

Doreen lachte kurz und unfroh. »Was wird jetzt passieren?«, fragte sie.

»Meinen Sie mit dem Erbe? Wenn Birger stirbt?« Das letzte glühend orangefarbene Licht tauchte am Horizont ins Meer, und Mathilda stellte sich auf ein verlöschendes Zischen ein, das jedoch ausblieb. Die meisten Dinge, dachte sie, verlöschen ohne viel Aufhebens, selbst das Licht.

»Ich weiß nicht, wer erbt. Zuerst muss er noch ein paar Rechnungen bezahlen, die wir ihm gestellt haben. Ich meine: das Institut. Und dann ... vermutlich doch Kilian. Sie scheinen sich zu mögen. Auf eine seltsame Art.«

Doreen nickte, rauchend.

»Sind Sie hier, weil Sie etwas wieder zurechtbiegen wollen?«, fragte Mathilda. »Weil Sie gehofft haben, dass Sie dann trotz allem erben? Sie brauchen das Geld ziemlich dringend, oder?«

Doreen nickte wieder. »Aber ich bin nicht deshalb hier. Und ich habe nicht das Geld gemeint mit Was-wird-jetzt-passieren?«

»Nein? Was *haben* Sie gemeint?«

»Alles andere«, sagte Doreen. Doch auf die Frage, was alles-andere passieren würde, konnte ihr Mathilda auch nicht antworten, und da gingen sie beide hinein. Um endlich zu spielen.

Eine solche Nacht hatte das Haus noch nie erlebt.

Warm angezogen in den kühlen Räumen, in Decken gewickelt, saßen fünfundzwanzig mehr oder weniger alte, mehr oder weniger kranke Menschen und schrieben Wörter auf Zettel, tauschten Karten aus, flüsterten, klebten sich Zettel auf die Stirn, räuberten das Buffet leer, tranken Traubensaft aus der Flasche wie Wein, stritten sich über die Musik, die der Ghettoblaster spielen durfte, vertrugen sich und lachten zusammen. Und was sie taten, war so weit von einer Seniorenrunde entfernt wie die Wüste Gobi oder der Pferdkopfnebel.

Irgendwann löste sich die große Runde der Klappstühle auf, einzelne Grüppchen von Leuten verzogen sich in angrenzende Räume, sie durchwanderten das Haus, als wären sie selbst ein Krebsgeschwür, jedoch ein freundliches; bildeten Metastasen in allen Stockwerken und spielten für sich allein weiter, sinnfrei und unbeschwert spielten sie durch die Nacht.

Niemand sah auf die Uhr.

Mathilda verlor beim Leute-Raten.

»Okay, ich habe ein Problem mit meiner Frisur, ich bin kein Musiker, kein Schauspieler, kein Maler, kein Schriftsteller. Ihr seid euch sicher, dass ich diese Person kenne?«

Sie nickten alle, einhellig grinsend, und sahen den Zettel an, der auf Mathildas Stirn klebte.

»Lebe ich noch?« Sie nickten wieder.

»Das beruhigt mich«, sagte Mathilda. »Habe ich ein I und ein E im Namen?« Nicken von allen.

»Gehe ich gerne an der Panke spazieren?« Nicken von Ingeborg, Birger und Kilian.

»Mag ich ein rotes Sofa sehr gerne?« Nicken von Kilian.

»Okay.« Mathilda atmete tief durch. »Wenn ich einen letzten Wunsch frei hätte, würde ich mir eventuell wünschen, etwas in der Vergangenheit zu ändern? Die Realität zu ändern?« Sie sah Birger an. Birger schüttelte den Kopf.

»Das würdest du nicht.«

»Und was ... würde ich mir wünschen?«, flüsterte Mathilda. Sie wusste, was auf ihrer Stirn stand. *Birger Raavenstein*. Er saß neben ihr, beinahe zu nah, weil sie alle zusammengerückt waren. Die Kerzen, die in der Mitte ihres Kreises auf dem Fußboden standen, flackerten. Sie war ein wenig angetrunken.

»Was würde ich mir in diesem Moment wünschen?«, wiederholte sie, kaum hörbar. »Und was ... für immer?«

Da nahm Birger ihre Hand, drückte sie kurz und lächelte. »Einen Dosenöffner«, antwortete er sanft.

Mathilda entriss Birger ihre Hand und rupfte das Stück Papier von ihrer Stirn.

EDDIE stand darauf.

Später wanderte sie allein durch die Räume, auf der Suche nach einer Toilette. Sie fand sogar eine, wenngleich die Spülung nicht funktionierte, und sie wanderte zurück, nicht mehr ganz sicher auf den Beinen, mit den Schatten des

Hauses verschmelzend. Weiße Wände und Blumen im Garten. All die Helligkeit, die hier einziehen könnte! Wenn es das Paar von damals gäbe, sie und ihn ... und das Kind. Wäre es ein Mädchen geworden? Niemand wusste es. Vielleicht wanderte es irgendwo herum wie Mathilda, ein inzwischen fünfzehnjähriger Geist, der noch nicht mal ein Aussehen besaß.

Sie hörte Stimmen aus einem der kleineren Räume und blieb stehen.

»Wenn man nicht lieben kann, kann man eben nicht«, sagte Ewa Kovalska.

»Aber es wäre so unbefriedigend, es niemals zu tun«, entgegnete eine zweite Stimme. Mathilda hielt die Luft an. Doreen.

»Das dachte ich auch immer«, sagte Ewa sanft. »Es ist etwas, das man nicht als letzten Wunsch äußern kann: zu lieben. Kein Institut der Welt kann so einen Wunsch erfüllen. Oder ...« Sie ließ eine Weile verstreichen, in der Mathilda an der rauen grauen Wand lehnte und die Decke, die sie um die Schultern trug, enger um sich zog. »Oder doch.«

»Aber das war nicht Ihr letzter Wunsch. Ihr letzter Wunsch war diese Sache mit Maria Callas, von der Sie erzählt haben ...«

In diesem Augenblick legte jemand Mathilda eine Hand auf die Schulter, und sie erschrak.

»Wir brauchen noch jemanden für Mord in Palermo«, flüsterte Jakob Mirusch. »Kommen Sie mit nach oben?«

»Ich ... Mord in ... wo?«

»Es ist ein Spiel«, erklärte Jakob Mirusch ernst, doch das hatte sich Mathilda fast gedacht.

Die Nacht wurde später und Mathilda mehrfach ermordet. Die Runde zerstreute sich schließlich, und dann fand sie wieder zwei Stimmen, diesmal auf dem Balkon. Die eine gehörte Ewa, aber die andere nicht Doreen. Es war Jakob, der jetzt dort mit ihr stand. Das Mondlicht spielte auf der glänzenden Oberfläche der Sauerstoffflasche.

»Es dauert nicht mehr lange«, sagte Ewa leise. »Ich spüre es. Die Callas wird ihr nächstes Konzert ohne mich geben müssen, die Klinik ruft schon wieder nach mir.«

In der Ferne rauschte das Meer, unsichtbar jetzt in der Nacht, und die Kiefern hinter dem Haus rauschten mit ihm, das ganze Universum schien zu rauschen. Mathilda war wirklich ziemlich betrunken. Jakob legte einen Arm um Ewas zerbrechliche Schultern.

»Bei mir weiß man es nicht. Ich kann jeden Moment umfallen und tot sein – oder auch wieder nicht. Ist das nicht merkwürdig? Manchmal macht es mich wahnsinnig.«

Ewa lehnte sich ganz sachte an ihn, und dann wurden ihre Stimmen so leise, dass Mathilda nichts mehr verstand. Sie setzte sich auf einen der Klappstühle, und dann musste sie wohl eingeschlafen sein, denn als sie wieder aufwachte, waren die Kerzen im Raum erloschen und die Stimmen wieder ausgetauscht worden. Draußen auf dem Balkon sprach jetzt Jakob nicht mehr mit Ewa, sondern mit Kilian.

Kilian?

Mathilda versuchte, wach genug zu werden, um das Gesagte zu verstehen, doch sie bekam nur einzelne Worte mit.

»Das ist gut«, meinte Jakob irgendwann.

Und Kilian sagte: »Hunde« oder »hundert«, und später »ich hoffe«, aber was er hoffte, hörte Mathilda nicht. Sie schlief wieder ein.

Es war wie in einem seltsamen Theaterstück, denn beim nächsten Aufwachen hatte abermals jemand einen der Protagonisten ausgetauscht. Jakob war verschwunden, aber Kilian war noch da, und er sprach mit Birger. Keiner der Leute, die durch den Raum gingen, um auf den Balkon zu kommen, schien die halbschlafende Mathilda in ihrer

Schattenecke zu bemerken, und sie fragte sich, ob sie womöglich gar nicht wirklich da war.

»Halt, Finger weg!« Dieser Satz war laut und deutlich, und er stammte zu Mathildas Erstaunen von Birger. »Du kriegst sie erst, wenn du machst, was wir besprochen haben.«

»Vergiss es. Arschloch. Nein.«

Mathilda beugte sich vorsichtig vor und sah einen Schimmer von etwas, das keine Sauerstoffflasche war. Etwas, das Birger mit beiden Armen umschlungen hielt. Eine Gitarre. Eine neue, wunderschöne Gitarre, auf deren Einlegearbeiten das Mondlicht spielte.

»Du weißt, dass du keine Wahl hast, Kilian«, sagte Birger sanft.

Ein Schauder überlief Mathilda, kalt und unangenehm. Worum zum Teufel ging es? Worum ging es überhaupt in dieser Nacht? Sie war jetzt wieder wach. Sie saß ganz still.

»Ich tauch unter, und du siehst mich nie wieder«, antwortete Kilian mit seinem gewöhnlichen Knurren. »Keiner von euch sieht mich wieder. Ich bin hier nur mitgekommen, weil ich dachte, wir … dass wir uns irgendwie verstehen, aber du …«

»… bist so stur«, soufflierte Birger.

»Exakt«, sagte Kilian.

»Sehr schöne Gitarre«, sagte Birger. »Der Händler meinte …«

»Mir egal, was der Händler meinte. Behalt das Ding. Schmeiß es ins Meer. Ich mach das nicht.«

»Willst du sie ausprobieren? Für, sagen wir, fünf Minuten?«

Kilian schien mit sich zu kämpfen. Dann nahm er die Gitarre, und ein paar zögernde Töne tropften zum sternenlosen Himmel empor. Die Töne wurden mehr und dichter, Mathilda dachte an den Teufelsberg und die Kuppel dort, aber hier vervielfachte nichts die Melodien, sie standen ganz allein und waren unerwartet wunderschön. Nichts, was man einem fünfzehnjährigen blauhaarigen Jungen eigentlich zutrauen würde.

Schließlich unterbrach Birger ihn, und Mathilda merkte, wie sie die Fäuste ballte. Birger Raavenstein konnte also auch grausam sein. Er nahm die Gitarre wieder an sich und steckte sie sorgfältig in eine Hülle, deren Reißverschluss er zuzog.

»In einer Woche kann sie dir gehören, weiß du.« Da sprang Kilian auf und schrie dem Meer einen Fluch entgegen, dann drehte er sich um und rannte durch den Raum. Birger folgte ihm, und Mathilda machte sich ganz klein, aber keiner der beiden sah sie.

Sie fand Birgers Stimme weiter unten im Haus wieder.

»Ich hoffe wirklich, er bleibt in der Nähe, verdammt«, sagte diese Stimme. »Der Weg führt direkt zum Strand runter.«

»Ich weiß«, antwortete Doreen. »Wir haben ihn doch zusammen entdeckt. Damals.«

»Damals«, wiederholte Birger. »Doreen, wie ... heißt du überhaupt wirklich?«

»Unwichtig«, meinte Doreen. »Damals ... an dem Tag, an dem wir das Haus und den Weg gefunden haben und all diese Träume hatten ...«

»Ja?«

»Ich glaube, das war der Tag, an dem ich dich tatsächlich geliebt habe.«

»Nur dieser eine?«

»Ja. Nur dieser eine. Aber der war echt.«

Sie schwiegen eine Weile, und dann sagte Doreen: »Es tut mir leid. Ich bin ich, aber das tut mir leid. Ich hätte das Geld wirklich dringend gebraucht. Schulden und so. Blöd gelaufen.«

»Was soll ich mit dem Geld, wenn ich unter der Erde liege?«, fragte Birger und lachte. »Du kannst es haben. Kilian kann doch nichts damit anfangen. Ich würde allerdings gerne eine Bedingung daran knüpfen.«

»Und die wäre?«

»Pass auf ihn auf. Wenn ich tot bin. Jemand muss aufpassen. Mathilda ist ... sie ist zu sehr Mathilda. Sie ist zu jung. Und ich ... Nein, das gehört hier nicht her. Du hast was gutzumachen, oder? Pass auf ihn auf. Er kann was. Glaube ich. Vielleicht. Er muss weitermachen mit der Musik und ... überhaupt.«

»Und warum ist er weggerannt?«

»Weil ich die Gitarre an eine Bedingung geknüpft habe. Er muss etwas für mich tun, damit er sie kriegt. Er hat gesagt, auf keinen Fall, und ich habe ein bisschen Angst, dass er da draußen mitten im April schwimmen geht aus lauter Ärger.«

»Was soll er denn für dich tun?«, fragte Doreen, ein wenig ängstlich, wie es schien. Mathilda teilte ihre Angst.

»Oh, etwas sehr Vernünftiges«, antwortete Birger. Aber da wurde auch dieses Gespräch unterbrochen, denn drei sehr lustige alte Damen kamen vorbei, stolperten beinahe über Mathilda und nahmen sie mit zu einer Runde Rommé in einem besser beleuchteten Raum.

Als Mathilda Doreen das nächste Mal sah, stand sie mit Ingeborg in einer Ecke und klebte neue Kerzen in Gläser, und sie schienen sich dabei ebenfalls zu unterhalten, weil sich jeder in dieser Nacht mit jedem unterhielt und jeder seltsame Wahrheiten auszutauschen hatte.

»Komm, Eddie«, flüsterte Mathilda, die ihren Hund zwischen den Kissen wiedergefunden hatte. »Wir beide gehen ein Stück am Strand spazieren und unterhalten uns auch auf geheimnisvolle Weise. Die Nacht scheint ziemlich lang zu werden.«

Der Weg zwischen den Kiefern war nur ein Pfad, Mathilda stolperte über tausendundeine Wurzel, doch dann war sie am Strand, und der Strand war eiskalt, aber auf unwirkliche Weise schön. Der Mond kam heraus und beleuchtete das Dünengras und die Mülltonnen, die den Sand in Abschnitte teilten und so blau waren wie Kilians Haar.

Kilian war nirgendwo zu sehen. Eddie und Mathilda machten einen langen Spaziergang, wurden beide wieder nüchtern (sie war nicht ganz sicher, was Eddie getrunken hatte). Und gerade als sie merkten, dass sie nicht mehr wussten, welcher Strandaufgang zu Birgers alter Villa führte, trafen sie Ingeborg.

Sie stand wildlockig im Wind und starrte das Meer mit einer Konzentration an, als wollte sie es in eine Akte eintragen.

»Ingeborg«, begann Mathilda vorsichtig. »Wann fahren wir eigentlich wieder zurück?«

»Morgen«, sagte Ingeborg. »Ich habe eine Art Frühstück für alle im Wagen.«

Sie starrte weiter aufs Meer.

»Ingeborg, was machst du da?«, flüsterte Mathilda.

»Ich denke«, erklärte Ingeborg. »Ich versuche herauszufinden, wie das hier alles ausgeht. Irgendetwas stimmt nicht da drinnen. Im Haus. Ich meine, alles stimmt, alle scheinen so ... glücklich. Aber es ist ein Haken da. Ein nichtkommunizierter Plan. Irgendetwas bahnt sich an. Und ich komme nicht darauf, was es ist.«

Sie setzten sich nebeneinander in den Sand, Eddie zwischen sich, und versuchten, draußen auf dem Meer irgendetwas zu finden, was nicht da war.

»Dies hier ist auf jeden Fall die verrückteste Nacht ever«, meinte Mathilda. »Ewa Kovalska hat vorhin mit Doreen über die Liebe gesprochen, kannst du dir das vorstellen?«

»Doch, das kann ich«, sagte Ingeborg.

»Wenn man nicht lieben kann, kann man eben nicht, hat sie gesagt. Ich frage mich, was oder wen sie meint. Diesen Mann, den sie einmal hatte? Oder Doreen? Wenn man nicht lieben kann, kann man eben nicht ... Man kann das nicht als letzten Wunsch äußern. Zu lieben.«

Ingeborg lachte leise. »Und umgekehrt genauso. Man kann sich nicht wünschen, geliebt zu werden. Es geschieht – oder es geschieht nicht.«

Sie streckte die Hand über Eddie hinweg und strich Mathilda ganz leicht durchs Haar. Ihre Bewegung hatte nichts Anzügliches oder Forderndes, es war beinahe wie etwas, das man zum Abschied tut. Obwohl Ingeborg natürlich nirgendwohin ging. Mathilda nahm die Hand, die Ingeborg längst wieder zurückgezogen hatte, und hielt sie einen Moment lang fest.

»Tut mir leid«, sagte sie.

»Muss es nicht«, sagte Ingeborg.

Und in diesem Moment fing die Callas an, zu singen.

Sie war nur ein Schatten zwischen den Kiefern.

Sie war jung.

Sie war nicht die Callas, die im Theater Unterm Dach gesungen hatte, sie war die Callas, die man sich vorstellt, wenn man sich die Callas vorstellt. Sie war wunderschön und trug etwas Langes, Enges, Schwarzes, obwohl sie nicht unbedingt ganz schlank war, und ihre Stimme war eindeutig die Stimme der jungen Callas. Sie war zurückgekehrt, aus dem Meer gestiegen, aus der Nacht geboren.

Manchmal knisterte sie, als hätten ihre Stimmbänder die Kratzer einer alten Schallplatte.

Eddie rannte ein paar Schritte über den Strand hinauf und blieb dann stehen wie versteinert, die Ohren lauschend aufgestellt, den Kopf erhoben, um nicht einen einzigen Ton zu verpassen.

Hier war sie, seine erste und letzte und einzige Liebe, die

Frau, deren ältere Version er von nahem gesehen hatte. Mathilda erwartete, dass er wieder jaulen würde, aber er jaulte nicht. Er stand nur da und hörte andächtig zu, ein Wischmopphund mit dem Ausdruck eines betenden Heiligen: erfüllt, erleuchtet, glücklich.

»Wer ist das?«, flüsterte Mathilda.

»Blöde Frage, die Callas, das siehst du doch«, sagte Ingeborg.

»Ja, aber wer ...?«

»Komm.«

Mathilda zog ihre Schuhe aus und folgte Ingeborg barfuß über den Sand nach oben; plötzlich brauchte sie das Gefühl des kühlen Bodens unter ihren Sohlen, aber die Welt wurde dadurch nicht wirklicher, sondern seltsamerweise noch unwirklicher. Der Schatten glitt zwischen den Kiefernstämmen hindurch und verschwand zwischen ein paar Büschen voll duftender weißer Frühlingsblüten, als Mathilda, Ingeborg und ein ehrfürchtig schleichender Eddie das Haus erreichten. Die Wiese war taunass unter Mathildas Füßen, als weinten alle Grashalme mit Maria Callas um Aidas Ramses, um Isoldes Tristan, um Elisabeths Don Carlos und vielleicht um das gebrochene Herz eines Hundes.

Drinnen im Haus schwamm jetzt eine seltsame Stille, niemand spielte mehr, die Kerzen brannten ruhig in ihren Gläsern wie leuchtende Zimmerpflanzen. Drei alte Damen und einer der Taxifahrer saßen auf ihren Klappstühlen, dick in Jacken und Decken eingewickelt, auf dem Balkon im ersten Stock und lauschten dem Gesang aus dem Garten. Die Figur dort war wieder aufgetaucht, und tatsächlich kam der Gesang von unten, man hörte es jetzt deutlich.

»Ein Geist«, stellte Ingeborg sachlich fest.

Alle alten Damen und der Taxifahrer drehten sich um und legten mahnend die Finger an die Lippen.

Einen Raum weiter fanden sie zehn weitere Klienten des

Instituts friedlich schlafend an; jemand hatte auf ein paar alten Bettgestellen ein behelfsmäßiges Lager aus den mitgebrachten Sitzkissen errichtet, das recht bequem aussah. Das leise Schnarchen der Schläfer lag wie eine eigene Melodie im Raum, und Mathilda fragte sich, wer es gewesen war, der sich um das Lager gekümmert hatte. Es war eine ziemlich gute Idee.

Sie suchte den zweiten Taxifahrer, aber der war nirgends zu sehen. Und dann sah sie eine andere Gestalt in der anderen Ecke des Raumes, eine dürre, beinahe fragile Gestalt, die gerade eine Decke über einen weiteren Schläfer breitete und sich dann auf eine herumstehende Kiste setzte, als wollte sie gleich einem Gott der Träume über die Todgeweihten wachen.

»Kilian«, wisperte Mathilda.

Er hatte sie nicht bemerkt, er saß da, ganz still, in seinem Schlafkindergarten aus alten Leuten, und vielleicht stellte er sich vor, wie es wäre, dort zu sitzen und eine Gitarre zu haben. Mathilda spürte etwas Heißes und Merkwürdiges in sich aufsteigen.

»Ich mag diesen Jungen sehr«, flüsterte sie. »Auch wenn ich ihn hasse.«

Ingeborg zog sie zurück, aus dem Raum, in Richtung Balkon.

Doch Eddie zog auch an Mathilda, und er zog sie am Balkon vorbei, wo sie Ingeborg zurückließen, die Treppe hinauf. Zwei Treppen hinauf sogar, bis ganz nach oben, und dann durch einen Flur in einen kleinen Raum, in dem eine einsame letzte Glaskerze auf dem Fensterbrett wuchs. Das Fenster sah zum Meer, und mit dem Fenster sah noch jemand dorthin, beide Hände aufs Fensterbrett gestützt. Jemand, der erschöpft wirkte, aber auch ein wenig unheimlich.

Eddie blieb hechelnd sitzen. Er hatte Mathilda hierhergeschleift, obwohl man Maria Callas unten besser hörte, und das hieß, dass es wichtig war.

»Hallo«, sagte Mathilda kleinlaut.

»Hallo«, sagte Birger.

»Da unten ... singt ein Geist?«

Birger nickte, ohne sich vom Fenster abzuwenden.

Mathilda trat neben ihn und hatte auf einmal das Bedürfnis, Eddie auf den Arm zu nehmen und an sich zu drücken. Es war kalt hier oben, das Fenster schien nicht ganz dicht zu sein. Aber wer in diesem Haus war schon ganz dicht.

Birgers Gestalt neben ihr war nur ein schwarzer klobiger Schemen. Er war nur Zentimeter von ihr entfernt und doch Meilen weit fort. Sie hätte ihn gerne gefragt, was er von Kilian verlangt hatte. Was Kilian für ihn tun musste, um die Gitarre zu bekommen. Doch sie wollte nicht zugeben, dass sie gelauscht hatte, und so fragte sie nicht.

»Hier wäre das Arbeitszimmer gewesen«, sagte er ganz plötzlich. »So ein kleines, murkeliges Arbeitszimmer, in das nichts reinpasst bis auf einen Schreibtisch, einen Stuhl und Bretter an den Wänden, um Bücher darauf zu stellen.«

»*Dein* Arbeitszimmer.«

Er zuckte die Achseln. »Nicht unbedingt. Es hätte jedem gehören können. Ich weiß nicht, vielleicht hätte sie hier Briefe geschrieben. Wohin schicken Schmetterlinge Briefe? In die weite Ferne, in die sie verreisen wollen? Weißt du, dass ich in allen diesen Fernen war? In allen Ländern, von denen wir damals zusammen geträumt haben? Ich habe alle meine freien Tage da verbracht, irgendwo, und ich dachte, ich treffe sie.«

»Aber es gibt sie gar nicht«, sagte Mathilda.

Er schüttelte den Kopf. »Nein. Es gibt sie nicht. Sie ist immer ein Geist gewesen wie der von der Callas da unten. Sie war immer die Doreen, die sie jetzt ist, und nie die, die ich mir ausgedacht hatte. Es war vielleicht ... nicht nett von mir, sie mir anders auszudenken.«

»Ich habe mal mit einem Arzt zusammengewohnt«, flüsterte Mathilda. »Der hat sich mich auch anders ausgedacht. Oder ich hatte mir mich anders ausgedacht. Weniger bunt und ordentlicher und ... na ja. Wir haben es dann allerdings eingesehen, und er ist weggegangen. Seitdem fusselt das Sofa. Und ich habe ihn gegen Eddie eingetauscht. Das Blöde ist nur, dass der Arzt zwischendurch vergessen hat, wer ich wirklich bin, und zurückgekommen ist.«

»Er war aber nicht auf deinem Sofa«, sagte Birger, und sie hörte eine hochgezogene Augenbraue.

Und da war er nicht mehr weit weg und unheimlich, und sie lachte.

»Nein, er war nicht auf meinem Sofa. Sonst hätte er komische Fragen gestellt. Zum Beispiel, warum ich seit zwei Wochen einen Strauß Gras auf dem Tisch stehen habe.«

»Warum hast du seit zwei Wochen einen Strauß Gras auf dem Tisch stehen?«, fragte Birger.

Eddie kläffte leise.

»Nur deshalb?«, fragte Birger ihn, und er kläffte noch einmal bejahend.

»Das hieß: Weil du ihn gepflückt hast, Idiot«, übersetzte Mathilda, und Birger nickte. »Das habe ich verstanden. Nur dass er nicht Idiot gesagt hat.« Und irgendwie war das genau die Gelegenheit, bei der man sich hätte umarmen oder küssen müssen.

Aber Mathilda war nicht die ausgedachte Doreen, und außerdem war Eddie, trotz oder gerade wegen seiner Sympathie zu Birger, im Weg.

Der Moment verstrich, und Birger öffnete das Fenster.

»Die Callas singt nicht mehr«, stellte er fest.

»Hört sich an, als wäre die Callas ein Vogel ...«

Sie lauschten in die Stille der Nacht.

»Ich höre das Meer nicht mehr«, sagte Mathilda. »Ich habe mich schon so sehr daran gewöhnt, dass ich es nicht mehr höre. Wie an den Autolärm in Berlin. Komisch.«

»Wer bist du eigentlich, Mathilda?«, fragte Birger, und Mathilda zuckte zusammen bei der Frage.

»Wie meinst du das – wer bin ich?«

»Na ja ... du hast Medizin studiert, aber dann hast du es aufgegeben und lieber das Institut mit aufgebaut, und du hattest einen Arzt, der aber fusselte.«

»Nein! Das ist das Sofa!«

»Egal«, sagte Birger, »und jetzt hast du einen fusselnden Hund, und du bewahrst Gras auf, das dir ein wildfremder komischer Typ schenkt. Und du lachst ständig, aber du weinst nie. Und du hast alle diese bunten Sachen auf deinen Kleidern, von früher, als du ein Kind warst, aber du redest nie davon, wie es war, als du ein Kind warst.«

»Es war schön«, wisperte Mathilda. »Einfach. Meine Eltern waren da, und ich musste nichts entscheiden und ...«

»Irgendwie glaube ich das nicht«, meinte Birger.

»Jetzt leg mal den Psychologen in dir schlafen«, sagte Mathilda. »Was wird das denn hier?«

»Ich weiß nicht«, antwortete Birger. »Ehrlich. Ich weiß wirklich nicht, was das wird.«

Und weil der Moment, in dem man sich hätte küssen können, vorüber war, zog er sie an sich und küsste sie. Um Eddie herum, ein wenig schief. Sie behielt ihre Lippen fest geschlossen, riss sich los und starrte ihn an, aber im Flackerlicht der Kerze war nicht besonders viel zu sehen. Nur dass er sich schon wieder durchs Haar fuhr, nervös.

»Entschuldigung.«

»Ich liebe dich«, sagte Mathilda.

»Aber du möchtest nicht von mir geküsst werden.«

»Das ist mir noch unklar«, flüsterte sie seltsam heiser. »Ich ... ich glaube, ich muss erst darüber nachdenken.

Ich … Was ist denn jetzt plötzlich mit Doreen? Oder geht es nur um eine Nacht hier in diesem Haus? Geht es um Sex? Geht es darum, wieder irgend so einen letzten Restwunsch zu erfüllen?«

Birger schüttelte den Kopf.

Eddie drängelte sich wieder zwischen sie, wie um zu vermitteln, aber er besaß einfach zu viel Fell, was einem in die Quere kam.

»Er ist nachts übrigens wirklich blau«, sagte Mathilda mit einem kleinen Lachen. *Du lachst immer.* »Wie auf meinem T-Shirt, weißt du?«

»Natürlich«, antwortete Birger.

Und da schlang sie ihre Arme um ihn und drückte ihn einfach nur an sich, ohne noch mal mit komplizierten Dingen wie Küssen anzufangen. Sie presste ihr Gesicht in den Stoff seines Hemdes, und er hielt sie fest, und sie hörte, wie schwer und mühsam er atmete. Irgendwo dort, vielleicht fünfzehn Zentimeter von ihrem Gesicht entfernt, saß dieser verdammte Tumor und wuchs langsam und stetig in die Aorta hinein und quetschte die Luftröhre ab und wusste nicht einmal, was er da machte. Irgendwo ganz nahe pumpte Birgers Herz das Blut durch seinen Körper. Noch tat es das, noch blähten sich die Lungenflügel, noch geschah dies alles. Aber derselbe Organismus, dessen warme Lebendigkeit sie jetzt an ihrer Wange spürte, würde in wenigen Monaten kalt und funktionslos sein. Und dann würde sie vielleicht an einem Klinikbett stehen und die Hand auf einen kalten Körper legen und an diesen Moment zurückdenken, und so war es, als geschehe dies alles eigentlich gleichzeitig. Jetzt war schon dann, und dann würde noch immer jetzt sein …

Die Zeit war eine seltsame Dimension.

Und der Moment ein endloser.

Dann schrie jemand.

Auf dem gleichen Stockwerk, einen oder zwei Räume weiter.

Birger ließ Mathilda los, und sie standen einen Augenblick starr da und sahen sich an, ehe sie losrannten.

Gleichzeitig rasten Schritte die Treppe hinauf. Da waren Stimmen, aufgeregt und nah, da waren Lichter von mehreren Taschenlampen. Mathilda blinzelte, sie stand im Flur. Einer der Taxifahrer drängte sich an ihr vorbei. Sie hörte Ingeborg etwas rufen.

Und dann stand sie in einer offenen Tür, der Tür zu einem weiteren kleinen Raum im Obergeschoss des Hauses. Dort lagen, im weißen Taschenlampenlicht, zwei Körper auf einer Decke, nah beieinander, als schliefen sie. Über ihnen kniete der eine der Taxifahrer, mit etwas wie Herzdruckmassage beschäftigt, während der andere sein Handy in der Hand hielt und hektisch hineinsprach.

Ingeborg kniete jetzt ebenfalls.

Die beiden auf der Decke waren Jakob Mirusch und Ewa Kovalska. Sie hatten im Schlaf die Arme umeinander gelegt, eine Umarmung, die für die Ewigkeit gedacht gewesen war.

»Ich hab jetzt einen Puls«, sagte der Taxifahrer. »Aber er ist viel zu langsam. Da stimmt etwas nicht.«

Ingeborg hob schweigend ein kleines Schraubglas vom Boden auf. Es war leer bis auf zwei kleine hellblaue Tabletten.

»Benzos«, stellte sie fest und sah auf. »Benzodiazepine. Schlafmittel. Eine Menge. Verursachen Bradykardie und Atemdepression. Also, man atmet nicht mehr, und das Herz schlägt zu langsam. Sind aber leicht mit einem Gegenmittel zu antagonisieren.«

»Sie hatten keine Wünsche mehr«, flüsterte Birger, der so dicht hinter Mathilda stand, dass er sie berührte. »Gar keine. Und sie hatten sich gefunden, glaube ich. Gegenseitig.«

»Der Notarzt ist auf dem Weg«, sagte der Taxifahrer, der bis jetzt ins Handy gesprochen hatte.

Mathilda dachte lose zusammenhängende Worte. Sie dachte Blau und Kilians Haar und Sie sehen so glücklich aus.

»Lasst sie doch schlafen«, wisperte sie.

Aber ihre Bitte wurde nicht erhört.

16.

Es endete alles wie eine Party, in die die nach Hause kommenden Eltern hereinplatzen. Das Blaulicht draußen ließ den Zauber der Nacht zu glitzerndem Staub zerfallen, der sich in nicht-glitzernden, gewöhnlichen Staub verwandelte, sobald er den Boden berührte.

Und plötzlich sah Mathilda alles mit den Augen des Notarztes:

Das baufällige, graue Haus, das einst eine Villa gewesen und jetzt nicht viel mehr war als abrissbereit. Die Spinnennetze. Den Dreck von Jahrzehnten. Die Versammlung der verwirrten und übermüdeten alten Leute, die mit Decken über den Schultern herumstanden wie die Überlebenden einer Katastrophe, die lächerlichen Kerzen in ihren lächerlichen Gläsern – wie das Bastelprojekt eines Kindergartens. Die halbvolle Weinflasche auf dem Fensterbrett.

Sie sah sich selbst, auf dem Boden kniend, in der einen Hand zwei hellblaue Pillen, in der anderen ein leeres Glas, dessen Schraubverschluss irgendwo verlorengegangen war. Die beiden reglosen Körper auf der Decke am Boden. Ingeborgs zu harsches, feindseliges Gesicht, das sie an die Tür gelehnt hatte, um den Arzt und die Sanitäter anzustarren.

Nur Birger, wie seltsam, Birger veränderte sich nicht, als Mathilda ihn durch die Augen des Notarztes sah. Er stand genauso nutzlos herum wie alle anderen, mit hängenden Armen und seltsamem Blick, aber er war noch immer er selbst. Vielleicht lag es daran, dass die Nacht ihm keinen zusätzlichen Glanz verliehen hatte, weil gerade die Abwesenheit von Glanz oder Schönheit das war, was Mathilda an ihm mochte.

Er war der Einzige, der den Notarzt anlächelte. Der Notarzt schüttelte nur den Kopf, völlig perplex.

»So etwas habe ich noch nie …«, begann er, aber dann hatte er zu viel zu tun, und schließlich wurden zwei Tragen die Treppen hinuntergeschleppt, hinaus und durch das Loch im Maschendrahtzaun. Schließlich verschwanden die reglosen Körper von Ewa und Jakob inmitten des Blaulichtmeers im Krankenwagen.

»Können Sie uns sagen, weshalb wir durch den Zaun …«, begann der Arzt, und Birger erklärte die Sache mit dem Schlüssel, aber Mathilda fragte sich, ob sie ihm glaubten.

»Wir holen sie zurück«, sagte einer der Sanis. »Benzos, na ja. Aber was das hier alles soll …« Er schloss mit seiner Bewegung das Haus, die Kiefern und vielleicht die ganze Welt ein. Und dann stieg er ein, und sie fuhren ab. Ja, was die ganze Welt eigentlich sollte, das konnte Mathilda ihm auch nicht erklären.

»Wir sollten zusammenpacken und gehen«, murmelte Ingeborg besiegt. »Was immer das hier war, es ist vorbei.«

Mathilda ging einmal um das Haus herum, um die Callas zu finden, aber die Kiefern lagen einsam in der entzauberten Nacht; der Geist war fort, vielleicht mit dem Rest der Magie zerfallen. Als sie zurück zur Vorderseite der Villa kam, standen dort in der Tür Birger und Kilian. Mathilda blieb an der Hausecke stehen und sah sie einen Moment lang an, ohne gesehen zu werden.

Sie sahen beide noch immer die Straße entlang, obwohl der Krankenwagen längst nicht mehr auszumachen war. Sein Sirenengeheul war verschwunden und hatte nur noch Stille zurückgelassen.

Birger und Kilian standen ganz nah beieinander, sie schienen ein paar Worte zu wechseln, aber Mathilda hörte nur das Rauschen des Windes in den Bäumen. Schließlich nickte Kilian und ging ins Haus, und Birger blieb noch einen Moment stehen.

Da keimte in Mathilda ein Verdacht, der sich zu erhärten begann wie eine erkaltende Masse. Sie trat nur ganz langsam näher.

»Birger?« Sie sah zu ihm auf, die Augen leicht zusammengekniffen. »Woher hatten sie die Tabletten?«

Birger zuckte die Schultern. »Keine Ahnung. In der Apotheke besorgt?«

»Sind die frei verkäuflich? In der Menge? Irgendwie glaube ich das nicht.«

»Sie hat die Callas singen gehört«, sagte Birger. »Sie standen beide zusammen im Flur, am offenen Fenster, als ich in den zweiten Stock hochkam. Sie hat sie gehört, ganz sicher. Sie war glücklich. Und er auch.«

Mathilda nickte.

»Aber wir sind ein Institut, das letzte Wünsche erfüllt. Keine Sterbehilfe-Anstalt. Verdammt, Birger, wer hat ihnen die Tabletten gegeben? Du weißt es doch. Du wusstest überhaupt von der ganzen Geschichte, es war ein Plan. Ich ... Wusste Ingeborg es?«

»Nein. Ich meine ... ich wusste auch nichts, also weiß ich nicht, ob Ingeborg etwas wusste. Mathilda, sie haben das selbst entschieden, Jakob und Ewa. Sie sind beide ziemlich volljährig.«

Mathilda schlug mit der Faust gegen den Türrahmen, was den Putz daneben zum Bröckeln brachte.

»Verdammt, dann hätten sie von einem Hochhaus springen sollen! Benzos? Nichts Halbes und nichts Ganzes! Ich gönne es ihnen ja, im richtigen Moment zu sterben, glücklich zu sterben, nur jetzt ...«

Birger nahm sie in die Arme, und sie wäre gerne zurückgefallen in die Situation oben in dem Raum, der nie ein Arbeitszimmer für irgendwen werden würde. Aber es ging nicht. Sie sah den Blick des Notarztes noch.

»Jetzt hängt das Institut schon wieder mit drin«, wisperte sie.

»Es ist alles gut«, flüsterte Birger und strich ihr übers Haar, und sie fragte sich, ob er es schaffte, es so sehr durcheinanderzubringen wie sein eigenes. »Du machst dir zu viele Sorgen.«

Das Aufräumen gestaltete sich schwierig, da alle alten Leute zu aufgewühlt, zu müde, zu verwirrt oder alles auf einmal waren, so dass sie nutzlos durchs Haus rannten und überall im Weg waren.

Der plötzliche Zusammenbruch der nächtlichen Magie ließ sie alle in verschiedenen Sorten der Erregung zurück.

»Spielen, gut und schön, und dann wird man *umgebracht!*«, rief ein alter Mann.

»Ja, eine schöne Nacht«, bestätigte eine sehr schwerhörige Frau. »Aber was *war* eigentlich?«

»Sie haben sie gerettet«, sagte eine andere alte Dame zu dem Taxifahrer, der sich an der Herzdruckmassage versucht hatte. »Sie waren großartig. Ein Held!«

»Geld? Wofür denn?«, fragte die sehr schwerhörige Frau.

Eine dritte alte Dame ging mit dem Regenschirm auf den Taxifahrer los.

»Sie!«, schrie sie. »Wenn Sie sich nicht eingemischt hätten, wäre alles gegangen, wie es sollte! Warum haben Sie den Notarzt gerufen? Immer wollen uns alle am Leben erhalten, länger und länger, um uns auszusaugen und zu melken, den letzten Pfennig aus uns rauszuquetschen! Aber nicht mit mir, das sage ich Ihnen, ich entscheide selber, wann ich gehe, nicht heute, aber in ein paar Wochen, und wenn Sie mir dabei in die Quere kommen ...« Sie hielt ihm die Schirmspitze unter die Nase wie die Mündung einer Pistole. »Dann gnade Ihnen Gott, junger Mann!«

»Wer ist flott?«, fragte die sehr schwerhörige Frau.

Als die beiden Kleinbusse mit den Klienten des Instituts schließlich abfuhren und die letzten Flaschen, Schüsseln, Kissen und Decken in Ingeborgs Auto verstaut waren, stand nur noch Doreen da.

»Tja dann«, sagte sie, die Tür ihres eigenen Wagens schon geöffnet.

»Dann«, sagte Mathilda.

»Es ist ein schönes Haus, das du da gekauft hast«, sagte Doreen zu Birger.

Birger nickte. Er gab ihr die Hand. Mehr nicht.

»Danke, dass du gekommen bist, um es dir noch einmal anzusehen. Und danke für ... deine Hilfe.«

»Denkst du daran, worüber wir gesprochen haben?«

»Natürlich«, antwortete er. »Ich vergesse selten etwas, wie du weißt.«

Ehe Doreen ins Auto stieg, wischte sie sich mit dem Ärmel etwas dunkle Schminke aus einem Augenwinkel, die zu Beginn des Abends nicht dort gewesen war. In ihrem kurzen roten Haar hingen ein paar längere, schwarze Haare, die unnatürlich dick wirkten.

Kilian wickelte einen Ghettoblaster in eine Decke.

Das Auto war zu voll.

»Die Callas«, murmelte Mathilda im Auto, aber sie war zu müde, um weiterzusprechen. Ingeborg startete den Wagen. Kilian hatte sich, ganz ohne zu fragen, nach vorne gesetzt, und Mathildas Kopf lag an einer sehr unbequemen, knochigen Schulter, als sie in wirre Träume sank.

Als sie in Mathildas Wohnung kamen, dämmerte draußen schon der Morgen herauf.

»Es lohnt sich eigentlich nicht mehr weiterzuschlafen«,

erklärte Birger, legte sich vollkommen angezogen auf seine Luftmatratze und schlief ein.

Mathilda sah ihn einen Moment an, dann verkroch sie sich in ihr Bett.

»Was wird jetzt?«, fragte Kilian vom Sofa her.

Mathilda sah eine Weile nur an die schräge Decke, an der das Morgenlicht waberte.

»Sie sterben«, antwortete sie schließlich. »Später als geplant. Und mit mehr fiesen Komplikationen. Dumm gelaufen.«

»Du hast Birger geküsst.«

»Ach, das? Ja. Und nein. Und woher weißt du das?«

Er beantwortete die Frage nicht. »Ihr schmeißt mich raus«, sagte er leise, »wenn ihr wirklich zusammenkommt.«

»Darüber machst du dir Sorgen? Du kannst sowieso nicht bleiben, nicht für immer. Warum willst du bleiben?«

»Ich ... mag das Sofa.«

»Ich weiß nicht, ob das Sofa dich mag«, knurrte Mathilda. Aber natürlich mochte es ihn, es war ein sehr nachsichtiges Sofa. »Kilian? Ich wüsste wirklich gerne, wer die Benzos besorgt hat.«

»Ich heiße Kevin.«

»Von mir aus kannst du Ottokar heißen, aber du warst es, oder? Du hast Kontakte. Du hast Jakob Mirusch das Zeug *verkauft*. Und Birger hat dich darum gebeten, es zu besorgen.«

Er antwortete nicht mehr. Sie hörte seine ruhigen Atemzüge, aber sie war sich sicher, dass er nicht schlief. Aber ehe sie noch einmal fragen konnte, schlief sie selbst schon wieder. Die zwei Stunden Autoschlaf hatten nicht ausgereicht, und in dieser Nacht war genug passiert, um danach drei Wochen zu schlafen.

Mathilda erwachte gegen Mittag, weil es in der winzigen Wohnung angebrannt roch und ein wenig süßlich. Birger stand vor der Kochzeile, Teig in den Haaren.

»Ich habe Waffeln gemacht«, sagte er mit einem Grinsen. »Eddie mag sie.« Er nickte zum Sofa hin, wo Eddie und Kilian saßen wie Geschwister und so, als könnten sie beide kein Wässerchen trüben. Sie hatten den Mund voll mit etwas ziemlich Undefinierbarem.

»Ich ... habe kein Waffeleisen«, meinte Mathilda.

»Eben«, sagte Birger.

Und sie dachte, dass sie sich jetzt zu ihnen setzen und Undefinierbares essen wollte und vielleicht dem Gras im Glas frisches Wasser geben, aber in diesem Moment klingelte ihr Telefon.

»Mathilda?«, fragte Ingeborg. »Bist du wach?«

»Ja«, antwortete Mathilda. »Nein. Du bist nicht wirklich dort? Im Institut? Es ist zwölf Uhr, aber wir sind erst um vier nach Hause gekommen.«

»Komm her.«

»Wohin?«, fragte Mathilda, aber Ingeborg hatte schon aufgelegt. »Ich glaube«, sagte Mathilda langsam, »ich sollte in die U-Bahn steigen. Ingeborg ist unerbittlich. Dies ist ein Arbeitstag wie jeder andere.«

Doch das war es nicht.

Ingeborg saß vor der Tür des Instituts in der Sonne. Sie saß im Schneidersitz, den Rücken an die Tür gelehnt, die Augen geschlossen. Als hätte sie plötzlich beschlossen, mit inneren Erleuchtungsübungen durch Meditation anzufangen.

In den Blumentöpfen links und rechts von ihr waren die Frühlingsblumen verblüht und bestanden nur noch aus unordentlichen langen grünen Stengeln und Blättern, und Mathilda notierte sich im Geiste, dass sie neue Blumen in die Töpfe pflanzen musste. Dann sah sie das Blatt Papier, das mit ein paar Streifen Tesafilm an der Tür angebracht war. Ein Computerausdruck in Buchstaben, groß genug für Schwerhörige, wie Ingeborg gesagt hätte.

»*Vorübergehend geschlossen*«, las Mathilda laut. »*Aufgrund der angespannten Situation mit der Presse bleibt das Institut der letzten Wünsche bis auf weiteres geschlossen und ist nicht handlungsbefugt. Ob und wann es wieder öffnet, ist momentan unklar.* Ingeborg, was …?«

Ingeborg öffnete die Augen nicht. Die Sonne schien in ihr Gesicht, aber sie machte es nicht schöner, sie machte seine Verhärmtheit und Verbitterung an diesem Morgen nur noch deutlicher, was auch daran liegen mochte, dass Ingeborg genauso müde war wie Mathilda – aber zwanzig Jahre älter.

»Sie reden davon, dass vielleicht ein Tötungsdelikt vorliegt«, sagte sie. »Oder jedenfalls versuchte Tötung in mindestens zwei Fällen. Und ehe ich hier weiterarbeite …«, sie öffnete die Augen doch noch, »… sollte wohl geklärt sein, ob wir Leute um die Ecke bringen. Rituell, womöglich. Vielleicht sind wir eine Sekte. Du hast keine Zeitung gelesen, oder?«

»Ich … bin eben erst aufgestanden. So schnell kann doch nichts in der Zeitung …«

»Doch«, sagte Ingeborg. »Es kann.«

Sie deutete neben sich, und erst jetzt sah Mathilda, dass dort eine Zeitung lag. Oder mehr – das lokale Käseblatt.

Eddie hob es auf und trug es stolz die sechzig Zentimeter bis zu Mathilda.

Das Bild auf der ersten Seite war unscharf, ein Handyfoto: zwei Körper auf dem Fußboden, auf einer alten, karierten Decke; eine alte Frau, deren weißes Haar man deutlich sah, ein alter Mann, der seinen Arm um sie gelegt hatte. AKTIVE STERBEHILFE ODER MORD?, stand in riesigen Buchstaben darüber.

Und darunter: *Diese beiden alten Leute konnten in der gestrigen Nacht gerade noch von einem aufmerksamen Beobachter gerettet werden. Ihnen war in einem alten, abbruchreifen Haus an der Küste zwei Stunden vor Berlin eine Überdosis an Schlafmitteln verabreicht worden. Noch ist unklar, ob sie den Vorfall auf Dauer überleben werden.*

Und Dutzende anderer alter Menschen sind in Gefahr: Denn mitten in Berlin gibt es ein »Institut«, das ihnen gegen Geld angeblich ihre letzten Wünsche erfüllt. Was jedoch geschieht dort wirklich? Lesen Sie weiter auf Seite 6 ...

Mathilda sah auf. »Wer hat das Bild gemacht?«

»Der Taxifahrer?« Ingeborg zuckte die Schultern. »Einer unserer Klienten?«

»Sie müssen noch nachts die Presse angerufen haben. Das ist ... verrückt. Wer würde ...?«

»Es ist nicht wichtig.«

Mathilda schlug Seite 6 auf, wo sie sich selbst entgegensah. Es war das Foto von der Internetseite des Instituts. Daneben war eines von Ingeborg, und darunter prangte das Logo des Instituts, der Heißluftballon mit den Initialen IDLW.

Wenn Sie dieses Zeichen sehen, haben Sie es mit dem sogenannten Institut der letzten Wünsche zu tun. Im Institut, so teilte uns ein Angehöriger eines Klienten mit, gibt es eine Regel: Alle Klienten, denen Wünsche erfüllt werden, müssen innerhalb von sechs Monaten sterben. Tun sie das nicht, scheint jemand nachzuhelfen. Immer mehr alte Menschen und Krebspatienten finden sich hier ein, unzufrieden mit der rein medizinischen Behandlung in den Krankenhäusern, auf der Suche nach Rat und Trost. Sie bekommen ihren letzten Wunsch erfüllt – gegen Bargeld.

Erst vor zehn Tagen verstarb ein Klient des Instituts unter seltsamen Umständen im Bürgerpark, wo er in einem

Zelt gefunden wurde. Die Mitarbeiter des Instituts erklärten den Sanitätern, es wäre der letzte Wunsch des kranken Mannes gewesen, noch einmal im Freien zu zelten, obgleich sein Gesundheitszustand es nicht gestattete. Bei einem Notarzteinsatz im Kaffee Burger wurde in derselben Woche eine schwerkranke Frau ins Krankenhaus gebracht, die besagte Mitarbeiter – angeblich auf ihren Wunsch hin – in den dortigen Discokeller geschleppt hatten, wo sie einen epileptischen Anfall erlitt und zwei Tage später in der Klinik verstarb. Nun fordert das »Institut der letzten Wünsche« zwei neue Opfer: Ewa Kovalska und Jakob Mirusch liegen beide auf der Intensivstation, nachdem sie eine Überdosis an Schlaftabletten erhielten. Zum Zweck, »eine Party zu feiern«, hatte das Institut an die zwanzig schwerkranke Menschen in Bussen nachts zu einem alten Haus an der Küste gefahren. Ob es sich hier um reine Verantwortungslosigkeit und daher um fahrlässige Tötung handelt oder ob wirklich eine Tötungsabsicht vorlag, wird jetzt ermittelt.

Mathilda ließ die Zeitung sinken, und Eddie schnappte sie sich.

»Intensivstation ... Wie geht es ihnen? Frau Kovalska und Herrn Mirusch?«

»Beide im Schock«, sagte Ingeborg knapp. »Die Organe steigen aus. Wir haben sie zu spät gefunden. Oder zu früh.«

»Das, was da steht ...«, Mathilda sah die Zeitung an, »das ist ... das ist alles so falsch!« Eddie schien zu nicken. Dann legte er sich hin und begann, die Zeitung zu zerkauen. Niemand verbot es ihm.

»Es ist nicht gelogen, was da steht«, sagte Ingeborg. »Setz dich einen Moment hierher. Ich kann gerade nicht aufstehen.« Mathilda setzte sich. Der Asphalt vor der Tür war kalt trotz der Sonne. »Ich war um zehn Uhr schon hier, weißt du? Die Reporter waren um zehn nach zehn da. Ich habe bis vor einer halben Stunde ins Blitzlicht gestarrt und

Fragen beantwortet. Von anderen Zeitungen. Du kannst morgen das Ergebnis lesen. Ist das nicht schön? Die beste Reklame für uns.« Sie schloss wieder die Augen. Die Drahtlocken hingen ihr wirr ins Gesicht, und sie machte keinen Versuch, sie wegzustreichen. »Sie werden mir natürlich jedes Wort im Mund herumdrehen«, sagte sie leise. »Mathilda. Es ist aus.«

»Quatsch!«, knurrte Mathilda. »Das sind nur ein paar blöde Zeitungsartikel! Es ist doch ganz leicht zu beweisen, dass wir niemanden vorsätzlich getötet haben! Wir können das alles klarstellen.«

»Ja?«, fragte Ingeborg müde.

Mathilda legte einen Arm um sie. Ingeborg hatte sich nie weich angefühlt, sie bestand aus Sehnen und Zähheit und einem eisernen Willen. Aber in diesem Moment war sie weich, und das beunruhigte Mathilda.

»Ewa und Jakob hätten einen wunderbaren Tod gehabt«, flüsterte Mathilda. »Und der ... wie hieß er ... im Zelt *hatte* einen wunderbaren Tod. Und die Geigerin in der Russendisco hat getanzt. Du hast es selbst gesagt, sie *hat* getanzt! Wir können doch jetzt nicht aufgeben!«

»Wer hat ihnen die Tabletten besorgt, Mathilda?«, flüsterte Ingeborg.

»Ich nicht.«

»Ich auch nicht.«

Mathilda sah sich um. »Eddie?«, schlug sie vor und grinste.

Ingeborg nickte. »Es wird eine Verhandlung geben. Bald. Weil mehrere der Zeugen vielleicht nicht mehr lange aussagen können. Wenn Eddie dann gesteht, sind wir aus dem Schneider.«

»Eine Verhandlung«, wiederholte Mathilda. »Wunderbar. Wir brauchen jemanden, der uns verteidigt.«

»Warum ist das wunderbar?«

Mathilda stand auf und zog Ingeborg mit sich hoch.
»Zufällig kenne ich einen Rechtsanwalt.«
»Einen Rechtsanwalt, der nur in London eine – wie nennt man das, Zulassung? hat oder hatte und der vor allem Gras pflücken und Autos schräg auf dem Gehweg parken kann.«
»Na und?«
»Und dem man auf jeden Fall Befangenheit vorwerfen wird, weil er zufällig dein Freund ist.«
»Bitte? Er ist nicht mein Freund. Er ist vielleicht *ein* Freund.«
»Wenn er zwei Freunde wäre, wäre das auch verwirrend«, sagte Ingeborg seufzend.

Mathilda dachte über diesen Satz von Ingeborg nach, als sie wieder in der S-Bahn saß. Weil er dein Freund ist. Wusste eigentlich jeder, dass sie sich geküsst hatten? Warum zogen alle daraus die falschen Schlüsse? Und warum saß sie in einer S-Bahn und grinste?
Sie griff unter die Bank, um Eddie zu streicheln, und eine ältere Dame warf ihr einen missbilligenden Blick zu. Sie trug einen Nerz, obwohl es viel zu warm dafür war. Warum fuhr sie S-Bahn, wenn sie sich einen Nerz leisten konnte?
»Hat Ihr Hund eigentlich eine Fahrkarte?«, erkundigte sich die alte Dame spitz.
»Natürlich«, antwortete Mathilda. »Hat Ihr Nerz eine?«
»Frechheit«, zischte die alte Dame.
»Die jungen Leute zu meiner Zeit waren noch höflich und erzogen«, sagte der alte Herr neben ihr.
»Und anständig angezogen«, sagte die alte Dame. »Sie liefen nicht in Kissenbezügen herum.«
Der Kissenbezug, den Mathilda trug, war ein T-Shirt. Sie hatte es allerdings wirklich aus einem Kissenbezug genäht, es zeigte blau-orange-rote Sputniks und lila Wolken.

Irgendwie war Mathilda in Fahrt, vielleicht deshalb, weil Ingeborg der Kampfgeist so plötzlich verlassen hatte.

»Wenn Sie Zeitung gelesen hätten«, erwiderte sie lächelnd, »wären Sie etwas vorsichtiger mit Ihren Bemerkungen. Denn dann wüssten Sie, dass ich hobbymäßig ältere Herrschaften um die Ecke bringe. Bis bald.« Damit zog sie Eddie unter der Bank hervor und stand auf, um auszusteigen.

Im Park des Virchow-Klinikums blühten die Kastanien. Mathilda band Eddie an und pflückte eine weiß-rosa Blütenkerze ab, deren klebriger Saft sich sofort unabwaschbar an ihre Finger heftete. Dann machte sie sich auf den Weg durchs Labyrinth, auf der Suche nach Ewa und Jakob.

Die Schwestern würden eine Vase für ihre Kastanienblüte finden. Und Mathilda würde neben Ewa und später neben Jakob sitzen und ihnen alles erzählen, obwohl keiner von ihnen etwas hören würde. Sie war sehr dankbar, dass sie Ewa und Jakob nach Berlin zurückgebracht hatten und nicht in die Provinzklinik, die dem alten Haus an der Küste am nächsten war. Aber vermutlich gab es dort keine Provinzklinik, die sich mit solchen Fällen beschäftigte.

Mathilda wollte nur dasitzen und Ewas Hand streicheln und ihr sagen, wie friedlich sie ausgesehen hatte und wie sehr sie hoffte, dass sie glücklich war. Sie wollte Jakob von Angesicht zu Angesicht fragen, wer ihm wirklich die Benzos gegeben hatte. Sie freute sich auf die straßenlärmfreie, stimmenfreie Luft der Intensivstation, sie freute sich auf leere, desinfizierte Gänge. Sie freute sich sogar auf das nervtötende Klingeln und Piepen der Geräte. Sie musste eine Weile allein sein in dieser Stadt, ohne die Stadt.

Aber dann fand sie Ewa und Jakob.

Zuerst Ewa. Keine der Schwestern gab Mathilda eine Vase, sie sahen sie nur seltsam an und eilten vorbei, niemand hatte Zeit. Die Tür zu dem Zimmer, in dem Ewa lag, stand offen wie alle Türen auf der Intensivstation. An ihrem Bett saßen fünf Menschen, die Mathilda noch nie gesehen hatte. Zwei junge Frauen, zwei Männer und ein Mädchen in Kilians Alter. Sie schienen schon lange bei Ewa zu sitzen. Angehörige? Beim letzten Mal, als Ewa in der Klinik gewesen war, hatte Mathilda auf ihren Besuchen nie Angehörige von Ewa getroffen.

Sie lag in ihrem weißen, hohen Bett, an tausend Schläuche angeschlossen, das Gesicht seltsam aufgedunsen, das weiße Haar mit dem Kissen verschmolzen. Die Maschinen hatten die Atmung für sie übernommen. Mathilda machte einen Schritt ins Zimmer hinein, die klebrige weiße Kastaniendolde in der Hand.

Und plötzlich kam sie sich dumm vor.

Es lag nicht an Ewa. Ewa, auch die Ewa im Koma, hätte die Kastanie verstanden. Es lag an den Angehörigen. Sie sahen sich alle gleichzeitig um, wie in einem Film, und dann stand einer der Männer auf und sagte *ein Wort*. Nur ein Wort. Denn dieser Mann hatte Zeitung gelesen, und er erkannte Mathilda.

»Mörderin«, sagte er.

»Warte nur«, sagte ein anderer. »Die schließen euer feines Institut. Es kann sich nur um Tage handeln. Die Polizei ist da dran.«

»Wir haben bereits geschlossen«, erwiderte Mathilda sehr leise. »Freiwillig sozusagen.«

Sie trat einen Schritt rückwärts und der Mann einen Schritt vorwärts. Er war groß und stark, ungefähr so wie Maik das Astloch, das nachts in der Spree hatte baden wollen. Nur dass dieser Mann vollkommen gesund war.

Da drehte sich Mathilda um und rannte. Jemand rief ihr etwas nach, aber sie rannte einfach weiter. Sie fand auf der angrenzenden Männerstation Jakob Mirusch, und sie wusste, ehe sie es sah, dass auch er nicht allein war. Der gleiche Kreis von Angehörigen saß bei seinem Bett; es war, als wären die Angehörigen genormt, man bekam drei bis fünf davon gratis, wenn man in der Zeitung stand.

»Jakob«, sagte Mathilda. Sie wollte wenigstens seinen Namen sagen, ehe jemand sie hinauswarf. »Die Zeit ... geht manchmal vor. Wenn sie richtig gegangen wäre, hätte es geklappt.« Sie trat ans Kopfende des Bettes, in dem ein plötzlich winziger Jakob Mirusch lag, auch er beatmet.

»Wer repariert uns jetzt die Zeit im Institut? Es gibt so viele kaputte Zeit. Alles ist schiefgegangen, Jakob. Wir haben das Institut geschlossen ...« Weiter kam sie nicht, weil ein junger Mann, der vielleicht Jakobs Enkel war, sie am Arm packte und vom Bett wegzerrte.

»Ich weiß nicht, was Sie da reden«, schnauzte er. »Aber Sie haben hier nichts zu suchen. Verschwinden Sie. Hauen Sie bloß ab, bevor ich mich vergesse. Wir wissen alle, wer Sie sind. Wir sehen uns vor Gericht.«

Draußen vor dem Klinikum sah Mathilda auf ihr Handy, das sie in der Klinik stumm geschaltet hatte. Da waren mehrere Anrufe. Alle von Birger. Jetzt rief sie ihn zurück.

»Tut mir leid«, begann sie. »Ich konnte nicht ... ich musste erst ... Ich wollte Ewa und Jakob sehen, aber jetzt muss ich *dich* sehen, dringend. Die Zeitung ...«

»Ich habe mit Ingeborg gesprochen«, sagte Birger. »Ich weiß Bescheid. Komm nicht hierher, hier lungern zwei Reporter in der Straße herum.«

»Kann ich euch irgendwo treffen?«

»Mich ja. Kilian ist in der Klinik. Bei seiner Mutter.«

»Das ist ... gut«, meinte Mathilda zögernd. »Oder?«

»Ja, das ist gut. Wir treffen uns beim *Café Tassilo*. Ich versuche, die Reporter abzuhängen. Vielleicht muss ich dazu aus dem Fenster klettern.«

»Birger! Das tust du nicht!« Sie konnte es sich vorstellen. Wie er da hing, im fünften Stock an einem Balkon, mit flatterndem grauem Regenmantel.

»War ein Witz.«

»Wir ... wir brauchen einen guten Strafverteidiger, Birger. Bald. Hilfst du uns?«

»Ich würde euch sehr gerne helfen. Aber wir müssen über ein paar Dinge reden.«

»Ja«, sagte Mathilda. »Ja, wir reden über alles. Wir machen einen Plan. Wir kriegen das schon hin, wir geben nicht auf. Eddie und ich sind in einer halben Stunde da.« Sie legte auf und sagte zum Telefon: »Und ... ich liebe dich. Wirklich.«

Das Telefon sah verwundert aus. Es bezog die Bemerkung wohl auf sich.

Eine seltsame Sache geschah, ehe Mathilda beim *Tassilo* ankam. Sie brauchte einen Kaffee; sie hatte nicht gefrühstückt, und eigentlich brauchte sie eher einen Schuss Astronautennahrung oder eine Glukoseinfusion, denn von all dem Hin und Her waren ihre Beine zitterig. Eddie brauchte auch einen Kaffee, jedenfalls sah er so aus.

Sie fanden bei der U-Bahn-Haltestelle Amrumer Straße, die leider gar nicht nach Nordseeinsel aussah, eine Kaffeemacherei in der windigen Aprilsonne: coffee to go. Aber Mathilda brauchte eine Pause, sie wollte drei Sekunden lang nirgendwo hingehen und sagte zu dem migrationshintergründigen Herrn, der für den Kaffee zuständig war: »Zwei Mal coffee to stay«, woraufhin er sie seltsam ansah.

»Wie? Ah!« Seine Miene erhellte sich. »Stehkaffee!«

Eddie und Mathilda tranken also Milchkaffee im Stehen, und das Seltsame, was dann geschah, war, dass sie Daniel trafen. Er tauchte einfach auf und kaufte ein Brötchen und sah sie an.

»Mathilda«, sagte er nur und schüttelte den Kopf.
»Was machst du hier?«, fragte sie.
»Ich kaufe ein Brötchen«, antwortete Daniel. Aber er stellte sich zu ihr, vorsichtig, um nicht auf Eddie zu treten, der von unten heraufknurrte, wo er seinen Milchkaffee aus einer Schüssel trank.
»Möchtest du mich ein bisschen beschimpfen, weil ich Leute um die Ecke bringe?«, fragte Mathilda und drückte eine Paracetamoltablette aus ihrem Blisterstreifen, um sie mit etwas Kaffee herunterzuspülen.
»Nein. Ich frage mich ...« Er zögerte. »Was denkst du über die Tabletten? Ich meine – nicht diese. Die, von denen die Zeitung geschrieben hat. Du weißt schon?«
»Was soll ich darüber denken? Ich habe sie ihnen nicht gegeben. Und Ingeborg auch nicht.«
»Was war das für ein Zeug? Schlaftabletten, haben sie geschrieben. Das kann alles sein.«
»Benzos. Hellblau, Glas mit Schraubverschluss. Ich hab mir den Firmennamen nicht gemerkt.«
»Hm«, Daniel betrachtete eine Weile nachdenklich sein Brötchen, obwohl es kein besonders interessantes Brötchen war.
»Du fandest das Institut immer unverantwortlich«, sagte Mathilda. »Jetzt gibt dir die ganze Welt recht. Morgen gibt es noch mehr Zeitungsartikel. Freust du dich nicht?« Sie fragte es nicht einmal feindselig, sie fühlte sich gar nicht feindselig, dazu war sie zu durcheinander.
»Ich erinnere mich so gut an sie«, murmelte Daniel. »An die beiden. Wie er sie immer besucht hat. Es war ... sehr rührend.« Er trank einen Schluck Kaffee.
»Woher weißt du das? Du arbeitest doch in einem ganz anderen Haus.«
»Ich war damals ein paar Mal dort. Ausgeliehen quasi. Das Virchow gehört doch auch zur Charité, es ist alles eins.

Hier kommt Ihr Austauscharzt ...« Er grinste und trank noch einen Schluck, wurde wieder ernst. »Sie hatten sich gefunden, die beiden. All diese Tulpensträuße.«

»Daniel?«, fragte Mathilda. »Worüber denkst du nach? Du denkst wahnsinnig intensiv über etwas nach.«

»Ich? Wie kommst du darauf?«

»Du bist kein zerstreuter Mensch«, meinte Mathilda langsam. »Aber ... du hast gerade meinen Kaffee ausgetrunken.«

»Irgendwas war«, sagte sie eine halbe Stunde später zu Eddie, während sie die Frankfurter Allee entlangwanderten. »Er hat behauptet, es wäre nichts, aber irgendwas war. Eddie? Warte! Nur weil ich über Daniel rede, musst du nicht abhauen. Eddie!«

Aber Eddie schoss davon wie ein braunpelziger Blitz.

Mathilda rannte ihm nach, und alle T-Shirt-Sputniks beschleunigten auf einmal.

Vor dem *Tassilo,* zwischen Kisten voller Gebrauchtbücher, saß an einem kleinen roten Tisch jemand in einem grauen Regenmantel und sah ihr entgegen.

»Mathilda« sagte Birger.

»Sag das nicht«, keuchte Mathilda außer Atem. »Das hat Daniel auch gesagt.«

Er stand auf, geriet mit der Vase in Konflikt, die einen langen blühenden Haselzweig enthielt, und hielt beides, Zweig und Vase, gerade noch fest, ehe es fiel. Dann streichelte er Eddie, der an ihm hochsprang, und dann endlich gelang es ihm, um den Tisch herumzukommen.

»Du hast rote Sofafussel auf dem Kragen.« Mathilda griff nach oben, um die Fussel zu entfernen. »Wie kriegt man Sofafussel auf den Kragen? Macht man Kopfstand auf dem Sofa?«

»Ich weiß nicht«, sagte Birger. Er klang unsicher, und er

sah unsicher aus, sein Blick huschte hin und her wie ein kleines Tier mit zu hohem Blutdruck. »Setz dich doch«, bat er. Eddie setzte sich.

»Ich wollte heute Morgen mit dir reden, aber du musstest weg, und Kilian war dabei, und gestern im Auto waren auch zu viele Leute da ...« Er brach ab. Fuhr sich, sie hatte es geahnt, durchs Haar. Sah seine Hand an. »Ich erwarte immer, dass sie ausfallen. Komisch, nicht wahr? Obwohl ich gar keine Chemo angefangen habe. Sie werden natürlich weniger über die Jahre, aber ich erwarte jedes Mal, dass ich sie plötzlich büschelweise in der Hand habe.«

»Machst du das mit den Haaren deswegen?«, fragte Mathilda sanft. »Um nachzufühlen, ob sie noch da sind?«

»Es gibt Augenblicke, da würde ich gerne nachfühlen, ob ich noch da bin«, sagte Birger. »Aber das geht nicht, das kann man nicht bei sich selbst.«

Mathilda streckte ihre Hand noch einmal aus und legte sie an seine Wange. »Fühlt sich *noch da* an«, erklärte sie. Sie ließ ihre Hand liegen, und Birger hielt sie fest.

»Meinst du? Ich meine, es könnte doch sein, dass ich längst tot bin und mir nur einbilde, noch hier zu sein. Gestern Nacht zum Beispiel ... da war ich mir nicht sicher. Das mit gestern Nacht ... Wir waren in diesem Schreibzimmer, das keines war. Waren wir dort?«

Sie nickte.

»Und ich habe ... etwas Dummes getan.«

»Hängt das Dumme mit hellblauen Tabletten zusammen?«

»Was? Nein.« Er wirkte irritiert, aus dem Konzept gebracht. »Ich habe dich ... geküsst, fürchte ich. Und du hast etwas gesagt, das ich nicht verstanden habe, und du wolltest nicht ...«

»Ich liebe dich.«

»Ja.« Er klang erstaunt. »Das hast du gesagt. Es war also

keine Einbildung. Ich meine ... ich war nicht ganz nüchtern.«

»Du darfst überhaupt nicht trinken mit deinen Medikamenten!«

Er zuckte die Achseln. »Erwischt.«

»Ich war genauso wenig nüchtern. Dieser Satz ...« Sie sah weg. Da waren eine Menge Autos, die man beobachten konnte auf der Frankfurter Allee. »Der Satz ist wahr. Ich meine, ich sage meistens die Wahrheit.«

Birger lachte. »Über alles, Mathilda Nielsen, über alles. Über Mittelmeerstrände und das Datum von Weihnachten und Opernsängerinnen ...«

Mathilda gab es auf, dem Verkehr nachzusehen, denn irgendwie glitten sie schon wieder vom Thema ab. Selbst Gespräche mit Birger waren ziellos, zerzaust, schlecht geparkt. Sie sah ihn wieder an, und er war so sehr birger, dass es ihr Herz zerriss.

»Das Problem ist, es nützt nichts, jemanden zu lieben, der sowieso weggeht«, flüsterte sie. »Oder?«

»Wahrscheinlich nicht«, erwiderte er ernst. »Es wäre egoistisch, das von jemandem zu verlangen. Vor allem, wenn die Person zwanzig ...«

»Fünfzehn.«

»Fünfzehn Jahre jünger ist. Es geht alles nicht. Es ist falsch. Ich ...«

»So eine saublöde Diskussion«, sagte Eddie. Aber als Mathilda ihn ansah, saß er völlig scheinheilig mit geschlossener Schnauze da, als hätte er immer geschwiegen, und natürlich konnte er nicht reden.

»Eddie findet, wir sollten ...«

»Recht hat er«, meinte Birger und zog sie an sich, und dann küsste er sie noch einmal, und diesmal küsste sie zurück, und zwar richtig. Keine halben Sachen.

»Es ist nämlich so«, erklärte er zwischendurch, etwas außer Atem. »Ich glaube, ich habe mich auch verliebt. In dieses kleine Mädchen, das in dieser zu großen Welt lebt. Kitschig, was ... und obwohl du ganz anders bist als meine ausgedachte Doreen. Vielleicht genau deswegen. Dieser Bettbezug, den du anhast, ist ... so sehr mathilda, dass es einem das Herz bricht. Dass jemand so sehr er selbst sein kann ... Die echte Doreen war nie irgendwas, noch nicht mal sie selber.«

Es war eine einzige große Verhedderung, was er da von sich gab, dachte Mathilda, und es war sicher leichter und auch viel angenehmer, sich zu küssen. Was sie umgehend wieder taten.

Und alle alten Bücher in ihren Kisten klatschten mit ihren Seiten Beifall. Oder vielleicht waren es auch ein paar Passanten, die vorbeikamen.

Irgendwann setzten sich Mathilda und Birger doch noch, weil Birger husten musste.

»Was ist in der Schale da auf dem Tisch?«, fragte Mathilda und beäugte die trübgelbe Flüssigkeit mit Interesse. Birger beäugte sie ebenfalls.

»Oh, das war ein Teller Kartoffelsuppe mit Würstchen«, sagte er nach einem Moment des Überlegens. »Jetzt ist er vegetarisch. Ein Mittagessen für dich. Eddie hat die Würstchen alle herausgegessen.«

Man kann lange einfach in der Sonne sitzen und Tee trinken und alte Suppe ansehen. Wenn man zufällig verliebt ist. Man kann dann über alles Unwichtige reden, und es wird wichtig und wunderbar. Über Sputniks auf Pullovern und den blauen Himmel und über früher, als man ein Kind und alles noch einfach gewesen war. Wenn man sich aneinanderlehnt, ist es auch im Wind nicht kalt.

Über die wirklich wichtigen Dinge sollte man lieber nicht sprechen.

Denn so kann man – doch, es geht! – für eine knappe Stunde glücklich sein. Danach holt einen die Realität ein.

»Und du hilfst uns bei dieser Rechtsgeschichte?«, fragte Mathilda. »Als unser Verteidiger? Ich meine ... Schaffen wir das? Du musst wissen, ob wir eine Chance haben, du bist schließlich Anwalt. Ich meine, dies ist natürlich nicht London. Werden sie das Institut wieder öffnen, Birger? Werden wir ... den Leuten beweisen, dass es Sinn ergibt, was wir tun?«

Birger sah sie lange an. Vielleicht wusste er, dass Mathilda selbst es war, der sie den Sinn des Instituts am meisten beweisen musste.

Schließlich legte er seine Hand auf ihre und nickte. Das verwaschene Grün seiner Augen war in diesem Moment beinahe völlig durchsichitg. »Ja. Ja, das werden wir.«

Und in diesem Augenblick klingelte Mathildas Telefon.

»Mathilda?«

»Ja?« Sie lehnte sich an die sonnenwarme Hauswand neben dem *Café Tassilo*. Sie hatte das Telefon mitgenommen, weg von den Stühlen und Büchern und Blumen auf Tischen, weg von dem wunderbaren Lichtfleck, in dem Birger und Eddie warteten. Nichts Geschäftliches sollte den Lichtfleck stören.

Sie lehnte, dachte sie, genau dort, wo sie zum ersten Mal von Kilian angebettelt worden war. Wie wenig sie damals gewusst hatte. Wie nötig er den Euro gebraucht hatte, um den er seine unhöfliche, unsaubere Hand ausstreckte.

»Hier ist Ingeborg.«

»Ist ein neues Unglück passiert?«, fragte Mathilda. »Du klingst so. Brennt das Hinterhaus, in dem das Institut liegt? Oder ... Scheiße, Ingeborg, du sitzt nicht auf der Polizeiwache oder so?«

»Nein.« Sie klang wirklich seltsam. »Wo bist du?«

»Vor dem *Café Tassilo*. Ich war in der Klinik und bin dann hierhergekommen, um ...«

»Okay«, sagte Ingeborg und schien tief durchzuatmen.

»Also ... ich ... ich hatte ... bis eben hatte ich noch diesen Privatdetektiv am Telefon. Du weißt schon, den du auf Doreen angesetzt hattest. Ich habe vor einer Weile auch eine kleine Recherche gestartet. Wegen ein paar Rechnungen, die ziemlich hoch sind und noch nicht bezahlt. Ich ... Ach, Scheiße, Mathilda. Es tut mir leid. Aber wegen der Sache mit deinem Strafverteidiger ... Du hast ja recht, wir brauchen jemanden, der uns verteidigt. Nur ... Birger Raavenstein wirst du möglicherweise nicht mehr finden, wenn du nach Hause kommst.«

»Bitte?«

Mathilda sah zu ihm hinüber. Er saß da in seinem Sonnenfleck, genau wie eben. Er wirkte nicht, als wollte er in nächster Zeit irgendwo hin fortgehen, mehr so, als wartete er darauf, dass sie zu ihm zurückkam.

»Mathilda, der Privatdetektiv ... er findet keinen Anwalt mit Namen Raavenstein in London.«

»Na und?«, fragte Mathilda. »Dann steht er eben nicht in den ... den Was-weiß-ich. Den Verzeichnissen, in denen sie Anwälte gemeinhin aufbewahren. Wir stehen auch nicht in den Gelben Seiten. Wo liegt das Problem?«

Sie hörte Ingeborg förmlich den Kopf schütteln, sah ihre schwarzen Locken fliegen.

»Privatdetektive sehen sich auch außerhalb von Verzeichnissen um. Das ist ihr Job. Und es gibt überhaupt keinen Raavenstein in der Gegend um London. In Hamburg gibt es einen Birger Raavenstein. Den einzigen. Birger Raavenstein ist in einem Hamburger Vorort gemeldet und hat nie in London gelebt. Und er ist auch nicht Anwalt, Mathilda. Er war nie Anwalt. Der Birger Raavenstein, den der Detektiv gefunden hat, hat bis vor zwei Monaten bei einem Getränkediscounter an der Kasse gesessen.«

Mathilda spürte, wie alles Blut aus ihrem Körper in ihren Füßen versackte. Ihr war auf einmal schwindelig.

»Sei still!«, zischte sie in den Hörer. »Ich hasse diesen Privatdetektiv. Er lügt. Er denkt sich Dinge aus. Er ...«
»Ich glaube nicht, dass es der Detektiv ist, der sich Dinge ausdenkt«, sagte Ingeborg.
Mathilda unterbrach die Verbindung.
Einen Moment stand sie einfach nur da und sah Birger an. Er saß nach wie vor mit Eddie am Tisch und war nach wie vor zerzaust, groß, hager und freundlich. Nichts an ihm hatte sich durch das Telefonat geändert. Äußerlich.
Sie ging ganz langsam zurück und setzte sich wieder auf ihren Stuhl, und sie spürte, wie er sie ansah. Er merkte, dass etwas nicht stimmte.
»Schöne Grüße von Ingeborg«, murmelte Mathilda tonlos. Und, ohne ihn anzusehen: »War es eigentlich sehr schwierig, die Bierkästen zu verteidigen? Und die Saftflaschen? Hast du viele Verhandlungen gegen die Gabelstapler und die Paletten geführt?«
»Bitte?«, fragte Birger verwundert. Da sah sie ihn an. Und sie sah, dass er log. Die Verwunderung auf seinem Gesicht war eine einzige Lüge, er wusste genau, wovon sie sprach.
»Irgendwann findet immer jemand die Wahrheit heraus«, sagte Mathilda. »Es ist wie bei Doreen. Es war alles gelogen, ja? Von Anfang an.«
»Mathilda ...«
Er streckte seine Hand nach ihr aus, und sie war zu verwirrt, um zurückzuweichen. Sie spürte die Berührung seiner Finger auf ihrem Arm, warm und irgendwie bittend, und sie wollte der Bitte nachgeben und ihn umarmen, doch sie konnte es nicht, sie war zu Eis geworden. Vielleicht würde sie für alle Ewigkeiten hier sitzen bleiben müssen, auf einem Caféstuhl an der Frankfurter Allee, unfähig, sich wegzubewegen.
»Es ... es tut mir leid«, flüsterte Birger. »Okay, ich habe

gelogen. Eine Menge. Es war doch nur, damit Doreen zurückkommt. Sie und das Kind, das es ja nun gar nicht gibt. Alle haben gelogen. Hebt das die Sache nicht wieder auf?«
»Und was ist mit dem Geld?«
»Dem Erbe.« Er seufzte. »Das gibt es nicht. Natürlich. Hat es nie gegeben. Es war ein Lockmittel. Genau wie das Haus. Ich wusste, dass sie auftaucht, wenn ich damit winke. Und es hat funktioniert. Und ich habe herausgefunden, was ich herausfinden musste. Dass ... dass ich gar nicht auf Doreen gewartet habe.« Er stockte. Lächelte dann. »Sondern auf jemand anderen. Du kannst es mir nicht übelnehmen, dass ich nicht dich gesucht habe. Ich wusste ja nicht, dass es dich gibt.«
»Moment. Das Haus gehört dir auch nicht?«
Er schüttelte den Kopf.
»Dann sind wir zusätzlich wegen Hausfriedensbruch dran.«
Birger schüttelte wieder den Kopf. »Das glaube ich nicht. Der Besitzer kümmert sich einen Dreck um diese Ruine. Ich habe mich damals erkundigt, als Doreen und ich davon träumten, dort zu wohnen. Er lässt es immer weiter verfallen, bis es irreparabel verloren ist, dann braucht er sich nicht mehr um den Denkmalschutz zu scheren und kann es abreißen, um neu zu bauen. Der hat noch nicht mal gemerkt, dass da ein Loch im Zaun ist, wie auch, und es wäre ihm sowieso völlig einerlei.«
»Und du warst ... nie in London?«
»Doch«, sagte Birger. »Natürlich. Ich ... Es stimmt, weißt du, dass ich Jura studiert habe. Aber als die Sache mit Doreen passierte ... als sie verschwand, zusammen mit dem ungeborenen Kind ... und als dann auch noch meine Eltern eingingen, so kurz nacheinander, ist irgendwas in mir durchgebrannt, fürchte ich.« Er lachte. »Ich hab alles hingeschmissen und bin erst mal weg. Das war mein London-

besuch. Der einzige.« Er zuckte die Schultern und versuchte zu grinsen, aber es sah etwas gewollt aus. »Ich bin zurückgekommen, ein halbes Jahr später, und hab angefangen zu arbeiten. Irgendwas musste ich ja tun. Und ich hatte ... einfach nicht den Elan, noch mal mit was anderem anzufangen. Studium oder so. Das Geld, das ich verdient habe, ist für meine Reisen draufgegangen. Weite Reisen. Ich habe so viele seltsame Ecken von der Welt gesehen. Und in jeder Ecke habe ich Doreen gesucht. Sie hatte immer gesagt, sie wollte ein Schmetterling bleiben, du weißt ja, sie wollte frei sein und fliegen, und ich bin an alle Orte gefahren, an die sie immer reisen wollte. Ich ...« Er ließ den Kopf hängen. »Ich war dumm.«

Eddie gab einen kleinen mitleidigen Japser von sich.

»Was ist mit den Rechnungen fürs Institut?«, fragte Mathilda. Ihre Stimme war noch immer flach und seltsam. »Du hast zwei von zehn bezahlt, wenn ich mich richtig erinnere. Und sie sind hoch.«

»Ja«, sagte Birger. »Das ist der Grund dafür, dass du mein Hotel nicht gefunden hast. Es war nie ein Hotel. Es war eine billige Pension in einem alten Mietshaus. Ich bin ziemlich abgebrannt.«

»Du hast das Auto gemietet. Ich meine, das hast du bezahlt.«

Er nickte. »Und ich werde die Rechnungen bezahlen. Irgendwie. Ich kann das abarbeiten. Irgendwie. Mathilda.«

Er legte die zweite Hand auf ihren anderen Arm und sah sie an, und da taute die Eisstatue, zu der sie geworden war. Sie konnte sich wieder rühren. Sie stand auf.

»Mathilda, verzeih mir. Wir ...«

Sie löste sich vorsichtig von ihm. »Ich komme gleich wieder«, sagte sie. »Ich brauche einen Schluck kaltes Wasser. Dringend. Auf dem Klo soll es gerüchteweise einen Wasserhahn geben.«

Mathilda hörte Eddies Krallen hinter sich auf dem Boden klicken. Er folgte ihr ins *Tassilo*. Alle Leute dort schienen sie anzusehen, sie hatten es alle gewusst, jeder Einzelne, und als sie jetzt zu Mathilda aufblickten, geschah es in Zeitlupe wie in einem Film. Ja, die Leute bewegten sich zu langsam, Jakob Mirusch hätte sie reparieren müssen, doch Jakob Miruschs Organe setzten aus, eines nach dem anderen, schockinduziert, und er würde nie wieder irgendetwas reparieren.

Mathilda wanderte wie in Trance zwischen den Leuten und ihren Kaffeetassen durch, sie sah den Blick des Typen an der Theke, der das Ufo-T-Shirt trug, das sie ihm geschenkt hatte. Sie ging in den Gang zu den Toiletten. Machte ihr Gesicht mit den Händen nass und schluckte mit etwas Leitungswasser eine Kopfschmerztablette. Dann atmete sie tief durch und zog die Papierbahn mit den hingekritzelten Partyunterschriften zur Seite.

Der Typ von der Theke hatte die Wahrheit gesagt. Dort gab es eine Tür zum Hinterhof.

Der Typ von der Theke hatte nicht die Wahrheit gesagt. Die Tür war gar nicht zugenagelt.

Sie war offen, und Mathilda ging hindurch, nahm das alte Hollandrad, das unabgeschlossen herumstand, schob es durch den Durchgang zur Straße – einer Seitenstraße – und stieg auf. Birger würde noch lange, lange auf sie warten, aber sie würde nicht wiederkommen.

Sie war zur Toilette gegangen und verschwunden. So also war es für Doreen gewesen.

Es war lächerlich einfach. Und furchtbar schwer.

Vielleicht war Doreen auf dem gleichen Rad vor Birger geflohen. Mathilda jagte das Rad durch die Straßen.

Sie fuhr nach Hause. Aber sie blieb nicht dort, denn dort waren Birgers Sachen, sie wendete das Rad vor dem Haus wie ein Boot und lenkte es an der Panke entlang, an dem Gras vorüber, das man pflücken konnte, den müden Schwänen, den zankenden Enten, den Hundespaziergängern und den Spaziergängerhunden ... Eddie hatte keine Zeit, sie zu verbellen.

Ihr Weg durch die Stadt war ewig. Zwischendurch schob Mathilda das Rad. Aber sie konnte nicht anhalten, es ging einfach nicht. Sie fluchte, während sie sich und Eddie vorwärtstrieb, sie verwünschte Birger Raavenstein, erst lautlos und dann sehr laut und endlich, heiser, wieder lautlos.

Nichts hatte je gestimmt. Gar nichts.

Das Institut war nicht nur in allen Lokalzeitungen ein Werk des Teufels, es würde nicht nur möglicherweise von der Polizei geschlossen werden, es war vermutlich auch pleite. Birgers Wunsch hatte zu den teuersten gehört, die sie je bearbeitet hatten. Mathilda hatte nicht im Kopf, um wie viele Tausend es ging. All diese Plakate, die Miete für Litfaßsäulen und Reklametafeln, die Zeitungsanzeigen ...

»Ich habe Ingeborgs Lebenszweck zerstört«, flüsterte sie, endlich zu sehr außer Atem, um weiterfahren zu können. »Ich habe alles zerstört, überhaupt alles. Nein, *er* hat alles zerstört. Er hat ... verdammt, er hat mir die ganze Zeit über leidgetan, und dabei hat er uns alle nur ausgenutzt. Schön, dass er so mitleidregend gucken kann, was? Schön, dass er so nichts auf die Reihe kriegt! Das ist wahrscheinlich auch alles nur ... Schauspiel! Er hat ganz fest damit gerechnet, dass ich mich verknalle, damit ich alles für ihn tue.«

Sie sah sich um und merkte, dass sie im Bürgerpark gelandet war, im Rosengarten, genau dort, wo sie vor ungefähr hundert Jahren mit Ingeborg und zwei alten Indienreisenden gezeltet hatte. Jetzt, am hellen Tag, war das Café hier voll: ein Wimmelbild voller glücklicher, redender, Kuchen essender Menschen.

Mathilda legte das Rad ins Gras.

Sie ging hinüber zu den Rosenbeeten, zu der niedrigen Mauer, auf der man nachts so gut sitzen und träumen konnte. Sie hatte mit Ingeborg dort gesessen und an Birger gedacht, es gab keinen Ort in ihrem Berlin, an dem sie nicht an ihn gedacht hatte, die ganze blöde Stadt war verseucht.

»Warum kann man nicht länger als eine Stunde am Stück glücklich sein?«, knurrte sie und hieb mit der Hand auf die Mauer. »Warum? Es war so wunderbar ... Ein bisschen traurig, aber wunderbar. Er hat gar nicht so schlecht geküsst, Eddie, weißt du?«

Ein bisschen traurig, aber wunderbar.

Auf einmal fiel Mathilda etwas ein. Etwas, das sie noch mehr in Rage versetzte. Sie zog ihr Telefon heraus und wählte Birgers Nummer. Natürlich würde er nicht drangehen, wenn er sah, dass sie es war. Wie lange war es her, dass sie losgefahren war mit diesem sozusagen geliehenen Fahrrad? Zwei Stunden? Drei?

»Mathilda?« Er meldete sich noch vor dem zweiten Klingeln, außer Atem.

»Nein, hier ist Eddie«, fauchte sie. »Wenn alles gelogen war, dann waren auch die Befunde gefälscht, oder? Du hattest lediglich eine Lungenentzündung damals, aber die CTs aus Hamburg waren ein Fake. Die Ärzte sind genauso drauf reingefallen wie wir. Du hast das alles nur erfunden, damit du zu den Regeln des Instituts passt. Damit wir Doreen für dich finden.« Birger schwieg. Aber er legte nicht auf. Er wartete.

»Du stirbst gar nicht«, sagte Mathilda. »Du hast nie einen Tumor in der Lunge gehabt.«

»Kann man CT-Bilder fälschen?«, fragte Birger leise.

»Keine Ahnung. Offenbar ja.« Sie fauchte noch immer.

»Nein«, sagte er. »Nein, Mathilda. Es tut mir leid. Genau zwei Dinge waren nicht gelogen: Erstens ... der Kuss. Und zweitens ... auch Leute, die kein Geld zu vererben haben ...

auch Leute, die beim Getränkemarkt an der Kasse sitzen ... auch Leute, die lügen ...« Er stockte. »Ingeborg hat recht. Auch Arschlöcher sterben.«

»Astlöcher«, korrigierte Mathilda mit sehr seltsamer Stimme. Irgendwie erstickt. »Sie sagt Astlöcher.«

17.

»Wo genau bist du?«
»Im Rosengarten. Bürgerpark. Und du?«
»Vor deinem Haus. Ich habe dich gesucht. Du bist verschwunden ...«
»Ja. Bin ich. Wie Doreen.«
»Möchtest du verschwunden bleiben?«
»Ich weiß nicht. Vielleicht. Kommt darauf an.«
»Wir könnten zusammen verschwinden.«
»Wohin denn?«
»Ich bin mir nicht sicher. Ich möchte ... nicht gerade jetzt Kilian etwas erklären müssen. Er ist sicher wieder in der Wohnung. Ich bin ... das ist jetzt blöd ... ich bin wahnsinnig müde. Ich würde mich gerne irgendwo hinlegen und niemandem irgendetwas erklären.«
»Du hattest da mal so ein Hotelzimmer. Das keins war. Eine billige Pension.«
»Ich hätte das Zimmer noch. Theoretisch. Ich wusste ja nicht, wie lange ich bei dir bleiben kann.«
»Top«, sagte Mathilda. »Ich brauche nur den Straßennamen, und wir treffen uns da. Und du legst dich ins Bett und erklärst mir nichts und schläfst, und ich setze mich daneben und überlege, ob ich verschwunden bleiben will.«

Eine sehr hektische Fahrradfahrt später fand sich Mathilda außer Atem in einer wuseligen, bunten Straße in Prenzlauer Berg wieder. Schivelbeiner. Es klang so, wie Birger parkte. Und hier also wohnte er. Die Läden steckten voller Dinge und Menschen, die vegan oder schnurlos oder fair gehandelt waren, Väter in T-Shirts mit Plattenlabeln schoben

Kinderwägen über reparaturbedürftige Bürgersteige, und in den Fenstern der Cafés saßen junge Familien und fütterten herumkrabbelnde Kinder mit Kichererbsenbrei. In allen Blumentöpfen blühten Blumen, denen es besser ging als den Blumen in Mathildas Hinterhoftöpfen vor dem Institut. Dies, dachte Mathilda, war eine sturmfreie Zone, nichts wurde hier umgeweht oder durcheinandergebracht. Es erinnerte sie an die nächtliche Florastraße in Pankow, durch die sie den besoffenen Kilian geschleppt hatte.

Sie wollte die Familien in den Caféfenstern hassen, aber dann merkte sie, dass sie schon eine ganze Weile vor einem solchen Fenster stand und hineinstarrte – und dass sie sich sehnte. Sie wollte da drin sitzen und ein herumkrabbelndes, kleckerndes Baby vor dem Sturz von einer Bank retten. Sie wollte einem kleinen Mädchen mit Wollmütze mehr Kakao holen, oder vielleicht wollte sie das kleine Mädchen *sein*.

Sie hatte eine Vision davon, wie sie in ungefähr zehn Jahren in diesem Café Schlange stand, um ein Stück Kuchen zu ergattern, und wie hinter ihr ein kleines Kind seinem Vater liebevoll Kaffeesahne in die Haare schmierte. Die zehn Jahre ältere Mathilda drehte sich um und schüttelte den Kopf über die beiden. Aber es war egal, die Frisur dieses Vaters war ohnehin nie zu retten gewesen.

Sie trat von dem Fenster zurück und schüttelte den Kopf.

Sie würde vielleicht in zehn Jahren hier sitzen, theoretisch war es möglich – aber nicht mit Birger.

Das Äußerste, was sie bekommen konnte, wenn sie jetzt weiterging, war eine Beziehung auf Zeit. Kurze Zeit.

Die Pension befand sich in einem Haus, dessen Fassade unglaublich restaurationsdürftig aussah. Selbst die Graffitis waren restaurationsbedürftig. Es war, als hätten die Besitzer zueinander gesagt: Reparieren wäre zu viel Arbeit, also schmeißen wir das Haus entweder weg oder wir machen eine billige Pension darin auf. Mathilda stieg eine steile Treppe hoch bis zu der nicht besetzten Rezeption im ersten Stock, die aus einem Schreibtisch und keiner Topfpflanze bestand.

Die Räume waren hoch und hallten. Es roch nach Staub, obwohl sie nicht gewusst hatte, dass Staub nach etwas riechen konnte. Eddie drängte sich an sie, als hätte er Angst vor den Schatten hier.

Zimmer 4, hatte Birger gesagt.

Mathilda drückte die Tür auf.

Birger saß auf dem schmalen Bett und sah von einem Buch auf. Irgendetwas mit deutschem Recht.

»Hey«, sagte er. »Ich dachte, ich gucke wenigstens ein paar Dinge nach. Auch als Nichtanwalt. Vielleicht kann ich ja doch irgendwie hilfreich sein und …«

Mathilda nahm ihm das Buch weg und legte es aufs Fensterbrett, da es keinen Tisch gab. Der Raum hatte etwas von einem Klinikzimmer aus dem vorigen Jahrhundert. Aber auf dem Boden stand ein alter Porzellanteller mit Wasser.

»Für Eddie«, erklärte Birger. »Ich dachte, da du ihn durch die halbe Hauptstadt gejagt hast …«

»Manchmal denkst du an erstaunliche Sachen«, sagte Mathilda und ließ sich neben ihn aufs Bett fallen. Und dann breitete Birger die Decke über sie beide, und sie lagen einfach da und sahen an die Decke, über die ein großer Querriss lief, in dem eine Hängelampe befestigt war.

»Wenn wir jetzt einschlafen«, flüsterte Mathilda, »und die Lampe herunterfällt, sind wir beide tot.«

»Oh, vielen Dank«, meinte Birger. »So eilig habe ich es nun auch nicht. Hast du … dich entschieden, ob du mir verzeihst? Die Lügen? Und alles?«

»Ich glaube, ja«, flüsterte sie. »Ich meine, ich wäre gerne ausführlich und sehr lange sauer, aber wir haben keine Zeit. Wir haben zu nichts Zeit …«

Er unterdrückte etwas, das vermutlich der Husten war.

»Eddie schnarcht«, sagte er leise.

Da küssten sie sich noch einmal, weil Eddie es ja nicht sah, und weil Eddie es nicht sah und Kilian auch nicht hier war, ließ Mathilda ihre Hände unter Birgers Pullover wandern.

Nein, sie hatten keine Zeit. Alles musste jetzt geschehen, weil es morgen schon zu Ende sein konnte. Morgen oder nächste Woche.

Birger hustete wieder. Er hatte jetzt keinen Pullover mehr an. Er hatte eigentlich gar nichts mehr an. Mathilda aber auch nicht.

»Ich weiß nicht, ob …«, flüsterte er. »Ich bin wirklich verdammt k. o., weißt du? Mathilda? Mathilda, können wir nicht einfach hier liegen und uns festhalten?«

»Ja«, flüsterte Mathilda. »Ja.«

Sie begann, ihn zu streicheln, ganz vorsichtig, den Körper eines kranken, blassen Mannes, der zu müde war, um in diesem Moment mehr zu tun als dazuliegen. Und sie fragte sich wieder, wie es sein würde, diesen Körper zu sehen, wenn er sich nicht mehr rührte und nie mehr rühren würde. Wie ihr letzter Patient in der Klinik, den sie eines Morgens unter einem weißen Tuch auf dem Flur gefunden hatte.

Da wurde der Körper neben ihr wieder etwas wacher, und plötzlich hatte er auch Hände, die zurückstreichelten, und irgendwie ging doch noch alles in eine Richtung, die eher nicht jugendfrei war.

Das Licht im Raum, das durch alte Vorhänge fiel, war grau.

Birger war ganz anders als Daniel. Viel ungeschickter. Viel liebenswerter.

Die Lampe an der Decke war wirklich hässlich.

Du liegst auf meinem Arm.

Oh.

Ich liebe dich.
Ich liebe dich auch, Mathilda.
Ich dachte eigentlich nicht, dass Leute das wirklich sagen.
Warum sollten Leute nicht Mathilda sagen? Mathilda, es gibt in diesem Zimmer kein einziges Kondom. Außer Eddie hat welche.
Vergiss das Problem! Und jetzt sei still. Bitte. Nur eine Minute.

Das graue Licht von draußen pulsierte jetzt, Mathilda sah es, während sie Birger in sich spürte. Es war ein merkwürdiges Gefühl des Angekommenseins. Er hatte die Augen geschlossen, aber sie schloss die Augen nicht. Sie wollte ihn ansehen. So oft und so lange wie möglich, bevor sie ihn nie wieder ansehen konnte.

Dann lief etwas wie ein elektrischer Strom durch ihren Körper, von dem sie nicht wusste, ob sie ihn aushalten würde, und für einen kurzen Moment leuchtete die Glühbirne der hässlichen Lampe auf, obwohl sie gar nicht an war.

Und plötzlich war alles vorbei, das Zimmer sank zurück in graues Halbdunkel.

Birger lag jetzt wieder neben ihr. Wie merkwürdig, sie sah die Farbe seiner Augen trotz des Halbdunkels. Sie sah das Grün, ganz langsam, heraustropfen. Aber er lächelte.

»Ist das nicht seltsam?«, wisperte er außer Atem. »Ich kann dir völlig problemlos versprechen, dir bis an mein Lebensende treu zu sein.«

»Das ist nicht lustig.«

»Doch«, murmelte er. Und war eingeschlafen.

Das Institut wurde tatsächlich polizeilich noch ein zweites Mal geschlossen, obgleich es ja schon geschlossen war. Es war die Rede von einer einstweiligen Verfügung und anderen schönen komplizierten Begriffen.

Die Verhandlung fand eine Woche später statt. Die

vermutlich kürzeste Zeit zwischen einem Ereignis und einer Verhandlung, die es je gegeben hatte. Eine Art Sonderfall, vermutete Mathilda, weil man sich nicht sicher sein konnte, wie lange die Zeugen, die aussagen konnten, noch aussagen konnten.

Die Woche jedoch war lang.

Tötungsdelikt. Versuchter Mord in zwei Fällen. Unsinn, sagte sich Mathilda, jeder musste doch einsehen, dass das Unsinn war? Aber die Zeitungen schrieben. Und schrieben und schrieben und schrieben, sie waren voll von bunten, schreienden Artikeln über das Institut. Irgendwo fanden sich immer noch mehr alte Fälle, so dass man beinahe glauben konnte, das Institut existierte seit Jahrzehnten. Fälle von Leuten, deren medizinische Konditionen sich nach der Erfüllung ihres letzten Wunsches verschlechtert hatten, oft dramatisch.

»Ja, natürlich«, sagte Ingeborg einmal abends im Bett, wo sie an ihrem gewöhnlichen Kneipentisch saßen. »Natürlich hat sich ihr Zustand verschlechtert! Das hätte er sowieso! Sie waren dabei zu sterben. Das ist doch überhaupt der Punkt.«

Der Oberarzt der Station, auf der es geschneit hatte, geisterte ebenfalls durch die Zeitungen und wusste auch Bescheid über die Kabel, die sie auf einer anderen Station fürs Radio verlegt hatten. Die Reporter zitierten ihn.

»Wir sind doch kein Vergnügungspark? Wir sind ein Krankenhaus!«

»Privatfehde«, knurrte Ingeborg. »Ich hab mal mit ihm zusammengearbeitet.«

»Auweh«, sagte Birger.

Ingeborg und er hatten sich irgendwie vertragen, ohne sich gestritten zu haben. Niemand wusste, wie er seine Schulden bezahlen würde. Sie redeten nicht darüber. Es gab Wichtigeres.

Die Blicke der Leute auf der Straße sprachen Bände. Aber Mathilda wusste nicht, in welcher Sprache. Sie konnte nicht einmal unterscheiden, ob die Blicke feindselig, mitleidig, aufmunternd oder verachtend waren, sie sah zu schnell weg, ängstlich.

Dabei hätte alles so wunderbar sein können. Und überhaupt hatte sie keine Zeit für so nebensächliche Dinge wie Zeitungen. Sie brauchte ihre Zeit, um alles Glück aufzusaugen, das sie bekommen konnte. Birger wohnte noch immer bei ihr und Eddie und Kilian und das Gras in der Vase. Er hatte seine letzten Sachen aus dem Zimmer mit dem grauen Licht geholt.

Kilian achtete darauf, ab und zu nicht da zu sein und die beiden allein zu lassen. Er nahm Eddie mit auf Spaziergänge entlang der Panke.

Seine Mutter besuchte er jeden Tag für eine halbe Stunde, aber er wollte nicht, dass irgendjemand von ihnen mitkam.

»Wenn sie wieder draußen ist«, sagte er, »könnt ihr ja mal mit ihr reden.«

»Worüber redest du denn mit ihr?«, fragte Mathilda.

Kilian antwortete nicht. Er pustete nur ein paar rote Fussel von seinem Ärmel in den frühen Morgen hinein.

Es war *der* Morgen.

Der Morgen der Verhandlung.

Die Uhr behauptete, es wäre erst kurz vor sechs, aber Mathilda konnte nicht mehr schlafen.

Kilian offenbar auch nicht. Er saß im Fenster und rauchte, wofür Mathilda ihn gerne geschlagen hätte, doch sie hielt sich zurück. Woher hatte er überhaupt das Geld für die verdammten Kippen?

»Du bist als Zeuge geladen, das weißt du?«

»Hm«, sagte Kilian.

»Du solltest dir gut überlegen, was du denen erzählst.

Über gewisse Tabletten. Die irgendwer Jakob Mirusch vertickt hat. Kilian, ich habe nachgelesen. Beihilfe zum Suizid ist nicht prinzipiell strafbar. Tötung auf Verlangen schon. Wenn Jakob dir diese Dinger abgekauft und selbst genommen hat, ist das weitgehend okay, wenn du sagst, dass du nicht wusstest, wozu er sie haben wollte. Abgesehen davon ist das Handeln mit Benzos natürlich strafbar ... Sie dürfen uns bloß nicht auf irgendeinem Umweg beweisen, dass wir Jakob und Ewa die Tabletten verabreicht haben, ohne ihnen zu sagen, was das ist. Das wäre dann tatsächlich sogar ein Tötungsdelikt ... in einer der Zeitungen steht es so drin.«

»Spar dir die Diskussion mit Kilian«, sagte Birger hinter ihr. »Er hat niemandem Tabletten verkauft.« Mathilda drehte sich um und sah die Entschlossenheit in seinem blassen Gesicht. »Ich war das. Ich meine, ich habe sie nicht verkauft. Ich habe sie ihm gegeben. Das war alles.«

»Du? Wieso solltest du Schlaftabletten gehabt haben?«

»Aus der Klinik. Ich war da. *Remember?*«

»Die haben dir kein ganzes Glas mit Schlaftabletten gegeben. Mit so vielen Tabletten, dass es reicht, zwei Leute in den Schock zu befördern. Vergiss es.«

»Man kann Dinge von Stationen mitgehen lassen. Wenn man sich schlau anstellt.«

»Du willst mir erzählen, du hast die Dinger geklaut? Wozu?«

Er zuckte die Schultern. Er sah furchtbar aus an diesem Morgen, noch furchtbarer als sonst. Die Schatten in seinem Gesicht fraßen selbst sein Grinsen auf. Eddie schubberte seinen Kopf an Birgers Beinen und sah besorgt aus.

»War es dein Plan, die Dinger selbst zu nehmen?«, fragte Mathilda leise. »Nein. Nein, erzähl mir das nicht. Du versuchst hier nur, Kilians Kopf aus der Schlinge zu ziehen. Ich habe doch gesehen, wie er mit Jakob Mirusch ...«

»Wir sollten uns zuknöpfen und kämmen und Eddie kurz aufbügeln«, sagte Birger. »Wäre blöd, zu dieser Verhandlung zu spät zu kommen.«

Das Kriminalgericht Moabit war groß, alt und würdevoll. Es saß an der Turmstraße wie ein dickes, barockes Steinmonstrum und schien die Stadt mit seinen beiden Türmen zu überwachen.

Ingeborg wartete vor dem Gericht. Zusammen mit einer kleinen Menschenmenge. Die meisten waren vermutlich wegen ganz anderer Fälle hier, aber die Menge und ihr unverständliches Gemurmel machten Mathilda Angst. Sie hatte Visionen von Polizisten, die sie und Ingeborg abführten.

Sie griff in ihre Tasche und holte zwei Kopfschmerztabletten heraus und schluckte sie ohne Wasser.

»Komm«, flüsterte Birger. »Alles wird gut gehen.« Doch Mathilda hatte im Netz nachgesehen. Dort stand, dass man für aktive Sterbehilfe bis zu fünf Jahre ins Gefängnis wandern konnte, wenn es schlecht lief. »Denk daran, wie Ewa gehen würde. Aufrecht. Sie würde für euch aussagen, wenn sie hier wäre.«

Doch Ewa war nirgendwo. Nur ihr Körper lag noch herum, künstlich beatmet, auf den Status einer Pflanze reduziert.

Birger nahm Mathildas Arm. Plötzlich war er der Starke. Der, der sich auskannte, auch wenn er nicht zu Ende studiert hatte. Er führte Mathilda zu der Schlange, in der sie stehen mussten, um sich auf Waffen und Sprengstoff kontrollieren zu lassen wie alle anderen. Eddie galt leider als Waffe oder war jedenfalls verboten, und Mathilda band ihn an ein Parkverbotsschild.

Schließlich folgte sie Birger mit zitternden Knien ins Gericht, hinein in einen verwirrenden steinernen Knoten aus verschlungenen Freitreppen und Balustraden. Ohne Birger hätte Mathilda nie den Saal gefunden. Er war voller Leute. Alle, ganz Berlin, wollte sehen, wie das Institut der letzten Wünsche verurteilt und verboten wurde. Mathilda sah die Leute nicht im Einzelnen an, alles war verschwommen um sie. Sie hatte vielleicht noch nie in ihrem Leben solche Angst gehabt. Sie war irgendwo auf dem Weg von der S-Bahn hierher in einen schlechten Film gerutscht. Dies war alles gar nicht wahr. Und dann saß sie neben Ingeborg in einer glänzend polierten Bank aus stolzem, besserwisserischem Holz, und irgendwie begann also der Prozess.

Die Zeugen wurden über ihre Pflicht zur Wahrheit belehrt und mussten den Saal danach zunächst wieder verlassen: Kilian, Birger, der Taxifahrer ...

Aber da waren mehr Zeugen, Leute, die Mathilda aus früheren Abenteuern des Instituts kannte: Maik, das Astloch. Tatsächlich, im Rollstuhl, er lebte noch immer. Die Frau, deren Mutter bei Schnee gestorben war. Der Sohn von Jakob Mirusch. Der Typ aus dem *Café Tassilo,* dem sie den Pullover geschenkt und später ein Fahrrad geklaut hatte – falls es seins gewesen war. Und mehr und mehr ...

Mathilda schloss die Augen und hörte nicht mehr hin, wer noch alles antrat.

Die ganze Welt stand dort, vereint gegen sie und Ingeborg, nur Birger und Kilian waren auf ihrer Seite. Die Welt wurde hinausgeschickt. Die Zeugen durften erst nach der Vernehmung der Angeklagten wieder hereinkommen, Mathilda wusste es.

Auch sie musste vortreten, um »zur Person vernommen zu werden«. Wer sind Sie? Wie war Ihr Werdegang bis zum heutigen Tag?

Ein Glück, dass Birger ihre zögernden Antworten nicht hörte. Die Kinder mit ihren Pferdchen auf Mathildas T-Shirt hörten sie alle, aber sie schwiegen. Der Richter betrachtete die Kinder und die Pferdchen und schüttelte kaum merklich den Kopf.

Ingeborg löste Mathilda ab im Befragt-Werden, Mathilda saß mit weichen Knien wieder auf ihrem Platz.

Sie sah zu ihrem Verteidiger hinüber, einem Mann im Anzug, den sie noch nie gesehen hatte. Ingeborg hatte mit ihm gesprochen.

Er sah überhaupt nicht aus wie Birger. Sie hatte sich in den letzten Wochen Verteidiger immer wie Birger vorgestellt ... seltsam. Beinahe war sie dem Verteidiger böse, weil er so ordentliche Haare hatte.

Der Staatsanwalt verlas die Anklage, bei der tatsächlich von aktiver Sterbehilfe die Rede war, auch wenn er es »Tötung auf Verlangen« nannte, sowie von Fahrlässigkeit und unverantwortlichem Handeln in mehreren Fällen. Und nach einer Weile schwebten die Worte und Sätze an Mathildas Kopf vorbei in den Raum. Sie konnte ihnen keinen Sinn abgewinnen, sie waren *Tatorte* auf Türkisch, man konnte gut nachdenken, während der Richter las, über alles Mögliche. Sie hätte jetzt, dachte sie, zum Beispiel ein Kreuzworträtsel für den Typen aus dem *Tassilo* lösen können oder die eine oder andere Akte bearbeiten und eine Lösung für ein unlösbares Problem finden, das mit einem letzten Wunsch zusammenhing.

»Mathilda Nielsen? Möchten Sie sich zur Sache äußern oder schweigen?«

Mathilda fuhr auf. »Zu welcher Sache?«, fragte sie verwirrt. Aber es war nur wieder so eine Formulierung. Sie stand auf, obwohl sie nicht sicher war, dass das richtig war. Und antwortete auf alle Fragen mit Nein. Nein, sie hatte Herrn Mirusch und Frau Kovalska die Tabletten nicht verabreicht.

Nein, sie hatte nicht gewusst, dass sie sie nehmen würden. Nein, nein, nein.

Es war wie Heiraten, dachte sie, nur umgekehrt, beim Heiraten musste man immer ja sagen.

Der Richter kniff die Augen zusammen und schüttelte den Kopf. »Hören Sie mir eigentlich zu?«

»Ich ... nein ... ja.«

»Ich habe Sie eben gefragt, ob Sie Frau Nielsen sind, und Sie haben nein gesagt ...«

»Doch«, murmelte Mathilda. »Ich wollte doch sagen. Ich meine, ich glaube, ich bin ich. Ich bin mir im Moment unsicher ...«

»Setzen Sie sich«, befahl der Richter mit einem mitleidigen Kopfschütteln. »Frau Wehser?«

Ingeborg stand da wie eine Heldin, ihre schwarzen Locken waren scharfe Waffen. Sie erklärte dem Richter sehr bestimmt, dass sie nie und niemandem aktive Sterbehilfe geleistet hatte, dass sie jedoch verstehen könnte, wenn Menschen den Zeitpunkt ihres Todes selbst bestimmen wollten.

»Wir erfüllen lediglich Wünsche«, hörte Mathilda sie sagen. »Wir sind keine Magier; natürlich nehmen wir Geld für das, was wir tun, aber wir machen Dinge möglich, die sonst unmöglich wären. Glücklich zu sterben ist etwas, das vielen Menschen nicht möglich ist. Und wenn wir mit unseren Klienten zu einem alten Haus am Meer hinausfahren, um noch einmal eine Nacht lang das Leben zu feiern, so tun wir das nicht als verantwortungslose, geldgierige Geschäftsleute. Wir tun es, weil wir selbst gerne noch eine Nacht am Meer verbringen würden, wenn wir dabei wären zu sterben. Wir waren nicht einmal ohne ärztliche Begleitung dort, ich selbst bin jahrelang Notarzt gefahren. Aber das wissen Sie sicher? Sie können uns nicht einmal unterlassene Hilfeleistung vorwerfen, denn wir kamen nicht einmal dazu, Hilfe zu leisten oder es nicht zu tun. Herr Schmidt, der Fahrer, der noch vernommen werden wird, hat sofort den Notarzt angerufen.

Aber ich sage Ihnen eins: Wenn ich die Möglichkeit gehabt hätte, etwas zu unterlassen, so sicherlich, diese beiden unrettbaren Menschen zu retten. Sie hätten ...«

Gemurmel erhob sich im Saal, es wurde mit den Füßen gescharrt, irgendwer rief: »Mörderin!« und jemand anderer: »Natürlich hat sie nachgeholfen! Die beiden wussten doch gar nichts über die Medikamente, wer hat sie denn darauf gebracht, die Tabletten zu schlucken, gerade diese! Eine Ärztin natürlich!« »Ruhe!«, rief der Richter.

»Das reicht, danke, Frau Wehser«, sagte er dann, laut und sehr eisig.

»Aber ich bin noch nicht fertig! Ich habe den Mörder-Rufern durchaus noch etwas mitzuteilen. Ich ...«

»Setzen. Sie. Sich.«

Mathilda entdeckte Ingeborgs Vater unter den Zuschauern. Er lächelte und hielt die Daumen hoch, und ihr wurde für einen Moment warm. Es gab Menschen, die auf ihrer Seite waren. Irgendwo zwischen den anderen gab es sie.

Und jetzt rief der Richter die Zeugen in den Saal, einen nach dem anderen. Kilian war der erste.

Der Richter betonte, dass er das sechzehnte Lebensjahr noch nicht vollendet hatte und daher natürlich als minderjähriger Zeuge galt, dennoch würde er ihn befragen.

»Minderjährig, haha«, knurrte Kilian, und der Richter warf mit einem Blick nach ihm.

»Haben Sie in der betreffenden Nacht mit Jakob Mirusch oder Ewa Kovalska geredet?«

»Ja.«

»Worüber haben Sie gesprochen?«

»Wir sprachen über die Qualität des Buffets«, antwortete Kilian freundlich. »Ich glaube, es ging insbesondere um die Fleischklöße.«

»Haben Ihnen Herr Mirusch oder Frau Kovalska etwas von etwaigen Absichten erzählt, ihr Leben zu beenden?«

Kilian zögerte. Mathilda hielt die Luft an.

»Ja«, sagte er dann. »Jakob meinte, dass er gehen will. In dieser Nacht. Zusammen mit Ewa. Die beiden waren ... achtzig oder so, ich weiß nicht. Aber sie waren ein Paar, wussten Sie das? Ein richtiges Liebespaar. So spät noch. Komisch, was? Sie ...«

»Haben Sie schon einmal mit verbotenen oder apothekenpflichtigen Substanzen gehandelt?«.

»Ich?«

»Ja, Sie.«

Kilian seufzte. »Scheiße. Ja.«

»Haben Sie Herrn Mirusch die Tabletten besorgt, in Übereinkunft mit einem der hier anwesenden Mitglieder des sogenannten Instituts der letzten Wünsche?«

Kilian sah Mathilda an.

Sah Ingeborg an. Lange, lange. Und zum ersten Mal dachte Mathilda: Sie war es. Sie und vielleicht Birger. Sie haben Kilian überredet, das zu machen. Oh, verdammt!

»Nein«, antwortete Kilian.

Eine Art Aufseufzen lief durch den Saal. Die Tür öffnete sich, und Birger versuchte ganz offenbar hereinzukommen, wurde aber zurückgehalten. Es gab einen Tumult dort am Eingang, Birger rief: »Er hat nichts gemacht! Gar nichts! Ich ...« Aber ehe er mehr von sich geben konnte, schleifte jemand ihn hinaus, da er offenbar noch gar nicht an der Reihe war.

Denn jetzt wurde jemand anderer in den Saal gebracht. Eine Frau, die Mathilda noch nie gesehen hatte, eine junge und hübsche Frau, sehr adrett, sehr nervös.

»Sagen Sie uns, wer Sie sind«, bat der Richter.

»Ich ... Aber das wissen Sie doch? Elisabeth Müller. Ich arbeite als Krankenschwester auf der Kardiologie des Virchow-Klinikums. Seit über zehn Jahren.«

»Lag Frau Kovalska auf Ihrer Station?«

Die Krankenschwester nickte. »Ja, das tat sie. Sie hatte alle möglichen Komplikationen, es zog sich und zog sich. Da war ein Herr, der sie beinahe täglich besucht hat. Ich habe später erst erfahren, wie er hieß und dass er auch nicht gesund war. Das war Jakob Mirusch. Er ...«, sie fuhr sich mit der Hand über die Augen, vielleicht aus Nervosität, vielleicht aus anderen Gründen. »Er hat ihr rote Tulpen mitgebracht, weil sie die mochte. Immerzu. Wir wussten schon nicht mehr, wohin mit all diesen Sträußen von roten Tulpen ...«

»Kommen Sie zum Punkt, bitte. Warum sind Sie heute hier?«

»Weil ...« Sie sah unsicher vom Richter zum Staatsanwalt, einem leider sympathischen kleinen Mann, und zum Verteidiger des Instituts. »Also, es ist so ... ein Schraubglas mit Tabletten ... Wir haben das erst später festgestellt. Es muss in der Zeit entwendet worden sein, in der Herr Mirusch unsere Patientin besucht hat. Es fehlt. So etwas darf natürlich nicht passieren und ...« Sie brach ab.

»Sie nehmen an, dass es Herr Mirusch war, der diese Tabletten mitgenommen hat?«

»Ja. Ich weiß, dass er im Schwesternzimmer war. Ich habe ihn einmal dort herauskommen sehen und dachte, er hätte mit einer Kollegin gesprochen. Es hat mich gewundert, aber, na ja, ich habe erst später wieder daran gedacht ...«

Mathilda atmete tief durch. Manche Menschen gehen nach. Zum Glück. Hätten sie es rechtzeitig gemerkt ... Aber stimmte das alles überhaupt? Mathilda konnte sich nicht vorstellen, dass Jakob Tabletten klaute. Dies war ein seltsamer Versuch, ihnen zu helfen. Aber von wessen Seite kam er? Sie kannte die Krankenschwester wirklich nicht.

Der Staatsanwalt stellte seine Fragen, aber es kam nichts Neues dabei heraus.

Der nächste Zeuge, der hereingerufen wurde, war noch erstaunlicher als die Mathilda völlig fremde Krankenschwester. Als sie ihn sah, sank ihr Herz so tief, dass man es in ein Kartoffelbeet hätte pflanzen können.
Daniel Heller. Assistenzarzt der Charité. Austauscharzt auf der Kardiologie im Virchow-Klinikum.
Daniel.
Der erste und erklärteste Feind des Instituts.
Mathilda dachte an sein Gesicht, nachts vor dem *Kaffee Burger*. Sie dachte an die tote Geigerin. Und an Worte, die Daniel gesagt hatte.
Ihr beiden, ihr seid ja wahnsinnig. Eine kranke Frau in die Disco zu schleppen. Was kommt als Nächstes? Besorgt ihr euch einen Revolver und erschießt die Leute, die das romantisch finden?
Wir sterben alle. Aber ich werde mich jedenfalls vorher nicht irgendeiner Sekte ausliefern, die sich Institut nennt und abgefahrene Todesrituale vollzieht.
Mathilda hatte bis jetzt angenommen, dass die Staatsanwaltschaft die Anklage auf Anzeige der Angehörigen von Ewa und Jakob erhoben hatte. Aber sie hatte nie genau nachgefragt, Ingeborg hatte die entsprechenden Schriftstücke gelesen. Mathilda selbst hatte zu viel damit zu tun gehabt, über Birger und Kilian und sich selbst nachzudenken. Waren es gar nicht die Angehörigen gewesen, die sie angezeigt hatten? War es Daniel gewesen?
»Sagen Sie uns, wer Sie sind.«
Daniel erklärte. Charité. Kardio. Assistenz. Austauscharzt.
»Kennen Sie die Angeklagten?«
Er warf einen Blick zu Mathilda und Ingeborg hinüber. »Flüchtig«, sagte er kalt. »Wir sind uns ein paar Mal in einer der Kliniken begegnet. Die seltsamen Projekte des ... Instituts der letzten Wünsche bleiben den Ärzten letztend-

lich nicht verborgen. Ich fühlte mich mehrfach durch sie in meiner Arbeit gestört.«

»Und warum, Herr Heller, sind Sie hier?«

Daniel zog seinen Hemdkragen zurecht. Weiß, gestärkt, faltenlos. Wie sie ihn verabscheute.

»Ich bin es, der ... verspätet, leider ... festgestellt hat«, sagte er, »dass die Tabletten auf unserer Station fehlen. Frau Müller, die Krankenschwester, die Sie vor mir vernommen haben, trifft keinerlei Schuld.«

Mathilda sah den Blick der Krankenschwester zu Daniel. Sie schmolz förmlich. Sie war ihm ganz und gar verfallen.

»Ich habe angeordnet, dass wir das Fehlen der Tabletten zunächst für uns behalten. Ich dachte, es klärt sich schon alles auf. Ich dachte, sie wären einfach in einen falschen Schrank gestellt worden, und wollte jegliches Aufsehen vermeiden. Ich meine, es sind nur ... in Anführungszeichen *nur* ... Schlaftabletten.« Er straffte seine Schultern und sah den Richter an. »Ich möchte nicht schlecht über Menschen reden, die sich heute und hier nicht verteidigen können. Aber es ist ohne Zweifel Herr Mirusch gewesen, der die Tabletten entwendet hat. Und er wusste, was er damit tun würde. Er hat mir einmal an Frau Kovalskas Krankenbett erzählt, wie gerne er mit einem Menschen zusammen sterben würde, den er liebte. In einem glücklichen Moment. Bald, hat er gesagt. Bald.«

Und dann sprach der Verteidiger, den Ingeborg gewählt hatte, jenen Satz, den alle Verteidiger in allen Gerichtsfilmen sagen. Er wandte sich an den Zeugen Daniel Heller und sagte:

»Keine weiteren Fragen.«

Natürlich gab es mehr Zeugen, viel mehr.

Birgers Aussage war nicht wirklich verwertbar, er war zu nervös und versuchte zu offensichtlich, nicht zu Mathilda hinzusehen, bemerkte aber wohl ihr Kopfschütteln, denn er tat nicht das, was er vorgehabt hatte – etwas zu gestehen, das er nie getan hatte.

Die übrigen Aussagen ... waren ein Blumenstrauß aus überraschender Dankbarkeit. Sehr unsachlich und mit einer Tendenz dazu, den Richter in den Wahnsinn zu treiben.

»Es hat geschneit«, erzählte die Tochter der Schneefrau, »es hat wirklich geschneit, und sie konnte endlich sterben. Sie wollte es so gern ...«

»Die Radiosendung war ziemlich gut«, sagte die Ärztin von der Nephrologie, die sie verkabelt hatten, »alle Patienten haben sie gehört und waren so stolz, dass einer von ihnen über das Sterben sprach ...«

»Ich bin immer noch am Leben, Gott verdamm mich«, knurrte Maik, das Astloch. »Aber das Baden in der Spree war das Beste, was mir je passiert ist. Vielleicht habe ich mich danach entschieden, doch länger zu leben, MS hin oder her ...«

»Eigentlich war es vielleicht falsch, den Notarzt zu rufen«, meinte der Taxifahrer. »Ich dachte nur ... aber dann habe ich noch mal anders gedacht ...«

»Nie habe ich einen schöneren Sarg gesehen!«, rief die afrikanische Ehefrau. »Wir alle waren so glücklich über den perfekten Rosaton!«

»Und es ist einfach unglaublich«, erklärte eine kleine elegante Dame, deren Großvater irgendwann ein Klient gewesen war, »wie so ein Weihnachtsbaum im August aussehen kann, samt Kerzen und Lametta, und wie sie den Raureif hinkriegen, mitten im Park.«

Das Plädoyer des Staatsanwalts wurde trotz allem niederschmetternd. Es tauchte Mathilda wieder in ein tiefes, eisiges Bad der Vorwürfe. Am Tod anderer Menschen zu verdienen war eine Sache, begann er, auch Beerdigungsunternehmer verdienten am Tod. Aber sich von einem falschen, verblendeten Idealismus tragen zu lassen und hilflose Menschen in Situationen zu bringen, die ihr Leben mit großer Wahrscheinlichkeit verkürzten, war etwas anderes. Menschen die notwendige medizinische Betreuung zu entziehen, und sei es nur für den Zeitraum eines falschen Weihnachten, bedeutete, ihnen unnötig Schmerzen und Leid zuzufügen. Und war es nicht genauso möglich, sich an das schönste Weihnachten zu erinnern? War das nicht besser, als ein falsches neues Weihnachten zu erleben? Nahm diese ganze Wunscherfüllerei den Menschen nicht das letzte bisschen an Mündigkeit, suggerierte es ihnen nicht, dass sie selbst ihre Wünsche nicht erfüllen konnten, sondern dazu der Hilfe von außen bedurften? Was glaubten die Wunscherfüller, das sie waren? Eine Art Gott? Und war nicht von diesen selbst ernannten Göttern zu erwarten, dass sie auch entscheiden wollten, wann die ihnen anvertrauten Personen starben? War es nicht mehr als wahrscheinlich, dass Mathilda und Ingeborg Herrn Mirusch beeinflusst hatten, die Tabletten zu stehlen – wenn sie es nicht selbst gewesen waren? War es nicht wahrscheinlich, dass sie ihm das Schlafmittel verabreicht hatten, ihm und Frau Kovalska, in ihrer selbst gewählten Göttlichkeit?

Es gab Applaus aus dem Publikum, es waren nicht alle, die klatschten, aber viele.

Und Mathilda dachte, dass es wohl egal war, was Daniel ausgesagt hatte. Selbst, wenn man ihnen nie würde beweisen können, dass sie Ewa und Jakob die Tabletten gegeben hatten; selbst, wenn sie deshalb freigesprochen wurden, das Institut würde schließen müssen.

Vielleicht war es besser so.

Vielleicht war wirklich alles großer Unsinn; gefährlicher Unsinn. Sie sah zu Ingeborg hin. Ingeborg verdrehte die Augen. Das gesamte Plädoyer der Anklage war offenbar an ihr abgeperlt.

Und dann stand der Verteidiger auf.

»Nicht alle von uns hier im Saal glauben an ein Leben nach dem Tod«, sagte er. »Aber wir alle glauben unbestreitbar an ein Leben vor dem Tod.«

Jemand lachte. Jemand machte »Pssst«.

»Dies ist alles, was wir haben«, fuhr der Verteidiger fort. »Und alles, was wir beeinflussen können. Das Leben. Der Tod aber, meine Damen und Herren, der Tod ist kein Ausnahmezustand. Er kann gnadenvoll und grausam sein, zu früh kommen oder zu spät. Aber er kommt. Zu jedem von uns. Wir alle werden weit mehr Zeit damit verbringen, tot zu sein, als zu leben.«

Er sah sich im Saal um, und Mathilda folgte seinem Blick. Sie sah, wie manche Leute sich unter dem Gewicht des letzten Satzes wanden. Sie sah Ingeborgs alten Vater lächeln, weil er kein Problem damit hatte zu sterben. Am Ende blieb ihr Blick an Birger hängen. Und als der Verteidiger weitersprach, bewegte Birger lautlos seine Lippen.

»Woran werden wir uns erinnern? An unsere erste Liebe? An die Schmerzen, mit denen wir aus dem Leben geschieden sind, verbraucht und zerschlagen? An die Abhängigkeit von anderen, in die wir am Ende rutschen mussten, von Pflegern, Ärzten, Schwestern, Maschinen? Oder vielleicht ... an unseren letzten Wunsch und dessen Erfüllung?

Wer von Ihnen wunschlos sterben wird, ist zu beglückwünschen. Ich hoffe doch, es werden die meisten sein. Aber ein geringer Prozentsatz an Menschen trägt am Ende noch eine unstillbare Sehnsucht in sich.

Den Wunsch, zu fliegen.

Den Wunsch, jemanden wiederzufinden.

Den Wunsch, einen bestimmten Ort noch einmal zu sehen, die Erinnerung aufzufrischen, um sie in den letzten Sekunden in all ihren leuchtenden Farben bei sich zu haben.

Dieser geringe Prozentsatz an Sterbenden landet mit

seiner Sehnsucht beim Institut der letzten Wünsche. Und hier wird niemand entmündigt, denn die Menschen kommen freiwillig. Sie bezahlen freiwillig Geld für eine Leistung, die erbracht wird. Sie könnten auch jemand anderen beauftragen – einen Detektiv, um einen Menschen für sie wiederzufinden. Eine Reisegesellschaft, um sie an den letzten Ort ihrer Wünsche zu bringen. Ein Ballonflugunternehmen. Der Unterschied zum Institut der letzten Wünsche besteht darin, dass das Institut erstens medizinische Betreuung während aller Aktionen quasi frei Haus liefert. Denn es ist schlichtweg nicht wahr, dass den Klienten die medizinische Betreuung für die Zeit des Projekts entzogen wird. In jeder Akte des Instituts ist nachlesbar, wann wo begleitende Sanitäter bezahlt wurden. Und wir haben alle gehört, dass eine ausgebildete Notärztin stets vor Ort ist. Der zweite Fakt ist, dass das Institut auch unmögliche Wünsche möglich macht. Und ja, manchmal wird jemandem dabei etwas vorgespiegelt. Aber worin liegt der Unterschied, ob ich als sterbender alter Mann am Mittelmeer bin oder nur glaube, am Mittelmeer zu sein? Der Unterschied liegt nur bei den andern, die wissen, dass ich nicht dort bin. Ich sterbe glücklich, im Glauben, dort gewesen zu sein, und das ist der springende Punkt.

Der Mensch hat ein Recht auf Selbstbestimmtheit, und so hat er auch ein Recht darauf, selbst zu bestimmen, was ihm wichtiger ist: in hundert Prozent sicherer Umgebung im Bett zu liegen oder da draußen noch einmal ein letztes großes – oder kleines – Abenteuer zu erleben.

All die lebensverlängernden Maßnahmen, die uns heute technisch möglich sind, sind sie denn wirklich lebensverlängernd? Oder nur Daseins-verlängernd? Lebt jemand, der lediglich in seinem Bett liegt und an die Decke sieht und wartet? Was ist wichtiger? Jemanden sechs Wochen länger als atmendes Wesen zu erhalten oder dafür zu sorgen, dass dieser Jemand glücklich wird? Es gibt keine Antworten auf diese Fragen. Es ist die freie Entscheidung des Menschen selbst. Genau wie der Zeitpunkt des Todes.

Das Institut der letzten Wünsche zwingt niemanden, seine Dienste anzunehmen. Es macht noch nicht einmal effektiv Werbung. Es befindet sich am Ende eines schmalen Weges zwischen zwei Blumentöpfen. Dennoch vollbringt es manchmal, im Kleinen, Wunder. Und Sie glauben, die beiden einzigen Mitarbeiterinnen dieses Instituts würden uns heute hier belügen, um etwas wie – ja, einen Mord zu vertuschen? Ich hoffe, nicht.«

Es war sehr still im Saal.

Mathilda sah noch immer Birger an. Er hatte bis zuletzt jedes Wort mitgesprochen.

Jetzt sahen der Verteidiger und Birger sich an, und Birger nickte kaum merklich, und der Verteidiger lächelte. Sie waren ungefähr gleich alt. Sie schienen sich zu kennen. Vielleicht von früher. Vielleicht aus einem Studium, das sie gemeinsam begonnen hatten.

Und während das Gemurmel im Saal zögernd anschwoll, während der Richter irgendwo in einer anderen Sphäre Entscheidungen fällte, begriff Mathilda. Es war nicht der Verteidiger in seinem Anzug, der die Rede geschrieben hatte. Es waren Birgers Worte.

Der Richter betrat den Saal wieder.

Mathilda hörte nicht, was er sagte, sie war zu voll von einer völlig neuen Erkenntnis. Birger Raavenstein parkte falsch und trug seinen privaten Sturm mit sich herum und besaß den hässlichsten Regenmantel der Welt. Er hatte sein Studium damals abgebrochen – und bisher hatte sie ihn immer als jemanden geliebt, der ihr leidtat, weil ihm alles auf der Welt schiefging. Aber er wäre ein wunderbarer Anwalt geworden. Er war ein kluger Mensch. Mehr als das, viel mehr. Zum ersten Mal bewunderte sie ihn.

Sie merkte verspätet, dass die Leute im Saal begannen aufzustehen und wieder zu reden; Ingeborg war plötzlich da und umarmte sie, und dann packte die zweite Erkenntnis innerhalb von fünf Minuten Mathilda: Sie waren freigesprochen worden. Und das Institut würde nicht geschlossen werden.

Es war ein einziges Händeschütteln und Umarmen und Lachen und Bellen vor dem Gericht. Mathilda löste Eddies Leine und gab ihm einen Kuss auf jedes Ohr. Die bunte Masse an Leuten glich einem Jahrmarkt. Die Mörder-Rufer hatten sich still und heimlich verdrückt. Hinter dem Kriminalgericht wartete die alte Strafvollzugsanstalt Moabit umsonst auf neue Insassen.

Mathilda hielt Birger lange fest. Seine Augen leuchteten, auch wenn gar nicht mehr viel Grün zum Leuchten übrig war. »Du hast ...«, begann sie.

»Sch«, machte er nur.

Dann ließ sie ihn mit dem Verteidiger reden und fand irgendwo Daniel, den sie beiseitezog, um eine Ecke.

»Warum hast du das getan?«, fragte sie.

Er sah sie ernst an. »Was? Die Wahrheit gesagt?«

Mathilda schüttelte langsam den Kopf. »Ich glaube immer noch, dass Kilian ihnen das Zeug vertickt hat. Ich kann mir nicht vorstellen, wie Herr Mirusch Tabletten klaut. Du hast es tatsächlich geschafft, diese arme kleine Krankenschwester zu einer Falschaussage zu kriegen.«

»Sicher nicht. Ich bin nicht Mathilda Nielsen. Ich bin Daniel Heller. Du weißt schon, aufrichtig, ehrlich und langweilig. Ich würde nie jemanden zu einer Falschaussage unter Eid überreden. Die Tabletten fehlen tatsächlich.«

Er sah sich um. Niemand beobachtete sie.

»Kommst du mit, ein Stück spazieren? Ich brauche dringend Bewegung.«

Mathilda begleitete ihn stumm. Er blieb erst stehen, als sie schließlich das Spreeufer erreichten.

Dort zog er seinen stets zu sauberen, zu ordentlich gebundenen Schal zurecht. »Sie fehlen«, wiederholte er mit einem kaum merklichen Lächeln. »Auf Station.« Damit griff er in seine Jacke und holte ein Glas mit einem Schraubverschluss heraus. Es war voller kleiner, hellblauer Tabletten. Er bückte sich, hob einen Stein auf, steckte ihn zu den Tabletten und verschraubte das Glas wieder.

Dann sah er sich noch einmal um, holte weit aus und schleuderte das Glas in die Spree hinunter, wo es versank.

»Daniel«, flüsterte Mathilda. »Ich …«

Er legte ihr einen Finger auf den Mund, ganz sachte.

»Ich habe einen Großonkel, den ich sehr mag. Vierundneunzig. Stirbt.«

»Aber …«

»Er hat einen letzten Wunsch«, sagte Daniel. »Wir haben lange geredet, er und ich. Wir kommen nächste Woche vorbei. Dann muss das Institut offen sein, oder?«

18.

»Ewa«, flüsterte Mathilda und nahm die Hand der alten Dame. Sie saß ganz allein neben ihrem Bett. Die Angehörigen schienen das Interesse an der Intensivstation verloren zu haben, jetzt, nach dem Prozess, wo sich die Zeitungen anderen Dingen zuwandten.

»Ewa, wir sind freigesprochen worden. Alles ist gut. Es war unglaublich.«

Mathilda erzählte Ewa Kovalska alles, flüsternd, mitten zwischen den piependen und blinkenden und klingenden Apparaturen. Und es kam ihr beinahe vor, als lächelte Ewa. In der Tür standen Birger und Kilian, ein wenig verlegen. Und drüben, in einem anderen Zimmer, erzählte Ingeborg Jakob Mirusch die gleiche Geschichte, nur dass Ingeborg vermutlich nicht flüsterte.

»Ich denke, es ist Zeit, sich zu verabschieden«, flüsterte Mathilda, als sie auch mit dem letzten Detail der Verhandlung fertig war. »Sie sollten gehen. Sie können jetzt gehen, wirklich.« Sie beugte sich vor und küsste Ewa auf die Wange, dann drehte sie sich um und verließ den Raum.

Der Pfleger in seinen blauen Kliniksachen lächelte ihr zu, und sie lächelte zurück.

»Mathilda«, sagte Kilian draußen vor der Klinik. »Eins noch, weißt du ... Sie hat es gewusst. Mit der Callas. Sie hat mir das erzählt, an dem Abend. Ich meine, noch ehe die Callas dann doch gesungen hat und alles.«

»Wie bitte?«

»Na, dass die Callas schon lange tot war. Sie hat das eigentlich die ganze Zeit gewusst. Sie wollte nicht sterben, kapierst du? Sie dachte, wenn ihr letzter Wunsch unerfüllbar bleibt, stirbt sie nicht. Sie hat selbst darüber gelacht, als sie das gesagt hat, weil das natürlich Quatsch ist, sie war ja nicht blöd. Aber an dem Abend in diesem Haus am Meer ... da meinte, sie, dass es jetzt okay ist. Weil alles gut ist. Wegen Jakob. Sie war wirklich verknallt.«

»Dass was okay ist?«

»Na, zu sterben.« Kilian zuckte die Achseln. »Übrigens ... lassen die meine Ma morgen raus. Ich gehe kurz noch rüber. Ihr könnt ja mitkommen.«

Sie gingen mit. Hand in Hand.

Ingeborg blieb noch bei Herrn Mirusch, oder vielleicht fuhr sie ins Institut und machte sich über einen Berg Akten her, das wusste man nicht so genau.

Frau Nowak saß im Bett und hatte tatsächlich die ungefähren Ausmaße eines Walfisches, Kilian hatte nicht übertrieben. Sie war jedoch ein lächelnder Walfisch.

»Das ist aber ein hübscher Hund«, sagte sie und zeigte auf Eddie.

»Himmel!«, rief Mathilda. »Warum ist der denn schon wieder mit hier drin? Verdammt, da kommt eine Schwester.«

Frau Nowak griff nach unten, hob Eddie auf und steckte ihn kurzerhand am Fußende unter ihre Bettdecke. Dann lächelte sie weiter. Sie war der glücklichste Walfisch, den Mathilda je zu Gesicht bekommen hatte.

»Ihr habt also meinen Kevin aufbewahrt.«

Mathilda wollte *Wen?* fragen, aber natürlich meinte Frau Nowak Kilian.

»Und jetzt komme ich raus, und alles geht wieder seinen geregelten Gang. Ich meine, er hat euch vielleicht erzählt, dass nicht immer alles so geregelt war bei uns. Aber ich rühr das Zeug nicht mehr an, ich bin weg davon. War vielleicht gut, dass ich die Scheißtreppe runtergestürzt bin. Wir müssen mal gucken mit der Wohnung und so, was für Bezüge wir jetzt kriegen und was die Ämter sagen ... und mit dem Sorgerecht ... die waren auch hier, auch wegen dem Kevin und so ...«

Sie streckte ihre Arme aus und versuchte, Kilian an sich zu ziehen, doch er sträubte sich, und gleichzeitig sprang Eddie vom Bett und war wieder ein sichtbarer verbotener Hund.

Mathilda schnappte ihn und nickte ein vorläufiges Abschiedsnicken.

»Besser, wir warten draußen«, meinte sie, ehe die anwesende Krankenschwester beginnen konnte zu schimpfen.

Draußen regnete es jetzt, aber die Kastanien blühten noch immer, und Eddie machte wilde Sprünge im nassen Gras.

»Was für ein Leben«, sagte Mathilda. »Birger ... kommt denn jetzt alles in Ordnung?«

Er nahm sie in die Arme und schwieg eine Weile. »Ich hoffe«, sagte er dann.

»Was war deine Bedingung für die Gitarre? Ich habe das in der Nacht in dem alten Haus mitbekommen ... um ehrlich zu sein ... habe ich gelauscht. Was soll Kilian für dich tun, damit er die Gitarre kriegt?«

Sie hatte Angst vor der Antwort, aber sie wollte es jetzt wissen.

»Das?« Birger lächelte. »Das ist einfach. Oder sehr schwer. Meine Bedingung ist, dass er nach Hause zurückzieht und wieder zur Schule geht. Er hat immer noch diese Vorstellungen von einem wunderbaren Sommer auf der Straße, Gitarre und alter Pullover und einsamer Held im Sonnenuntergang. Na ja.«

Mathilda grinste, erleichtert. »Ich hatte befürchtet, die Bedingung wäre etwas ganz anderes. Birger ...«

Aber sie kam nicht weiter mit dem Satz, weil er sie küsste.

»Birger …« Noch ein Versuch, ziemlich viel später. »Kann ich auch eine Bedingung stellen? Dafür, dass du weiter bei mir wohnst? Ich meine, hey, ich habe so ein extrem cooles Sofa, das ist eine Bedingung wert, oder?«

»Was denn?«

Sie holte tief Luft. Verschränkte die Arme. Sah die blühenden Kastanien an. Die regennasse grüne Wiese. Eddie, der jetzt eher einem Schlammschwein glich. Die ganze Umgebung, die so zum Platzen mit *Leben* angefüllt war.

»Ich will nicht, dass du stirbst«, sagte sie fest, so fest, wie Ingeborg es gesagt hätte. »Ich will, dass du wenigstens versuchst, es nicht zu tun. Mach diese Chemo. Und die OP. Es ist Wahnsinn, ich weiß das. Die Chance, sie zu überleben, beträgt weit unter fünfzig Prozent. Aber wenn du es nicht versuchst, beträgt die Chance null.«

»Oh, bitte, Mathilda. Nein.« Er klang gequält. Dann wandte auch er den Blick zu den Kastanien, als läge dort eine Antwort verborgen, klebrig vom Saft der rosa und weißen Blüten. »Ich hab eine Scheißangst vor der Chemo, das weißt du. Wochen und Wochen in der Klinik, und es geht dir immer schlechter und … Ich hab meine Eltern daran eingehen sehen. Es war kein schöner Anblick. Ich will nur noch ein bisschen Frühling haben … Frühling mit dir … Den Mai vielleicht noch … und dann …«

»Und dann?«, fragte Mathilda. »Dann nichts mehr. Aber ich möchte noch einen Juni und einen Juli und einen August. Du weißt doch, im August ist Weihnachten.« Sie bemühte sich zu lächeln. »Außerdem schuldest du dem Institut all dieses Geld. Wenn du überlebst, könntest du es abarbeiten.«

Da nahm er sie noch einmal in die Arme und drückte sie so fest an sich, dass es weh tat.

»Okay«, flüsterte er in ihr Ohr. »Okay, ich mach's. Für dich.«

19.

Ein neues Staging. Wieder durchs Röntgen, durchs CT, Blutabnahmen, Funktionstests.

Birger in einem weißen Bett, in dem er nie hatte liegen wollen.

Mathilda brachte ihm einen Schlafanzug, den er vergessen hatte.

Und sie saßen auf dem Flur, wartend, und sie saßen auf einer Bank vor dem Klinikum, wieder wartend, und sahen in den blauen Himmel hinauf und hielten sich an den Händen wie in einem dieser Tränendrüsenfilme.

Eddie betrank sich abends mit Mathilda und Ingeborg im Bett. Manchmal war Doreen jetzt da. Sie redete nie über Geld. Aber Mathilda wusste nicht, was sie dachte.

Es dauerte nur ein paar Tage, bis die Untersuchungen durch waren, obgleich es Mathilda vorkam wie eine Ewigkeit.

Und dann saßen sie im Arztzimmer und warteten wieder, diesmal auf die Ärztin. Mathilda drückte Birgers Hand so fest, dass er die Zähne zusammenbiss; als sie es sah, ließ sie los.

»So«, sagte die Ärztin und setzte sich, eilig, übernächtigt, mit einem flüchtigen Lächeln um die Mundwinkel. »Also.« Die Akte lag auf dem Tisch – vielleicht ein Todesurteil, vielleicht ein Hoffnungssignal.

»Keine schonenden Reden im Vorfeld«, bat Birger und grinste. »Unser Hund wartet draußen, und er ist wirklich ungeduldig. Er würde so gerne erben. Ähm. Den Dosenöffner.«

»Es ist *mein* Dosenöffner«, sagte Mathilda. »Wieso sollte Eddie den erben, wenn *du* stirbst?«

Die Ärztin sah irritiert von Mathilda zu Birger und zurück.

»Gut, keine schonenden Reden im Vorfeld.« Sie räusperte sich unnötig, ein eingeübtes Räuspern, das sie vermutlich in jedem dieser Gespräche verwendete. »Der Tumor ist seit dem letzten Staging vor sechs Wochen gewachsen und engt Luftröhre und Aorta zusehends ein. Aber es gibt, soweit wir sehen, noch immer keine Metastasen. Die lokalen Lymphknoten sind jetzt befallen und müssten mitreseziert werden. Die Operation eines Tumors, der so zentral und so nah an den großen Gefäßen liegt, ist natürlich ... eine Art von ... nun, Sie wollten deutliche Worte. Eine Art von Russisches Roulette.«

»Ich kann kein Russisch«, bemerkte Birger enttäuscht.

»Es reicht ja, wenn der Tumor es kann«, meinte Mathilda.

»Ich würde es begrüßen, wenn Sie einen Moment ernst bleiben könnten«, sagte die Ärztin. »Es geht immerhin um Leben oder Tod.«

»Eben«, sagte Birger.

Mathilda zog die Ärmel ihres Pullovers lang, über die aufgenähte kleine Maulwürfe mit Spaten hopsten. Ihr war auf einmal kalt, obwohl ein unsinniges Kichern sich in ihr Platz zu schaffen versuchte. Es war diese Sorte Kichern, die als Weinen herauskommen sollte, sich aber verirrt hatte, mathildatypisch.

»Die Kollegin, mit der ich zuletzt gesprochen hatte, war der Meinung, man müsste versuchen, zu operieren«, sagte sie schließlich. »Eine kleine Chance ist mehr als gar keine Chance.«

Die Ärztin seufzte kaum hörbar.

»Nun, es gibt ... sicher mehrere Meinungen zu diesem Thema. Auch unter Ärzten. Wir haben im Tumorboard gestern lange darüber diskutiert. Glauben Sie nicht, wir machten es uns leicht. Letztendlich liegt die Entscheidung aber bei Ihnen. Wir können zwei Dinge machen: eine palliative Chemo, die die Lebensdauer verlängert und den Tumorschmerz verringert. Oder eine neoadjuvante Chemo, die die Tumormasse, wenn es gutgeht, deutlich verkleinert und nur vor einer Operation sinnvoll ist. Bestrahlung ist höchstwahrscheinlich zu risikoreich an der Stelle. Die neoadjuvante Chemo ist natürlich stärker und mit mehr Nebenwirkungen behaftet. Es ist zu Beginn noch nicht sicher, ob Sie am Ende tatsächlich fit genug für die Operation sind, aber wir können es versuchen.«

»Neoadjuvant«, sagte Mathilda entschlossen.

Birger nickte zögernd. »Da muss ich wohl durch.«

»Sie sind jung«, sagte die Ärztin. »Vielleicht haben Sie recht. Es gibt immerhin eine geringe Heilungschance. Es wäre ein Wunder. Es soll Wunder geben.« Sie lächelte plötzlich, warf einen Blick auf die Uhr, stand auf und sah aus dem Fenster. »Ich habe auch einen Hund. Er sieht beinahe so aus wie Ihrer da draußen. Nur dass er nicht an Autoreifen nagt.«

»Oje«, murmelte Mathilda. »Eddie ist wirklich nervös.«

»Und der Junge mit den blauen Haaren da unten?«, fragte die Ärztin, ehe sie die Akte vom Tisch nahm. »Ist das Ihr Sohn?«

Birger nickte. »Ja. Das ist mein Sohn.«

»Wenn ich sie jetzt bestelle«, sagte die Ärztin, »ist die Chemo morgen da.«

»Mein letzter Tag in Freiheit«, verkündete Birger, als sie draußen standen, und der Husten schüttelte ihn wie einen Baum im Wind. »Bevor ich mich für sechs Wochen in die Hände der Ärzte begebe. Jetzt aber los. Jetzt machen wir ... alles.« Er überlegte. »Ich weiß eigentlich nicht, was ich machen will.«

Er breitete die Arme aus wie um das Sonnenlicht einzufangen und drehte sich im Kreis. »Wenn man alles machen kann, ist es nicht so leicht, sich zu entscheiden.«

»Ich habe einen Klienten«, fing Mathilda mit einem kleinen Grinsen an, »der sich seit seiner Kindheit ein ferngesteuertes Segelflugzeug wünscht. Er hat eins bekommen zu seinem zwölften Geburtstag. Dann hat sein Vater es ihm wieder weggenommen, weil er sitzengeblieben ist, das hat er nie verwunden. Das Segelflugzeug war groß und hatte rote Tragflächen. Baujahr 1950. Finden wir so eins?«

»Wir haben den ganzen Tag«, sagte Birger. »Klar finden wir eins. Ich muss doch anfangen, für das Institut zu arbeiten und meine Schulden abzuarbeiten.«

So kam es, dass Birger seinen letzten Tag in Freiheit in Spielzeuggeschäften verbrachte. Prenzlauer Berg, meinte Birger, hätte wohl die meisten Spielzeuggeschäfte, und es hatte auf jeden Fall genug. Dies war vermutlich, dachte Mathilda, der albernste Tag in ihrem Leben. Sie zogen Metallenten auf, fuhren Puppen in Puppenwägen durch die Gegend und testeten Rennautos, sie murmelten Murmeln über Murmelbahnen und probierten Prinzen- und Prinzessinnenverkleidungen an. Keine der Stoffratten, Nilpferde oder Krokodile auf den Regalen störte sich daran, dass Birger sich ab und zu setzen musste, weil der Husten ihn wieder packte. Und am Ende schmerzte Mathildas Bauch vor Lachen.

Nur ein rotes Segelflugzeug, das man fernsteuern konnte, fanden sie nirgends.

Die Dämmerung senkte sich schon über die warmen Vorsommerstraßen, als sie das letzte Spielzeuggeschäft betraten. Es war ein seltsamer Laden, winzig und hoch, vollgestopft mit alten, neuen, gebrauchten und ungebrauchten Spielsachen. Fahrräder, Laufräder und Schaukelpferde quollen bunt bis auf den Bürgersteig hinaus: *Onkel Philipps*

Spielzeugwerkstatt, Reparatur, Ver- und Ankauf von alten Spielsachen. Über die beiden Eingänge in der Chorinerstraße rankte das Geißblatt, und man konnte sich beinahe nicht umdrehen, ohne eine Lawine an herabstürzenden Kleinstgegenständen auszulösen.

Durch einen Schrank gelangte man auf eine Wendeltreppe, man musste eigentlich hindurch*kriechen,* es war sehr erstaunlich, und die Wendeltreppe führte in einen Keller. Dortselbst, verkündete ein junger Mann stolz, befand sich das Museum für Spielzeug in der DDR.

Es befand sich. Ein Segelflugzeug befand sich nicht.

»Manche Wünsche sind nicht erfüllbar«, flüsterte Birger im Halbdunkel. »Komisch, was, es ist fast ein Symbol geworden. Ich denke die ganze Zeit, wenn wir dieses Flugzeug finden, für deinen Klienten, dann geht alles gut.«

»Unsinn«, sagte Mathilda, weil sie genau das auch dachte.

Oben im Laden bellte jetzt Eddie, und als sie wieder hinaufkrabbelten, saß er da und sah an die Decke, völlig starr, wie von einem epileptischen Anfall gepackt. Aber Eddie war keine nervenkranke Geigerin. Mathilda folgte seinem Blick.

Die Decke war voll mit schlecht geparkten Flugzeugen, weder Mathilda noch Birger hatten es bisher bemerkt. Die Flugzeuge hingen übereinander, nebeneinander, ineinander verkeilt, Flugzeuge in allen Größen und Farben.

Birger fand das rote.

Baujahr 1950.

»Das hat uns vor zehn Jahren ein uralter Mann verkauft, der irgendwas von einem Sohn erzählte, mit dem er sich gestritten hatte«, erklärte der junge Verkäufer mit einem Lächeln. Zehn Jahre ... vielleicht war er also doch nicht so jung, nur das Spielzeug hatte ihn jung gehalten. »Komische Geschichte. Der Streit lag wohl ein halbes Leben zurück,

aber er hatte den Sohn aus den Augen verloren. Er besaß nur noch sein Flugzeug. Soll ich es einpacken? Irgendwie?«
»Danke nein«, sagte Birger. »Wir essen es gleich so.«

Sie gingen mit dem Flugzeug in den Humboldthain, wo die Erhebungen der alten Flaktürme sie mit Verwunderung beäugten. Eine Touristenführerin scheuchte ihre Touristen die Stufen zu einem der Türme hinauf, und Mathilda verspürte für Sekunden ein eigenartiges Glücksgefühl, kein Tourist zu sein. Zwei Eichhörnchen beobachteten das Flugzeug von einem Baumstamm aus, als wollten sie einsteigen, flohen aber, als Mathilda es ihnen ernsthaft anbot.

Es flog. Noch immer, nach all den Jahren, ein roter Fleck zwischen Wiesengrün und Himmelblau. Und auch die unglaubliche, klobige, tastenarme Fernbedienung funktionierte, jedenfalls manchmal. Die tapferen Flugzeugtester lachten, riefen einander Start- und Landebefehle zu und rannten dem leuchtenden Rot hinterher, obgleich Birger dabei zu sehr außer Atem geriet. Einmal, es gelang Birger, das Rot aus der Luft einzufangen, zuckte er zusammen und wurde für einen Moment sehr blass, und er schien wieder Schmerzen zu haben. Oder wieder mehr Schmerzen, weil er vielleicht immer Schmerzen hatte und sie nie darüber sprachen.

Doch er strahlte, als er mit dem Flugzeug in der Hand dastand.

»Fliegen«, sagte er. »Das wäre was. Ob ich das heute Nacht noch hinkriege? Als verspäteten letzten Wunsch?«

Aber dann legte er nur seinen Arm um Mathilda, und sie gingen zusammen in Richtung Bett.

Dort saßen Ingeborg, Kilian und auch Doreen.

»Sechs Wochen«, knurrte Birger und ließ sich auf einen Stuhl fallen, während Eddie versuchte, an Ingeborgs Wein zu kommen. »Sechs Wochen Chemo. Sechs Wochen zwischen weißen Laken.«

»Mathilda kann dir bunte Bettwäsche mitbringen«, schlug Ingeborg vor. »Sie hat sicherlich welche mit hubschrauberfliegenden Fröschen oder orange-blauen Hummeln.«

Doreen lachte. Sie saß neben Ingeborg wie meistens in letzter Zeit.

»Das war er also«, sagte Birger. »Der letzte Tag in Freiheit. Morgen geht es los, dann ist die Chemo da, die sie bestellt haben.« Er nahm das Flugzeug vom Fußboden und stellte es auf den Tisch. »Und ich habe meinen einzigen Auftrag für das Institut erledigt.«

Ingeborg applaudierte, aber Kilian schnaubte nur.

»Es war nicht der letzte Tag. Und nicht der einzige Auftrag. So ein Quatsch! Wir haben noch tausend. Millionen. Der Sommer fängt doch erst an.«

Dann nahm er die Gitarre, die neben ihm stand, und begann zu spielen, irgendetwas, das nichts war und alles war. Seine blauen Haare, die an den Ansätzen dunkel nachwuchsen, wippten leise, wenn er den Kopf bewegte, und es wurde stiller im Bett, bis man nur noch die Gitarre und das Gläserklirren von der Bar hörte.

»Ewa und Jakob sind gestorben«, sagte Ingeborg in die Gitarrenstille. »Beinahe gleichzeitig.«

Mathilda nickte. »Dann ist es gut. Ich glaube, Birger und ich sollten jetzt nach Hause gehen.«

Ich werde das rote Sofa vermissen.
Komm jetzt her! Wir sollten schlafen. Morgen müssen wir rechtzeitig in der Klinik sein.
Ich werde die Schrägfenster vermissen.
Komm.
Das Gras hat jetzt Wurzeln.
Birger? Dieses Bett ist furchtbar einsam ohne dich.

Mathilda träumte.

In ihrem Traum gab es im Institut nicht zwei, sondern drei Schreibtische; der dritte passte gerade noch so in den Raum. Es war Winter, draußen fiel Schnee – obwohl es sich natürlich auch um Wattefetzen handeln konnte. Hinter dem dritten Tisch im Institut der letzten Wünsche saß Birger.

Und dann öffnete sich die Tür, und mit einem Schwall Schnee kam ein Pelzmantel herein, der einen sehr kleinen, dünnen alten Mann enthielt, schwer auf einen Stock gestützt. Ein zerzauster Mann, selbst der Pelzmantel war zerzaust. Er sah Ingeborg an, die ihm entschlossen entgegenblickte. Sah Mathilda an, die lächelte. Sah Birger an, der sich durch die Haare fuhr.

Dann steuerte er jenen letzten Tisch an und setzte sich etwas mühsam auf den Stuhl vor Birger.

»Ich habe ... einen letzten Wunsch«, begann er heiser und kurzatmig, kaum zu verstehen. »Sie sind doch das Institut für so was?«

»Quasi«, antwortete Birger, öffnete eine leere Akte und zückte einen Kugelschreiber.

Der Mann wandte sich um und sah einen Moment durch die großen Glasfenster ins Schneetreiben hinaus. In den Blumentöpfen links und rechts der Tür steckten Tannenzweige, die mit rot glänzenden Kugeln und strohigen Adventsengelchen behängt waren. Es schien Dezember zu sein.

»Ich werde in wenigen Wochen nicht mehr am Leben sein«, keuchte der Mann und streifte seine dicken Fäustlinge ab, »und ich möchte so gerne noch einmal Ostern feiern.«

Sie fuhr hoch, weil Birger sie schüttelte.

»Birger? Habe ich im Traum geredet?«

»Gelacht. Du hast im Traum gelacht. Aber das machst du häufig. Deshalb wecke ich dich nicht. Ich ...« Er flüsterte.

Er klang seltsam. Vielleicht noch heiserer als sonst. Etwas stimmte nicht. Mathilda setzte sich auf und versuchte, wach zu werden.

»Ich muss noch mal raus«, wisperte Birger.

»Raus?«

»Ja. Ganz raus. An die Luft. Die letzte Nacht ... Komm mit. Zum Spreepark raus. Fliegen.«

»Was?«

»Bitte.« Sie sah ihn kaum, nur das Licht der dämmernden Stadt schwappte von draußen herein, aber sie hörte die Dringlichkeit in seiner Stimme.

»Steck dein Handy ein.«

»Was? Ja. Von mir aus. Aber ...«

»Nicht fragen. *Bitte*.«

Sie war in Minuten angezogen. Er brauchte länger. Und dann standen sie unten vor dem Haus, und Mathilda war noch immer nicht ganz wach.

»Wir nehmen die Räder«, sagte er.

»*Die?* Räder? Ich habe nur ein Fahrrad.«

»Aber in dem Keller, in dem es steht, gibt es noch mehr«, sagte Birger. »Ich leihe eines aus. Nur für diese Nacht. Ich kann Fahrräder kurzschließen.«

»*Bitte?*«

»Komm einfach.«

Er ruckelte eine Weile am Schloss eines der Räder herum, das sich tatsächlich löste, und dann fuhr Mathilda hinter Birger durch die Nacht, durch ein ganz und gar surreales Berlin. Eddie trabte verwundert neben ihnen her. Die Luft schmeckte nach dem Mai, der noch nicht ganz angekommen war.

Fliegen. Was hatte Birger damit gemeint?

Die Spree glänzte wie ein silberner Streifen Quecksilber, der Plänterwald war ein unwirkliches Gewirr schwarzer Äste. Irgendwo sang eine Nachtigall. Der Spreepark lag verlassen, jedoch nicht unbewacht; Mathilda wusste, wo der Wachmann saß. Sie kletterten an einer anderen Stelle über den Zaun.

»Okay«, flüsterte Birger, als sie drüben waren, den Husten unterdrückend. »Dies ist kein Wunsch, aber etwas Letztes. Verstehst du? Ich habe das rote Flugzeug gesehen und musste die ganze Zeit daran denken, wie es war, als wir an diesem Tag auf dem Riesenrad saßen, du und ich. Und als wir uns festgehalten haben, weil wir dachten, die Gondel fällt. Weißt du noch?«

»Idiot«, sagte Mathilda. »Dachtest du, das vergesse ich?«

»Ich glaube … ich meine, das war vor der ganzen Sache mit Doreen, aber … Ich glaube, ich habe mich in dem Augenblick verliebt. Es war so schön. So wie ein Stück aus einer ganz anderen Geschichte, die parallel zu dieser läuft, verstehst du?«

»Nein«, antwortete Mathilda ehrlich.

Er nahm sie an der Hand. »Komm.«

Und dann führte er sie an einem der Dinosaurier vorbei, die sie im Vorübergehen streichelte, durch den dichten wilden deutschen Urwald. Irgendwo begegneten sie dem Bett einer Geländebahn, die keine Wagen mehr besaß, und sie wanderten in diesem Bett weiter durch die Nacht. Das alte Plastik knirschte unter ihren Füßen, Mathilda hoffte, dass es nicht einbrach, obwohl man hier nirgends hinunterfallen konnte, die Bahn war mehr oder weniger ebenerdig. An einer Stelle schäumten lauter kleine rosa Mairosen über den Rand, und Birger blieb stehen und pflückte eine Handvoll davon.

Er drehte sich zu ihr um und steckte sie ihr ins Haar, seltsam ernst, und Mathilda fragte: »Wohin gehen wir denn? Wohin führt dieses Ding?«

Und Birger antwortete: »Auf die andere Seite.«

Dann zog er sie an sich und küsste sie, und er schmeckte

nach etwas Unerklärlichem oder nach der ganzen Unerklärlichkeit der Welt. Es machte ihr Angst.

Einen Moment stand er nur da und atmete seltsam und kämpfte wieder mit den Schmerzen, die er nie erwähnte.

»Mathilda«, wisperte er schließlich, »zwei Dinge muss ich noch wissen.«

Eddie japste, so verwirrt wie Mathilda. Er hatte sich auf ihren Fuß gesetzt, um sich seinen Hundepo nicht zu verkühlen auf dem kalten Plastik der Bahn.

»Erstens – die T-Shirts. Diese aufgenähten Stücke von heiler Kindheit.«

»Ja?«

»Das ist eine Lüge. Oder?«

»Ja. Natürlich.« Sie sah an ihm vorbei, die Bahn entlang, die *auf die andere Seite* führte.

»Was war wirklich? Wo sind deine Eltern? Sie waren nicht bei der Verhandlung. Sie sind ... nirgendwo.«

»Ganz genau«, sagte Mathilda. »Das ist die Antwort.«

»Aber wie ...?«

Da hielt sie sich an ihm fest und erzählte die Wahrheit nur seinem Rollkragen.

»Es ist eine sehr unspannende Geschichte. Ich war eins von diesen Heimkindern. Ein ewiges Hin und Her, keine Adoption. Meine Mutter hatte keine Lust auf mich, aber sie konnte sich nicht entscheiden. Ich habe sie zum letzten Mal gesehen, als ich sieben war, danach nicht mehr. Keine Ahnung, wo sie ist. Ich ... ich wurde ein Musterkind. Um ihnen zu gefallen. Abitur, Medizinstudium ... Das mit Medizin war ein Vorschlag von meinen Lehrern, und ich hab's gemacht. Ich habe alles gemacht, damit die Leute mich irgendwie ... ich weiß nicht ... anerkennen. Ich war langweilig und brav. Dann habe ich gemerkt, dass es falsch war. Mit dem Studium. Und als Daniel weg und ich irgendwie noch alleiner war als vorher ... an einem der alleralleinsten

Tage habe ich in einem Schaufenster einen Ballen Stoff gesehen. Stoff, weißt du, für Kinderbettwäsche. Ich bin reingegangen und habe einen ganzen Arm voll Stoff gekauft und angefangen, das Zeug auf meine Sachen zu nähen. Ich dachte, es wird alles einfacher, wenn man sich ein paar schöne Erinnerungen erfindet.«

»Und ist es das? Ist es einfacher geworden?«

»Was war die zweite Frage?«

Er streichelte ihr Haar, womit er wahrscheinlich die Rosen wieder durcheinanderbrachte.

»Ich glaube, sie hat sich schon beantwortet. Ich wollte fragen, warum du immer nur lachst.«

»Ich lache doch jetzt gar nicht.«

»Jetzt nicht. Sonst. Du bist eine furchtbar melancholische kleine Person, aber du lachst ständig. Ich … habe dich nie heulen sehen.«

»Stehst du auf heulende Frauen?«

»Nicht unbedingt.« Er zuckte die Schultern. »Es war nur so eine Frage. Lügen sind ungesund. Fragen Sie Ihren Arzt oder Apotheker.«

»Lügen sind ungesund? Das sagt der Richtige«, knurrte Mathilda. Und lachte.

Er nahm sie wieder an der Hand und führte sie weiter die Bahn entlang, gefolgt von einem noch immer verwirrten, hechelnden Wischmopp. Und die Nacht war immer noch unwirklich und das Institut sehr, sehr weit weg.

Parallelgeschichte. Mathilda begann zu verstehen.

Am Ende standen sie vor dem Riesenrad, und im Grunde, dachte Mathilda, hatte sie vielleicht die ganze Zeit über gewusst, dass dies das Ziel war. Genau wie bei ihrem ersten Besuch im Spreepark.

Nur dass es damals hell gewesen war.

»Heute wird es sich nicht drehen, fürchte ich«, sagte Birger.

»Nein«, sagte Mathilda. »Diesmal habe ich niemanden bestochen.«

Sie standen lange so und sahen hinauf, und der gewaltige Schatten erhob sich über ihnen wie ein weiterer, noch nicht ausgestorbener Dinosaurier. Der Wind bewegte die Gondeln langsam, langsam im Uhrzeigersinn.

»Ich würde dich gerne mit raufnehmen«, flüsterte Birger. »Aber das werde ich nicht tun.«

»Ich weiß nicht, wovon du redest.«

»Mathilda.« Er wandte sich zu ihr und sah ihr in die Augen, obwohl es natürlich zu dunkel dafür war. Und sie dachte, dass das Grün jetzt beinahe völlig verblasst war, obwohl es auch für Grün zu dunkel war, aber sie sah es. Es war ein wenig wie ein Meer, in dem sich nur noch etwas Grünes spiegelt. Das Schilf. Die Kiefern bei einem alten Haus. Ein Badeanzug mit aufgenähten grünen Hunden. Mathilda streckte den Arm aus und fuhr Birger durchs Haar. Das Haar würde die Chemo nicht überleben. Wie seltsam er aussehen würde ohne dieses zerzauste Haar!

»Ich möchte, dass du jetzt zurückgehst und über den Zaun kletterst«, sagte er. »Du warst nie nachts mit mir hier. Das Institut soll da nicht mit reingezogen werden.«

»In was?«

»Na ja, es ist furchtbar illegal, hier über den Zaun zu klettern, oder? Und wenn sie mich erwischen ... Nimm Eddie und geh.«

»Aber wie ... Ich meine, ich warte vor dem Zaun auf dich. Bei den Rädern.«

»Nein.« Er lächelte, irgendwie gequält. »Ich komme später.«

»Birger, das ist alles großer Unsinn. Wir müssen morgen wirklich früh raus, du musst um acht in der Klinik sein und ...«

Birger hockte sich hin, etwas mühsam, kurzatmig wie immer, und nahm Eddies Kopf zwischen seine Hände.

»Nimm sie mit hier raus, ja?«, bat er. Und Eddie jaulte einmal ganz leise, drehte sich um und trottete gehorsam davon.

»Birger, du weißt, dass die Gondeln auf halber Höhe stehen bleiben, ein Viertel der Umdrehung, mehr schaffen sie nicht. Du kommst da nicht ganz rauf, egal, ob alleine oder mit mir. Das ist Quatsch. Du wirst runterklettern müssen.«

Er nickte. Doch er sagte nur »bis später« und umarmte sie, und er schien sich davon abzuhalten, mehr zu tun. Kein Kuss.

Später.

Da zuckte Mathilda die Schultern und folgte Eddie durch den nächtlichen Spreepark.

Allein war es ungleich schwieriger, über den verdammten Zaun zu kommen. Sie hievte zuerst Eddie hinüber und schaffte es erst nach ein paar Anläufen, selbst auf die andere Seite zu gelangen. Die beiden Fahrräder lagen leise glänzend im Gras und warteten darauf, zurück zu dem alten Mietshaus an der Panke zu fahren.

Doch Mathilda hob keines der Räder auf. Sie drehte sich um.

Sie sah das Riesenrad deutlich. Seine schwarze Silhouette thronte über dem Spreepark, über dem Plänterwald, über ganz Berlin, zumindest in dieser Nacht. Es war eine besondere Nacht und würde in ihrer Erinnerung immer eine bleiben, eine Nacht außerhalb der Realität.

Mathilda sah auch Birger, Birger in einer der Gondeln. Sie war sich nicht sicher, es war zu dunkel, aber höchstwahrscheinlich war die Gondel rot. Rot wie das fusselnde Sofa.

Mathilda hob Eddie auf und drückte ihn an sich, sein Geruch nach nassem Hund war beruhigend, und gemeinsam sahen sie zu, wie Birgers Gondel vom Wind in Zeitlupe bis auf die Hälfte der Höhe gedreht wurde. Eine Weile blieb er sitzen. Schließlich stand er auf und begann zu klettern. Doch er kletterte nicht nach unten, er kletterte nach oben.

Er schaffte es tatsächlich, durch das Gestänge des alten Riesenrades hinaufzusteigen wie in einem Spinnennetz, er kletterte gut, besser, als sie gedacht hätte. Sie hielt den Atem an.

»Was tut er da, Eddie?«, wisperte sie. »Verdammt, was hat er vor?«

Es dauerte ewig, zu lange, um weiter nicht zu atmen. Aber endlich war Birger ganz oben. Er stand in der obersten Gondel wie ein König und sah über die Welt.

Dort oben, dachte Mathilda, waren sie zusammen gewesen, kurz bevor sie geglaubt hatten, sie würden stürzen, kurz bevor sie sich zum allerersten Mal aneinander festgehalten hatten. Sie wollte sich immer, immer an ihm festhalten, nicht nur bis August. Wer in ein Riesenrad hinaufklettern konnte, konnte auch eine blöde OP überleben.

Ihr Handy klingelte, und sie musste Eddie absetzen, um es aus der Tasche zu kramen.

»Mathilda?«

»Birger. Was genau wird das?«

»Ich bin oben. Ich habe es geschafft. Und du stehst immer noch da unten rum. Du solltest doch nach Hause fahren.«

»Bin ich nicht.«

»Ja, das merke ich. Na gut. Schön.« Er schien zu seufzen oder wieder den Husten zu unterdrücken. »Du bist stark. Du bist die stärkste Person, die ich kenne. Stärker als Ingeborg.«

»Wie?«

»Siehst du mich?«

»Ziemlich gut. Und der Wachdienst sieht dich vermutlich auch ziemlich gut. Sobald er in diese Richtung guckt.«

»Das ist in Ordnung. Es macht nichts. Hör zu. Mathilda. Du bist stark, und du bist eigentlich vernünftig. Immer. Solange es um andere Leute geht. Um deine Klienten. Aber wenn es um Leute geht, die du kennst ...« Er stockte. »Es tut mir leid, Mathilda. Ich gehe nicht in die Klinik. Ich habe versucht, mich dazu zu kriegen, aber ich kann nicht. Ich will nicht da herumliegen und immer weniger ich selber werden und tausend Komplikationen von der Chemo haben und am Ende auf einem OP-Tisch verbluten, wo ein armes Schwein von Chirurg versucht, irgendetwas von mir zu retten. Ich bin glücklich. Wie Ewa. Wie Jakob. In dieser Nacht.«

»Komm da runter.« Sie hätte gerne mehr gesagt. Unendlich viel. Aber sie konnte nicht. Sie wollte alles sagen und alles fühlen, aber sie sagte und fühlte nichts.

»Eins noch, Mathilda. Etwas, das ich vergessen hatte.« Er lachte. »Dumm! Also ... es gibt einen Bauparvertrag. Ich dachte immer, irgendwann kaufe ich dieses Haus am Meer doch noch ... Vielleicht reicht das Geld für die Schulden, die ich beim Institut habe. Falls etwas übrig bleibt, das ist für Kilian. Aber das hättest du auch so gewusst.«

»Birger!« Jetzt, jetzt löste sich die Lähmung. Sie brüllte ins Handy. »Komm! Da! Runter! Langsam und vorsichtig! Ich rufe die Feuerwehr, den Wachdienst, die Polizei ...«

»Ich liebe dich«, sagte Birger. »Ich komme jetzt. Ich wollte fliegen. Du weißt, wie das rote Modellflugzeug.«

Er fiel gleichzeitig mit Mathildas Handy.

Nein, er fiel nicht, er flog, es war durchaus wahr. Der graue Regenmantel breitete sich aus wie ein seltsames, misslungenes Batmankostüm, er stürzte mit ausgebreiteten Armen, sie sah sein schütteres Haar nicht, aber sie wusste trotzdem, dass der Wind es zerzauste. Zum letzten Mal.

Ich möchte ...
Setzen Sie sich doch.
Ich möchte ... eine Anmeldung ... vornehmen im ... in dieser ... Einrichtung. Das Anliegen der Person, die ich vertrete ...
Sie können sich wirklich setzen.
Ich bin nicht sicher ...
Wir haben Anmeldeformulare. Es ist ganz einfach. Ist es ein so komplizierter Wunsch, den Ihr Angehöriger hat? Wir brauchen die Diagnose im Übrigen auch.
Die Diagnose lautet: hilusnahes Adenocarcinom in der Lunge. Es ist zu zentral, um es operieren zu können. Zu nahe an den großen Gefäßen. Die Chance, die Operation zu überleben, beträgt ungefähr fünfzehn Prozent. Der Wunsch ... der letzte Wunsch ... Es ist nichts, was man kaufen kann.
Natürlich. Sonst wären Sie nicht hier.
Der Wunsch lautet, jemanden zu finden.

Ja, dachte Mathilda. Der letzte Wunsch von Birger Raavenstein war es gewesen, jemanden zu finden, der ihn lieben konnte. Den er lieben konnte.
Und er war erfüllt worden.

Er fiel völlig lautlos.
Durch die niemals dunkle Dunkelheit, durch die Zeit, durch den Raum außerhalb der Realität, den er in dieser Nacht geschaffen hatte.
Mathilda roch die Unwirklichkeit der Mairosen in ihrem eigenen Haar.
Und die Realität holte Birger wieder ein. Er landete in ihr.
Ebenfalls lautlos. Jedenfalls von dem Punkt aus, an dem Mathilda stand.
Es war sehr lange still.

Dann bückte sie sich und drückte Eddie an sich.

Sie zwang sich zu warten. Sie zählte bis fünfhundert. Dann hob sie das Handy auf und wählte 110.

Und erst, nachdem sie den Notruf abgesetzt hatte, erst, nachdem sie wusste, dass sie jetzt unterwegs waren, weinte sie.

Sie weinte zum ersten Mal, seit sie sehr, sehr klein gewesen war.

Ihre Tränen fielen in Eddies Fell und ließen ihn noch mehr nach nassem Hund riechen, und die Rosen in ihrem Haar dufteten nicht mehr oder hatten nie geduftet, und um sie herum verwandelte sich der Plänterwald in einen Sumpf, denn in einem ganzen Leben stauen sich eine Menge Tränen an.

Sie weinte alle Tränen, die sie nicht um die Klienten des Instituts geweint hatte, die Tränen um Ewa und Jakob und um die Geigerin und den alten Indienreisenden im Zelt und die Frau, die nur bei Schnee hatte sterben können. Und um viele mehr.

Sie weinte, weil das rote Sofa fusselte und weil so viele Leute das Institut niemals verstehen würden und weil Daniel ihnen trotz allem geholfen hatte und weil in ihrer Wohnung noch immer eine Vase voller Gras stand.

Am Ende weinte sie um sich selbst.

Um Mathilda Nielsen, die allein zu ihrem Sofa zurückkehren würde und die ein paar Wochen lang so glücklich gewesen war und die sich nie mehr an jemand Großem, Knochigem mit grauem Mantel festhalten konnte, wenn sie gerade nicht stark war.

Sie kniete da und hielt Eddie im Arm wie ein Kind und weinte und weinte.

Und irgendwann, erstaunlich, irgendwann war sie leer geweint.

Sie stand auf und ging um den Zaun herum, dorthin, wo

sie jetzt mit Blaulicht und Krankenwagen standen. Sie sah, wie sie den Körper auf einer Bahre wegtrugen.

Jetzt, dachte sie. Jetzt hat er keine grünen Augen mehr, jetzt ist die Farbe endgültig weg. Aber jetzt tut ihm auch nichts mehr weh. Und er ist vermutlich nicht mehr heiser. Obwohl er in ihrer Erinnerung immer heiser sein würde.

Sie ging nicht näher, und niemand bemerkte sie, sie stand im Schatten. Sie hatte gedacht, sie würde Birger in diesem Moment Lebewohl sagen. Dem, was von ihm übrig war.

Aber sie konnte ihm gar nicht Lebewohl sagen, weil er noch da war, er war *in ihr*, und er würde dort bleiben. Immer.

Er würde mit ihr in die Wohnung zurückkehren, zu dem roten Sofa und den Dachschrägen, und mit ihr in dem schmalen Bett liegen und mit ihr über allen möglichen Unsinn lachen. Er würde mit ihr Schokoladenpudding aus Plastikbehältern essen und *Tatorte* auf Türkisch sehen, mit ihr an der Panke entlang durch alle Sommerabende gehen und mit ihr auf dem Fensterbrett sitzen, die Füße außen auf dem Dach. Er würde sie niemals verlassen, sie würde ihn in sich aufbewahren wie ein Geheimnis.

Als jemanden, der glücklich gewesen war.

Ihretwegen.

DANACH

M athilda«, sagte Ingeborg.
»Ja?«
»Darf ich dich was fragen?«
»Hm.«
Mathilda legte die Akte, die sie im Arm gehabt hatte, auf den dritten Tisch des Instituts, den neuen. Doreen sah kurz auf, nickte und antwortete dem Telefon, dem neuen, dem dritten Telefon:
»Ja, sicherlich. Kuba. Ich habe das so notiert. Der letzte Wunsch Ihrer Mutter ist es, einen alten Mercedes auf Kuba zu fahren. Aber sie ist bettlägrig. Ja, wir kümmern uns. Was? Warum um alles in der Welt muss der Mercedes *lila* sein?«
»Was wolltest du denn fragen?«, sagte Mathilda.
»Ich habe ... Entschuldigung, ich habe deine Schreibtischschublade aufgeräumt. Weil ich eine Quittung gesucht habe, und da dachte ich, ich könnte ebenso gut ein wenig aufräumen ...«
»Du hast aber nicht zufällig die Bleistifte nach Alphabet geordnet?«, fragte Mathilda. »So wie Ewa Kovalska? Dann finde ich nämlich nichts mehr.«
»Nein, ich ... Was ich dich fragen wollte, ist: Wo sind die Kopfschmerztabletten? Du hattest immer diesen riesigen Vorrat an Paracetamol in der Schublade.«
»Ich nehme sie nicht mehr.« Mathilda zuckte die Achseln. »Ich heule ab und zu.«
»Das ist ... eine gute Idee«, meinte Ingeborg.
In diesem Moment gab es einen kleinen Tumult vor der Tür, jemand schien daran zu kratzen oder dagegen zu klopfen, und Ingeborg hob die Augenbrauen.

»Nicht noch ein Klient, bitte. Es ist fünf vor sechs.«

Da öffnete sich die Tür, und neben dem Blumentopf, in dem eine Menge sehr hübsches grünes Gras wuchs, stand der Besucher des Instituts, stolz und hechelnd.

Mathilda lächelte.

»Es ist nur Eddie«, sagte sie, »der Daniel spazieren geführt hat. Lasst uns hier Schluss machen und mit den beiden ins Bett gehen, was trinken.«

Eine Geschichte, die uns die Welt auf ganz neue Weise sehen lässt!

ANTONIA MICHAELIS
Paradies für alle

Roman

Als ihr Sohn David von einem Auto angefahren wird, kann seine Mutter, die sensible Künstlerin Lovis, einfach nicht glauben, dass es ein normaler Unfall gewesen sein soll. Was hat David auf der weit entfernten Autobahn gemacht? Warum trug er dunkle Kleidung, die eindeutig nicht ihm gehört? Hin- und hergerissen zwischen der Angst um David und der Hoffnung, dass alles gut werden kann, durchsucht Lovis Davids Zimmer – und findet eine geheime Kladde, die sie vieles klarer sehen lässt. Wo der Hund herkommt, der plötzlich auf der Terrasse liegt. Wer jene Menschen im Dorf sind, die sie nie wirklich wahrgenommen hat. Was dieser Welt fehlt und was ihrem eigenen Leben. Vor allem aber erkennt Lovis, wovon David träumte und was er sich wünschte – und was sie tun muss, damit seine Träume und Wünsche Flügel bekommen …

»Antonia Michaelis schreibt aufwühlende Geschichten, die mit der Realität vor ihrer Haustür spielen.«
Die Zeit

*Ein Roman über die Macht der Bücher,
die Liebe und die Magie des südlichen Lichts*

NINA GEORGE
Das Lavendelzimmer

Roman

Er weiß genau, welches Buch welche Krankheit der Seele lindert: Der Buchhändler Jean Perdu verkauft auf seinem Bücherschiff »*pharmacie littéraire*« Romane wie Medizin fürs Leben. Nur sich selbst weiß er nicht zu heilen, seit jener Nacht vor einundzwanzig Jahren, als die schöne Provenzalin Manon ging, während er schlief. Sie ließ nichts zurück außer einem Brief – den Perdu nie zu lesen wagte. Bis zu diesem Sommer. Dem Sommer, der alles verändert und Monsieur Perdu aus der kleinen Rue Montagnard auf eine Reise in die Erinnerung führt, in das Herz der Provence und zurück ins Leben.

»Dieser Geschichte wohnt ein unglaublich
feiner Zauber inne.«
Christine Westermann (WDR)